DONGSUH MYSTERY BOOKS 26

REBECCA
레베카
뒤 모리에/김유경 옮김

동서문화사

옮긴이 김유경 (金有卿)
숙명여자대학교 미술대학 〈서양화 전공〉 졸업. 창작미협전 「정월」 특선 목우회전 「주왕산」 입상. 동서문화사 편집인. 지은책 《조선 세시 열두달 이야기》 옮긴책 《몽고메리·완역 빨강머리앤전집》《잉걸스·초원의 집》

DONGSUH MYSTERY BOOKS 26

레베카

뒤 모리에 지음/김유경 옮김
1판 1쇄 발행/1977년 12월 1일
2판 1쇄 발행/2003년 1월 1일
2판 5쇄 발행/2016년 3월 1일
발행인 고정일/발행처 동서문화사
창업 1956. 12. 12. 등록 16-3799
서울 중구 다산로 12길 6(신당동, 4층)
☎ 546-0331~6 (FAX) 545-0331
www.dongsuhbook.com

＊

이 책의 출판권은 동서문화사 (동판)가 소유합니다.
의장권 제호권 편집권은 저작권 법에 의해 보호를 받는 출판물이므로
무단전재와 무단복제를 금합니다.

편찬·필름·제작 일체 「동판」 자본으로 이루어짐에 따라
출판권 소유권자 「동판」에서 제조출판판매 세무일체를 전담합니다.
사업자등록번호 211-90-02201
ISBN 978-89-497-0107-3 04840
ISBN 978-89-497-0081-6 (세트)

레베카
차례

레베카……11
로맨틱 서스펜스의 거장 뒤 모리에……603

주요인물

나 이 이야기의 여주인공. 고아인 그녀는 만더레이에 성과 같은 저택을 지닌 영국의 부호 맥심 드 윈터와 우연히 결혼하게 된다

맥심 드 윈터 중년의 영국 신사. 아내 레베카를 잃은 뒤부터 검은 그림자가 떠나지 않는다

레베카 만더레이의 후미에서 익사한 맥심의 아내. 재색을 겸비한 사교적인 여성이다

잭 파벨 레베카의 사촌. 품행이 바르지 못하다

덴버스 부인 만더레이의 살림을 도맡아하고 있는 가정부

프랭크 클로리 만더레이의 지배인. 독신으로 성실한 남자

반 홉퍼 부인 캐롤라인의 전 주인으로 수다쟁이 유한 마담

줄리안 대령 행정장관

1

 지난 밤, 나는 또 만더레이에 간 꿈을 꾸었다. 찻길이 계속되고 있는 철문 옆에 나는 서 있었던 것 같다. 그러나 길이 막혀 있었으므로 한동안 안으로 들어갈 수 없었다. 문에는 자물쇠가 채워져 있었다. 나는 꿈속에서 문지기를 불렀다. 그러나 아무런 대답이 없었다. 녹슨 문 틈으로 안을 들여다보니 문지기 집에는 아무도 없었다. 굴뚝에서는 한 줄기의 연기도 오르지 않고, 조그만 격자 창문이 입을 빼끔히 벌리고 있었다.
 누구나 꿈속에서 경험하는 것처럼, 이윽고 나의 몸에서 갑자기 초인적인 힘이 솟아났다. 나는 마치 정령처럼 눈 앞에 있는 장애물을 뛰어넘었다. 찻길은 여전히 구불구불 나 있었지만, 앞으로 나아감에 따라 전과는 다른 것을 알게 되었다. 그 길은 우리가 흔히 알고 있는 찻길과는 달리 좁고 험했다.
 나는 처음엔 이상한 생각이 들어 뭐가 뭔지 도무지 알 수 없었다. 그러나 흔들리고 있는 낮은 나뭇가지를 피하려고 머리를 숙였을 때 비로소 사정을 알게 되었다. 자연이 다시 힘을 되찾아 살아난 것이다. 그리고 조금씩 살그머니 그 끈기 있는 긴 손가락으로 음험하게 찻길을 침범해 버린 것이다. 전에도 또한 늘 무서운 기분을 안겨 주던 수풀이, 바야흐로 완전히 최후의 승리를 차지한 듯 찻길 양쪽에 마구 뒤엉켜 우거져 있다.

흰 다리를 내 놓은 너도밤나무는 서로 몸을 기대고 가지와 가지가 기묘하게 뒤엉켜, 마치 교회처럼 내 머리 위로 둥근 모양을 이루고 있었다. 그 밖에도 확실치는 않으나 많은 나무들이 우거져 있었다. 작달막한 떡갈나무와 비비 틀린 느릅나무가 너도밤나무와 찰싹 달라붙어 자라면서, 내 기억에도 전혀 보지못한 거대한 관목과 풀과 함께 조용한 대지에서 쑥쑥 머리를 내밀고 있었다.

자갈이 가득 깔려 있던 찻길은 이제 온통 풀과 이끼에 뒤덮여 마치 한 가닥의 리본으로밖에 보이지 않고, 옛 모습은 전혀 찾아볼 수 없었다. 나무들이 가지를 나지막하게 뻗쳐 길을 막고 해골처럼 보이는 옹이가 불거진 뿌리가 뱀이 도사리듯 이리저리 얽혀 있었다.

그러나 그런 울창한 수풀 사이에서도 옛날에 땅의 경계를 나타내는 표시로 심었던 관목과, 손질이 잘된 아름다운 나무들과, 푸른 꽃부리가 있어서 금방 알아차릴 수 있는 수국 등을 나는 여기저기서 볼 수 있었다. 수국은 성장을 방해하는 것이 사라지자 제 세상인 양 어느새 다시 야생으로 돌아가 키만 어마어마하게 자라서 꽃은 하나도 피우지 않은 채, 옆에서 자라고 있는 이름모를 기생 식물처럼 보기 흉한 시커먼 모습을 드러내고 있었다.

옛날 우리들의 찻길이었던 이 한 가닥 리본은 동으로 서로 구부러져 가며 계속되고 있었다. 가끔 나는 길을 잃었다. 그러나 어느덧 다시 길은 쓰러진 나무 밑과 겨울비로 흙투성이가 된 도랑 저쪽으로 나타나곤 했다. 그 찻길이 이렇게 긴 줄은 몰랐다. 수목이 자란 것처럼 길도 무럭무럭 자란 것일까. 그리고 이 작은 길은 어쩌면 그 저택으로 가는 길이 아니라 어디인가 미궁으로, 황량한 광야로 통해 있는지도 모른다.

갑자기 나는 저택 앞으로 나왔다. 사방팔방으로 가지를 뻗쳐 이상하게 우거진 한 그루의 큰 관목이 머리 위를 뒤덮고 있었다. 가슴이 두근거리고 눈시울이 뜨거워짐을 느끼며 나는 그 자리에 멈추어 섰다.

만더레이가, 나의 만더레이가, 전과 다름없이 조용히 사람의 눈을 꺼리는 양 그곳에 서 있었다. 회색 돌은 꿈속의 달빛을 받아 빛나고, 세로 틀에 박힌 창문에 푸른 잔디와 발코니가 비치고 있었다. 건물과 건물 사이의 균형도, 집 그 자체도 손에 놓인 보석처럼 아직 조금도 파손되지 않았다.

발코니는 잔디밭처럼 경사를 이루고, 잔디밭은 바다로 이어지고 있었다. 돌아보니 마치 비바람을 겪지 않은 호수처럼 달빛에 빛나는 조용한 은빛 수면이 보였다. 어떤 파도도 이 꿈의 해면을 출렁이게 하지는 못할 것이다. 또 어떤 떼구름도 서풍에 실려와 이 맑고 푸른 하늘을 흐리게 할 수는 없을 것이다. 나는 다시 집을 바라보았다. 집은 마치 우리가 어제까지 살고 있었던 것처럼 부서진 곳도 한 군데도 없이 예전 모습 그대로 서 있었으나, 자세히 보니 정원 또한 숲과 마찬가지로 무성하게 우거져 있었다. 석남화가 양치류에 이리저리 뒤얽혀 50피트나 자랐고, 이름모를 수많은 관목과 뒤섞여 자란 볼품없는 잡초들이 자기네들의 비정상적인 태생을 잘 알고 있는 것처럼 그 뿌리에 달라붙어 있었다.

라일락은 구릿빛 너도밤나무와 나란히 정답게 서 있었으나, 늘 아름다움을 적대시하는 심술궂은 댕댕이덩굴은 이 한쌍을 꼭 묶어 두려는 듯 덩굴로 칭칭 감고 있었다. 멋대로 내팽개쳐진 정원 안에서 가장 기세가 당당한 것은 댕댕이덩굴로, 긴 다리를 잔디밭 위에 꼭 딛고 서서 금방이라도 집까지 쳐들어갈 듯한 기세를 보이고 있었다.
　이밖에도 또 한 종류의 식물이 있었다. 그것은 숲에서 건너온 것으로서 오래 전에 나무 뿌리 근처에 씨를 뿌려 놓은 채 그대로 잊어버리고 있던 것인데, 바야흐로 댕댕이덩굴과 함께 진군을 개시하여 거대한 약초 장군풀처럼 흉한 모습으로, 예전에 수선화가 향기 그윽히 피어 있었던 부드러운 초원 지대로 거침없이 돌진하고 있었다. 그 군단의 선봉인 쐐기풀은 가는 곳곳마다 뿌리를 박고 있었다. 그것은 발코니를 온통 뒤덮고 작은 길가에도 뿌리를 내뻗었으며, 심지어는 집 창문에까지 그 보기 흉한 휘청거리는 모습을 드러내고 있었다. 그러나 그 대열은 곳곳에서 지극히 무심한 보초병이며 장군풀 같은 풀들로 흐트러졌다. 그리하여 호리호리한 줄기 위에 머리를 아무렇게나 쑤셔박고 드러누워 토끼의 통로를 만들어 주고 있었다.
　나는 찻길을 벗어나 발코니 쪽으로 걸어갔다. 그곳에도 한쪽에 쐐기풀이 잔뜩 우거져 있었지만 나는 개의치 않았다. 꿈속의 나는, 이상한 마력으로 걷고 있었다. 나의 앞길은 아무도 막을 수 없었다.
　달빛은 꿈꾸는 사람의 환상에 대해서까지 기묘한 장난을 하는 것이다. 그곳에 조용히 서 있다 보니 나는 어느 새 그 집이 텅 빈 집이 아니라 예전처럼 사람이 살고 있는 것으로 느껴졌다.
　창으로는 빛이 새어 나오고 커튼은 밤바람에 조용히 팔락거렸다. 분명 서재의 문은 우리가 이 집을 떠날 때처럼 반쯤 열려 있고, 가을 장미의 화분 옆에 있는 테이블 위에는 내 손수건이 놓여 있을 것이다. 방 안에는 조금 전까지 우리가 살고 있었던 흔적이 뚜렷하리라. 수북이 쌓인 책과 내던져진 〈타임스〉지는 우리가 곧 돌아온다는 것을 말해 주고 있을 것이다. 타다 남은 담배가 놓인 재떨이, 의자에 기대어 생긴 우리들의 머리 모양이 남아 있는 쿠션, 검게 그을린 통나무는 날이 밝을 무렵까지도 난로에서 연기를 뿜으며 타고 있을 것이다. 그리고 또 쟈스퍼――영리해 보이는 눈과 축 처진 볼을 가진 쟈스퍼는 여전히 마루에 엎드리고 있다가 주인의 발자국 소리가 들리면 살랑살랑 꼬리를 흔들 것이다.

지금까지는 볼 수 없었던 구름이 달을 가리워, 잠깐 동안 마치 얼굴 앞에 내민 검은 손처럼 그 근처를 어른거렸다. 그와 함께 환상은 사라지고 창문에 비치던 등불도 꺼졌다. 눈에 비치는 것은 인기척 없이 쓸쓸한 텅 빈 집뿐, 이쪽을 물끄러미 쳐다보고 있는 벽 언저리에서도 과거의 속삭임은 조금도 들려오지 않았다.

저택은 묘지가 되었다. 그 폐허 속에는 우리의 공포와 고뇌가 묻혀 있다. 이제 영원히 부활할 기회는 없을 것이다. 만일 잠이 깨어 있을 때 만더레이를 생각했다 하더라도, 나는 그다지 슬퍼하지는 않을 것이다. 있는 그대로의 모습을 생각하며, 아무런 두려움 없이 그곳에서 살 수도 있을 것이다. 여름의 장미원이며 새벽녘에 노래 부르는 새들, 그리고 밤나무 밑에서 마시던 차와 발 밑의 잔디밭에서 솟아오르는 바다의 소란함 등을 생각할 것이다.

꽃이 핀 라일락과 '행복의 골짜기'도 생각할 것이다. 이런 것이야말로 영원한 생명을 지니고 있어 언제까지나 소멸하는 일이 없을 것이다. 그것들은 그 무엇도 다치게 할 수 없는 추억인 것이다. 이런 일들을 꿈속에서, 구름이 달을 가리고 있을 동안에 나는 생각하고 있었다. 꿈꾸는 사람이 흔히 그렇듯이, 나 역시 내가 꿈을 꾸고 있다는 것을 알고 있었다. 현실의 나는 수백 마일이나 떨어진 타향에 있는 것이다.

그리고 앞으로 몇 초 뒤에는 아무런 운치도 없는, 그렇기 때문에 오히려 편안하고 소박한 작은 호텔의 침실 속에서 눈을 뜰 것이다. 그리고 잠깐 한숨을 쉬고 기지개를 켠 다음 돌아누울 것이다. 그러다 잠이 깨어, 꿈속에서 본 부드러운 달빛과는 전혀 다른 번쩍이는 태양과 아주 맑게 갠 하늘을 보고 허둥댈 것이다. 아무런 사건도 없는, 우리가 지금까지 알지 못했던 조용하고 기분 좋고 평화로운 긴 하루가 우리 앞에 놓여 있다. 둘 다 만더레이에 대한 일은 조금도 입에 담지 않을 것이다. 나도 꿈 이야기를 하려고 하지는 않을 것이다. 왜냐하면 만더레이는 이미 우리 것이 아니기 때문이다. 만더레이는 이제 사라진 것이다.

2

우리는 두 번 다시 돌아가지 못하리라. 그것은 나도 알고 있다. 그러나 과거는 아직 우리와 너무 가까이 있다. 우리가 잊으려 애쓰고 등 뒤로 밀어붙이려 하는 갖가지 사건들은 반드시 언젠가는 다시금 몸부림치려 할 것임에 틀림없다. 그리고 아무리 부정하려 해도 공포며, 잘 알 수 없는 불안이며, 손댈 수도 없는 혹란(惑亂)이——지금은 다행히도 가라앉아 있지만——언제 다시 예전처럼 생각지도 못했던 방법으로 끊임없이 마음에 따라다니게 될지 모르는 것이다.

그는 놀라울 정도로 참을성이 있어 불평 한 마디 하지 않는다. 심지어 기억이 되살아날 때조차도. 그러고 보면 그의 마음에는 내게 이야기하는 것 이상으로 자주 과거의 기억이 되살아나는 듯하다.

이따금 그는 멍하니 넋을 놓을 때가 있다. 마치 보이지 않는 손이 말끔히 씻어 버리기라도 한 듯이 사랑스러운 그의 얼굴에서 모든 표정이 사라지고 만다. 그리고 그 뒤에는 목각한 듯한 가면이 나타난다. 가면은 단정하고 차갑고 아름답지만 생명이 있는 것으로는 여겨지지 않는다.

그는 불을 끄려고도 하지 않고 줄담배를 피운다. 불이 붙은 담배꽁초가 마치 꽃잎처럼 그 주위에 어지럽게 흩어진다. 그는 아무것도 아닌 일을 열심히 재빠르게 지껄여 대며 서서, 마치 고통을 낮게 하는 영약이기라도 한 것처럼 어떤 화제에나 기를 쓰고 덤벼든다.
 "남자든 여자든 고뇌를 겪고 나서야 비로소 보다 훌륭하게 된다. 어떤 세계에서든지 전진하기 위해서는, 우리는 불의 시련(옛 튜튼 족이 행한 죄인 판결법)을 참고 견디어야만 한다" 라는 이야기가 있다.
 이렇게 말하면 다분히 역설적으로 들릴지 모르지만, 우리는 충분히 그 시련을 참고 견디어 온 것이다. 우리 두 사람은 공포를 알고, 고독을 알고, 큰 고뇌를 알았다. 늦든지 빠르든지간에 어느 누구의 생애에나 시련이 한 번은 닥쳐오는 법이다. 더욱이 우리에게는 자신을 괴롭히는 특별한 악마마저 붙어 있어 결국 이것과도 싸워야만 했다. 우리는 우리의 악마를 정복했다. 적어도 정복했다고 믿고 있다.
 악마는 이미 우리를 조금도 괴롭히지 않는다. 약간의 상처는 입었지만, 우리는 위험에서 무사히 벗어날 수 있었다. 닥쳐올 재난에 대한 그의 예감은 처음부터 틀림이 없었다. 나는 보잘것없는 연극 속의 요란스러운 여배우처럼, 자유를 위한 대가를 치렀노라고 큰 소리로 외쳐도 괜찮을지 모른다. 그러나 이 인생에서 나는 충분히 멜로드라마를 연기했다. 만일 우리가 누리는 현재의 평화와 안전이 언제까지나 보증될 수 있다면 기꺼이 나의 오감(五感)을 희생하리라.
 행복이란 싸워 이김으로써 얻어지는 것이 아니라 생각에 따른 마음의 상태이다. 물론 우리에게는 실망과 낙담의 순간이 몇 번이나 있었다. 그러나 이 세상에는 시계로는 잴 수 없는 시간, 영원 속으로 돌진하는 듯한 순간도 결코 없지는 않다. 문득 그의 미소에 눈을 멈춘 나는, 우리가 함께 있다는 것과 한마음 한뜻이 되어 나아가고 있다는 것, 그리고 어떠한 사상이나 의견의 충돌도 우리 사이를 가로막는 장애물이 될 수는 없다는 것을 알았다.
 이미 우리 사이에는 서로 아무런 비밀도 없다. 모든 것을 함께 나누어 가고 있다. 지금 우리가 살고 있는 이 조그마한 호텔은 실로 보잘것없고 음식도 형편 없으며 날마다 판에 박은 듯이 똑같은 아침을 맞게 하지만 우리는 그 이상의 것을 바라지 않는다. 만약 다른 훌륭한 호텔에 묵었다면 그가 알고 있는 수많은 사람들을 만나야만 할 것이다. 우리 두 사람은 모두 간소함의 고마움을 잘 알고 있다. 때때로 지루함을 느낄지라도——아니, 아니, 지루함은 공포에 대한 상쾌한 해독제이다.

우리는 지극히 보편적인 생활을 하고 있다. 나는 커다란 소리로 책을 읽는 재질이 늘었고 그가 초조해하는 것은 단지 우편 집배원이 늦어질 때뿐이다. 그것은 결국 우리가 영국에서 오는 우편물이 도착하기를 하루 더 기다려야 한다는 것을 의미하기 때문이다. 라디오를 만지작거린 일도 있었지만 소음이 귀에 거슬려서 곧 집어치우고 마침내 흥분은 마음속에 묻어 두기로 했다. 그런데 며칠 전에 했던 크리켓 놀이는 우리에게 매우 효과적이었다.

그리고 우승 결승전이며 복싱의 승부, 당구 시합 등도 우리들의 지루함을 달래 주었다. 학생들의 운동 경기며 개의 경주 등 외진 시골에서 행해지는 갖가지 기묘한 경기는, 모두 배고프고 목말라 있는 우리의 제분소에 던져지는 얼마 되지 않는 보리였다. 때로는 오래된 〈필드〉지가 한 다발 손에 들어오는 일도 있었다. 그러면 나는 이 따분한 외딴 섬에서 순식간에 봄이 한창인 영국으로 뛰어들게 된다. 맑은 시냇물이며, 아지랑이며, 푸른 목장에서 자라는 밤색 말이며, 만더레이에서 곧잘 보았던 숲 위로 원을 그리며 나는 흰부리까마귀 등의 기사를 나는 읽는다. 축축히 젖은 대지의 향기, 황무지의 시큼한 토탄 냄새, 해오라기의 똥으로 허옇게 얼룩이 진 젖은 이끼의 감촉 등이 그 더러워진 종이 갈피에서 느껴진다.

한 번은 숲의 비둘기에 대한 기사가 실렸던 일이 있다. 큰 소리로 기사를 읽으면서 나는 어느새 또 만더레이의 깊은 숲 속에 서서 머리 위로 비둘기가 날고 있는 듯한 기분이 들었다. 부드럽고 만족에 찬 비둘기의 울음 소리가 들려온다. 무더운 여름 날 오후에는 그 소리가 더할 나위 없이 시원하고 상쾌하게 느껴진다. 귀여운 쟈스퍼가 나를 찾아 축축한 코끝으로 쿵쿵 땅바닥의 냄새를 맡으면서 풀밭을 헤치고 달려올 때까지는 비둘기들의 평화를 방해하는 것은 아무것도 없었다. 이윽고 개의 모습이 나타나면 마치 목욕하다 갑작스레 습격당한 늙은 귀부인처럼 비둘기는 허둥지둥 땅 위에서 날아올라 요란한 날개 소리를 내며 나뭇가지 너머 아득히 먼 곳으로 날아가 버린다. 모습도 보이지 않고 소리도 들리지 않게 되고 만다.

　비둘기가 날아가 버리면 주위는 다시 새로운 정적에 휩싸인다. 그러면 나는 무언지 알 수 없는 불안을 느끼면서, 벌써 태양이 사각거리는 나뭇잎 위에 더 이상 빛의 무늬를 만들지 않고, 나무들 사이가 어두워졌으며, 땅에 떨어진 그림자가 길어진 것을 깨닫는다. 이미 집 안에는 차와 신선한 나무 딸기가 준비되어 있을 것이다. 그러면 나는 풀잎침대에서 벌떡 일어나 스커트에 묻어 있는 해 지난 나뭇잎의 먼지를 털어낸 뒤 휘파람으로 쟈스퍼를 부르면서 함께 집으로 돌아온다. 걸음을 빨리 하면서도 공연히 흘끗 뒤돌아보면서.

　숲의 비둘기에 관한 기사는 이토록 그 무렵을 생각나게 하여 소리내어 읽는 나의 입을 더듬거리게 했다. 문득 그가 침울한 표정을 하고 있는 것을 깨닫고 나는 재빨리 읽기를 그만두었다. 그리고 페이지를 넘겨 매우 현실적이고 지루한 크리켓에 관한 기사——미들섹스가 오벌 경기장에서 일방적인 시합을 하여 몹시 지루한 게임이 계속되었다는 기사를 발견했다. 플란넬 셔츠를 입고 배트를 휘두르는 사람들의 얼빠진 모습에 나는 속으로 얼마나 감사를 보냈는지 모른다. 그의 얼굴은 다시금 온화해지고 볼에도 붉은 기가 돌아왔다. 샐리가 몹시 초조해하며 공을 굴리는 장면에서는 소리내어 웃기까지 했다.

우리는 과거 속으로 끌려들다가 가까스로 구출되었다. 나는 좋은 교훈을 얻었다. 그렇다. 이제부터는 영국 신문에서 스포츠나 정치나 사치스러운 일에 관한 기사만 읽기로 하자. 마음에 걸릴 듯한 기사는 나중에 나 혼자 몰래 읽으면 된다. 그것은 나의 은밀한 즐거움이 되리라. 빛과 향기와 소리, 비와 물결 소리, 가을 안개와 사방에 가득찬 향그러움조차도 모두 지울 길 없는 만더레이의 추억인 것이다. 세상에는 여행 안내 시간표를 열심히 읽는 독자도 있다. 그들은 실제로는 불가능한 교통 기관의 연결을 표 위에서 짜내는 재미에 이끌려 끊임없이 온 나라를 여행하며 돌아다니는 것을 계획한다.

나의 즐거움은 기묘하기는 하지만 그처럼 지루하지는 않다. 나의 즐거움은 영국 시골에 대한 정보 본부인 셈이다. 영국의 모든 사냥터 주인의 이름은 물론이고 심지어는 그 사냥터를 빌리고 있는 사람들의 이름까지도 나는 모조리 알고 있다. 뇌조와 자고새가 몇 마리 잡혔으며, 몇 마리의 사슴 목이 잘렸는지, 또 송어는 어느 강을 거슬러올라가고 있고, 연어는 어디서 팔딱팔딱 뛰어오르는지 빠짐없이 알고 있다.

나는 온갖 모임에 모습을 나타내고 사냥이라면 모조리 따라다녔고 어린 사냥개를 산책시키는 사람들의 이름까지도 모두 기억하고 있다. 수확의 상태, 살찐 가축의 값, 돼지의 이상한 질병 등에도 흥미를 갖고 있다. 아마 쓸데없는 시간 낭비로 그다지 현명한 일은 아닐지 모르지만, 그러나 나는 그 기사를 읽어 나가는 동안은 영국의 공기를 마시고 눈부시도록 맑게 갠 하늘을 용기 있게 올려다볼 수 있는 것이다.

황폐한 포도밭과 어지럽게 나뒹구는 돌멩이에도 아무렇지 않게 된다. 왜냐하면 마음만 먹으면 나는 나의 상상력을 마음대로 펼쳐, 줄지어 서 있는 젖은 생울타리에서 디기탈리스며 파르스름한 별꽃을 꺾을 수도 있으니까.

부드럽고 온화한 환상의 가엾은 변덕. 그러나 이것이야말로 비애와 후회의 적, 그리고 우리가 스스로 걸어 들어온 이 유배 생활을 위로해 주는 것이다.

그런 것들 덕분에 나는 나의 오후를 즐기고 미소를 띠며 기운차게 돌아와 언제나 조촐한 차 테이블에 앉을 수도 있는 것이다. 식단은 언제나 한결같다――한 사람 앞에 두 조각의 얇은 버터 빵과 중국차. 영국의 습관을 빈틈없이 잘 지키고 있는 우리 부부는 겉으로 보기에 무척 편벽하게 보일 것이다. 몇 백 년이고 변함 없는 태양 아래 아무런 운치도 없는 희고 산뜻한 발코니에 앉아서 지금 나는 만더레이에서의 4시 반을, 그리고 서재 난로 앞으로 끌어당겨 놓은 테이블을 생각하고 있다. 시간이 되면 어김없이 문이 열린다. 눈처럼 흰 테이블보가 펼쳐지고 차와 은접시와 주전자가 놓인다. 귀를 축 늘어뜨린 쟈스퍼는 과자를 가져다 놓아도 짐짓 아랑곳하지 않는 척한다. 언제나 우리들 앞에는 여러 가지 맛있는 음식이 늘어놓여진다. 그러나 우리는 아주 조금밖에 먹지 않는다.

설탕즙이 뚝뚝 듣는 갓 구워 낸 과자가 지금도 눈앞에 선하다. 그리고 조그맣게 오므라든 토스트, 따끈한 김이 무럭무럭 나는 알따란 과자, 무엇으로 만들었는지 알 수 없는 이상한 풍미를 지닌 맛있는 샌드위치, 몹시 진기한 생강빵, 입에 넣으면 녹아 버리는 엔젤 케이크, 거기에 곁들여져 있는 껍질이 딱딱하고 건포도가 들어간 그다지 맛이 없는 과자. 실로 굶주린 한 가족이 1주일은 충분히 먹을 수 있을 정도의 풍부한 음식이었다. 우리가 먹다 남긴 그 과자들이 어떻게 되는지 나는 알지 못했다. 하지만 음식을 먹고 남기는 일이 이따금 마음에 걸리곤 했다. 그러면서도 가정부인 덴버스 부인에게 어떻게 처리하는지 물어 보려고 한 일은 한 번도 없었다. 그런 짓을 하면 그녀는 반드시 쌀쌀맞은 의기양양한 미소를 띠고 경멸하듯이 나를 바라보며 이렇게 말할 것이 틀림없었다.
"드 윈터 부인이 살아 계셨을 때에는 아무도 불평 같은 걸 하지 않았습니다."
덴버스 부인…… 그녀는 지금 무엇을 하고 있을까? 그리고 파벨은? 맨 처음 나에게 불안한 마음을 일으키게 한 것은 분명 그녀의 얼굴 표정이었다. 나는 본능적으로 생각했다──'이 여자는 나와 레베카를 비교하고 있다.' 그러자 칼처럼 날카롭게 그 그림자가 우리 사이에 끼어 들어왔다.
그러나 이미 끝난 일이다. 사라진 과거에 지나지 않는다. 모두 다 끝나 버린 일이다. 나는 이제 괴로움을 당하지 않아도 된다. 우리 두 사람 모두 자유로운 것이다. 나의 충실한 쟈스퍼조차도 즐거운 사냥터로 가 버렸다. 만더레이는 이제 아무데도 없다. 꿈에서 보았듯이 울창한 깊은 숲 속에 텅 빈 조개껍질처럼 드러누워서 무수한 잡초에 에워싸인 채 새들의 잠자리가 되었으리라.
아마도 이따금 떠돌아다니는 부랑자가 소나기를 피해 그 주위를 서성거리는 일도 있겠지. 만일 대담한 사나이라면 거침없이 저택 안으로 들어갈지도 모르지만 겁 많은 부랑자나 신경질적인 밀렵자에게 만더레이 숲은 결코 기분 좋은 장소는 아니다. 그러니 반드시 골짜기의 조그만 오두막집으로 비슬비슬 들어갈 것임에 틀림없다. 그리고는 뒤로 젖혀진 지붕 밑에서 쓸쓸한 생각에 잠겨 안개비에 무신을 적실 것이다. 그곳에는 아직도 짓눌리듯 괴로운 분위기가 감돌고 있겠지……
관목이 자갈길을 침범한 저 찻길만 하더라도 해가 지고 난 뒤에는 역시 사람이 쉴 곳이 못 된다. 바스락거리는 나뭇잎 소리는 이브닝 드레스를 입은 부인의 가만히 스치는 옷자락 소리와도 같으며, 가랑잎이 갑자기 몸을 떨며 땅으로 떨어질 때에는 바쁜 걸음으로 걷는 여인의 사각사각하는 발소리처럼 들리기도 할 것이다. 그럼 자갈길에 새겨진 것은 뒷굽이 높은 비단 구두 발자국인가? 이런 것을 생각할 때마다 나는 마음이 놓이는 듯해서 발코니 밖을 바라보았다. 번쩍이는 바깥 햇빛 속에는 살며시 다가오는 한 점의 그림자도 없이 돌투성이 포도밭은 태양빛에 번쩍이고 분꽃은 뽀얗게 먼지를 쓰고 있다.

언젠가는 나도 이 풍경을 애정어린 눈길로 바라볼 수 있을지 모른다. 그러나 지금의 나에게는 애정이라기보다는 오히려 신뢰하는 마음이었다. 비록 그것이 좀 뒤늦게 내 마음에 일어났다 할지라도 신뢰라는 감정은 내게 가장 존귀한 것이다. 내가 겨우 이렇게 대담해질 수 있었던 것도 그가 나를 신뢰하여 주기 때문이라고 생각한다. 아무튼 낯선 사람들에 대한 망설임이나 두려워하는 태도나 부끄러움은 나에게서 사라져 버렸다. 몹시 서투른 자신을 부담스럽게 여기면서, 어떻게 해서든지 잘 보이려고 열심히 애쓰면서, 희망에 불타는 들뜬 마음으로 만더레이에 갔을 때와는 이제 전혀 다른 여자가 되고 말았다. 내가 덴버스 부인 같은 이들에게 그렇게 나쁜 인상을 준 것은 물론 내가 무게가 없었기 때문일 것이다.

레베카의 자리를 이은 나는 과연 어떻게 보였을까. 기억이 현재와 과거 사이에 다리를 놓아 주기 때문에 손질하지 않은 짧은 곱슬머리에 화장도 하지 않은 앳된 얼굴에, 직접 만든 모양 사나운 스커트와 웃옷에 코트를 입고 수줍은 망아지처럼 겁 먹은 모습으로 반 홉퍼 부인의 뒤에 바싹 붙어 따라가던 것을 똑똑히 기억해 낼 수 있다.

부인은 앞에 서서 점심 식사를 하러 나갔다. 부인의 작달막한 몸은 뒷굽이 높은 화려한 구두 위에서 뒤뚱뒤뚱 흔들렸다. 불룩히 내민 가슴과 요란하게 주름 잡힌 블라우스가 엉덩이를 덮고 있다. 굉장히 큰 깃털을 꽂은 새모자가 머리 위에 비스듬히 얹혀 있어서 지나치게 넓은 이마가 마치 중학생의 무릎처럼 드러났다. 한 손에는 여권이며 수첩이며 브리지(트럼프 놀이의 일종)의 기록표 등이 든 커다란 손가방을 들고, 또 다른 손으로는 모든 사람들의 비밀의 적인 긴 손잡이가 달린 바로 그 안경(오페라 글라스)을 만지작거리고 있다.

부인은 늘 그녀의 자리로 정해져 있는 식당 한쪽 구석의 창가에 가까운 식탁 앞으로 가서 앉는다. 그리고 돼지처럼 조그마한 눈에 손잡이 달린 안경을 눈에 대고 좌우를 휘둘러본다. 이윽고 검은 리본 끝에 안경을 늘어뜨리고 자못 불쾌한 듯이 이렇게 말한다. '유명한 사람은 하나도 없군. 프런트에 교섭해서 내 호텔 요금을 깎아야겠어. 도대체 호텔 사람들은 내가 왜 여기에 와 있는지 생각해 보기라도 했을까. 종업원의 얼굴이라도 보러 와 있는 줄 아는 모양이지?" 그러고 나서 그녀는 종업원을 부른다. 그녀의 높고 날카로우며 묘하게 또렷또렷한 목소리는 마치 톱으로 예리하게 공기를 가르듯이 울린다.

몬테카를로의 코트 다쥬르 호텔의 크고 화려한 대식당과 우리가 지금 식사를 하고 있는 이 조그마한 식당은 어쩌면 이렇게도 큰 차이가 있을까. 또한 보기좋은 탄탄한 손으로 침착하게 차근차근 귤껍질을 벗기면서 이따금 눈을 들어 나에게 미소를 던져 주는, 지금 나와 함께 있는 사람과 반 홉퍼 부인——보석투성이인 통통한 손가락으로 고기 완자를 수북이 담은 접시를 뒤적이면서 내가 더 맛있는 것을 집지나 않을까 하고 야릇하게 눈을 빛내면서 자기의 접시와 내 접시를 비교해 보던, 그때의 나와 함께 있던 사람과는 어쩌면 이다지도 다르단 말인가.

그러나 부인은 조금도 걱정할 필요가 없었다. 왜냐하면 이미 종업원들은 그들 특유의 민감한 눈치로 부인을 모시고 있는 아랫 사람으로서의 내 지위를 잘 알아보아, 잘못 썰어 누군가가 30분이나 전에 써늘한 찬장에 넣어 두었던 햄과 소 혀로 만든 요리 접시를 내 앞에 놓아두었기 때문이다. 나에게 대한 종업원들의 무뚝뚝한 태도나 노골적인 경멸은 정말 이상할 정도였다.

한 번은 반 홉퍼 부인과 함께 어떤 시골 여관에 머무른 일이 있었는데, 하녀는 내가 조심스럽게 누르는 벨 소리에는 절대로 대답하지 않았으며 내 구두를 가져다 주지도 않았다. 그리고 차갑게 식어 버린 아침 차를 내 침실 문 밖에다 콰당 내려놓고 가는 것이었다. 코트 다 쥬르 호텔에서도, 그렇게까지는 하지 않았지만 별 차이는 없었다. 때로는 나에 대한 고의적인 무관심한 태도가 히죽거리는 모욕적인 친절로 변하는 수가 있었다. 그래서 나는 호텔 접수계에서 표를 사는 것이 소름이 끼칠 만큼 싫었다. 그들의 눈에는 내가 얼마나 어리고 아무것도 모르는 경험 없는 소녀로 보였을까. 그리고 그것은 나 자신 또한 얼마나 절실히 느끼고 있었던 것인가. 그 무렵의 나는 정말 너무나도 예민했고 너무나도 순진했다. 내게 걸어오는 대부분의 말에는 모두 가시나 바늘이 감추어져 있었으며, 그것이 공중에 떠돌아다니고 있는 듯했다.

그 햄과 소 혀의 요리 접시를 나는 지금도 자세히 기억하고 있다. 그것은 쐐기 모양으로 썰어 놓은 것으로 바싹 말라서 아주 맛이 없어 보였지만 나는 감히 거절할 용기가 없었다. 반 홉퍼 부인은 음식에 몹시 열중하는 성질이었기 때문에 우리는 아무 말 없이 묵묵히 식사만 했는데, 소스가 부인의 뺨에서 흘러내리는 것을 보고 이 고기 완자 요리가 부인의 마음에 들었구나 하는 것을 곧 알 수 있었다. 그러나 내 앞에 놓인 식은 요리에 식욕을 느낀 것은 부인이 정신 없이 먹는 것을 보았기 때문은 절대 아니었다. 문득 부인에게서 눈을 돌리니, 사흘 동안이나 비어 있던 우리 옆자리의 식탁에 누군가가 막 와서 앉은 참이었다. 식당 주인은 특별한 손님을 위해 잘 간직해 두었던 것 같은 독특한 절을 하면서 새로 온 손님을 그 식탁에 안내했다.

반 홉퍼 부인은 포크를 놓고 안경에다 손을 뻗쳤다. 그리고 흘끔흘끔 그 신사를 관찰하기 시작했기 때문에 나는 그만 얼굴을 붉혔다. 새로 온 손님은 부인의 호기심 따위에는 전혀 상관하지 않고 식단표만 이리저리 살펴보고 있었다. 이윽고 반 홉퍼 부인은 안경을 소리내어 접더니 식탁 너머로 몸을 굽히고는 치미는 흥분으로 작은 눈을 빛내며 큰 소리로 말했다.
"맥스 드 윈터야, 만더레이의 주인이지. 너도 이름쯤은 들었을 테지. 어쩐지 좀 우울해 보이는구나. 소문으로는 아직 세상을 떠난 부인을 잊지 못한다고 하더라만……."

3

만약 반 홉퍼 부인이 그런 사람이 아니었다면 지금 나의 생활은 어떻게 되어 있을까. 나의 운명이 마치 한 가닥의 실처럼 그러한 그녀의 성질에 매달려 있었던 것을 생각하면 어쩐지 이상한 기분이 든다. 부인의 호기심은 일종의 병이며 거의 편집광적이라고도 할 만한 것이었다. 처음에는 그녀의 그 병적인 버릇에 얼마나 놀라고 당황했는지 모른다. 사람들이 등 뒤에서 웃어대다가 그녀가 들어오면 얼른 자리에서 일어나 밖으로 나가거나 허둥지둥 종업원용 문 뒤에 숨는 것을 보면, 나는 마치 주인의 고통을 대신 받아야만 하는 '왕자님의 시종'처럼 느껴지곤 했다.

그녀는 그때까지 오랜 세월 동안 코트 다쥬르 호텔의 단골로 심심풀이로 브리지를 하는 것은 이미 몬테카를로에서는 평판이 자자했지만, 유명한 여행가라면 누구나──설사 우체국 저쪽 끝에 서 있는 것을 단 한번 보았을 뿐이라 해도 곧 자기의 친구라고 주장하는 버릇이 있었다. 그리고 교묘하게 이러쿵저러쿵 자기 소개를 해치우고는 희생자가 아직 위험을 알아차리기 전에 재빨리 자기 방으로 초대하는 것이었다. 더욱이 그녀의 공격법은 눈 깜짝할 사이에 갑작스럽게 돌진하는 것이므로 거의 몸을 피할 여유가 없었다.

코트 다쥬르에서는 응접실과 식당으로 이어진 복도 중간에 있는 휴게실 한복판의 소파를 독점하고 점심 식사와 만찬을 하고 난 뒤에는 언제나 그곳으로 커피를 가져오게 했다. 따라서 식당에 드나드는 사람은 모두 그녀 옆을 지나쳐야만 했다.

이따금 나를 사냥감의 미끼로 이용하기도 했다. 도무지 마음이 내키지 않았지만 그녀의 전갈이나 빌린 책이라든지 신문, 어떤 상점의 주소나 서로 아는 친구의 거처를 갑자기 알게 되었다는 소식 따위를 가지고 심부름을 가곤 했다. 앓는 사람에게 젤리를 스푼으로 떠먹이듯이 그녀에게는 유명한 사람으로 배를 채워 주어야만 했다. 그 중에서도 특히 그녀가 좋아한 것은 '직함'이었는데, 한 번쯤 신문 사교란에 나왔던 사람이라면 그것으로 충분했다. 소설가이든 화가이든 배우든간에 요컨대 활자로 된 이름을 본 기억만 있으면 아무리 하찮은 사람이라도 좋아했던 것이다.

벌써 몇 해 전 이야기지만, 기념해야 할 오후의 그녀 모습을 나는 마치 어제 일처럼 생생하게 떠올릴 수가 있다. 그날 부인은 휴게실의 애용하는 예의 그 소파에 앉아 공격 방법을 생각하고 있었다. 그녀의 들뜬 태도며 안경으로 이를 톡톡 두드리고 있는 모습은 분명 이것저것 여러 가지로 생각하고 있음을 말해 주었다. 그녀가 식후의 과자도 먹지 않고 디저트도 생략한 채 일어난 것은 새로 온 손님보다 먼저 식사를 끝내고 그가 지나가는 길목에서 지킬 작정이었던 모양이다. 이윽고 그녀는 갑자기 작은 눈을 빛내면서 내쪽을 향했다.

"빨리 2층에 가서 조카에게서 온 편지를 찾아다 줘요. 신혼 여행에서 보낸 사진이 들어 있는 편지 말이야. 얼른 가져와야 해."

계획이 결정된 게 틀림없었다. 결국 조카를 자기 소개의 수단으로 삶을 작정인 것이다. 그녀의 계획에서 내가 맡아 해야 할 역할이 새삼 원망스러웠다. 나는 마치 요술쟁이의 조수처럼 여러 가지 소도구를 건네어 주고 주의 깊게 주인의 눈짓을 기다리며 뒤에 말없이 앉아 있어야 하는 것이다.

새로 온 손님이 부인의 공격을 환영하리라고는 도저히 생각할 수 없었다. 식사하는 동안 나도 그 신사에 관해서 몇 가지 알 수가 있었다. 그것은 부인이 열 달이나 전에 신문에서 읽고 언젠가는 써 먹어야겠다고 생각하여 기억해 두었던 것 중에서 일부분을 들은 지식 덕분이었는데, 아직 젊고 세상 물정을 몰랐음에도 불구하고 나는 고독한 자신의 세계로 갑작스럽게 침입하는 부인을 저 신사는 아마도 불쾌하게 여길 것이라고 생각하고 있었다. 어째서 그가 여행지를 이 몬테카를로의 코트 다쥬르 호텔로 선택해야만 했는지 그것은 우리가 알 바 아니었다. 그의 문제는 그만의 것이라는 사실은, 반 홉퍼 부인을 제외하고는 누구나 다 잘 알고 있었다. 남에게 마음을 써 주거나 사양한다든지 조심하는 일을 부인은 전혀 알지 못했다. 게다가 남의 소문 거리를 지껄이는 일은 그야말로 그녀 생활의 숨결인 것이다. 그러므로 신사는 아무래도 그녀의 해부대 위에 올려져야만 했다.

부인의 분부로 2층에 올라간 나는 부인의 책상 서랍에서 곧 그 편지를 찾아 냈지만 다시 휴게실로 돌아가기를 잠시 망설였다. 그렇게 함으로써 신사의 고독한 시간이 조금이나마 연장될 수 있으리라고 좁은 소견으로 생각했기 때문이었다.

뒤쪽 계단으로 돌아가 신사에게 복병이 있음을 알려 줄 수가 있다면……. 내게는 도무지 그런 용기가 없는 것이 한심했다. 나에게는 그런 용기보다 습관의 힘이 훨씬 강했다. 게다가 어떻게 이야기해야 좋을지도 몰랐다. 내가 할 수 있는 일이란 고작 늘 정해진 옆자리에 앉아서 마치 만족한 왕거미처럼 부인이 권태의 실로 저 낯선 사람 주위에 커다란 그물을 쳐 나가는 것을 잠자코 보는 것뿐이다.
 생각보다 많이 지체한 모양이었다. 휴게실로 돌아와 보니, 벌써 식당에서 나온 그를 놓치지 않으려고 부인은 내가 편지를 가져오는 것을 기다리지 않고 뻔뻔스럽게도 한창 자기 소개를 떠벌이고 있었다. 그는 이미 부인과 나란히 소파에 앉아 있었다. 나는 두 사람 앞으로 나아가 아무 말 없이 가지고 온 편지를 부인에게 내밀었다. 그는 곧 일어섰지만 성공을 거둔 기쁨으로 벌겋게 상기했던 반 홉퍼 부인은 손을 흔들면서 내 이름을 불렀다.
 "드 윈터 씨는 우리와 함께 커피를 드시겠대요. 종업원에게 가서 찻잔을 하나 더 갖다 달라고 해줘."
 그에게 나의 지위를 충분히 알리기에 족할 정도로 지극히 무심한 어조였다. 이 아이는 아주 하찮은 소녀니까 우리 대화에 끼어들게 할 필요는 없어요——마치 그렇게 말하는 것처럼 생각되었다. 부인이 자신을 위엄 있게 보이려고 할 때에는 언제나 이런 어조로 말하곤 했다. 물론 그녀의 이러한 소개 방법은 자기 방어의 한 형식이기도 했다. 언젠가 내가 부인의 딸로 착각되어 두 사람 모두 당황하여 어쩔 줄 몰랐던 일이 있기 때문이었다. 부인의 그러한 태도는 상대방에게 언제나 나를 무시해도 상관 없다는 것을 확실하게 나타내고 있었다. 그래서 부인들이 나에게 인사를 할 때는 마치 나를 무시하는 것처럼 가볍게 끄덕이고, 신사들은 마음을 놓으면서 예의 차릴 필요 없이 안락한 의자에 깊숙이 앉아도 되는 것으로 알아듣는 것이었다. 그러므로 지금 새로 온 이 신사가 여전히 선 채로 있는 것을 보고 나는 놀라움을 금치 못했다. 게다가 손을 들어 종업원에게 신호를 한 것도 내가 아니라 그였다.
 "부인 말씀에 어긋나는 것이 될지도 모르겠습니다만, 제가 두 분께 차를 대접하고 싶습니다." 그는 부인에게 말했다.

내가 아직 어리둥절해 있는 동안에 그는 언제나 내가 앉게 되어 있는 딱딱한 의자에 앉아 버렸다. 하는 수 없이 나는 반 홉퍼 부인과 나란히 소파에 앉았다.

  그녀는 잠시 난처해진 것처럼 보였다. 완전히 기대가 어긋났기 때문이었다. 그러나 곧 기분을 돌려 나와 탁자 사이에 털썩 자리를 잡고는, 그에게로 몸을 내밀어 큰 소리로 열심히 지껄이기 시작하면서 손에 든 그 편지를 마구 흔들어 댔다.

  "당신이 식당으로 들어서는 순간, 나는 금방 알아보았답니다." 부인은 이렇게 말했다. "그리고 생각했지요. 아, 빌리의 친구인 드 윈터 씨가 오셨구나, 빌리와 그의 신부가 신혼여행에서 찍은 사진을 보여 드려야겠구나 하고 말이에요. 보세요, 이게 바로 그 사진이랍니다. 애가 도라지요. 참 귀엽지 않습니까? 글쎄 이 가늘고 늘씬한 허리하며 크고 서글서글한 눈 좀 보세요. 팜 비치에서 일광욕을 하고 있는 모습이라는군요. 글쎄, 빌리는 이 신부에게 홀딱 반해서 정신이 없답니다. 빌리가 처음으로 도라를 만난 것은 그 아이가 클라릿지에서 열렸던 파티에서였지요……. 아참, 그러고 보니 내가 처음 당신을 만난 것도 그때군요. 하긴 틀림없이 나 같은 할머니 따위는 기억에도 없으시겠지만요." 넌지시 생각해 내게 하려는 듯한 눈짓을 하면서 그녀는 흰 이를 드러내고 말했다.

  "천만에요, 잘 기억하고 있습니다."

  그는 이렇게 말했다. 그리고 처음 만났을 때의 추억담 속으로 끌려들기 전에 재빨리 담뱃갑을 부인 앞에 내밀었다. 담배에 불을 붙여야만 했으므로 그녀는 하는 수 없이 잠시 이야기를 멈추었다.

  "팜 비치는 그다지 좋아하지 않습니다." 그는 성냥불을 끄면서 말했다. 나는 그이 쪽을 흘깃 바라보면서, 만약 플로리다를 배경으로 이 사람을 세워 놓는다면 몹시 비현실적으로 보일 것이라고 생각했다. 이 사람에게는 15세기의 성벽으로 둘러싸인 도시, 돌이 깔린 좁은 거리에 가늘고 뾰족한 탑이 솟아 있으며 끝이 뾰족한 구두에 몸에 꼭 달라붙은 바지를 입은 시민들이 살고 있는 그런 도시야말로 잘 어울릴 것이다. 사람의 마음을 끄는 듯한 그의 예민해 보이는 얼굴에는 어딘지 중세적인 데가 있었다. 그리고 나에게 어느 미술관에서 본 〈낯선 신사〉라는 초상화를 생각나게 했다. 만약 그에게 지금 입고 있는 영국제 트위드 신사복을 벗기고 칼라나 손목에 레이스가 달린 검은 옷으로 갈아 입힌다면 그는 틀림없이 먼 과거——사람들이 밤에 기다란 외투로 몸을 싸고 돌아다니거나 낡은 현관의 어둠 속에서 있었던 과거, 좁은 계단이며 어두컴컴한 감옥이 있었던 과거, 어둠 속의 속삭임이며 번쩍이는 긴 칼이며, 침묵 속의 우아한 예의 등이 있었던 과거——에서 가만히 우리의 새로운 세계를 내려다보고 있는 것처럼 보일 것이다.

나는 저 초상화를 그린 거장의 이름을 생각해 내려고 애썼다. 진열실 구석에 세워 놓았던 그림은 어둠침침한 틀 속에서 유심히 이쪽을 지켜보고 있었다. 두 사람은 무언가 서로 이야기를 주고받고 있었지만 나는 대화의 흐름을 놓치고 있었다.

"아니오, 벌써 20년이나 전부터……" 하고 그는 말했다. "전 그런 것엔 전혀 흥미를 갖지 않게 되었습니다."

반 홉퍼 부인의 투박하면서도 유쾌한 듯한 웃음 소리가 울렸다.

"만약 빌리가 만더레이와 같은 저택을 가지고 있다면 아마 팜 비치 같은 데를 돌아다니는 일은 없을 거예요." 하고 그녀는 말했다. "소문을 들으니 만더레이는 마치 옛이야기에 나오는 성 같아서 도저히 말로는 표현할 수 없을 만큼 훌륭하다더군요."

그가 미소 짓기를 기대하며 부인은 입을 다물었다. 그러나 그는 여전히 담배만 피우고 있었다. 나는 문득 그의 눈썹 사이에 보일 듯 말

듯 가느다란 주름이 한 가닥 그어져 있는 것을 알아차렸다.
 "물론 사진으로는 본 적이 있어요" 하고 그녀는 계속했다. "정말 기가 막히게 훌륭해요. 어떤 경치 좋은 곳도 만더레이의 아름다움에는 당할 수 없다고 빌리도 말하더군요. 당신이 어째서 그런 훌륭한 저택을 떠나 사시는지 난 도무지 이상해서 견딜 수가 없어요."
 그는 불쾌한 듯이 잠자코 있었다. 그녀 이외에는 누구나가 알 수 있는 일이었다. 그러나 그녀는 흡사 얼빠진 산양처럼 소중하게 가꾸고 있는 토지 속으로 자꾸만 걸어 들어가는 것이었다. 그녀와 함께 말할 수 없는 굴욕 속으로 끌려들어 가게 된 나는, 나도 모르게 얼굴이 붉어짐을 느꼈다.
 "당신네 영국인들은 자기 저택에 관한 이야기만 나오면 모두 똑같더군요." 그녀는 점점 목소리를 높이면서 지껄여 댔다. "자랑하는 것처럼 될까봐 대단찮은 듯이 말씀하시는 거겠지요. 만더레이에는 음유 시인의 회랑이며 매우 훌륭한 초상화 같은 게 잔뜩 있다면서요?"
 그리고 나서 그녀는 내 쪽을 돌아보며 설명하듯이 말했다. "드 윈터씨는 매우 겸손하셔서 그렇다고 말씀하시지 않지만 나는 노르망디 공의 정복 시대부터 만더레이는 그 가문의 소유가 틀림없다고 생각하고 있단다. 음유 시인의 회랑 같은 곳은 기막히다는 소문이지……. 그런데, 드 윈터 씨, 아마 당신의 조상께선 이따금 만더레이 왕족들도 초대해서 대접을 하셨겠지요?"
 아무래도 나는 도저히 더 이상 참을 수가 없었다. 그런데 그때 뜻밖에도 그가 매우 신랄한 대답을 했다.
 "아닙니다, '꾸물거리는 에썰레드'라는 별명이 붙은 에썰레드 이후에는 한번도 그런 일은 없었습니다. 사실은 그가 그런 별명을 얻게 된 것도 저의 집에 묵고 있을 때의 일이지요. 언제나 만찬 시간에 늦곤 했으니까요."

반 홉퍼 부인에게 이 정도의 야유는 당연하다고 생각하면서 나는 그녀의 얼굴빛이 달라지기를 기다리고 있었다. 그러나 어처구니 없게도 모처럼 한 그의 말도 그녀에게는 전혀 효력이 없었다. 나는 마치 따귀를 얻어 맞은 어린아이처럼 그녀 대신 혼자 마음을 졸여야 했다. 그런데도 그녀는 또 입을 열었다. "어머나, 그게 정말인가요? 전 조금도 몰랐어요. 나의 역사 지식은 정말 부끄러울 정도로 형편 없어서 영국의 왕에 관한 일은 언제나 머릿속에서 혼동되어 버린답니다. 하지만 지금 말씀하신 이야기는 정말 재미있군요. 딸 아이에게 곧 이야기해 주어야겠어요. 딸 아이는 굉장한 학자랍니다."

이야기가 한동안 끊어졌다. 나는 다시 얼굴이 붉어짐을 느꼈다. 만일 내가 조금만 더 나이를 먹었더라면 그와 마주 보며 빙그레 웃을 수 있었을는지도 모른다. 그녀의 너무나도 어처구니 없는 태도가 우리들 사이에 다리를 놓아 주었던 것이다. 그러나 그때의 나는 다만 쥐구멍에라도 들어가고 싶은 마음으로, 때때로 젊은 여자의 마음을 사로잡는 고뇌의 하나를 꾹 참고 있을 뿐이었다.

그는 내 마음의 괴로움을 알고 있는 것같이 생각되었다. 그는 앉은 채로 몸을 구부리고 부드러운 목소리로 커피를 한 잔 더 마시겠느냐고 나에게 물었다. 사양하여 고개를 저었더니, 그는 의아스러운 듯이 살피는 듯한 눈초리로 나를 보고 있는 것이 느껴졌다. 그는 부인과 나의 관계를 궁금히 여기면서 두 사람 다 똑같이 형편 없는 여자로 생각해도 괜찮을지 어떨지 생각하는 듯했다.

"이 몬테카를로를 어떻게 생각하십니까? 아니면, 몬테카를로 따위는 생각해 보신 적도 없으신지요?" 그가 물었다.

이리하여 나는 대화에 끼어 들었으나 그때는 모든 것이 완전히 최악의 상태에 있었다. 나는 볼이 발그레하고 머리가 더부룩한, 여학교를 갓나온 앳된 소녀였다. 나는 그의 질문에 이 몬테카를로가 매우 인공적이라는 너무나도 뻔한 사실을 긴장해서 가까스로 두세 마디 이야기하기 시작했는데 나의 말이 미처 끝나기도 전에 반 홉퍼 부인이 재빨리 말을 가로챘다.

"이 아이는 몹시 제멋대로랍니다, 드 윈터 씨. 그것이 이 아이의 결점이지요. 대부분의 젊은 아이들은 몬테카를로에 간다면 눈빛까지 달라지며 좋아서 떠들어 댈 텐데 말이에요."

"그러나 좋아서 떠들어 대며 찾아온 그 결과는 어떠했을까요?"

그는 미소 지으며 말했다.

부인은 어깨를 으쓱하고는 담배 연기를 휴우 토해 냈다. 그의 말은 부인에게 단 한 마디도 이해되지 않는 것 같았다.

"전 엄청난 몬테카를로 애찬가랍니다" 하고 그녀는 말했다. "영국의 겨울은 이제 정말 지긋지긋해요. 우선 몸이 견디어 내질 못하는걸요. 당신은 왜 여기 오셨지요? 늘 오시지는 않으시지요? '케미'라도 하실 생각인가요, 아니면 골프 도구를 가지고 오셨나요?"

"아니오, 아무것도 생각하고 있지 않습니다" 하고 그는 말했다.

"아무튼 허둥지둥 갑자기 왔으니까요."

그리고 자기가 한 말에서 무엇을 생각해 낸 듯 그는 다시 얼굴빛이 흐려지며 눈살을 조금 찌푸렸다. 그러나 부인은 여전히 아랑곳없이 지껄여 댔다.

"아마도 만더레이의 안개가 그리워지시는 모양이군요. 무리도 아니에요. 서부 지방의 봄은 그야말로 기막힐 테니까요."

그는 팔을 뻗쳐 재떨이에 담배를 비벼 껐다. 그때 나는 그의 눈빛이 조금 달라지며 무어라 형용할 수 없는 표정이 순간적으로 그 속에 번뜩인 것을 알아챘다. 나는 나와는 관계 없는 그만의 것을 엿본 듯했다.

"그렇습니다, 지금은 만더레이가 가장 아름다울 계절이지요." 그는 무뚝뚝하게 말했다.

잠시 침묵이 흘렀다. 어딘지 모르게 어색한 침묵이었다. 나는 그의 모습을 몰래 훔쳐보고는 긴 외투를 입고 살그머니 밤의 복도를 걸어가는 예의 그 '낯선 신사'의 초상을 다시금 똑똑히 눈앞에 떠올렸다. 그때 반 홉퍼 부인의 목소리가 마치 벨 소리처럼 내 환상을 꿰뚫었다.

"여기서는 각계 각층의 분을 많이 아시겠지요. 하지만 올 겨울의 몬테카를로는 몹시 지루해요. 올해에는 유명한 분이 거의 오시지 않았어요. 미들섹스 공작이 요트로 오시긴 했지만 전 아직 타지 못했답니다.——내가 아는 한 부인이 요트를 탄 적은 한 번도 없었다——물론 넬 미들섹스 양을 아시겠지요?" 그녀는 말을 계속했다. "얼마나 매력 있는 아가씨예요? 확실치는 않으나 공작 자제분이 아니라는 소문도 있지만 그런 말은 믿지 않아요. 아름다운 여인에 관한 일이라면 세상에서는 으례 여러가지 말을 퍼뜨리는 법이니까요. 정말 어여쁘시더군요. 그런데 칵스튼 히스롭프의 결혼이 원만치 못하다는 것은 정말인가요?"

부인은 이렇게 여러 가지 잡다한 소문을 차례로 끄집어 냈다. 그것이 그가 전혀 알지 못하는 이름이며 따라서 그에게는 아무런 뜻이 없다는 것도, 또한 그녀가 그렇게 태연히 계속 수다를 떨고 있는 동안 점차 그가 냉담해지고 말수가 적어져 간다는 것도 부인은 전혀 깨닫지 못했다. 그는 한 번도 부인의 말을 가로막거나 시계를 들여다보거나 하지는 않았다. 마치 아까 내가 보는 앞에서 노골적으로 부인에게 모멸적인 빛을 나타냈던 그 순간부터 모범적인 예의바른 사람이 되려고 결심이나 한 것같이 두 번 다시 부인의 비위를 거스르기보다는 무조건 참아야겠다고 마음먹고 있는 것처럼 생각되었다. 그러나 조금 뒤 각 방에 배치되어 있는 종업원이 그를 가까스로 해방시켜 주었다.

종업원은 의상집 사람이 방에서 반 홉퍼 부인을 기다리고 있다고 알려 주었다.
이 말을 듣자 그는 곧 의자를 뒤로 밀고 일어났다.
"얼른 가 보십시오" 하고 그는 말했다. "요즈음의 유행은 실로 변화가 빨라서, 부인께서 방으로 가시는 동안에도 벌써 변해 있을지 모르니까요."
이런 빈정거림도 부인에게는 마이동풍이었다. 그녀는 이것을 단순한 농담으로 받아들인 것이다.
"이렇게 친하게 되어서 정말로 기쁩니다, 드 윈터 씨." 엘리베이터 쪽으로 걸어가면서 그녀는 말했다. "제 편에서 먼저 우리끼리 터놓고 지내자고 했으니까 앞으로는 마음 편하게 흉허물없이 지냈으면 해요. 부디 제 방에도 놀러 오세요. 그리고 여러분과 함께 술이라도 한 잔 들어 주세요. 내일 밤엔 손님이 두서너 분 오시는데 당신도 자리를 함께 해주시겠어요?"
거절하기에 고심하고 있는 그의 모습을 보다못해 나는 딴 데로 얼굴을 돌렸다.
"매우 유감스럽습니다만……," 그는 말했다. "내일은 소스펠에 드라이브하기로 되어 있어 몇 시쯤 돌아오게 될지 잘 알 수가 없습니다……."
하는 수 없이 그녀도 더 이상 권하기를 단념했다. 그러나 아직 엘리베이터 입구에서 우물쭈물하고 있었다.
"방이 마음에 드시면 다행입니다만 만약 마음에 드시지 않으면 절반은 비어 있는 형편이니까 사양치 마시고 호텔에 말씀하세요. 그건 그렇고 하인은 벌써 짐을 다 정리했나요?"
아무래도 이건 너무 참견이 지나치다. 나는 흘깃 그의 표정을 보았다.

"아니오, 저는 마침 하인을 데리고 오지 않았습니다." 그는 조용히 말했다. "만약 아직 짐을 못 풀었다면 부인께서 해주시렵니까?"

이번에야말로 그의 대답에는 확실히 반응이 있었다. 부인은 얼굴이 새빨개져 조금 어색하게 웃었다.

"어머나, 전 그저……" 하고 말하기 시작했으나 뜻밖에도 갑자기 나를 보고 "너라면 드 윈터 씨를 도와 드릴 수 있겠구나. 너는 뭐든지 솜씨 있게 하는 아이니까."

잠깐 말이 끊어진 동안, 나는 그가 뭐라고 대답을 할 것인가 하고 굳어져서 서 있었다. 그는 입술에 희미한 미소를 띠고 조금 빈정거리며 놀리는 듯한 눈초리로 우리를 바라보았다.

"그것 참, 고맙군요," 그는 말했다. "그러나 전 역시 가문의 계명을 지키기로 하겠습니다. 가장 빠르게 여행하려면 혼자 가라……. 물론 부인은 아직 들은 일이 없으시겠지만."

그리고는 그녀의 대답도 기다리지 않고 재빨리 저쪽으로 가 버렸다.

"이상한데." 엘리베이터를 타고 이층으로 올라가면서 반 홉퍼 부인은 말했다. "하지만 저렇게 갑자기 가 버리는 것도 일종의 유머인지 몰라. 남자들이란 이따금 저런 묘한 짓을 한단다. 난 지금도 기억하지만 어떤 유명한 작가 가운데 내 모습만 보면 반드시 종업원 전용 계단으로 허둥지둥 뛰어내려가던 사람이 있었단다. 아마도 그 사람은 내게 특별한 관심이 있었지만 자신이 없었던가봐. 아무튼 그 무렵은 나도 젊었으니까."

엘리베이터가 멎었다. 우리는 이층에 닿은 것이다. 종업원이 문을 열었다.

"그건 그렇고," 복도를 걸으면서 그녀는 말했다. "내가 싫은 소릴 한다고 생각하면 곤란하다만 조금 전의 네 태도는 좀 지나쳤어. 네가 대화를 독차지하려 드니까 난 정말 난처했단다. 그분도 틀림없이 그렇게 생각했을 거야. 남자들은 너무 나서는 걸 싫어한단다."
나는 아무 말도 하지 않았다. 대답할 말이 없었다.
"어머나, 애야. 토라지진 마라." 이번에는 웃으면서 어깨를 으쓱했다. "뭐니뭐니해도 네 태도에 대한 책임은 바로 나에게 있으니까 말야. 너도 어머니뻘 되는 웃사람의 충고는 잘 들어야 해요……. 어머나, 블레즈, 지금 가요." 콧노래를 부르면서 부인은 의상집 사람이 기다리고 있는 침실로 들어갔다.
나는 창가 의자에 무릎을 세우고 오후의 창 밖을 바라보았다. 태양은 눈부시게 빛나고, 바람은 가볍게 불고 있다. 이제 반 시간만 지나면 우린 창문을 꼭꼭 닫고 중앙의 난로에 불을 잔뜩 땐 실내에서 브리지를 하고 있을 것이다. 내가 치워야 할 재떨이며 내다 버린 초컬릿 크림과 함께 루즈 묻은 담배꽁초가 흩어져 있는 광경을 나는 생각했다.
어렸을 적부터 스냅이나 해피 패밀리스(모두 트럼프 놀이의 일종)만 해 온 사람에게 브리지 게임은 너무 어려웠다. 게다가 부인의 친구들도 내가 끼어드는 것을 그다지 환영하지 않았다. 디저트가 나올 때까지의 식당 여종업원의 경우와 마찬가지로, 젊은 내가 있으면 어쩐지 그들의 대화가 활기를 띠지 못하는 것을 나는 알고 있었다. 즉 내가 있기 때문에 그들은 남의 좋지 못한 소문이나 험담의 도가니 속에 마음놓고 뛰어들 수가 없는 것이다. 그녀의 남자 친구들은 일부러 친한 체하면서 나에게 역사나 그림에 대해 여러 가지로 장난기 섞인 질문을 했다. 내가 학교를 갓 나온 애숭이로 보이기 때문에 그런 것 밖에는 화제가 없다고 생각하는 것이다.
나는 한숨을 쉬면서 창가를 떠났다. 태양은 활기있게 빛나고 있으며, 바다 표면에서는 상쾌한 바람으로 하얗게 거품이 일고 있었다.

2,3일 전에 본 모나코의 어떤 거리 모퉁이 풍경이 마음속에 되살아났다──이지러진 집 한 채가 돌을 깔아 놓은 네거리 쪽으로 비스듬히 서 있었다. 위로 젖혀진 지붕 훨씬 위쪽에는 마치 무슨 틈새처럼 좁은 창문이 하나 나 있었는데 어딘지 모르게 중세의 자취가 묻어났다. 나는 책상 앞에 앉아 종이와 연필을 집어들고 아무런 생각 없이 독수리를 닮은 모습을 한 창백한 옆얼굴을 하나 스케치했다. 우울해 보이는 눈, 우뚝 선 콧날, 차가운 웃음을 띤 윗입술. 그리고 나는 먼 옛날의 화가가 했듯이 그 옆 얼굴에 끝이 뾰죽한 수염과 레이스의 컬러 장식을 덧붙였다.

문득 문을 두드리는 소리가 들리고 엘리베이터 보이가 편지를 한 통 들고왔다.

"부인께서는 침실에 계세요" 라고 나는 말했으나, 뜻밖에도 그는 고개를 저으며 나한테 온 편지라고 말했다. 펴 보니 안에는 종이 한 장이 들어 있었고, 거기에는 낯선 필적으로 이렇게 씌어 있었다.

'아까는 대단히 실례했습니다.'

다만 그것뿐이었다. 서명도, 서두의 인사말도 없다. 그러나 겉봉에는 분명 내 이름이 씌어 있었다. 더욱이 신기하게도 정확한 철자로 씌어 있었던 것이다.

"회답을 쓰시겠습니까?" 종업원이 물었다.

나는 갈겨 쓴 글씨에서 눈을 들고 "아니오" 라고 말했다. "회답은 드리지 않겠어요."

그가 나가 버리자 나는 그 편지를 호주머니 안에 넣었다. 그리고 다시 스케치하던 종이 앞에 앉았으나 웬지 아까와 같은 감흥은 일지 않았다. 그림의 얼굴 표정은 굳어져 있고 생기가 없었으며, 레이스 장식도 수염도 마치 몸짓으로 하는 수수께끼 놀이의 소도구처럼 보였다.

4

 브리지 모임이 있었던 이튿날 아침, 반 홉퍼 부인은 잠에서 깨어나자 목이 아프다고 했다. 체온을 재어 보니 37.8°였다. 전화를 걸어 담당 의사를 불렀다. 의사는 곧 찾아와서 보통 유행성 감기라고 했다.
 "제가 이제 괜찮다고 할 때까지 누워 있어야만 합니다." 의사는 부인에게 이렇게 말했다. "심장의 상태가 약간 걱정스럽습니다. 아무튼 안정하시는 것이 가장 좋습니다. 그리고……."
 이번에는 나를 향해 말했다. "숙련된 간호사를 한 사람 고용하셔야겠습니다. 당신으로는 도저히 감당하지 못할겁니다. 기껏해야 2주 정도면 됩니다."
 나는 그렇게 중태일 리가 없다고 생각되었으므로 의사에게 항의했다. 그런데 놀랍게도 환자 자신이 의사의 의견을 따르겠다고 주장했다. 그녀는 병이라 하여 모두로부터 떠들썩하게 동정과 문병을 받고, 문병 편지며 꽃다발을 받고 싶은 것이다. 몬테카를로의 생활도 이제는 차차 싫증이 났기 때문에 이 대수롭지 않은 병을 핑계로 기분 전환을 꾀하려는 것이다.
 간호사는 부인에게 주사를 놓고 가벼운 마사지를 해주기도 하고 처방대로의 식이요법을 지시하기도 할 것이다. 간호사가 오자 매우 만족한 부인이 열이 내리기 시작한 머리를 베개에 얹고서 가장 고급인 침실용 재킷을 어깨에 걸치고 리본이 달린 나이트캡을 쓴 다음 잠든 것을 보고 나는 그녀 곁을 떠났다. 그리고 묘하게 기분이 들뜨는 것을 약간 부끄럽게 생각하면서 부인의 친구들에게 전화를 걸어 그날 밤 열리기로 했던 자그마한 파티가 연기되었음을 알렸다.
 그러고 나서 여느 때보다 족히 30분은 일렀지만 점심 식사를 하러 식당으로 내려갔다. 아마 식당에는 아직 아무도 와 있지 않으리라고 생각했다. 1시 전에 점심 식사를 하는 사람은 거의 없었기 때문이다. 생각했던 대로 식당은 텅 비어 있었다. 그러나 우리가 늘 앉는 식탁 옆의 테이블만은 비어 있지 않았다. 그것은 전혀 생각지도 못했던 우연이었다. 나는 그가 소스펠에 가 있으리라고만 생각했던 것이다. 아마도 그는 우리를 피하기 위하여 일부러 이렇게 이른 시간을 택했던 모양이다. 나는 이미 식당 안을 절반 이상이나 걸어왔기 때문에 새삼스럽게 되돌아 나갈 수도 없었다. 어제 엘리베이터 앞에서 헤어진 뒤 나는 한번도 그를 보지 못했다. 아마도 그는 지금 일찌감치 점심 식사를 하는 것과 같은 이유로 어젯밤의 만찬 때에도 교묘하게 우리를 피했을 것이다.

나는 어떻게 해야 좋을지 몹시 당황했다. 좀더 나이가 들었든가 아니면 좀 다른 성질을 지닌 여자였다면 어떻게 방법도 있으련만, 나는 똑바로 앞만 보면서 내 식탁으로 가까이 갔는데 당황한 나머지 냅킨을 펼 때 아네모네 꽃병을 그만 엎어 버리고 말았다. 물은 테이블보를 흠뻑 적시고 내 무릎 위로 흘러 떨어졌다. 종업원은 식당 저쪽 끝에 있었으나 조금도 알아차리지 못한 것 같았다. 옆 자리에 앉았던 그는 얼른 마른 냅킨을 들고 내 곁으로 다가왔다.

"테이블보가 젖었으니 앉으시기 어렵겠군요." 그는 무뚝뚝한 어조로 이렇게 말했다. "음식이고 뭐고 엉망이 되겠습니다. 자, 비키세요."

그가 테이블보를 닦기 시작하자 그제야 알아차린 종업원이 급히 달려왔다.

"괜찮아요." 나는 말했다. "아무렇지도 않아요. 저는 혼자인걸요, 뭐."

그는 아무 말도 하지 않았다. 종업원이 꽃병과 나뒹굴어진 꽃을 치웠다.

"아니 아니, 그건 그대로 둬. 그보다 내 테이블에 자리를 하나 더 마련해 주시오. 이 아가씨는 나와 함께 식사를 하실 거요."

나는 어쩔 줄 모르며 그를 올려다보았다.

"아, 아니에요." 나는 말했다. "그렇게 할 수는 없어요."

"왜 안 되지요?" 그는 말했다.

그러나 나는 어떻게 해서든지 거절해야겠다고 생각했다. 그는 마음속으로 틀림없이 나와 식사하는 것을 난처하게 여기고 있을 것이다. 이 권유는 결국 예의에 지나지 않는다. 내가 함께 있으면 그의 점심 식사를 망쳐 버리게 될 것임에 틀림없다. 나는 조금 더 용기를 내어, 생각하고 있는 대로 솔직하게 말하려고 마음먹었다.

"부디……" 하고 나는 부탁했다. "예의 같은 것에 마음 쓰지 마세요. 친절은 정말 감사합니다만, 종업원이 테이블보만 닦아 주면 저는 아무렇지도 않으니까요."

"나는 별로 예의 따위에 마음쓰고 있지 않습니다" 하고 그는 말했다. "나는 다만 함께 식사를 하고 싶을 뿐입니다. 비록 지금처럼 꽃병을 엎지 않으셨다 해도 부탁하고 싶었습니다." 아마도 그때 내 얼굴에 의혹의 빛이 나타났던 모양인지 그가 빙그레 웃으면서 말을 계속했다. "당신은 내 말을 믿지 않으시는군요. 걱정 마시고 이쪽으로 와 앉으십시오. 마음이 내키지 않으면 서로 이야기는 하지 않아도 좋으니까요."

자리에 앉자 그는 식단표를 내 주며 내가 좋아하는 것을 고르게 했다. 그리고 마치 아무 일도 없었던 듯한 태도로 전채를 먹기 시작했다.

그 태연한 태도는 정말 그만의 독특한 것이었다. 식사하는 동안 한 마디도 말을 주고받지 않고 내내 그런 상태가 계속된다 해도 거북한 일은 조금도 없을 것 같다. 그는 나에게 역사 문제를 질문하거나 하지는 않을 것이다.

"친구 분은 어떻게 되셨습니까?" 하고 그가 말했다.

나는 부인이 유행성 감기로 누워 있다고 이야기했다.

"그것참, 안 됐군요." 이렇게 말하고 조금 사이를 두었다가 계속 말을 이었다. "내 편지는 받으셨겠지요? 그러나 나는 스스로 무척 부끄러웠습니다. 정말 무례한 짓을 하고 말았지요. 줄곧 혼자서만 살아왔기 때문에 편벽한 사람이 되어 버린 탓입니다. 그러므로 지금 당신이 함께 식사를 해주시는 것은 내겐 진심으로 기쁜 일입니다."

"아니에요, 당신은 조금도 무례하지 않으셨어요." 나는 이렇게 대답했다. "적어도 부인이 알아차릴 만한 무례함은 조금도 저지르시지 않았어요. 부인의 호기심은, 정말 실례를 끼칠 마음은 조금도 없는데, 어느 분에게나 그만 그렇게 되어 버리고 만답니다. 유명하신 분에게는 누구에게나."

"그렇다면 나도 대우를 받은 셈이로군요." 하고 그는 말했다. "그런데 그분은 어째서 나를 유명한 사람으로 생각하는 걸까요?"

나는 대답하기 전에 잠깐 망설였다.

"그것은 역시 만더레이 때문이라고 생각해요."

그는 잠자코 있었다. 그러나 마치 내가 금단의 지역을 침입하기라도 한 것처럼 그의 마음이 순간적으로 흐려진 것을 나는 알았다. 누구나가, 나 같은 여자도 알고 있는 그의 고향 이야기가 마치 그와 다른 사람을 가로막는 장벽이라도 되는 듯이 어째서 언제나 그를 침묵하게 하는 것일까 하고 나는 이상하게 생각했다.

우리는 잠시 동안 말없이 식사를 했다. 문득 나는 어렸을 때 서부의 한 시골 거리에 있는 가게에서 축제날 샀던 한 장의 그림 엽서를 생각해 냈다. 그것은 성의 그림이었다. 잘못 그리기도 하고 색채도 칙칙했지만, 그런 결점도 그 성의 훌륭한 균형미며 발코니 앞의 넓은 돌계단이며 아득히 멀리 바라보이는 바다로 이어져 있는 초록빛 잔디의 아름다움을 깨뜨릴 수는 없었다. 그림 엽서는 2펜스였다――내 1주일분 용돈의 딱 절반이었다. 나는 그것을 살 때 주름투성이인 그림 엽서 가게 할머니에게 이곳이 어디냐고 물었다. 그러자 할머니는 그것을 모른다고 어처구니 없다는 얼굴로 "만더레이란다"라고 말했다. 나는 어쩐지 쫓기는 듯한 기분으로 가게를 나왔지만, 그래도 조금쯤 영리해진 것같이 생각되었었다.

내가 방어하는 듯한 그의 태도에 동정과 이해를 갖게 된 것도, 아마 훨씬 옛날에 어떤 책갈피엔가 넣고 잊어버린 그 그림 엽서에 대한 추억 때문이 아닌가 생각된다. 그는 반 홉퍼 부인이며 그녀 같은 부류의 사람들에게서 받는 갖가지 무례한 질문에 시달리고 있다. 아마도 만더레이에는 거기에 들어가기를 금지하는 구역이라고도 할 만한 어떤 침범할 수 없는 것이 있어 함부로 말해서는 안되는지도 모른다. 6펜스의 입장료를 내고서 날카롭고 높은 웃음 소리로 주위의 정적을 깨뜨리며 이 방에서 저 방으로 거만하게 걸어다니는 반 홉퍼 부인의 모습을 나는 상상할 수가 있었다. 그도 나와 똑같은 생각을 하고 있었던 모양이다. 왜냐하면 그때 문득 그가 그녀의 이야기를 하기 시작했기 때문이다.

"당신 친구분인 그 부인은……" 하고 그는 입을 열었다. "당신보다 훨씬 나이가 위더군요. 친척이신가요? 오래 전부터 알고 계신 사이입니까?"

그도 또한 나와 부인의 관계가 이해할 수 없는 모양이었다.

"정말은 친구가 아니에요" 하고 나는 말했다. "제 주인이에요. 저를 진정한 컴패니언으로 만들려고 하고 계시지요. 저는 1년에 90파운드를 받고 고용되어 있어요."

"호, 우정이 돈으로 살 수 있는 것이라고는 생각지 못했군요" 하고 그는 말했다. "아무튼 몹시 원시적인 사상입니다. 동양의 노예 시장 같다고나 할까."

"저는 사전을 뒤적여 컴패니언이라는 말을 찾아본 적이 있어요" 하고 나는 말했다. "거기에는 이렇게 씌어 있었어요. 컴패니언이란 '진정한 벗'이라고."

"당신은 그 부인과 아주 다르군요."

이렇게 말하며 그는 웃었는데, 그때는 무척 젊어 보였으며 마치 우울한 얼굴을 하고 있을 때의 그와는 다른 사람인 것처럼 생각되었다.

"그 급료를 당신은 어디에 쓰고 계십니까?"

"90파운드는 저에게 아주 큰 돈이에요."

"가족은 안 계십니까?"

"모두 세상을 떠나 버렸어요."

"당신 이름은 아주 멋있고 좀 색다른 것 같습니다."

"저의 아버지가 아주 멋있고, 그리고 좀 색다른 사람이었어요."

"아버님 이야기를 좀 들려 주시겠습니까?"

나는 시트로네이드(속살이 흰 일종의 수박으로 만든 주스, 시트론 멜론이라고도 함) 컵 너머로 그를 응시했다. 아버지에 대한 이야기를 남에게 잘 알 수 있도록 말하기란 상당히 어려운 일이었다. 그러므로 나는 어떤 경우에도 결코 아버지 이야기는 하려고 하지 않았다. 아버지는 나의 비밀스러운 보물이었다. 마치 만더레이가 그만의 것인 것처럼 아버지는 나만의 것이었다.

나에게는 몬테카를로의 식당 테이블 너머로 아버지를 일시적인 기분으로 소개할 생각은 조금도 없었다.

그와 둘이 마주앉은 그 식탁 주위에는 무언가 이상하게 비현실적인 분위기가 감돌고 있었다. 지금 그날을 회상하면 우리는 어떤 야릇한 마력에 싸여 있었던 것 같다. 거기에는 아직 여학생이라고 해도 좋을 정도로 앳된 소녀인 내가 있다. 겨우 하루 전만 해도 몸이 잔뜩 굳어서 반 홉퍼 부인 옆에 얌전하게 침묵을 지키고 있었건만, 24시간이 지난 그때에는 내 가족 이야기가 이미 나만의 것이 아닌 상태가 된 가운데 앉아 있었다. 나는 아버지와 우리 가정에 대한 이야기를 그다지 잘 알지도 못하는 남자에게 해 버린 것이다. 나는 그때 웬지 모르게 이야기하고 싶은 기분이 되었다. 그가 마치 '낯선 신사'처럼 동정 어린 눈길로 나를 바라보고 있었기 때문이다.

내게서 부끄러움이 사라지면서 그와 함께 무거운 혀도 부드러워졌다. 그리고 어렸을 적의 조그마한 비밀이며 기쁨이며 슬픔이 남김없이 입술에서 새어 버렸다. 유창하지 못한 내 말을 통해서도, 그는 매우 예민한 사람이었던 우리 아버지와 그 아버지에 대한 어머니의 애정을 어쩐지 이해해 준 것같이 생각되었다. 실제로 아버지에 대한 어머니의 애정은 하나의 생동하는 생명력이었다. 거기에는 신성한 불꽃이 번쩍이고 있었다. 어느 슬픈 겨울날, 아버지가 폐렴으로 세상을 떠나자 어머니는 겨우 5주 후에 총총히 그 뒤를 따르고 말았다.

내가 숨을 헐떡이면서 얼마간 망연해져서 잠시 입을 다물어 버린 것을 나는 기억하고 있다. 그 무렵에는 이미 사람들이 식당 가득히 모여들어, 오케스트라와 접시 부딪는 소리를 배경으로 떠들썩하게 지껄여 대거나 웃고 있었다. 문득 문 위의 시계를 보니 마침 2시였다. 그렇다면 우리는 벌써 1시간 반이나 거기에 앉아 있었단 말인가. 더욱이 그동안 나 혼자서만 계속 지껄여 대고 있었던 것이다.

나는 깜짝 놀라 제정신으로 돌아왔다. 손이 뜨겁고 얼굴이 화끈화끈했다. 나는 더듬거리면서 그에게 사과했지만 그런 말에는 귀도 기울이지 않았다.

"식사하기 전에 나는 당신 이름을 멋있고 좀 색다른 이름이라고 했었지요." 그는 이렇게 말했다. "만약 허락해 주신다면 거기에 대해 좀더 말씀드리고 싶습니다. 그 이름은 당신 아버님을 매우 닮아 있듯이 당신에게도 정말 잘 어울립니다. 나는 오랫동안 오늘처럼 즐거운 때를 보낸 적이 없었습니다. 당신은 나를 실의와 자기 반성에서 구원해 주셨습니다. 이 두 가지로 인하여 이 1년이라는 세월 동안 나는 무척 괴로웠습니다."

나는 그를 보았다. 그리고 그가 진실을 말하고 있음을 알았다. 그가 전보다 훨씬 자유롭고 근대적이며 인간답게 보였다. 거기에는 그를 둘러싸고 있던 가지가지 어두운 그림자도 이젠 보이지 않았다.

"당신도 아시겠지만" 하고 그는 말을 이었다. "당신과 나는 어쩐지 공통된 점을 지니고 있는 것 같군요. 우리는 둘 다 외톨이입니다……. 물론 좀처럼 만나는 일은 없지만 누이가 하나 있고 나이 드신 할머님이 계시기도 하지요. 할머님에게는 1년에 세 번씩 찾아뵙게 되어 있지만, 누이도 할머님도 이렇게 마음을 털어놓고 이야기할 수 있는 사람은 결코 못됩니다. 나는 반 홉퍼 부인에게 축하 말씀을 드려야겠습니다. 당신은 1년에 90파운드로는 너무 쌉니다."

"하지만 당신은" 하고 나는 말했다. "당신에게는 훌륭한 저택이 있지만 나에게는 살 집도 없다는 것을 잊고 계시는군요."

말해 버린 순간 나는 곧 후회했다. 내가 그의 '저택'에 관한 말을 하자마자 다시금 그의 눈에 알 수 없는 슬픈 빛이 떠올랐기 때문이다. 실수를 한 뒤에 누구나 사로잡히게 되는 견딜 수 없는 거북함을 나는 다시 한번 맛보아야만 했다. 그는 담배에 불을 붙이기 위해 머리를 숙였고 곧 대답하지는 않았다.

"사람이 살지 않는 저택이란 만원 호텔 만큼이나 쓸쓸하답니다"라고 이윽고 그는 말했다. "결국은 인간미가 없기 때문이겠지요."

그는 조금 말을 더듬었다. 나는 드디어 만더레이의 이야기를 하는 것일까 생각하고 긴장했으나, 그는 무엇인가에 끌려들기라도 하는 듯 그대로 입을 다물어 버렸다. 어떤 공포가 그의 마음 표면으로 몸부림쳐 나와 결국 승리를 거둔 것이다. 그는 성냥불과 함께 모든 것을 털어놓고 싶은 충동마저 꺼버리고 말았던 것이다.

"그래서 부인의 진정한 벗도 겨우 쉴 수 있게 되었다는 거로군요?" 그는 다시 침착하게 말했다. 우리 사이에는 다시 편안하고 친숙한 기분이 되살아났다. "그래, 당신은 어떻게 하실 작정이십니까?"

나는 모나코 거리의 돌 깔린 광장과 좁은 창문이 있는 집을 생각해 냈다. 3시쯤 스케치북을 들고 나는 거기에 갈 작정이었다. 그래서 나는 무언가 한 가지 취미를 가진 평범한 사람이면 누구나 그렇듯이 조금 부끄러운 어조로 스케치에 대한 이야기를 했다.

"내 자동차로 데려다 드리지요."

그는 이렇게 말했다. 그리고 내가 아무리 사양해도 듣지 않았다.

나는 어젯밤에 반 홉퍼 부인으로부터 너무 나서는 것은 좋지 못하다는 말을 들은 것을 떠올렸다. 그리고 차로 태워다 달라고 할 구실로 모나코 거리에 대한 이야기를 꺼낸 것으로 그가 생각하지나 않았을까 싶어 조금 걱정이 되었다. 그런 짓은 부인이 늘 쓰고 있는 뻔뻔스러운 방법이었다. 나는 부인과 똑같은 사람으로 여겨지고 싶지는 않았던 것이다.

그와 함께 식사를 한 것만으로 나는 이미 사회적인 지위에 올라 있었다. 왜냐하면 우리가 식탁에서 일어났을 때 몸집이 자그마한 식당 지배인이 내 의자를 뒤로 끌어당겨 주기 위해 급히 달려왔기 때문이다. 지배인은 미소를 지으며 나에게 정중하게 인사를 했다——언제나 냉담하던 태도와는 너무나 달랐다. 그리고 바닥에 떨어져 있던 내 손수건을 주워 주면서 "아가씨, 식사가 마음에 드셨습니까?" 하고 물었다. 회전 문 옆에 서 있던 종업원까지도 잔뜩 경의를 담은 눈으로 나를 바라다보았다. 나와 함께 있는 사람은 그것을 물론 당연하게 생각하고 있었다. 그는 어제 내 앞에 놓여졌던 묘한 햄 요리 같은 것은 조금도 모르는 것이다. 나는 식당 지배인과 종업원들의 태도가 그렇게 갑자기 달라진 것이 불쾌하여 견딜 수가 없었다. 어쩐지 나 자신이 한심스러워졌다. 나는 아버지와, 그리고 겉으로만 상냥한 체하는 행동에 대한 아버지의 심한 경멸을 상기했다.

"무슨 생각을 하십니까?" 하고 그는 말했다. 우리는 복도를 지나 휴게실 쪽으로 걸어가고 있었는데, 고개를 들어 보니 그가 의아스러운 듯이 나를 지켜보고 있었다.

"무언가 못마땅한 일이라도 있습니까?" 하고 그는 물었다.

식당 지배인의 정중한 태도는 나에게 여러 가지 일을 생각나게 했다. 그래서 나는 커피를 마시면서 의상집 사람 블레즈의 이야기를 그에게 했다. 반 홉퍼 부인이 옷을 세 벌이나 샀기 때문에 그녀는 무척 기뻐했었다. 블레즈가 돌아갈 때 나는 엘리베이터 있는 데까지 전송해 주면서 좁은 일터에서 부인의 옷을 만들고 있는 그녀의 모습을 마음 속으로 그려 보았다. 일터는 바람이 잘 통하지 않는 작은 가게 안쪽에 있고, 긴 의자 위에는 폐병을 앓는 아들이 누워 있다. 나는 피로한 눈으로 바늘에 실을 꿰고 있는 그녀의 모습이며 헝겊 조각이 어지럽게 흩어져 있는 마룻바닥 등이 눈앞에 선히 떠올랐다.

"그런데" 하고 그는 말했다. "당신의 그 상상화는 사실이 아니었단 말입니까?"

"모르겠어요" 하고 나는 말했다. "아직 한 번도 본 일이 없는걸요."

그러고 나서 내가 엘리베이터의 버튼을 누르자 그녀가 핸드백 속을 뒤지더니 1백 프랑짜리 지폐를 꺼내 내 앞에 내밀며 "받아요"라고 묘하게 친숙한 듯한 기분 나쁜 어조로 속삭인 것을 그에게 이야기했다. "부인을 우리 가게로 모시고 온 사례예요. 얼마 안 되지만 받아 주세요." 내가 어쩔 줄 몰라 얼굴이 새빨개져서 받기를 거절하자 그녀는 기분 나쁘게도 어깨를 으쓱하며 "그럼 좋으실 대로——하지만 이건 누구나 모두 이렇게 하는 거예요. 그렇지만 당신에게는 돈보다도 옷을 해드리는 편이 좋을지도 모르겠군요. 언제라도 좋으니 혼자서 가게에 들러 주세요. 그러면 한푼도 받지 않고 몸에 잘 맞는 옷을 한 벌 만들어 드리겠어요." 그때 나는 어쩐지 어렸을 때 금지되었던 책장을 몰래 펴 보고서 느꼈던 것과 비슷한, 견딜 수 없이 언짢은 기분에 사로잡혔다. 폐병을 앓는 아들의 환영은 사라지고 그 대신 전혀 다른 사람 같은 나 자신의 모습이 떠올랐다. 그것은 모든 사람을 다 안다는 듯한 표정으로 기름때 묻은 지폐를 호주머니에 집어넣은 나——오후의 자유 시간을 이용하여 살그머니 블레즈의 가게에 들어가 그냥 해 주는 옷을 안고 나오는 내 모습이었다.

나는 그가 웃을 거라고 생각했다. 이런 바보스러운 이야기를 왜 했는지 스스로도 알 수가 없었다. 그런데 그는 커피를 저으면서 사려 깊은 눈초리로 나를 바라보았다.

"나에게는 당신이 큰 과오를 범하고 있는 것처럼 생각되는군요" 조금 뒤에 그는 말했다.

"1백 프랑을 거절했기 때문인가요?"

나는 조금 화가 나서 말했다.

"아니, 당치도 않습니다. 나를 그렇게밖에 생각하지 않는 사람으로 여기십니까? 나는 당신이 반 홉퍼 부인과 함께 여기에 오신 것이 과오가 아닌가 생각하는 겁니다. 당신은 그런 일에 어울리는 사람이 아닙니다. 당신은 너무 나이가 젊고, 그리고 인품이 다정합니다. 블레즈가 사례금을 준 일 따위는 아무것도 아니에요. 머지않아 다른 많은 블레즈가 그와 같은 일을 하려고 할 게 틀림없으니까요.

당신은 과감하게 블레즈 같은 여자가 되든가, 아니면 지금 그대로 밀고 나가다가 도중에서 주저앉아 버리고 말든가, 어느 쪽이든 하나를 택하게 될 겁니다. 그런 일을 하도록 권한 것이 대체 누구입니까?"

그의 이런 질문도 지극히 당연한 일처럼 여겨져서 그다지 마음 쓰이지 않았다. 마치 우리는 오랫동안 서로 알고 지낸 사이인데 몇 년 만에 다시 만난 것같이 생각되었다.

"당신은 자신의 앞날에 대해 생각한 일이 있습니까?" 그가 물었다. "그리고 이런 일을 하다가는 마지막에 가서 어떻게 되는가 하는 것도? 만약 반 홉퍼 부인이 '진정한 벗'에게 싫증이라도 나면 어떻게 되지요?"

나는 미소를 지었다. 그리고 그다지 개의치 않는다고 대답했다. 반 홉퍼 부인 외에도 나를 고용해 줄 사람은 있을 것이고, 게다가 아직 젊고 건강하므로 자신도 있었으나, 그가 이야기하는 동안 일류 잡지에 이따금 게재되는 어떤 광고를 문득 떠올리고 있었다. 우애적인 단체가 곤경에 처해 있는 젊은 여자들을 위해 도움을 청하는 광고였다. 그 광고의 요구에 응해 일시적으로 숙소를 제공해 주는 임시숙박소를 나는 상기했다. 그러자 아무 쓸모없는 스케치북을 낀 채 아무 자격도 없는 내가, 엄격한 취업 담당자의 질문에 더듬거리며 대답하고 있는 모습이 머릿 속에 떠올랐다. 나는 역시 블레즈가 주는 1할의 사례금을 받아야 했던 것일까.

"당신은 몇 살입니까?" 하고 그는 물었다. 그리고 내가 나이를 말하자 미소를 지으며 의자에서 일어섰다.

"나는 잘 압니다. 그 나이 또래의 아가씨들은 아주 고집이 세지요. 당신은 지금 어떤 괴로운 일이 있다 해도 미래에 대해 두려움을 갖지 않겠지만 유감스럽게도 나 같은 사람은 어쩔 수 없는 일이지요.

자, 이층으로 가서 모자를 쓰고 오십시오. 그 동안 나는 자동차를 돌려 놓겠습니다."

그가 지켜보는 가운데 엘리베이터에 오르면서, 나는 어제의 반 홉퍼 부인의 수다스런 모습과 그의 냉랭했던 예의를 상기했다. 나는 그를 오해하고 있었다. 그는 조금도 편벽되거나 짓궂지도 않고, 오래된 친구이자 내가 한 번도 가져 보지 못한 오빠 같았다. 나는 즐거웠다. 그때의 즐거웠던 내 마음을 나는 지금까지도 잘 기억하고 있다. 조각 구름이 떠 있는 하늘이며 하얗게 거품일던 바다 표면을 똑똑히 눈 앞에 떠올릴 수가 있다. 볼을 간지르는 미풍을 다시금 느낄 수도 있고, 나의 웃음 소리며 이에 대답하는 그의 웃음도 들을 수 있다.

내가 알고 있던 이전의 몬테카를로가 아니었다. 좀더 매력 있는 거리였다. 그때까지는 없었던 마력이 그 거리 주위에 감돌고 있었다. 아니, 마력은 늘 이 거리를 맴돌고 있었으나 내가 너무 둔감해서 알아채지 못했는지도 모른다. 그러나 지금은 항구가 마치 종이 보트를 띄워 놓고 춤추는 듯이 보이고, 부두의 선원들은 기운차고 떠들썩하며 바람처럼 명랑했다. 공작의 소유물이라 하여 반 홉퍼 부인이 더없이 경애하는 요트 옆을 우리는 지나갔다. 햇빛에 빛나는 놋쇠 장식들을 손가락으로 퉁기면서 서로 얼굴을 마주보고 웃었다.

그때 나는, 지금도 별로 몸에 잘 맞지는 않으나, 입으면 마음이 매우 편했던 플란넬 옷을 입은 기억이 난다. 오래 입어서 다 낡아 버린 웃옷에 비해 스커트는 훨씬 가벼웠다. 그리고 또 차양 넓은 볼품없는 모자며, 끈 하나로 발을 비끌어맨 굽 낮은 구두며, 거친 손에 쥐어진 긴 장갑 등. 내가 그때처럼 자신이 젊게 느껴지고 또 그때처럼 자신이 어른처럼 느껴졌던 일은 이제까지 한 번도 없었다.

반 홉퍼 부인도, 그녀의 유행성 감기도 이미 내 마음속에는 없었다. 브리지 놀이며 칵테일 파티, 그리고 거기서 해야하는 나의 한심한 역할에 대해서도 모조리 잊어버리고 있었다. 나는 비로소 조금 소중하게 여겨지는 존재가 되었던 것이다. 겨우 어엿한 여자가 된 것이다. 두 손으로 손수건을 만지작거리며 거실 문 밖에 서 있는 부끄럼 쟁이 소녀, 안에서는 들어가려는 소녀를 어쩔 줄 모르게 만드는 수다스러운 목소리들의 마구 지껄여 대는 소리가 들려 온다——그러나 그 소녀도 그날 오후에는 바람과 함께 날아가 버리고 말았다. 가엾은 소녀, 나는 그 소녀를 경멸하고 싶은 기분이 되었다.

스케치를 하기에는 조금 바람이 강했다. 바람은 돌 깔린 광장 모퉁이로 기세 좋게 불어 대고 있었다. 그래서 다시 자동차로 돌아와 우리는 어딘지도 알지 못하는 곳으로 드라이브를 갔다. 넘으면 또 나타나는 길다란 고갯길을 자동차는 자꾸자꾸 올라갔고, 마치 하늘을 나는 새처럼 고개 위를 선회했다. 그의 자동차는 반 홉퍼 부인의 임대 자동차와는 너무나 달랐다. 부인의 자동차는 상자 모양으로 생긴 구식 다임러(영국제 고급 승용차 이름)여서, 조용한 오후에 부인을 모시고 맨톤에 갈 때 나는 운전사와 서로 등을 맞대고 좁은 자리에 앉아 경치를 바라보려면 한껏 고개를 쳐들어야만 했다. 그런데 이 차는 마치 여신의 날개라도 달린 듯이 위험한 정도의 속력으로 단숨에 높은 곳으로 올라가는 것이었다. 나는 그 위험할 정도의 속력이 즐거웠다. 나로서는 처음 맛보는 일이기도 했고 또 젊었기 때문이었다.

나는 커다랗게 소리내어 웃었던 것을 기억하고 있다. 그러나 웃음소리는 때마침 불어닥친 바람에 휩쓸려가고 말았다. 그를 보니, 그는 이미 웃고 있지 않았다. 입을 다문 채 꼼짝도 하지 않고 있는 그는, 비밀에 싸여 있던 어제의 신사로 되돌아가 있었다. 정신을 차려 보니 이미 꼭대기에 이르러 있어 더 이상 올라갈 수가 없었다. 밑으로는 우리가 지나온 길이 도려 낸 듯이 험하게 이어져 있었다. 그는 차를 세웠다. 길 가장자리는 도중까지 밖에 보이지 않는 수직의 절벽으로 되어 있었는데, 높이가 아마 2천 피트는 되는 것 같았다.
 우리는 차에서 내려 발밑을 내려다보았다. 그때 나는 어쩐지 마음이 긴장되는 것을 느꼈다. 우리가 서 있는 곳에서 절벽까지는 차체의 절반 가량 거리밖에 되지 않았다. 바다는 마치 마구 구겨 놓은 바다 지도처럼 멀리 수평선까지 펼쳐져서 예각적인 해안선을 둘러싸고 있었다. 해안을 따라 연이은 집들은 군데군데 거대한 오렌지빛 태양을 반사하면서, 마치 동굴 속의 흰 조개껍질처럼 보였다. 우리가 있는 산 위에서는 주위가 고즈넉한 정적 속에 싸여 있었기 때문에 햇빛이 한층 더 강렬하게 느껴졌다. 우리의 오후는 이제 완전히 모습이 달라져 버렸다. 이미 조금 전까지의 들뜬 모습은 찾아볼 수 없었다. 바람이 자고 갑자기 추워졌다. 나는 입을 열었다. 그러나 그 목소리는 무언가 불안에 사로잡혀 있는 사람이 내는 묘하게 신경질적인 어조였다.
 "당신은 여기를 알고 계세요? 전에도 오셨던 일이 있으신가요?"
 그는 멍청한 눈길로 나를 내려다보았다. 그것을 보고 벌써 아까부터 그가 내 일 따위는 잊고 있었다는 것과, 그리고 나 같은 것은 존재하지 않는 그 자신의 불안한 사색의 미로에 빠져들어가 있다는 것을 확실히 알 수 있었다. 그의 표정은 마치 몽유병자와도 같았다. 잠깐이지만 이 사람의 상태가 심상치 않으며 바른 정신을 잃어버린 게 아닐까 하는 생각까지 했다.
 이따금 실신 상태에 빠져 버리는 사람이 있다는 것을 나는 전부터 들어서 알고 있었다. 그러한 사람들은, 우리가 알 수 없는 어떤 기괴한 법칙에 따라 그들만이 독특하게 지니고 있는 뒤얽힌 잠재 의식의 질서를 지키고 있다고 한다. 어쩌면 그도 그런 사람들 가운데 하나가 아닐까. 더욱이 우리는 죽음의 심연에서 6피트도 안되는 지점에 서 있다.

"꽤 늦어졌어요. 돌아가시지 않겠어요?" 하고 나는 말했다. 그 힘없는 목소리며 맥풀린 미소로는 아마 어린애조차 속이기 어려웠으리라. 그러나 물론 그것은 나의 쓸데없는 걱정에 지나지 않았다. 걱정할 필요가 조금도 없었다. 내가 두 번째로 말을 걸자 그는 꿈에서 깨어난 것처럼 나에게 사과하기 시작했다. 틀림없이 내가 너무나 두려워 새파랗게 질려 있는 것을 깨달았기 때문일 것이다.

"정말 미안합니다." 그는 이렇게 말했다. 그리고 내 팔을 잡아 밀듯이 차 안으로 넣고 운전대에 앉아 문을 쾅 닫았다. "마음을 놓아요. 차를 돌리는 것은 옆에서 보기보다 훨씬 쉬우니까."

이렇게 말하고 취한 듯이 어지러워 기분이 언짢아진 내가 두 손으로 좌석을 꽉 움켜잡고 앉아 있는 동안 그는 가만히 차를 돌려 아까 왔던 쪽으로 방향을 바꾸었다.

"당신은 전에 여기 오신 적이 있으시지요?"

구불구불한 좁은 산길을 천천히 내려가는 차 속에서 가까스로 침착함을 되찾으며 나는 물었다.

"있습니다" 하고 그는 대답해. 그리고 잠시 입을 다물었다가 다시 말을 이었다. "그러나 무척 오래 전 일이고 이미 몇 년이나 온 적이 없습니다. 나는 그저 모습이 달라졌는지 어떤지 보고 싶었을 뿐입니다."

"달라졌던가요?"

"아니오" 하고 그는 말했다. "조금도 달라지지 않았어요."

무엇이 이 사람을 옛 추억의 장소로 가게 한 것일까. 나는 뜻밖에도 그의 무의식적인 감정의 목격자가 되었던 것이다. 이 사람과 그때 사이에는 과연 얼마만한 세월의 심연과 얼마만한 사상과 행위, 그리고 얼마만한 감정의 차이가 가로놓여 있는 것일까. 그러나 나는 그다지 알고 싶지 않았다. 그냥 오지 않았더라면 좋았을 것이라고 후회만

했다.
 우리는 심하게 구부러진 길을 아무 말 없이 자꾸자꾸 내려갔다. 커다란 구름덩어리가 저녁 해 위에 펼쳐져 있고 공기는 싸늘하게 맑았다. 문득 그는 만더레이의 이야기를 시작했다. 만더레이에서의 그 자신의 생활에 대해서는 한 마디도 하지 않았지만, 바람 부는 날 오후 태양이 곳에 밝은 잔광을 던지면서 떨어져 가는 풍경 등을 이야기했다── 길고 긴 겨울이 지난 뒤여서 아직도 찬 바다는 마치 석판처럼 보인다. 발코니에 나가면 작은 만으로 밀려드는 파도 소리가 들린다. 마침 수선화가 만발하여 연약한 줄기 위에 피어 있는 금빛 꽃잎이 이 저녁 나절의 산들바람에 하늘하늘 흔들리고 있다. 마치 병정들처럼 어깨와 어깨를 맞대고 가득히 피어 있기 때문에 아무리 꺾어도 꽃과 꽃 사이가 비는 일은 없다.
 잔디밭 아래쪽 방파제에는 황금빛, 분홍빛, 갈색 등의 색색이 크로커스가 심어져 있는데 이미 한창 때가 지나 시퍼런 눈꽃처럼 빛이 바래서 시들어 있다. 앵초는 좀더 거칠고 소박하게 다정한 느낌이 드는 풀이어서 마치 잡초처럼 어떤 틈새에서나 얼굴을 내민다. 도라지꽃은 아직 때가 너무 일러 싹이 아직 지난해의 가랑잎 밑에 숨어 있지만, 이것이 한번 싹트기 시작하면 얌전한 제비꽃 등을 순식간에 눈 아래로 내려다보고 숲을 이룬 양치류까지도 압도하고 만다. 더욱이 그 꽃빛깔은 하늘의 푸른 빛에도 지지 않을 만큼 선명하다.
 그러나 도라지꽃만은 방안으로 들여오려 하지 않았다고 그는 말했다. 꽃병에 꽂으면 순식간에 축축하게 기운을 잃고 말기 때문이다. 도라지꽃이 가장 아름답게 핀 것을 보려면 12시쯤 태양이 머리 바로 위에 있을 때 숲 속을 산책해야 한다. 마치 자릿자릿한 수액이 마음대로 줄기 속을 달리고 있기라도 한 것처럼 강한 향기가 코를 찌른다. 좀 지나칠 정도로 강하게 풍기는 향기이다. 숲의 도라지꽃을 꺾는 사람은 아무것도 모르는 야만인이다. 그는 만더레이에서 도라지꽃을 꺾는 것을 엄격하게 금하고 있었다. 이따금 그는 도라지꽃을 한아름 꺾어 다발로 묶어서 자전거 핸들에 붙들어 매고 시골길을 달리는 사람을 보았는데, 가엾게도 꽃은 시들어 가고 있었으며 억지로 잡아뺀 줄기는 드러난 껍질이 바싹 말라 보기에도 무참한 모습을 하고 있었다.

그런데 앵초란 놈은 그런 점에서는 비교적 까다롭지 않고 황야에서 태어났으면서도 문명으로의 경향을 다분히 지니고 있다. 물만 충분히 주면 어떠한 오두막집 창가의 빈 잼 깡통에 꽂혀도 밝게 미소지으면서 넉넉히 1주일쯤은 끄떡도 않는다. 만더레이 저택에서는 야생의 꽃은 절대로 들여놓지 않도록 하고 있다.

울타리를 두른 정원에 피어 있는 것은 이 집을 위해서만 특별히 재배된 꽃뿐이다. 장미도 그렇게 가꾸어져 자라난 몇몇 꽃 중의 하나인데, 밖에 피어 있을 때보다도 꺾어다가 방안에서 바라보는 편이 훨씬 아름답게 보인다. 응접실 화분에 심어 놓은 장미에는 바깥에서 피었을 때에는 맡아 볼 수 없는 깊은 빛깔과 그윽한 향기가 있다. 또한 활짝 핀 장미에는 금방 머리를 감고 난 여자를 보는 듯한 단정치 못한 맛과 으스스하니 추운 쓸쓸함이 있다. 그러나 그것을 방안으로 가지고 들어가면 이상하게도 신비스럽고 섬세한 아름다움을 나타낸다. 만더레이에는 1년 중 여덟 달은 장미꽃이 계속 피어 있다.

당신은 산매화를 좋아하십니까? 하고 그가 물었다. 만더레이의 잔디밭 가장자리 쪽에 산매화가 한 그루 있는데, 그 향기가 침실 안에까지 흘러들어올 정도이다. 성격이 메마르고 어느 정도 실제적인 인품을 지닌 누이는 늘 만더레이에는 너무 여러 가지 향기가 풍겨서 머리가 어지럽다고 불평을 하고 있다. 아마도 여느 사람에게는 그럴지도 모른다. 그러나 그는 아무렇지도 않다. 이것은 그를 흠뻑 도취하게 만드는, 그가 가장 좋아하는 단 하나의 방법이다. 그의 만더레이에 대한 회상 가운데 가장 먼저 떠오르는 것은 하얀 꽃병에 꽂혀 있던 커다란 라일락 꽃다발이다. 그 자극적인 향기는 온 집안에 가득 차 있다.

골짜기를 내려가 만으로 통해 있는 오솔길에는 진달래 숲이 있고 왼쪽에는 철쭉꽃이 심어져 있다. 5월 저녁 나절에 식사를 마친 뒤 천천히 그곳을 내려가면, 마치 이들 초목의 수액이 하늘 가득히 넘쳐 있는 것같이 생각된다. 떨어진 꽃잎을 주워 손가락 사이에서 으깨면, 아마도 손바닥에 달콤하면서도 도무지 참을 수 없을 듯한 무수한 향기의 정수가 남을 것이다. 그것은 모두 쪼글쪼글 주름진 꽃잎에서 발산되는 것이다. 머리가 어지럽고 멍청해지는 듯한 기분이 되어 골짜기를 빠져 나오면, 바닷가의 단단한 흰 조약돌이며 잔잔한 바다 표면이 눈에 들어온다. 그것은 향기 그윽한 화초와 당돌할 만큼 대조를 이루고 있다.

이렇게 그가 이야기를 계속하고 있는 동안 우리가 탄 차는 많은 자동차의 소용돌이 속에 휘말려 들어갔다. 주위는 어느 새 어두워져 있었다. 우리는 몬테카를로 거리의 불빛과 소음 속으로 들어와 있었다. 거리의 소음은 불쾌하게 귀를 자극하고, 불빛은 너무 밝고 또 노랬다. 그것은 정으로부터 동으로의 너무도 급속한 전락이었다.

얼마 뒤 우리는 호텔에 닿으리라. 나는 자동차 포켓 속을 손으로 더듬어 장갑을 찾았다. 장갑을 곧 찾아 냈으나, 그때 문득 내 손가락은 한 권의 책에 닿았다. 화려한 표지로 미루어 보아 시집인 것 같았다. 자동차가 호텔 현관 앞으로 천천히 다가가고 있는 동안 나는 제목을 읽으려고 했다.

"보고 싶으면 가져가서 읽어도 괜찮습니다."

드라이브가 끝난 탓인지 그의 목소리는 어쩐지 무뚝뚝하게 울렸다.

우리는 다시 현실로 돌아왔다. 이미 만더레이는 몇 백 마일이나 먼 곳에 존재하고 있었다. 나는 기뻤다. 그래서 그 책을 장갑과 함께 단단히 움켜쥐었다. 그날의 기념으로 무언가 그의 물건을 가지고 싶었던 것이다.

"자, 내리십시오" 하고 그가 말했다.

"나는 차를 돌려 놓고 오겠습니다. 오늘 저녁에는 다른 곳에서 식사할 예정이라 식당에서 만나 뵐 수는 없을 겁니다. 오늘은 정말 고마웠습니다."

맛있는 음식을 다 먹어 버린 어린아이처럼 실망하여, 나는 혼자 호텔의 계단을 올라갔다. 지금까지 있었던 일을 생각하니 아직도 남아 있는 오늘의 이제부터의 시간이 견딜 수 없이 쓸쓸했다. 침실에 들기까지 시간은 얼마나 길게 느껴질 것인가. 혼자서 식사를 하는 것은 얼마나 쓸쓸할까. 2층에 있는 간호사의 파고들 듯한 호기심에 찬 눈이며 반 홉퍼 부인이 쉰 목소리로 아마도 이것저것 캐어물을 것임에 틀림없으리라는 일 등을 생각하자, 어쩐지 그런 것들에 떳떳이 마주 설 수 없는 듯한 기분이 들어 나는 휴게실의 기둥에 갈려진 구석으로 가 앉아 차를 주문했다.

종업원이 귀찮은 얼굴로 어슬렁거리며 다가왔다. 내가 혼자인 것을 보고 그다지 서두를 필요가 없다고 생각한 것이다. 게다가 5시 반이 조금 지난 시각이라면 보통 차 마시는 시간은 이미 끝나고 술을 마시기에는 조금 이른, 하루 중 가장 어중간하고 지루한 시간인 것이다.

나는 불쾌하기보다는 어쩐지 버림받은 듯한 쓸쓸한 느낌이 들어 의자에 기대며 시집을 집어 들었다. 꽤 여러 번 읽은 모양으로 책은 상당히 낡아 있었다. 책장을 하나하나 넘기고 있는 동안에 가장 많이 읽은 듯한 곳이 저절로 펼쳐졌다.

나는 그를 피하리니, 밤이나 낮이나
나는 그를 피하리니, 세월의 아치 밑으로
나는 그를 피하리니, 얽혀드는 내 마음의 길을 넘어
흐르는 눈물 아래
성급한 웃음 속으로 몸을 숨기리.
멀리 보이는 언덕에 뛰어올라
곧바로 뒹굴며
무서운 어두움을 피하여
입 벌린 공포를 뒤로 하고
거친 발걸음에 조급하게 쫓겨서.

 나는 잠겨진 방안을 열쇠 구멍으로 들여다보고 있는 듯한 불안한 느낌이 들었다.
 아까는 대체 천상의 어떠한 사냥개가 높은 산꼭대기에까지 그를 몰아세웠을까? 2천 피트의 절벽 옆에 세워졌던 자동차며 파리하던 그의 표정 등을 나는 생각했다. 도대체 그때 어떠한 발소리, 어떠한 속삭임, 어떤 기억이 그의 마음에 되살아왔던 것일까? 그리고 수많은 시집 가운데서 왜 하필이면 이것을 자동차 포켓 속에 넣어 두었을까? 그는 어째서 나에게 좀더 친숙하게 대해 주지 않는 것일까? 그러나 나는 초라한 코트와 스커트를 입고 차양 넓은 여학생 모자를 쓴 보잘것없는 소녀에 지나지 않는다.
 종업원이 무뚝뚝하게 차를 날라왔다. 나는 버터빵을 톱밥처럼 말없이 씹으면서 아까 그가 이야기해 준 골짜기의 오솔길이며 진달래꽃 향기며 바닷가의 하얀 조약돌을 생각했다. 만약 그가 그러한 것들을 그토록 사랑한다면 어째서 몬테카를로의 하찮은 물거품 따위를 찾으려 한단 말인가? 그는 아무런 계획도 없이 총총히 이곳으로 왔다고 반 홉퍼 부인에게 말했다. 천상의 사냥개에게 쫓기어 골짜기의 오솔길을 달려내려가는 그의 모습을 나는 마음속에 떠올렸다.

나는 다시 시집을 집어 들었다. 이번에 편 곳은 표지 뒷면이었다. 거기에는 한쪽이 처진 묘한 필적으로 '맥스에게……레베카로부터. 5월 17일'이라고 씌어 있었다. 쓴 사람은 잉크가 술술 나오지 않는 데 화가 나서 펜을 마구 흔들기라도 했는지 반대편 흰 면에까지 작은 잉크 얼룩이 묻어 있었다. 더욱이 그 뒤에 잉크가 펜 끝에 한꺼번에 괴기라도 한 듯 거기서부터는 필적이 약간 굵어져서 레베카라는 이름만이 특별히 검고 강하게 돋보였다. 그리고 옆으로 기운 키가 큰 R자가 특히 더 다른 글씨를 압도하고 있었다.

나는 책을 소리나게 덮어 장갑 밑에 놓았다. 그리고 옆에 있는 의자에 손을 뻗쳐 오래된 〈일러스트레이션〉 잡지를 들어 책장을 넘겼다. 거기엔 로아르 성의 아름다운 사진이 몇 장인가 있고 설명이 붙어 있었다. 나는 사진과 대조하면서 정성들여 설명을 읽어 갔으나 다 읽었을 땐 단 한 구절도 머릿속에 들어 있지 않았다. 인쇄된 책장 속에서 나를 가만히 응시하고 있는 것은 가늘고 작은 탑이며 뾰족한 탑이 있는 성이 아니라, 어제 식당에서 보았던 반 홉퍼 부인의 얼굴이었다. 그때 부인은 고기 완자를 찍은 포크를 공중에 높이 쳐들고 꿈벅거리는 작은 눈으로 옆자리에 앉은 그의 얼굴을 뚫어지게 바라보고 있었다.

"그건 큰 비극이었어" 하고 그녀는 내게 속삭였다. "물론 신문이란 신문은 모두 그 기사로 가득 찼었지. 하지만 저 사람은 그 사건에 대해서는 입을 굳게 다물고 말하지 않으며, 부인의 이름도 그 뒤 한 번도 입에 담지 않는다더라. 알겠니? 저 사람 부인은 말이다, 만더레이 부근 바다에서 익사했단다."

5

 첫사랑이라는 열병이 두번 다시 일어날 수 없다는 것은 기쁜 일이다. 왜냐하면 시인들이 무어라 해도 그것은 일종의 열병이며 무거운 짐이기 때문이다. 21세 된 즈음의 나날은 결코 대담한 것은 못 된다. 공연히 풀이 죽고 아무것도 아닌 불안에 차 있다. 그리고 마음은 사려 분별도 없이 부서져 흩어지고 상처를 잘 입는다. 가시 돋친 말을 한 마디만 들어도 그만 풀이 죽어 버리지만, 차차 다가올 중년이라는 마음 편한 갑옷을 몸에 걸치게 되면 그날 그날의 자잘한 가시에 찔려도 아무렇지도 않고 그런 것은 곧 잊어버리고 만다.
 그러나 어린 소녀의 마음은 아주 하찮은 한 마디의 말도 심한 낙인이 되어 언제까지나 마음에 남고, 어깨너머로 던져진 한 번의 눈길도 마치 영원한 것인 듯 마음에 자국을 남기는 것이다. 한 번의 거절이 암탉이 길게 빼는 울음 소리와도 같이 울리고, 단 한번의 불성실함이 유다의 키스처럼 느껴지기도 한다. 중년에 접어들면 조금도 양심의 가책을 느끼지 않고 태연하게 거짓말을 할 수가 있다. 그러나 처녀의 마음은 아주 하잘것없는 거짓말을 해도 혓바닥이 끊어지는 듯하고, 마치 화형당하는 기둥에 꽁꽁 묶이기라도 한 듯이 울리는 것이다.
 "오늘 아침엔 무얼 했지?"라고 말하던 부인의 목소리가 지금도 귀에 쟁쟁하다. 베개에 기대어 앉아 있던 부인은, 병이랄 것도 없는데 너무 지나치게 오래 누워 있는 환자에게 흔히 있는 안절부절 초조한 모양이었다. 나는 트럼프를 꺼내기 위해 침대 옆의 서랍 쪽으로 가면서 뒤가 켕기는 듯한 꺼림칙한 마음에 목덜미가 빨개지는 것을 느꼈다.
 "직업 선수 분과 테니스를 했어요"라고 나는 대답했으나 도무지 마음이 편안하지 않았다. 만약 그 직업 선수가 오늘 오후에라도 이 방에 나타나 부인의 넋두리에 맞장구를 치며 내가 여러 날째 연습을 하지 않는다는 말이라도 한다면……?

"내가 이렇게 누워 있으니까 너를 돌보아 줄 수도 없고 곤란하구나" 하고 부인은 말했다. 그리고 세안 크림 병 속에 담배를 비벼 끄고 트럼프를 집어 익숙한 솜씨로 척척 가르더니 셋으로 나누어 뒤쪽을 탁탁 퉁겼다.

"네가 매일 무얼 하는지 나로선 도무지 짐작도 할 수가 없구나" 하고 부인이 말을 계속했다. "너는 한 번도 내게 스케치한 걸 보여 주지도 않고, 물건을 사러 보내면 택졸(Taxol)을 사오는 걸 잊어버리니 말이야. 내가 할 수 있는 말이라곤 그저 네 테니스 솜씨가 늘었으면 좋겠다는 것뿐이로구나. 앞으로 틀림없이 쓸모가 있을 테니까 말이다. 서투른 사람은 어딜 가든지 상대해 주지 않거든. 넌 아직도 언더 핸드로 서브를 하니?" 그녀는 스페이드의 여왕을 쑥 뽑아 던졌다. 여왕의 얼굴은 마치 잔인하고 방자한 이스라엘의 왕비 이자벨처럼 나를 뚫어지게 올려다보고 있었다.

"네" 하고 흠칫 놀라며 나는 말했다. 그녀의 말은 적절하게 급소를 찌르고 있었다. 그것은 나라는 인간을 잘 나타내고 있었다. 나는 언더 핸드의 서브밖에는 하지 못했던 것이다(언더 핸드에는 숨기는 일이 없다는 뜻도 있음). 게다가 그 뒤에는 전혀 직접 선수의 코치를 받지 않았으며, 그녀가 자리에 드러눕고 나서는 벌써 2주일이 넘도록 한 번도 라켓을 잡지 않았다. 어째서 나는 언제까지 이렇게 조심만 하고 있는 것일까 하는 생각을 했다. 매일 아침 드 윈터와 함께 그의 자동차로 드라이브를 하고 식당에서는 그의 식탁에서 함께 식사를 하고 있다는 것을 분명하게 털어놓아도 괜찮으련만.

"너는 좀더 네트 옆으로 바짝 다가서야 해. 그렇지 않으면 솜씨가 늘지 않아요" 하고 그녀는 말을 계속했다. 나는 고개를 끄덕였다. 그리고 자신의 위선적인 태도를 떳떳치 못하게 생각하면서 그녀가 던진

여왕 위에 턱이 뾰죽한 하트의 잭을 놓았다.

몬테카를로의 일도, 아침 드라이브에 관한 것도, 우리가 갔던 장소도, 그때 주고받은 대화까지도 나는 거의 잊고 말았다. 그러나 모자를 쓰면서 내 손가락이 얼마나 떨렸는지, 또 엘리베이터의 느릿한 움직임을 기다릴 수가 없어 얼마나 허둥지둥 복도를 달려 계단을 뛰어 내려갔는지, 그리고 도어 보이가 손을 내밀 겨를도 없이 얼마나 재빠르게 회전 문을 빠져 밖으로 뛰어나갔는지 그런 것은 잘 기억했다.

그는 운전대에 앉아 신문을 읽으면서 나를 기다리고 있다. 그리고 나를 보자 빙그레 웃으면서 신문을 뒷자석에 던지고 이렇게 말하면서 문을 연다. "'나의 마음의 친구님'. 오늘 기분은 어떠신지요? 오늘 아침은 어디로 가실까요?" 만약 그가 자동차로 그 주위만 빙글빙글 돌았다 하더라도 나는 전혀 아무렇지도 않았을 것이다. 그의 옆자리로 기어오르기가 무섭게 나는 앞뒤 일을 완전히 잊어버리기 때문이다. 무릎을 단단히 끌어안으면서 바람막이 창문 쪽으로 몸을 내밀고 있으면 무언가 도무지 견딜 수 없는 기분이 된다. 나는 마치 자신이 완전한 제 6형식을 동경하고 있는 어린 여학생처럼 생각되고, 또한 그는 다정하면서도 접근하기 어려운 존재처럼 보였다.

"오늘 아침엔 바람이 차니 내 양복 웃옷을 입고 있어요."

나는 아직 그것을 기억하고 있다. 그것은 내가 그의 웃옷을 걸치는 데 행복을 느낄 만큼 나이가 어렸기 때문이다. 나는 바로 동경하는 영웅의 스웨터를 들고 다니면서 자랑스러움에 숨을 헐떡이며 그것을 목에 감는 중학생과도 같았다. 그의 웃옷을 빌려 비록 잠깐 동안이라도 그것으로 어깨를 감싸는 일은 그것만으로도 이미 하나의 승리인 것같이 생각되었다. 그것은 나의 아침을 빛나게 했다.

나에게는 일찍이 책에서 읽었던 것과 같은 괴로움이라든가 섬세한 마음 따위는 없었다. 도전, 추적, 즉각적인 응수, 재빠른 곁눈질, 도

전하는 듯한 미소, 그런 것도 없었다. 남자의 마음을 사로잡는 수단을 나는 알지 못했다. 나는 다만 그의 지도를 무릎 위에 펴놓고 윤기없는 머리를 바람에 날리면서 앉아 있을 뿐이었다. 그가 잠자코 있는 것도 즐거웠고, 그러면서도 그가 말하기를 열심히 기다리고 있었다. 그가 말을 하든 하지 않든 간에 내 기분에는 거의 변함이 없었다. 마음이 쓰이는 것은 다만 운전대 앞에 달려 있는 시계일 뿐이었다. 시계 바늘은 인정 사정도 없이 1시를 향해 가고 있었기 때문이다.

우리는 동쪽으로 서쪽으로, 지중해 해안에 마치 조개껍질처럼 달라붙어 있는 무수한 마을 사이를 드라이브했다. 그러나 지금은 그러한 마을에 관한 것은 이미 단 하나도 기억하고 있지 않다. 기억하고 있는 것은 단지 가죽을 입힌 좌석의 감촉이며 무릎에 펴놓은 지도를 만지던 손의 감촉으로, 그 닳아 빠진 가장자리며 구겨져 접힌 자리 등이다.

어느 날 시계를 보면서 나는 생각했었다. "11시 20분이 조금 지난 이 순간을 나는 영원토록 잊지 않으리라." 그리고 그때의 경험을 한층 더 영원히 계속되게 하려고 나는 눈을 감았다. 조금 뒤 눈을 뜨자 우리는 어떤 모퉁이 길에 와 있었다. 검정 솔을 걸친 한 시골 처녀가 우리를 향해 손을 흔들어 보였다. 그 처녀의 모습, 먼지투성이인 스커트며 상냥하게 빛나는 듯한 미소를 나는 지금도 똑똑히 기억하고 있다. 우리는 구부러진 모퉁이를 빠져 나갔다. 그녀의 모습은 순식간에 보이지 않게 되었다. 이미 그녀는 과거 속의 사람이며 하나의 기억일 뿐이었다. 나는 되돌아가서 지나가 버린 순간을 다시 한번 붙잡고 싶다고 생각했다. 그러나 곧 비록 되돌아가 본다 할지라도 전과 같은 경험을 두번 다시 붙잡을 수는 없을 것이라고 생각했다. 하늘의 태양까지도 위치가 바뀌어서 다른 그림자를 던지고 있을 것이다.

그 시골 처녀도 어쩌면 이번에는 손도 흔들지 않고 거들떠보지도 않은 채, 달라진 태도로 우리 앞을 지나쳐 타박타박 걸어가 버릴 것이다. 그렇게 생각하자 어쩐지 몸이 옴츠러드는 듯한 서글픈 기분이 들었다. 시계를 보니 이미 5분이 지났고 이제 곧 우리에게 허용된 시간이 다 되어서 호텔로 다시 돌아가야만 한다.

"향수처럼 기억을 병에 담아 두는 방법을 발명할 수는 없을까?" 나도 모르게 불쑥 말했다. "결코 기억의 빛이 바래거나 썩지 않을 방법으로. 그러면 생각날 때에 병마개를 열고 다시 한번 생생한 기억에 잠길 수가 있을 테니까요."

그가 뭐라고 할까 하고 나는 올려다보았다. 그러나 그는 이쪽은 보지도 않고 여전히 길 앞만을 똑바로 보고 있었다.

"아직도 젊은데, 대체 어떤 순간을 기억의 병에서 꺼내고 싶은 거지요?" 그는 이렇게 말했다. 놀리고 있는 것인지 어떤지 그 목소리만으로는 판단할 수가 없었다.

"저도 잘 모르겠어요" 하고 나는 대답했다. 그리고 잘 생각하지도 않고 마치 바보처럼 어이없는 말을 해 버렸다. "전 지금 이 순간을 병에 넣어서 언제까지나 잊고 싶지 않다고 생각하고 있어요."

"그건 오늘 날씨가 좋아서인가요, 아니면 내 운전 솜씨가 좋기 때문인가요?"

그가 놀려 대기 좋아하는 짓궂은 오빠처럼 웃는 것을 보자 나는 입을 다물고 말았다. 나는 갑자기 우리 사이에 엄청난 거리감을 느낄 수밖에 없었는데, 그 간격을 크게 한 것은 그의 친절함 바로 그것이었다.

나는 우리의 아침 드라이브에 대해서 절대로 반 홉퍼 부인에게 말하지 않겠다고 결심했다. 부인의 미소는 그의 높은 웃음 소리처럼 틀림없이 나에게 상처를 입혀 줄 거라고 생각했기 때문이다. 부인은 화를 내지도 않고 그다지 놀라지도 않을 것이다. 마치 내 이야기를 도저히 믿을 수 없다는 듯이 눈썹만 약간 치켜올릴 뿐이리라. 그리고 어깨를 크게 흔들면서 이렇게 말할 것임에 틀림없다.

"너를 드라이브에 데리고 가 주시다니 참으로 친절하신 분이구나. 하지만 그분에게 큰 폐가 되지 않았다고 너는 분명하게 말할 자신이 있니?"

그리고 나서 부인은 내 어깨를 가볍게 두드리면서 택졸을 사서 보낼 것이다. 젊다는 것은 얼마나 비참한 일인가. 나는 손톱을 잘근잘근 깨물기 시작했다.

"저는" 하고 주의하여 바람을 피하면서 나는 거친 말투로 입을 열었다. 그가 웃은 것이 아직도 마음에 걸렸다. "전 제가 검은 비단옷을 입고, 진주 목걸이를 한 36세쯤 되는 여자였으면 얼마나 좋을까 하고 생각해요."

"그러나 만약 그렇다면 당신은 아마도 이 차에 타고 있지 않을 거요" 하고 그가 말했다. "손톱을 깨무는 건 그만둬요, 보기 흉하니까."

"당신은 틀림없이 저를 건방지고 버릇없는 여자 아이라고 생각하실 거예요. 하지만 저는 왜 당신이 매일 저를 드라이브에 데려가 주시는지 그 까닭을 알고 싶어요. 당신이 친절하게 해주시는 건 잘 알지만, 어째서 제게만 친절하게 해주시는 거지요?"

나는 어린 소녀답게 새침해서 긴장한 채 자리에 앉아 있었다.

"그건" 그는 묵직한 목소리로 말했다. "당신이 검정 비단옷도 입지 않았고 진주 목걸이도 하지 않았으며 36세된 중년 여인도 아니기 때문이오."

그의 얼굴에는 아무런 표정도 없었다. 과연 그가 마음속으로 웃고 있는지 어떤지 나로선 알 수 없었다.

"그것 참 다행이군요" 하고 나는 말했다. "당신은 저에 관한 것은 무엇이든지 다 알고 계세요? 하긴 별로 아실 만한 일도 없는 사람이라는 것은 저 스스로도 잘 알고 있지만요. 아무튼 저는 아직 나이도 어리고, 부모님께서 세상을 떠나셨다는 것 말고는 그다지 색다른 경험도 한 일이 없는걸요. 하지만 저는 당신에 관해서 맨 처음 만나 뵈었던 날 안 것 이상은 아무것도 몰라요."

"그때 당신은 어떤 것을 알았나요?" 하고 그는 물었다.

"당신이 만더레이에 살고 계시다는 것과……. 그리고 당신 부인께서 세상을 떠나셨다는 것 등이에요."

그때까지 며칠 동안이나 혀 끝에서 뱅뱅 돌던 말을 나는 끝내 입 밖에 내고 말았다. '당신 부인'…… 마치 그녀의 말을 하는 것이 아주 당연한 일이기라도 한 것처럼 술술 거침없이 튀어나왔다. 당신 부인. 그 말은 한번 입 밖에 나오자 공중에 떠다니며 내 앞에서 춤추고 있었다. 그는 아무런 설명도 하지 않고 말없이 그 말을 받아들였다. 그리하여 그 말은 점점 부풀어올라 무언지 모르게 몹시 언짢고 끔찍한 것이 되어 입에 담기조차도 거북한 금단의 말처럼 되고 말았다. 그러나 그것을 다시 불러들이는 일은 나로선 불가능했다. 이제 와서 입을 다문다 한들 어쩔 수도 없는 것이다.

시집 속표지에 씌어 있던 말과 한쪽 어깨가 묘하게 처진 R자가 다시 생각났다. 나는 기분이 나빠지며 한기가 들었다. 그는 이제 나를 절대로 용서해 주지 않을 것이다. 이것으로 우리의 우정도 마지막이 되고 말겠지.

나는 앞의 창문을 뚫어지게 바라보면서도 나는 듯이 스쳐 가는 길가 경치는 하나도 보이지 않았던 것을 기억한다. 귓속에서는 아까 한 말이 아직도 윙윙 울리고 있다.

침묵은 오랫동안 이어졌다. 이미 모든 것은 끝났다고 생각했다. 그와 함께 드라이브하는 일도 이제는 두번 다시 없을 것이다. 내일이 되면 그는 가 버리고, 반 흡퍼 부인도 다시 건강해지겠지. 부인과 나는 전처럼 테라스를 산책할 것이다. 종업원이 그의 트렁크를 내려서 운반하고, 나는 새로운 이름표가 붙여진 그 트렁크를 화물용 엘리베이터 속에서 흘깃 보게 될 것이다. 와자지껄한 출발의 떠들썩함과 그 끝, 자동차가 모퉁이를 돌아가는 기어 소리, 그러나 그 소리도 머잖아 큰 길의 소음 속으로 잠겨들고 빨려들어가 영원히 잃어지고 말 것이다.

나는 깊은 환상에 잠겼다. 종업원이 호주머니 안에 팁을 집어넣고 나서 호텔의 회전 문으로 들어가며 어깨 너머로 수위에게 뭐라고 말하는 모습까지도 볼 수가 있었다. 그 때문에 차의 속력이 점점 떨어진 것조차 깨닫지 못했다. 겨우 제정신으로 다시 돌아온 것은 차가 길 한쪽에 멈추어 섰을 때였다. 그는 꼼짝도 하지 않고 앉아 있었는데, 모자를 쓰지 않고 흰 스카프를 목에 감고 있는 그 모습은 전보다 한층 더 그림틀 속에 그려져 있던 중세 사람과 비슷했다. 밝은 경치는 그에게 어울리지 않았다. 외투자락을 펄럭이면서 한 거지가 발 밑에서 금화를 주워 모으고 있는 고색 창연한 사원의 계단에라도 그는 서야만 했다.

친절해서 마음이 놓이지 않는 친구의 모습도, 손톱을 깨문다고 나를 놀려 대던 오빠의 모습도, 이미 그에게서는 찾아 낼 수가 없었다. 거기에 있는 것은 낯선 사람이었다. 어째서 나는 이 자동차에 이 사람과 나란히 앉아 있는 것일까 하고 의아스럽게 생각하기까지 했다.

이윽고 그는 나를 향해 말했다.

"아까 당신은 무언가 발명 이야기를 했습니다." 그는 이렇게 말했다. "무언가 기억을 간직해 두고 싶은 듯했었지요. 마음이 내킬 때에 다시 한번 과거에 살아 보고 싶다고 당신은 말했어요. 그러나 내 생각은 유감스럽게도 당신 생각과는 달라요. 기억이란 모두 슬픈 것이므로, 나는 오히려 그것을 잊는 쪽을 선택하고 싶습니다. 지금부터 꼭 1년 전에 내 모든 생활을 바꾸어 버릴 만한 어떤 사건이 일어났지요. 나는 그때 이전의 생활을 모조리 잊어버리고 싶다고 생각합니다. 그때까지의 세월은 모두 끝이 났어요. 모두 사라지고 만 것이오. 난 다시 한번 처음부터 생활을 시작해야만 합니다.

당신과 처음 만났던 날, 반 홉퍼 부인은 나에게 몬테카를로에 왜 왔느냐고 물었지요. 당신은 기억을 되살아나게 하고 싶다고 생각하지만 나는 반대로 기억에 마개를 막아 버리고 싶었기 때문이오. 물론 그 마개는 언제나 꼭 막혀 있는 것은 아닐 것입니다. 때로는 좋지 않은 냄새가, 그것이 담겨져 있는 병에나 또한 나에게 너무 지나칠 정도로 강할 수 있겠지요. 그러면 온몸의 악마들이 염탐꾼처럼 살그머니 마개를 뽑으려고 할 거요. 당신과 함께 처음 드라이브했을 때가 꼭 그러했지요. 언덕 꼭대기에 서서 절벽을 내려다보았을 때 말입니다.

나는 몇 해 전에 아내와 함께 그곳에 갔던 일이 있었습니다. 그때 당신은 아직도 예전 그대로인지 아니면 달라졌는지 물었지요. 예전 그대로였어요. 그러나, 결국 나에게는 고마운 일이었지만 묘하게도 걷잡을 수 없는 기분이었소. 옛날을 생각나게 하는 것은 아무것도 없었어요. 아내와 나는 아무런 추억거리도 남기지 않았던거지요. 그것은 아마도 당신이 옆에 있어 주었기 때문이었는지도 모릅니다. 당신은 몬테카를로의 밝은 빛보다도 훨씬 효과적으로 나의 과거를 잊게 해주었소. 만약 당신이 없었다면 나는 벌써 옛날에 이곳을 떠나 이탈리아로, 그리스로, 모르기는 하나 좀더 먼 곳으로 가 버렸을 거요. 나는 당신 덕분에 그런 방랑의 여행길을 떠나지 않을 수가 있었어요. 나를 거북해하고, 새삼스럽게 공대하는 건 제발 그만둬 주시오. 나를 친절하다느니 인정이 많다느니 하고 생각하지 말아 주기 바라오.

내가 당신과 함께 드라이브를 하는 것은 당신이 좋기 때문이오. 함께 있어 주길 바라기 때문이오. 그러나 만약 당신이 내 말을 믿지 않겠다면 사양할 것 없이 차에서 내려 돌아가 줘요. 자, 문을 열고 나가요."

나는 두 손을 무릎에 놓은 채 꼼짝도 하지 않고 앉아 있었다. 그가 진정으로 그렇게 말하는 건지 어떤지 나는 알 수가 없었다.

"자" 하고 그는 말을 이었다. "어떻게 하겠습니까?"

만약 내가 한두 살쯤 더 어렸다면 울음을 터뜨렸을지도 모른다—— 어린아이의 눈물은 언제나 넘칠 듯하여 대수롭지 않은 일로도 곧 둑을 허물고 흐르게 마련이니까. 사실 그때 나는 눈 속이 찡해 옴과 동시에 얼굴이 화끈 달아왔다. 앞 유리창 위에 달려 있는 거울에 내 모습이 흘깃 보였다. 거기에는 한심한 표정을 하고 있는 내 모습이 뚜렷하게 그려져 있었다. 눈은 눈물이 글썽글썽하고, 뺨은 빨갛게 달아오르고, 폭 넓은 펠트 모자 밑으로 흘러내린 머리카락은 마구 흐트러져 있었다.

"저, 이젠 돌아가고 싶어요" 하고 나는 말했다. 마치 떠는 듯한 목소리였다. 그는 아무 말 없이 엔진을 걸고 클러치를 넣었다. 그리고 아까 왔던 쪽으로 차를 돌렸다.

자동차는 빠르게 달렸다. 너무나 빨리 달려서 나는 조금 불안했다. 그러나 무정한 교외는 쌀쌀하게 우리를 지켜보고 있었다. 이윽고 내가 언제까지나 기억해 두고 싶다고 생각했던 모퉁이에 이르렀다. 이미 시골 처녀도 그 자리에 없었으며 색채도 단조로웠다. 그것은 이미 무수한 자동차 여행자가 지나가는 흔해 빠진 길이자 모퉁이에 불과했다. 그 마력은 나의 즐거웠던 기분과 함께 어느 틈에 사라지고 없었다. 그것을 생각하니 내 얼어붙은 듯한 얼굴은 가늘게 떨리고 어른스럽던 자존심은 간 곳이 없었다. 분한 눈물이 승리의 노래를 부르며 솟구치더니 뺨을 타고 주루룩 흘러내렸다.
 갑자기 나온 눈물이어서 막을 수가 없었다. 만약 손으로 호주머니 안의 손수건을 꺼낸다면 그에게 눈물을 들키게 될 것이다. 그래서 나는 흐르는 눈물을 떨어지는 대로 내버려 두고, 굴욕의 깊이를 생각하면서 입술에서 묻어나는 찝찔한 맛을 참아야만 했다. 그가 내 얼굴을 보려고 고개를 돌렸는지 어떤지 나는 모른다. 나는 그저 흐린 눈으로 길 앞만 가만히 지켜보고 있었다. 그런데 그가 갑자기 손을 뻗쳐 내 손을 잡았다. 그리고 여전히 말없이 내 손에 입맞춤을 했다. 그리고 자기 손수건을 내 무릎에 던져 주었으나 나는 부끄러워 그것을 만지려고도 하지 않았다.
 우는 얼굴이 아름답다는 소설 속의 주인공들을 나는 하나도 남김없이 생각해 보았다. 그 주인공들에 비하면 눈물에 젖어 얼굴은 퉁퉁 부어오르고 눈에 붉은 핏줄이 선 내 모습은 얼마나 좋은 대조를 이루고 있는가. 그것이야말로 나의 아침의 우울한 종곡(終曲)이었다. 이제부터 시작될 오늘 하루가 어쩌면 이다지도 길게 느껴질까. 나는 반 홉퍼 부인과 함께 부인의 침실에서 점심 식사를 해야 한다. 간호사가 외출하기 때문이다. 점심 식사가 끝나면 부인은 회복기에 접어든 환자다운 기운찬 모습으로 끈질기게 나와 페지그(트럼프 놀이의 일종)를 계속하려 할 것이다.
 그 방에서 나는 반드시 숨이 막힐 것임에 틀림없다. 꾸깃꾸깃해진 시트, 마구 흐트러진 담요며 베개, 게다가 분이며 쏟아진 향수며 녹아서 흘러나온 입술 연지 등이 하나 가득 어질러져 있는 침대 한옆의 테이블 주위에는 무어라 말할 수 없는 천함이 느껴진다. 침대 위에는 아무렇게나 접어 놓은 신문이, 가장자리가 돌돌 말려들고 표지가 찢어진 프랑스 소설책이며 미국 잡지와 함께 지저분하게 내던져져 있을 것이다. 그리고 눌러 끈 담배꽁초가 세안 크림 병 속이며 포도 접시

위며 침대 밑바닥 여기저기 아무데나 구르고 있을 것이다. 꽃다발을 든 문병객이 많이 밀어 닥쳤기 때문에 꽃병이 혼잡하게 죽 놓여 있다. 온실에서 핀 다른 나라의 꽃이 미모사 옆에 구겨 넣어져 있는가 하면, 설탕에 절인 과일을 잔뜩 담아 리본으로 곱게 장식한 커다란 과자 상자가 한층 더 주위를 압도한다.

이윽고 조금 지나면 많은 친구들이 술을 마시러 찾아온다. 나는 그 사람들의 떠들썩한 수다에 질려서 구석에 웅크리고 앉아 쩔쩔매면서 내키지 않는 마음으로 모두의 마실 것을 마련해야 한다. 마침내 그 사람들 덕분으로 쾌활해진 부인이 침대 위에 일어나 앉으면, 나는 다시 '왕자님의 시종'이 되어 부인의 머리를 빗질해 주어야 한다. 부인은 지나칠 정도로 큰 소리로 지껄이고 걷잡을 수 없이 웃어 대며, 휴대용 축음기가 있는 데로 가서 레코드를 걸고 음악에 맞추어 큰 어깨를 흔들기 시작한다.

부인이 핀으로 머리를 높이 틀어올리고 화가 머리 끝까지 치밀어 택졸을 사는 걸 잊었다고 나를 마구 야단칠 때가 그래도 나는 기분이 좋다. 이러한 일들이 모두 부인의 방에서 나를 기다리고 있는 것이다. 그런데도 그는 호텔에서 나와 헤어지면 틀림없이 혼자서 어딘가로——십중 팔구 바닷가에라도 가서 바람에 뺨을 간지럽히기도 하고 햇볕을 쫓아다니기도 하리라. 아니면 내가 전혀 모르는——그 자리에 함께 끼일 수도 없을 온갖 추억에 마음껏 잠겨 지나간 세월의 오솔길로 한가로이 되돌아갈는지도 모르는 것이다.

우리 사이에 가로놓여 있는 심연은 이미 이제까지 없었을 정도로 넓어져 있었다. 그는 건너편 강가에서 이쪽으로 등을 돌리고 서 있는 것이다. 나는 내 자신이 어리고 조그맣고 매우 외롭게 느껴졌다. 그러자 갑자기 자존심이고 뭐고 다 잊어버리고 그의 손수건을 집어 들어 비참한 모습을 바람에 내맡긴 채 코를 풀었다. 나는 이제 어떻게 보이든 상관 없었다.

"이제 그만 해 두어요" 하고 갑자기 그가 마치 화난 것처럼, 또는 매우 난처한 듯이 말했다. 그리고 나를 가까이 끌어당겨 어깨를 감싸 안아 주었다. 그러나 눈은 여전히 똑바로 앞을 응시한 채 오른손으로 핸들을 잡고 있었다. 자동차의 속력은 한층 더 빨라졌다. "당신은 아직 내 딸이라고 해도 좋을 나이요. 나는 당신을 어떻게 대해야 할지 알 수가 없군."

그는 이렇게 말했다.

길은 좁은 모퉁이 길이 되었다. 그는 길바닥에서 자고 있는 개를 피하기 위해 커브 운전을 해야 했다. 그러므로 내 어깨에 둘러진 팔을 풀 것이라고 생각했다. 그러나 그는 여전히 나를 꼭 끌어안은 채 커브를 틀었다. 모퉁이 길을 지나자 길은 다시 똑바로 뻗어 있었다. 그는 여전히 나를 놓지 않았다.

"내가 오늘 아침에 한 말은 모두 잊어버려요." 그는 이렇게 말했다. "그건 모두 지나가 버린 옛날 일이오. 이젠 두번 다시 그런 것을 생각해선 안 되오. 가족들은 언제나 나를 맥심이라고 부른다오. 그러니 당신도 그렇게 부르도록 해요. 당신은 나에게 오랫동안 너무나 지나치게 공손했소."

그는 손을 뻗어 내 모자를 벗기더니 어깨 너머 뒷좌석 쪽으로 던졌다. 그리고 몸을 굽혀 내 이마에 입맞춤을 했다.

"절대로 젖은 비단옷 따위는 입지 않겠다고 약속하오."

내가 방긋 웃자 그도 웃었다. 아침은 다시 쾌활하게 빛났다. 반 홉퍼 부인도, 오후 시간도 전혀 문제가 되지 않았다. 오후는 재빨리 지나 갈 것이다. 그리고 밤이, 또 내일이 밝으리라. 나는 완전히 기운을 되찾고 쾌활해졌다. 그때 나는 '남녀 평등'을 요구할 수 있을지도 모를 만큼 용기에 차 있었다. 나는 페지그 시간에 늦어져서 반 홉퍼 부인의 침실로 들어간다. 그리고 늦어진 까닭을 물으면 하품 섞인 거만한 어조로 이렇게 말해 주는 것이다. "그만 시간을 잊었어요. 맥심과 함께 식사를 하던 참이었거든요."

처음 만났을 때부터 그는 나를 세례명으로 불렀다. 더욱이 그것을 모자 깃털 장식과 똑같이 생각할 정도로 나는 아직 어린아이였다. 여러가지로 잠시 흐렸던 순간은 있었지만, 그날 아침은 나를 우정의 새로운 단계에까지 올려 주었다. 나는 전에 생각했었던 만큼 그렇게 우물쭈물하지는 않았다. 그는 나에게 입맞춤까지 해준 것이다. 그것은 극히 자연스럽고 즐거우며 더욱이 침착한 태도였다. 소설에 씌어 있는 것 같은 연극으로 꾸민 듯한 것도 아니었고 공연히 부끄러운 마음을 일게 하는 그런 것도 아니었다. 그것은 우리의 관계를 여유 있고 마음 편한 것으로 만들어 준 것 같았다. 적어도 모든 것이 후련하고 상쾌해진 것만은 사실이다. 즉 두 사람 사이에 가로놓인 도랑에 다리가 놓여진 것이다.

나는 그를 맥심이라고 부르게 되었다. 그날 오후 반 홉퍼 부인과 페지그를 했는데도 그다지 지루하지 않았다. 물론 그때는 이미 내 용기가 꺾여 있었기 때문에 아침에 있었던 일은 아무 말도 하지 않았다. 페지그가 끝나고 부인은 트럼프를 한데 모아 팔을 뻗어 상자에 넣으면서 아무 생각 없이 말했다.

"얘야, 맥스 드 윈터 씨는 아직 호텔에 계시니?"

그때 나는 마치 깎아지른 절벽 끝에 선 잠수부처럼 한순간 망설였다. 그리고 나서 기력과 자제력을 잃어버리고 이렇게 대답했다.

"네, 계시는 것 같아요, 식사를 하실 때는 식당에 내려오세요."

틀림없이 누가 부인에게 고자질을 한 것이라고 나는 생각했다. 우리가 함께 있는 것을 누가 보았든가, 테니스 선수가 불평이라도 했든가, 그렇지 않으면 식당 주임이 종이 쪽지에 몇 자 적어 보냈든가,

아무튼 그 중의 하나일 것이다. 나는 부인의 공격을 기다렸다. 그러나 내가 흐트러진 침대를 고치고 있는 동안 부인은 조그맣게 하품을 하면서 트럼프를 상자에 넣을 뿐이었다. 나는 부인에게 분이며 볼연지 콤팩트며 입술연지 등을 가져다 주었다. 그러자 그녀는 카드를 한 쪽으로 밀어 놓고 옆 테이블에서 손거울을 집어 들고 말했다. 그리고 "매력 있는 사람이지만 매우 괴짜인 것 같아. 도무지 속마음을 모르겠어. 휴게실에서 만났을 때 만더레이에 초대하는 것 같은 태도쯤은 보일 만도 하다고 생각했는데 어쩐지 매우 딱딱하고 거북한 것 같았어."

나는 아무 말도 하지 않았다. 그리고 부인이 입술 연지를 집어 들고 투박한 입술 위에 활 모양을 그리는 것을 잠자코 보고 있었다.

"부인을 만나본 적은 없지만" 거울을 멀찌감치 들고 비추어 화장이 다 된 것을 바라보면서 부인은 말했다. "틀림없이 무척 아름다운 분이었을거라고 생각해. 옷차림이 기막히게 훌륭하고 하는 일이 모두 화려했을 거야. 만더레이에서는 곧잘 깜짝 놀랄 만한 파티가 열렸었다거든. 정말 생각지도 못했던 재난이었겠지만 그 사람은 틀림없이 부인을 진심으로 사랑했을 거야. 입술연지가 이렇게 빨가니까 분도 짙어야겠구나. 저쪽 것을 가져다 줘요. 그리고 이 상자는 서랍에 넣어 두고."

우리가 분이며 향수며 입술연지를 가지고 떠들어대는 동안 초인종이 울리고 숱한 방문객이 들어왔다. 나는 힘 없는 태도로 말없이 손님에게 마실 것을 내놓았다. 그리고 축음기의 레코드를 바꾸어 놓기도 하고 담배꽁초를 치우기도 했다.

"요즈음 스케치하러 가셨나요, 아가씨?" 한 늙은 은행가가 외알안경을 끈에 달아 흔들면서 일부러 친숙한 어조로 말했다. 나도 아무렇지 않은 듯이 방긋 밝게 웃었다.

"아뇨, 요즈음은 가지 않았어요. 담배 한 대 더 하시겠어요?"

그렇게 대답한 것은 나이면서도 내가 아니었다. 나는 전혀 거기에는 없었다. 마음속으로 하나의 환영을 쫓고 있었던 것이다. 몽롱한 그 그림자는 이윽고 하나의 형태를 갖추어 갔다. 눈과 코의 생김새도 모호하고 얼굴빛도 확실치 않으며 눈매와 머리카락의 성질도 아직 희미했지만, 그래도 조금 뒤에는 뚜렷해질 것이다.

언제까지나 사라지지 않는 아름다움, 잊혀지지 않는 미소를 그녀는 가지고 있다. 그 목소리도, 그 말에 담긴 추억도, 아직 어디엔가 모르게 감돌고 있다. 그녀가 찾아갔던 장소도, 만진 물건도, 여전히 가는 곳마다 남아 있다. 아마도 벽장 속에는 그녀가 입었던 옷이 지금도 여전히 그녀의 향기를 풍기면서 남아 있으리라.

나의 침실 베개 밑에는 그녀의 손에 닿았던 책이 있다. 그녀가 빙그레 웃음 띤 얼굴로 새하얀 표지 뒷면에 굽은 펜 끝을 흔들면서 글을 쓰는 모습을 나는 분명하게 볼 수 있었다. '맥스에게 레베카로부터', 틀림없이 그의 생일날이었을 것이다. 그녀는 그 책을 다른 선물과 함께 아침 식탁 위에 놓은 것이다. 그가 끈을 풀고 포장을 뜯었을 때 두 사람은 함께 웃었을 것이다. 그녀는 틀림없이 그가 읽고 있는 어깨 너머로 책을 들여다보았으리라.

맥스, 그녀는 그를 맥스라고 불렀다. 그것은 입에 담으면 친숙한 맛이 있는 화려하고 기분 좋은 이름이다. 가족들은 맥심이라고 불러도 된다. 즉 할머님이나 백모님들이다. 그리고 나처럼, 아무런 가치도 없는 우둔하고 촌뜨기 같은 나이 어린 사람들에게도 그 혜택이 주어진다. 그러나 맥스라는 이름은 그녀의 마음에 드는 이름이며 그녀만의 것인 것이다. 그래서 그녀는 편안한 기분으로 저 책 첫머리에 쓴 것이다. 흰 책장을 찌를 듯한, 어깨가 처진 대담한 글씨는 차분하고 자신만만한 그녀의 상징인 것이다.

자주 여러 가지 기분으로 그녀는 그렇게 그에게 썼을 것이다.
 종이에 절반쯤 마구 휘갈겨 쓴 대수롭지 않은 메모도 있을 것이고, 그가 없는 동안에 쓴 몇 장이나 되는 친밀한 편지도 있겠지. 마치 그 시집 속의 글자처럼 거북스러움이 없는 정다운 그녀의 목소리는 큰 저택 안에 메아리치고 정원에까지 울렸을 것이다.
 그러나 나는 그를 맥심이라고 불러야만 하는 것이다.

6

 짐 꾸리기. 출발할 때의 조급한 허둥거림. 없어진 열쇠. 쓰기를 깜박 잊은 짐표. 바닥에 흩어져 있는 귀중품 포장지. 나는 그런 것들이 참으로 싫다. 이것저것 그러한 일을 한 뒤, 예의 내 지정석에 자리를 잡고 앉아 있는 지금도 그렇다. 서랍을 닫거나 호텔의 옷장을 연다거나 가구가 딸려 있는 전혀 별장 같지 않은 곳의 벽장문을 여는 따위의 일들이 내게는 규칙적인 습관과도 같았지만, 지금은 어쩐지 쓸쓸하고 시큰둥하게 느껴졌다.
 우리는 여기서 생활했고 행복했다. 비록 아무리 짧은 기간이었다 할지라도 여기는 우리의 것이었다. 한 지붕 밑에서 지낸 것은 겨우 두 밤에 불과하지만, 그래도 우리는 뭔지 모르지만 역시 우리만의 것을 남겨 놓고 가는 것이다. 그것은 화장 테이블 위의 한 개의 머리핀이라든가 아스피린이 들었던 빈 병이라든가 베개 밑의 손수건이라든가 하는 형태가 있는 것이 아니라, 무어라 이름지을 수 없는 우리 생활의 한 순간이거나 한 생각, 또는 한 기분인 것이다.
 이 집은 우리를 지켜 주었다. 우리는 이 벽 속에서 이야기도 하고 사랑하기도 했다. 그것은 어제의 일이다. 오늘 여기를 떠나 버리면 두번 다시 볼 수 없으리라. 극히 조그마한 변화라 할지라도 아무튼 우리는 변해 버린 다른 사람이 되고 마는 것이다. 두번 다시 전과 똑같이 될 수는 없다. 점심 식사를 하기 위해 길가의 여관에 들어가 손을 씻기 위해 낯설고 컴컴한 세면실에 들어갔다 하더라도, 처음 보는 문의 손잡이며, 군데군데 가늘고 길게 찢어져 있는 벽지며, 세면기 위에 있는 묘한 모양의 금이 간 거울 등은 적어도 그 순간만은 내 것이며, 나에게 속해 있는 것이다.

우리는 서로를 알고 있다. 그것은 현재의 일이다. 과거도 없거니와 미래도 없다. 나는 지금 손을 씻고 있다. 그리고 금이 간 거울은 현재의 내 모습을 비추고 있다. 그것은 나다. 이 순간은 결코 옮겨지지 않을 것이다.

조금 뒤, 나는 문을 열고 식당으로 들어간다. 거기에는 그가 나를 기다리며 식탁에 앉아 있다. 그때 나는 자신이 어떤 순간에 무척 나이가 들어 버린 것을 생각한다. 그 순간이 지나면서 나는 알지 못하는 운명을 향하여 한 걸음 내딛은 것이다.

우리는 서로 미소를 나누고 요리를 선택하고 이 이야기 저 이야기를 주고받는다. 그러나——하고 나는 마음속으로 생각한다——현재의 나는 이미 5분 전에 그의 곁을 떠난 여자가 아니다. 그 여자는 지금 뒤쪽으로 들어가 버리고 말았다. 나는 좀더 나이가 들고 좀더 성숙한 다른 여자인 것이다.

나는 2,3일 전 신문에서 몬테카를로의 코트 다쥬르 호텔이 새 경영자에게로 넘어가 이름도 바뀌었다는 기사를 읽었다. 객실에는 새로운 장식이 꾸며지고 내부의 모습도 완전히 변해 버린 모양이다. 이층에 있던 반 홉퍼 부인의 방은 아마 없어졌을 것이다. 내가 썼던 조그마한 침실도 틀림없이 전혀 달라졌을 것이다. 마룻바닥에 무릎을 꿇고 앉아 부인의 트렁크를 서투른 솜씨로 만지작거렸던 그날로 나는 두번 다시 돌아가지 않아도 되는 것이다.

열쇠가 찰칵하고 잠기는 소리와 함께 삽화도 끝났다. 나는 창 밖을 내려다보았다. 마치 사진첩을 한장 한장 넘기는 것과 같다. 저 많은 지붕 꼭대기며 바다는 이미 내 것이 아니다. 모든 것은 어제의 것이자 과거의 것이었다. 우리의 짐이 없어진 방들은 텅 비어 있다. 객실 주위는 어쩐지 부산스러워 보이고, 마치 우리가 떠나 버리기를 바라면서 내일 다시 올 새 손님을 기다리는 듯하다. 끈으로 동여매고 자물쇠로 잠근 무거운 짐은 이미 밖의 복도에 내놓았다. 자질구레한 짐들도 이제 곧 다 챙겨질 것이다. 휴지통에는 쓰레기가 하나 가득 꾹꾹 담겨져 있다. 거의 비어 있는 약병, 못 쓰게 된 세안 크림 병, 찢어 놓은 메모며 편지 등등……. 테이블 서랍은 활짝 열어 놓은 채였고 옷장은 완전히 텅 비어 있다.

어제 아침 식탁에서 내가 부인의 커피를 따르고 있노라니까 부인이 편지 한 통을 내 앞에 내놓았다.

"헬렌은 토요일에 뉴욕으로 떠나는 모양이야. 낸시의 건강이 좋지 않아서 집에서 헬렌에게 돌아오라고 전보를 쳤대요. 나도 마음을 정했다. 우리도 돌아가는 거야. 난 유럽 따위는 죽을 만큼 싫증이 났어. 초가을까지는 돌아갈 수 있을 거야. 넌 뉴욕으로 가는 걸 어떻게 생각하니?"

그것은 감옥에 들어가기보다 더 끔찍한 일이었다. 내 얼굴에 얼마간 싫은 빛이 나타났던 모양이다. 부인은 처음에는 깜짝 놀란 듯하더니 다음에는 난처한 표정이 되었다.

"정말로 너는 어쩌면 그다지도 이상하게 불평이 많은지 모르겠구나. 난 도무지 알 수가 없다. 미국에 가면 너처럼 한푼도 없는 처녀도 아주 재미있는 일을 할 수가 있단다. 젊은이들이 얼마든지 있고 유쾌한 일도 얼마든지 있으니 말야. 모두 너하고 같은 신분의 사람들이지. 마음이 맞는 사람들과 조그마한 모임을 만들 수도 있고 여기처럼 내게 늘 붙어 시중을 들 필요도 없단다. 나는 또 네가 몬테카를로 따위는 아무래도 좁다고 생각할 줄로만 알았구나."
 "하지만 전 이 고장에 낯이 익은걸요." 나는 치미는 화를 꾹 누르면서 한심스럽고도 비참한 목소리로 말했다.
 "그래? 그럼, 너는 뉴욕에도 낯을 익히렴. 그러면 되지. 우리도 헬렌과 같은 배를 탈 작정이니까 서둘러 시간표를 알아보도록 해. 지금 곧 사무실에 가서 젊은 사무원에게 잘 조사해 달라고 해요. 오늘은 여러 가지 할 일이 있으니까 몬테카를로와 석별의 정을 나눌 만한 겨를 따윈 전혀 없어!"
 부인은 버터통 속에 담배를 비벼 끄면서 기분 나쁘게 웃었다. 그리고 친구들을 하나도 남김없이 불러 내기 위해 전화 있는 데로 갔다.
 나는 금방 사무실로 갈 수가 없었다. 그래서 욕실로 들어가 문을 닫아 걸고 두 팔로 머리를 싸안으며 깔개 위에 앉았다.
 마침내 떠나야만 하게 되었다. 모든 것은 끝났다. 내일 밤이면 나는 기차 안에서 부인의 보석 상자와 담요를 안고 마치 하녀처럼 앉아 있어야 한다. 부인은 깃털 장식을 한 개 꽂은 어이없이 큰 새 모자를 쓰고 모피 외투를 입고 침대차 안에 나와 마주 앉아 있겠지. 덜컹거리는 문이며, 물이 튀는 세면기며, 축축한 타월이며, 머리카락이 하나 붙어 있는 비누며, 물이 절반 들어 있는 물병이며, '컵은 세면대 밑에 있습니다'라는 판에 박힌 설명서 따위가 어수선하게 놓여 있는 저 숨막힐 듯한 작은 방 안에서, 우리는 세수도 하고 이도 닦아야만 하는 것이다.
 비명을 지르며 달리는 기차는 덜컹대면서 흔들리고, 위로 통길 때마다 그에게서 멀리 떨어져 간다는 것을 나에게 일깨워 줄 것이다. 더욱이 그 시간쯤이면 호텔 식당의 그 그리운 식탁에서는 그가 혼자 태연히 앉아 아무것도 생각하지 않고 아마 책이라도 읽고 있겠지.
 어쩌면 나는 출발하기 전에 휴게실에서 그에게 작별 인사를 해야만 할 것이다. 부인이 있기 때문에 남의 눈을 삼가야 한다. 조급한 이별이 될 것이다. 잠시 침묵이 흐른다. 방긋 미소를 짓는다. 그리고 이런 말을 하리라. "네, 물론 편지를 쓰겠어요." "당신이 무척 친절하게 해주셨는데 제대로 감사의 말씀도 드리지 못했어요." "그 사진을 꼭 보내 주셔야 해요." "당신께서 앞으로 계실 곳은 어디인가요?" "네, 곧 소식 전하겠어요." 그는 지나가는 종업원에게서 성냥을 받아 아무렇지도 않게 담배에 불을 붙인다. 그동안에 나는 생각했다. '앞으로 4분 30초만 있으면 나는 가야 한다. 이제 두번 다시 이분을 만나지 못하는 것이다.'

나는 곧 떠날 몸이고 모든 것은 끝나 버렸으니 더 이상 할 말은 없다. 아주 짧은 시간의 마지막 만남으로 우리는 또 전혀 알지 못하는 남이 되는 것이다. 그러나 내 마음은 슬프게 울면서 이렇게 외칠 것이다. '나는 당신을 매우 사랑합니다. 나는 몹시 불행한 소녀랍니다. 이렇게 불행한 적은 전에는 한 번도 없었습니다. 앞으로도 결코 없을 겁니다.'

그러나 나는 새침하게 태연한 미소를 띠고 이렇게 말할 것이다.

"보세요, 저기 있는 이상한 할아버지를 보세요. 누구일까요? 아마 새로 오신 분일 거예요." 틀림없이 우리는 낯선 사람의 이야기나 하면서 마지막 시간을 낭비할 것이다. 그것은 우리가 이미 서로 낯선 사람이 되어 버렸기 때문이다.

"사진이 잘 찍혔으면 좋겠군요" 하고 나는 자포자기한 기분으로 되풀이할 것이다. 그러면 그가 말할 것이다. "그렇지, 십자로에서 찍은 것은 틀림없이 잘 되었을 거요. 광선이 아주 알맞았으니까." 그때에는 우리 두 사람 모두 그 이야기에 열중한다. 그리고 거기에 관한 우리의 의견은 완전히 일치된다. 그러나 나는 사진이 거뭇거뭇 희미하게 되었다 해도 조금도 개의치 않을 것이다. 왜냐하면 지금이 마지막 순간이며 맨 마지막 작별 인사가 이미 끝나 버렸기 때문이다.

"정말" 두려운 미소를 얼굴 가득히 떠올리며 나는 말한다. "다시 한번 진심으로 감사의 말씀을 드리겠어요. 아주 멋있었어요." 그때까지 한 번도 써 본 적이 없는 말을 나는 갑자기 쓴다. 멋있다──이건 어떤 뜻인가? 아니, 그런 것은 아무래도 좋다. 그것은 여학생들이 하키 경기를 할 때에 곧잘 쓰는 말이다. 비통과 환희가 뒤범벅이 된 지난 몇 주일에 대해서는 전혀 알맞지 않다. 그러면 조금 뒤 엘리베이터 문이 열리고 반 홉퍼 부인이 나타날 것이다. 나는 휴게실을 가로질러 그녀를 맞으러 간다. 그는 다시 구석진 자리로 돌아가 신문을 집어든다.

나는 욕실 바닥의 깔개 위에 우스꽝스러운 모습으로 앉아서, 그런 광경을 그려보았다. 또 우리의 여행이며 뉴욕에 도착했을 때의 모습 등이 눈에 선했다. 여위었을 뿐 어머니를 꼭 닮은 헬렌의 날카롭고 높은 목소리, 그의 아이인 밉살스러운 낸시, 반 홉퍼 부인이 나에게 소개할 거라고 생각되는 학생들, 나와 신분이 비슷하다는 젊은 은행원들.

"수요일 밤 우리들에게 시간을 내주시겠습니까?"

"당신은 재즈를 좋아하시나요?" 얼굴이 번지르르하고 코가 납짝한 젊은이들. 예의바르게 대해야 한다고? 그러니까 혼자서 여러 가지 일을 생각하려면 지금처럼 욕실 문을 잠그고 안에 들어앉아 있어야만 하는 것이다.

부인이 들어왔다. 그리고 문을 덜컹거렸다. "뭘 하고 있니?"

"아무것도 아니에요, 곧 가겠어요."

나는 쑥스러움을 감추려고 시계의 태엽을 감아 주는 꼭지를 비틀기도 하고, 그 주위를 소리내어 돌아다니기도 하고, 가로나무에 널려 있는 타월을 개기도 했다.

조금 뒤에 문을 열자 부인은 수상스러운 눈초리로 나를 보았다.
"너무 꾸물거리는구나. 오늘 아침엔 꿈 같은 것을 꾸고 있을 겨를이 없어요. 해야 할 일이 너무 너무 많다니까."

물론 그도 2,3주 지나면 만더레이로 돌아갈 것이다. 그럴 것임에 틀림없다. 그리고 수북이 쌓인 편지 뭉치가 방에서 그를 기다릴 것이다. 그리고 그 가운데는 배 안에서 갈겨쓴 내 편지도 섞여 있으리라. 그것은 그를 즐겁게 해주기 위해서 억지로 쓴 편지로 같은 배를 탄 선객들의 이야기를 쓴 것이다. 그는 한동안 그 편지를 압지 사이에 끼워 둘 것이다. 그리고 몇 주일이 지난 어느 일요일 아침, 청구서의 지불을 할 때에 문득 그것이 생각나 점심 식사를 하기 전 서둘러 답장을 쓸 것이다. 그러나 그것뿐, 다시는 쓰지 않겠지.

크리스마스가 되면 자애로운 마음으로 크리스마스 카드를 보내리라. 아마도 얼어붙은 풍경을 배경으로 한 만더레이의 그림일지도 모른다. 거기에는 이렇게 인쇄되어 있다. '크리스마스를 축하하오, 새해의 행복을 빌겠소, 맥시밀리안 드 윈터로부터.' 아마도 금으로 새긴 글씨임에 틀림없으리라. 그리고 그는 친절한 마음에서 인쇄된 이름 사이에 펜을 가져가 아래쪽에 잉크로 '맥심으로부터'라고 쓸지도 모른다. 그리고 아직 그 위에 여백이 있으면 '뉴욕에서의 생활이 즐겁기를'이라고 한 마디쯤 더 쓸지도 모른다. 그런 다음 겉봉을 봉하고 우표를 붙여 다른 많은 우편물 속에 그것을 집어 넣겠지.

"내일 출발하신다면 시기가 매우 좋지 않습니다," 프런트의 사무원이 수화기를 들면서 말했다. "무용극이 시작되는 것은 다음 주부터입니다. 반 홉퍼 부인께선 그걸 알고 계십니까?"

나는 만더레이의 크리스마스에서 현실의 침대차로 어슬렁어슬렁 돌아왔다.

반 홉퍼 부인은 유행성 감기를 앓은 뒤로 처음 식당에 내려왔다.

부인의 뒤를 따라 식당에 들어갔을 때 나는 가슴 언저리가 쿡쿡 쑤시듯이 아팠다. 그날 그는 칸느에 가 있었다. 전날 그에게 들었기 때문에 나는 알고 있었지만, 어쩐지 종업원이 조심성을 잃고 이렇게 말하지나 않을까 하고 조마조마했다.
"여느 때와 똑같이 아가씨께서는 오늘 저녁에도 그 신사분과 함께 식사를 하시게 됩니까?"
종업원이 식탁 가까이에 올 때마다 나는 마음을 졸였으나 종업원은 아무 말도 하지 않았다.
낮에는 내내 짐 꾸리기에 바빴다. 저녁때가 되자 사람들이 작별 인사를 하러 왔다. 저녁 식사는 객실에서 했는데, 식사가 끝나자 부인은 곧 잠들어 버렸다. 나는 아직 그를 만나지 못했다. 그래서 9시 반쯤 짐에 붙일 짐표를 받아 온다는 구실로 휴게실로 내려갔으나 그의 모습은 보이지 않았다. 밉살스러운 프런트 사무원이 나를 보더니 의미있게 웃었다. "드 윈터 씨를 찾으시는 거라면, 한밤중까지는 못 돌아오실 것 같다는 전갈이 칸느에서 왔었습니다."
"짐표를 가지러 왔어요." 나는 이렇게 말했지만 그의 눈초리는 물론 내 말을 진실로 받아들이고 있지 않았다. 아, 그럼 마지막 밤은 완전히 예상이 어긋나고 말았단 말인가. 하루 종일 애타게 기다리던 시각을 나는 침실에서 여행 가방이며 튼튼하게 꾸린 짐과 눈싸움을 하면서 혼자 지내야만 하는 것이다. 그러나 결국은 그러는 것이 더 나을지도 모른다. 나는 틀림없이 그의 하찮은 이야기 상대밖에 되지 못했을 것이고 그도 나의 표면밖에 이해하지 않을 테니까.
나는 그날 밤 울었다. 그것은 지금의 나로선 흘릴 수 없는 어린 소녀의 쓰디쓴 눈물이었다. 베개에 깊이 얼굴을 파묻고 그렇게 우는 것은 21살이 지나면 있을 수가 없다. 머리는 쿡쿡 쑤시고 눈은 통통 부어오르며 목구멍은 답답하게 막혀 버린다. 그리고 아침이 되면 그런 흔적을 아무도 눈치채지 못하게 하려고 열심히 찬물로 얼굴을 씻기도 하고 화장수를 바르기도 하고 분을 살짝 발라 보기도 한다. 그러나 눈물이 저절로 넘쳐서, 또 울음을 터뜨려 입술이 참을 수없이 떨리지나 않을까 하고 생각하니 도무지 안절부절 견딜 수 없는 기분이다.

신선한 아침 공기가 분을 바른 밑으로 남의 눈에 띄는 빨개진 빛을 말끔히 씻어내 주기를 바라면서 창문을 활짝 열고 밖으로 몸을 내민 그때의 내 모습을 나는 언제까지나 기억하고 있다. 태양이 그토록 밝게 보이고 하루가 그토록 희망에 차 보인 적은 한 번도 없었다. 몬테 카를로는 갑작스레 자애와 매력에 찬 고장이 되고 이 세상에서 진실성이 없어지지 않은 단 하나의 장소가 되었다.

나는 갑자기 이곳이 좋아졌다. 애정이 나를 압도했다. 평생토록 이 곳에 살고 싶다고 생각했다. 그러나 나는 오늘 이곳을 떠나야만 한다. 거울 앞에서 머리에 빗질을 하는 것도 세면실에서 이를 닦는 것도 이것이 마지막이다. 저 침대에서 다시는 잘 수 없을 것이다. 전등 스위치를 비트는 일도 결코 두번 다시 없으리라. 나는 화장옷을 입은 채 그 주위를 돌아다니며 지극히 흔한 호텔 한 침실에서 얼이 빠져 있었다.

"감기라도 든 게 아니냐?" 하고 아침 식사를 할때 부인이 말했다.

"아니오" 하고 나는 대답했다. "그렇지는 않아요." 나는 한 가닥의 지푸라기에 매달렸다. 내 눈가장자리가 지나치게 붉더라도 나중에 그것이 구실이 될 테니까.

"짐꾸리기가 완전히 끝났는데도 아직 지루하게 기다리다니, 나는 아주 질색이다." 부인은 이런 불평을 했다. "좀더 일찍 떠나는 기차였더라면 좋았을걸. 그럴 생각으로 서두르면 안 될 것도 없었을 텐데 말이야. 그랬더라면 파리에서 좀더 오래 머물 수 있지 않겠니. 헬렌에게 마중 나오지 않아도 된다고 전보로 말해 줘요. 딴 곳에서 만나도록 하지" 하고 그녀는 시계를 보았다. "어쩌면 좌석을 변경할 수 있을지도 몰라. 알아보는 것도 나쁘지는 않지. 사무실에 가서 잘 알아봐 달라고 해."

"네" 하고 나는 대답했다. 나는 부인이 하라는 대로 하는 여자였다. 침실에 가서 화장옷을 벗어던지고 예의 플란넬 스커트를 입고 내 손으로 만든 점퍼를 머리로부터 뒤집어썼다. 부인에 대한 내 무관심은 지금 혐오하는 마음으로 변했다. 아, 드디어 이것이 마지막인 것이다. 나는 나 자신의 아침 시간조차 부인에게 빼앗겨야만 한다. 발코니에서의 최후의 반 시간은커녕, 안녕이라는 작별 인사를 할 10분조차 내게는 없다. 부인이 생각했던 것보다도 일찍 아침 식사를 끝낸 때문이며, 부인이 지루해졌기 때문이다. 좋다, 그렇다면 나도 사양이나 조심성을 내던져 버리자. 이제는 얌전한 체하지 말자. 나는 거실 문을 소리내어 닫고 복도를 뛰어갔다. 그리고 엘리베이터를 기다리는 사이도 초조하여 계단을 세 개씩 한꺼번에 뛰어 4층으로 올라갔다. 148호라는 그의 방 번호를 나는 알고 있었던 것이다. 나는 얼굴이 빨개져서 숨을 헐떡이면서 세차게 문을 두드렸다.

"들어오시오" 하고 그가 말했다. 나는 문을 열었다. 그러나 이미 흥분이 사라져 가기 시작하여 나는 이미 후회하고 있었다. 틀림없이 그는 어젯밤 늦게 잠들었기 때문에 지금 막 깨어나서 머리가 무겁고 언짢은 마음으로 아직 잠자리에 들어 있을 것이다.

그러나 그는 잠옷 위에 낙타 재킷을 걸치고 활짝 열어 젖힌 창문 옆에서 면도를 하고 있었다. 플란넬 스커트를 입고 무거운 구두를 신은 나를, 나는 옷을 잔뜩 껴 입어 뚱뚱해진 상냥하지 못한 여자처럼 느꼈다. 자기의 행위를 극적으로 생각했던 나는 정말로 어쩔 수없는 어리석은 소녀였다.

"왜 그러오?" 하고 그는 말했다. "무슨 일이 있었소?"

"저, 작별 인사를 드리러 왔어요." 나는 이렇게 말했다. "오늘 아침 출발하게 되었어요."

그는 뚫어지게 나를 바라보더니 조금 뒤 면도칼을 세면대 위에 놓고 "문을 닫아요" 하고 말했다.

나는 손을 뒤로 돌려 문을 닫았다. 그리고 두 손을 축 늘어뜨린 채 비교적 차분한 마음으로 서 있었다.

"당신은 지금 대체 무슨 말을 하고 있는 거요?" 하고 그는 물었다.

"정말이에요. 우린 오늘 이곳을 떠나요. 좀더 나중 기차로 갈 작정이었지만, 부인이 오늘 아침 갑자기 더 이른 기차로 가겠다고 하는 거예요. 전 당신을 만나 뵙지 못하면 어떡하나 하고……. 무슨 일이 있더라도 떠나기 전에 뵙고 감사의 말씀을 드리고 싶었어요."

이런 어리석은 말이 내가 머릿속에서 생각했던 대로 입에서 쏟아져 나왔다. 나는 긴장해서 온몸이 굳어졌다. 하마터면 당신은 참으로 멋있는 분이에요 하고 말할 뻔했다.

"왜 좀더 빨리 내게 그런 말을 알리지 않았소?" 하고 그는 말했다.

"부인이 그런 결정을 하신 것은 바로 어제였는걸요. 매우 갑작스럽게 결정되었어요. 부인의 따님이 토요일에 뉴욕으로 떠난대요. 그래서 우리도 함께 가기로 된 거죠. 파리에서 만나 셰르부르로 곧장 간다는군요."

"부인은 당신을 뉴욕으로 데려갈 작정인 모양이군요?"

"네, 하지만 전 가고 싶지 않아요. 아주 싫어요. 전 말할 수 없이 비참해요."

"그렇다면 어째서 함께 가려 하오?"

"어쩔 수가 없는걸요. 그 까닭은 당신도 아실 거예요. 전 급료를 받고 일하는 형편이니까요. 부인과 떨어질 수가 없어요."

그는 다시 면도칼을 집어들어 얼굴의 비누칠을 밀어 냈다.

"앉아요." 그는 말했다. "오래 걸리지 않을 거요. 욕실에서 옷을 갈아 입고 올 테니까 잠깐만 기다려요. 5분도 걸리지 않을 거요."

그는 의자에서 옷을 집어들더니 그것을 화장실로 던졌다. 그리고 안으로 들어가 소리내어 문을 닫았다. 나는 침대에 걸터앉은 채 손톱을 깨물기 시작했다. 어쩐지 이상하게 느껴졌다. 나는 자신을 나무로 깎아 만든 목상처럼 느꼈다. 그는 지금 어떤 생각을 하고 있을까? 그리고 이제부터 어쩌려는 것일까? 방안을 둘러보니 남자 방답게 난잡하고 썰렁했다. 구두며 넥타이가 필요 이상으로 많았다.

화장 테이블도 텅 비어, 있는 것이라곤 다만 커다란 헤어토닉 병과 상아로 만든 한 쌍의 빗뿐이었다. 사진 같은 것은 아무 데도 없었다. 나는 본능적으로 사진을 찾았다. 적어도 한 장의 사진만은 침대 옆이나 난로벽 한복판에 놓여 있어야 한다고 생각했다, 가죽 액자에 들어 있는 커다란 사진이. 그러나 있는 것이라고는 다만 책과 담뱃갑뿐이었다.

그는 약속대로 5분 동안에 옷을 차려 입고 나타났다.

"테라스로 갑시다. 나는 테라스에서 아침 식사를 하겠소" 하고 그는 말했다. 나는 시계를 보았다.

"그럴 겨를이 없어요." 나는 이렇게 말했다. "지금부터 사무실에 가서 기차 좌석 예약을 변경해 달라고 교섭하고 와야 해요."

"그런 건 아무래도 좋아요. 그보다도 꼭 당신에게 하고 싶은 말이 있소" 하고 그는 말했다.

우리는 복도를 걸어갔다. 그는 버튼을 눌러 엘리베이터를 불렀다. 일찍 떠나는 기차는 앞으로 한 시간 반쯤 있으면 떠난다는 것을 그는 모르는 것이라고 나는 생각했다. 반 홉퍼 부인은 지금이라도 사무실에 전화를 걸어 내가 있는지 어떤지를 물을 것이다. 우리는 아무 말 없이 엘리베이터로 내려갔다. 그리고 테라스로 나갔다. 거기에는 아침 식사를 위한 식탁이 여러 개 준비되어 있었다.

"당신은 뭘 들겠소?" 하고 그는 말했다.

"전 벌써 끝냈어요." 나는 이렇게 말했다. "앞으로 4분 정도밖에 함께 있을 수가 없어요."

"커피와 삶은 달걀, 토스트, 마멀레이드 그리고 귤." 그는 종업원에게 말했다. 그리고 호주머니에서 석류석 가루로 된 손톱갈기를 꺼내어 손톱을 다듬기 시작했다.

"그러면 반 홉퍼 부인은 이제 몬테카를로에 싫증이 났다는 말이오?" 하고 그는 말했다. "그래서 고향으로 돌아가고 싶어진 모양이로군. 그런데 나도 마찬가지요. 그녀는 뉴욕으로 나는 만더레이로. 당신은 어느 쪽을 좋아하오? 어느 쪽이건 좋은 쪽을 선택하오."

"그런 농담을 하시면 난처해요. 그런 농담은 너무 지나치다고 생각지 않으세요?" 하고 나는 말했다. "이젠 작별 인사를 드리고 차표의 형편이 어떤가를 알아보는 게 좋겠어요."

"만약 나를 아침 식사 때에 농담이나 하고 장난치기를 좋아하는 사람으로 생각한다면 당신 잘못이오" 하고 그는 말했다. "나는 언제나 오전 동안은 기분이 좋지 않은 사람이오. 알겠소, 다시 한번 말하겠소. 당신은 자유롭게 선택할 수가 있어요. 반 홉퍼 부인과 함께 미국으로 가든가, 아니면 나와 함께 만더레이로 가든가."

"당신은 비서가 필요하신가요?"

"아니오, 나는 당신에게 결혼을 청하고 있는 거요, 멍청한 아가씨."

종업원이 아침 식사를 가지고 왔다. 나는 무릎에 손을 올려놓은 채 그가 커피 잔이며 밀크 그릇을 식탁 위에 늘어놓은 것을 가만히 지켜보고 있었다. "당신은 모르고 계세요?" 종업원이 가 버렸을 때 나는 이렇게 말했다. "나는 결혼하기에 적당하지 않은 여자예요."

"무슨 말을 하는 거요?" 그는 스푼을 내려놓고 나를 뚫어지게 보면서 말했다.

파리 한 마리가 마멀레이드에 앉는 것을 나는 잠자코 보고 있었다. 그는 답답하다는 듯 파리를 쫓아 버렸다.

"제 자신도 잘 모르겠어요" 하고 나는 천천히 말했다. 어떻게 설명을 해야 할지 모르겠어요. 하지만 아무튼 저는 당신이 살고 계신 그런 세계의 사람이 아니에요."

"내 세계란 어떤 세계인가요?"

"즉, 만더레이에요. 제 기분 아시겠지요?"

그는 다시 스푼을 들어 마멀레이드를 먹기 시작했다.

"당신도 반 홉퍼 부인 못지않게 무지하고 머리가 나쁘구려. 당신은 만더레이에 대해서 뭘 알고 있소? 당신이 거기에 어울리는 사람인지 어떤지를 판단할 수 있는 것은 바로 나요. 내가 당신에게 결혼을 청한 것을 당신은 대수롭지 않은 어떤 기회로 생각하는 것 같구료. 다시 말해서 당신이 뉴욕에 가고 싶지 않다고 했기 때문이라고 말이오. 그리고 당신은 또 내가 당신을 드라이브에 데리고 나간 첫 날 함께 식사를 한 것과 같은 이유로 결혼을 신청했다고 생각하고 있소. 즉 내가 친절한 마음으로 그러는 거라고 말이오. 그렇지요?"

"네, 그래요" 하고 나는 말했다.

"언젠가는" 토스트에 두껍게 버터를 바르면서 그는 말을 계속했다. "박애가 나의 가장 큰 장점은 아니라는 것을 당신도 알게 될 거요. 지금의 당신은 아무것도 모르는 것 같아요. 그런데 당신은 아직 내 질문에 대답을 하지 않았구려. 나하고 결혼해 주겠소?"

나는 아무리 깊이 생각에 잠겼던 순간에도 그러한 가능성을 생각한 적은 없었다. 언젠가 그와 함께 드라이브를 하면서 몇 마일이나 달리도록 잠자코 있었을 때, 나는 머릿속으로 걷잡을 수 없이 이런 상상을 했던 적이 있다. 그것은 그가 매우 중태에 빠져 있어 실신 상태에 놓였을 때 내가 불려가서 간호해 주는 그러한 환상이었다. 그런데 그의 머리에 화장수를 뿌리려 하는 데까지 갔을 때 우리는 마침 호텔에 닿아서 그것으로 끝나 버렸다. 또 내가 만더레이의 영지 안에 있는 한 오두막에 살고 있고, 그가 이따금 날 찾아와서 난로 앞에 앉곤 하는 광경도 공상했던 일이 있다.

그러나 이 돌연한 구혼에는 완전히 당황해 버렸다. 너무나 놀랐다고 해도 좋으리라. 마치 임금님의 구혼을 받은 것 같았다. 도저히 정말이라곤 생각되지 않았다. 더욱이 그는 마치 아무 일도 없었던 것처럼 마멀레이드를 계속 먹고 있는 것이다. 책에서 읽으면 이럴 때 남자는 여자 앞에 무릎을 꿇게 되어 있고, 달빛도 받고 있어야만 할 터인데, 지금처럼 아침 식사를 하는 식탁이 아니라……

"내 기분은 당신에게 그다지 잘 이해가 되지 않은 것 같구려" 하고 그는 말했다. "유감스러운 일이오. 나는 당신이 나를 사랑한다고 생각했었소. 우쭐했던 콧대가 여지없이 꺾였구려."

"전 당신을 사랑해요" 하고 나는 말했다. "무척 무척 사랑해요. 당신은 제게 너무나 큰 슬픔을 주셨어요. 이젠 당신을 뵙지 못하는 게 아닐까 하고 어젯 저녁에는 밤새 울었어요."

내가 이렇게 말하자 그는 웃었다. 그리고 식탁 너머로 내게 손을 내밀었다. "정말 고맙소." 그는 말했다. "당신은 언젠가 빨리 36살이 되고 싶다고 말했지요? 그때가 되면, 나는 지금 있었던 일을 당신에게 생각나게 해주리다. 그러나 그때의 당신은 틀림없이 내가 하는 말을 믿지 않을 거요. 당신도 나이를 먹어야 한다는 것은 참으로 슬픈 일이오."

나는 부끄러워서 어쩔 바를 몰랐기 때문에 그가 웃는 것을 보자 화가 났다. 여자란 남자에게 이런 고백 따위는 해서 안 되는 것이다. 내게는 아직도 배워야 할 일이 많은 것 같다.

"그럼, 이것으로 완전히 결정되었구려" 하고 토스트와 마멀레이드를 먹으면서 그는 말했다. "반 홉퍼 부인을 모시는 대신 당신은 내것이 되는 거요. 당신이 하는 일에는 별로 달라질 게 없소. 나도 새로운 책을 읽거나 객실에 꽃을 가꾸고 만찬 뒤에 페지그 놀이 등을 하는 걸 좋아하오. 차를 따라 줄 사람도 아쉬워요. 단 한 가지 다른 점은 내가 택솔보다도 이노스를 좋아한다는 것이오. 그리고 또한 당신은 내 특제 치약을 절대로 떨어지게 해서는 안되오."

나는 멍한 기분으로 테이블을 손가락으로 톡톡 두드리고 있었다. 그는 아직도 나에게 웃고 있는 것일까? 모두 농담인 것일까? 그는 나를 올려다보았다. 그리고 내 얼굴에 나타난 불안한 빛을 알아냈다.

"내가 너무 난폭하게 대한 모양이군. 그렇지요?" 그는 말했다.

"구혼이란 이런 게 아니라고 당신은 생각하고 있어요. 우리는 당연히 온실 속에 있어야만 하오. 당신은 흰 옷을 입고 손에 한 송이 장미꽃을 들고 있소. 멀리서 왈츠를 연주하는 바이올린 소리가 들려오고, 나는 종려나무 그늘에서 당신에게 열렬한 사랑을 고백해야만 하오. 그러면 당신도 자신이 상당한 가치가 있는 것으로 생각할 거요. 흐음, 이것참 창피하군. 그러나 걱정할 것 없어요. 나는 당신을 데리고 베니스로 신혼 여행을 가겠소. 우리는 서로 손을 마주 잡고 곤돌라를 타는 거요. 그러나 너무 오래 머무를 수는 없소. 나는 당신에게 빨리 만데레이를 보여 주고 싶소."

그가 내게 만데레이를 보여 주고 싶다고 한다……. 갑자기 나는 모든 것이 정말임을 깨달았다. 나는 그의 아내가 되는 것이다. 우리는 함께 정원을 산책하고 골짜기의 오솔길을 내려가 돌멩이투성이인 바닷가로 나가기도 하는 것이다. 나는 틀림없이 아침 식사가 끝난 뒤 계단 위에 서서 햇빛을 바라보기도 하고 참새에게 빵 부스러기를 던져 주기도 할 것이다. 그 다음에는 차양 넓은 모자를 쓰고 손에 긴 가위를 들고 꽃병에 꽂을 꽃을 잘라 올 것이다. 어렸을 적에 어째서 그 그림 엽서를 샀는지를 나는 이제야 알았다. 그것은 하나의 징조였으며 미래에 대한 자연스러운 첫걸음이었던 것이다. 그가 나에게 만더레이를 보여 주고 싶다고 한다……. 내 마음은 미칠 듯 어지러워지고 갖가지 환영이 잇달아 나타났다가는 사라지고 사라졌다가는 다시 나타났다. 그런데도 그는 귤을 먹으면서 이따금 내게 나눠주기도 하고 유심히 나를 바라보기도 했다…….

우리는 많은 사람들 속으로 들어간다. 그는 이렇게 말한다. "여러분은 아직 내 아내를 모르시지요?" 드 윈터 부인. 나는 드 윈터 부인이 되는 것이다. 나는 내가 갖게 될 이름과, 상인에게 지불할 어음이며 만찬 초대장의 서명을 생각했다. 전화로 이렇게 말하는 자신의 목소리가 들리는 듯하다. "다음 주말쯤에 만더레이로 와 주실 수 있으세요?"

사람들이…… 언제나 많은 사람들이 찾아온다. "네, 아주 매력있는 분이에요. 꼭 만나 보시도록 하세요." 사람들이 주고받는 나에 대한 속삭임이다. 그러나 나는 아무것도 못 들은 체하고 저쪽으로 걸어간다.

병든 노파를 문병하기 위해 한 손에 포도와 배가 담긴 바구니를 들고 나는 오두막으로 내려간다. 노파는 나에게 팔을 내민다. "정말로 다정하신 아씨, 부디 당신께 신의 은총이 있으시기를."

그때 나는 이렇게 말한다. "필요한 것이 있으면 무엇이든지 사양하지 말고 가지러 보내도록 해요." 드 윈터 부인. 바로 내가 드 윈터 부인이 된다. 식당의 잘 닦아 놓은 식탁이며 긴 초를 나는 상상한다. 맥심이 맞은편에 앉아 있다. 24명의 연회다. 나는 머리에 꽃을 꽂고 있다. 모두들 잔을 높이 들면서 나를 본다. "신부의 건강을 위하여! 자, 모두 건배합시다!" 나중에 맥심은 이렇게 말하리라. "당신이 이렇게 아름다워 보인 적은 한 번도 없었소."

꽃으로 파묻힌 크고 서늘한 방. 겨울엔 난로가 활활 타오르고 있는 내 침실. 누군가가 문을 두드린다. 한 여자가 방글방글 웃으면서 들어온다. 맥심의 누이이다. 누이는 나에게 말한다. "당신은 정말이지 내 동생을 얼마나 행복하게 해주었는지 몰라요. 모두 매우 기뻐하고 있어요. 당신은 뭐든지 아주 잘 해요." 드 윈터 부인. 나는 드 윈터 부인이 되는 것이다. "남은 귤은 너무 시어서 먹지 않겠소." 그가 말했다. 나는 그 말을 천천히 머릿속에 넣으면서 가만히 그를 응시했다. 그러고 나서 접시 위의 과일을 내려다보았다. 남은 것은 모두 딱딱하고 파랬다. 그가 말한 대로였다. 귤은 무척 시었다. 나는 찌르르한 쓴맛을 혀끝에 느꼈다. 그때야 비로소 귤 맛을 깨달았던 것이다.

"반 홉퍼 부인에게 내가 말할까, 아니면 당신이 말하겠소?" 하고 그가 말했다.

그는 접시를 밀어 놓고 냅킨을 개고 있었다. 어떻게 그는 이토록 아무렇지 않게 말할 수 있을까 하고 나는 생각했다. 마치 이 문제가 그에게는 지극히 하찮은 일, 계획을 조금 조절하는 일 정도로밖에 여겨지지 않는 것처럼 생각되었다, 나에게는 산산조각으로 작렬하는 포탄처럼 느껴지는데.

"당신이 말씀드려 주세요" 하고 나는 말했다. "아마 부인은 몹시 화를 내실 거에요."

우리는 식탁에서 일어났다. 나는 흥분으로 얼굴이 새빨개져 불안에 떨고 있었다. 어쩌면 그는 빙그레 웃으면서 내 팔을 잡고 종업원에게 이렇게 말하지나 않을까? "우리에게 축하한다고 말해주게. 이 아가 씨와 나는 이제 곧 결혼한다네." 다른 종업원들도 그 말을 듣고 모두 나에게 절을 하고 미소를 보낼 것이다. 그리고 우리는 흥분의 파도와 기대의 소음을 뒤로 하고 휴게실로 들어간다……

그러나 그는 아무 말도 하지 않았다. 한 마디도 하지 않고 발코니를 나가는 그의 뒤를 따라 나는 엘리베이터 쪽으로 걸어갔다. 사무실 앞을 지났으나 아무도 우리를 눈여겨보지 않았다. 사무원은 서류 뭉치를 앞에 놓고 어깨너머로 젊은 사무원과 이야기를 하고 있었다. 내가 드 윈터 부인이 되는 것을 이 사람들은 아직 모르는 것이다.

나는 조금 뒤 만더레이에서 살게 되는 것이다. 만더레이는 내것이 되는 것이다. 우리는 엘리베이터를 타고 2층으로 올라갔다. 그리고 복도를 걸어갔다. 그는 걸으면서 내 손을 꼬옥 잡고 들어갔다. "42살의 나이는 당신이 보기에 너무 늙었지요?" 하고 그가 말했다.

"아뇨, 조금도" 하고 나는 급히, 그리고 아마도 지나칠 정도로 열심히 말했다. "전 젊은 사람을 좋아하지 않아요."

"당신은 젊은 남자를 아직 한 사람도 모르지 않소" 하고 그는 말했다.

우리는 방문 앞까지 왔다. "내가 혼자서 이야기를 끝내는 게 좋을 것 같소" 하고 그는 말했다.

"그 전에 잠깐 물어 두고 싶은데…… 당신은 언제 결혼을 해도 좋겠지? 혼수니 뭐니 그런 시시한 것들을 설마 갖고 싶어하지는 않겠지? 왜냐하면 4,5일 안에는 모든 일이 문제 없이 처리될 테니까. 결혼 허가증만 있으면, 사무책상 위에서 말이오…… 그런 다음 자동차를 타고 베니스든 어디든 당신이 좋아하는 곳으로 가면 되는 거요."

"교회에서 식을 올리는 게 아닌가요?" 하고 나는 물었다. "흰 의상이며, 신부의 들러리며, 종소리며, 소년 합창대 같은 것도 없나요? 그리고 당신의 친척이나 친구 분들은 어떻게 하지요?"

"내가 예전에 그런 결혼식을 올렸던 것을 당신은 잊고 있는 모양이구려." 그는 이렇게 말했다.

우리는 그대로 방문 앞에 서 있었다. 보니 아직도 우편함 속에 신문이 그대로 들어 있다. 너무 바빴기 때문에 아침 식사 때에 신문을 읽을 겨를조차 없었던 것이다.

"어떻소?" 하고 그는 말했다. "그에 관해 어떻게 생각하오?"

"물론 전 고향에 돌아가서 결혼할 때의 일을 생각했어요" 하고 나는 말했다. "본디 전 교회니 많은 손님이니 하는 것은 그다지 좋아하지 않아요."

나는 방그레 웃었다. 나는 즐거운 표정을 지었다. "좀 괴상하지요?" 나는 이렇게 말했다.

그러나 그는 그대로 문을 열었다. 우리는 방안의 작은 복도로 들어갔다.

"너냐?" 반 홉퍼 부인이 거실에서 말을 건네 왔다. "지금까지 무얼 했지? 난 세 번이나 사무실에 전화를 걸었어. 그런데 그때마다 넌 아직 오지 않았다는 대답이지 뭐냐."

나는 갑자기 웃었다 울었다 하고 싶어졌다. 그와 동시에 가슴이 쿡 쑤시는 듯했다. 잠시 동안 나는 여태까지 있었던 일들이 모두 꿈이었고, 나는 어딘가 잠시 혼자서 휘파람을 불면서 산책하고 있었던 양 생각되었다.

"그것은 모두 제 탓입니다" 하고 거실로 들어가 문을 닫으면서 그가 말했다. 나는 부인의 몹시 놀라는 외침을 들었다.

나는 내 침실로 들어가 열어 젖힌 창가에 앉았다. 어쩐지 병원 대기실에서 기다리는 듯한 기분이었다. 나는 잡지의 책장을 넘겨 별것도 아닌 사진을 들여다보기도 하고 아무런 생각도 없이 기사를 읽기도 했다. 거기에 밝고 활발한 간호사가 들어온다. 몇 년이나 계속 소독을 했기 때문에 그녀의 몸에서는 인간다움이 완전히 씻겨 버리고 없다. "이젠 걱정 없어요. 수술은 대성공이었어요. 조금도 걱정하시지 마세요. 전 지금부터 집에 돌아가서 잠시 쉬어야겠으니까 실례하겠어요."

벽이 두꺼워 이야기 소리는 전혀 들리지 않았다. 그는 부인에게 어떻게 말했을까? 어떻게 이야기를 꺼냈을까? 아마 이렇게 말했을지도 모른다. "나는 처음 만났을 때부터 그 사람을 사랑했습니다. 우린 매일 만났습니다."

그러면 부인은 이렇게 대답할 것이다.

"어머나, 어쩌면. 드 윈터 씨! 난 이런 로맨틱한 이야기는 아직 들어 본 적이 없어요."

로맨틱. 엘리베이터로 올라가면서 내가 열심히 생각해 내려고 한 것은 바로 이 말이었다.

그렇다, 로맨틱. 물론 로맨틱이다. 모든 사람은 틀림없이 이렇게 말할 것이다. 모든 것은 갑작스러웠고 로맨틱했다. 갑자기 결혼하기로 결정해 버린 것이다. 정말 이것이야말로 사랑의 모험이라 할 만하다. 나는 창가 의자에 무릎을 끌어안고 미소를 지었다. 그리고 얼마나 멋진 일인지, 자신은 얼마나 행복해질 것인지 생각했다. 나는 내가 사랑하는 남자와 결혼하는 것이다. 드 윈터 부인이 되는 것이다. 이렇게 행복할 때에 가슴이 따끔따끔 쑤시는 것은 어떻게 된 일일까? 이것은 물론 신경의 작용이다. 마치 병원 대기실에 있는 것처럼 이렇게 기다리는 게 나쁜 것이다.

차라리 서로 손을 마주 잡고 방긋 미소 지으며 거실 안으로 들어가 이렇게 말하는 편이 더 자연스럽지 않겠는가.

"우린 결혼합니다. 서로 무척 사랑합니다."

사랑하고 있다. 그는 아직 사랑한다는 말은 한 마디도 하지 않았다. 아마 시간이 없었겠지. 아침 식탁에서는 너무 마음이 분주했다. 마멀레이드와 커피와 귤. 차분하게 있을 겨를 따위는 전혀 없었다. 어쩌면 그 귤은 그렇게도 쓰고 시었던가. 그렇다, 그는 사랑에 대해서는 한 마디도 말하지 않았다. 다만 결혼에 관한 이야기밖에는 말하지 않았다. 말수도 적고 분명하게, 그리고 매우 색다른 어조로. 그러나 흔해 빠진 구혼보다는 그 편이 훨씬 좋다고 생각했다. 그것이 훨씬 순수한 것 같다. 아무튼 흔하지 않은만큼 좋다. 젊은 사나이들처럼 절반은 정신 없이 쓸데없는 말을 지껄이지도 않고, 정열에 불타 횡설수설 불가능한 것을 맹세하지도 않았다.

그가 레베카에게 처음 결혼을 신청했을 때의 모습과도 다를 것이다 …… 아니 아니, 이런 것을 생각해선 안 된다. 이제는 레베카에 관한 일 따위는 잊어버리자. 그것은 악마가 집어넣어 준 금단의 사상이다. 악마여, 그대는 어디든 들어가 버리는 게 좋으리라. 나는 이제 결코 그런 것을 생각해선 안 된다. 그는 나를 사랑하고 있고 나에게 만더레이를 보여 주려고 한다. 이젠 반 홉퍼 부인과의 이야기는 끝났을까? 나를 방으로 불러들일까?

침대 옆에 그 시집이 놓여 있었다. 내게 빌려 준 것을 그는 잊고 있었다. 그렇다면 이제 그런 시들도 그에게 별로 의미가 없는 것일지도 모른다.

"자!" 하고 악마는 속삭인다. "속표지를 펴도록 해요. 너는 펴 보고 싶다고 생각하지 않는가. 사양 말고 펴 보아요!"

어이없다고 나는 생각했다. 나는 다른 물건과 함께 그 시집도 치워버리려고 생각하는 것뿐이야. 나는 하품을 하고 침대 옆 테이블로 걸어갔다. 그리고 시집을 집어 들었다. 그때 나는 침대용 램프의 전선에 발이 걸려서 나도 모르게 비틀거렸다. 시집은 내 손에서 바닥으로 떨어졌다. 떨어지며 열린 것은 마침 속표지 책장이었다. '맥스에게 레베카로부터······'

그녀는 죽었다. 죽은 사람에 대해 여러 가지로 생각하는 게 아니다. 죽은 사람은 평화롭게 잠들어 있으며 그 무덤 위에는 풀이 무성한 것이다. 그러나 그녀의 필적은 어째서 이리도 싱싱하고 어쩌면 이다지도 힘에 차 있을까? 한쪽 어깨가 처진 좀 색다른 글씨. 잉크의 얼룩. 마치 어제 쓴 것 같다. 정말 그렇게 밖에 생각되지 않는다. 나는 화장 케이스 속에서 손톱 깎는 가위를 꺼내 마치 죄인처럼 어깨 너머로 주위를 살피면서 그 책장을 잘라 내기 시작했다.

그리고 깨끗하게 완전히 베어 냈다. 조금도 우툴두툴한 데라곤 없이 잘라 냈다. 그 책장이 없어지니까 책은 하얗고 깨끗해졌다. 마치 손이 전혀 닿은 일이 없는 새 책 같았다. 나는 잘라 낸 책장을 잘게 찢어서 휴지통 속에 던졌다. 그리고 다시 창가에 가서 앉았다. 그러나 휴지통 속의 찢긴 종잇조각이 아직도 머리에 남아 있었다. 그래서 얼른 다시 일어났다. 다시 한번 휴지통 속을 보았다. 보니, 잉크 흔적은 여전히 굵고 검게 찢긴 종잇조각 위에 남아 있었다. 필적은 없어지지 않았다. 나는 성냥갑을 집어 거기에 불을 붙였다. 불꽃은 아름다운 빛을 내며 종이를 그을리고 끝을 돌돌 말게 하여 한쪽 어깨가 처진 글씨를 읽을 수 없게 해버리고 말았다. 종잇조각은 활활 타올라 하얀 재가 되었다. R자는 맨 나중까지 남아 불꽃 속에서 몸을 비틀고 순간 뒤로 젖혀져서 전보다도 훨씬 커졌다. 그러나 그것도 조금 뒤에는 불꽃 때문에 꾸깃꾸깃해지고 말았다. 그것은 이미 재도 아니었다. 부드러운 먼지일 뿐이었다.

나는 저쪽으로 가서 세면기에서 손을 씻었다. 어쩐지 후련한 기분이 되었다. 그것은 새해 아침 벽에 걸린 새 달력을 볼 때와도 같은 상쾌한 신선미였다. 1월 1일. 그때와 똑같은 신선함과 유쾌한 믿음직스러움을 나는 느꼈다. 갑자기 문이 열리고 그가 들어왔다.

"모두 잘 되었소" 하고 그가 말했다. "부인은 처음에 너무 놀라 말도 못할 정도였지만 차차 침착해지셨소. 나는 지금부터 아래 사무실에 가서 부인이 첫 열차에 타실 수 있게 교섭하고 오겠소. 잠깐 동안은 부인도 기분이 혼란한 듯했소. 어쩌면 결혼식의 입회인이라도 되려고 생각하신 모양이오. 그렇지만 난 기어이 해냈소. 자, 저쪽으로 가서 부인과 이야기라도 하구려."

기쁘다든가 행복하다든가 그런 말을 그는 한 마디도 말하지 않았다. 내 팔을 잡고 거실로 데려다 주지도 않았다. 미소를 띠면서 손을 흔들고 혼자서 복도로 가 버렸다. 나는 마치 친구를 통해서 최후 통첩을 받은 하녀처럼 불안하나 비교적 차분한 기분으로 반 홉퍼 부인에게로 갔다.

부인은 담배를 피우면서 창가에 앉아 있었다. 그 묘한 뚱뚱하고 작달막한 모습을 나는 이제 두 번 다시 보지 않아도 되는 것이다. 웃옷은 그녀의 커다란 가슴을 단단히 감싸고 색다른 모자가 머리에 비스듬히 얹혀 있었다.

"정말이지" 하고 부인은 말했는데, 그 목소리는 그의 앞에서는 그렇지 않았을 것 같은 메마르고 딱딱한 것이었다. "네게 그런 수완이 있는 줄은 몰랐구나. 조용히, 흐르는 줄 모르게 흐르는 물은 깊다는 말이 있지만 정말 그렇구나. 그래 도대체 어떻게 그 사람을 차지했니?"

나는 뭐라고 대답해야 할지 알 수가 없었다. 그녀의 미소는 왠지 기분 나빴다.

"이를테면 내가 감기에 걸린 것이 네게는 아주 형편이 좋았던 셈이구나" 하고 그녀는 말했다. "네가 어떻게 매일매일을 지냈는지, 어째서 그렇게 물건 사오는 걸 잊어버리길 잘했는지 겨우 알겠구나. 내게는 테니스를 했느니 어쩌니 꾸며 대고서. 처음부터 나에게 말했더라면 좋았을걸."

"죄송해요." 나는 이렇게 말했다.

그녀는 힐끗 나를 보았다. "그 사람은 4,5일 안으로 너와 결혼할 작정이라고 하더라. 여러 가지로 참견할 친척이 없는 것도 네게는 다행이구나. 나로선 이제 아무래도 괜찮아. 나는 이 문제에서 깨끗하게 손을 떼겠어. 그 사람의 친구들이 어떻게 생각할까 하고 걱정되지만 그의 문제일 테니 말이야. 그 사람이 너보다 무척 나이가 위라는 것을 알고 있니?"

"이제 겨우 42살이에요." 나는 이렇게 말했다. "게다가 저는 나이보다는 숙성한걸요."

그녀는 웃었다. 그리고 담뱃재를 바닥에 털었다. "분명히 그렇구나" 하고 그녀는 말했다. 그리고 그때까지 한 번도 그래 본 적이 없었던 것 같은 눈초리로 나를 바라보았다. 마치 가축 품평회의 심사원처럼 나를 평가하고 나의 모든 점을 두루 살피고 있는 것이다. 그 눈초리는 무언지 모르게 깊이 알아 내려고 하는 것 같아서 기분이 좋지 않았다.

"말 좀 해봐" 하고 부인은 마치 절친한 친구 사이와도 같은 말투로 말했다. "너는 해선 안 될 것 같은 건 하지 않았니?"

그녀는 마치 나에게 1할의 구전을 내밀었던 의상집의 블레즈와 꼭 같았다.

"말씀하시는 뜻을 모르겠어요." 나는 이렇게 말했다.

그러자 부인은 웃으면서 어깨를 흔들었다.

"아, 뭐 괜찮아…… 마음 쓸 것 없어요. 하지만 난 말했었지. 하키를 하는 태도로 보아도 영국의 처녀들은 모두 다크호스라고 말야. 그럼, 나는 혼자서 파리로 가고 너는 그이가 결혼 허가증을 받을 때까지 여기서 남게 되겠구나. 그 사람은 나를 결혼식에 초대할 생각도 없는 모양이야."

"그분은 아마 아무도 초대하지 않을 거에요. 게다가 부인께선 벌써 배를 타셨을 때인걸요." 나는 이렇게 말했다.

"흥!" 하고 부인은 말했다. 그리고 화장 케이스를 꺼내어 콧등을 가루 분으로 두드리기 시작했다.

"너도 네 자신의 기분을 잘 알고 있으리라고는 생각하지만" 부인은 말을 계속했다. "그렇지만 너무 이야기가 급하게 이루어진 게 아닐까? 겨우 두서너 주 동안에 생긴 일이잖니. 그 사람은 그렇게 태평한 사람 같아 보이지도 않으니까, 너는 그 사람에게 모든 보조를 맞추어 가려면 틀림없이 애를 먹을 거야. 지금껏 너는 남이 모든 것을 돌보아 주어 살아왔으면서, 설마 내 탓으로 혼자 독립할 수 없었다는 말 따위는 하지 않겠지. 이제부터 너는 만더레이의 안주인으로 버젓이 집안 일을 처리해 나가야 할 형편이지만 솔직하게 말해서 네게는 좀 힘들지 않을까 하고 나는 생각한다."

부인의 말은 마치 한 시간 전에 내가 했던 말의 메아리처럼 울렸다.

"너에게는 경험도 없고" 하고 부인은 말을 이었다. "그런 사회에 관해서도 알지 못하니 말이야. 브리지를 할 때 차 마시는 자리에서도 제대로 만족할 만한 말을 못하던 네가, 저 사람의 많은 친구들 앞에서 대체 어떤 말을 할 작정이냐? 전 부인이 살아 있던 무렵은 만더레이의 파티가 무척 유명했단다. 물론 그 사람은 거기에 관해 자세히 이야기해 주었겠지?"

나는 우물쭈물했다. 그러자 부인은 고맙게도 내 대답을 기다리지 않고 계속했다.

"그야 나도 네가 행복해지기를 바란단다. 게다가 그 사람은 매우 매력 있는 사람임에는 틀림없지. 하지만…… 나는 웬지 네가 가엾구나. 게다가 내 기분을 말하면 넌 지금 크나큰 잘못을 저지르는 것 같이 생각돼……. 너는 이제 틀림없이 후회할 거다. "

부인은 분을 밑에 내려놓고 넌지시 나를 보았다. 아마 부인도 이제야 진지한 기분이 된 모양이다. 그러나 나는 그런 태도가 싫어서 아무 말도 하지 않았다. 틀림없이 나는 매우 음울하게 보였을 것이다. 그녀는 어깨를 한 번 추슬려 올리더니 거울 앞으로 걸어가 버섯 모양의 조그마한 모자를 고쳐 썼다. 이렇게 가 버리고 나면 두 번 다시 부인을 보지 않아도 되는 것이 기뻤다. 몇 달이나 부인과 함께 생활하고, 그녀의 시중을 들고, 그녀에게서 급료를 받으며, 마치 그림자처럼 초라하게 말없이 그녀의 뒤를 붙어다니던 자신을 한심스럽게 생각했다. 물론 나는 아무런 경험도 없는 여자이며 그다지 영리하지도 못한 내성적인 어린 처녀였다. 그것을 나는 잘 알고 있었다. 아마 부인의 태도는 고의적인 것이고 그녀는 어떤 기묘한 여자다운 이유로 우리의 결혼을 불쾌하게 생각하는 모양이었다. 그것은 그녀의 가치관이 충격을 받았기 때문인 것이다.

아니 아니, 나는 아무런 생각도 하지 않으리라. 그녀나 그녀의 가시 돋친 말을 완전히 잊어버리리라. 그 책장을 갈기갈기 찢어 태웠을 때 나의 내부에는 어떤 새로운 자신이 끓어올랐다. 우리 두 사람에게 과거는 존재하지 않는 것이다. 그와 나는 이제부터 새로 출발하는 것이다. 그리고 만더레이에서 사는 것이다.

이제 곧 부인은 혼자서 침대차에 덜컹덜컹 흔들리면서 가 버릴 것이다. 그리고 나는 그와 함께 호텔 식당으로 내려가 같은 식탁에서 식사를 하면서 장래의 계획을 서로 이야기할 것이다. 우리는 크나큰 모험의 심연에 서 있다. 부인이 가 버리면, 드디어 그는 나를 사랑한다는 말이며 자신이 행복하다는 것을 틀림없이 말할 것이다. 지금까지는 그럴 겨를이 조금도 없었다. 게다가 그런 말은 그렇게 아무렇지도 않게 쉽게 입에 담을 수 있는 것이 아니라 그 시기라는 것이 있다.

　나는 눈을 들었다. 그리고 거울에 비친 부인의 모습을 보았다. 부인은 조금 너그러운 미소를 입술에 띠면서 가만히 나를 응시하고 있었다. 그녀는 결국 다정한 마음이 되어 손을 뻗쳐 축하한다고 말하고, 모든 일이 잘될 거라고 나를 격려해주지 않을까 하고 생각해 보았다. 그러나 그녀는 여전히 미소를 띤 채 흘러내린 한 가닥의 머리카락을 모자 밑으로 밀어 넣고 있었다.

　"물론 너는" 하고 부인은 말했다. "그 사람이 너하고 결혼하는 까닭을 알고 있을 테지? 그 사람이 너를 사랑한다는 생각 따위를 하여 우쭐해선 못써. 정말은 집이 텅 비어 있어서 머리가 이상해질 것 같았기 때문이야. 네가 지금 방에 들어오기 전에 그 사람도 분명하게 인정하고 있었어. 그 사람은 이제 더 이상 거기에서 혼자 산다는 것이 전혀 불가능해졌을 뿐이야."

7

　우리는 5월 첫무렵에 만더레이에 왔다. 맥심이 말했듯이 우리는 제비꽃이며 도라지꽃과 함께 도착한 셈이다. 마침 1년 중 가장 좋은 계절이어서 한여름의 더위는 아직 일렀으며, 골짜기의 진달래는 기막힌 향기를 뿜었고, 피처럼 붉은 철쭉도 한창이었다. 우리는 억수같이 퍼붓는 빗속에서 아침에 자동차를 타고 런던을 출발하여 5시의 차 마시는 시간에 만더레이에 닿았다.

　새 신부가 된 지 아직 7주밖에 지나지 않았는데도 나는 그때 언제나 마찬가지로 몹시 보기 흉한 몸차림으로 황갈색 메리야스 웃옷에 담비라든가 하는 작은 모피를 목에 두르고 그 위에 모양이 흉한 레인코트를 입고 있었다. 더욱이 그 레인코트는 내게 너무 커서 밑자락이 발꿈치까지 끌렸다. 날씨가 나빴기 때문에 입고 온 것인데, 레인코트가 너무 길어 내 키도 2,3인치 가량 커진 것처럼 생각되었다. 게다가 나는 긴 장갑을 끼고 커다란 가죽 핸드백을 들고 있었다.

"이게 런던 명물인 비라오" 하고 출발할 때 맥심이 말했다. "이제 만더레이에 가면 틀림없이 태양이 내리쬐고 있을 게요."

정말 그가 말한 대로였다. 엑시터까지 가니 구름이 점점 뒤쪽으로 흘러가서 머리 위에는 넓고 넓은 푸른 하늘이, 그리고 앞에는 하얗게 마른 길이 나타났다.

태양을 볼 수 있었으므로 나는 기뻤다. 나는 비를 보면 언제나 조금 미신적으로 불길한 조짐인 듯이 여겨져 견딜 수가 없었기 때문이다. 런던의 잿빛 하늘을 보고 나서부터 나는 완전히 침묵을 지키고 있었다.

"기분이 좀 나아졌소?" 하고 맥심은 말했다. 나는 그의 손을 잡고 말없이 미소 지어 보였다. 그리고 마음속으로, 자기 집에 돌아와 홀 안을 천천히 걷기도 하고, 많은 편지를 집어 보기도 하고, 초인종을 울려 차를 가져오게 하기도 하는 일들이 얼마나 마음에 편할까 하고 생각하고 있었다. 그리고 또 그는 내 마음의 불안을 어느 정도까지 알고 있을까, "기분이 좀 나아졌소?" 하는 말은 조금이나마 알아 준 증거일까 하고 생각했다.

"아무 걱정도 말아요. 이제 곧 도착할테니까. 당신은 차가 마시고 싶은 거겠지?" 하고 그는 말했다. 그리고 내 손을 놓았다. 마침 길이 모퉁이길이어서 속력을 늦추어야 했기 때문이다.

그러는 동안 그가 내 침묵을 피로한 탓으로 잘못 생각하고 있는 것을 알았다. 예전에는 내가 만더레이에 도착하기를 그리도 바랐음에도 지금은 두려워한다는 것을 그는 꿈에도 생각 못했다. 드디어 만더레이에 이르게 된 지금에 와서 내 마음은 뒷걸음질치기 시작한 것이다. 어디 길가의 여인숙에라도 들어가, 차 마시는 방의 무심한 불 옆에서 잠시 시간을 보내고 싶었다. 한낱 길 위의 나그네, 단순히 남편을 사랑하는 새색시가 되고 싶었다. 맥심 드 윈터 부인으로서 처음 만더레이에 들어가는 것보다 그편이 얼마나 좋을지 몰랐다. 우리는 런던을 떠나온 뒤로 친밀한 정이 느껴지는 마을을 여러 개 지나왔다. 그런 마을에서는 집들의 창문이 매우 친밀하게 느껴졌다. 두 팔에 갓난아기를 안은 한 여자가 문 앞에서 나에게 미소를 보냈다. 그때 한 남자가 물통을 들고 우물 쪽으로 걸어가는 모습이 보였다.

우리도 저 사람들 속에 끼어서 이웃끼리 살고 있다면…… 맥심은 저녁때 문 위로 몸을 내밀고 파이프 담배를 뻐끔거리며 자기가 가꾼 키 큰 접시꽃을 매우 만족한 듯이 바라보고 있을 것이고, 나는 또 나대로 깨끗이 정돈된 부엌에서 바쁘게 저녁 준비를 하고 있을 것이다. 선반 위에 째깍째깍 큰 소리를 내고 있는 자명종 시계와 번쩍번쩍 빛나는 접시가 한 줄로 늘어서 있다. 식사가 끝나면 맥심은 난로 끝에 발을 올려놓고 신문을 읽기 시작하고 나는 서랍에서 바느질 거리를 잔뜩 꺼내온다……. 그런 생활은 반드시 평화롭고 차분할 것임에 틀림없다. 더욱이 아무것도 딱딱한 규칙 따위는 없을 테니까 분명 마음도 편안할 것이다.

"이제 앞으로 2마일 남았소" 하고 맥심이 말했다. "저길 봐요, 저쪽 벼랑 위에 골짜기로 이어진 큰 띠처럼 된 숲이 있고 그 너머로 바다가 보이지 않소? 저기가 만더레이오. 저게 만더레이 숲이오."

나는 억지로 방그레 웃었다. 어쩔 수 없을 정도로 마음이 설레고 불안감이 치밀어 그의 말에 대답도 하지 않았다. 기쁜 흥분은 지나고 즐거운 자랑스러움은 사라져 버렸다. 나는 마치 처음으로 학교에 가는 여자아이거나 그때까지 한 번도 자기 집을 떠나 본 적이 없는데도 일자리를 찾아서 온 아직 아무것도 모르는 작은 하녀 같은 존재였다. 결혼한 이래, 극히 짧은 7주일 동안 내가 차지했던 극히 얼마 되지 않는 자신도, 지금은 마치 한 조각의 누더기 조각처럼 되어 바람에 펄렁펄렁 흔들리고 있었다. 나는 이미 예의범절의 예라는 글씨조차도, 어떤 것이 자기의 오른손인지 왼손인지, 앉아야 하는지 서야 하는지도, 식사 때에는 어느 스푼과 포크를 쓰는 건지도 전혀 모르는 듯했다.

"그 레인코트는 결국 쓸모 없는 물건이었구려" 하고 내 쪽을 흘깃 보면서 그는 말했다.

"여기는 비가 조금도 오지 않았어. 자, 그 묘하게 생긴 작은 모피를 잘 개켜 놓구려. 가엾게도 허둥지둥 당신을 데려와 버렸구려. 그보다는 런던서 옷이라도 많이 사주었어야 했을 것을."

"그런 건 전 아무래도 괜찮아요, 당신만 좋으시면." 나는 이렇게 말했다. "그렇지만 여자란 대개 옷에 관한 것밖에 생각하지 않지." 그는 멍청한 어조로 말했다. 길을 돌자 네거리가 나왔다. 거기서부터 높은 울타리가 시작되고 있었다.

"마침내 다 왔소" 하고 그는 새로운 흥분을 담은 목소리로 말했다. 나는 두 손으로 가죽 좌석을 꽉 잡았다.

길은 구불구불 나 있었다. 앞쪽에는 왼편으로 문지기 집 옆에 두 개의 높은 철문이 있고 그것은 그 철문 너머의 긴 찻길을 향하여 활짝 열려 있었다. 그곳을 지날 때 문지기 집의 어두운 창문으로 많은 얼굴들이 내다보는 것을 나는 보았다. 한 아이가 뒤편에서 뛰어나와 매우 신기한 듯이 나를 바라보았다. 나는 그만 풀이 죽어 좌석에 몸을 묻어 버리고 말았다. 어째서 많은 사람들이 창문으로 내다보았는지, 또한 어째서 아이가 신기한 듯이 나를 바라보았는지를 알고 가슴이 마구 뛰기 시작했다.

　사람들은 내가 어떤 여자인지 그것을 관찰하려 하고 있는 것이다. 지금쯤은 조그마한 부엌에서 흥분해서 서로 재잘거리기도 하고 웃어 대기도 하겠지. "모자 끝이 조금 보였을 뿐이었어." 그 가운데 한 사람이 말할 것이다. "아마 얼굴을 보이기가 싫었던 게야. 뭐 내일이면 알 수 있을걸. 이제 저택에서 무슨 소식이 있겠지."

　그제서야 그도 내 부끄러움을 조금은 알아차린 모양이다. 내 손을 잡아 입맞춤을 하고 조금 웃음을 머금으며 말했다.

　"모두들 신기해한다고 해서 마음 쓰지 말아요. 저 사람들은 당신이 어떤 사람인지 알고 싶어하는거요. 아마 저 사람들은 벌써 몇 주일 동안이나 당신 이야기만 했을 거요. 당신은 그저 여느 때와 똑같이 차분하게 있으면 되오. 그러면 모두들 당신을 존경하게 될 거요. 그리고 집안일도 아무 걱정할 필요가 없어요. 덴버스 부인이 뭐든지 다 알아서 해줄 테니까 제 마음대로 하게 해주는 편이 좋을 거요. 부인이 처음에는 당신에게 서먹서먹한 태도를 가질지도 모르겠소. 어떻든 좀 괴상한 사람이니까. 그러나 절대로 마음 쓰지 않는 게 좋소. 부인은 본래 그런 여자니까. 어떻소, 이 숲이? 수국이 한창 피어나면 이 부근은 마치 파란 벽처럼 된다오."

　나는 아무런 대답도 하지 않았다. 먼 옛날 마을 가게에서 한 장의 그림 엽서를 샀던 그 무렵의 자신을 생각해 내고 있었기 때문이다. 그때의 나는 그림 엽서를 산 기쁨으로 그것을 두 손으로 뒤집으면서 밝은 양지 쪽으로 나갔다. "이걸 앨범에 붙이면 예쁠 거야. 만더레이. 어쩌면 이렇게도 이름이 멋질까" 하고 나는 마음속으로 그렇게 중얼거렸었다. 그런데 나는 지금 그 만더레이의 사람이 된 것이다. 여기가 내 집이 된 것이다. 나는 틀림없이 이런 편지를 많은 사람들에게 보내게 될 것이다. '우리는 여름 내내 만더레이에 있습니다. 부디 놀러 오십시오.' 그리고 나는 지금은 아직 아무것도 익숙하지 못하고 낯이 설지만 머지않아 모든 것을 다 알게 되고 천천히 그 찻길 주위를 돌아다닐 것이다.

나는 오래지 않아 어떤 오솔길이나 모퉁이 길도 모르는 것이 없게 될 것이다. 그리고 대나무숲 뒤쪽의 나무를 베기도 하고 가지를 쳐주기도 하는 정원사를 만족한 기분으로 바라볼 것이다. 그리고 또 철문 옆 문지기 집에 어떤 친밀한 용건으로 찾아서 "오늘은 아픈 다리가 좀 어떠세요?" 하고 위로할 것이다. 그러면 이제는 나에 대한 호기심이 사라진 노파가 기뻐서 부엌으로 맞아들일 것이다. 태연하고 태평스러워 보이는 맥심의 태도가 부러웠다. 그가 집에 돌아온 것을 즐겁게 생각하는 모양인 것은 입술에 떠 있는 희미한 미소로도 살필 수가 있었다.

그러나 내가 마음 편하게 미소 지을 수 있는 것은 언제쯤일까? 그것은 아득히 먼 장래의 일처럼 생각되었다. 나는 그날이 빨리 오면 좋겠다고 생각했다. 여기서 오래 생활하여 머리가 하얗게 된 비틀비틀 걷는 늙은이로, 지금의 내성적이고 어리석은 나와는 전혀 다른 할머니가 되고 싶다고까지 생각했다.

문이 우리 등 뒤에서 덜컹 하고 닫혔다. 먼지가 풀썩 이는 큰길은 이미 보이지 않았다. 그때 나는 그것이 예전에 상상했던 그런 만더레이의 찻길이 아니라는 것을 깨달았다. 그것은 갈퀴와 비로 깨끗이 청소되어 있고, 손질이 잘된 잔디밭이 양쪽에 있는 넓은 자갈길이 아니었다.

찻길은 마치 뱀처럼 구불구불 구부러져 있어 군데군데 오솔길이라고 해도 좋을 정도로 좁고, 머리 위는 나무들이 커다란 기둥처럼 늘어서서 그 숱한 나뭇가지가 서로 고개를 끄덕이고 서로 얽혀들면서 마치 교회 지붕과도 같은 아치를 만들고 있었다. 초록빛 나뭇잎은 울창하게 우거져 대낮의 햇빛조차도 비쳐들지 못하는 듯 보였다. 그저 흔들리는 따뜻한 햇빛의 작은 줄무늬만이 이따금 물결처럼 내리비쳐서 찻길을 얼룩덜룩 황금빛으로 물들이는 듯이 생각되었다.

주위는 매우 조용해서 쥐죽은 듯이 고요했다. 큰길에서는 해맑은 날의 서풍이 얼굴에 닿고 생울타리 위에 난 풀을 한들거리게 했었으나, 여기에는 바람기조차 없었다. 자동차의 엔진 소리도 어쩐지 아까보다 음향이 낮고 작아졌다. 찻길이 골짜기쪽으로 내려감에 따라 나무들은 훨씬 몸 가까이로 다가왔다. 매끄럽고 깨끗한 너도밤나무의 흰 줄기며 이름도 알 수 없는 수많은 가지들이 서로 겹쳐진 채 옆에 바싹 다가와 있어서 손을 내밀면 닿을 것 같았다. 좁은 개울에 걸려 있는 작은 다리를 건너 우리는 계속 앞으로 나갔다. 찻길 같지도 않은 그 찻길은 마치 마법의 리본처럼 어둡고 조용한 숲을 뚫고 끝없이 구불구불 이어져 있어 이윽고 숲의 중심인 듯이 생각되는 지점에서 깊이 파여 들어가 있었다. 그런데 그 주위에는 집이 세워져 있는 듯한 빈터는 아무데도 없었다.

찻길이 너무 길어서 나는 차차 지루해졌다. 여기를 돌면 이제 바로라든가 저 뒤쪽일 것이라든가 하고 여러 가지로 예상했지만, 좌석에서 몸을 내밀 적마다 나는 언제나 실망했다. 거기에는 그 어떤 집도 밭도 넓고 친근한 정원도 없이 다만 정적과 깊은 숲뿐이었다. 아까 지나온 문지기 집도 지금은 하나의 추억이 되고 말았다. 한길도 어쩐지 시대와 세계가 다른 것인 듯 생각되었다.

조금 뒤 앞쪽 어두운 찻길 저쪽에서 나는 문득 하나의 빈터와 푸른 하늘을 얼핏 보았다. 그러자 순식간에 어두운 나무숲이 점점 적어지고 이름도 알 수 없는 숲의 풀들도 없어졌다. 다만 우리 양 옆에는 머리 위까지 치솟은 피처럼 붉은 벽이 있을 뿐이었다. 우리는 철쭉꽃 속으로 들어간 것이었다. 너무나도 갑작스럽게 나타났기 때문에 나는 깜짝 놀랐다. 아니, 오히려 숨이 막혔다. 숲 속에 이런 광경이 나타나리라고는 전혀 예기치 못했기 때문이다. 도무지 믿어지지 않을 만큼 많은 새빨간 꽃이 몇 겹이나 겹쳐져서 나뭇잎 한 장 나뭇가지 하나도 보이지 않았다. 보이는 것은 그때까지 내가 본 어떤 철쭉과도 닮지 않은 너무나도 짙고 칙칙한 이상한 붉은 빛뿐이었다.

나는 흘깃 맥심을 보았다. 그는 빙그레 웃고 있었다. "마음에 드오?" 하고 그는 말했다.

나는 조금 숨을 헐떡이면서 "네" 하고 대답했으나 과연 진정한 마음을 말하고 있는 것인지 어쩐지 스스로도 분명치 않았다. 왜냐하면 내가 아는 철쭉꽃은 둥글고 예쁜 화단에 나란히 심어져 있는 갈색이나 핑크빛의 매우 가정적인 꽃, 지극히 흔한 꽃이었기 때문이다. 그러나 여기에 있는 것은 하늘까지 우뚝 솟아 마치 보병 부대처럼 밀집해 있는 괴물이었다. 이것은 너무나도 화려하고 강렬해서 도저히 식물이라고는 할 수 없을 것 같았다.

이제 저택까지는 그다지 멀지 않았다. 짐작했던 대로 찻길은 앞으로 나갈수록 넓어졌다. 양쪽이 아직도 핏빛 벽에 둘러싸여서 우리는 마지막 모퉁이 길을 돌았다. 만더레이였다. 그렇다. 이곳이야말로 내가 예상했던 만더레이, 먼 옛날 내 그림 엽서에 있던 만더레이였다. 거기에는 더없이 아름답고 한 점도 나무랄 데 없는, 일찍이 내가 꿈에 그리던 것보다도 더 훌륭한 집 한 채가 평평한 풀밭과 매끄러운 잔디밭 속의 낮은 곳에 서 있었다. 테라스는 정원을 향하고 정원은 바다를 향해 완만하게 낮아지고 있었다. 우리가 넓은 돌 계단 옆으로 자동차를 몰아 열려 있는 문 앞에 세웠을 때, 나는 세로로 창살이 달린 한 창문을 통해 홀에 사람들이 가득 떼지어 있는 것을 보았다.

그때 맥심이 입속말로 이렇게 중얼거리는 소리가 들렸다. "할 수 없는 여자로군, 내가 이런 것을 싫어하는 걸 잘 알면서." 그렇게 말하고 그는 브레이크를 걸었다.
 "무슨 일인가요?" 하고 나는 말했다. "저 사람들은 누구지요?"
 "이렇게 되면 아무래도 당신을 만나게 하지 않을 수가 없겠군" 하고 그는 못마땅한 어조로 말했다. "덴버스 부인이 우리를 환영하기 위해 저택이며 영지에 사는 사람들을 모조리 모아 놓은 거요. 그렇지만 당신은 아무 말도 할 필요는 없어요. 내가 모두 잘할 테니까."
 나는 어쩐지 언짢은 마음으로 문의 손잡이를 더듬었다. 오랜 시간 차를 타서 몸이 굳어 있었다. 내가 손잡이를 만지작거리는 동안 집사가 하인 한 명을 데리고 계단을 내려왔다. 그리고 나 대신 문을 열었다.
 집사는 노인이며 매우 친절해 보였다. 나는 방그레 웃으며 손을 내밀었으나 집사는 그것을 깨닫지 못한 모양이었다. 그리고 나 대신 무릎덮개와 내 조그마한 화장 케이스를 받아 들고 나를 도와 자동차에서 내려 주면서 맥심 쪽을 보았다.
 "이제야 겨우 돌아왔네, 프리스" 하고 맥심은 장갑을 벗으면서 말했다. "런던을 떠날 때는 비가 왔어. 여긴 조금도 오지 않은 것 같군. 모두 별일 없겠지?"
 "네, 주인 어른. 고맙습니다. 여기는 만 한 달 동안이나 전혀 비가 오지 않았습니다. 이렇게 무사히 돌아오셔서 참으로 기쁩니다. 주인 어른께서나 아씨께서도 줄곧 건강하셨습니까?"
 "응, 덕분에 우린 둘 다 건강하네, 프리스. 그런데 차에 오래 흔들렸더니 조금 피로해. 차를 마시고 싶군. 그리고 저런 짓은 전혀 예기치 않았네."
 그는 홀 쪽을 턱으로 가리켰다.
 "덴버스 부인의 명령이랍니다, 주인 어른" 하고 집사는 말했다. 그의 얼굴에는 아무런 표정도 없었다.

"내가 먼저 알았어야 했어" 하고 맥심은 불쑥 말했다. 그리고 "자, 가세" 하고 내 쪽으로 돌아섰다. "그다지 시간은 걸리지 않을 거요. 그런 다음 천천히 차를 마시도록 합시다."

우리는 함께 계단을 올라갔다. 프리스와 하인은 무릎덮개와 내 레인코트를 들고 뒤를 따랐다. 나는 희미하게 가슴께가 아파오면서 이상하게 목이 막히는 것을 느꼈다.

지금도 눈을 감고 생각하면 그때의 광경이 눈에 선하다. 메리야스 웃옷을 입고 땀이 축축하게 밴 손에 긴 장갑을 꽉 움켜 쥐고 문지방 앞에 서 있던 가냘프고 겁먹은 내 모습. 돌로 만들어진 큰 홀, 서재 쪽으로 열려 있는 넓은 문, 벽에 걸려 있는 피터 레리스와 반다이크의 그림, '음유 시인의 방'으로 통하는 멋진 계단 등도 아직 생생히 기억한다. 홀 안에는 자갈이 깔린 길 건너편과 식당께까지 넘쳐나간 무수한 얼굴들이 입을 벌리고 호기심에 찬 눈을 빛내면서 살피듯이 내 모습을 보고 있었다. 마치 단두대 주위를 에워싸고 있는 군중과, 양팔이 뒤로 묶여 있는 사형수와도 같았다.

그 무수한 얼굴 속에서 한 여자가 앞으로 나섰다. 검은 옷을 입은 키가 크고 바싹 마른 부인인데, 불쑥 튀어나온 광대뼈와 움푹 꺼진 큰 눈은 해골 같은 느낌을 주었다. 해골 위를 덮고 있는 얼굴의 피부는 마치 양피지처럼 희었다.

이윽고 그 여자는 내 쪽으로 가까이 다가왔다. 나는 그 여자의 위엄과 침착성을 부럽게 생각하면서 그녀에게 손을 내밀었다. 내 손을 움켜 쥔 그녀의 손이 묘하게 무겁고 축 늘어져 있어서, 더더욱 죽은 사람처럼 차갑고 생명이 없는 것처럼 생각되었다.

"덴버스 부인이오" 하고 맥심이 말했다. 그러자 그녀는 여전히 죽은 사람과 같은 손으로 내 손을 꼭 쥐면서 무언가 지껄이기 시작했는데, 움푹 꺼진 눈으로 뚫어져라 내 눈을 쳐다보고 있었기에 나는 이리저리 그녀의 눈길을 피하려고 했다. 그러자 그녀는 쥐고 있던 손을 갑자기 움직였다. 그 손에는 다시금 생명이 되살아났다. 나는 불쾌감과 수치스러움을 함께 느꼈다.

 지금은 그때의 말을 완전히 잊어버렸지만 그녀가 모두를 대표하여 환영의 인사를 한 것은 기억하고 있다. 판에 박은 문구로 된 인사말은 그녀의 손처럼 차고 생명이 없는 목소리로 말해지고 있었던 것이다. 이윽고 인사말이 끝나자 그녀는 대답을 기대하는 사람처럼 잠시 기다렸다. 나는 얼굴이 새빨개져서 더듬거리면서도 간신히 감사하다는 말만은 했다. 그러나 완전히 당황해 있었기 때문에 장갑을 두 짝 모두 떨어뜨리고 말았다. 그녀는 몸을 굽혀 그것을 주워 들었다. 그러나 나는, 그녀가 장갑을 건네주면서 입술에 희미하니 비웃는 웃음이 떠 있는 것을 문득 깨달았다. 나는 곧 그녀가 나를 본바탕이 나쁜 여자로 생각하고 있는 것을 알았다. 그녀의 표정 속에 있는 그 무엇이 나를 묘하게 불안하게 했다. 그녀가 뒷걸음질로 다시 제자리에 돌아간 뒤에도 사람들 속에서 그 검정 옷만이 한층 돋보였다. 그녀는 무뚝뚝하게 입을 다물고 있었지만 그 눈은 역시 내 위에 못박혀 있었다.

 맥심은 내 팔을 잡고 간단히 인사말을 했는데 너무도 편안하게 말을 해서 그로선 그런 것쯤 아무 어려움도 없는 일인 듯이 생각되었다. 그리고 나서 그는 차를 마시기 위해 나를 서재로 데려가 문을 닫았다. 다시 우리 두 사람만 있게 되었다.

 두 마리의 스패니엘 개가 난로 옆에서 일어나 우리를 맞았다. 개들은 비단처럼 매끄러운 긴 귀를 기쁜 듯이 뒤로 젖히고 맥심에게 재롱을 부리며 코로 그의 손을 찾았다. 그리고 그의 옆을 떠나 이번에는 내 쪽으로 와서 조금 이상하고 수상하다는 듯이 내 뒤꿈치께를 킁킁 냄새 맡았다. 한 마리는 어미개로 한쪽 눈이 못쓰게 되어 있었다. 그

어미개는 곧 나 같은 것은 아무래도 좋다는 듯 낮게 우는 소리를 내면서 다시 난로가로 갔으나, 어린 쟈스퍼는 내 손에 코를 눌러 대고 턱을 내 무릎에 올려놓았다. 눈이 매우 영리해 보였는데, 내가 매끄러운 귀를 쓰다듬어 주자 꼬리를 발딱 세우고 기뻐했다.

모자를 벗고 거추장스러운 조그마한 모피 목도리를 벗은 다음 장갑을 그 옆에 던져 놓고 핸드백을 창가에 놓으니 조금 마음이 놓이는 듯했다. 방은 아늑하고 기분좋았고, 많은 책들이 천장까지 닿을 만큼 벽에 꽉 들어차 있었다. 혼자 호젓하게 살기를 좋아하는 사람이라면 한평생 움직이고 싶은 마음이 들지 않을 것 같은 방이었다. 그 곁에는 두 마리의 개를 위하여 바구니가 놓여 있었지만 내가 보기에 개들은 한 번도 거기에서 잔 적이 없는 것 같았다. 의자 위의 움푹 팬 자리가 그것을 분명하게 증명하고 있었다. 기다란 창문으로는 잔디밭이 내다보이고, 잔디밭 저 멀리로 바다의 수면이 희미하게 빛나고 있었다.

방안에는 차분한 낡은 냄새가 감돌고 있어 어쩐지 공기까지 거의 변하지 않는 것처럼 느껴졌다. 그것은 라일락과 장미의 달콤한 냄새가 초여름의 향기를 보내고 있기 때문이었다. 정원에서든 바다에서든 이 방으로 불어오는 바람은 모두 최초의 신선함을 잃고 이렇듯 늘 변하지 않는 방의 일부가 되어, 한 번도 읽힌 적이 없는 곰팡이 핀 책에 배어들기도 하고 소용돌이 무늬가 있는 천장이며 어두운 빛을 띤 벽판자며 육중하게 드리워져 있는 커튼 속으로 배어드는 것이다. 그것은 오랜 세월 해묵은 이끼의 냄새며, 또한 좀처럼 예배를 본 적이 없이 녹슨 빛깔의 이끼가 돌 위에 돋아나고 댕댕이덩굴이 창틀에까지 휘감긴 쥐죽은 듯 조용한 교회의 냄새였다. 차분하게 마음을 가라앉히기 위한 방, 명상에 잠기기 위한 방이었다.

이윽고 차가 준비되고 의례적인 근엄한 작업이 프리스와 젊은 하인에 의해 행해졌으나 나는 두 사람이 가 버릴 때까지 아무런 역할도 행하지 않았다. 그러다가 맥심이 산더미처럼 쌓인 편지 뭉치를 들여다보고 있는 동안, 차에 담근 살짝 구운 과자 두 조각과 빵가루로 만든 과자를 먹고 혀가 델 듯한 뜨거운 차를 마셨다.

그는 이따금 내 쪽을 보고 빙그레 웃었다. 그런가 하면 다시 곧 편지를 들여다보았다. 틀림없이 최근 몇 개월 동안 쌓인 편지일 것이다. 만데레이에서의 그의 생활, 그의 그날 그날의 생활 방식, 그가 알고 있는 사람들, 그의 남녀 친구들, 그가 지불하는 계산서, 저택 안에서 그가 내리는 명령 등에 대해서 나는 아직 아무것도 모른다고 생각했다. 지난 몇 주일은 눈 깜짝 할 사이에 지나가 버렸다. 나는 그저 나란히 프랑스며 이탈리아를 드라이브하면서 자신이 얼마나 그를 사랑하는가를 생각했을 뿐이었고, 그의 눈으로 베니스를 바라보고 그가 한 말을 되새기면서 현재에 산다는 그 영광에만 만족하여 그의 과거나 장래에 대해서는 아무것도 물어본 적이 없었던 것이다.

왜냐하면 내가 생각했던 것보다 훨씬 쾌활하고, 상상하던 것보다 더 다정하고, 여러가지 즐거운 경우에 매우 젊고 열정적이어서 처음에 보았던 맥심이 아니었기 때문이며, 식당에서 혼자 식탁에 앉아 자기만의 비밀에 싸여 가만히 앞을 응시하던 낯선 사람이 아니었기 때문이었다. 나의 맥심은 웃고, 노래하고, 바다표면에 돌을 던지기도 하고 내 손을 잡기도 하는 쾌활한 사람이었다. 이맛살을 찌푸리거나 인생의 무거운 짐을 지고 있는 사람은 아니었다. 나는 연인으로서, 친구로서의 그를 알았지만 지나간 몇 주일 동안 그에게도 규칙적인 버젓한 생활이 있다는 것을 잊고 있었던 것이다. 사라져 버린 지난 몇 주일은 파격적인 휴일과도 같고 이제는 다시금 예전처럼 계속해야 하는 생활이 있었던 것이다.

나는 편지를 읽는 그의 모습을 가만히 바라보고 있었다. 그는 편지

하나하나에 일일이 이맛살을 찌푸리기도 하고, 미소를 짓기도 하고, 또는 전혀 무표정하게 한 옆으로 밀어 놓기도 했다. 만약 신의 은총이 없었다면 내가 뉴욕에서 보낸 편지도 역시 이렇게 취급되었을 것이다. 그는 내 편지를 지금처럼 아무렇지도 않은 담담한 태도로 읽는다. 아마 편지를 보낸 사람의 이름을 보고 처음에는 이상하게 생각할지도 모른다. 그러나 곧 하품과 함께 다른 편지가 수북이 쌓여 있는 바구니 속에 던져 버리고 말 것이다. 그리고 찻잔을 집어 들겠지. 그렇게 생각하니 등골이 오싹했다. 지금의 나와 또 하나의 나 차이는 극히 순간적으로 생긴 데 불과하다.

결국 그는 그의 생활을 계속하면서, 지금 앉아 있는 것처럼 앉아서 차를 마실 것이다. 그리고 나에 관한 일 따위는 아마 그다지 생각도 나지 않을 것이며 헤어진 것을 아쉬워하지도 않겠지. 그런데도 나는 뉴욕에서 반 홉퍼 부인과 브리지를 하면서 영원히 가망이 없는 그의 편지를 날마다 고대할 것이다.

나는 의자에 등을 기대고 온 방안을 둘러보았다. 그리고 얼마간의 자신을 가지려고 애쓰고 내가 정말로 이 만더레이에, 그림 엽서에 있던 그 유명한 저택에 있다는 현실감을 불러일으키려고 애썼다. 여기에 있는 모든 것이 이제는 나의 것——그의 것이기도 하지만 동시에 내 것이라는 사실을 자신에게 가르쳐 주어야만 했다. 내가 지금 앉아 있는 깊숙한 의자도, 천장에까지 닿을 만큼 숱한 책도, 벽에 걸려 있는 그림도, 정원도, 숲도, 요컨대 옛날 책에서 읽은 만더레이가 모두 내것인 것이다. 왜냐하면 나는 맥심과 결혼하였으니까.

우리 두 사람은 여기서 함께 나이를 먹는다. 노인이 된 맥심과 나는 이 개들의 새끼나 또는 그 새끼의 새끼들과 함께 역시 이렇게 앉아서 차를 마실 것이다. 이 서재도 지금처럼 오래 묵은 곰팡이내로 가득차 있을 것이다. 그리고 아이들——우리의 아이들——이 아직 어릴 때에는 어느 기간 이곳의 영광스러운 더러움과 파손을 참아야 할 것이다. 왜냐하면 틀림없이 아이들은 흙투성이 구두를 신은 채 긴 의자에 벌렁 눕기도 하고, 나무토막이니, 크리켓 배트니, 커다란 나이프니, 활이니, 화살이니 하는 것을 언제나 들고 들어올 테니까.

그리고 지금은 깨끗하게 닦여져 있지만 이 테이블 위에도 나비나 나방이가 들어 있는 지저분한 상자며, 솜에 싸인 참새 알이 든 상자 등이 놓여 있을 것이다.

"이런 잡동사니를 가지고 들어오는 게 아니야" 하고 나는 야단을 치겠지. "교실에 가져 가렴!" 그러면 아이들은 큰 소리로 고함도 치고 서로의 이름을 불러 대면서 뛰어나가리라. 그러나 위의 아이들보다 얌전한 막내 아이는 제 상자를 만지작거리면서 끝까지 남아 있을지도 모른다……. 문이 열렸기 때문에 나의 환상은 깨어졌다. 프리스가 하인과 함께 차 그릇을 치우러 온 것이다.

"아씨, 덴버스 부인이 아씨를 위해 준비한 방이 마음에 드시는지 봐 주셨으면 합니다" 하고 찻잔을 물릴 때 프리스가 말했다.

맥심은 편지에서 눈을 들었다. "동쪽 방은 어떻게 했지?" 하고 그가 말했다. "네, 주인 어른. 매우 훌륭해진 것 같습니다. 물론 한창 공사를 하는 동안에는 매우 혼잡해서 덴버스 부인도 한때는 주인 어른께서 돌아오실 때까지 과연 다 될까 하고 걱정했습니다만, 지난 주 월요일에 완전히 다 되었습니다. 아마도 주인 어른께서도 만족스러워 하시리라 생각합니다. 본디 그쪽이 훨씬 밝으니까요."

"집안을 개조했나요?" 하고 나는 물었다.

"뭐, 개조했다고 할 정도는 아니오" 하고 맥심은 간단히 말했다.

"우리가 쓸 방으로 동쪽 방을 다시 칠하고 장식을 바꾸었을 뿐이오. 프리스도 말했듯이 동쪽이 훨씬 밝으니까. 게다가 장미꽃 동산도 아주 잘 보인다오. 어머님이 살아 계시던 시절에는 손님용으로 썼었지. 이제 곧 이 편지를 다 처리해 버릴 테니까, 곧 당신한테 가리다. 그러니 먼저 가서 덴버스 부인과 이야기라도 하고 있구료. 마침 좋은 기회요."

또다시 아까와 같은 초조한 기분이 되어 나는 천천히 일어났다. 되도록 그를 기다리고 싶었다. 그리고 그의 팔을 잡고 함께 이 방 저 방 구경하고 싶었다. 나 혼자 덴버스 부인에게 가기는 어쩐지 마음이 내키지 않았다.

인기척이 없어진 텅 빈 홀은 지금 보니 매우 넓게 느껴졌다. 구두 바닥이 깔린 바닥돌에 닿을 때마다 천장이 울렸다. 그 소리를 듣자 누구나 교회에서 느끼듯 나는 어쩐지 마음이 걸려서 나쁜 짓이라도 한 것 같았다. 걸어갈수록 나의 구두는 더 바보 같은 소리를 냈다. 펠트 구두를 신고 있는 프리스는 틀림없이 나를 어리석은 여자라고 생각할 것이다.

"참 크군요" 하고 나는 말했다. 그것은 여학생이 말하기라도 한 것 같은, 너무나도 쾌활하고 부자연스러운 표현이었으나 프리스는 매우 정중하게 대답했다.

"네, 아씨. 만더레이는 큰 저택입니다. 물론 더 큰 저택도 없지는 않겠습니다만 그래도 역시 여기는 큰 저택이라고 해도 괜찮을 겁니다. 이곳은 예전에는 연회장이었습니다. 지금도 큰 만찬회라든가 무도회라든가 많은 손님을 초대하게 될 경우에는 여기를 쓰곤 합니다. 그리고 1주일에 한 번은 일반 사람에게 개방된답니다. 알고 계시겠지만."

"그래요, 알고 있어요" 하고 아직도 내 높은 구두 소리에 신경을 쓰면서 나는 말했다. 그리고 그의 뒤를 따라가면서 어쩌면 이 사나이는 나를 일반 관람자 중의 한 사람으로 보는 게 아닐까 하고 생각했다. 사실 나는 일반 관람자처럼 얌전하게 좌우를 바라보기도 하고 벽에 걸려 있는 무기며 액자들을 들여다보기도 하고 장식용 조각을 붙인 계단에 손을 대 보면서 걷고 있었던 것이다.

계단 위에서 시커먼 그림자가 나를 기다리고 있었다. 움푹 꺼진 눈은 해골 같은 흰 얼굴 속에서 가만히 내 모습을 바라보고 있었다. 나는 주위를 둘러보며 오로지 의지하고 있는 프리스의 모습을 찾았으나, 그는 이미 홀을 지나 저쪽 복도를 걷고 있었다.

이리하여 나는 덴버스 부인과 단 둘이 있게 되었다. 나는 넓은 계단을 올라 그녀가 있는 곳으로 갔다. 그녀는 팔짱을 끼고 여전히 내 얼굴을 유심히 지켜보면서 꼼짝도 하지 않고 기다리고 있었다. 나는 억지로 방긋 웃어 보였다. 그러나 그녀는 마주 웃지 않았다. 나는 별로 그녀를 책망하려 하지 않았다. 웃을 필요 따위는 조금도 없었기 때문이다. 갑작스럽고 아무런 흥미도 없는 어리석은 행동이었다. "기다리게 했다면, 미안해요" 하고 나는 말했다.

"아씨 자신의 시간을 어떻게 쓰시든 그것은 아씨의 자유입니다. 전 그저 아씨의 명령에 따를 뿐이니까요."

그녀는 이렇게 말하고 휙 돌아서서 아치 식 회랑을 지나 저쪽 복도로 걸어갔다. 이윽고 우리는 융단이 깔려 있는 넓은 통로를 지나서 왼쪽으로 돌아 떡갈나무 재목으로 만들어진 문을 열고 좁은 계단을 내려갔다. 그리고 마주 보이는 계단을 올라가서 다른 문 앞으로 나왔다. 부인은 그 문을 힘 주어 열더니 한 옆에 비켜서서 나를 지나가게 했다. 나는 작은 대기실이라기보다도 오히려 부인실이라고 할 만한 방안으로 들어갔다. 거기에는 소파와 여러 개의 의자와 책상이 놓여 있고, 넓은 창문이 있는 한쪽에 커다란 2인용 침실, 그리고 맞은쪽은 욕실로 되어 있었다. 나는 재빨리 창문께로 가서 밖을 바라보았다. 바로 눈 아래에 장미꽃 동산과 동쪽 테라스가 있고, 장미꽃 동산 저쪽 너머에는 비스듬한 경사를 이룬 풀이 난 둑이 가까운 숲까지 이어져 있다.

"여기서는 바다가 보이지 않는군요" 하고 나는 덴버스 부인 쪽을 보며 말했다.

"네, 이쪽에서는 바다가 보이지 않습니다" 하고 그녀는 대답했다.

"파도 소리조차도 들리지 않지요. 이쪽에서는 가까운 곳에 바다가 있다는 것이 도저히 생각도 되지 않을 정도지요."

말 속에 다른 어떤 뜻이 담겨 있는 것처럼 그녀는 독특한 표현을 했다. 특히 '이쪽'이라는 말에 힘을 주었다. 마치 우리가 지금 서 있는 쪽이 좀 좋지 않은 장소라는 것을 암시하는 듯했다.

"그건 참으로 섭섭한 일이군요. 난 바다를 무척 좋아해요" 하고 나는 말했다.

그녀는 그 말에는 대답하지 않고 여전히 팔짱을 낀 채 유심히 나를 응시하고 있을 뿐이었다. "하지만 아주 멋진 방이에요" 하고 나는 말했다. "여기서라면 틀림없이 기분 좋게 살 수 있으리라고 생각해요. 우리가 돌아오게 되어 특별히 손질을 했군요."

"네" 하고 그녀는 대답했다.

"예전엔 어땠었나요?" 하고 나는 물었다.

"벽은 보랏빛이었고 벽걸이도 달렸습니다. 그것을 주인 어른께선 너무 어둡다고 생각하신 모양입니다. 이따금 손님들을 모시는 외에는 그다지 쓰지 않던 방입니다만 주인 어른께서 편지로 특별히 지정하셨기 때문에 이곳을 아씨 방으로 꾸민 것이랍니다."

"그렇다면 이 방이 그이의 예전 침실이 아니군요" 하고 나는 말했다.

"네, 아씨. 주인 어른께서는 예전엔 한 번도 이쪽을 쓰시지 않았답니다."

"어머나, 내겐 그런 말을 하지 않았어요."

나는 화장대 쪽으로 걸어가서 머리를 빗기 시작했다. 내 짐은 벌써 풀어 놓아 브러시며 빗이 쟁반 위에 담겨 있었다. 맥심이 내게 한 벌의 브러시를 사주었다는 것, 더욱이 덴버스 부인에게도 보이도록 화장대 위에 놓여 있었던 것을 나는 기쁘게 생각했다. 그것은 새롭고 비싼 것이었다. 덕분에 나는 멋적은 생각을 하지 않고도 끝낼 수 있었다.

"앨리스에게 아씨의 짐을 풀게 했습니다. 아씨의 시중을 들 하녀가 올 때까지 앨리스가 아씨의 시중을 들것입니다" 하고 덴버스 부인이 말했다. 나는 또 그녀를 보고 미소 지었다. 그리고 브러시를 화장대 위에 놓았다.

"내게 하녀 같은 건 필요없어요" 하고 나는 부끄러운 듯이 말했다. "틀림없이 앨리스가 무엇이든지 다해 줄 테니까요."

맨 처음 만났을 때 내가 긴장해서 장갑을 떨어뜨리자 나타났던 것과 똑같은 표정이 이때 그녀의 얼굴에 떠올랐다.

"하지만 너무 오래 그렇게 하시지 않는 편이 좋을 것입니다" 하고 그녀가 말했다. "아시는 바와 같이 아씨같이 지체 높으신 분이 하녀를 쓰시는 것은 극히 당연한 일이니까요."

나는 얼굴을 붉혔다. 그리고 다시 브러시를 집어 들었다. 그 말에 담겨진 빈정거림은 나도 너무 잘 알 수 있었다. "만약 당신이 그러는 편이 좋다고 생각한다면 뜻대로 해요." 그녀의 집요한 눈길을 피하면서 나는 말했다. "예의 범절을 배울 어린 소녀라도…… 말이지요."

"하고 싶은 말씀이 있으면" 하고 그녀는 말했다. "아씨께선 그냥 그렇게 하라고 말씀하시면 됩니다."

두 사람 모두 입을 다물었다. 나는 그녀가 빨리 가 주었으면 좋겠다고 생각했다. 어째서 이 사람은 검정 옷 위로 팔짱을 낀 채 뚫어지게 나를 바라보고, 언제까지나 이곳에 서 있는 것일까?

"아마도 당신은 오랜 세월 이 만더레이에 있었겠지요?" 하고 나는 새로운 기운을 되찾으며 말했다. "다른 누구보다도 오래되었나요?"

"아닙니다, 프리스만큼 오래되지는 않습니다" 하고 그녀는 말했다. 마치 나하고 악수했던 그녀의 손처럼 어쩌면 이렇게도 활기 없는 차가운 목소리일까 하고 생각했다. "프리스는 주인 어른의 아버님께서 아직 살아 계시고, 지금의 주인 어른이 아직 도련님이셨던 무렵부터 여기서 있었답니다."

"어머나, 그래요?" 하고 나는 말했다. "그러면 당신은 그 뒤에 왔군요?"

"네" 하고 그녀는 말했다. "그 뒤에 왔습니다." 나는 다시 한번 흘긋 그녀의 얼굴을 보았다. 그녀의 흰 얼굴 속에 있는 어둡고 음울한 눈이 나를 바라보고 있었다.

그것을 보자 이상하게도 까닭없이 초조해지는 불길한 생각이 엄습했다. 나는 방긋이 웃으려고 했으나 아무래도 웃을 수가 없었다. 내게 다정한 마음이라고는 조금도 없는, 흐리멍텅하게 흐린 그 눈빛에 나는 완전히 사로잡혀 버렸다.

"제가 여기에 온 것은 전의 아씨께서 새색시였던 때였습니다" 하고 그녀는 말했는데, 그때까지 둔중하고 아무런 표정도 없던 그녀의 목소리가 이때 갑자기 흥분으로 날카롭게 높아져서 활기와 의미를 띠었다. 깡마른 광대뼈 위에는 발그레 붉은 빛이 번졌다. 그 변화가 너무나도 갑작스러웠기 때문에 나는 깜짝 놀랐고 조금 불안해졌다. 어떻게 해야 할지, 무슨 말을 해야 할 것인지 알 수가 없었다.

그녀는 마치 금지된 말이라도 한 것 같았다. 지금까지 오랫동안 그 말을 자기 혼자만의 가슴속에 담아 두었으나 이제는 도저히 그대로 눌러 둘 수가 없어져서 얘기해 버리기라도 한 듯했다. 더욱이 그녀의 눈은 아직도 내 얼굴에 못박힌 채, 연민과 경멸이 뒤섞인 빛으로 유심히 지켜보는 것이었다. 마침내 나는 내가 그때까지 생각했던 것보다 더, 자신이 유치하고 생활에 익숙지 못한, 어리고 미숙한 사람처럼 느꼈다.

그녀가 나를 경멸하고 있다는 것, 내가 훌륭한 귀부인이 아니라 신분이 낮고 부끄럼을 잘 타며 겁먹은 듯 주저주저하는 소녀라는 것을 이런 계급에 있는 여자 특유의 거만한 태도로 사사건건 빈정대는 것을 나는 잘 알 수 있었다. 더욱이 그녀의 눈 속에는 경멸뿐 아니라 어떤 적극적인 혐오 또는 실제적인 악의라고나 할 만한 것이 분명히 있는 것 같았다.

나는 무슨 말이든 해야만 했다. 거기에 그렇게 앉은 채 브러시를 만지작거리면서 내가 얼마나 그녀를 두려워하고 의심하는가를 그녀가 깨닫도록 내버려 둘 수는 도저히 없었다.

"댄버스" 하고 나는 본의 아니게 이렇게 말했다. "난 부인과 친구가 되어 서로 잘 이해하게 되었으면 하고, 또한 나에게 관해서는 부인이 여러 가지로 잘 참아 주어야 할 거예요. 그건 내가 지금까지 이런 생활을 한 적이 없고 상당히 다른 생활을 해 왔기 때문이에요. 나는 어떻게든 모든 일을 좋게 해나갔으면 해요, 특히 그이의 행복을 위해서는. 그이도 말씀하셨듯이, 집안 살림에 관한 것은 뭐든지 부인이 자유롭게 처리하도록 해요. 무엇이건 지금까지 하던 대로 하면 돼요. 나는 아무것도 바꾸려 하거나 하지 않을 테니까요."

나는 가볍게 헐떡이면서 말을 그쳤다. 자신의 진정한 마음도, 과연 자기가 당연한 말을 했는지 어떤지도 나는 아직 잘 알지 못했다. 조금 뒤 다시 눈을 뜨니 그녀는 지금까지 섰던 자리에서 움직여 문의 손잡이에 손을 대고 서 있었다.

"잘 알겠습니다" 하고 그녀는 말했다. "저는 무엇이든지 아씨의 마음에 드시도록 하고 싶습니다. 벌써 1년 이상이나 저는 이 저택의 온갖 책임을 맡아 왔습니다만, 아직 주인 어른으로부터 한 마디도 꾸중을 들은 적이 없습니다. 물론 돌아가신 아씨께서 살아 계실 때에는 전혀 달랐지요. 그 시절에는 여러 가지 놀이나 모임이 있어 연회가 곧잘 베풀어졌습니다. 그런 때에 저는 아씨 대신 여러 가지 일을 했습니다만, 아씨께선 손수 여러 가지 일을 빈틈없이 지시하셨습니다."

그녀가 깊이 생각하며 말을 하고 있다는 것, 그리고 그 말이 내 마음에 던질 파문을 알고 내 얼굴에 나타나는 그 효과를 가만히 눈여겨보고 있음을 나는 새삼스럽게 느꼈다.

"나는 무엇이든지 부인에게 부탁하겠어요" 하고 나는 거듭 말했다.

"그 편이 훨씬 좋아요."

처음 그녀와 홀에서 악수했을 때에 깨달았던 것과 똑같은 표정——분명 조소와 모멸이 뒤섞인 눈초리가 또 그녀의 얼굴에 나타났다. 내가 결코 그녀에게 반항하지 않으리라는 것도, 그녀를 두려워한다는 것도, 그녀는 빤히 알아차리고 있는 것이다.

"그 밖에 다른 볼일은 없으십니까?" 하고 그녀는 말하면서 온 방안을 둘러보는 듯한 몸짓을 했다.

"없어요" 하고 나는 말했다. "모두 갖추어진 것 같아요. 여기서라면 틀림없이 기분좋게 살아갈 수 있을 거예요. 덕분에 아주 좋은 방이 되었어요." 이 마지막 말은 그녀를 기쁘게 해주기 위한 아첨의 말이었다. 그녀는 어깨를 흔들었다. 그러나 아직 웃으려고는 하지 않았다. 그리고 "전 다만 주인 어른께서 지시하신 대로 했을 뿐입니다." 이렇게 말했다.

그녀는 열어 놓은 문의 손잡이에 손을 댄 채 한동안 망설였다. 어쩐지 아직 말하고 싶은 것이 있지만 어떻게 말을 꺼내야 할지 몰라 내가 그 기회를 주기를 기다리기라도 하는 듯이 보였다.

나는 그녀가 빨리 나가 주었으면 했다. 그녀는 마치 그림자처럼 거기에 서서 해골 같은 얼굴의 움푹 꺼진 두 눈으로 나를 바라보며 평가하고 있는 것이었다.

"만약 마음에 드시지 않는 일이 있으시면 곧 제게 말씀하십시오."
하고 그녀는 말했다.

"알았어요" 하고 나는 말했다. "물론 그렇게 하겠어요, 덴버스."
그러나 그녀가 말하려는 건 그런 것이 아니었다. 그것은 나도 잘 알 수 있었다. 우리는 다시 입을 다물고 말았다.

"만약 주인 어른께서 큰 옷장에 대한 것을 물으시거든" 하고 그녀는 불쑥 말했다. "그건 도저히 움직일 수가 없었다고 하더라고 해주십시오. 모두가 덤벼들어보았지만 도저히 좁은 문을 들어올 수가 없었답니다. 이 방은 서쪽보다 모두 작기 때문입니다. 만약 이 방이 주인 어른 마음에 들지 않으신다면 곧 말씀해 주십시오. 방을 어떻게 꾸며야 좋을지, 잘 알 수가 없었으니까요."

"아무 걱정도 하지 말아요, 덴버스" 하고 나는 말했다. "틀림없이 모든 것이 그이 마음에 들 거예요. 그렇게 마음을 쓰게 해서 안됐군요. 그이가 방을 꾸미고 장식을 바꾸라고 하신 걸 나는 조금도 몰랐어요. 그런 걱정은 하지 않았어도 좋았을걸. 서쪽 방이라도 틀림없이 기분좋게 행복하게 지낼 수 있었으리라고 생각해요."

그녀는 야릇한 눈초리로 나를 보았다. 그리고 문의 손잡이를 움직이기 시작했다. "아마 이 방이 아씨의 마음에 드실 거라고 주인 어른께서 분부하셨기 때문에" 하고 그녀는 말했다. "서쪽 방은 아주 낡았답니다. 하지만 침실 천장에는 소용돌이 무늬가 있고, 크기가 이 방 두 배나 되며 참으로 아름답지요. 여러 가지 빛깔로 짠 천으로 입힌 의자도 조각이 있는 장식 난로도 모두 굉장히 비싼 것들뿐입니다. 이

저택 가운데 가장 아름다운 방이며 창문으로는 잔디밭과 바다를 내다
볼 수가 있게 되어 있답니다."
　나는 묘하게 불쾌해지고 겁이 났다. 어째서 그녀가 그렇게 원망스
러운 말투로 말하는지, 또한 내가 쓰게 된 이 방이 만더레이의 표준
으로 말하면 약간 떨어진 방——2류 사람들을 위한 2류 방이라는 것
을 빈정거리며 말하는지 나는 알 수가 없었다.
　"아마 그이는 가장 아름다운 방을 일반 사람들의 관람용으로 내놓
았나 보군요" 하고 나는 말했다. 그녀는 여전히 문의 손잡이를 움직
이고 있었는데, 문득 다시 얼굴을 들고 내 눈을 보았다. 그리고 무언
가 대답을 하려고 잠시 망설이는가 싶더니, 이윽고 전보다 더 조용하
고 더 단조로운 목소리로 "침실을 일반 사람들에게 공개하는 일은 아
직 한번도 없었습니다" 하고 말했다. "공개하는 것은 홀과 진열실,
그리고 아래층 방뿐입니다." 그러고 나서 눈으로 내 기분을 살피면서
잠시 입을 다물었다.
　"전의 아씨께서 아직 살아 계셨던 시절에는 두분 다 서쪽 방에서,
　지금 말씀드린 그 방을 쓰고 계셨습니다. 바다가 내다보이는 그 큰
　방은 아씨의 침실이었습니다."
　나는 그때 한 가닥 어두운 그늘이 그녀의 얼굴을 슬쩍 스쳐 지나가
는 것을 보았다. 복도에서 발소리가 들리자 그녀는 벽으로 비켜서서
통로를 내 주었다. 맥심이 방안으로 들어왔다.
　"어떻소?" 하고 그는 나에게 말했다. "만족하오? 이 방이 마음
에 드오?"
　그는 중학생처럼 들떠서 기쁜 듯이 주위를 둘러보았다. "난 전부터
이곳을 무척 좋은 방이라고 생각했었지" 하고 그는 말했다. "지금까
지는 죽 객실로 썼지만 절대로 나쁘지 않은 방이라고 생각했었어. 덴
버스, 정말 잘 해주었군. 만점이야."

"감사합니다, 주인 어른" 하고 그녀는 무표정하게 말했다. 그리고 방에서 나가 돌아서서 문을 살짝 닫았다.

맥심은 창문으로 가서 몸을 내밀었다. "난 이 장미꽃 동산이 아주 마음에 드오" 하고 그는 말했다. "아직 어렸을 때 시든 장미꽃을 따 버리며 걸어가는 어머니 뒤에서 조그만 발걸음으로 아장아장 따라가던 것을 나는 지금도 기억하고 있소. 이 방은 어쩐지 평화롭고 즐거운 기분이 들어. 게다가 아주 조용하지. 이 방에서 5분도 채 걸리지 않는 곳에 바다가 있으리라곤 도저히 생각할 수 없지 않소?"

"덴버스 부인도 그러더군요" 하고 나는 말했다. 그는 창가를 떠나 방안을 이리저리 돌아다니며 여러 가지 집기를 만지기도 하고, 그림을 바라보거나 옷장을 열어 벌써 짐에서 풀어 놓은 옷에 손을 대 보기도 했다.

"덴버스 부인은 어떻게 보이오?" 하고 그가 갑자기 말했다.

나는 거울을 보며 다시 머리에 빗질을 시작했다. "차가운 데가 있는 것 같았어요." 하고 조금 뒤에 나는 대답했다. "틀림없이 그 사람은 제가 살림살이에 참견할 거라고 생각하나봐요."

"하지만 비록 참견을 한다 해도 그 여자가 마음 쓸 필요는 없을 거요" 하고 그는 말했다. 나는 그를 보았다. 그는 거울에 비친 내 얼굴을 바라보고 있더니 조금 뒤에 돌아서서 다시 창가로 갔다. 그리고 선 채로 몸을 앞뒤로 흔들면서 조용히 휘파람을 불었다.

"그 여자에 대해 아무 신경도 쓰지 않는 게 좋아요" 하고 그는 말했다. "여러 가지로 매우 색다른 데가 있는 여자니까. 아마 어떤 여자라도 그녀와 원만히 해 나가기란 어려울 거요. 만약 너무 귀찮게 구는 것 같으면 내보내면 되지. 그러나 당신도 알다시피 매우 쓸모 있는 여자니까 집안 살림에 관한 일로는 당신에게 조금도 폐가 되지 않을 거요. 그 여자는 아랫사람에 대해서는 다소 거만하지만 우리에게까지 그런 태도를 취하진 않을 거요. 만약 그런 일이 있었다면, 나는 벌써 옛날에 내쫓아 버렸을 거요."

"그 여자가 저를 좀더 잘 알게 되면 우린 틀림없이 잘해 나갈 수 있으리라고 생각해요" 하고 나는 서둘러 말했다. "처음에는 그 여자가 저를 다소 원망한다고 해도 별로 이상하지 않아요."

"당신을 원망해? 왜 원망하지? 당신은 지금 무슨 말을 하는 거요?" 하고 그는 말했다.

그리고 이마를 찌푸리고 조금 화난 표정으로 나를 향해 돌아섰다. 나는 어째서 그가 그런 것에 마음을 쓰는 걸까 하고 생각했다. 그리고 이런 말을 하지 말 걸 그랬다고 생각했다.

"그야 뭐, 남자 한 사람만의 시중을 드는 편이 가정부로선 훨씬 편할 테니까요" 하고 나는 말했다. "그 여자는 지금까지 내내 그렇게 해왔으니까, 제가 몹시 거드름이라도 피우지 않을까 하고 아마 그걸 걱정하는 모양이에요."

"거드름을 피운다고?" 하고 그는 말했다. "만약 당신이……." 거기까지 말했을 뿐, 그는 다가와 내 머리에 입맞춤을 했다.

"이젠 덴버스 부인 이야기 따윈 잊어버립시다" 하고 그는 말했다. "나는 그 여자에겐 별로 흥미가 없어요. 자아, 이리 오구려. 만더레이 안을 보여 주리다."

그날 밤은 그때 이후 덴버스 부인과 만나지 않았다. 우리도 더 이상 그녀 이야기는 하지 않았다. 거추장스러운 그녀의 일을 마음속에서 지워 버리자 나는 훨씬 즐거웠다. 맥심에게 어깨를 안긴 채 이 방 저 방 아래층을 돌아다니면서 여러 가지 그림을 바라보는 동안 나는 전부터 이렇게 되고 싶었던 여자, 꿈속에 그리던 만더레이를 내 집으로 만든 자신에게 점점 닮아가는 듯했다. 내 구두도 이제는 홀 돌바닥에 닿아 아까처럼 어리석은 소리를 내지 않게 되었다. 맥심의 징

박은 구두가 나보다 훨씬 큰 소리를 울렸기 때문이다. 두 마리의 개가 뛰어다니는 발소리가 기분좋고 즐겁게 울렸다.

내가 기뻤던 까닭은 이것 말고도 또 있었다. 그것은 그날 밤이 우리의 첫날밤이기 때문이었다. 집에 돌아온 지 아직 얼마 되지도 않은 데다가 그림을 보는 데 시간을 빼앗겼기 때문에, 맥심은 시계를 보고 만찬 때문에 옷을 갈아 입기엔 시간이 너무 늦었다고 했다. 그래서 하녀인 앨리스에게 내가 입을 옷을 묻게 하거나 옷 갈아 입는 것을 돕도록 하여 거북한 기분을 맛보지 않을 수가 있었다. 반 홉퍼 부인이 딸의 몸에 맞지 않는다 하여 나에게 준 옷을 입고, 어깨를 드러내고 덜덜 떨면서 기다란 계단을 지나 홀로 내려갈 필요가 없게 된 셈이다.

저 엄숙한 식당의 격식을 차린 만찬에 대해서는 마음속으로 매우 겁이 났었지만, 두 사람 다 옷을 갈아 입지 않았다는 사소한 일로 그것은 전혀 아무것도 아닌 몹시 마음 편한 식사가 되었다. 마치 레스토랑에서 단둘이 식사를 하는 것 같았다. 나는 메리야스 웃옷에 싸여 유쾌하게 웃기도 하고, 이탈리아며 프랑스에서 보고 온 것을 이야기했다. 우리는 이윽고 사진까지 식탁에 들고 나왔다. 더욱이 프리스와 하인은 아랫사람들이 언제나 그렇듯이 전혀 무표정하여 덴버스 부인처럼 나를 흘끔흘끔 보는 일이 전혀 없었다.

식사를 끝내자 우리는 서재에 앉았다. 커튼이 내려지고 난로에는 통나무가 잔뜩 지펴졌다. 5월 치고는 추운 밤이었다. 나는 기세 좋게 타오르고 있는 통나무에서 뿜어나는 따뜻함에 깊이 감사했다.

저녁 식사 후 이렇게 단둘이 앉아 있어 본 적은 지금까지 한 번도 없었다. 이탈리아에서는 언제나 태평하게 돌아다니고, 산책이나 드라이브를 즐기며 조그마한 카페에 가기도 하고, 다리 밑을 내려다보기도 했다. 맥심은 지금 습관적으로 난로 왼쪽 의자로 걸어가 신문을 집어 들었다. 그리고 뒷머리께에 커다란 쿠션을 대고 담배를 붙여 물었다. '이것이 이분의 습관인 게지' 하고 나는 생각했다.
 '언제나 이렇게 하는 거야. 벌써 오랫동안 습관이 되어 있어.'
 그는 내 쪽을 보려고도 하지 않고 계속 신문을 읽었다. 다시 이 저택 주인으로서의 생활을 되찾았기 때문에 기분좋게 만족하고 있었다. 거기에 앉아 턱을 괴고 생각에 잠기기도 하고 스패니엘 개의 부드러운 귀를 다듬어 주기도 하는 동안, 나는 문득 이런 생각을 했다. 이 의자를 자기 것으로 여기고 한가롭게 앉아 있는 여자는 내가 처음은 아니다. 나보다도 먼저 다른 어떤 여자가 쿠션 위에 기대앉아 의자 팔걸이에 팔을 올려놓았던 것이다. 또한 이 은제 커피 포트로써 커피를 따르기도 하고, 컵을 입술에 가져가기도 하고, 몸을 굽히기도 했을 것이다, 마치 지금 내가 하고 있듯이.
 마치 누군가가 뒷문을 열고 방안으로 바람이라도 불어넣은 것처럼 나는 저절로 부르르 몸서리를 쳤다. 나는 레베카의 의자에 앉아, 레베카의 쿠션에 기대 있는 것이다. 개는 늘 그렇게 하던 습관대로 내 옆에 와서 무릎에 머리를 올려놓고 있는 것이다. 옛날에 그 사람이 이렇게 사탕을 주었던 것을 개는 기억하고 있는 것이다.

8

 만더레이의 생활이 이렇게까지 규칙적이고 질서정연하리라고는 나는 물론 조금도 생각하지 못했다. 첫날 아침에 있었던 일은 지금 돌이켜 생각해도 잘 기억이 난다. 맥심은 일찍 일어나 옷을 갈아 입더니 아직 아침 식사도 하기 전에 벌써 편지부터 쓰고 있었다. 나는 9시가 조금 지나서야 징소리를 신호삼아 허둥지둥 아래층으로 내려갔는데, 그는 벌써 아침 식사를 거의 끝내고 식후의 과일 껍질을 벗기고 있었다. 그리고 내 얼굴을 올려다보며 빙그레 웃었다.

"마음 쓰지 말아요" 하고 그는 말했다. "오래지 않아 당신도 이런 생활에 익숙해질 거요. 나는 하루 중 이 시간이 가장 바쁘다오. 만더레이만한 토지를 다스리는 것은 굉장한 일거리지. 커피와 따뜻한 요리가 찬장 위에 있소. 아침 식사 때에는 언제나 우리도 손수 해야만 한다오."

나는 내 시계가 늦었다는 일이며 목욕하는데 너무 시간이 오래 걸렸다는 말을 쉴 새 없이 변명하기 시작했으나, 그는 별로 들으려고도 하지 않고 왠지 이마를 찌푸리면서 한 통의 편지를 읽고 있었다.

그때 내가 얼마나 놀랐는지 나는 지금도 확실하게 기억하고 있다. 우리에게 내놓은 아침 식사가 어찌나 굉장한지 나는 놀라는 동시에 완전히 압도되어 버렸다. 커다란 은 찻그릇에는 차가 들어 있었다. 그리고 커피도 있었다. 뜨거운 풍로 위에는 스크램블드에그, 베이컨, 생선 접시가 올려져 있었다. 특별 가열기 안에는 삶은 달걀이 여러 개 들어 있고 은 그릇에는 오트밀이 들어 있었다. 다른 찬장 위에는 햄이며 큼지막하게 썬 찬 베이컨이 있었다. 또한 식탁 위에는 과자며 빵이며 토스트, 잼, 마멀레이드, 벌꿀 등이 든 단지가 놓여 있고, 양 끝에는 식후의 과일을 수북하게 담은 접시가 놓여 있었다.

이탈리아나 프랑스에서는 크루아상과 과일밖에 먹지 않고 커피 한 잔밖에 마시지 않던 맥심이, 자기 집에서는 10명도 더 되는 사람이 충분히 먹을 만한 이런 아침상 앞에 앉아 있는 것을 보자, 나는 어쩐지 이상한 생각이 들었다. 더욱이 이런 것이 조금도 신기하게 여겨지지 않고 또한 조금도 아까운 생각도 없이 나날이, 해마다 되풀이될 것이다.

나는 그가 조그마한 생선을 한 도막 먹은 것을 알았다. 나는 삶은 달걀을 집었다. 이 남은 요리, 스크램블드에그랑 볶은 베이컨에 오트밀이며 생선 등은 어떻게 처리되는 것일까 하고 생각했다. 아무리 시간이 지나도 내가 알 수 없고 처음 보는 듯한 많은 일꾼들이 부엌 문 뒤에서 우리의 아침 식사에서 남아나올 것을 기다리고 있을까? 그렇지 않으면 모두 쓰레기통 속에 던져 버리고 말 것인가? 물론 그런 것은 나로선 영원토록 알 수 없으리라. 그리고 나도 절대로 묻지 않을 것이다.

"다행히도 내게는 당신을 괴롭힐 친척은 그다지 많지 않소" 하고 맥심이 말했다. "다만 좀처럼 만나지 않는 누이와 장님이나 마찬가지인 할머님이 계실 뿐이오. 그런데 누이 베아트리스가 점심식사를 하러 오겠다고 하는구려. 나도 이렇게 되리라곤 생각하고 있었소. 아마 누님은 당신이 보고 싶은 걸 거요."

"오늘이에요?" 하고 나는 말했다. 나는 이 말에 완전히 기운을 잃고 말았다.

"그렇소, 오늘 아침 받은 편지에 그렇게 씌어 있구료. 그다지 오래 머물지는 않을 거요. 당신은 틀림없이 누이를 좋아하게 되리라고 생각해. 누님은 아주 솔직해서 마음속으로 생각한 것은 무엇이든지 말하는 사람이지. 무엇을 생각하고 있는지 알 수 없는 그런 사람은 절대 아니오. 만약 당신이 마음에 들지 않으면, 당신 앞에서 분명하게 그렇게 말할 거요."

그런 말을 들어도 나는 마음이 조금도 편안치가 않았다. 그리고 솔직하다는 것도 때와 경우에 따라서는 그다지 고맙지 않은 것이라고 생각했다. 맥심은 자리에서 일어나 담배에 불을 붙였다.

"나는 오늘 아침엔 일거리가 꽤 많은데 당신은 혼자서도 적적하지 않겠지?" 하고 그는 말했다. "되도록 당신과 함께 정원을 한 바퀴 돌고 왔으면 좋겠지만 지배인 클로리를 만나야만 하오. 아무튼 무척 오랫동안 일거리를 내버려두었으니까 말이오. 아참, 클로리도 함께 식사할 생각인데 당신은 괜찮겠지? 어떻소?"

"물론 괜찮아요" 하고 나는 말했다.
"기꺼이."

그는 편지 다발을 들고 방에서 나갔다. 그때 나는 내가 지금까지 상상하던 첫날 아침과는 전혀 다르다고 생각했다. 내가 공상한 첫날 아침은 우리가 서로 손을 맞잡고 함께 바닷가까지 산책하는 것이었다. 그리고 꽤 시간이 지난 뒤에야 지쳐서, 그러나 행복한 마음을 안고 집으로 돌아온다. 그러고 나서 단 둘이 찬 요리로 차려진 점심 식사를 한다. 그것이 끝나면 서재의 창문에서 바라보이는 밤나무 밑에 조용히 앉아서 쉰다……

그 첫날 아침 식사를 우물거리다 질질 시간을 끌고 말았다. 프리스가 들어와 하인용 커튼 뒤에서 이쪽을 들여다보았을 때 나는 그제야 벌써 10시가 지난 것을 알았다. 나는 미안하여 얼른 일어났다. 그리고 늦어진 것을 그에게 사과했다. 그러자 그는 아무 말없이 정중하고 빈틈없는 태도로 머리를 숙였는데, 그 눈 속에 놀라는 빛이 번쩍 떠오른 것을 나는 알아차렸다. 내가 무슨 나쁜 말이라도 했는가 하고 나는 생각했다. 어쩌면 사과를 해서는 안 되는 것이었는지도 모른다. 그런 짓을 하면 자신이 천하게 보여서 나쁜 건지도 모른다. 말해야 할 것과 해선 안 되는 말을 잘 알아두어야겠다고 나는 생각했다. 아마 그도 덴버스 부인처럼, 위엄이니 우아함이니 침착함이니 하는 그런 것이 없는 나는 앞으로 몇 번이나 괴로운 경험을 쌓으면서 조금씩 얻어나가야 한다고 생각하지나 않을까?

식당을 나서려다가 나는 멍하니 다른 쪽을 보고 있었기 때문에 문앞 계단에 걸려 비틀비틀했다. 그러자 프리스가 달려와 내 몸을 부축해 주고 떨어진 손수건을 집어 주었다. 커튼 뒤에 서 있던 젊은 하인 로버트가 웃음을 감추기 위해 얼른 저쪽을 보았다.

나는 홀을 걸어가면서 두 사람이 쑤군거리는 소리를 들었다. 킬킬 웃은 것은 아마도 로버트였을 것이다. 틀림없이 내 이야기를 하고 웃었으리라. 나는 2층으로 올라가 아무도 없는 줄 알고 침실로 갔으나, 문을 여니 하녀들이 방을 청소하고 있었다. 한 하녀는 바닥을 쓸고 또 한 하녀는 화장대 위에 먼지를 털고 있었다. 두 사람은 깜짝 놀란 듯이 내쪽을 보았다. 나는 급히 다시 밖으로 나왔다.

 오전 중 이런 시간에 내 방에 가는 것은 안 되는 것이었을까? 두 사람 다 내가 들어오리라곤 생각하지 못했던 것 같다. 내가 집안일의 습관을 깨뜨린 것이다. 나는 다시 살그머니 계단을 내려갔다. 다행히 내 덧신은 돌바닥에 닿아도 소리가 나지 않았다. 나는 서재로 들어갔다. 방안은 썰렁했다. 창문은 활짝 열어 젖혀지고 난로 준비도 모두 되어 있었다. 그러나 불은 피워 있지 않았다.

 나는 창문을 닫고 성냥갑을 찾았다. 그러나 아무데도 보이지 않았다. 어떻게 하면 좋을까 하고 생각했다. 초인종을 울리기는 싫었다. 통나무가 활활 타던 어젯저녁은 그토록 기분좋게 따뜻했던 서재도 지금은 마치 얼음광처럼 냉랭했다. 2층 침실에 성냥갑이 있는 것은 알고 있지만, 하녀들의 일을 방해할 것을 생각하니 가지러 가고 싶지 않았다. 게다가 두 개의 동그란 얼굴이 또 유심히 바라볼 것을 생각하니 도무지 참을 수가 없었다. 그래서 프리스와 로버트가 식당에서 나가기를 기다렸다가 찬장에서 성냥을 가져오리라고 생각했다.

 나는 발꿈치를 들고 홀에서 나가 가만히 귀를 기울였다. 그들은 아직도 뒷정리를 하고 있었다. 그들의 목소리며 쟁반 부딪는 소리 등이 들려왔다. 이윽고 조금 지나자 주위가 아주 조용해졌다. 두 사람 다 하인용 문을 통해 부엌으로 가 버린 모양이었다.

 나는 홀을 가로질러 식당 안으로 들어갔다. 과연 찬장 위에 성냥갑이 놓여 있었다. 나는 급히 방을 가로질러 성냥갑을 집어 들었다. 마침 그때 프리스가 식당으로 되돌아왔다. 나는 당황하여 성냥갑을 호주머니 속에 넣으려고 했다. 프리스는 깜짝 놀란 눈초리로 내 손을 보았다.

"필요한 물건이라도 있었습니까, 아씨?"

"아니에요, 프리스" 하고 나는 어쩔 줄 모르면서 말했다. "성냥갑이 보이질 않았어요."

그는 얼른 다른 성냥갑을 내밀었다. 그리고 내 손에 담배를 건네주었다. 나는 한층 더 난처해졌다. 나는 담배를 피우지 않았다.

"아니에요, 정말은" 하고 나는 말했다. "서재가 어쩐지 추웠어요. 외국에서 막 왔기 때문에 아무래도 이쪽 날씨가 나에겐 좀 추운 것 같아요. 그래서 난로에 불을 피우려고 했어요."

"서재는 보통 오후가 되지 않으면 불을 때지 않도록 되어 있습니다, 아씨." 그는 이렇게 말했다. "전의 아씨께선 언제나 아침의 방을 쓰셨습니다. 그 방에는 아침부터 불이 피워져 있습니다. 그래도 만약 아씨께서 서재에 불을 피우고 싶으시다면 빨리 그렇게 하겠습니다만."

"아니에요, 괜찮아요" 하고 나는 말했다. "꼭 서재라야 한다는 것은 아니니까. 그럼 아침의 방으로 가겠어요. 고마워요, 프리스."

"거기에는 편지지도, 펜도, 잉크도 모두 갖추어져 있습니다, 아씨" 하고 그는 말했다. "전의 아씨께선 아침 식사가 끝나면 언제나 아침의 방에서 편지를 쓰시기도 하고 전화를 걸기도 하셨습니다. 덴버스 부인에게 볼일이 있으시면 저택 내 전화도 있습니다."

"고마워요, 프리스" 하고 나는 말했다.

그리고 침착한 체 아무렇지도 않은 듯 콧노래를 부르면서 다시 홀 쪽으로 되돌아왔다. 내가 아직 아침의 방을 본 적이 없다는 일이며, 어젯밤 맥심이 방을 보여 주지 않았다는 말은 도저히 할 수가 없었다. 프리스가 식당 문가에 서서 홀을 지나가는 나를 지켜 보는 것을 잘 알고 있었다. 그래서 나는 가는 길을 잘 알고 있다는 것을 그에게 보여 주어야만 했다. 마침 큰 계단 왼쪽에 문 손잡이가 하나 있기에 나는 이것이 목적지로 가는 길이었으면 하고 마음속으로 기도하면서 그쪽으로 걸어갔다. 그러나 거기까지 가서 문을 열자 그곳은 잡동사니 도구를 넣은 광으로, 한복판에는 꽃을 장식하기 위한 책상이 놓여 있고 벽가에는 등나무 의자가 쌓여 있고 나무 못에는 비옷이 두어 벌 걸려 있었다. 나는 의젓한 태도로 그곳을 떠나 홀 저쪽을 힐끗 보았다. 프리스가 아직 그곳에 서 있었다. 그는 잠시 동안일지라도 나 따위에게 속지는 않았다.

"아침의 방으로 가시려면 객실을 지나셔야만 합니다, 아씨." 그는 이렇게 말했다. "계단 이쪽에 있는 오른쪽 문을 여시고 객실을 지나 왼쪽으로 돌아가시면 됩니다."

"고마워요, 프리스." 나는 얌전하게 대답했다. 이제는 아는 체하지 않았다.

그리고 그가 가르쳐 준 대로 긴 객실을 지나갔다. 그곳은 아름답게 균형이 잡힌 기분 좋은 방으로, 잔디밭에서 바다까지 훤히 내다보였다. 틀림없이 일반 사람에게 보여 주는 방일 것이다. 만약 그때의 안내인이 프리스라면 그는 틀림없이 벽에 걸린 그림의 역사며 놓여 있는 가구류가 만들어진 시대 같은 것도 알고 있을 것이다. 그 방은 그토록 아름답고 의자나 테이블 등도 아마 꽤 비싼 것인 것 같았지만, 나는 거기에 언제까지나 있고 싶다는 생각은 조금도 없었다. 나는 거기에 있는 의자에 앉아 있거나 조각이 들어간 장식 난로 앞에 섰거나 테이블에 책을 놓거나 하는 나 자신의 모습을 도저히 상상할 수가 없었다. 마치 박물관 안처럼 잘 정돈된 방이었다. 한쪽 구석에는 새끼줄이 쳐져 있고, 프랑스의 성을 안내하는 사람처럼 외투를 입고 모자를 쓴 경비원이 문 옆의 의자에 앉아 있는 것 같았다.

나는 그곳을 빠져나와 왼편으로 돌았다. 그리하여 아직 한번도 본 적이 없는 조그마한 아침의 방으로 들어갔다. 개들이 난로 앞에 앉아 있는 것을 보니 나는 어쩐지 기뻤다. 어린 쟈스퍼는 꼬리를 흔들면서 곧 내 곁에 다가와 코끝을 내 손 안에 처박았다. 늙은 개는 내가 가까이 가자 코끝을 쳐들고 보이지 않는 눈으로 유심히 이쪽을 바라보더니, 잠시 냄새를 맡아보고 내가 자기가 찾고 있는 여자가 아니라는 것을 알자 낮게 으르렁거리면서 얼굴을 돌렸다. 그리고 고집스럽게 불 쪽만 계속 바라보았다. 쟈스퍼도 내 곁을 떠나 어미 옆에 앉더니 옆구리를 핥기 시작했다. 이것이 개들의 습관인 것이다. 개들도 프리스처럼 서재에는 오후까지 불을 때지 않는다는 것을 잘 알고 오랜 습관으로 아침의 방에 온 것이다.

나는 창가로 가기 전부터 이 방에서는 아직 철쭉꽃이 보일 것이라고 생각했다. 과연 생각했던 대로 어젯 저녁에 보았던 피처럼 빨갛고 진한 철쭉꽃이 열려 있는 창문 아래로 커다랗게 숲을 이루고 찻길까지 번져 나가 있었다. 풀숲과 풀숲 사이에는 마치 작은 잔디밭 모형 같은 빈터가 있어 융단같이 부드러운 이끼가 돋아나 있었고, 중앙에는 피리를 입술에 댄 작은 목신(牧神)의 나상이 서 있었다.

새빨간 철쭉꽃을 배경으로 빈터는 마치 목신이 춤을 추기도 하고 연극을 하기도 하는 작은 무대처럼 보였다. 서재와는 달리 이 방 어디에서도 곰팡이 냄새 같은 것은 나지 않았다. 오래 써서 낡은 의자도 없거니와 잡지며 신문 등이 널려 있는 테이블도 없었다. 서재에 있던 잡지며 신문은 좀처럼 읽혀지지 않으면서도 맥심의 아버지나 또는 아마도 그의 할아버지가 그랬던 대로 그냥 오랫동안의 습관에서 언제나 거기 흩어져 있는 것이리라.

여기는 여자의 방답게 참으로 아름답고 가냘픈 느낌이 들었다. 이 방의 주인은 분명 어느 의자나 무슨 그릇이나 그 어떤 자그마한 물건도 그들끼리, 또한 그녀 자신의 개성에 잘 조화되도록 모든 것을 하나하나 매우 주의깊게 골라다 놓은 것이리라. 마치 이 방을 꾸민 부인이 "나는 이것과 이것이 갖고 싶어요" 하면서 만더레이의 보물 중에서 2류적인 물건이나 평범한 것은 쳐다보지도 않고, 분명하고 확실한 본능으로 제1급짜리만을 만지면서 가장 자기 마음에 든 것을 하나하나 남김없이 집어 온 것 같았다. 여기에는 어떠한 혼란도 없고 어떠한 시대적 혼잡도 없었다. 그 효과는 극히 교묘하고 정취가 있으며 놀라울 정도로 완전하여 일반 관람을 허용하는 객실처럼 냉랭하고 형식적인 것이 아니라 매우 싱싱하여, 마치 창문 아래에 숲을 이루어 핀 철쭉꽃에서 보는 것과 똑같은 아름다운 빛과 색채를 가지고 있었다.

이때 문득 깨닫고 보니, 철쭉꽃은 창문 너머 작은 잔디밭에서 자기들의 극장을 만들고 있는 것만으로는 만족하지 않고 방안에까지 들어와 있었다. 따스해 보이는 그 커다란 얼굴이 장식 난로 위에서 나를 내려다보고 있었다. 소파 옆 테이블 위의 수반에서도 돋보였다. 그리고 책상 위에도 금제 촛대와 나란히 날씬하고 다정하게 서 있었다.

방안은 철쭉꽃으로 가득 차 있었다. 벽까지도 철쭉꽃 빛으로 아침 햇살 속에 한껏 빛나고 있었다. 실내에 있는 꽃은 오로지 철쭉꽃뿐이었다. 이렇게 된 데에는 어쩐지 무언가 특별한 의미가 있는 것처럼 보였다. 마치 본디부터 이 한 가지 목적 때문에 방이 이렇게 꾸며져 있기라도 한 것처럼.

왜냐하면 이 저택 안에서 다른 데는 아무데도 철쭉꽃이 이토록 무성한 장소가 없기 때문이다. 하긴 식당에도 서재에도 꽃은 있었다. 그러나 그 꽃들은 모두 깨끗하고 정연하게 꽂혀 있어 배경적인 역할만 하고 있을 뿐 이렇게 넘쳐 흐르지는 않았다.

나는 책상으로 가서 그 앞에 앉았다. 그리고 이처럼 아름답고 이토록 색채가 풍부한 이 방이 동시에 극히 사무적이고 많은 용건을 안고 있는 듯이 느껴지는 것은 어떻게 된 것일까 하고 생각했다. 내 기분으로는 이토록 꽃이 많고 훌륭한 취미로 꾸며진 방은 다만 꾸며 놓고 즐길 뿐인 한가하고 평화로운 방이어야 했다.

 그러나 그 책상은 아름답기는 하지만 여자가 펜대 끝을 잘근잘근 씹으면서 마음내키는 대로 낙서를 하거나, 또는 아무렇게나 놓여 있는 압지 옆에 글 쓴 종이를 며칠씩이나 내버려둘 만한 예쁜 장난감만은 아니었다. 많은 서류꽂이에는 '아직 답장을 쓰지 않은 편지' '보존해 둘 편지' '집안일' '영지(領地) 일' '식단표' '잡일' '주소록' 등을 쓴 카드가 붙어 있었다. 더욱이 그 카드는 모두 내가 알고 있는 예의 거친 날카로운 필적으로 씌어 있었다. 그것을 다시 보고 나도 모르게 깜짝 놀랐다. 차라리 기겁을 했다고 하는 편이 옳으리라. 그 시집 책장을 찢어 버린 이래 한 번도 그 필적을 보지 않았는데 지금 다시 여기서 그것을 보리라곤 전혀 생각지 못했기 때문이다.

 나는 무심코 한 서랍을 열었다. 그러자 거기에도 역시 그녀의 필적이 있었다. 그것은 펼쳐진 가죽 표지의 수첩 속에 씌어 있었는데 '만더레이를 찾아온 손님'이라고 적힌 그 표지 글씨가 얼른 눈에 띄었다. 수첩은 주와 달로 나뉘어져 만더레이를 찾아온 손님의 이름이며, 사용한 방이며, 먹은 요리의 식단표까지 낱낱이 자세하게 기록되어 있었다. 나는 책장을 넘겨 보았다. 그리고 그 수첩이 1년 동안의 완전한 기록이라는 것을 알았다. 그것을 다시 읽어 보면 어떤 손님이 이 집 지붕 밑에서 어떤 밤을 지냈으며, 또한 그 사람이 어디에서 자고 어떤 요리를 먹었는가 하는 것까지 날짜는 물론 시간까지도 여주인이 한눈에 알아볼 수 있도록 되어 있었다. 서랍 속에는 여러 가지 잡일을 적어 놓기 위한 두툼한 메모장이며, 한 집안을 나타내는 그림꼴이 붙은 가정용 메모장이며, 인명부며, 조그마한 상자 속에 들어 있는 상아처럼 흰 명함 등도 들어 있었다.

 나는 그 가운데 하나를 꺼냈다. 그리고 한동안 바라보다가 이윽고 싸여져 있는 엷은 종이를 끌러보았다. 거기에는 '미세스 M 드 윈터'라고 적혀 있고, 구석에 '만더레이'라고 적혀 있었다. 나는 그것을 작은 갑 속에 넣고 서랍을 닫았다. 어쩐지 갑자기 나쁜 짓이라도 한 듯한 기분이었다. 마치 어떤 남의 집에 묵으면서 그 집 여주인으로부터 '네, 좋고말고요. 부디 제 책상에서 편지를 쓰시도록 하세요'라는 말을 듣고 책상 앞에 앉아 무례하게도 그녀의 편지를 몰래 훔쳐 읽기라도 한 것 같았다. 여주인은 언제 방으로 돌아올지 모르는 일이다. 그렇다면 이것을 만져 볼 권리란 전혀 없는 내가 열려 있는 서랍 앞에 앉아 있는 것을 그녀에게 들킬 것이다……

 이때 책상 위에 있던 전화 벨이 갑자기 요란하게 울렸다. 나는 가슴이 철렁했다. 끝내 들켰다고 생각하면서 얼굴이 파리해져서 벌떡 일어났다. 떨리는 손으로 수화기를 들자 "여보세요" 하고 말했다.

 "누구에게 거셨지요?" 전선 저쪽에서 찌익찌익거리는 소리가 들렸다. 그러고 나서 목소리가 들려왔는데 낮고 거칠어서 남자인지 여자인지 짐작할 수가 없었다. "드 윈터 부인이십니까?" 하고 그 목소리는 말했다. "드 윈터 부인이십니까?"

 "무언가 잘못 생각하고 계신 것 같군요" 하고 나는 대답했다. "드 윈터 부인은 작년에 돌아가셨습니다." 이렇게 말하고 나는 거기에 앉아서 멍하니 수화기를 지켜보면서 상대의 대답을 기다렸다. 돌이킬 수 없는 어리석은 실수를 저질렀다는 것, 더욱이 한 번 말해 버린 이상 이제는 어쩔 도리도 없다는 것을 알고 얼굴을 붉힌 것은, 상대가 이상하다는 듯이 약간 소리높여 다시 한번 이름을 되풀이해서 말했을 때였다.

 "전 덴버스입니다, 아씨" 하고 그 목소리는 말했다. "저택 내 전화로 말씀드리는 겁니다."

나의 실수는 이토록 뚜렷했고 이토록 어리석어서 도저히 용납될 수 없는 것이었다. 그러므로 그것을 얼버무리는 것은 지금까지 저지른 일보다도 더 자기를 어리석은 여자로 만들어 버리는 일이었다.

"실례했어요, 덴버스" 하고 한 마디 할 적마다 더듬거리면서 나는 말했다. "너무나도 별안간 생각지도 못했던 참에 전화가 걸려와서 그만 그런 대답을 했군요. 내게 누가 전화를 걸었으리라곤 생각지 못했고, 게다가 저택 내의 전화라곤 전혀 깨닫지 못했으니까요."

"놀라게 해서 죄송합니다, 아씨" 하고 그녀는 말했다. 내가 책상 속을 뒤적이고 있던 것을 그녀는 틀림없이 알고 있을 거라고 생각했다.

"저는 다만 아씨께서 시키실 일이 있을지, 그리고 오늘의 식단이 아씨 마음에 드실지 어떨지 그것을 여쭙고 싶었을 뿐입니다."

"어머, 그런 일이라면 좋도록 해요. 식단이 내 마음에 들지 않을 리 없으니까 알아서 해요. 일부러 내게 물을 필요는 조금도 없어요."

"부디 식단표를 한 번 훑어봐 주십시오" 하고 그녀는 여전히 말했다. "오늘의 식단표는 아씨 옆의 압지 위에 놓여 있습니다."

나는 열심히 책상 위를 찾았다. 그리고 마침내 그때까지 깨닫지 못했던 종이 한 장을 발견하고 급히 훑어보았다. 새우 카레볶음, 구운 송아지 고기, 아스파라거스, 찬 초컬릿 크림――이것이 오늘의 식단이었다. 점심인지 만찬인지 알 수 없었지만, 아마 점심이겠지 하고 나는 생각했다.

"여보세요, 덴버스" 하고 나는 말했다. "이것으로 좋아요. 아주 잘 짜여져 있어요."

"마음에 드시지 않는 요리가 있다면 부디 말씀해 주십시오" 하고 그녀는 대답했다. "제가 곧 바꾸도록 할 테니까요. 소스 옆에는 보시다시피 아무것도 써 넣지 않았으니까 아씨께서 좋아하시는 것을 말씀해 주십시오. 구운 송아지 고기를 아씨께선 어떤 소스로 드시는지 알지 못해서요……. 전의 아씨께선 특별히 좋아하시는 소스가 있었기 때문에 언제나 아씨께 여쭈어봐야만 했답니다."

"그래요?" 하고 나는 말했다. "그렇다면 난…… 여보세요, 덴버스, 난 어떤 소스로 해야 할지 잘 모르겠군요. 당신이 지금까지 늘 쓰던 것이 좋을 것 같아요. 전의 아씨였다면 아마 이런 것을 주문하셨을 것이라고 생각되는 것으로 해줘요."

"그렇다면 아씨께선 특별히 좋아하시는 게 없으신가요?"

"그래요. 나는 아무래도 괜찮아요, 덴버스."

"전의 아씨였다면 틀림없이 와인 소스를 주문하셨으리라고 생각하는데요, 아씨."

"그럼, 나도 그렇게 하죠."

"글 쓰시는 데 방해해서 정말 실례했습니다, 아씨."

"아니, 괜찮아요. 그렇게 사과 같은 건 하지 말아요."

"우편은 정오에 발송하게 되어 있습니다. 로버트가 편지를 거두러 다니지요. 우표도 로버트가 붙입니다. 만약 급하게 내셔야 할 편지가 있으시면 전화로 로버트에게 분부하십시오. 그러면 로버트가 곧 우체국으로 가져가도록 할 테니까요."

"고마워요, 덴버스" 나는 말했다.

그리고 잠시 동안 귀를 기울였으나 그녀는 더 이상 아무 말도 하지 않았다. 이윽고 전선 저쪽에서 찰칵하는 소리가 들렸다. 그녀가 전화기를 내려놓은 소리다. 나도 전화기를 놓았다. 그리고 다시 책상 위를 살펴보고 압지 위에 준비해 놓은 메모를 보았다.

내 앞에는 여러 가지 카드가 붙여진 서류꽂이가 있었다. 거기에 적혀 있는 '아직 답장을 쓰지 않은 편지' '영지 일' '잡일' 등의 글씨가 마치 나의 게으름을 나무라듯이 생각되었다. 일찍이 여기에 앉아 있던 여자는 나처럼 시간을 낭비하지는 않겠지. 그녀는 저택 내의 전화를 들고 재빠른 말로 요령 있게 빈틈없이 그날 하루의 명령을 전달하고, 그런 다음 연필로 식단표 중의 마음에 들지 않는 부분에 표시를 했던 것이다. 물론 나처럼 '그래요, 덴버스'라든가 '물론이에요, 덴버스'라고는 하지 않았을 것이다. 그것이 끝나면 그녀는 편지를 쓰기 시작한다. 써야 할 답장이 아마 5,6통 아니 예닐곱 통 있었는지 모른다.

더욱이 그 편지는 모두 내가 잘 알고 있는, 저 한쪽 어깨가 처진 야릇한 글씨체로 씌어진 것이다. 틀림없이 그녀는 글씨를 길게 끌어 쓰는 버릇이 있으니까 흰 종이를 몇 장씩이나 찢어 버리면서 아까운 줄도 모르고 썼을 것이다. 그리고 개인적인 편지 끝에는 R이라는 글짜를 특히 크게 비스듬히 써서 이어지는 다음 글자를 아주 작게 보이게 하여 '레베카'라고 서명했을 것이다.

나는 손가락으로 책상 위를 똑똑 두드렸다. 서류꽂이 속에 지금은 아무것도 들어 있지 않았다. 거기에는 이제부터 처리해야 할 '아직 답장을 쓰지 않은 편지'나 내가 내용을 알고 있는 계산서는 전혀 들어 있지 않았다. 덴버스 부인이 말했듯이 무언가 급한 편지가 있으면 나는 그저 로버트에게 전화로 알리면 되는 것이다. 그렇게 하면 그가 곧 우체국에 가져갈 것이다. 레베카는 늘 어느 정도나 되는 급한 편지를 썼을까? 또한 그 편지들은 누구에게 보내진 것이었을까? 틀림없이 양장점에 '흰 비단옷은 화요일까지 틀림없이 가져다 주세요'라고 써보내기도 하고, 미장원에 '오는 금요일 오후 3시에 가겠어요, 그때는 꼭 앙트완 씨께서 손수 만져 주시기를 바라며, 머리를 감고 마사지와 세트와 매니큐어까지 부탁하겠어요'라고 쓰기도 했을 것이다. 아니 그러한 편지는 시간 낭비다. 그녀는 런던에 장거리 전화를 한다. 전화는 프리스가 건다. 프리스는 이렇게 말했을 것이다.
 '저는 드 윈터 부인의 대리입니다만……'
 나는 언제까지나 손가락으로 책상 위를 두드렸다. 편지라도 써 보낼까 하고 생각했으나 한 사람도 머리에 떠오르지 않았다. 단 한 사람, 반 홉퍼 부인이 있을 뿐이다. 지금 이렇게 내 집 책상 앞에 앉아 반 홉퍼 부인——가장 싫은, 이젠 두번 다시 만나는 일이 없을 것이라고 생각되는 그 여자——에게 편지를 쓸 수밖에는 달리 할 일이 없다는 것을 생각하니 어쩐지 어처구니가 없었으며 어리석고 짓궂게 느껴졌다.
 나는 종이 한 장을 끌어당겼다. 그리고 끝이 뾰죽하고 반짝거리는 가느다란 펜을 집어 들고 '뵙고 싶은 반 홉퍼 부인' 하고 쓰기 시작했다. 그리고 즐거운 항해이었으리라 생각된다느니, 낸시 아가씨의 건강은 아마도 차차 좋아지고 있으리라고 생각한다느니, 뉴욕은 날씨가 좋아서 따뜻하겠다느니라고 자꾸만 막히면서도 계속 써 나갔는데, 그 때 문득 나의 필적이 얼마나 일그러져 있고 보기가 흉한지 마치 2류 학교에서 교육을 받은 평범한 여학생의 필적처럼 개성도 스타일도 없이 서투르기 짝이 없다는 것을 난생 처음 깨달았다.

<h2 style="text-align:center">9</h2>

 찻길에서 울리는 자동차 소리를 듣자 나는 시계를 보면서 얼른 일어났다. 시누이 베아트리스가 남편과 함께 온 것이다. 12시가 조금 지났을 뿐이었다. 두 사람은 내가 예기하고 있던 것보다 훨씬 일찍 도착한 것이다. 더욱이 맥심은 아직 돌아와 있지 않았다.
 나는 어디든 숨을 만한 곳은 없을까, 창문을 통해서 정원으로 나갈 방법은 없을까 하고 우물쭈물했다. 그러면 프리스가 두 사람을 아침

의 방으로 안내하여 "아씨께선 외출하신 것 같습니다" 하고 말할 것이다. 더욱이 조금도 부자연스럽게 생각되지 않을 것이고 두 사람은 두말없이 이해할 것이다. 창고로 달려가는 내 모습을 개들은 이상한 듯이 보고 있었다. 쟈스퍼는 꼬리를 흔들면서 내 뒤를 따라왔다.

창문으로는 테라스를 넘어 저쪽의 작은 풀밭으로 갈 수 있었다. 철쭉꽃이 우거진 숲을 빠져 나가려 하자 바로 가까이에서 사람의 목소리가 들렸다. 그래서 나는 방으로 되돌아왔다. 두 사람은 정원을 지나 집 안으로 들어가려는 참이었다. 아마도 프리스가 내가 아침의 방에 있다는 것을 그분들에게 이야기한 모양이었다. 나는 급히 큰 객실로 뛰어들어 왼편 문을 열었다. 그 문은 긴 돌이 깔린 복도로 통하고 있었다. 나는 자신의 어리석음을 확실히 의식하고 그러한 충동적인 신경의 발작을 한심하게 생각하면서 허겁지겁 뛰어나왔다. 아무튼 나는 잠깐이나마 그 사람들과 만나는 시간을 늦추고 싶었다. 그 복도는 뒷문으로 통하는 듯이 생각되었다. 모퉁이를 하나 돌아 계단 있는 데까지 왔을 때 아직 본 적이 없는 한 하녀를 만났다. 잡일을 하는 사람인 듯 양손에 걸레가 달린 긴 빗자루와 물통을 들고 있었는데, 그 근처에 나타날 리가 없는 내 모습을 보자 마치 유령이라도 만난 것처럼 이상한 눈길이 되었다.

나는 완전히 이성을 잃고 계단을 올라가면서 "굿 모닝" 하고 말했다. 하녀도 "굿 모닝, 아씨" 하고 대답했으나 입을 크게 벌리고 눈을 동그랗게 뜨면서 올라가는 내 모습을 바라보고 있었다. 나는 이 계단을 올라가면 침실로 나갈 수 있을는지 모른다고 생각했다. 바로 동쪽인 내 방 앞으로 나갈 수 있을 것이다. 나는 방에 들어가 잠시 쉬리라. 그리고 점심 식사 시간쯤 침착한 태도로 아래층에 내려간다…….

그러나 나는 완전히 방향이 틀린 모양이다. 계단을 다 올라가자 그때까지 본 적이 없는 긴 복도가 눈앞에 펼쳐졌기 때문이다. 그 복도는 동쪽 복도와 약간 비슷했지만 그보다 더 넓고 더 어두웠다. 물론 어두운 것은 벽 탓이었다. 나는 잠시 망설이다가 왼쪽으로 갔다. 그러자 넓은 층계참이 나오고 또 다른 계단이 나타났다. 그곳은 어둡고 조용하게 정적이 깔려 있었다. 그 주위에는 아무도 없었다. 어쩌면 오전 중에는 하녀들이 있었을지도 모르지만, 지금은 이미 일을 끝내고 아래층으로 가 버렸을 것이다. 아무튼 하녀들이 있는 듯한 기척은 아무데도 없고 지금 막 쓸어 낸 융단에서는 먼지 냄새조차도 나지 않았다.

어느 쪽으로 갈 것인가 하고 망설이면서 잠시 서 있는 동안에, 그곳의 고요함이 어쩐지 이상하며 마치 살던 사람이 떠나 버린 빈집 같은 답답한 공기가 감돌고 있는 것을 느꼈다. 나는 단호하게 문을 하나 열어 보았다. 그곳은 캄캄한 방이어서 꽉 닫혀 있는 덧문에서는 한 줄기의 광선조차도 비쳐들지 않았다. 그러나 눈을 부릅뜨고 있노라니까 하얀 먼지덮개가 씌워져 있는 가구의 윤곽이 희미하게 보이기 시작했다.

방안에는 숨이 막힐 듯한 시큼한 냄새가 가득했다. 그것은 장식 가구류가 혼잡하게 침대 위에 쌓여 있고 그 위에 덮개가 덮여 있는, 좀처럼 쓰여진 적이 없는 방의 특유한 냄새였다. 아마도 어느 여름날엔가 만들어진 커튼은 창문에서 열려 본 적이 없을 것이다. 만약 지금 커튼을 열고 삐걱거리는 덧문을 연다면 몇 달 동안이나 갇혀 있던 나방의 시체가 융단 위에 툭 떨어질지도 모른다. 그리고 잊혀졌던 편이 창문이 마지막으로 닫히기 전에 날려온 가랑잎과 함께 그 부근에 있을지도 모른다.

나는 살그머니 문을 닫고 위태로운 걸음걸이로 복도를 걸어갔다. 복도 양쪽에는 꼭 닫힌 숱한 방이 있었다. 이윽고 벽 밖으로 튀어나온 움푹한 장소에 이르렀다. 그리고 거기에 달려 있는 넓은 창문 덕분에 가까스로 햇빛을 볼 수가 있었다. 나는 밖을 바라보았다. 눈 아래에는 완만하게 경사를 이룬 잔디밭이 바다 쪽에까지 이어져 있었다. 밝은 녹색의 바다 표면에서는 파도가 하얗게 부서지고 있었다. 흰 파도가 서풍에 밀려 앞바다로 앞바다로 향하고 있었다.

바다는 내가 생각하던 것보다 더 가까웠다. 훨씬 가까웠다. 물결은 잔디밭 밑의 작은 나무숲까지 밀려오고 있었다. 기껏해야 걸어서 5분 거리였다. 창문에 귀를 가까이 대고 들으면 틀림없이 그곳에서는 보이지 않는 작은 구석진 물가에서 부서지는 파도 소리도 들릴 것이다. 이때 나는 어느틈에 저택 안을 한 바퀴 돌아 서쪽 복도에 서 있는 것을 알았다. 그렇다, 덴버스 부인이 말한 대로였다. 여기에서는 파도 소리가 들린다. 겨울이 되면 물결은 푸른 잔디밭 주위에까지 밀려와서 저택까지도 씻으려 할지 모른다. 지금도 억센 바람 때문에 유리창은 마치 더운 입김이라도 분 것처럼 희미하게 흐려 있었다. 그것은 바다에서 일어나는 소금기어린 안개였다. 가만히 바라보고 있노라니 구름이 잠깐 동안 태양을 가렸다. 그러자 바다의 빛깔은 순식간에 검게 변하고, 흰 파도는 갑자기 매우 거칠고 심술궂은 모습을 나타내어, 처음 보았을 때처럼 번쩍번쩍 빛나고 즐거워 보이던 바다와는 전혀 다른 것이 되어 버렸다.

웬지 나는 내 방이 동쪽에 있는 것이 갑자기 기뻐졌다. 결국 나는 파도 소리보다 장미꽃 동산이 좋았던 것이다. 조금 뒤 다시 계단 위로 되돌아갔다. 그리고 한 손을 난간에 대고 막 내려서려는데 뒤쪽에서 문 열리는 소리가 들렸다. 덴버스 부인이었다. 우리는 순간 아무 말없이 얼굴을 마주 보았다. 나와 얼굴을 마주 보자마자 그녀의 얼굴은 곧 가면처럼 되어 버렸기 때문에 그 눈에 나타나 있는 것이 노여움인지 호기심인지 나로선 판단할 수가 없었다. 그녀는 한 마디도 말을 하지 않았다. 그러나 나는 마치 가택침입을 하다가 현장을 들키기라도 한 것처럼 어쩐지 나쁜 짓을 한 것 같아서 부끄러워졌다. 그 기분이 나도 모르게 얼굴에 나타나는 것을 느꼈다.
"길을 잃었어요. 내 방을 찾으려다가……."
"아씨께선 정반대 쪽에 와 계십니다. 이쪽은 서쪽입니다."
"그것은 나도 알고 있어요."
"어느 방으로 들어가셨습니까?" 하고 그녀는 물었다.
"아니, 문을 하나 열어 보았지만 안에 들어가지는 않았어요. 안은 캄캄하고 가구에는 모두 먼지덮개가 씌워져 있더군요. 하지만 난 옳지 못한 짓을 했다고 생각하고 있어요. 방안을 어지럽힐 생각은 조금도 없었어요. 당신은 틀림없이 모든 것을 전대로 간직하려고 생각했을 테니까요."
"만약 방을 열어 보고 싶으시면 제가 언제든지 안내해 드리겠습니다. 아씨께선 단 한 마디만 말씀해 주시면 됩니다. 어느 방이나 모두 잘 가꾸어져서 언제라도 쓰실 수 있게 되어 있습니다."
"어머나, 그런 말을" 하고 나는 말했다. "내 기분을 그렇게 받아들여선 곤란해요."
"틀림없이 아씨께선 서쪽 방을 모조리 보고 싶으시겠지요?"
나는 머리를 살래살래 저었다. "아니요, 그렇지 않아요" 하고 나는 말했다. "그렇지 않아요. 난 이제 아래층에 가야겠어요."
나는 계단을 내려가기 시작했다. 그러자 그녀도 나와 나란히 내려왔다. 마치 교도관이 죄인을 따라다니듯이…….
"언제든 한가하실 때 제게 분부하십시오. 그러면 서쪽 방을 보여 드리겠습니다." 그녀는 계속 이렇게 말했다. 그것은 내게 까닭 모르게 침착하지 못한 기분을 일으키게 했다. 그녀의 말을 듣는 동안 나는 문득 어떤 일을 회상했다. 그것은 내가 아직 어렸을 무렵 친구의 집에 놀러 갔을 때였다. 나보다 나이가 위였던 그 여자아이는 내 팔을 붙잡고 이렇게 소곤거렸다.
 "나 말이지, 어머니의 침실 벽장에 이상한 책이 감추어져 있는 것을 안단다. 지금부터 우리 둘이 몰래 보자꾸나." 그때 그녀의 빨갛게 흥분된 얼굴이며, 번들번들 빛나던 작은 눈이며, 내 팔을 꽉 추켜쥐던 감촉을 나는 똑똑히 떠올렸다.
 "먼지덮개를 걷어치우면 예전에 사용하던 때와 똑같은 방을 보실 수가 있습니다" 하고 덴버스 부인은 말했다. "오전중에 보여 드렸더라면 좋았을 것을. 아씨께선 아침의 방에서 편지를 쓰시는 줄만 알았지요……. 전에도 말씀드렸듯이 제게 볼일이 있으실 때에는 전화로 한 마디만 말씀해 주세요. 방을 치우는 것은 아주 쉬운 일입니다."
 우리는 짧은 계단을 내려왔다. 그녀는 문을 열고 검은 눈으로 내 얼굴을 유심히 보면서 한 옆으로 비켜서서 나를 지나가게 했다.
 "친절하게도 정말 고마워요, 덴버스" 하고 나는 말했다. "그럼, 언제 한번 부탁하겠어요."
 우리는 함께 건너편 층계참으로 나아갔다. 그곳은 '음유 시인의 방' 뒤쪽에 있는 큰 계단 위였다.
 "어째서 방향을 잘못 잡으셨나요?" 하고 그녀는 말했다. "서쪽으로 가는 문은 이와 전혀 다른 데 말입니다."
 "여긴 지나지 않았어요."
 "그럼, 돌 깔린 복도를 지나서서 뒷문으로 올라오셨나요?"
 "그래요" 하고 그녀의 시선을 피하면서 나는 말했다. "돌 깔린 복도를 지나갔어요."
 어째서 내가 당황하여 허둥지둥 아침의 방을 빠져 나와 뒷문 쪽으로 갔는가를 내 입에서 들으려는 듯 그녀는 여전히 얼굴을 응시했다. 그러나 나는 문득 그녀는 모든 것을 알고 있는 게 아닐까, 내가 하는 행동을 줄곧 살피고 있었던 게 아닐까, 내가 서쪽 복도를 돌아다니는 것을 문틈에 눈을 대고 처음부터 보고 있었던 게 아닐까 하고 생각했다.

"레이시 님 내외분이 벌써 아까부터 와 계실 겁니다." 그녀는 이렇게 말했다. "12시 조금 지나 두분의 자동차 소리가 들렸으니까요."

"어머나!" 하고 나는 말했다. "난 전혀 몰랐군요."

"틀림없이 프리스가 아침의 방으로 안내해 드렸을 겁니다." 그녀는 이렇게 말했다. "벌써 12시 반쯤 되었을 거라고 생각합니다. 여기서부터는 길을 알고 계시겠지요?"

"그래요, 알고 있어요." 나는 이렇게 말했다. 그리고 홀 쪽으로 넓은 계단을 내려갔는데, 그녀가 그곳에 우뚝 선 채 줄곧 바라보고 있는 것을 나는 잘 알고 있었다.

이렇게 된 지금 이제는 아무래도 아침의 방으로 되돌아가 맥심의 누이와 그 남편을 만나야만 했다. 이젠 침실에 숨을 수도 없다. 객실로 들어가면서 나는 어깨너머로 흘깃 뒤를 보았다. 그러자 마치 검정 옷을 입은 보초처럼 아직 계단 위에 서 있는 덴버스 부인의 모습이 보였다.

나는 잠시 아침의 방 밖에 서서 문에 한 손을 댄 채 서로 뒤섞여 들리는 많은 사람들의 말소리에 귀를 기울였다. 내가 2층에 있는 동안 맥심은 지배인을 데리고 돌아온 모양이다. 이야기 소리로 보아 방안은 사람으로 가득 차 있는 것 같았기 때문이다. 나는 어렸을 적 많은 손님에게 인사를 하기 위해 불려갔을 때 경험했던 것과 똑같은, 무어라 형용할 수 없는 불안한 기분에 사로잡혔다. 나는 문의 손잡이를 돌리며 마음을 단단히 먹고 방안으로 들어갔다. 방안이 갑자기 조용해지고 많은 얼굴들이 한꺼번에 눈 속으로 들어왔다.

"이제야 겨우 돌아왔군" 하고 맥심이 말했다.

"지금까지 어디에 숨어 있었소? 지금 수색대라도 내보낼 참이었소, 자, 소개하지. 이쪽이 베아트리스, 이쪽은 가일스, 또 이쪽은 프랭크 클로리. 조심해서 걸어요. 개를 밟아 버리겠구려."

베아트리스는 키가 늘씬하고 어깨가 넓으며 굉장한 미인이었다. 그리고 눈이며 턱 언저리가 맥심과 꼭 닮았지만 상상하고 있던 만큼 스마트하지는 못했다. 디스템퍼에 걸린 개를 돌보는 재주가 있고, 말에 관한 지식이 풍부하며, 그리고 사격에도 능한 그런 사람이었다. 볼에 입맞춤을 하지 않고 내 손을 힘주어 꼭 쥐고서 똑바로 내 눈을 들여다보았다. 그리고 맥심 쪽을 향하여 "내가 상상했던 것과는 전혀 다르구나. 네가 적어 보내 준 것과 아주 딴판이잖니." 이렇게 말했다.

모두 웃었다. 나도 덩달아 웃었으나 과연 그들의 웃음은 나에게 호의가 있는 건지 어떤지 잘 알 수가 없었다. 베아트리스는 나를 어떻게 상상했던 것일까? 또 맥심은 나를 어떻게 써 보냈을까?

이윽고 맥심은 "이쪽이 가일스" 하고 팔을 툭툭 치며 말했다. 가일스는 끔찍이도 큰 손을 내밀어 손가락이 으스러질 정도로 내 손을 세게 움켜쥐었다. 모가 난 안경테 속에서 친절해 보이는 눈이 미소를 짓고 있었다.

"여기에 있는 분이 프랭크 클로리" 하고 다음에 맥심이 소개했다. 나는 지배인 쪽을 향했다. 얼굴 빛이 좋지 않은 깡마른 남자로 목에 울대뼈가 툭 튀어 나와 있었으나, 나를 쳐다보는 그의 눈 속에는 무언가 후유 하고 마음 놓이게 하는 것이 있었다. 이것은 대체 어떻게 된 일일까 하고 나는 생각했지만 언제까지나 그러고 있을 겨를은 없었다. 곧 프리스가 들어와 내 앞에 셰리 술을 내밀어 주었고 또 베아트리스가 나에게 말을 걸었기 때문이다.

"맥심에게 들으니 바로 어젯밤에 돌아왔다더군요. 난 그런 줄은 조금도 몰랐어. 그렇지 않으면 물론 이렇게 빨리 찾아와 귀찮게 하지는 않았을걸. 그건 그렇고, 만더레이를 어떻게 생각해요?"

"전 아직 아무것도 못 보았어요" 하고 나는 대답했다. "하지만 물론 기막히게 아름다운 곳이에요."

짐작했던 대로 그녀는 찬찬히 나를 훑어보았다. 그러나 그 태도는 정면으로 쳐들어오는 단도직입적인 것이어서, 덴버스 부인처럼 심술궂고 다정함이라곤 없는 그런 것이 아니었다. 맥심의 누이인 이상 그녀에게는 나라는 사람을 찬찬히 살펴볼 권리가 있다. 맥심이 내 옆으로 와서 마음을 놓게 하려는 듯이 어깨에 팔을 둘러 주었다.

"너도 아주 건강해진 것 같구나" 하고 고개를 갸웃거리면서 맥심의 모습을 유심히 바라보던 베아트리스가 말했다. "다행히 이젠 전처럼 약해 보이는 데가 없어졌어. 이것도 모두 올케 덕분이라고 생각하고 고마워하고 있어요" 하고 그녀는 나를 향해 고개를 끄덕여 보였다.

"난 언제나 아주 건강해요" 하고 맥심이 무뚝뚝하게 말했다. "몸의 상태가 나빴던 적은 아직 한번도 없어요. 누님은 자형처럼 뚱뚱하지 않은 사람을 보면 모두 병에라도 걸린 줄 아니 탈이야."

"어머나" 하고 베아트리스는 말했다. "여섯 달 전에는 그렇게도 녹초가 되어 있었으면서. 정말 그때 여기 와서 네 몰골을 보았을 때 난 말할 수 없이 놀랐단다. 이젠 아주 틀린 게 아닌가 하고 생각했을 정도였어. 그렇지요, 가일스? 지난 번 우리가 왔을 때 맥심은 꼭 유령 같았잖아요? 그때 제가 '동생은 이제 틀린 게 아닐까요' 라고 한 말을 당신도 기억하시지요?"

"정말 자넨 아주 딴 사람처럼 되었네." 가일스는 이렇게 말했다.

"외국에 간 것은 정말 잘한 일이었어. 어떤가, 무척 건강해 보이지, 클로리?"

내 팔 밑에서 맥심의 근육이 꿈틀하고 긴장한 것으로 보아 그가 화나는 것을 꾹 참고 있음을 알 수 있었다. 웬지 그의 건강에 대한 이러한 이야기는 그를 기쁘게 하지 않았다. 오히려 화가 치밀기조차 하는 듯했다. 그래서 나는 베아트리스가 그렇게 같은 말을 되풀이하고, 그 점을 특히 확대해 보이다니 어쩌면 이렇게 몰인정할까 하고 생각했다.

"맥심은 햇볕에 많이 탔어요" 하고 나는 거북하게 말했다. "그래서 여러 가지 결점이 눈에 띄지 않게 되었어요. 베니스에 있을 때는 일부러 검게 하려고 아침 식사까지 발코니에서 들었을 정도니까요. 맥심은 그러는 것이 튼튼해 보인다고 생각하나 봐요."

모두 웃었다. 클로리가 말했다. "지금쯤 베니스는 매우 좋을 겁니다, 부인."

"네, 아주 쾌적해요. 날씨도 아주 좋아요. 날씨가 나빴던 날은 단 하루뿐이었지요, 맥심?"

이리하여 대화는 다행히도 그의 건강 문제를 떠나 가장 무난한 이탈리아의 이야기로 옮겨졌다. 모두 조금도 신경쓰지 않고 편안한 기분으로 이야기를 나누었다. 맥심과 가일스와 베아트리스는 맥심의 자동차가 질주하는 모습에 대해 이야기하고 있었다. 클로리 씨는 베니스 운하에는 이제 곤돌라의 모습이 사라져 보이지 않게 되고, 있는 것이라고는 그저 모터보트뿐이라던데 과연 정말이냐고 물었다. 그러나 비록 대운하 가운데 기선이 닻을 내렸다고 하더라도 그에게는 아무런 문제도 아니었을 것이다. 그는 다만 나를 돕기 위해 그런 화제를 꺼냈을 테니까. 이렇게 그는 맥심의 건강 문제에서 대화를 딴 데로 돌리려고 애쓴 나의 대수롭지 않은 노력을 거들어 주었던 것이다. 풍채가 그토록 빈약하였지만 나는 그를 동지의 한 사람처럼 느꼈다.

"쟈스퍼는 좀더 운동을 시켜야겠구나" 하고 베아트리스는 발로 개를 흔들면서 말했다.

"이제 겨우 두 살인데 너무 살이 쪘어. 무얼 먹이지, 맥심?"

"이놈도 누님 댁의 개와 별로 다를 게 없어요" 하고 맥심은 말했다.

"동물에 대해 나보다 더 잘 아는 체하는 건 그만두어 주었으면 좋겠어요. 네가 두 달이나 외국에 나가 있는 동안 쟈스퍼가 어떤 것을 얻어 먹었는지 네가 어떻게 알지? 프리스가 하루에 두 번씩 문지기 초소까지 산책하러 데리고 다녔다는 말은 못할 거야. 이 개는 벌써 몇 주일 동안이나 뛴 일이 없어. 털빛을 보면 당장 알 수 있어요."

"누님 댁의 그 절반쯤 굶은 듯한 얼치기 같은 개보다는 이놈들처럼 토실토실 살찐 게 그래도 난 좋아요" 하고 맥심은 말했다.

"그건 그다지 현명한 말이 못 되는구나. 우리 라이온은 지난 2월에 크라프츠에서 두 번이나 1등상을 탔단다."

그 자리의 공기가 다시 약간 긴장되어 왔다. 그것은 입을 꽉 다문 맥심의 굳은 입술을 보더라도 알 수 있었다. 어째서 이 누이와 동생은 언제나 이렇게 만나기만 하면 말다툼을 하여 옆에 있는 사람들에게 괴로운 생각이 들게 하는 것일까, 하고 나는 생각했다. 빨리 프리스가 와서 점심 식사가 다 준비되었음을 알려 주든가 또는 신호 벨이라도 울려 주었으면 좋겠는데, 나는 아직 만더레이의 습관을 알지 못했다.

"여기서 댁까지는 얼마나 먼가요?" 하고 베아트리스 옆에 앉았을 때 나는 물었다. "오늘 아침엔 무척 일찍 떠나셨겠군요?"

"우리 집은 여기서 50마일쯤 될까? 트로체스터 앞의 주에 살아요. 사냥을 하기엔 아주 좋은 곳이지. 언제 한번 맥심과 함께 부디 놀러 와요. 가일스가 말에 태워 줄 거야."

"전 사냥 같은 건 도저히 못할 것 같아요." 나는 정직하게 고백했다. "어렸을 때 말타기를 배운 일은 있지만 아주 조금밖엔 타지 못해서 그것도 이젠 거의 잊어버렸어요."

"그럼, 다시 한번 배워야겠구면." 하고 그녀는 말했다. "말도 타지 못하면 시골선 살 수 없어요. 금방 할 일이 없어지고 말지. 맥심에게 들으니 그림을 그린다고? 물론 그것도 퍽 좋은 일이지만 그것만으로는 조금도 운동이 되지 않아요. 비라도 와서 다른 아무것도 할 수가 없을 때에 그림을 그리는 게 좋아요."

"하지만 베아트리스, 우린 누님처럼 '신선한 공기' 광(狂)은 아니니까요" 하고 맥심이 말했다.

"너하고 이야기하는게 아니에요, 도련님. 만더레이의 정원 근처를 돌아다니는 것만으로도 네게는 충분하다는 것도, 네가 절대로 뛰어 돌아다니지 않는 사람이라는 것도 우린 잘 알아요."

"저도 산책은 무척 좋아해요." 나는 급히 말했다. "만더레이 근처를 산책하는 것이라면 절대로 싫증이 나지 않으리라고 생각해요. 그리고 좀더 날씨가 더워지면 수영도 할 수 있을 거예요."

"당신은 참으로 낙천가로군." 베아트리스는 말했다. "난 여기서 수영을 한 일은 한 번도 없었어. 물이 몹시 차고 게다가 바닷가는 돌맹이투성인걸 뭐."

"그런 것은 아무렇지도 않아요. 전 해수욕을 아주 좋아해요. 조류가 너무 세지만 않다면······. 이곳의 구석진 만은 수영을 해도 별로 위험하지 않겠지요?"

아무도 대답하지 않았다. 이때 문득 나는 내가 무슨 말을 했는지 깨달았다. 그리고 가슴이 두근거리고 뺨이 새빨개지는 것을 느꼈다. 나는 겸연쩍은 듯이 몸을 굽혀 쟈스퍼의 귀를 쓰다듬었다.

"쟈스퍼도 헤엄을 칠 줄 알면 좀더 살이 빠질 수가 있겠는데" 하고 베아트리스가 침묵을 깨뜨리고 말했다. "하지만 넌 바다를 두려워하지 않니. 그렇지, 쟈스퍼? 얌전한 쟈스퍼. 귀여운 할아범."

우리는 서로 상대의 얼굴을 보지 않고 함께 개를 쓰다듬었다.

"그건 그렇고 난 몹시 배가 고픈데 점심 식사는 어찌 되었지?" 하고 맥심이 말했다.

"이제 겨우 한 시입니다" 하고 클로리가 말했다. "난로 위의 시계에 의하면 말입니다."

"저 시계는 좀 빠르곤 했었지" 하고 베아트리스가 말했다.

"아니오, 요즈음은 내내 아주 정확해요." 맥심이 이렇게 말했다.

마침 이때 문이 열리더니 프리스가 식사 준비가 되었다는 것을 알렸다.

"그렇군, 난 손을 씻어야지" 하고 손을 들여다보면서 가일스가 말했다.

모두들 다행스러운 마음으로 일어나 객실을 지나 홀로 나갔다. 베아트리스와 나는 남자들보다 조금 앞서서 걸었다.

그녀는 내 팔을 잡았다.

"반가운 프리스야" 하고 베아트리스는 말했다. "프리스는 언제 보아도 조금도 변함이 없어. 저 모습을 보면 나는 처녀 시절로 돌아간 것 같아. 실례지만, 당신은 내가 생각하던 것보다도 훨씬 어리군요. 나이는 맥심에게 들었지만, 진정으로 맥심을 사랑해요?"

그것은 나로선 전혀 뜻밖의 질문이었다. 내 얼굴에 나타난 놀란 빛을 그녀는 틀림없이 알아차렸을 것이다. 그녀는 가볍게 웃으며 내 팔에 힘을 주었다.

"대답하지 않아도 좋아요" 하고 그녀는 말했다. "당신의 기분 잘 알아요. 난 정말 쓸데없는 참견만 하는 여자야. 내가 한 말 같은 건 마음에 두지 말아요. 우리 남매는 만나기만 하면 언제나 개와 고양이처럼 말다툼만 하지만, 정말은 난 맥심을 아주 사랑해요. 맥심이 저렇게 건강해 보여서 다시 한번 고맙다는 말을 하겠어요. 작년에는 그 일로 모두 굉장히 떠들썩했는데, 물론 당신도 이미 알고 있을 테지요?"

그때 우리는 벌써 식당에 다 와 있었다. 그녀도 그 이상은 아무 말도 하지 않았다. 하인들이 있었고 남자들도 곧 뒤쫓아왔기 때문이다. 나는 식탁에 앉아 냅킨을 풀었는데 만약 내가 작년에 일어났던 일을 조금도 모른다는 것, 거기서 일어난 비극에 대해서도 자세한 것은 전혀 알지 못한다는 사실, 맥심이 그것만은 자기 혼자만의 가슴속에 간직해두고 내게는 이야기해 주지 않는다는 것, 나 또한 그 일에 관해서는 한 번도 묻지 않았다는 것 등을 베아트리스가 알았다면 그녀는 무어라고 말할 것인가 하고 생각했다.

식사는 내가 생각하던 것보다 훨씬 즐거웠다. 논쟁은 전혀 없었다. 베아트리스도 겨우 깨달은 모양으로 만더레이에 관한 일이며, 말이니, 정원이니, 서로가 잘 아는 친구들 이야기 등을 맥심과 이야기하고 있었다. 내 왼쪽에 앉은 프랭크 클로리도 내게 매우 마음 편하게 이야기를 걸어 주었기 때문에 나도 마음을 쓸 필요가 전혀 없었다. 가일스는 대화보다는 요리에 정신을 뺏기고 있었으나, 그래도 이따금 내가 있는 것을 생각해 내고 생각나는 대로 여러 가지 말을 걸어 왔다.

"역시 예전과 같은 요리사겠지. 맥심?" 하고 로버트에게서 찬 수플레를 한 그릇 더 받으면서 그는 말했다. "나는 가끔 베아트리스에게도 말하지만 제대로 만들어진 요리를 먹을 수 있는 곳은 영국에서도 만더레이뿐이야. 나는 이 수플레를 아직도 기억하고 있어."

"저희는 해마다 요리사를 바꿉니다만," 맥심이 이렇게 말했다.

"그러나 요리의 표준은 언제나 같지요. 덴버스 부인이 식단표를 하나도 남김없이 가지고 있어 요리사에게 일일이 지시하지요."

"그 덴버스 부인이란 여자는 몹시 괴짜더군" 하고 내 쪽을 향하여 가일스가 말했다. "그렇게 생각하지 않나요?"

"글쎄요" 하고 나는 말했다. "하지만 그 사람은 참으로 훌륭한 부인 같아요."

"아무리 그렇더라도 유화의 모델이 될 정도는 못 되지 않소?" 하고 가일스가 말했다. 그리고 큰 소리로 웃었다. 프랭크 클로리는 아무 말도 하지 않았다. 눈을 들자 베아트리스가 나를 뚫어지게 보고 있었다. 그러나 그녀는 얼른 눈길을 돌려 맥심에게 이야기를 걸었다.

"부인께선 골프를 치십니까?" 클로리가 이렇게 물었다.

"아뇨, 전 그런 건 못해요" 하고 나는 대답했다. 화제가 다시 바뀌어 덴버스 부인의 이야기에서 멀어진 것을 나는 기쁘게 생각했다. 나는 골프 따위는 하지 않고 또한 골프에 대해서 아무것도 몰랐지만, 그가 만족할 때까지 얌전하게 골프 강의에 귀를 기울이고 있었다. 더욱이 그 골프 이야기에는 무언지 모르게 이상한 안정감이 있었다. 그 이야기는 아무리 들어도 결코 귀찮은 문제에 부딪힐 염려가 없었다. 우리는 치즈를 먹고 커피를 마셨다.

나는 자리에서 일어나야 하는지 어쩐지 몰라 가만히 맥심의 모습을 살피고 있었으나 그는 아무런 눈짓도 하지 않았다. 이윽고 가일스는 비가 바람에 날려 한 곳에 괴어 있는 웅덩이 속에서 자동차를 파낸 그다지 재미도 없는 이야기를 시작했다. 어쩌다가 그런 이야기가 시작되었는지 나로선 알 수가 없었지만 그래도 나는 이따금 고개를 끄덕여 보이기도 하고, 미소를 짓기도 하면서 얌전히 그 이야기를 듣고 있었다. 그러나 식탁 저쪽에 있는 맥심의 모습이 점점 들떠가는 것을 나는 알 수 있었다.

가까스로 가일스의 이야기가 끝났다. 나는 맥심의 눈을 보았다. 그는 눈살을 살짝 찡그리고 문 쪽으로 눈짓을 해 보였다. 나는 얼른 일어났는데 허겁지겁 의자를 뒤로 물리는 바람에 식탁을 흔들어 가일스의 포도주 잔을 뒤엎어 버렸다.

"어머!" 완전히 당황해서 어떻게 해야 할지 몰라, 하는 수 없이 내 냅킨으로 손을 뻗쳤다.

"괜찮아, 괜찮아요. 프리스가 치워 줄 테니까." 맥심이 이렇게 말했다. "그대로 놔두면 돼. 누님, 이 사람을 정원으로 데려가 주시지요. 아직 아무것도 보지 않았어요."

그는 피로해서 오히려 여윈 것처럼 보였다. 나는 이 사람들이 찾아온 것이 원망스러웠다. 결국 이 사람들은 우리의 하루를 형편 없이 망쳐 버린 것이다. 이제 막 돌아온 참인데 우리는 너무 지나치게 신경을 써 버린 것이다. 나 역시 피로를 느꼈다. 지쳐서 힘이 모두 빠져 버렸다. 우리에게 정원으로 가라고 했을 때 맥심은 웬지 매우 초조해 보이기까지 했다. 포두주 잔을 뒤엎다니, 나는 어쩌면 이런 실수만 골라서 저지른단 말인가?

우리는 테라스로 나가, 그곳에서 비스듬히 경사진 잔디밭으로 내려갔다.

"이렇게 빨리 만더레이로 돌아오다니 난 올케가 가엾어요" 하고 베아트리스가 말했다. "3월이나 4월은 이탈리아 근처에서 놀다가 한여름쯤 되어서 돌아오는 게 훨씬 좋았을 걸 그랬어. 올케를 위해 좋은 건 물론이지만 맥심의 건강을 위해서도 그편이 훨씬 좋았으리라고 생각해. 아무래도 여기에 오면 처음 얼마쯤은 여러 가지로 마음 쓰이는 일이 많을 테니까 말야."

"하지만 전 그렇게 생각하지 않아요. 틀림없이 전 금방 만더레이가 좋아지리라고 생각해요."

그녀는 잠자코 있었다. 우리는 잔디밭을 왔다갔다했다.

"당신 이야기를 좀 들려 줘요" 하고 조금 뒤 그녀가 말했다. "남프랑스에서는 무엇을 했지요? 맥심의 이야기로는 이상한 미국 부인과 함께 살고 있었다고 했지만."

반 홉퍼 부인에 관한 이야기며, 부인과 함께 생활한 이야기를 나는 자세히 설명했다. 그녀는 그 말을 듣고 감동했으나, 무언가 다른 일을 생각하는지 약간 건성으로 듣고 있는 것 같기도 했다.

"참으로" 하고 내가 말을 끝내자 베아트리스는 이렇게 말했다.

"그 말대로라면 모든 일이 정말 너무 갑작스러웠구면. 하지만 물론 우리는 모두 기뻐하고 있어요. 나는 두 사람이 행복해지기를 진심으로 바라요."

"고맙습니다. 정말 감사드리겠어요."

그러나 어째서 베아트리스는 너희들은 틀림없이 행복해질 거라고 하지 않고, 행복해지기를 바란다고 말하는 것일까? 베아트리스는 친절하고 성실했다. 나는 그녀가 매우 좋아졌다. 그러나 그녀의 목소리에 담겨진 아주 희미한 의혹이 내게 언짢은 기분을 일으키게 했다.

"맥심의 편지로" 하고 베아트리스는 내 팔을 잡으면서 말했.

"맥심이 당신을 남프랑스에서 발견한 일이며, 당신이 매우 젊고 몹시 아름다운 사람이라는 것을 알았을 때 솔직하게 말해서 나는 조금 놀랐어요. 우린 당신을 그런 고장에서 흔히 볼 수 있는, 분을 뽀얗게 바른 현대 사교계의 나비일 거라고 생각했지요. 그런데 아까 식사 전에 당신이 아침의 방에 들어왔을 때 나는 마치 한 대 얻어맞은 것 같았어요."

베아트리스는 웃었다. 나도 소리를 맞추어 웃었다. 그러나 그녀는 나를 보고 실망했다는 건지 아니면 마음을 놓은 건지 거기에 대해서는 아무 말도 하지 않았다.

"가엾은 맥심" 하고 베아트리스는 말했다. "동생은 한때 몹시 괴로워했어요. 당신 덕택에 동생이 그 일을 잊어버렸다면 기쁘겠지만. 물론 동생은 만더레이를 아주 좋아하지."

베아트리스가 좀더 지금같은 마음으로 이렇게 자연스럽고 편한 상태로 과거 이야기를 해 주었으면 좋겠다고 나는 생각했으나, 또 한편으로는 새삼스럽게 이제 와서 아무것도 알고 싶지 않으며 듣고 싶지도 않은 기분이었다.

"잘 알겠지만 우리 남매는 조금도 닮지 않았어" 하고 그녀는 말했다.

"성질이 정반대지. 나는 사람을 좋아하거나 싫어하거나, 화를 내고 기뻐할 때 남김없이 얼굴에 나타내지 않고는 못 배겨요. 숨기거나 할 수가 없어. 그런데 맥심은 전혀 그렇지가 않아. 무척 조용하고 대단히 조심성이 있어요. 동생이 그 이상한 마음속에서 생각하는 것은 결코 아무도 몰라요. 나는 별것도 아닌 일로도 금방 화를 내고 신경질을 부리지만 그저 그럴 뿐 그 뒤에는 아무것도 남지 않아요. 맥심은 고작해야 1년에 한 번이나 두 번 정도 화를 내지만 한 번 화가 나면 아주 굉장해요. 하지만 당신한테 화를 내는 일은 절대로 없을 테지. 당신은 틀림없이 차분한 사람이라고 생각해요."

베아트리스는 미소를 지었다. 그리고 힘주어 내 팔을 잡았다. 나는 '차분한 사람'이라는 말을 마음에 새겨보았다. 그것은 매우 조용하고 기분좋게 들리는 말이었다. '차분한 사람'…… 그 사람은 조용하고 해맑은 표정을 짓고 무릎에 올려놓은 뜨개질을 하고 있다. 한 번도 걱정을 하거나 의혹을 품거나 불안감에 시달리거나 하지 않는다. 그리고 나처럼 희망에 불타거나, 정색을 하거나, 두려워하거나, 초조하고 불안해서 손톱을 자근자근 깨물거나, 어느 쪽으로 가야 할 것이며 어떤 운명에 따라야 할 것인지 망설이지도 않는다.

"이런 말을 한다고 기분 나쁘게 생각하지 말아요." 베아트리스는 여전히 말을 계속했다. "당신의 그 머리 모양 말인데 좀 다르게 만져보는 게 어때요? 곱슬머리로 바꾸는 게 어떻겠어? 봐요, 이렇게 길게 자랐잖아요? 여기다 모자를 쓰면 좀 우습지 않을까? 어째서 귀 뒤로 시원하게 빗어 올리지 않죠?"

나는 다소곳이 하라는 대로 했다. 그리고 베아트리스가 좋다고 말해 주기를 기다렸다. 그녀는 고개를 한쪽으로 갸우뚱하며 내 얼굴을 자세히 바라보고 있었다.

"안 되겠어." 베아트리스는 말했다. "좋지 않아. 그렇게 하니까 못 쓰겠어. 이상하게 무뚝뚝한 느낌이 들어서 당신한테 어울리지 않아요. 그래, 역시 당신은 곱슬머리로 바꾸어서 위로 시원스레 올리는 게 좋을것 같아. 당신 같음…… 뭐랄까…… 잔다르크 형? 아무튼 나는 아직 그런 머리 모양을 하려고 생각한 적은 한번도 없어. 맥심의 의견은 어때요? 그것이 당신에게 어울린다고 생각하는가 보지?"

"글쎄요, 어떨지" 하고 나는 말했다. "맥심은 한 번도 그런 말을 한 적이 없어요."

"그래? 그럼 틀림없이 마음에 든 거야. 그렇다면 내가 말한 대로 하지 않는 게 좋겠어. 그건 그렇고, 당신은 런던이나 파리에서 드레스를 사 왔나요?"

"아뇨, 그럴 겨를이 없었어요. 맥심이 무척 이리로 돌아오고 싶어 했어요. 게다가 상품 목록을 보내달라는 건 언제든지 할 수 있는 걸요 뭐."

"당신의 옷매무새를 보니 옷에 대해 그다지 신경 쓰지 않는 편인가 봐." 베아트리스는 이렇게 말했다. 나는 사과라도 하는 것처럼 내 플란넬 스커트를 힐끗 보았다.

"그렇지 않아요. 뭐든지 아름다운 것이라면 무척 좋아하지만 여태까지 좋아하는 드레스를 살 수 있을 정도로 돈을 가졌던 적이 한 번도 없었어요."

"맥심은 어째서 런던에 1주일이나 묵으면서 당신에게 훌륭한 드레스를 사주지 않았을까. 맥심도 좀 너무 제멋대로야. 그 애답지 않군. 보통 때 맥심은 옷에 대해 상당히 잔소리가 많은 편이야."

"어머나, 그래요? 제가 보기에는 조금도 까다로워 보이지 않던데요. 제가 입고 있는 옷에 신경을 써 준 일은 한 번도 없었던 것 같아요. 그러니까 그는 그런데는 도무지 무관심한 게 아닌가 하고 생각했어요."

"그렇다면," 베아트리스는 이렇게 말했다. "맥심은 아마 사람이 아주 변해 버린 모양이야."

그녀는 내게서 눈길을 돌리자 호주머니에 두 손을 찌르고 쟈스퍼를 향해 휘파람을 불었다. 그리고 나서 머리 위에 높이 우뚝 솟아 있는 건물을 물끄러미 올려다보았다.

"당신네들은 서쪽을 쓰지 않는 모양이지?"

"동쪽 방밖에는 쓰지 않아요. 이미 준비가 다 되어 있었어요."

"그래요? 전혀 몰랐어. 하지만 어째서 동쪽만 쓰기로 했을까?"

"맥심의 뜻이에요. 맥심에게는 그게 좋았던가봐요."

베아트리스는 이 말에는 대답하지 않고 여전히 휘파람을 불면서 창문을 바라보고 있었다. 그러다가 불쑥 "덴버스 부인과의 사이는 어때요?" 하고 물었다.

나는 몸을 움츠리고 앉아 쟈스퍼의 머리를 토닥거리기도 하고, 귀를 쓰다듬어 주기도 했다. "전 아직 그 사람에 대해서 잘 몰라요." 나는 이렇게 말했다. "하지만 어쩐지 무서운 생각이 들어요. 그런 부인은 아직 한번도 만나 본 적이 없는걸요."

"그럴 거야" 하고 베아트리스가 말했다.

쟈스퍼는 거의 의식적으로 몸을 움츠리고 커다란 눈으로 나를 올려다보았다. 나는 그의 비단 같은 반드르한 머리에 살짝 입맞춤해 주고 검은 콧등을 쓰다듬어 주었다.

"하지만 무서워할 것은 조금도 없어요. 또 설사 당신이 무섭다고 생각한대도 그 기분을 그 여자에게 알게 해선 안 돼요. 물론 나는 지금까지 단 한번도 그 여자와 접촉한 적도 없고 앞으로도 아마 그런 일은 없으리라고 생각해요. 하지만 그 여자는 지금까지 내게 언제나 무척 공손했어."

나는 여전히 쟈스퍼의 머리를 가볍게 계속 두드렸다.

"당신에겐 상냥하게 해주지 않던가요?" 베아트리스는 물었다.

"네, 제게는 그다지 상냥해 보이지는 않았어요."

베아트리스는 또다시 휘파람을 불기 시작했다. 그리고 쟈스퍼의 머리를 발로 쓸어 주었다. "나라면 당신하곤 달리 그 여자를 상대하지 않겠지만."

"그 여자는 매우 요령 있게 집안 살림을 꾸려 나가요. 그러니까 제가 참견할 필요가 조금도 없어요."

"물론 당신이 간섭한다고 해도 그 여자는 아무렇게도 생각하지 않을 거야" 하고 베아트리스는 말했다. 맥심도 어젯밤 이와 같은 말을 했다. 두 사람이 모두 같은 말을 한 것이 나로선 무언가 이상하게 느껴졌다. 나는 간섭을 받는다는 것은 덴버스 부인에게는 무엇보다도 싫은 일임에 틀림없다고 생각하고 있던 것이다.

"머지않아 그 여자도 틀림없이 그런 일에는 익숙해질 테지" 하고 베아트리스는 말했다. "하지만 처음 얼마 동안은 당신도 언짢은 일이 있을 거야. 그 여자는 시새움이 굉장한 사람이니까. 나는 전부터 이렇게 되지나 않을까 하고 생각했어요."

"그게 무슨 까닭인가요?" 하고 나는 베아트리스를 올려다보며 물었다. "어째서 그 여자가 시새움을 한단 말씀인가요? 맥심은 특별히 그 여자를 좋아하는 것 같지 않던데요."

"아니지, 그 여자가 생각하는 것은 맥심이 아니야" 하고 베아트리스는 말했다.

"물론 맥심을 존경하기야 하겠지만 그저 그뿐, 그 이상의 감정은 전혀 가지고 있지 않으리라고 생각해요."

"아니, 그게 아니야." 그녀는 이맛살을 약간 찌푸린 채 불안하게 나를 바라보면서 잠깐 입을 다물었다. "그 여자는 결국 당신이 여기에 있다는 그 사실이 못마땅한 거야. 그게 문제라구."

"어째서일까요? 왜 제가 여기 있는 것이 못마땅한 거죠?"

"난 그런 건 잘 알고 있으리라고 생각했는데" 하고 베아트리스가 말했다. "맥심이 모두 이야기해 주었을 거라고 생각했었지. 즉 그 여자에게는 레베카만이 절대적인 거야."

"아아!" 하고 나는 말했다. "알겠어요."

아까부터 우리 둘이 서로 가볍게 두드려 주기도 하고 쓰다듬어 주기도 했기 때문에 그렇게 귀여움을 받아 본 적이 없는 쟈스퍼는 기뻐 어쩔 줄 몰라 발랑 드러누워 버렸다.

"어머, 남자들이 오는군" 하고 베아트리스가 말했다. "의자를 밖에 내다가 밤나무 밑에라도 앉도록 하지. 가일스는 어쩌면 저렇게 뚱뚱해졌을까? 맥심하고 나란히 서니까 모습이 너무 흉하군. 아마 프랭크는 이제 사무실로 돌아가는 게 아닐지 모르겠어. 정말 트릿한 사람이야. 재미있는 이야기라곤 전혀 할 줄 모르는 사람이라니까…… 당신네들은 지금까지 무슨 말씀들을 하셨어요? 중대 문제를 토의했나요?" 하고 남자들에게 말을 걸고 그녀는 웃었다.

그들은 한가하게 어슬렁어슬렁 이리로 걸어왔다. 그리고 우리와 자리를 함께 하였다. 가일스는 작은 나뭇가지를 던져 쟈스퍼에게 물어오게 했다. 모두 쟈스퍼가 뛰어가는 모습을 바라보고 있었다. 클로리는 회중시계를 보았다.

"전 이만 가 보겠습니다. 참으로 잘 먹었습니다, 부인."

"가끔 오세요" 하고 그와 악수하면서 나는 말했다.

이것을 기회로 다른 사람들도 돌아가는 게 아닐까 하고 나는 생각했다. 베아트리스 내외는 그저 점심 식사를 하러 왔을 뿐인지 아니면 하루 종일 놀고 갈 작정인지 나로선 알 수가 없었다. 빨리 돌아가 주면 좋겠다고 생각했다. 이탈리아에 있던 때와 같이 맥심과 단둘만이 있게 되었으면 하고 생각했다. 모두 밤나무 밑으로 가서 앉았다. 로버트가 의자와 무릎덮개를 가지고 왔다. 가일스는 벌렁 누워 모자를 눈 위에 올려놓았다. 그리고 얼마 지나지 않아 코를 골기 시작했다.

"잠들면 안돼요, 가일스" 하고 베아트리스가 말했다.

"자지 않아." 그는 우물거리며 눈을 떴지만 금방 다시 감아 버렸다. 나는 이 남자를 참으로 매력 없는 사람이라고 생각했다. 어째서 베아트리스는 이런 남자와 결혼했을까? 설마 사랑에 빠졌을 리도 없을 텐데.

베아트리스가 나를 보면서 생각하던 것도 아마 그런 것이었던 모양이다. 이따금 내게 던져지는 그녀의 눈으로 나는 알아차렸다. 그것은 의구심과 사려 깊은 눈빛으로, 마음속으로 '맥심은 이 여자의 어디가 좋은 걸까?' 하고 생각하는 듯이 여겨졌다. 그러나 동시에 그 눈에는 상냥하고 친절해 보이는 빛도 있었다. 그들은 지금 할머니의 이야기를 주고받고 있었다.

"우리도 할머니를 뵈러 가야겠어요" 하고 맥심이 말하자 베아트리스가 "할머니도 이젠 완전히 늙으셨어" 하고 말했다. "가엾게도 음식을 드실 때는 언제나 흘리신단다."

나는 맥심의 팔에 기대어 그의 소맷자락에 턱을 문질러 대면서 그들의 이야기를 듣고 있었다. 그는 베아트리스와 이야기를 하면서 아무런 의식없이 건성으로 내 팔을 쓰다듬고 있었다. '마치 내가 쟈스퍼를 쓰다듬던 것과 똑같구나' 하고 나는 생각했다. '나는 지금 쟈스퍼가 내게 기대 있었듯이 그에게 기대고 있다. 그는 지금 이따금 생각이 나서 나를 애무하곤 한다. 더욱이 그것을 나는 기뻐하며 받아들이고 있다. 잠깐 동안이라도 그에게 가까이 갈 수가 있기 때문에……그는 내가 쟈스퍼를 좋아하고 있는 것과 똑같은 상태로 나를 좋아하고 있는 거야.'

바람은 없었다. 조용한 졸음이 올 듯한 오후였다. 막 풀을 벤 직후여서 마치 여름처럼 감미롭게 짙은 풀 냄새가 풍기고 있었다. 한 마리의 꿀벌이 가일스의 머리 위를 붕붕거리며 날아다니고 있었다. 그러자 가일스는 모자로 철썩 벌을 때려잡았다.

양지 쪽은 몹시 더웠다. 쟈스퍼는 혓바닥을 축 늘어뜨리고 내 곁으로 왔다. 그리고 커다란 눈에 사과하는 듯한 빛을 띠고 내 곁에 철썩 주저앉아 옆구리를 핥기 시작했다. 태양은 세로 창살이 달린 숱한 창문을 비추고 있었다. 창유리에는 초록빛 잔디밭과 테라스의 모습이 비치고 있었다. 한 가닥의 연기가 가까운 굴뚝 하나에서 엷게 일그러지며 올라가고 있었다. 아마 매일의 습관으로 서재에 불을 때는 모양이다.

개똥지빠귀 한 마리가 잔디밭을 가로질러 식당 창문 밖 목련나무로 날아갔다. 그렇게 잔디 밭에 앉아 있으려니까 희미한 목련 향기가 부드럽게 풍겨 왔다.

모든 것이 편안하고 고요했다. 바닷물이 밀려나가는 것일까. 아래쪽의 구석진 만에서 바닷가를 핥는 파도 소리가 희미하게 들렸다. 꿀벌은 다시 우리 머리 위를 날아다니며 이따금 날개를 쉬고는 밤꽃 꿀을 빨았다. '이런 광경이야말로 언제나 내가 생각하던 것이다' 하고 나는 생각했다. '만더레이에서 이렇게 생활하는 것이 바로 나의 희망이었던 것이다.'

나는 아무 말도 하지 않고 다른 사람들의 이야기도 듣지 않고 이 순간을 영원토록 소중한 것으로 여기며 언제까지나 그렇게 앉아있고 싶었다. 그것은 여기에 있는 사람들 모두가 매우 평화롭게 마치 머리 위를 붕붕 날아다니는 꿀벌처럼 만족하여 황홀한 기분이 되어 있었기 때문이었다. 그러나 이 순간이 과연 언제까지 계속될 것인가? 내일이 오고 모레가 오고, 그리고 다른 해가 닥쳐 온다. 그와 함께 우리도 변해 버리고 이젠 두 번 다시 이렇게 앉아 있는 일은 없을 것이다. 어디론지 가 버릴 사람도 있을 것이고 병이 나는 사람도 있겠지. 그리고 죽는 사람도 있을지 모른다.

우리 앞에는 미래가 아득하게 멀리 펼쳐져 있다. 더욱이 그 미래는 우리의 희망이나 계획을 알려고도 하지 않고 보려고도 하지 않는다. 그러나 이 순간만은 절대 안전하다. 아무것도 여기에 손을 댈 수는 없다. 우리——맥심과 나는 지금 서로 손을 맞잡고 함께 앉아 있다. 과거도 미래도 여기서는 전혀 문제가 되지 않는다. 다만 지금 이 순간이, 그는 곧 잊어 버리고 거기에 대해 두 번 다시 생각하는 일도 결코 없을 이 기묘한 시간의 한 단편이, 어쩌면 이다지도 안전하단 말인가. 그는 이 순간을 신성하게 생각하는 일도 없을 것이다. 그는 지금 찻길에 자란 잡초를 벨 일에 대해 이야기하고 있다. 베아트리스도 그 말에 찬성하면서 이따금씩 자기의 의견을 말하기도 하고 풀을 뜯어 가일스에게 던지기도 했다. 그들에게는 단지 점심 식사 뒤의 한때, 어느 날 어느 시간과 조금도 다르지 않은 여느 날의 오후 3시 15분에 지나지 않았던 것이다. 그러므로 나처럼 그것만을 특별히 소중하게 잘 간직하려고는 하지 않았다. 그들은 아무런 불안도 느끼고 있지 않다.

"그건 그렇고, 이젠 슬슬 돌아가야 할 시간이야" 하고 베아트리스가 스커트에 달라붙은 풀을 털어내면서 말했다. "카트라이트 댁의 만찬에 초대를 받았으니 꾸물거리고 있을 수가 없어."

"베랄 씨는 어떻게 지내나요?" 하고 맥심이 물었다.
"여전하단다. 언제나 자기 건강에 관한 이야기만 해요. 남편 되시는 양반은 아주 늙은이가 되어 버렸단다. 틀림없이 두 사람 다 너희들 이야기를 여러 가지로 물을 게다."
"부디 안부 전해 주세요" 하고 맥심이 말했다.
우리는 일어났다. 가일스는 모자의 먼지를 털었다. 맥심은 하품을 섞어 가며 기지개를 켰다. 태양은 빛이 흐려졌다. 나는 하늘을 올려다보았다. 하늘은 이제 적갈색으로 변해 있었다. 작은 구름이 뭉게뭉게 일고 있었다.
"또 바람이 불기 시작하는군" 하고 맥심이 말했다.
"도중에 비가 오지 않았으면 좋겠는데." 가일스가 말했다.
"어쩌면 날씨가 나빠질지도 모르겠군요" 하고 베아트리스가 말했다.
우리는 천천히 자동차가 기다리고 있는 찻길 쪽으로 걸어갔다.
"아직 동쪽 방이 어떻게 변했는지 보시지 않았지요?" 하고 맥심이 말했다.
"2층으로 가시지요" 하고 나는 말했다. "별로 시간이 걸리지 않을 거예요."
우리는 그들 앞에 서서 홀로 들어가 넓은 계단을 올라갔다.
베아트리스가 먼 옛날 여기서 살았다는 것을 생각하니 어쩐지 묘한 기분이 되었다. 그녀는 아직 어렸을 적에 유모와 함께 이 계단을 뛰어 내렸을 것이다. 여기서 태어나서 여기서 자랐으며 이 저택 안을 구석구석까지 알고 있을 것이며, 내가 앞으로 살아갈 세월보다도 더 오랫동안 여기서 산 것이다. 아마도 그녀의 가슴 속에 여러가지 추억이 숨겨져 있으리라. 지나가 버린 옛날 일을 상기하거나, 또는 현재의 그녀, 이미 마흔 다섯으로 몸집이 커지고 완전히 차분해져서 마치 딴 사람처럼 되어 버린 그녀와는 전혀 다른, 가늘게 머리를 땋아 늘 어뜨린 소녀 시절의 그녀 자신의 모습을 회상하는 일이 과연 그녀에게는 단 한 번이라도 있을까 하고 나는 생각했다.

우리는 방에 이르렀다. 가일스는 야트막한 문에서 몸을 굽히면서 말했다.

"이것 참, 아름답군. 전혀 몰라보게 되었어, 베아트리스."

"참 애썼구나. 새로운 커튼, 새로운 침대, 뭐든지 다 새롭군. 당신도 기억하시겠지요, 가일스, 당신이 다리를 다쳐서 누웠을 때 우리가 이 방을 썼던 걸 말이에요. 그 무렵엔 무척 어두운 방이었지요. 어머니는 방을 기분좋게 꾸미는 일 따위는 전혀 생각하지 않았으니까. 게다가 맥심 너는 한번도 여기에 손님을 모시지 않았잖니. 물론 너무 많아 혼잡했을 때는 그렇지 않았지만. 그런 때에는 언제나 독신자들만 한데 모아 여기에 몰아넣었었지. 하지만 정말 좋아졌다. 그리고 장미꽃 동산도 내려다보이고, 이것만은 언제나 이 방의 자랑거리였지. 나 잠깐 화장 좀 고치고 싶구나."

남자들은 아래층으로 내려갔다. 베아트리스는 거울 속을 들여다보았다.

"덴버스 부인이 당신을 위해 이렇게 꾸며 주었구먼" 하고 그녀는 말했다.

"네." 나는 이렇게 대답했다. "정말 더할 나위없이 잘 해주었다고 생각해요."

"그만큼 여러 가지 알고 있으면 이 정도는 할 수 있구말구" 하고 베아트리스는 말했다. "얼마나 들었을까? 상당한 비용이 들었겠어. 물어보지 않았지요?"

"네, 아직 물어보지 않았어요" 하고 나는 말했다.

"그런 말씀 물어보아도 덴버스는 별로 아무렇지 않게 생각할걸"

하고 베아트리스는 말했다. "당신의 빗좀 빌려 써도 괜찮겠지? 아름다운 브러시가 있네. 결혼 선물이에요?"

"맥심이 사 준거예요."

"그래? 좋은 브러시로군. 마음에 들어요. 우리도 당신에게 선물을 해야겠는데 뭐가 좋을까?"

"아니, 그런 것은 조금도 걱정하시지 마세요."

"그렇게 사양하는 게 아니에요. 우린 결혼식에는 초대받지 않았지만 그래도 나는 당신에게 선물하는데 인색하지 않을거야."

"노엽게 생각하지 마세요, 맥심의 희망에 따라 외국에서 결혼식을 올렸어요."

"물론 노여워하지 않아요. 두 사람의 기분을 잘 알아. 뭐라 해도 결국은……." 그녀는 하던 말을 도중에서 그만두고 손가방을 떨어뜨렸다. "어머나, 잠그는 게 망가지지 않았을까? 아아, 괜찮구나. 다행이야. 내가 무슨 말을 했더라? 깜박 잊어버렸군. 아참, 그래그래. 결혼 선물 이야기였어. 우리도 무언가 해 주어야만 해. 어때요? 보석은 그다지 원하지 않지?"

나는 대답하지 않았다. "여느 신혼부부하곤 전혀 달라" 하고 그녀는 말했다. "우리 친구의 딸이 얼마 전에 결혼을 했는데 그 사람들은 시트니 테이블보니 커피세트니 식당 의자니 하는 것으로 극히 평범한 생활을 시작했어. 나는 헤롯의 가게에서 5파운드나 나가는 훌륭한 램프를 사 보내 주었지. 만약 런던에 옷을 사러 가게 될 때에는 내가 늘 가는 카루 부인의 가게에 가는 게 어떨까? 아주 취미가 고상한 사람이야. 게다가 마구 바가지를 씌우거나 하는 일이 절대로 없어 안심이야."

그녀는 화장대 앞에서 일어나 스커트를 폈다.

"당신네들은 앞으로 많은 사람을 초대할 생각이겠지?"

"전 모르겠어요. 맥심은 아직 아무 말도 하지 않아요."

"정말 이상한 애야, 동생의 그 마음은 아무도 모르니까 말야. 예전에는 온 집안에 빈 침대가 하나도 없을 정도로 많은 손님들로 혼잡을 이루었었어. 하지만 어쩐지……." 그녀는 갑자기 입을 다물고 내 팔을 가볍게 두드렸다. "뭘" 하고 그녀는 말했다. "이제 알게 될 거야. 당신이 말타기나 사격을 하지 않는다는 건 정말 유감스럽군. 오래지 않아 틀림없이 후회할 거야. 그건 그렇고 뱃놀이도 하지 않을 테지?"

"네" 하고 나는 말했다.

"그것참 다행이로군" 하고 말하고 그녀는 문께로 갔다. 나도 그녀의 뒤를 따라 복도로 나갔다.

"마음이 내키거든 우리 집에도 놀러와요." 그녀는 이렇게 말했다. "나는 언제나 손님이 자발적으로 와 주도록 하고 있어. 초대장을 보내거나 하기에는 인생이 너무 짧은걸, 뭐."

"진심으로 감사드리겠어요" 하고 나는 말했다.

우리들은 홀이 내려다보이는 계단 위에까지 왔다. 남자들은 바깥 계단 쪽에 서 있었다.

"빨리 와요, 베아트리스" 하고 가일스가 고함을 쳤다. "비가 내리기 시작했으니 자동차에 덮개를 씌워야겠어. 맥심의 말로는 청우계(晴雨計)가 자꾸 내려간다는군."

베아트리스는 내 팔을 잡았다. 그리고 몸을 굽혀 재빠르게 내 뺨에 입술을 댔다. "안녕!" 하고 그녀는 말했다.

"여러 가지로 버릇 없는 질문을 했는지 모르지만 용서해요. 언젠가는 맥심에게 들을 테지만 난 지극히 주착이 없는 여자야. 게다가 아까도 이야기했듯이 당신은 내가 생각하던 사람과는 너무 다른걸."

베아트리스는 휘파람이라도 부는 것처럼 입술을 동그렇게 오므리고 가만히 내 얼굴을 보았다. 그리고 손가방에서 담배를 꺼내 입에 물더니 라이터로 불을 붙였다.
"정말로 당신은" 하고 라이터 뚜껑을 찰칵 소리내어 닫고 계단을 내려가며 베아트리스는 말했다. "레베카와는 전혀 달라."
우리는 바깥 계단 있는 데까지 갔다. 태양은 벌써 제방 같은 구름에 덮여 가랑비가 오고 있었다. 로버트가 급히 잔디밭을 가로질러 의자를 집 안으로 날라들이고 있었다.

10

우리는 자동차가 찻길 저쪽을 구부러져 보이지 않게 될 때까지 배웅하고 서 있었다. 맥심은 내 팔을 잡고 말했다.
"후유, 이제야 겨우 끝났구려. 자, 얼른 레인코트를 입고 바깥으로 나갑시다. 비 같은 것은 아무 것도 아니야. 난 산책을 하고 싶소. 방안에 가만히 틀어박혀 있다니 못견디겠어."
창백한 얼굴이 묘하게 긴장되어 있었다. 베아트리스와 가일스, 다시 말해서 그의 누이와 자형을 접대한 것이 이렇게까지 그를 지치게 하다니 어떻게 된 일일까 하고 나는 생각했다.
"잠깐만 기다려 주세요. 이층에 가서 레인코트를 입고 올 테니까요" 하고 나는 말했다.
"원예실 안에 여러 가지 레인코트가 많이 있으니까 그걸 입으면 돼" 하고 그는 성급하게 말했다. "여자란 침실에 가면 언제나 반 시간은 걸리게 마련이야. 로버트, 원예실에 가서 아씨께 레인코트를 가져다 드려. 손님들이 놓고 간 레인코트가 아마 대여섯 벌은 걸려 있을 거야."
그는 벌써 찻길에 서서 쟈스퍼를 부르고 있었다.

"이리 와, 이 조그만 게으름쟁이. 네 놈은 조금 더 살이 빠져야만 되겠어."

쟈스퍼는 산책에 데리고 나가는 것을 알고 신이 나서 짖어 대며 맥심의 주위를 뛰어다녔다.

"그렇게 짖어 대는 게 아니야" 하고 맥심은 말했다. "로버트는 대체 뭘 하는 거지?"

조금 뒤 로버트가 레인코트를 들고 홀에서 달려나왔다. 나는 옷깃에 신경을 쓰면서 급히 코트에 팔을 집어넣었다. 내게는 너무 크고 길었지만 다른 것으로 바꿀 겨를이 없었다. 우리는 잔디밭을 가로질러 숲 쪽으로 걸어갔다. 쟈스퍼가 앞을 뛰어갔다.

"우리 친척들은 너무 쓸데없는 참견을 하고 싶어하는 것 같아" 하고 맥심이 말했다.

"베아트리스는 이 세상에서 가장 좋은 사람 중에 들지만, 곤란하게도 언제나 쓸데없이 잘난 체한단 말이야."

베아트리스가 어떤 경우에 잘난 체했는지 나는 잘 알지 못했지만 그런 것은 묻지 않는 편이 좋다고 생각했다. 어쩌면 식사하기 전에 주고받은 그의 건강에 관한 이야기를 아직도 불쾌하게 생각하는지도 모른다.

"당신은 누님을 어떻게 생각하오?"

"마음에 들어요" 하고 나는 말했다. "제게 무척 다정하게 해주셨는걸요."

"점심 식사가 끝나고 누님은 여기서 당신에게 무슨 이야기를 했지?"

"글쎄요, 잘 기억나지 않아요. 제가 많이 지껄였던 것 같아요. 반 홉퍼 부인의 이야기며, 저와 당신이 처음 만났을 때의 일 등을 이야기했어요. 누님께선 저를 자신이 생각하고 계시던 여자와 전혀 다르다고 하셨어요."

"그렇다면 누님은 대체 지금까지 당신을 어떻게 생각했다는 거지?"

"틀림없이 훨씬 더 스마트하고 세상 물정을 잘 아는 여자라고 생각하신 게 아닐까요? 사교계의 나비일 것으로 생각했다고 하시더군요."

맥심은 한참동안 아무런 대답도 하지 않았다. 그리고 몸을 굽혀 쟈스퍼를 위해 나무도막을 던져 주었다.

"베아트리스는 이따금 끔찍이 어리석은 여자가 되곤 해" 그가 이렇게 말했다.

우리는 잔디밭 저쪽에 풀이 난 둑 위로 올라가 숲속으로 들어갔다. 수목이 울창하게 빽빽이 나 있어서 주위는 어두컴컴했다. 우리는 꺾어진 나뭇가지며 작년에 흩어진 가랑잎 위를 밟고 걸어갔다. 군데군데 어린 양치류의 신선한 초록빛 줄기며 이제 곧 봉오리가 터질 것 같은 도라지꽃의 새싹 등이 있었다. 쟈스퍼는 얌전해져서 땅 위를 쿵쿵 냄새 맡고 있었다. 나는 맥심의 팔을 잡았다.

"제 머리 모양이 마음에 안 드세요?" 하고 나는 말했다.

그는 몹시 놀란 듯이 내 얼굴을 유심히 내려다보았다.

"머리? 그런 건 왜 묻소? 물론 마음에 드오. 하지만 그게 어쨌다는 거요?"

"아니에요, 아무것도 아니에요" 하고 나는 급히 말했다. "그냥 어떤가 하고 생각했을 뿐이에요."

"이상한 질문을 하는구료." 그는 이렇게 말했다. 이윽고 우리는 숲속의 빈터로 나왔다. 그곳에는 두 가닥의 오솔길이 서로 반대 방향으로 뻗어 있었다. 쟈스퍼는 조금도 망설이지 않고 오른쪽 오솔길로 들어갔다.

"그쪽이 아니야!" 하고 맥심이 큰 소리로 고함을 쳤다. "이쪽이야, 이리로 와!"

개는 우리를 돌아보고 꼬리를 흔들면서 걸음을 멈추었으나 이쪽으로 돌아오려고는 하지 않았다.

"어째서 쟈스퍼는 저쪽으로 가고 싶어할까요?" 하고 나는 물었다.

"아마 전에 늘 다녔기 때문이겠지" 하고 맥심은 짧게 말했다. "저 길은 작은 만으로 통하는데 전에는 보트가 있었어. 이리 와, 쟈스퍼." 우리는 그 이상 아무 말도 하지 않고 왼쪽 오솔길로 들어갔다. 문득 고개를 돌려 뒤를 돌아보니 쟈스퍼가 따라오는 것이 보였다.

"이 길을 가면 내가 언젠가 이야기했던 골짜기로 나가게 돼. 진달래 향기가 짙게 풍기고 있지. 비 같은 건 아무래도 좋아. 비가 오면 향기가 한층 더 강해지거든."

그는 다시금 기운을 회복하고 있었다. 쾌활하고 행복해 보이는, 내가 좋아하는 여느 때의 맥심이 되어 있었다. 그리고 프랭크 클로리의 이야기를 꺼내면서 그가 얼마나 좋을 사람이며, 얼마나 차근차근하고 빈틈이 없는 믿을 만한 사나이이며, 그리고 얼마나 만더레이에 충실한가 하는 이야기를 했다.

'아까와 달리 어쩌면 이렇게도 기분이 상쾌할까, 마치 이탈리아에 있던 때 같구나.'

나는 그의 팔을 꽉 힘주어 잡으며 살그머니 미소지었다. 그의 얼굴에서 묘하게 긴장했던 빛은 모두 사라졌다. 나는 후유 하고 마음이 놓이는 듯했다. 그리고 '네?'라든가 '그래요?'라든가 '재미있군요' 하고 맞장구를 치면서도 마음속으로는 베아트리스를 생각하고 있었다.

베아트리스의 방문이 어째서 그의 마음을 이토록 혼란케 했을까?

그녀가 무슨 짓을 했단 말인가? 나는 또 그의 성격에 대해서 베아트리스가 한 말, 그가 1년에 한두 번 화를 내면 무섭다는 이야기를 생각했다.

물론 그녀는 누님이니까 그에 관해서 잘 알고 있을 것이다. 그러나 베아트리스의 이야기는 내가 지금까지 생각했던 것과는 몹시 동떨어진 것이었다. 나는 맥심을 그런 사람으로 생각하고 있지 않았다. 내가 보기에 그는 기분파이고 까다롭고 신경질적이긴 했지만, 그녀가 지적했듯이 화를 잘 내는 것도 아니거니와 격정적이지도 않았다. 아마도 그녀는 좀 과장해서 이야기한 것이겠지. 사람이란 자신의 육친에 대해서는 곧잘 부당하게 보는 법이다.

"여보" 하고 맥심이 불쑥 말했다. "저걸 보아요."

우리는 나무가 우거진 언덕의 비탈진 면에 서 있었다. 오솔길은 앞쪽으로 구부러져 졸졸 시냇물이 흐르는 골짜기로 통하고 있었다. 거기에는 이미 어두컴컴한 숲도, 서로 얽혀 있는 잡초도 없었다. 좁은 오솔길 양쪽에는 진달래와 철쭉꽃뿐, 꽃 빛깔도 찻길에서 본 것 같은 피처럼 붉은 빛이 아니라 모두 적황색이거나 흰색이거나 금빛이어서 매우 우아했다. 그리고 그 사랑스럽고 연약한 꽃잎을 부드러운 여름비 속에 늘어뜨리고 있었다.

공기 속에는 감미롭고 짙은 꽃내음이 가득차 있었다. 마치 꽃의 정수 그 자체가 흐르는 시냇물과 섞여, 지금 내리고 있는 비며 발 밑에 두껍게 돋아 있는 축축한 이끼와 한 몸을 이루고 있는 듯한 느낌이었다.

들리는 소리라곤 오직 졸졸 흐르는 시냇물 소리와 조용한 빗소리뿐이었다. 맥심의 목소리도 다정하고 나지막했다. 마치 정적을 깨뜨리기가 두렵기나 한 듯이…….

"우린 저걸 '행복의 골짜기'라고 부른다오." 그가 그렇게 말했다.

우리는 아무 말도 하지 않고 가까이에 피어 있는 꽃의 예쁜 흰 얼굴을 내려다보고 있었다. 맥심은 몸을 굽혀 떨어져 있는 꽃잎을 주워 들더니 내게 주었다. 그 꽃은 찢어지고 밟혀서 쪼글쪼글해진 끝이 다 갈색으로 변해 있었으나 손으로 비비니까 마치 살아 있는 나무처럼 싱싱하고 감미로운 짙은 향기를 풍겼다.

이윽고 새들이 지저귀기 시작했다. 처음 지저귄 것은 한 마리의 개똥지빠귀인데, 또렷하고도 서늘하게 들리는 그 소리가 시냇물 소리를 누르고 울려왔다. 그러자 조금 뒤 우리 등 뒤의 숲에 숨어 있던 개똥지빠귀의 친구가 그 소리에 답해서 울기 시작했다. 한참 지나자 우리를 에워싼 고요한 공기는 순식간에 새들의 노랫소리로 소란해졌다. 골짜기로 천천히 내려가는 우리의 뒤를 그 노랫소리가 쫓아왔다. 하얀 꽃내음도 역시 우리 뒤에서 풍겨왔다. 마치 신비의 나라에라도 있는 것처럼 어쩐지 마음이 들뜨는 것 같았다. 이곳이 이토록 아름다운 장소일 줄은 나는 조금도 몰랐다.

하늘은 정오가 지났을 때와는 달리 어둡게 흐렸으나, 하늘도 줄기차게 내리는 비도 골짜기의 부드러운 고요를 휘저어 놓을 수는 없었다. 비와 시냇물 소리는 서로 한데 섞이어 흐르는 듯하고 개똥지빠귀의 노랫소리가 이에 맞춰 축축한 공기 속에 울려퍼졌다. 나는 빗물이 뚝뚝 떨어지는 진달래꽃을 스치고 지나가야만 했다. 진달래는 오솔길 양쪽 가까이에 그토록 우거져 있었던 것이다. 비에 젖은 꽃잎에서 작은 물방울이 내 손에 흘러 떨어졌다. 발 밑에도 역시 많은 꽃잎이 떨어져 있었다. 모두 비에 젖어 빛이 바래 있었지만, 꽃내음은 아직 없어지지 않고, 오히려 전보다 더 짙고 고풍스런 내음을 뿜고 있었다. 두꺼운 이끼, 대지, 양치류 줄기, 흙에 묻혀 있는 비틀린 나무뿌리 등의 내음도 흐르고 있었다.

나는 맥심의 손을 잡은 채 한 마디도 말을 하지 않았다. '행복의 골짜기'의 신비에 나는 완전히 사로잡혀 있었다. 이것이야말로 틀림없는 만더레이의 정수였다. 내가 알고 싶어했고 좋아하고 싶었던 만더레이야말로 바로 이것이었다. 맨처음에 본 찻길도, 울창하게 우거진 숲도, 말할 수 없이 자랑스럽게 질펀히 피어 있는 철쭉꽃도 나는 완전히 잊어버렸다. 그리고 저 거대한 저택도, 쥐죽은 듯이 고요해서 곧잘 소리가 울리는 홀도, 먼지덮개가 덮여 있는 서쪽 방의 을씨년스러운 고요함도 모조리 잊고 있었다. 그곳에서 나는 방해꾼이었다. 그리고 지금까지 본 적도 없는 방을 여기저기 방황하기도 하고, 자기의 것도 아닌 책상 앞에 앉아 있기도 하고, 의자에 앉아 있기도 했다. 그러나 여기서는 전혀 달랐다. '행복의 골짜기'에서는 어떠한 침입자도 있을 수 없었다.

우리는 오솔길의 막다른 곳까지 왔다. 꽃이 우리의 머리 위에 아치를 만들고 있었다. 우리는 몸을 굽혀 그 밑을 지나왔다. 머리카락에서 빗방울을 털어 떨어뜨리며 다시 몸을 똑바로 세우고 일어났을 때, 나는 '행복의 골짜기'나 진달래나 나무가 이미 우리의 등 뒤에 있게 된 것을 알았다. 몇 주일 전 어느날 오후 맥심이 몬테카를로에서 이야기를 해주었듯이 우리는 지금 좁고 작은 구석진 만 앞에 서 있었다. 발 밑에는 희고 단단한 조약돌이 있었다. 물결이 저쪽 바닷가로 밀려가는 게 보였다.

맥심은 내 얼굴에 나타난 놀라운 빛을 바라보며 가볍게 빙그레 웃었다.

"어떻소, 놀랍지?" 하고 그는 말했다. "전혀 뜻밖에 확 바뀌어 버렸으니까. 너무나도 대조적이어서 누구나 이상하게 생각하곤 해."

그는 돌을 줍더니 쟈스퍼에게 물어 오라고 하기 위해 물가 저쪽으로 던져 주었다.

"자, 빨리 물어 와."

쟈스퍼는 길고 검은 귀를 바람에 날리며 돌을 쫓아 달려갔다.
 마술이 풀렸기 때문에 주위는 다시 평범해지고 말았다. 우리는 또 여느 사람이 되고 바닷가에서 장난치는 두 남녀에 지나지 않는 존재가 되었다. 그리고 돌을 던지기도 하고 파도가 철썩이는 물가로 달려가기도 하고 조약돌로 물을 가르는 놀이도 하고 물에 떠 있는 나무를 찾아 내며 놀았다.
 바닷물이 차차 불어나 조그마한 만 가득히 물이 밀려왔다. 조그마한 바위는 잠겨 버리고 해초가 돌멩이투성이인 바닷가에 떠밀려 왔다. 우리는 둥실둥실 떠 있는 커다란 나무 판자를 끌어올려 물이 닿지 않는 데까지 그것을 끌고 갔다.
 맥심은 웃으면서 내쪽을 돌아보고 눈에 흘러내린 머리카락을 쓸어 올렸다. 나는 물방울에 젖은 코트의 소매를 벌렸다. 문득 생각이 나서 주위를 둘러보았으나 쟈스퍼의 모습이 보이지 않았다. 우리는 큰 소리로 부르고 휘파람을 불어 보기도 했지만 쟈스퍼는 돌아오지 않았다. 하얀 파도가 바위에 부딪쳐 스러지는 구석진 조그마한 만 입구 쪽을 나는 불안하게 바라보았다.
 "괜찮아" 하고 맥심은 말했다. "만약에 파도에 휩쓸렸다면 우리도 알았을 거요. 쟈스퍼, 쟈스퍼, 쟈스퍼!"
 "어쩌면 '행복의 골짜기'로 되돌아갔는지도 모르잖아요?" 하고 나는 말했다.
 "바로 조금 전까지 저 바위 옆에서 죽은 갈매기의 냄새를 킁킁 맡고 있었어" 하고 맥심은 말했다.
 우리는 다시 바닷가를 걸어 골짜기 쪽으로 갔다. "쟈스퍼, 쟈스퍼!" 하고 맥심은 계속 불렀다.
 이때 훨씬 먼 곳의 바닷가 오른쪽 바위 저편에서 짧고 날카로운 개 울음 소리가 들렸다.

"들으셨어요?" 나는 이렇게 말했다. "쟈스퍼는 이 길을 넘어간 거예요."

나는 소리가 난 쪽으로 미끄러지기 쉬운 바위 사이를 기어오르기 시작했다.

"그만두어요" 하고 맥심이 날카롭게 말했다. "그쪽으로는 가지 말아요. 저런 멍청한 놈은 데리러 가지 않는 게 좋아."

나는 바위 위에서 아래를 내려다보면서 잠시 망설였다. "틀림없이 여기서 떨어졌어요, 가엾게도. 제가 가서 데려오겠어요."

다시 쟈스퍼의 소리가 들렸다. 그 소리는 전보다도 더 멀어져 있었다.

"자, 들어 보세요" 나는 말했다. "아무래도 가서 데려와야겠어요. 괜찮겠지요? 밀물에 물이 불어 돌아오지 못하게 된 게 아닐까요?"

"걱정할 것 없어" 하고 맥심은 초조한 목소리로 말했다. "내버려 두라니까. 그놈도 돌아오는 길쯤은 알고 있어."

나는 못 들은 체하고 쟈스퍼의 목소리가 들리는 쪽을 향하여 바위 사이를 기어오르기 시작했다. 우툴두툴한 큰 돌이 눈앞을 가로막고 있었다. 나는 젖은 바위 위에서 미끄러지기도 하고 발이 걸려 넘어지기도 하면서 쟈스퍼가 있는 쪽으로 되도록 빨리 갔다. 그리고 쟈스퍼를 그냥 내버려두다니 어쩌면 맥심은 그렇게도 냉정할까 하고 마음속으로 생각했다. 나로선 그 기분을 이해할 수가 없었다. 게다가 물은 점점 불어가고 있다.

나는 눈앞을 가로막고 있는 큰 돌 옆에까지 이르렀다. 그리고 저쪽을 바라보았다. 보니 놀랍게도 그곳에는 지금까지 보아온 구석진 조그마한 만과 매우 닮아 있기는 하나 그보다도 더 넓고 더 둥그렇게 패어 있는 또 하나의 만이 펼쳐져 있었다. 돌로 만들어진 작은 방파제가 파도를 막기 위해 만 안에 쑥 튀어 나와 그 안쪽에 작은 자연적인 항구 모양을 만들고 있었다. 그리고 부표가 떠 있었으나 보트는 보이지 않았다.

바닷가의 모습은 내 등 뒤에 있는 바닷가와 같으며 하얀 돌멩이투성이였으나 경사가 훨씬 급해서 바다에 육박하고 있었다. 숲은 밀물이 가득 밀려 들어왔을 때의 물결치는 곳을 나타내는 해초 더미가 얼크러져 있는 곳까지 뻗어, 바위 사이에까지 침입해 있다고 해도 좋을 정도였다. 그리고 숲 끝에 똑같은 돌로 만들어진 별장인지 보트 오두막인지 분간할 수 없는 길고 낮은 건물이 서 있었다.

바닷가에는 한 남자가 있었다. 어부인지 장화를 신고 방수 모자를 쓰고 있었다. 쟈스퍼는 그 남자를 보고 마구 짖어 대면서 그의 주위를 빙글빙글 뛰어 돌아다니기도 하고 장화를 향해 덤벼들기도 했다. 그러나 그 사나이는 아랑곳하지 않고 몸을 구부리고 돌멩이투성이 속을 파고 있었다.

"쟈스퍼, 쟈스퍼. 이리 와!"

개는 나를 올려다보며 꼬리를 흔들었으나 짖기를 그만두려고는 하지 않았다. 그리고 여전히 바닷가에 있는 그 사나이를 향해 짖어 댔다.

나는 어깨 너머로 뒤를 돌아보았다. 아직 맥심의 모습은 아무데도 보이지 않았다. 나는 바위 사이를 지나 바닷가로 내려갔다. 구두가 조약돌에 걸려 날카롭게 소리를 냈다. 사나이는 내 구두 소리를 듣더니 얼굴을 들었다. 그때 나는 그 사나이의 얼빠진 듯한, 조그마하고 쭉 찢어진 눈과 빨갛게 젖은 입술을 보았다. 그는 이 없는 잇몸을 보이면서 나를 향해 빙그레 웃었다.

"안녕하십니까?" 하고 사나이가 말했다. "날씨가 아주 나쁘군요."

"안녕하세요? 정말 그다지 좋은 날씨는 아니에요." 하고 나도 말했다.

사나이는 여전히 미소 지으면서 의아스러운 듯이 나를 바라보고 있었다.

"조개를 캐고 있는데 이곳에는 좀처럼 없군요. 난 벌써 점심때가 되기 전부터 내내 캐고 있는데도요."

"어머나, 안됐군요."

"정말입니다, 여기에 조개 따위는 없어요."

"이리 와, 쟈스퍼. 이젠 늦었어. 자, 빨리 오라니까!"

그러나 쟈스퍼는 몹시 거칠어져 있었다. 아마도 바람과 바다 탓으로 사나워진 것이리라. 내 옆에서 떠나 무턱대고 짖어 대면서 아무런 목표물도 없는데 바닷가를 빙글빙글 뛰어다니기 시작했다. 얌전하게 내 뒤를 따라올 것 같은 기척조차 없었다. 나는 어찌할 수가 없었다. 나는 다시 등을 동그랗게 굽히고 부지런히 돌멩이 사이를 파기 시작한 사나이에게 물어보았다.

"끈 같은 것 가지고 있지 않으신가요?"

"네, 뭐라구요?"

"끈 같은 것 없으시냐구요?" 하고 나는 다시 물어보았다.

"아니, 여기엔 조개가 없어요." 그는 머리를 저으면서 말했다. "난 점심 먹기 전부터 캐고 있는데 말이오."

그렇게 말하고 사나이는 뿌옇고 퍼런 그리고 눈물이 글썽한 눈을 닦았다.

"개를 잡아 맬 끈이 필요해요" 하고 나는 말했다. "도저히 따라올 것 같지 않으니까요."

"네, 뭐라구요?" 하고 그는 또 다시 바보 같은 웃음을 지었다.

"그럼 됐어요" 하고 나는 말했다. "아무래도 괜찮아요." 그는 의아스러운 듯이 나를 보았다. 그리고 앞으로 몸을 굽히더니 내 가슴을

쿡 찔렀다.
 "난 이 개를 알지요." 그는 말했다. "이놈은 저택의 개야."
 "그래요." 나는 말했다. "내가 이제부터 함께 데리고 가려는 거에요."
 "그렇지만 당신 개는 아니야."
 "드 윈터 씨의 개예요." 하고 나는 상냥하게 말했다. "그러니까 저택으로 데리고 가려는 거예요."
 "뭐라구요?" 하고 그는 말했다.
 나는 다시 한번 쟈스퍼를 불렀다. 그러나 개는 정신 없이 바람에 날리는 새털을 쫓아다니고 있었다.
 어쩌면 보트 오두막 안에 끈 같은 것이 있을지도 모른다고 생각했다. 그래서 바닷가를 걸어서 그쪽 해변을 향해 갔다. 예전에는 정원이 있었던 모양이었지만 지금은 풀이 무성해서 담쟁이덩굴이 많이 섞여 있었다.
 창문에는 판자가 쳐져 있었다. 문도 잠겨 있는 듯했다. 그래서 나는 별로 기대하지 않고 걸쇠를 들어올려 보았다. 그러자 놀랍게도 문이 조금 삐걱거리는 소리를 내더니 쉽게 열렸다.
 문이 낮았기 때문에 나는 허리를 굽히며 안으로 들어갔다. 아마도 흔한 보트 오두막으로 오랫동안 사용하지 않아 안은 먼지투성이이며 마룻바닥에는 밧줄이며 나무도막과 상앗대 등이 어지럽게 흐트러져 있겠거니 하고 생각했다. 들어가 보니 과연 온 방안이 먼지투성이이고 군데군데 티끌이 한데 뭉쳐져 있기는 했으나 밧줄이나 나무도막은 아무데도 보이지 않았다. 방안도 정연하게 꾸며져 있었다. 방의 크기는 오두막 전체의 크기였다. 구석에 책상과 테이블과 의자가 놓여 있고 소파 침대가 벽에 붙어 있었다.
 컵이며 접시가 든 찬장도 갖추어져 있었다. 책이 가지런히 꽂힌 책장도 있고, 선반 맨 위에는 배의 모형이 장식되어 있었다. 처음에 나는 틀림없이 누군가가 살고 있을 것이며, 어쩌면 바닷가에 있던 저 불쌍한 사나이가 여기서 살고 있는지도 모른다고 생각했으나, 자세히 주위를 살펴보니 최근까지 사람이 살았던 흔적은 아무데도 없었다. 녹슨 난로 바닥에는 전혀 불을 땐 흔적이 없고, 먼지를 뒤집어쓴 바닥에는 발자국 하나 없었다. 찬장 위의 사기그릇도 습기 때문에 군데군데 퍼렇게 곰팡이가 난 채였다. 이상한 곰팡내가 온 방안에 감돌고 있었다.

배의 모형 위에는 거미줄이 여러 겹 쳐져 있어 마치 환상의 돛줄처럼 보였다. 누군가가 살았던 흔적은커녕 누군가가 찾아왔던 흔적조차 없었다. 내가 문을 열었을 때 경첩이 삐걱 소리를 냈다. 비는 공허한 소리를 내며 지붕을 때리고 판자로 둘러친 창문을 두드리고 있었다. 소파 침대의 덮개는 쥐나 생쥐가 쏠다가 만 채로 있어 두툴두툴한 구멍이며 닳아 빠진 끝이 눈에 띄었다.

집안은 축축하고 차가웠다. 어둡고 을씨년스러웠다. 나는 싫은 생각이 들었다. 언제까지나 거기에 있고 싶은 마음은 조금도 없었다. 지붕을 때리는 공허한 빗소리도 견딜 수 없이 싫었다. 어쩐지 방안에까지 그 소리가 울리는 듯했다. 녹슨 난로 바닥에 떨어지는 빗소리도 들려왔다.

나는 무슨 끈이 없을까 하여 주위를 둘러보았다. 그러나 내 목적에 도움이 될 만한 것은 아무것도 없었다. 전혀 없었다. 방 반대쪽에 문이 하나 더 있었다. 나는 거기에 가 보았다. 그리고 조금 불안해져서 겁을 먹고 두려워하며 문을 열어 보았다. 어쩌면 뜻하지 않는 것, 조금도 보고 싶거나 바라지 않는 것이 나타날지도 모른다는 생각으로 묘하게 마음이 설레었기 때문이다. 나에게 해를 입힐 만한 무언가 끔찍한 일이 일어날지도 모른다……

그러나 물론 모두 어이없는 걱정이었다. 나는 문을 열었다. 그곳은 다만 보트를 넣어두는 곳에 지나지 않았다. 밧줄이며, 나무도막이며, 여러 개의 돛이며, 뱃전의 완충재며, 조그마한 조각배며, 페인트 통 등 보트를 다루는 데 필요한 여러 가지 잡동사니가 들어 있었다. 선반 위에 공처럼 감은 가느다란 줄이 있고, 그 옆에 접는 녹슨 칼이 있었다. 쟈스퍼를 매기에는 이 정도면 충분했다. 그래서 나는 칼날을 세워 그 가는 줄을 적당한 길이로 잘랐다. 그리고 다시 방안으로 되돌아왔다.

비는 여전히 지붕을 두드리며 난로 바닥에 떨어지고 있었다. 나는 닳아 빠진 소파 침대며 곰팡이 핀 사기그릇이며 배의 모형에 쳐진 거미줄 등을 되도록 보지 않고, 뒤도 돌아보려고 하지 않으면서 삐걱거리는 문을 빠져나와 급히 밖으로 뛰어나갔다. 그리고 흰 모래밭으로 나왔다.

그 사나이는 이제 조개를 캐지 않고 가만히 내 모습만을 지켜보고 있었다. 쟈스퍼는 남자 옆에 있었다.

"이리 온, 쟈스퍼" 하고 나는 말했다. "착하지, 얼른 이리 와!" 나는 몸을 구부렸다. 쟈스퍼도 이번에는 얌전히 내가 하라는 대로 했다. 목에 걸린 개 목걸이를 잡아당겨도 가만히 있었다.

"그 오두막 속에 끈이 있었어요" 하고 나는 사나이에게 말했다.

그는 대답하지 않았다. 나는 끈을 느슨하게 하여 쟈스퍼의 개 목걸이에 붙들어맸다.

"안녕" 하고 쟈스퍼를 끌면서 나는 말했다. 사나이는 가느다란 멍청한 눈으로 가만히 나를 응시한 채 고개를 끄덕여 보였다.

그리고 "당신은 저 오두막 안에 들어갔지요?" 하고 말했다.

"들어갔어요. 들어가도 괜찮아요. 드 윈터 씨는 아무렇지도 않게 생각할 거예요."

"아니지, 그분은 이젠 저 오두막에 들어가시지 않아요."
"그렇군요" 하고 나는 말했다.
"지금은 이제……."
"그분은 바다에 갔다지요? 이젠 돌아오지 않나요?"
"네, 이젠 돌아오지 않아요."
"난 아무 말도 하지 않았지요?"
"물론이에요, 그러니까 걱정하지 않아도 괜찮아요."

그는 무언지 투덜투덜하며 몸을 굽혀 모래를 파기 시작했다. 나는 모래밭을 가로질러 갔다. 보니 맥심이 두 손을 호주머니 안에 찌르고, 바위산 옆에서 나를 기다리고 있었다.

"미안해요, 쟈스퍼가 도무지 오려고 들지 않아서 끈으로 붙들어매고 왔어요."

그는 휙 돌아서서 숲 쪽으로 걷기 시작했다.

"또 바위산을 넘어서 가는 건가요?"
"무엇 때문에? 우린 이미 이쪽에 와 있지 않소!"

그는 무뚝뚝하게 말했다.

우리는 오두막 앞을 지나 숲 속 오솔길로 들어갔다.

"당신을 기다리시게 해서 죄송해요. 하지만 쟈스퍼가 나빠요. 쟈스퍼는 저 사람에게 마구 짖으면서 덤벼들었어요. 그 사람은 누구예요?"

"벤이라고 부르는데 아주 얌전한 사람이야. 그의 아버지가 옛날부터 산지기였기 때문에, 두 사람 모두 농원 가까이에 살고 있지. 그런데 당신은 그 끈을 어디서 구했지?"

"바닷가의 오두막 안에서 찾았어요."
"문이 열려 있었소?"
"미니까 쉽게 열리던걸요. 이 끈은 돛이며 조각배 등이 들어 있는 작은 방안에 있었어요."

"그렇군" 하고 그는 간단하게 말했다. "그렇군, 알았어." 그리고 잠깐 사이를 두었다가 이렇게 덧붙였다. "그 오두막은 문이 잠겨 있을 텐데. 문이 열려 있을 리가 없어."

나는 잠자코 있었다. 그런 것은 내가 알 일이 아니었다.

"벤이 당신한테 문이 열려 있다고 말했소?"

"아뇨, 제가 무슨 말을 물어도 그 사람에게는 전혀 통하지 않는 것 같았어요."

"그놈은 바보인 체하는 거야. 그놈은 제대로 이론이 선 이야기를 하려고만 하면 얼마든지 할 수 있소. 아마 그놈은 지금까지 여러 번 저 오두막에 드나들었기 때문에 그것을 당신이 알게 될까 봐 그랬던 게지."

"어머나, 하지만 전 그렇게는 생각하지 않아요. 그 오두막은 무척 황폐해서 전혀 사람이 들어간 흔적이 없었어요. 전혀 없었어요. 습기가 너무 차서 아마 책이고, 의자고, 소파고, 모두 썩지 않았을까 생각돼요. 쥐들이 많은지 덮개를 군데군데 쏠아 놓았던걸요."

맥심은 대답하지 않았다. 그의 걸음걸이가 무척 빠른데다가 모래밭에서 올라가는 길은 너무 험했다. '행복의 골짜기'와는 전혀 달랐다. 나무들이 컴컴하니 울창하게 들어차 있어 오솔길로 비어져 나온 진달래도 보이지 않았다.

겹겹이 포개진 나뭇가지 사이로 비가 흠뻑 내리고 있었다. 그리고 내 칼라에 떨어져 튀어서 목덜미로 등 안에 비가 흘러들어갔다. 나는 부르르 몸을 떨었다. 마치 차디찬 손가락이 와 닿기라도 한 것처럼 아주 기분이 나빴다. 익숙하지 못한 솜씨로 바위산을 넘고 난 뒤였기 때문에 내 발은 쿡쿡 쑤셨다. 쟈스퍼도 마구 뛰어다녀 지친 모양이었다. 혀를 축 늘어뜨리고 천천히 걸었다.

"쟈스퍼, 제발 좀 빨리 가자" 하고 맥심은 말했다. "끈을 잡아끌어서라도 어떻게든 빨리빨리 걷게 해요. 베아트리스의 말대로야. 이놈은 살이 너무 쪘어."

"당신은 나빠요" 하고 나는 말했다. "너무 빨리 걸으시는걸요. 우린 도저히 못 따라가겠어요."

"만약 당신이 내 말을 들어 저 바위산을 뛰어넘는 짓만 하지 않았다면 지금쯤은 벌써 집에 돌아가 있었을 게요" 하고 맥심은 말했다. "쟈스퍼는 집으로 돌아오는 길쯤 알고 있어. 당신이 무엇 때문에 이놈의 뒤를 쫓아가려고 했는지 난 모르겠소."

"전 쟈스퍼가 바위산에서 떨어지지나 않았나 했어요. 게다가 밀물도 걱정이 되었어요."

"만약 바닷물에 휩쓸려 갈 위험이 있다면 나도 그냥 내버려두진 않아" 하고 맥심은 말했다. "난 당신에게 바위산을 넘어가선 안 된다고 그때 말했잖소. 그런데도 당신은 지금 와서 피로하다느니 어쩌니 하면서 투덜거리고 있구려."

"전 조금도 투덜거리지 않아요. 하지만 누구라도, 비록 무쇠 다리를 가진 사람일지라도 이렇게 빨리 걸으면 아마 틀림없이 녹초가 될 게 당연해요. 전 쟈스퍼를 찾으러 갔을 때 당신이 뒤에 남아 있지 않고 제 뒤를 따라오시는 줄만 알았어요."

"어째서 내가 이런 괘씸한 개 뒤를 쫓아가 녹초가 되어야 한단 말이오?"

"쟈스퍼의 뒤를 쫓아가셨다 해도 바닷가에 떠돌아다니는 나무도막 뒤를 쫓아다니는 정도밖에 피로하지 않았을 거예요. 당신은 다만 다른 변명을 할 길이 없으니까 그런 말을 하시는 거예요."

"내가 대체 무엇 때문에 변명해야 한다는 거요?"

"제가 어떻게 알겠어요" 하고 나는 지긋지긋한 듯 말했다. "이제 이런 이야기는 그만두기로 해요."

"아니, 그만둘 수 없어. 당신이 꺼냈으니까. 지금 당신은 내가 변명하려고 한다고 했소. 그건 무슨 뜻이오? 무엇 때문에 하는 변명이라는 거지?"

"아마 저와 함께 바위산을 넘어가지 않은 변명이 아닐까요?"

"딴은 그럴 듯하군. 그러면 당신은 어째서 내가 이 모래밭으로 오고 싶지 않았으리라고 생각하는 거지?"

"어머나, 맥심. 제가 그런 것을 어떻게 알겠어요? 전 천리안이 아니에요. 전 다만 당신이 오고 싶어하지 않았다는 것을 알 뿐이에요. 그것은 당신의 얼굴빛으로 알았어요."

"내 얼굴에 무어라고 씌어 있었소?"

"그 말은 이미 했어요. 당신이 오고 싶어하지 않는 마음이 씌어 있었어요. 여보, 이제 이런 이야기는 그만두기로 해요. 이런 이야기만 하면 전 견딜 수가 없어요."

"여자란 말이 막히면 틀림없이 그런 말을 하더군. 그렇소, 난 이쪽 모래밭에 오고 싶지 않았소. 이렇게 말하면 당신 속이 후련하오? 난 저 피비린내 나는 장소며, 저 저주받은 오두막 가까이에는 절대로 가지 않기로 작정했소. 만약 당신에게도 나와 같은 추억이 있다면 틀림없이 당신도 그런 데는 가려고 하지 않고, 그런 이야기도 하려 하지 않고, 거기에 관해 생각조차 하려 들지 않을 게요. 생각해 볼 마음이 있다면 잘 생각해 보오. 그리고 충분히 이해해 주었으면 좋겠소."

맥심의 얼굴빛은 창백했다. 눈은 괴로움에 지쳐서, 마치 내가 처음 그를 만났을 때와 같은 어둡고 멍한 눈초리였다. 나는 손을 뻗어 그의 손을 꼭 쥐었다.

"제발 맥심, 부탁이에요……" 하고 나는 말했다.

"내가 뭘 어쨌다는 거요?" 하고 그는 거칠게 말했다.

"전 당신이 그런 표정을 지으시는 걸 원하지 않아요. 말할 수 없이 서글퍼져요. 여보, 제발 부탁이니 지금 말한 것은 모두 잊어버리도록 해요. 어처구니 없고 쓸데없는 말다툼이에요. 저는 당신에게 무척 미안하게 생각해요. 부탁이니 이젠 아무것도 없었던 것으로 해요."

"우리는 이탈리아에 있었던 편이 좋았을 걸 그랬어. 만더레이 같은 데로 돌아오지 않았다면 좋았을 것을. 아아, 여기로 돌아오다니 난 어쩌면 그다지도 어리석었을까?"

그는 전보다 더 걸음을 빨리하면서 초조하게 나무 사이를 헤쳐 나갔다. 그와 보조를 맞추기 위해 나는 뛰어야만 했다. 하마터면 눈물이 왈칵 쏟아질 것 같아 숨을 헐떡이며 가엾은 쟈스퍼를 끈으로 힘껏 잡아당겼다.

우리는 간신히 오솔길 꼭대기까지 왔다. 위에서 보니 또 다른 오솔길이 왼쪽의 '행복의 골짜기'로 통하고 있었다. 우리는 아까 쟈스퍼가 가려고 했던 길을 올라왔던 것이다. 왜 쟈스퍼가 이쪽 길로 들어가려 했는지 이제야 비로소 이해할 수가 있었다. 이 오솔길은 그가 가장 잘 알고 있는 모래사장과 그리고 그 오두막으로 이어져 있는 것이다. 그가 예부터 곧잘 다녀 낯익은 길이었던 것이다.

우리는 잔디밭까지 왔다. 그리고 한 마디도 주고받지 않은 채 잔디밭을 가로질러 저택으로 돌아왔다. 맥심의 표정은 매우 못마땅해 보였고, 이렇다 할 표정도 없었다. 그리고 내 쪽은 돌아보지도 않은 채 똑바로 홀을 지나 서재로 들어갔다. 프리스가 홀에 있었다.

"차를 주게, 빨리" 하고 맥심이 말했다. 그리고 서재 문을 닫았다.

나는 애써 눈물을 누르려고 했다. 프리스에게 눈물을 보여선 안된다. 그는 틀림없이 우리가 말다툼을 한 것으로 생각할 것이다. 그리고 하인들의 대기실에 가서 모두에게 이렇게 말하겠지. '아씨가 지금 홀에서 우시더군. 어쩐지 그다지 잘 되어 가는 것 같지 않아.'

나는 프리스에게 얼굴을 보이지 않으려고 저쪽으로 걸어갔다. 그러나 그는 내 곁에 와서 레인코트를 벗겨 주었다.

"이 레인코트는 제가 원예실에 가져다 두겠습니다."

"고마워요, 프리스" 하고 역시 얼굴을 돌리면서 나는 대답했다.

"산책하시기엔 그다지 좋지 못한 날씨였습니다, 아씨."

"그래요, 별로 좋지 않았어요."

"손수건이 떨어졌습니다, 아씨" 하고 바닥에 떨어진 것을 주워 올리면서 그가 말했다.

"고마워요" 하고 나는 말하고 그걸 호주머니에 집어 넣었다.

이층으로 올라갈까, 아니면 맥심의 뒤를 따라 서재로 가야 할 것인가 하고 나는 망설였다. 프리스는 레인코트를 원예실로 가지고 갔다. 나는 손톱을 깨물면서 아직 거기에 망설이고 서 있었다. 프리스가 되돌아왔다. 내가 아직도 그대로 서 있는 것을 보고 적이 놀라는 눈치였다.

"서재에는 불이 피워져 있습니다, 아씨."

"고마워요, 프리스," 하고 나는 말했다.

나는 천천히 홀을 가로질러 서재로 향했다. 그리고 문을 열고 안으로 들어갔다. 맥심은 의자에 앉아 있었다. 그 발치에는 쟈스퍼가 웅크리고 앉았고 늙은 개는 바구니 속에서 자고 있었다. 신문이 의자 팔걸이 위에 있었으나 맥심은 신문을 읽고 있지 않았다. 나는 그의 곁으로 가서 무릎을 꿇었다. 그리고 그에게 얼굴을 가까이 가져갔다.

"이제는 저 때문에 이 이상 화 내시지 마세요" 하고 나는 속삭였다.

맥심은 내 얼굴을 두 손으로 받쳐들고 피곤하고 괴로워 보이는 눈으로 나를 내려다보았다. "난 화난 게 아니오."

"하지만 전 당신을 괴롭혔는걸요. 그건 당신을 화나게 한 거나 마찬가지예요. 당신의 마음속은 상처투성이가 되었을 거예요. 당신의 그런 모습을 보면 저는 도저히 견딜 수가 없어요. 그만큼 전 당신을 사랑하고 있어요."

"정말이오?" 하고 그는 말했다. "진정이지?" 그리고 힘주어 나를 꼭 끌어안고 어둡고 불안해 보이는 눈을, 괴로워하고 두려워하는 어린아이와도 같은 눈을 내게 던졌다.

"왜 그러시죠? 어째서 그런 눈빛으로 저를 보시는 거지요?"

맥심이 미처 대답할 겨를도 없이 문 열리는 소리가 났다. 나는 얼른 몸을 일으켰다. 그리고 통나무를 집어 난로 속에 던져 넣는 체했다. 프리스가 로버트를 데리고 방안으로 들어왔다. 우리의 차 마시는 의식이 시작되었다.

다시금 어제와 똑같은 일이 되풀이되었다. 테이블이 놓이고, 새하얀 테이블 보가 씌워지고, 과자가 차려지고, 끓는 물이 담긴 은주전자가 조그마한 불꽃 위에 올려졌다. 그동안 쟈스퍼는 걱정스러운 듯 귀를 세우고 꼬리를 흔들면서 가만히 내 얼굴을 지켜보고 있었다. 우리가 다시 둘만이 있게 된 것은 그로부터 5분이 지난 뒤였다. 이때 맥심을 보니 그는 전처럼 얼굴빛이 좋아지고 지친 듯한 멍한 눈길도 사라지고 없었다. 그리고 지금 샌드위치에 손을 뻗치고 있었다.

"점심을 먹을 때, 그렇게 여럿이 함께 있었던 게 좋지 않았던 거요. 베아트리스는 언제나 내게 대들거든. 어렸을 때 우리는 곧잘, 마치 개처럼 늘 싸움을 하곤 했소. 그렇지만 나는 누님이 무척 좋았어. 그리고 누님 내외분이 이웃에 가까이 살지 않기를 아주 잘했어. 그리고 보니 이제 생각이 났는데, 우리도 할머니 만나 뵈러 가야겠는걸. 자, 차를 따라 주구려. 아까는 심술을 부려서 당신까지 슬프게 해서 미안했소."

이것으로 모든 것은 해결되었다. 삽화는 끝난 것이다. 두 번 다시 그런 말을 입 밖에 내선 안 된다. 그는 찻잔 너머로 나를 보고 빙그레 웃었다. 그리고 나서 의자 팔걸이에 놓여 있는 신문 쪽으로 팔을 뻗쳤다. 그의 미소는 내게 주는 상이었다. 쟈스퍼의 머리를 가볍게 툭툭 두드려 주는 것과도 같은 일이었다. 자, 착한 아이니 여기 누워요, 그리고 사람들에게 방해가 되면 못써요.

나는 또 쟈스퍼가 되었다. 또 전과 같은 처지로 돌아갔다. 나는 과자를 한 개 집어 그것을 두 마리의 개에게 나누어 주었다. 나 자신은 조금도 먹고 싶지 않았다. 웬지 배가 가득했던 것이다. 나는 심한 피로감을 느꼈고 녹초가 된 기분이었다. 문득 맥심 쪽을 보았더니 그는 여전히 다른 신문을 읽고 있었다. 과자에 묻힌 버터가 손가락에 잔뜩 묻어 있었기 때문에 나는 호주머니에 들어 있는 손수건을 꺼냈다. 보니, 그것은 레이스로 가장자리를 장식한 아주 작은 손수건이었다. 나는 눈썹을 찌푸리고 찬찬히 그것을 바라보았다. 내 손수건이 아니었기 때문이다. 이때 나는 프리스가 이것을 홀의 돌바닥에서 주워들었던 것을 생각했다. 그러면 이것은 틀림없이 레인코트의 호주머니에서 떨어졌을 것이다. 나는 그 손수건을 뒤집어 보았다. 호주머니의 솜먼지가 달라붙어 더러워진 손수건이었다. 틀림없이 오랫동안 레인코트의 호주머니 속에 들어 있었던 것이리라.

한쪽 귀퉁이에 글씨가 있었다. 비스듬하게 키가 큰 R자가 de W라는 글자와 섞여 있었다. R자만이 다른 글자를 누르고 컸으며, 그 끝은 레이스에서 벗어나 흰 바탕까지 뻗어 있었다. 무슨 자투리 천으로 만든 것 같은 아주 조그마한 손수건으로 돌돌 말아서 호주머니에 넣은 채 잊혀졌던 모양이다. 이 손수건이 맨 처음 쓰여진 이래 레인코트에서 다시 꺼낸 것은 틀림없이 내가 처음이었을 것이다. 그렇다면 그 레인코트를 입은 여자는 키가 크고 늘씬한, 그리고 나보다도 어깨가 넓은 여자였을 것이다. 왜냐하면 그 레인코트는 내게 너무 헐렁헐렁하고 길어서 소매가 손을 덮을 정도였기 때문이다. 단추도 두서너 개 떨어져 있었다. 그러니까 아마도 단추를 단정하게 채우지 않았던 모양이다. 어깨에 걸치는 옷처럼 입거나 앞을 터 놓고 단정치 못하게 입고 두 손을 호주머니에 찌른 채 걸었을 것이다.

손수건에는 핑크빛 자국이 묻어 있었다. 입술연지 자국이었다. 틀림없이 이 손수건으로 입술을 닦고 아무렇게나 호주머니 속에 넣었을 테지. 나는 그 손수건으로 손가락을 닦았다. 그때 나는 아직도 손수건에 희미한 향기가 배어 있는 것을 깨달았다. 그것은 나도 기억하고 있는, 내가 알고 있는 향기였다. 나는 눈을 감고 생각해 내려고 했다. 어쩐지 걷잡을 수 없으며 무어라 형용하기 어려운 희미하면서도 향긋한 냄새였다. 분명히 나는 오늘 오후 그 향기를 맡았고, 그것을 만졌었다. 이때 나는 문득 손수건에 남아 있는 그 냄새가 '행복의 골짜기'에 떨어져 있던 진달래의 흰꽃잎 냄새와 같다는 것을 깨달았다.

11

초여름 서부 지방이 흔히 그렇듯이 만 1주일 동안이나 날씨가 음산하고 싸늘했다. 우리는 그 뒤 두번 다시 바닷가에 가지 않았다.

테라스나 잔디밭에서 바다를 바라볼 수는 있었다. 그러나 잿빛 바다는 사람을 가까이 오지 못하게 하는 것 같았다. 크나큰 파도가 곶의 수로표(水路標)를 넘어 조그마한 만 안으로 밀려오고 있었다. 물결은 조그마한 만 안으로 돌입하여 요란한 소리를 내며 바위에 부딪치면서 급경사를 이룬 모래밭으로 급속도로 밀려오는 풍경을 나는 마음속으로 그려 보았다.

테라스에 서서 귀를 기울이면 아래쪽에서 낮고 음산한 파도 소리가 들려 왔다. 절대로 멈추지 않는 날카롭고 끈질긴 소리였다. 갈매기들도 궂은 날씨 때문에 육지로 날아왔다. 그리고 활짝 편 날개를 너울거리고 울음 소리를 내면서 저택 위를 빙글빙글 돌았다. 어째서 어떤 사람들은 시끄러운 바다 소리를 못견디게 생각하는지 나도 차차 알게 되었다.

이따금 바다는 완전한 우울 속으로 끌고가는 하프 소리를 내곤 했다. 더욱이 그 영원한 파도와, 요란한 소리와, 애처로운 소리가 언제까지나 끊이지 않으며 몹시 신경을 건드리는 것이다. 우리 방이 동쪽에 있고 창문에서 몸을 내밀면 장미꽃 동산을 내려다볼 수 있는 것을 나는 기쁘게 생각했다.

이따금 나는 좀처럼 잠을 잘 수 없을 때가 있었다. 그런 때에는 조용한 밤중에 살그머니 침대에서 빠져나와 창가로 갔다. 그리고 두 팔을 창문턱에 올려 놓고 기대어섰다. 말할 수 없이 고요하고 평온했다. 끊임없는 파도 소리도 전혀 들려오지 않았고 내 마음도 평화로웠다. 숲속의 험한 오솔길을 내려가 잿빛으로 뒤덮인 조그마한 만이나 사람 없는 오두막으로 나를 유인하는 것도 없었다.

나는 오두막에 관한 일은 이제 잊어버리고 싶었다. 그러나 낮에는 내내 그 것만 생각하고 있었다. 테라스에서 바다를 볼 때마다 언제나 그 생각이 나를 괴롭혔다. 그럴 때마다 사기그릇 위의 퍼런 얼룩이며 모형선의 조그마한 돛대에 마구 쳐 놓은 거미줄이며 쥐가 쏠아 놓은 소파 침대보의 구멍 등이 선하게 눈 앞에 나타나곤 했다.

지붕을 두드리는 빗소리도 생각났다. 그리고 눈물을 글썽거리는 가늘고 파란 눈의, 멍텅구리 같은, 교활한 미소를 띤 벤도 생각났다. 이러한 것들이 내 마음을 마구 휘저었다. 그런 일들이 생각나면 도저히 즐거운 기분이 될 수 없었다.

나는 그런 일들을 모조리 잊어버리려고 했다. 그러나 그와 동시에 어째서 그런 것들이 내 마음을 휘젓는지, 어째서 나를 불안하게 하고 비참하게 하는지 그 까닭을 알고 싶었다. 마음속 어딘가에 겁먹은 호기심의 씨앗이 남모르게 숨어서 내가 아무리 부정해도 모르는 사이에 조금씩 커져 갔다.

"이것에 대해서 자꾸만 미주알고주알 알아 내려고 하면 못 쓴다. 네게는 금지되어 있으니까" 하는 말을 들은 어린아이가 품을 온갖 의혹과 불안감을 나는 잘 이해할 수가 있었다. 우리가 숲 속의 오솔길을 지날 때 맥심의 눈에 떠올랐던 그 핏기 잃은 불안한 표정을 나는 잊을 수가 없었다.

그리고 "아, 여기로 돌아오다니 어쩌면 난 이다지도 어리석을까?" 하던 그때의 말도, 모두 내 잘못이었다. 내가 조그마한 만 쪽으로 내려간 것이 나빴던 것이다. 그렇게 함으로써 그에게 다시 과거로의 통로를 열어버린 것이다. 지금은 맥심도 기운을 되찾고 전과 같은 사람이 되어서, 둘이 함께 잠을 자고, 식사를 하고, 산책을 하고, 편지를 쓰고, 마을로 드라이브도 하면서 그날 그날을 보내지만, 그래도 그 때문에 우리 둘 사이에는 하나의 장벽이 생긴 것을 나는 알 수 있었다.

그는 혼자 외로이 반대쪽을 걷고 있었다. 그리고 나는 그의 곁에 다가갈 수 없는 것이다. 무언가 경솔한 말이라든가 조심성 없는 대화 한 마디가 다시 그의 눈에 그 표정을 나타나게 하지나 않을까 싶어 나는 끊임없이 살피고 두려워하게 되었다. 바다에 관한 말은 한 마디도 입에 담지 않으리라고 결심했다. 바다라면 보트며, 난파선이며, 익사가 연상되기 때문이다……. 어느 날 점심을 하러 온 프랭크 클로리마저 나를 조마조마하게 했다. 그때 그는 여기서 3마일 가량 떨어진 케리스 항의 요트 경주에 대한 말을 꺼냈던 것이다. 나는 순간 소스라치게 놀라 꼼짝도 하지 않고 내 요리 접시만 바라보고 있었는데, 맥심은 아무렇지도 않은 듯 아주 자연스럽게 이야기를 계속하고 있었다. 그러나 나는 앞으로 어떻게 될 것인가, 대화가 어떻게 전개되어 갈 것인가 하고 안절부절못했다.

마침 치즈를 먹을 때였다. 프리스가 방에 없었으므로 나는 일어나 찬장으로 가서 별로 필요하지도 않은데 치즈를 더 가져왔다. 그들과 함께 식탁에 앉아 그들의 주고받는 이야기를 듣고 싶지 않았기 때문이다. 나는 화제를 얼버무리기 위해 하찮은 노래 한 구절을 흥얼거렸다. 물론 나는 좀 이상하게 보였다. 나의 그러한 행동은 마치 병적이고 어리석으며 특별히 감수성이 예민한 신경증 환자의 태도 같았다. 평소의 행복한 나와는 전혀 달랐다. 그러나 아무래도 그렇게 하지 않을 수가 없었다. 그런 경우 어떻게 해야 할 것인지를 나는 알지 못했다. 손님이 오거나 했을 때에는 내성적인 성격과 서투름이 한층 더 심해지고, 나는 스스로도 어이가 없을 만큼 아둔해지고 말없는 여자가 되고 만다.

처음 몇 주일 동안 우리는 이따금 이웃에 사는 사람들의 방문을 받았는데, 그런 사람들을 맞아들이고, 악수를 하고, 판에 박은 듯한 반 시간을 함께 무료하게 지내기란 나로선 전부터 걱정했던 것보다 더 심한 형벌이 되었다. 왜냐하면 그 사람들이 해서는 안 될 말을 지껄이지나 않을까 하는 새로운 걱정거리가 끊임없이 내 마음을 괴롭혔기 때문이다. 찻길에서 울리는 차바퀴 소리며 요란한 벨 소리를 들으면 나도 모르게 등골이 오싹했다. 그리고 허둥지둥 침실로 도망쳐 들어갔다. 다급하게 콧등을 분첩으로 두드리고 머리를 빗었다. 이윽고 판에 박은 것처럼 문을 노크하고 은쟁반에 올려놓은 명함이 전해진다.

"알겠어요. 곧 내려가요."

계단이며 홀 바닥에 울리는 내 발꿈치 소리도, 서재의 문을 열기도 나는 모두 싫었다. 그러나 그보다 더 싫었던 것은 기다랗고 춥고 생기라고는 없는 객실이었다. 거기에는 반드시 낯선 여자가 혼자 또는 두 사람, 그렇지 않으면 부부 동반인 손님이 기다리곤 했다.
"잘 와 주셨어요. 맥심은 마침 정원에 나갔어요. 프리스가 지금 찾으러 나갔으니까 곧 올 겁니다."
"저희들은 부인께 경의를 표하려고 이렇게 찾아왔습니다."
그리고 잠시 웃기도 하고, 조금 지껄이기도 하고, 입을 다물어 버리기도 하고, 방안을 둘러보기도 한다.
"만더레이는 여전히 아름답군요. 부인, 마음에 드시나요?"
"네, 그야 물론……." 이따금 나는 부끄러운 마음으로 또는 어떻게든 상대를 기쁘게 해 주고 싶은 기분에서 이런 때 외에는 결코 쓰지 않는 여학교 시절에 쓰던 말을 써 버리는 수가 있었다. 그것은 '어머나, 기가 막혀!' 라든가, '어머, 멋져요' 라든가, '절대로' 라든가, '참 훌륭해요' 라든가 하는 말인데, 안경을 낀 어떤 미망인에게는 '체리오(Cheerio: 영국의 속어로서 축배할 때 '축하하네!' 또는 헤어질 때 '잘 가게! 또 만나세!'라는 뜻이 있음)'라는 말까지 했던 것 같다. 맥심이 돌아와 마음이 놓이는 것도 잠깐이고, 이번에는 또 그들이 만약 어떤 조심성 없는 말을 불쑥 꺼내지나 않을까 하고 걱정되기 시작했다. 그리고 억지로 미소를 띠고 무릎에 두 손을 놓은 채 입을 다물어 버리는 것이었다. 그러면 그 사람들은 맥심을 보고 내가 만나 본 적이 없는 사람들이며, 가본 적도 없는 장소의 이야기를 하기 시작했다. 이따금 그들이 이상하다는 듯 놀란 눈초리로 나를 바라보는 것을 깨달았다. 돌아가는 차 안에서 그들이 이런 말을 주고받는 것이 눈에 선하게 떠올랐다.
'그 여자는 어쩌면 그렇게도 재미가 없을까요? 좀처럼 말을 하지 않더군요.' 그리고 또 베아트리스에게서 처음 들은 이래 줄곧 내 마음에 달라붙어 떨어지지 않는 말이라 누구의 눈이나 어느 누구의 입에서나 모두 그렇게 할 말──레베카와는 전혀 다르군──하는 이 말이 들려왔다.

이따금 나는 듣고 보고 한 것들을 주워 모아 그것을 내 비밀의 저장고에 감추어 둘 것이다. 이를테면 무심코 한 말이라든가, 하찮은 질문이라든가, 이야기 속에 나왔던 문구 등을……. 만약 맥심이 함께 있지 않았다면 그것을 듣기란 덧없는, 괴로운 기쁨이 되었을 것이다. 그것은 어둠 속에서 배운 부당한 지식인 것이다.

아마도 나는 답례를 하러 가야만 할 것이다. 맥심은 이런 일에 관해서는 극히 차근차근하고 빈틈이 없는 사람이니까 내가 답례하러 가지 않는 것을 용납하지 않으리라. 게다가 만약 그가 함께 가지 않으면 나는 혼자서 형식적인 답례를 해야만 하는 것이다. 그렇게 되면 내가 할 말을 찾느라 쩔쩔 매는 동안 대화는 자꾸 끊길 것이다.

"저택에서는 많은 손님을 초대하실 작정인가요?" 하고 사람들은 묻겠지. 그에 대하여 나는 이렇게 대답할 것이다. "글쎄요, 잘 모르겠어요. 맥심은 아직 그런 이야기를 별로 하지 않아요." "물론 그러시겠지요. 아직 시기가 이른걸요. 옛날에는 언제나 온 저택이 손님으로 꽉 찼었답니다." 여기서 또 이야기가 끊긴다.

"런던에서도 손님이 많이 모여들었지요. 그리고 곧잘 훌륭한 파티가 열리곤 했어요."

"네" 하고 나는 말하겠지. "저도 그렇게 들었어요." 여기서 다시 이야기가 끊어진다.

그리고 나서 죽은 사람에 대해 말할 때나 예배를 보는 장소에서 이야기할 때처럼 그들은 소리를 낮추어 말할 것이다. "전의 아씨께서는 매우 인기가 많았답니다. 그야말로 훌륭하신 분이었어요."

"정말" 하고 나는 말한다. "정말 그랬던 것 같더군요." 그리고 나서 바로 나는 장갑 밑에 있는 손목시계를 본다.

그리고 이렇게 말한다.
 "이젠 가 봐야겠어요. 벌써 4시가 지났군요."
 "함께 차라도 드시고 가시지요? 저희들은 언제나 4시 15분에 차를 마신답니다."
 "괜찮아요, 정말 고맙습니다만 맥심과 약속이 있습니다." 내 말은 흐지부지 꺼져 버리고 만다. 그러나 상대는 내 마음을 잘 알겠지. 우리는 모두 자리에서 일어선다. 더욱이 그녀가 차를 마시라고 권한 것은 그냥 인사치레에 지나지 않는다는 것과 또 내가 맥심과의 약속을 끌어 댄 것도 단순한 구실이라는 것도 서로 잘 알고 있다.
 이따금 나는 만약 관습이라는 것을 뒤집어 놓으면 어떻게 될 것인가 하고 생각했다. 즉 자동차에 올라 현관에 서 있는 주부에게 손을 흔들어 헤어지는 인사를 한 뒤에 갑자기 다시 문을 열고 이렇게 말하는 것이다.
 "저, 어쩐지 갑자기 돌아가고 싶지 않아졌어요. 다시 객실에 가서 앉아도 될까요? 만약 지장이 없으시다면 만찬도 함께 들고 싶어요. 오늘 밤은 여기서 머물게 해주셨으면 하는데요."
 그렇게 한다 해도 과연 관습과 그 지방의 독특한 예의범절이 놀라움을 압도할 것인가? 그리고 다시 환영 하는 미소가 다시 주부의 얼어붙은 얼굴에 떠오를 것인가? 그리고 "물론 괜찮구말구요! 정말 잘 말씀해 주셨어요!" 하고 말해 줄 것인가? 그렇게 할 용기가 있었으면 하고 나는 언제나 생각했다. 그러나 한번도 그렇게는 되지 않고 문은 쾅 닫히고 자동차는 자갈을 깔아 놓은 평평한 찻길을 자갈 소리를 내면서 나아갔다. 그리고 지금 막 헤어진 주부는 안도의 한숨을 쉬면서 자기 방으로 돌아가 다시 여느 때와 같은 그녀로 돌아가는 것이다.
 부근의 성당 마을에 사는 사제(司祭) 부인이 언젠가 나에게 이런 말을 한 적이 있다.

"댁의 주인 어른께서는 다시 만더레이의 가장 무도회를 여실까요? 그것은 매우 훌륭했답니다. 나는 평생 잊지 못할 거예요."

나는 거기에 관해서는 뭐든지 알고 있는 것처럼 미소를 짓고 그리고 이렇게 말해야만 했다. "아직 아무런 결정도 하지 않았어요. 아무튼 여러 가지로 해야 할 일이며 의논해야 할 일이 잔뜩 밀려 있으니까요."

"그러시겠지요. 하지만 그것만은 그만두지 않도록 부탁드리고 싶군요. 아씨께서 주인 어른께 잘 권해 주세요. 물론 작년엔 없었지만 재작년 무도회는 잘 기억하고 있어요. 저도 남편과 함께 참석했었습니다만 아주 기막히게 훌륭한 모임이었답니다. 만더레이에서는 언제나 기꺼이 그런 모임을 베풀곤 했지요. 홀의 아름다운 광경이란 이루 말로 다할 수가 없었어요. 모두들 거기서 춤을 추었지요. 음악은 임시로 만든 야외 무대에서 연주되었어요. 모든 일이 적절하게 빈틈없이 이루어졌어요. 그만한 모임을 마련하기란 그야 쉬운 일이 아니겠지요. 그런 줄은 누구나 모두 잘 알고 있답니다."

"그렇겠지요" 하고 나는 말했다. "맥심에게 자세히 물어보겠어요."

나는 아침의 방 책상에 카드가 하나하나 붙어 있는 서류꽂이를 생각했다. 그리고 또 수북이 쌓여 있는 초대장이며, 두툼한 인명부며, 주소록 등을 상기했다. 한 여자가 그 책상에 앉아 초대하고 싶은 사람의 이름 옆에 V자를 써 넣고 있다. 그리고 초대장을 펼쳐서 펜에 잉크를 찍어 그 한쪽 어깨가 처진 필적으로 거침없이 정확하게 주소와 이름을 적어간다……

"가든 파티가 열렸답니다. 저희들도 한 여름에 폐를 끼친 일이 있었어요" 하고 사제 부인은 말했다. "하나에서 열까지 언제나 매우 아름다웠어요. 꽃이 사방에 활짝 피어 있었으니까요. 특히 그날은 말할 수 없이 훌륭했던 것을 기억하고 있습니다. 장미꽃 동산에 마련된 작은 테이블에서 차를 마셨는데, 정말 기막힌 참신한 착상이지 뭐예요. 정말 그분은 재색을 함께 갖춘……."

 그녀는 실수를 했다고 생각한 모양이다. 조금 얼굴을 붉히며 입을 다물었다. 그러나 나는 그 자리를 어색하지 않게 하기 위해 얼른 그녀에게 맞장구를 쳤다. 그리고 주저하지 않고 한 마디로 잘라 말했다. "정말 레베카라는 분은 아주 훌륭한 부인이었던 모양이에요."

 나 자신이 마침내 그 이름을 입에 담은 사실을 도저히 믿을 수가 없었다. 도대체 어떻게 될 것인가 하고 생각하면서 나는 잠시 그들을 가만히 보고 있었다. 나는 그 이름을 입에 올렸다. 레베카라는 이름을 소리 높여 말했던 것이다. 그런데도 어쩌면 이렇게 마음이 편안할까. 어쩐지 마치 소화제라도 먹어 참기 어려운 고통에서 빠져 나온 듯한 느낌이었다. 레베카, 나는 그 이름을 소리 높여 말해 버렸던 것이다.

 얼굴이 붉어진 것을 상대가 알아차리지나 않을까 하고 나는 걱정했다. 그러나 그녀는 역시 전과 같은 상태로 거침없이 대화를 계속해 갔다. 마치 덧문을 닫은 창문 옆에서 몰래 엿듣고 있는 사람처럼 나는 열심히 그녀의 이야기에 귀를 기울였다.

 "그러면 아씨께서는 한 번도 그분을 만나 뵌 적이 없으신가요?" 그녀는 물었다. 그리고 내가 머리를 젓자 어떻게 말해야 할 것인지 잠시 주저했다. "실은 저희들도 그분에 대해 개인적으로는 그다지 잘 모릅니다. 남편이 이리로 부임한 지 아직 4년밖에 되지 않았으니까요. 하지만 그분은 우리가 무도회나 가든 파티에 가면 무척 친절하게 대해 주셨어요. 그해 겨울에는 만찬에까지 초대받았던 일이 있었답니다. 네, 정말이지 그분은 참으로 기분 좋은 분이었어요. 매우 활발하셨지요."

"그분은 어떤 일이건 무척 잘하셨던 모양이군요" 하고 나는 말했다. 장갑 가장자리를 만지작거리면서 태연하게 말하는 것처럼 보이려고 아무렇지도 않은 목소리로.

"현명하고 아름답고 게다가 운동을 좋아하는 사람이란 그리 흔하지 않아요."

"네, 정말이에요. 그렇구말구요" 하고 사제 부인은 말했다. "사실 그분은 매우 뛰어난 재능을 가지고 계셨답니다. 무도회날 밤, 계단 밑에서 손님들과 일일이 악수를 하시던 그분의 모습이 아직도 역력히 눈앞에 남아 있어요. 하얀 얼굴에 숱 많은 검은 머리가 멋있었고 입으신 옷도 무척 잘 어울렸어요. 정말 아름다우셨지요."

"집안일까지도 손수 하셨다더군요" 하고 나는 말했다. 마치 '나도 아무렇지 않아요. 아무렇지도 않게 곧잘 그 사람의 이야기를 해요'라고 하는 것처럼 미소를 지으면서. "그 때문에 틀림없이 여러 가지로 시간을 빼앗기기도 하고 번거로운 생각도 하셨으리라고 생각해요. 그런데 전 집안일을 모두 가정부에게 맡겨 버리고……."

"어머나, 그게 좋지 않으세요? 누구나 모든 것을 하나에서 열까지 다 할 수는 없는걸요. 게다가 아씨는 아직 너무 젊으세요. 오래지 않아 익숙해지시면 틀림없이 잘 하실 수 있어요. 암요. 게다가 아씨에게는 또한 자신의 취미가 있으시니까요. 아씨께서는 스케치를 매우 잘하신다는 소문을 누구에게선가 들었어요."

"어머나, 그런 걸 다" 하고 나는 말했다. "별로 내세울 정도가 못 되요."

"하지만 그래도 역시 상당한 재능이세요." 하고 사제 부인이 말했다. "누구나 모두 스케치를 할 수 있는 건 아니니까요. 앞으로도 내내 계속하시는 게 좋으실 거예요. 만더레이에는 곳곳에 스케치하기 좋은 경치가 있을 테니까요."

"그래요" 하고 나는 대답했다. "저도 그럴 거라고 생각해요."

말은 그렇게 했지만 나는 그녀의 말에 약간 풀이 죽어 버렸다. 한 손에 접는 의자와 그림 도구 상자를 안고, 또 한 손에 그녀가 말하는 '상당한 재능'을 안고 잔디밭 위를 천천히 걷고 있는 자신의 모습이 갑자기 눈에 선히 떠올랐다.

'상당한 재능'이라는 말이 마치 '지병'이라는 말처럼 내 귀에 울렸다.

"당신은 놀이로는 무얼 좋아하시나요? 승마라든가 사격을 하시나요?" 하고 그녀가 물었다.

"아뇨, 그런 건 전혀 못 해요. 하지만 산책은 좋아해요" 하고 나는 점점 풀이 죽으며 덧붙였다.

"산책은 이 세상에서 가장 좋은 운동이에요." 그녀는 또렷한 어조로 말했다. "남편과 저도 곧잘 산책을 한답니다."

차양 넓은 모자에 행전을 두른 구두를 신은 사제가 이 부인과 팔을 끼고 성당 주위를 몇 번이나 빙빙 걸어다닐까 하고 나는 생각했다. 그녀는 몇 해 전 휴가 때 페나인 산맥을 돌아다녔던 추억 이야기를 꺼내기 시작했다. 그때는 하루에 평균 20마일이나 걸었다고 한다. 나는 조심스럽게 미소를 띠고 고개를 끄덕이며 듣고 있었다. 그리고 페나인 산맥이란 어떤 곳일까 하고 생각했다. 안데스 산맥과 비슷한 곳일 거라고 생각했으나 이윽고 여학교 때 지도에서 본 핑크빛 잉글랜드 중앙부에 가느다란 선으로 표시된 산줄기라는 기억이 났다. 그때도 사제는 계속 차양 넓은 모자에 행전을 두른 구두를 신고 있었을까?

어떻게 피할 도리가 없는 침묵이 일었다. 객실의 시계가 날카롭고 높은 소리로 4시를 쳤기 때문에 나는 여느때처럼 손목시계를 보았다.

그리고 의자에서 일어났다.

"만나 뵈어서 참으로 기뻐요. 부디 저희 집에도 놀러 오세요."

"머지않아 한 번 찾아 뵙겠어요. 그런데 남편이 늘 바빠서요. 부디 주인 어른께도 안부 전해 주세요. 그리고 무도회를 다시 열도록 부탁드리는 걸 잊지 않으셨으면 해요."

"네, 물론 잘 말씀드려 보겠어요."

물론 거짓말이었다. 나는 그저 그 일에 대해서 잘 알고 있는 체했을 뿐이다. 돌아오는 차 속에서 나는 구석에 앉아 손톱을 깨물었다. 나는 상상했다. 여러 가지 모습으로 꾸민 사람들로 혼잡을 이루고 있는 만더레이의 홀. 돌아다니는 많은 사람들의 와자지껄 떠들썩한 목소리, 웃음 소리, 야외 무대에서 자리잡은 악사들, 객실에 내놓게 될 음식, 벽에 죽 늘어놓은, 선 채로 먹게 되어 있는 긴 식탁 등을.

계단 밑에 서서 웃음 띤 얼굴로 사람들과 악수를 하는 맥심의 모습도 눈앞에 나타났다. 그는 자기 옆에 서 있는 여자를 돌아본다. 그 여자는 키가 크고 후리후리하며, 사제 부인의 이야기에 의하면 머리가 검고 얼굴은 희다. 그녀는 재빨리 좌우를 훑어보며 손님들의 동정을 살피고 어깨 너머로 하인들에게 명령을 내린다. 한 번도 실수를 하거나 우아하고 아름다운 모습이 흐트러지는 일 없이 춤을 출 때에는 하얀 진달래 내음과도 같은 향기를 공중에 퍼뜨린다.

"저택에 많은 손님을 초대하실 생각이신가요?"

이런 암시적인, 아니 차라리 심문하는 듯한 말을 그 뒤에 나는 또 들었다. 케리스의 반대쪽에 사는 한 여자를 찾아갔을 때 그렇게 말했던 것이다. 그 여자의 의심에 찬 불손한 눈초리를 나는 지금 떠올린다. 그녀는 머리 꼭대기에서부터 발끝까지 나를 힐끔힐끔 훔쳐보면서, 내려감은 재빠른 눈길로 내가 임신했는가 어떤가를 살폈다.

나는 두 번 다시 여자를 만나고 싶지 않았다. 이젠 어떤 여자도 만나고 싶지 않았다. 그 여자들은 호기심이 많아 뭐든지 파고들기를 좋아하고, 그 욕망을 채우고 싶은 생각으로 만더레이에 찾아오는 것이다. 내 모습이며 태도에 대하여 이러쿵저러쿵 비평하고 싶은 것이다. 맥심과 내가 서로 어떤 태도를 취하고 있는가, 우리가 서로 사랑하고 있는지 어떤지를 알아보러 오는 것이다. 그리고 이윽고 집에 돌아가서는 여러 가지로 우리의 이야기를 하며 "옛날과는 완전히 달라져 버렸어"라고 하리라.

 나를 레베카와 비교해 보고 싶어서 그 여자들은 찾아오는 것이다. 이젠 답례 따위는 가지 않으리라고 나는 결심했다. 맥심에게 분명히 그렇게 말하리라. 그 여자들이 나를 버릇없고 무뚝뚝한 여자라고 생각한다 해도 나는 아무렇지도 않다. 그렇게 되면 그 여자들은 좀더 이것저것 나를 헐뜯으려고 하겠지. 나를 어둡게 자란 여자라고 할지도 모른다.

 "그다지 이상할 것 없어" 하고 그 여자들은 말하겠지. "당신은 그 여자가 어떤 사람인지 알고 있어요?"

 그리고 나서 웃으며 어깨를 흔들어 댈 것이다. "어머나, 아직 그걸 몰랐나요? 맥심이 그 여자를 몬테카를로인지 어디선지 주워 왔다잖아요? 그때 저 여자는 빈털터리였대요. 그리구 어떤 노부인의 시중을 들고 있었다더군요."

 웃음 소리는 한층 더 높아지고 눈썹은 더욱 치켜 올라간다. "정말 어이없지 뭐에요. 남자란 도무지 알 수가 없대두요. 다른 사람이라면 또 몰라도 그토록 까다로운 맥심이 레베카의 뒷자리에 어떻게 저런 여자를 맞을 생각을 했는지 모르겠어요."

 그러나 나는 전혀 아무렇지도 않다. 그런 것은 아무래도 좋았다. 말하고 싶은 대로 내버려두면 되는 것이다.

 자동차가 문지기 집 앞을 지날 때 나는 몸을 굽혀 거기서 살고 있는 여자에게 미소를 보냈다. 그녀는 앞뜰에서 구부린 채 꽃을 따고 있었다. 자동차 소리를 듣자 몸을 일으켰으나 내가 미소 짓는 것은 못 본 듯했다. 내가 손을 흔들자 그녀는 멍청한 눈으로 이쪽을 바라보았다. 내가 누구인지 그녀는 모르는 것 같았다.

나는 다시 좌석에 기대앉았다. 자동차는 찻길을 내려갔다. 자동차가 좁은 모퉁이 길을 돌았을 때 한 남자가 찻길 조금 앞에서 걷고 있는 것이 보였다. 지배인인 프랭크 클로리였다. 자동차 소리를 듣자 그는 걸음을 멈추었다. 운전사가 속도를 늦추었다. 자동차 안에 있는 나를 보더니 프랭크 클로리는 모자를 벗고 빙그레 웃었다. 나와 만난 것을 기쁘게 생각하는 것 같았다. 나도 마주 웃었다. 나를 보고 기쁜 얼굴을 지어 주다니 얼마나 좋은 사람일까 하고 나는 생각했다.

나는 프랭크 클로리가 좋았다. 나는 베아트리스가 말했듯이 프랭크가 지루하고 재미 없는 사람이라고는 생각하지 않았다. 어쩌면 내가 지루한 사람이기 때문에 그럴지도 몰랐다. 분명 우리 두 사람은 모두 지루한 축에 속했다. 이에 대해서는 둘 다 변명할 여지가 없었다. 가재는 게 편인 것이다. 나는 유리창을 톡톡 두드려 운전사에게 차를 세우도록 말했다.

"자동차에서 내려 클로리 씨와 함께 걸어가겠어" 하고 나는 말했다.

그는 나를 위해 문을 열어 주었다.

"방문 가셨다 돌아오시는 길입니까, 부인 ?" 그가 물었다.

"네, 그래요, 프랭크" 하고 나는 대답했다. 맥심이 그렇게 부르기에 나도 그를 프랭크라고 부르고 있었다. 그러나 그는 언제나 나를 부인이라고 했다. 그는 그런 사람이었다. 만약 우리가 함께 무인도에 떠밀려 가서 거기서 평생토록 사이좋게 살았다 하더라도 그는 어디까지나 부인이라고 계속 부를 것이다.

"사제님을 찾아뵙고 오는 길이에요." 하고 나는 말했다. "사제님은 계시지 않았지만 부인은 계시더군요. 두 분 다 산책을 무척 좋아하신 대요. 어떤 때는 페나인 산 속에서 하루에 20마일이나 걸으셨다더군요."

"전 그곳에 대해서는 전혀 모릅니다" 하고 프랭크 클로리는 말했다. "그 부근 일대는 참으로 아름다운 곳이라고 들었습니다. 저의 백부님도 줄곧 그곳에서 살고 계셨지요."

프랭크 클로리가 언제나 쓰는, 안전하고 흔하며 더욱이 매우 정중한 어조였다.

"사제님 부인께서 언제 만더레이의 가장 무도회가 열리느냐고 묻더군요" 하고 그를 힐끗 곁눈질하면서 나는 말했다. "지난 번 무도회는 무척 재미있었다고 하셨어요. 여기서 가장 무도회를 열다니 난 조금도 몰랐어요, 프랭크."

그는 대답하기 전에 잠깐 주저했다. 조금 당황하고 있는 것 같았다. "정말" 하고 잠시 뒤 그는 말했다. "만더레이의 무도회는 연중 행사의 하나가 되어 있었습니다. 이 지방 사람들은 모두 몰려왔었지요. 런던에서도 많이 왔습니다. 그야말로 굉장한 모임이었습니다."

"아마 준비가 굉장했으리라고 생각해요" 하고 나는 말했다.

"그렇습니다" 하고 그는 말했다.

"아마도" 하고 나는 아무렇지도 않은 말투로 말했다. "레베카가 전부 지휘를 했을 테지요."

나는 앞으로 뻗어 있는 찻길을 똑바로 바라보고 있었으나 그가 내 표정을 알아보려는 듯이 내 얼굴을 바라보고 있는 것을 잘 알 수 있었다.

"우린 모두 열심히 일했습니다" 하고 그는 조용히 말했다.

그렇게 말했을 때, 그의 태도 속에는 어떤 기묘한 조심성, 나 자신의 그런 것을 생각나게 하는 듯한 일종의 내성적인 것이 있었다. 문득 나는 그가 레베카에게 사모의 정을 품고 있었던 것은 아닐까 하고 생각했다. 그의 목소리는 만약 내가 프랭크 같은 처지에 있었다면 틀림없이 그렇게 나왔을 거라고 생각되는 바로 그런 목소리였다. 그렇게 생각하자 여러 가지 일이 꼬리에 꼬리를 물고 머리에 떠올랐다. 프랭크 클로리는 이토록 내성적이고 이토록 답답하고 지루한 사람이다. 아마도 그는 레베카의 일을 그녀에게는 물론, 아무에게도 이야기하지 않고 자기 혼자 가슴에 감추어 두었던 게 아닐까?

"만약 무도회를 열게 되어도 나는 아마 별로 쓸모가 없으리라고 생각해요" 하고 나는 말했다. "하나하나 지시하여 무언가를 준비하는 일은 나로선 도저히 못할 것 같아요."

"부인께서 하실 필요는 조금도 없을 겁니다" 하고 그는 말했다.
"부인께선 다만 부인답게 아름답게 차리고만 계시면 되지요."

"당신은 정말로 상냥하군요, 프랭크" 하고 나는 말했다. "하지만 나로선 그것조차도 그다지 솜씨 좋게 해낼 것 같지 않아요."

"아닙니다, 부인이시라면 틀림없이 훌륭하게 해치우실 수 있을 겁니다" 하고 그는 말했다. 프랭크 클로리는 어쩌면 이렇게도 좋은 사람일까. 어쩌면 이렇게 사귐성이 있고 남의 마음을 헤아릴 줄 안단 말인가. 나는 그가 하는 말을 하마터면 믿을 뻔했다. 그러나 그는 정말로 나를 끝까지 속여 넘길 수는 없었다.

"무도회에 관한 것은 당신이 맥심에게 부탁해 주겠어요, 프랭크?" 하고 나는 말했다.

"왜 부인께서 부탁하지 않으시지요?" 하고 그는 대답했다.
"하지만, 난 싫어요."

그리고 두 사람 다 아무 말도 하지 않았다. 우리는 천천히 찻길을 걸어갔다. 처음에는 사제 부인을 상대로, 그리고 지금은 또 프랭크 클로리를 향해 과감하게 레베카의 이름을 말해 버리자 이번에는 좀더 말하고 싶은 심정이 강하게 끓어올라왔다. 그것은 나에게 이상한 만족감을 주었으며 마치 흥분제와도 같이 작용했다. 잠시 뒤면 나는 또 결국 그 이름을 입에 담지 않을 수 없다는 것을 나는 잘 알고 있었다.

"얼마 전에 저쪽 모래사장으로 가 보았어요" 하고 나는 말을 꺼냈다. "방파제가 있는 쪽의 모래사장 말이에요. 그랬더니 쟈스퍼가 백치 같은 눈초리를 한 가엾어 보이는 사나이를 향해 정신 없이 짖어 대더군요."

"그건 틀림없이 벤일 겁니다" 하고 프랭크는 말했다. 그 목소리는 이미 차분하게 가라앉아 있었다. "그 남자는 언제나 바닷가에서 하는 일 없이 빈둥거리고 있지요. 좋은 사람이니까 무서워하실 필요는 조금도 없습니다. 그 사람은 파리 한 마리도 죽이지 못합니다."

"나도 조금도 무섭지 않았어요" 하고 나는 말했다. 그리고 마음을 진정하고자 입 속으로 무어라 흥얼거리면서 잠깐 사이를 두었다.

"다만 난 그대로 내버려두면 그 오두막이 아주 못쓰게 되어 버리지 않을까 하고 걱정하고 있어요" 하고 나는 가벼운 목소리로 말했다.

"쟈스퍼를 붙들어 맬 끈을 찾으러 안으로 들어가 보았어요. 그랬더니 사기그릇에는 곰팡이가 슬었고, 책도 전혀 못쓰게 되었지 않겠어요. 왜 그렇게 손질을 하지 않고 내버려두는 걸까요? 아주 형편없던걸요."

그가 곧 대답하지 않으리라는 것은 나도 알고 있었다. 그는 구두끈을 고쳐 매기 위해 그곳에 웅크리고 앉았다.

나는 풀숲의 잎사귀 하나를 살펴보는 체하고 있었다.

"만약 주인 어른께서 손질을 해야겠다고 생각하신다면 틀림없이 제게 그렇게 분부하실 겁니다" 하고 그는 아직도 구두끈을 만지작거리면서 이렇게 말했다.

"그건 모두 레베카의 것인가요?" 나는 이렇게 물었다.

"그렇습니다." 그가 대답했다.

나는 손에 들고 있던 나뭇잎을 내던지고 다른 잎사귀를 하나 집어 들어 그것을 손바닥 위에서 뒤집었다.

"그녀는 그 오두막을 무엇에 썼나요?" 나는 이렇게 물었다. "안이 무척 잘 정돈되어 있더군요. 밖에서 보면 그저 보트 오두막처럼 보이는데."

"처음에는 보트를 넣어 두었습니다" 하고 그는 말했다. 어쩐지 마음이 내키지 않는 이야기를 하는 듯한 목소리였다.

"그러다가……. 그분이 그렇게 구조를 바꾸시고 가구며 도자기를 가져다 놓았습니다."

프랭크가 그녀를 '그분'이라고 한 것이 어쩐지 야릇하게 느껴졌다. 내가 기대하고 있었듯이 레베카라고도 부인이라고도 하지 않는 것이다.

"그녀는 그곳을 자주 쓰셨나요?" 나는 이렇게 물었다.

"그렇습니다" 하고 그는 말했다. "곧잘 쓰셨습니다. 달밤의 피크닉이라든가 그밖에…… 여러 가지를 위하여."

우리는 다시 어깨를 나란히 하고 걷기 시작했다. 나는 아직도 작은 소리로 노래를 흥얼거리고 있었다.

"멋지군요" 하고 나는 들뜬 목소리로 말했다. "달밤의 피크닉. 참으로 재미있었겠어요. 프랭크도 갔었나요?"

"한 번인가 두 번 갔었습니다" 하고 그는 대답했다. 나는 깨닫지 못한 체했지만, 그의 태도는 매우 조용해졌으며 이런 이야기를 하는 것이 무척 괴로운 듯했다.

"어째서 저렇게 작은 만에 부표 따위를 띄워 두는 걸까요?" 하고 나는 물었다.

"보트는 언제나 그 자리에서 멎도록 되어 있었기 때문입니다" 하고 그는 말했다.

"어떤 보트지요?" 나는 다그쳐 물었다.

"그분의 보트입니다" 하고 그는 대답했다.

나는 어떤 야릇한 흥분을 느꼈다. 아무래도 여러가지 질문을 계속하지 않고는 못 배길 것 같은 기분이었다. 그가 이야기를 하고 싶어하지 않는 것은 잘 알고 있었다. 그러므로 그에게 미안하게 생각하면서도 도저히 이야기를 계속하지 않고는 견딜 수 없는 나 자신에게 놀라움을 느끼기도 했지만, 역시 나는 잠자코 있을 수가 없었다.

"대체 어떤 일이 있었나요?" 하고 나는 말했다. "그 보트는 그분이 익사하셨을 때 탔던 배인가요?"

"그렇습니다." 그는 조용하게 말했다. "그 보트는 뒤집혀서 가라앉았습니다. 그분은 파도에 휩쓸리셨지요."

"보트의 크기는?" 하고 나는 물었다.

"3톤 가량 되는 배로 작은 선실도 달려 있었습니다."

"왜 뒤집혔나요?"

"그 조그마한 만에는 이따금 파도가 세차게 일곤 하니까요."

곶 저쪽의 물길을, 세차게 흘러가는 흰 거품이 이는 짙푸른 바다의 광경을 나는 연상했다. 언덕 위에 서 있는 수로표 부근에서 갑자기 회오리 바람이 일어, 조그마한 보트는 나뭇잎처럼 흔들리다가 끝내 흰 돛대를 휘감는 성난 파도에 뒤집히고 말았단 말인가?

"구하러 갈 수가 없었나요?"

"아무도 보트가 뒤집히는 현장을 목격한 사람이 없었습니다. 그분이 배를 타고 나가신 것을 아무도 몰랐습니다." 그는 이렇게 말했다.

나는 되도록 그를 보지 않으려고 조심했다. 내 얼굴에 나타난 놀라운 빛을 보이고 싶지 않았기 때문이다. 나는 바로 조금 전까지도 보트 경기가 한창인 동안에 뒤집힌 줄로만 알았던 것이다. 따라서 배가 뒤집혔을 때에는 케리스에서 온 많은 보트가 그 가까이에 있었으며, 또한 절벽 위에서는 많은 사람들이 구경하고 있는 줄로만 생각했던 것이다. 그런데 지금 들으니 그녀는 혼자서 나갔다고 한다. 저 조그만 만 안으로 단지 혼자서……

"그래도 저택에 있는 사람들은 알았을 게 아니에요?"

"아닙니다" 하고 그는 이렇게 말했다. "그분은 곧잘 그렇게 나가시곤 했습니다. 그리고 밤에 아무 때나 마음 내키실 때 돌아오셔서 바닷가의 오두막에서 주무시곤 했지요."

"신경질적인 사람이었나요?"

"신경질적이라고요? 천만의 말씀입니다. 신경질 같은 것은 전혀 없었습니다."

"그런데, 맥심은 그분이 그렇게 나가는 것을 아무렇지도 않게 생각했나요?"

그는 잠깐 주저한 뒤에 '저는 모릅니다' 하고 짤막하게 대답했다. 나는 어쩐지 그가 누구에게인지 의리라도 지키려 하는 것 같은 기분을 느꼈다. 맥심에게일까, 레베카에게일까, 아니 아니면 어쩌면 자기 자신에 대한 것인지도 모른다. 아무튼 이상하게 우물쭈물하는 태도였다. 그것을 어떻게 해석해야 할지 나로선 알 수가 없었다.

"그러면 그분은 보트가 가라앉은 뒤 바닷가로 헤엄쳐 나오려다가 끝내 익사하고 말았군요?"

"그렇습니다."

나뭇잎처럼 흔들리면서 돌진하는 조그마한 보트, 뱃전으로 밀려드는 사나운 파도, 조금 뒤 한꺼번에 덤벼드는 세찬 바람 때문에 갑자기 무참하게도 돛대가 선 채로 꺾어지는 광경을 나는 머릿속에 그릴 수가 있었다. 그날 밤, 그 조그마한 만 안은 틀림없이 캄캄했을 것이다. 그리고 바닷속을 헤엄치는 사람에게 해안은 너무나도 멀게 생각되었을 것이다.

"그분의 시체가 발견된 것은 그로부터 얼마나 지나서였나요?"

"두어 달 가량 지나서였습니다."

두 달. 나는 물에 빠져 죽은 사람은 적어도 이틀만 지나면 발견되는 것인 줄 알고 있었다. 밀물 때 바닷물이 밀려들면 시체는 해안으로 떠밀려 오는 줄로만 알았다.

"어디서 발견되었나요?"

"물길에서 40마일 가량 떨어진 에치쿤프 가까이였습니다."

나도 일곱 살 즈음 에치쿤프에서 하루의 휴가를 보낸 일이 있다. 그곳에는 골짜기 위로 높이 걸쳐 놓은 다리가 있고 특히 나귀가 많은 큰 도시였다. 모래사장에서 나귀를 탔던 일을 나는 생각해 냈다.

"두 달이나 지났는데 어떻게 그분이라는 것을 알았나요?" 하고 나는 말했다. 마치 말의 무게를 달듯이, 그가 한 마디마디 말을 끊는 것은 대체 어찌된 일일까 하고 나는 생각했다. 역시 이 사람은 그녀에게 사모의 정을 품고 있었던 것일까. 그렇게까지 그녀를 마음에 두었을까.

어른께서 시체 검증을 하시기 위해 에치쿤프에 가셨습니다."

갑자기 나는 이 문제를 더 이상 계속 이야기할 마음이 없어졌다. 나 자신에 대해 도저히 참을 수 없는 역겨운 생각이 들었던 것이다. 나는 마치 군중 속에 섞여서 때려 눕혀진 피해자를 구경하고 있는 호기심 많은 구경꾼 중의 한 사람과도 같았다. 또는 아파트에서 사람이 죽었을 때 시체를 보여달라고 졸라대는 야비하고 몰인정한 무리와도 같았다. 나는 자신이 싫어졌다. 내 질문은 점잖지 못한, 부끄러운 것이었다. 프랭크 클로리는 틀림없이 나를 경멸하고 있을 것이다.

"모두들 굉장히 놀랐겠지요" 하고 나는 급히 말했다. "당신에게 그때의 일을 생각나게 해서 참으로 언짢으셨겠어요. 나는 다만 그 오두막을 어떻게 할 수 없을까 하고 생각했을 뿐이에요. 단지 그것뿐이었어요. 왜냐하면 가구가 모두 습기가 차서 못쓰게 되어 있던걸요."

그는 아무 말도 하지 않았다. 나는 얼굴이 화끈거려서 어쩐지 마음이 차분해지지 않았다. 내가 여러 가지 질문을 한 것은, 구태여 사람도 살지 않는 그 오두막 탓만은 아니리라는 것을 그는 틀림없이 느끼고 있을 것이다. 그가 지금 잠자코 있는 것은 나때문에 놀랐기 때문이리라. 우리의 지금까지의 우정은 참으로 유쾌하고 건전한 것이었다. 나는 그를 내편인 것으로 느끼고 있었다. 그러나 나는 지금 한 질문으로 그러한 관계를 완전히 깨뜨려 버리고 말았다. 그는 이제 내게 대하여 두 번 다시 전과 같은 마음을 품을 수는 없을 것이다.

"어쩌면 이렇게 찻길이 길까요." 나는 말했다. "나는 언제나 여기를 지날 때마다 왕자님께서 길을 잃고 헤맸다는 그림동화 속의 오솔길을 연상해요. 이 길은 언제나 생각했던 것보다 훨씬 길어요. 게다가 숲이 무척 어둡고 몹시 울창하군요."

"그렇습니다. 다른 데에는 좀처럼 볼 수 없는 장소입니다."

그 태도로 보더라도, 내가 더 질문을 할까 봐 경계하는 빛이 역력했다. 우리사이에는 아무래도 모르는 체하고 지낼 수 없는 어떤 어색함이 생기고 말았다. 비록 그것이 얼굴이 확확 달아오를 만큼 부끄러운 일일지라도 그에 대해 뭐라고 한마디 하지 않을 수가 없었다. "프랭크", 나는 될 대로 되라는 기세로 말했다. "당신이 생각하는 것은 나도 잘 알아요. 내가 지금까지 어째서 그렇게 여러 가지 질문을 했는지 당신은 모를 거예요. 당신은 나를 몹시 신경질적이고 호기심이 강한 여자라고 생각할 거예요. 하지만 분명히 말하지만, 결코 그렇지는 않아요. 다만, 결국……. 나는 내 자신에게 이따금 열등감을 느끼기 때문이에요. 이 만더레이의 생활은 나에게 전혀 어울리지 않아요. 나는 이곳 생활에 알맞도록 자라지 않았거든요. 나는 오늘처럼 남의 집을 방문하고 돌아올 때면 언제나 그렇게 생각하지만, 이 지방 사람들은 내가 이곳 생활을 어떻게 잘 해나갈까 하고 나를 힐끔힐끔 살펴보는 것같아요. '도대체 맥심은 이 여자의 어디가 마음에 드는 것일까' 하고 모두 말할 거예요. 그리고…… 이봐요, 프랭크, 난 나 자신도 그렇게 생각하고 여러 가지로 마음을 쓰게 되어 버렸어요. 나는 맥심과 결혼하지 말아야 했던 게 아닐까, 결국 우리는 행복해질 수 없는 게 아닐까 하는 생각이 언제나 마음에 귀찮게 따라다녀서 떨어지지 않아요. 새로운 사람과 만날 때마다 나는 그 사람들이 모두 언제나 같은 말을, 다시 말해서 내가 어떻게 레베카와 다른가 하는 것을 생각하고 있다는 걸 잘 알 수가 있어요."

나는 숨을 헐떡이면서 말을 끊었다. 흥분해서 마구 지껄여 댄 것이 약간 부끄러웠다. 그러나 이제와서 취소할 수는 없었다. 그는 매우 놀란 표정으로 근심스러운 듯이 나를 보고 있었다.

"부인, 부디 그런 생각은 하시지 마십시오" 하고 그는 말했다. "제 생각을 말씀드린다면 부인께서 주인님과 결혼하신 것을 저는 얼마나 기뻐하고 있는지 모릅니다. 아마도 주인님의 생활은 이제부터 완전히 달라질 것입니다. 부인께서도 앞으로 만더레이의 생활을 잘 해나가시리라는 것에 저는 조금도 의심을 품고 있지 않습니다. 제가 보기에는 부인 같으신 분이 와 주신 것은 매우 든든하고 기쁜 일입니다. 부인과 같은 그야말로…… 그 ……." 그는 적당한 말을 찾으면서 얼굴을 붉혔다.

"다시 말해서 만더레이의 생활 방식에 충분히 익숙하지 않으시다고나 할까요, 아무튼 그럴 분께서 와 주셨다는 것이 말입니다. 만약 이 지방 사람들이 부인에 대해 무언가 이러쿵저러쿵 말하는 듯한 인상을 부인께 드렸다면 그것은, 그렇습니다, 정말 괘씸하다고 할 수밖에 없습니다. 저는 사람들이 이러쿵저러쿵 말하는 것을 아직 한 번도 들은 적이 없습니다만 만일 그런 일이 있으면 두 번 다시 그런 말을 하지 않도록 잘 주의시키겠습니다."

"당신은 참으로 좋은 분이군요, 프랭크" 하고 나는 말했다. "그렇게 말해 주니까 난 아주 마음이 든든해요. 정말 난 지금까지 무척 어리석었다고 생각해요. 나는 남들과의 교제가 아주 서툴러요. 여태까지 교제 같은 것에는 그다지 신경쓰지 않아도 좋았으니까요. 나는 늘 이런 걸 생각해요. 이러한 사회에 태어나 이러한 생활을 하도록 자라서, 모든 것을 극히 자연스럽게 조금도 애쓰지 않고 처리한 다른 여자가 살던 무렵의 만더레이는 도대체 어떠했을까? 내가 가지고 있지 않은 여러 가지의 것, 이를테면 자신감이라든가 우아함이라든가 아름다움이라든가, 총명함이라든가, 재치라든가 하는 여자의 보물이라고 할 수 있는 갖가지 장점을 그 사람은 전부 가지고 있었다는 것을 나는 매일처럼 느끼게 돼요. 이것은 견디기 힘든 일이에요, 프랭크. 도저히 못견디겠어요."

그는 아무 말도 하지 않았다. 그리고 여전히 걱정되는 듯 한탄스러운 모습을 하고 있더니 조금 뒤 손수건을 꺼내어 코를 풀었다.

"그런 말씀을 하시는 게 아닙니다."

"왜 말해서 안 될까요? 그것은 모두 사실인걸요."

"부인께서는 그와 같은 중요한 장점, 아니 사실을 말씀드리면 그보다 훨씬 중요한 많은 장점을 가지고 계십니다. 제가 이런 말씀을 드리는 것은 좀 이상할지도 모르겠습니다만, 아무튼 전 부인의 모든 것을 알고 있지는 못하니까요. 전 독신자이기 때문에 부인네들의 일은 그다지 잘 알지 못합니다. 아시다시피 저는 이 만더레이에서 조용하게 생활하고 있는 사람입니다. 그렇지만 굳이 말씀드린다면 친절함과 성실성, 그리고 또, 이런 것이 용납된다면 조심성이라는게 남자 또는 남편에게는 그 어떤 미모나 기지보다도 훨씬 귀중한 것이라고 생각합니다."

그는 매우 흥분해 있는 것 같았다. 그리고 또 코를 풀었다. 나는 나 자신이 이성을 잃고 있는 것보다도 훨씬 더 그를 혼란케 하고 당황하게 했음을 알았다. 그렇게 생각하자 간신히 마음을 진정할 수가 있었으며 어떤 우월감조차 느낄 수 있었다. 그는 어째서 이토록 흥분하는 것일까 하고 나는 생각했다. 결국 나는 그가 이토록 흥분할 만큼 여러 가지 말을 하지는 않은 것이다. 다만 레베카가 했던 대로 해나가는 과정에서 내가 느낀 불안한 마음을 고백한데 지나지 않는다. 게다가 레베카도 그가 지금 나의 장점이라고 늘어놓은 것들 정도는 틀림없이 지니고 있었을 것이다. 그녀 또한 그녀의 친구들 모두에 대해 친절하고 성실했을 것이다. 아무튼 그녀의 평판은 굉장히 좋으니까. 그가 '조심성'이라는 말을 어떤 의미로 썼는지 나로선 정확히 알지 못했다. 지금까지도 도무지 잘 알 수 없는 말이기도 하다. 언제나 그 말을 세면장으로 가는 복도에서 누구와 만나는 것을 꺼리는 일과도 비슷한 것으로 생각하고 있었다. 가엾은 프랭크, 더욱이 베아트리스는 이 사람을 재치 있는 말 한마디도 할 줄 모르는 지루한 사람이라고 말했다.

"글쎄요." 나는 약간 우물쭈물하면서 말했다. "난 그런 건 잘 모르겠어요. 난 나 자신을 그토록 친절한 여자라고도 생각하지 않고 특별히 성실한 여자라고도 생각하지 않아요. 그리고 조심성 또한 지금까지 내게는 그 이외의 태도를 가질 기회가 별로 없었던 게 아닌가 생각해요. 그리고 물론 몬테카를로 같은 데서 그렇게 급히 결혼을 하거나, 그 전에 그런 호텔에 혼자 머물러 있거나 한 것은 그다지 조심성 있는 얌전한 행위라고는 할 수 없어요. 하지만 당신은 그 일에 대해선 비난하지 않으시리라고 생각하지만."

"부인, 설마 부인께선 제가 두 분이 그곳에서 만나신 것을 매우 옳지 못한 일이었다고 조금이나마 생각할 것이라고 여기지는 않으시겠지요?" 그는 낮은 목소리로 말했다.

"어머나, 물론 그렇지 않아요." 나는 무게있게 말했다. 친절한 프랭크, 나는 그를 몹시 놀라게 한 것이다. '옳지 못한'이란 말은 참으로 프랭크다운 표현이다. 이 말은 남모르게 비밀리에 일어나는 여러 가지 사건을 연상케 하는 작용을 가지고 있는 것 같다.

"사실……" 그는 말하기 시작했으나, 아직 무언가 말하기 어려운 듯이 잠시 주저하고 있었다. "만약 주인님께서 부인이 이런 생각을 하고 계신 줄 알면 틀림없이 매우 걱정하고 괴로워하실 겁니다. 아마 주인님은 그런 일 따위는 조금도 생각하지 않으실 겁니다."

"당신은 맥심에게 그런 말을 하지 않겠지요?"

"물론 하지 않겠습니다. 부인께선 저를 그런 사람으로 여기십니까? 그러나 부인께서도 아시겠지만, 전 주인님을 꽤 잘 알고 있습니다. 그 분의 여러 가지…… 여러 경우의 기분을 지금까지 무척 많이 보아 왔습니다. 만약 부인께서, 그렇습니다, 과거의 일에 대해 괴로워하신다는 것을 알면 틀림없이 주인님은 몹시 근심할 겁니다. 그것만은 분명히 말씀드릴 수 있습니다. 현재 주인님은 무척 건강하시고 즐거워 보이지만, 작년에는 정말이지 일전에 레이시 부인께서 당장에라도 무슨 일이 일어날 것 같았다고 말씀하신 그대로였습니다. 물론 본인 앞에서 그런 말씀을 하는 건 좀 지각없는 행동이었다고 생각은 합니다만, 이것만 보더라도 부인이 얼마나 도움이 되는 분인지를 알 수 있습니다. 부인은 신선하고 젊고 게다가 분별도 있으신 분이십니다. 과거의 일은 부인과는 아무런 관련도 없는 일입니다. 그런 것은 깨끗이 잊으십시오. 부인 덕분에 주인님을 비롯하여 우리들도 모두 잊어버린 것처럼, 부디 부인께서도 씻은 듯 잊으십시오. 어느 누구도 지금 과거를 되돌리고 싶다고 생각하는 사람은 하나 없지만, 그 중에서도 주인님은 특히 그렇습니다. 더욱이 우리를 과거로부터 떼어 놓도록 이끌어 줄 수 있는 사람은 부인뿐입니다. 부디 다시는 우리를 과거로 되돌아가게 하지 말아 주십시오.”

그가 하는 말은 옳은 말이었다. 분명히 지당한 것이었다. 친절한 프랭크, 나의 벗, 나의 동조자. 나는 너무 제멋대로였다. 신경이 너무 과민했고 너무 열등감에 사로잡혀 있었던 것이다.

“좀더 일찍 이런 말을 당신에게 모두 말했더라면 좋았을 걸 그랬어요.”

“그러셨더라면 좋았을 걸 그랬습니다.” 그는 이렇게 말했다. “그렇다면 틀림없이 조금이나마 근심을 덜어 드릴 수가 있었으리라고 생각합니다.”

“난 전보다 마음이 편안해졌어요. 훨씬 편안해졌어요. 이제부터 앞으로 어떤 일이 생길지라도 당신은 내 친구가 되어 주시겠지요, 프랭크?”

“물론입니다.” 그는 말했다.

우리는 나무가 우거진 컴컴한 찻길에서 다시 밝은 양지 쪽으로 나왔다. 철쭉꽃 숲이 머리 위를 가리고 있었다. 꽃의 계절은 오래지 않아 지나가 버릴 것이다. 벌써 꽃 빛깔은 한창 때를 지나 약간 색이 바래 있었다. 다음달로 접어들면 꽃잎이 하나둘 떨어지고 말겠지. 그러면 정원사가 와서 그것을 쓸어 버리리라…… 철쭉꽃의 아름다움은 눈 깜짝할 사이와도 같은 순간적인 아름다움이다. 언제까지나 계속되는 아름다움이 아니다.

“저어, 프랭크.” 나는 그를 불렀다. “이 이야기를 끝내기 전에 꼭

한 가지만, 정말로 아무것도 감추지 말고 내가 묻는 말에 대답해 주었으면 하는데 약속해 주겠어요?"

그는 조금 의아스러운 듯이 나를 보면서 걸음을 멈추었다. "그것은 좀 공평치 못한데요." 그는 말했다. "어쩌면 부인께서는 제가 대답하기 어려운, 아니 전혀 대답할 수 없는 것을 물으실지 모르니까요."

"아뇨, 그렇지 않아요." 나는 말했다. "그런 질문이 아니에요. 비밀스럽거나 개인적인 질문이 아니에요. 정말이에요. 그런 것은 절대 아니에요."

"좋습니다. 되도록 대답해 드리도록 하겠습니다."

우리는 찻길의 마지막 모퉁이를 돌았다. 만더레이가 눈앞에 나타났다. 잔디밭 속에 평화롭게 유연히 서 있는 그 건물은 언제나와 다름없이 그 완전한 균형과 운치있는 풍경, 그리고 멋진 단순함으로 나를 놀라게 했다.

햇빛이 세로 창살이 달린 창문 위에서 빛나고 있었다. 그리고 이끼가 돋아 있는 벽돌 부근에는 부드러운 녹슨 듯한 광채가 있었다. 비꼬인 한 가닥의 엷은 연기가 서재의 굴뚝에서 피어오르고 있었다. 나는 곁눈질로 프랭크를 가만히 응시하면서 엄지손가락의 손톱을 깨물었다.

"말해 주세요." 아무렇지도 않은 듯한 목소리로 나는 말했다. "레베카는 매우 아름다운 사람이었나요?"

프랭크는 잠시 잠자코 있었다. 나는 그의 얼굴을 볼 수가 없었다. 그는 내게서 외면을 하고 저택 쪽을 바라보고 있었다. "그렇습니다." 그는 천천히 이렇게 대답했다. "그렇습니다. 그분은 제가 태어나서 본 사람 중 가장 아름다운 부인이었다고 생각합니다."

우리는 계단을 올라가 홀로 들어갔다. 나는 차를 내오라고 말하기 위해 초인종을 울렸다.

12

 나는 그 뒤로 댄버스 부인과 별로 만나지 않았다. 그녀는 대개 자기 방에 틀어박혀 있었다. 그래도 매일 아침 판에 박은 듯이 방에 전화를 걸어 내게 식단표를 알려 주곤 했으나, 우리의 접촉은 그저 그뿐이었다.
 댄버스 부인은 나를 위해 클라리스라는 하녀를 고용해 주었다. 영지 내에 사는 사람의 딸인데 얌전하고 예의바른 소녀였다. 게다가 다행하게도 지금까지 남의 집에 일하러 가 본 적이 한 번도 없었으며, 따라서 경계해야 할 비교의 기준을 전혀 가지고 있지 않았다. 이 저택 안에서 나를 두려워하고 조심하는 사람은 그 소녀 한 사람뿐인 듯했다.
 이 소녀에게 나는 이 집의 여주인이며 드 윈터 부인이었다. 다른 하녀들이 어떤 이야기를 하든 간에 이 소녀의 마음만은 어찌할 수 없을 것이다. 소녀는 여기서 15마일 가량 떨어진 다른 고장에 사는 백모의 손에서 한동안 자랐다고 한다. 그러니까 어떤 의미에서는 나와 마찬가지로 만더레이에 새로 온 사람이었다.
 이 소녀를 대할 때는 나도 마음이 편했다. 나는 아무렇지 않게 "클라리스, 내 양말 좀 손질해 줘" 하고 일을 시킬 수가 있었다.
 그러나 하녀 앨리스는 매우 권위를 존중하는 여자였다. 나는 언제나 앨리스에게 부탁하기보다는 내 속옷이나 잠옷을 몰래 옷장 서랍에서 꺼내다가 내 손으로 꿰매고 손질하는 것이 보통이었다.
 한번은 앨리스가 내 속치마를 팔에 걸고 작은 레이스로 가장자리를 두른 검소한 옷감을 열심히 들여다보는 것을 나는 본 적이 있다. 그때 앨리스의 얼굴에 나타났던 표정을 나는 한평생 잊을 수가 없을 것이다. 그녀는 마치 자기의 개인적인 자존심이 한 대 단단히 얻어맞기라도 한 것처럼 깜짝 놀란 표정을 하고 있었던 것이다.

그때까지 나는 속옷 따위에는 조금도 신경을 쓰지 않았었다. 깨끗하고 단정하기만 하면, 그 감이 어떠하며 레이스가 달려 있는지 어떤지 따위는 전혀 염두에 없었다. 어떤 책엔가 새색시는 시집갈 때 훌륭한 신혼 살림 도구를 가지고 있어야 하며 12벌의 의상을 갖추고 있어야 한다고 씌어 있는 것을 본 적이 있지만, 나는 그런 것은 생각지도 않았다.

그러나 앨리스의 그때의 표정은 내게 한 가지 교훈을 주었다. 나는 급히 런던에 있는 한 가게에 편지를 보내어 속옷의 목록을 보내 달라고 했다. 그런데 내가 속옷을 고르기 시작할 무렵 앨리스는 이미 내게 딸려 있지 않았고, 그 대신 클라리스가 왔던 것이다. 클라리스 때문에 새로운 속옷을 산다는 것은 그야말로 낭비인 것처럼 생각되었기 때문에 나는 그 목록을 서랍 속에 집어넣어 버린 채 런던에는 아무 말도 하지 않았다.

과연 앨리스는 다른 동료들에게 그 말을 지껄였을까. 그리고 내 속옷이 남자들이 가까이에 없을 때 소리를 죽여 가며 이야기해야 할 무언가 굉장한 사건이기라도 한 것처럼 하인 대기실의 새로운 화제가 될 수 있는 것일까 하고 나는 이따금 생각했다. 그러나 그에 대하여 농담 섞인 질문을 하기에 앨리스는 너무나도 접근하기 힘든 여자였다. 이를테면 '당신의 슈미즈'라는 말은, 그녀와 프리스 사이에는 절대로 오가지 않을 것임에 틀림없다. 그럼에도 나의 속옷 문제는 그보다도 훨씬 중대한 일이었다. 판사의 방에서 심의되는 이혼 소송의 원인이 될지도 모를 중대한 일이었던 것이다. 아무튼 나는 앨리스가 나와 관련된 모든 것을 클라리스에게 넘겼을 때 무척 기뻤다. 클라리스는 언제까지라도 레이스가 진짜인지 가짜인지 알지 못할 것이다.

덴버스 부인이 이런 소녀를 데려다 준 것은 상당히 인정 있는 처사라고 해야 할 일이었다. 틀림없이 덴버스 부인은 이 소녀와 내가 서로 좋은 사이가 될 거라고 생각했을 것이다. 덴버스 부인이 나를 혐오하고 미워하는 까닭을 알고 나니 모든 것이 다소 마음 편해졌다. 그녀는 반드시 나라는 개인을 싫어하는 것이 아니라, 내가 대표하고 있는 것 그 자체를 싫어하는 것이다. 누가 레베카의 자리에 들어앉게 되건, 덴버스는 틀림없이 내게 대한 것과 똑같은 마음을 품을 것이다. 적어도 이 사실만큼은 베아트리스가 식사하러 왔을 때 이해했던 것이다.

"당신은 아직 모르는군요" 하고 그때 덴버스는 말했다. "저 여자에게 레베카는 절대적인 존재예요."

그때 이 말은 나를 깜짝 놀라게 했다. 설마 이런 말을 듣게 되리라고는 생각지도 못했기 때문이다. 그러나 그에 대해 깊이 생각한 결과 나는 덴버스 부인을 처음처럼 두려워하지는 않게 되었다. 오히려 그녀가 가엾게 생각되었다. 그녀의 기분이 어떠한 것일지 상상할 수가 있었다. 내가 '드 윈터 부인'이라고 불리는 것을 들을 적마다 그녀는 불쾌해서 견딜 수가 없는 것이다.

매일 아침 그녀가 저택 내 전화로 나에게 말을 걸어 '그래요, 덴버스' 하고 내가 대답을 할 때마다 그녀는 틀림없이 또 한 여자의 목소리를 생각해 내고 있을 것이다. 이 방에서 저 방으로 돌아다니며 그 부근에 널려 있는 나의 갖가지 흔적, 이를테면 창문 문턱에 올려 놓은 베레모라든가 의자 위에 놓아 둔 뜨개질 바구니 등을 볼 적마다 전에도 그와 함께 일을 한 또 다른 여인을 생각할 게 틀림없다. 레베카를 전혀 알지 못하는 나도 생각할 정도이니까. 더욱이 덴버스 부인은 그녀의 걸음걸이로부터 말하는 법에 이르기까지 너무나 잘 알고 있다. 심지어는 그녀의 눈빛이며 미소며 머리카락의 빛깔까지도.

나는 그런 것은 아무 것도 모르고 물어본 적도 없었다. 그런데도 나는 이따금 레베카가 덴버스 부인에게와 같은 정도로 나에게도 현실적인 존재인 것처럼 느꼈다.

 프랭크는 나에게 과거를 잊으라고 말했고 나도 그래야겠다고 생각했다. 그러나 프랭크는 나처럼 매일 아침의 방에 앉아 그녀가 쥐었던 펜을 만지고, 또한 압지 위에 손을 얹고서 쉬거나 눈앞의 서류꽂이 위에 있는 그녀의 필적을 바라보거나 하는 일도 없다. 그리고 장식 난로 위의 촛대며, 시계며, 꽃이 꽂혀 있는 꽃병이며, 벽에 걸린 그림을 바라보면서, 그것들이 모두 그녀의 것이며 그녀가 선택한 것이지, 절대 내 것이 아니라는 사실을 매일처럼 생각하는 일도 없다.

 또한 식당에서 그녀가 앉았던 자리에 앉아 그녀가 쓰던 나이프며 포크를 쓰거나 그녀의 술잔을 입에 대거나 하지도 않거니와, 예전엔 그녀의 것이었던 레인코트를 어깨에 걸치거나 호주머니 속에서 그녀의 손수건을 발견하는 일도 없고, 또 나처럼 서재의 바구니 속에서 자고 있는 늙은 개의 보이지 않는 눈의 응시를 매일 보는 일도 없다. 이 늙은 개는 내 발소리를 들으면 여자의 발소리인 줄 알고 고개를 번쩍 든다. 그러나 냄새를 맡고는 자기가 찾는 여자가 아닌 줄 알고 다시 고개를 늘어뜨리고 마는 것이었다. 이 모든 것들은 아주 사소하고 아무런 의미도 없는 하찮은 일이긴 하지만, 어찌 되었든 나는 그런 것들을 보고 듣고 느껴야만 했다.

 아, 나는 레베카를 생각하고 싶지 않았다. 내 소망은 행복해지고 싶은 것이며 맥심을 행복하게 해주고 싶고 그와 완전히 하나가 되고 싶은 것이다. 내 마음의 희망은 오직 그뿐이었다. 비록 그녀가 내 마음이나 꿈속에 들어온다고 해도 나는 어쩔 수 없었다. 또 자신의 가정이면서도 만더레이 안에서 그녀가 걸었던 곳을 걷고 그녀가 누웠던 곳에서 자면서 자신을 마치 손님처럼 느낀다 하더라도 이 역시 어쩔 수가 없었다. 나는 마치 여주인이 돌아오기를 기다리면서 시간을 보내고 있는 손님과도 같은 심정이었다. 대수롭지 않은 말이나 하찮은 비난이 내게는 모두 지나간 시간을 생각나게 했다.

"프리스" 하고 나는 어느 여름 날 아침, 라일락 꽃을 한아름 안고 서재로 들어가면서 불렀다. "이것을 꽂을 키가 큰 꽃병은 어디 있지요? 원예실 안에 있는 것은 모두 작군요."

"객실에 있는 흰 설화(雪花) 석고 꽃병이 언제나 라일락을 꽂는 데 쓰여 왔습니다, 아씨."

"어머나, 하지만 그 꽃병을 더럽힐지도 모르잖아요. 게다가 깨뜨릴 염려도 있고."

"전의 아씨께선 언제나 그 꽃병을 쓰셨습니다, 아씨."

"그래요? 알았어요."

이윽고 물을 가득 채운 설화 석고의 꽃병이 내 앞에 놓였다. 내가 아름다운 라일락을 꽃병에 꽂고 작은 가지를 한 개 한 개 가지런히 다듬었더니, 그에 따라 등꽃 빛깔을 한 라일락꽃의 훈훈한 향기가 활짝 열어 젖힌 창문에서 들어오는 막 깎아준 잔디밭의 풀내음과 서로 섞였다. 그때 나는 생각했다. 레베카도 역시 이렇게 했을 것이다. 나처럼 라일락을 꺾어다 그 가지를 한 개 한 개 흰 꽃병에 꽂았을 것이다. 이렇게 꽃을 꽂는 것은 내가 처음이 아니다. 그녀도 나처럼 천천히 정원을 돌아다녔을 것이다. 언젠가 본 원예실 벽장 깊숙이 놓인 낡은 쿠션 밑에 있던, 차양이 너울너울한 그 정원 모자를 쓰고……. 그리고 내가 들고 갔던 것과 똑같은 가위를 들고 휘파람을 불어 개들을 불러 모으기도 하고, 노래 한 음절을 입 속으로 흥얼거리면서 잔디밭을 가로질러 라일락 풀숲으로 갔을 것이다.

"프리스, 창문 옆 테이블에서 책장을 치워 줘요. 그 위에 라일락을 놓겠어요."

"전의 아씨께선 언제나 설화 석고 꽃병을 소파 뒤의 테이블에 올려 놓으셨습니다."

"그래요……." 나는 꽃병을 두 손에 받쳐 든 채 잠시 주저했다. 프리스의 얼굴은 전혀 무표정했다. 만약 내가 꽃병을 창가의 작은 테이블 위에 놓겠다고 하면 물론 그는 내가 말하는 대로 할 것이다. 그리고 곧 책장을 치우겠지.

"그럼, 좋아요" 하고 나는 말했다. "큰 테이블 위에 놓는 편이 더 보기 좋을지도 모르겠군요."

이렇게 하여 설화 석고 꽃병은 전에도 언제나 그러했듯이 소파 뒤의 테이블에 놓여졌다.

베아트리스는 결혼 선물을 보내 주고 싶다던 약속을 잊지 않았다. 어느 날 아침 커다란 짐이 하나 배달되었다. 너무 커서 로버트 혼자서는 운반할 수 없을 정도였다. 마침 나는 아침의 방에 앉아 그날의 식단표를 다 읽었을 때였다. 나는 배달되어 오는 소포에 대해서는 언제나 어린아이 같은 기쁨을 느끼고 있었다. 그러므로 그때도 들뜬 마음으로 끈을 자르고 암갈색 포장지를 찢었다. 책 같다고 생각되었는데 풀어 보니 과연 그러했다. 그것은 네 권의 커다란 책, 《회화사(繪畵史)》였다. 첫째 권 속에는 한 장의 종잇조각에 '이것이 당신이 좋아하는 책이기를 바랍니다'라고 썼어 있고 '베아트리스로부터'라고 서명되어 있었다.

위그모어 거리의 서점에 가서 이 책을 사는 그녀의 모습이 눈앞에 떠올랐다. 그녀는 예의 활발하고 쾌활한, 어떤 편인가 하면 남자 같은 태도로 주위를 둘러본다.

"미술에 안목이 높은 사람에게 보낼 만한 책이 한 질 필요한데요." 그녀가 말하자 점원은 이렇게 대답한다. "네, 부인, 이리로 오십시오."

그녀는 다소 신기한 듯이 책을 만져 본다. "꼭 적당한 값이군요. 결혼 축하 선물로 보낼 거니까 보기에 훌륭해야 해요. 이건 모두 미술에 관해 씌어 있는 책인가요?"

"네, 이것은 미술에 관한 훌륭한 책입니다." 점원은 이렇게 말한다.

그런 다음 베아트리스는 수표를 쓰고, '만더레이…… 드 윈터 부인'이라고, 이렇게 받을 사람의 이름을 가르쳐 주었을 것이다.

정말 베아트리스는 친절했다. 그녀가 런던 서점으로 가서 내가 그림을 좋아한다 하여 나를 위해 이런 책을 샀단 사실 속에는 어쩐지 가슴을 울리는 진실이 있었다. 아마도 그녀는 내가 비가 오는 날 방 안에 틀어박혀 진지한 표정으로 삽화를 바라보거나 또는 그림 그리는 데 쓰이는 종이와 그림물감 통을 꺼내다가 한 그림을 그대로 본떠서 그리는 모습을 상상했을 것이다.

친절한 베아트리스, 나는 갑자기 바보처럼 울음을 터뜨리고 싶은 충동을 느꼈다. 그러고 나서 이 무거운 책을 어디든 장식해 놓을 만한 장소는 없을까 하고 아침의 방 안을 둘러보았다. 책은 이 화사하고 아름다운 방에는 도무지 어울리지 않았다. 그러나 걱정할 것은 없다. 누가 뭐래도 이제 이것은 나의 방이다.

나는 그 책을 책상 위에 한 줄로 늘어놓았다. 책은 서로 기대면서 위태롭게 흔들렸다. 나는 놓여진 상태를 보기 위해 조금 뒤쪽으로 물러났는데, 아마도 너무 성급하게 움직여서 흔들거린 모양이다. 맨 앞의 한 권이 떨어지자 그밖의 책들도 뒤따라 넘어지면서 떨어져 버렸다. 그 때문에 촛대를 빼고는 그 테이블 위의 단 하나밖에 없는 장식인 조그마한 도자기로 만들어진 큐피드가 덩달아 떨어졌다. 큐피트는 휴지통에 부딪쳐 산산조각이 나고 말았다. 나는 마치 나쁜 짓을 한 어린아이처럼 급히 문 쪽을 보았다. 그러고 나서 바닥에 무릎을 꿇고 앉아 조각을 두 손으로 그러모았다. 그런 다음 봉투를 한 장 찾아 조각을 그 속에 넣고 봉투를 책상 서랍 깊숙이 감추었다. 그리고 책을 서재로 가져갔다. 책장에는 그것을 넣을 만한 여유가 있었다.
 내가 자랑스럽게 그 책을 보이자 맥심은 웃었다.
 "좋은 사람이오, 누님은" 하고 그는 말했다. "틀림없이 누님은 당신이 매우 마음에 들었나보구려. 누님은 절대로 책 같은 것은 펴 보지 않는 사람이니까 말이오."
 "누님께선 저…… 저를 어떻게 생각하실까요? 당신께 뭐라고 말씀하지 않으시던가요?"
 "지난번 식사하러 왔던 날 말이오? 아니, 별로 아무 말 않던데."
 "그렇지만 편지에 쓰셨든가 하셨으리라고 생각해요."
 "베아트리스와 나는 집안에 중대한 사건이라도 생기지 않는 한 편지 왕래가 없소, 편지를 쓴다는 것은 시간 낭비니까."
 나에 관한 일쯤 그다지 중대한 사건은 아니겠지 하고 나는 생각했다. 그렇지만 만약, 내가 베아트리스이고 남자 동생이 하나 있는데 그 동생이 결혼했다면, 틀림없이 나는 무슨 말이고 한 마디쯤 할 거라고 생각했다. 내 의견을 말한다든가 간단하게 편지에 쓴다든가 할 것이다. 동생의 아내가 싫든가 또는 동생에게 어울리지 않는 여자라고 생각하지 않는 한……. 만약 그렇다면 사정은 좀 달라지지만. 그러나 베아트리스는 일부러 런던까지 가서 나를 위해 책을 사 보내 주었다. 나를 싫어한다면 그렇게 해줄 리가 없다.
 그 이튿날 일이었다. 점심 식사를 하고 난 뒤에 프리스가 서재로 커피를 들고 왔다. 그때 그는 맥심의 등 뒤에서 잠시 우물쭈물하더니 이윽고 입을 열었다.
 "저어, 좀 말씀드릴 게 있습니다, 주인 어른."
 맥심은 신문에서 눈을 들었다.
 "뭔가, 프리스?" 하고 조금 놀란 듯이 그는 말했다. 프리스는 입을 오므리고 딱딱하게 굳은 엄숙한 표정을 짓고 있었다. 나는 얼른 틀림없이 그의 아내라도 죽은 모양이로구나 하고 생각했다.

"로버트에 관해섭니다, 주인 어른. 로버트와 덴버스 부인 사이에 좀 좋지 않은 일이 있어서 로버트가 말할 수 없이 고민하고 있습니다."

"원, 저런!" 맥심은 나를 보고 얼굴을 찌푸리며 이렇게 말했다.

당황했을 때는 반드시 그렇게 하는 버릇이 생겨서 나는 몸을 굽혀 쟈스퍼를 쓰다듬었다.

"주인 어른, 덴버스 부인은 로버트가 아씨의 방에서 귀중한 장식품을 훔쳤을 거라면서 로버트를 나무랐습니다. 아씨의 방에 새로운 꽃을 가져다가 꽃병을 가꾸는 것은 로버트가 하는 일입니다만, 오늘 아침에는 덴버스 부인이 꽃을 준비하여 아씨의 방에 가지고 갔더니 장식품이 하나 없어졌더랍니다. 부인의 말로는 어제까지도 분명히 거기에 있었답니다. 그래서 부인은 그 장식품을 훔쳤든가, 그렇지 않으면 깨뜨려서 그 조각을 어디엔가 감추어 버렸을 거라고 로버트를 나무란 것입니다. 그런데 로버트는 완강히 부정합니다. 그리고 눈물이 글썽해서 제게로 왔습니다. 주인 어른, 점심을 드실 때 로버트가 여느 때와 태도가 다른 것을 주인 어른께서도 아셨으리라고 생각됩니다."

"음, 어째서 로버트가 접시도 주지 않고 불쑥 커틀릿을 주었을까 하고 사실은 나도 이상하게 생각했어" 하고 맥심은 중얼거렸다. "로버트가 그렇게 감수성이 예민한 사람인 줄은 몰랐는걸. 그렇다면 아마 누구 다른 사람의 짓이겠지. 하녀인지도 모르지."

"아닙니다, 주인 어른. 덴버스 부인은 아직 하녀가 청소를 하기 전에 그 방에 들어갔답니다. 어제부터 아씨 외에는 아무도 그 방에 들어간 사람이 없었습니다. 로버트가 꽃을 가지고 간 것이 맨 처음인데, 그렇기 때문에 로버트와 저는 매우 괴로운 처지에 놓이게 된 셈입니다."

"딴은 그렇겠군. 그렇다면 덴버스 부인에게 이리로 오도록 말하게. 그래서 모두 함께 잘 알아보도록 하지. 그건 그렇고 그 장식품이란 게 도대체 뭔가?"

"책상 위에 세워 놓았던 도자기로 만든 큐피드입니다, 주인 어른."

"뭐라고? 그것 참, 큰일이군. 그건 우리 집의 귀중한 물건이니 어떻게 해서라도 찾아내야만 해. 덴버스 부인을 급히 찾아오게나."

"알겠습니다, 주인 어른."

프리스가 방에서 나갔기 때문에 다시 둘만 남게 되었다. "참 귀찮게 되었군" 하고 맥심은 말했다. "그 큐피드는 세상에 둘도 없는 것이오. 게다가 나는 하인들이 소란을 피우는 게 아주 싫어. 어쩌자고 그놈들은 이런 문제를 내게 가지고 오는 것일까. 이건 본디 모두 당신이 맡아 처리해야 할 일인데."

나는 불덩이처럼 얼굴을 빨갛게 붉히면서 쟈스퍼에게서 눈을 들었다. "여보" 하고 나는 입을 열었다.

"좀더 일찍 말씀드리려고 했는데……. 지금까지 그만 깜박 잊었어요. 실은 제가 어제 방에 있을 때 깨뜨렸어요."

"당신이 깨뜨렸다고? 그러면 왜 프리스가 여기에 있을 때 그렇게 말하지 않았소?"

"그건 저도 잘 모르겠어요. 아마 이야기하기가 싫었던 것 같아요. 프리스가 저를 어리석은 여자라고 생각하지 않을까 하고 생각하니까……."

"이렇게 되면 프리스는 틀림없이 당신을 더 어리석은 여자로 생각할 거요. 프리스와 덴버스 부인에게 당신이 잘 설명하도록 하구려."

"싫어요. 부탁이니 맥심, 부디 당신이 잘 말씀해 주세요. 그리고 저를 이층으로 올라가게 해주세요."

"바보 같은 소리 하는 게 아니오. 그렇게 되면 누구나 당신이 그 사람들을 무서워한다고 생각하리다."

"전 저 사람들이 무서워요. 아니 무섭지 않다 하더라도……."

문이 열렸다. 프리스가 덴버스 부인을 방안으로 안내해 왔다. 나는 걱정스럽게 맥심을 바라보았다. 그는 조금은 재미있고 조금은 화난 것처럼 어깨를 흔들었다.

"모두 오해였어, 덴버스 부인. 정말은 아씨께서 큐피드를 깨뜨리고 그걸 말하는 것을 잊고 있었던 거야"하고 맥심은 말했다. 모두 나를 보았다. 나는 다시 어린아이처럼 되었다. 자신의 죄로 얼굴을 붉히고 있는 것을 나는 알고 있었다. "미안해요." 덴버스 부인을 보면서 나는 말했다. "로버트가 그런 괴로운 형편이 되리라곤 조금도 생각지 못했어요."

"장식품은 다시 전대로 고쳐질 가망이 있습니까, 아씨?" 덴버스 부인이 말했다. 내가 범인이라는 것을 알고도 그녀는 그다지 놀라는 것 같지 않았다. 그 흰 해골 같은 얼굴과 어두운 눈초리로 유심히 나를 바라보았다. 내가 그랬다는 것을 미리 알고 있었으면서 내가 고백할 용기가 있는지 어떤지를 시험하기 위해 그녀는 로버트를 일부러 나무랬는지도 모르는 일이다.

"어려울 거예요"하고 나는 말했다. "산산조각이 났는걸요."

"그 조각들을 어떻게 했소?"하고 맥심이 말했다. 나는 마치 죄인이 자기가 저지른 죄에 대해 말하고 있는 것 같았다. 나의 행위가 얼마나 비열하고 어리석은 짓인지는 나 자신도 잘 알고 있었다.

"봉투 속에 넣어 두었어요"하고 나는 말했다.

"으흠, 그래 그 봉투는 어떻게 했소?" 담배에 불을 붙이면서 맥심이 물었다. 흥미와 노여움이 섞인 음성이었다.

"책상 서랍 깊숙이 넣어 두었어요."

"아씨께선 마치 덴버스 부인 때문에 감옥에라도 들어가는 것같이 생각하는 것 같지 않은가, 덴버스 부인" 하고 맥심은 말했다. "그 봉투를 덴버스 부인이 찾아서 런던에 보내도록 해요. 만약 도저히 고칠 가망이 없으면 하는 수 없지. 단념하는 거야. 이젠 됐어. 프리스, 로버트에게 눈물을 닦으라고 일러."

프리스가 나가고 난 뒤에도 덴버스 부인은 여전히 우물쭈물하고 있었다.

"물론 저는 로버트에게 사과할 생각입니다" 하고 그녀는 말했다. "하지만 앞뒤 상태로 보아 틀림없이 그의 짓인 것처럼 생각되었습니다. 설마 아씨께서 그 장식품을 깨뜨리셨으리라곤 꿈에도 생각하지 못했습니다. 앞으로 만일 그러한 일이 있으시면 직접 저에게 말씀해 주십시오. 그러면 제가 알아서 처리하겠습니다. 그러는 것이 아무도 난처하게 되지 않고 잘 되리라고 생각합니다, 아씨."

"물론" 하고 맥심은 재빠른 목소리로 말했다. "어째서 아씨가 어제 그렇게 하지 않았는지 나로서도 모르겠군. 덴버스 부인이 아까 방으로 들어왔을 때 나는 바로 아씨께 그 말을 하던 참이었어."

"아마 아씨께선 그 장식품이 얼마나 소중한 것인지를 모르셨기 때문이겠지요" 하고 내게로 눈길을 돌리며 덴버스 부인은 말했다.

"그래요" 하고 나는 풀이 죽어 말했다. "하지만 틀림없이 비싼 물건일 거라는 생각은 했어요. 그렇기 때문에 깨진 조각을 꼼꼼히 모아 두었던 거예요."

"그리고 그것을 아무에게도 들키지 않도록 서랍 깊숙이 감추었구려?" 어깨를 들썩거리고 웃으며 맥심이 말했다. "마치 잡일을 하는 하녀들이나 할 만한 짓이로군, 덴버스 부인."

"만더레이의 하녀들은 아씨의 방에 있는 귀중품에 손을 대지 못하도록 되어 있습니다, 주인 어른"하고 덴버스 부인은 말했다.

"그렇겠지. 설마 덴버스 부인이 그런 것을 용납하리라곤 생각하지 않아" 하고 맥심은 말했다.

"정말로 굉장한 재난이었습니다" 하고 덴버스 부인은 말했다. "지금까지 아씨의 방에서 무엇이 깨졌던 일은 한 번도 없었던 것으로 알고 있습니다. 저희들은 언제나 특별히 조심하고 있습니다. 먼지를 터는 것은 작년부터 내내 제가 직접 해 왔습니다. 믿고 시킬 만한 사람이 아무도 없었으니까요. 전의 아씨께서 살아 계시던 동안에는 아씨와 제가 이 귀중품 손질을 했습니다."

"글쎄 됐어――이제 와서 어쩔 수도 없는 일이야." 맥심은 이렇게 말했다. "이젠 됐어, 덴버스 부인."

덴버스는 방에서 나갔다. 나는 창가의 의자에 앉아 창 밖을 내다보았다. 맥심은 다시 신문을 집어 들었다. 두 사람 다 잠자코 있었다.

"정말 죄송하게 생각해요" 하고 조금 뒤 나는 말했다. "제가 부주의했어요. 어째서 그렇게 됐는지 잘 모르겠어요. 책상 위에 이 책을 세우려 하면서 잘 서는지 어떤지 보려는 순간 큐피드가 굴러 떨어져 버린 거예요."

"여보, 당신은 좋은 사람이니 이젠 그런 건 잊어 버려요. 아무것도 아니지 않소."

"아니에요, 아무것도 아닌 일일 수는 없어요. 좀더 조심했어야 했어요. 틀림없이 덴버스 부인은 저에게 몹시 화를 내고 있을 거예요."

"그 여자한테 당신에게 화를 낼 권리가 어디 있단 말이오? 그 물건은 그 여자의 것이 아니오."

"그건 그래요. 하지만 그 여자는 무척 자랑스럽게 말하고 있잖아요. 여기서는 단 한 번도 물건이 깨뜨려진 적이 없었다니, 정말 기운이 빠져요. 깨뜨린 것은 저인걸요."

"그러나 저 가엾은 로버트가 깨뜨린 게 아니어서 천만 다행이오."

"저는 로버트가 깨뜨린 것이라면 얼마나 좋았을까 하고 생각해요. 덴버스 부인은 아마 언제까지나 나를 원망할 거예요."

"덴버스 부인 따위가 아무려면 어떻소?" 하고 맥심이 말했다. "그 여자도 전능한 신일 수는 없잖소. 난 도무지 당신의 마음을 모르겠구려. 그 여자가 무섭다니, 도대체 무슨 생각으로 그런 말을 하는 거지?"

"무섭다는 건 정말이 아니에요. 전 그 여자와 늘 얼굴을 마주 보고 있는 것도 아니니까요. 그보다는 뭐랄까, 말로는 분명하게 나타낼 수 없는 마음이에요."

"당신은 좀 이상하군" 하고 맥심은 말했다. "큐피드를 깨뜨렸을 때 곧 그 여자를 불러 '덴버스 부인, 이걸 수리하러 보내도록 해요' 하고 분명하게 말해 버렸으면 좋았을 것을. 그러면 그 여자도 곧 이해했을게 아니오. 굳이 조각을 봉투 속에 집어넣어 서랍 깊숙이 감추거나 하지 않아도 좋았을 것이오. 아까도 말했듯이 그런 짓은 마치 허드렛일을 하는 하녀가 할 만한 짓이지 결코 한 집안의 여주인이 할 행동은 아니오."

"전 허드렛일을 하는 하녀 같은 존재예요" 하고 나는 천천히 말했다.

"저 자신 여러 가지 점에서 그런 여자라는 것은 잘 알고 있어요. 그렇기 때문에 저는 클라리스와 무척 마음이 잘 맞아요. 우리 둘은 같은 발판 위에 서 있어요. 그 아이가 저를 좋아하는 것도 그 때문이에요. 일전에 그 아이의 어머니를 만나러 갔어요. 그때 그 어머니가 제게 뭐라고 했는 줄 아세요? 저는 그 어머니에게 클라리스가 나와 함께 있는 게 행복하다고 하더냐고 물었어요. 그랬더니 어머니는 이렇게 말했어요. '그렇구말구요, 아씨. 클라리스는 진심으로 행복해 보이고 또 곧잘 이렇게 말한답니다. 귀부인과 함께 있는 것 같지 않아요, 엄마. 마치 내 친구하고 함께 있는 것 같아요 라구요' 라고 당신은 이 말을 어떻게 생각하세요? 칭찬한 말일까요? 아니면 그 반대일까요?"

"모르겠는데" 하고 맥심은 말했다. "클라리스의 어머니를 생각하면 그야말로 모욕처럼 생각되기도 해. 그 여자의 오두막집은 언제나 마치 도살장 같아서 삶은 양배추 냄새가 물씬물씬 풍기니까. 옛날 그 여자는 11살 난 아이 밑으로 아홉이나 되는 아이를 데리고, 신도 신지 않고 스타킹으로 머리를 질끈 맨 채 곧잘 정원 안을 돌아다니곤 했지. 그래서 우리는 그 여자에게 나가도록 명령하려고 했었지. 어떻게 지금의 클라리스가 그렇게 깨끗하고 말쑥한지 나로선 전혀 짐작도 할 수 없을 정도요."

"그 아이는 백모님과 함께 살았대요" 하고 다소 누그러진 기분으로 나는 말했다. "전 제 플란넬 스커트 앞자락이 더러운 적은 있었지만 머리에 양말을 매고 맨발로 돌아다닌 일은 아직 한 번도 없었어요." 어째서 클라리스가 앨리스처럼 내 속옷을 비웃지 않았는지 나는 그 까닭을 이제야 분명하게 알았다.

"제가 사제님 부인 같은 사람을 방문하는 것보다도 클라리스 어머니를 찾기 좋아하는 것은 결국 그 때문이에요" 하고 나는 말을 계속했다. "사제님 부인은 저를 자기들과 같은 친구라고는 결코 말하지 않아요."

"만약 당신이 지저분한 스커트를 입고 그 사람을 방문했다면 아마도 그런 말은 하지 않겠지" 하고 맥심은 말했다.

"물론 전 낡은 스커트를 입고 방문하지는 않았어요. 방문복을 깍듯이 차려 입고 갔어요" 하고 나는 말했다. "하지만 복장으로 사람을 판단하는 그런 사람은 그다지 존경할 수 없어요."

"사제님 부인이 복장에 조금이라도 마음을 쓰다니 그런 건 도저히 생각할 수 없어" 하고 맥심은 말했다. "그러나 만약 당신이 우리가 언젠가 함께 답례 인사 차 갔을 때처럼, 마치 새로운 일자리라도 얻으려는 여자같이 의자 끝에 앉아 '네'라든가 '아니오'라고 대답하는 것을 보면 아마 그 부인도 '원, 저런'이라고 했겠지."

"하지만 전 수줍어서 어쩔 수가 없어요."

"그건 잘 아오. 그러나 당신은 그런 마음을 이겨내려고 노력을 하지 않아."

"그런 말씀은 몹시 온당치 못하다고 생각해요" 하고 나는 말했다. "나는 외출하거나 모르는 사람을 만날 때에는 언제나 열심히 노력하고 있어요. 열심히 노력해요. 당신은 그걸 모르시는 거예요. 하지만 당신에게는 그런 건 아무것도 아닌 하찮은 일이에요. 당신은 그런 일에는 익숙하신 걸요. 하지만 전 그렇게 자라나지 못했어요."

"무슨 말을" 하고 맥심은 말했다. "그것은 당신이 말하는 것처럼 자라난 과정의 문제가 아니오. 적응의 문제야. 설마 당신도 내가 남의 집을 방문하기 좋아한다고는 생각하지 않을 테지? 그런 일은 나에게 지루하기 짝이 없는 일이오. 그렇지만 이곳에서는 아무래도 해야만 하는 일이오."

"지루하다든가 그렇지 않다든가 하는 그런 말을 하는 게 아니에요" 하고 나는 말했다. "지루하고 어색하다고 해서 별로 두려울 것은 없어요. 만약 지루한 것뿐이라면 문제는 전혀 달라요. 전 그 사람들이 저를 마치 입상(入賞)한 암소처럼 유심히 살펴보는 게 싫은 거예요."

"누가 당신을 유심히 살펴본단 말이오?"

"이곳 사람들 모두, 누구든지 그래요."
"그럼 그렇다 치고 그게 어떻다는 거요? 그 사람들은 그렇게 함으로써 자기들의 생활에 얼마간의 자극을 주고 있는 게 아니겠소?"
"하지만 어째서 제가 모든 사람들의 흥미의 대상이 되어 온갖 말을 들어야 하는 거지요?"
"결국 이 지방 사람들이 흥미를 품을 대상은 만더레이의 생활 이외에는 없기 때문이오."
"그렇다면 저는 사람들 호기심의 목표가 되고 있는 셈이군요."
맥심은 대답하지 않았다. 그리고 여전히 신문을 계속 읽어갔다.
"전 결국 사람들 호기심의 목표가 괴고 있는 셈이군요" 하고 나는 되풀이 말했다. 그리고 계속해서 말했다. "그래서 당신은 저와 결혼하신 거로군요. 제가 얌전하고 경험이 없는 여자니까 제 이야기는 아무도 할 사람이 없을 거라고 당신은 생각하셨던 거지요?"
맥심은 신문을 바닥에 팽개치며 의자에서 벌떡 일어났다.
"그건 무슨 뜻이지?"
그의 얼굴은 어둡고 기묘한 표정이 되고 목소리도 거칠어서 여느 때와는 전혀 달랐다.
"전, 모르겠어요" 하고 창문에 등을 기대면서 나는 말했다. "아무 것도 아니에요. 어째서 그런 눈으로 절 보시는 거죠?"
"이곳에서의 소문에 대해서 당신은 무얼 알고 있단 말이오?" 그는 말했다.
"아무것도 몰라요" 하고 나는 말했다. 나를 보는 그의 눈초리가 두렵게 느껴졌다. "전 다만…… 뭐든지 말해야 했기 때문에 그렇게 말했을 뿐이에요. 저를 그렇게 보지 마세요, 맥심, 제가 대체 무슨 말을 했다는 거죠? 왜 그러세요?"
"당신에게 누가 여러 가지 말을 들려 주었소?"

그는 천천히 말했다.

"그런 사람은 아무도 없어요. 전혀 없어요."

"그렇다면 당신은 어째서 지금 그런 말을 했단 말이오?"

"이봐요, 맥심. 전 모르겠어요. 문득 그런 생각이 머리에 떠올랐을 뿐이에요. 공연히 마음이 편안치 않아서 머리가 이상해졌나봐요. 전 여러 사람을 방문하는 게 싫어요. 아무리 고치려고 생각해도 어쩔 수가 없어요. 그런데 당신은 저를 부끄럼쟁이니 어쩌니 하시잖아요? 그런 말을 할 생각은 별로 없었어요. 정말이에요. 맥심, 그럴 생각은 조금도 없었어요. 제발 제 말을 믿어 주세요."

"하지만 입에 담기에는 그다지 유쾌한 일이 아니었소."

"그렇군요" 하고 나는 말했다. "불쾌하고 아주 싫은 일이었어요."

그는 두 손을 호주머니에 집어넣고 서서 몸을 흔들면서 못마땅한 표정으로 가만히 나를 지켜보았다.

"내가 당신과 결혼한 것은 어쩌면 매우 이기적인 처사였을지도 모르오" 하고 그는 말했다. 천천히, 골똘히 무언가를 생각하는 듯한 말투였다.

나는 소스라치게 놀라, 몸이 얼어붙는 듯했다.

"그건 무슨 뜻이에요?" 하고 나는 말했다.

"난 당신에게는 그다지 적당한 배우자가 못 되는 것 같구려." 그는 이렇게 말했다. "우린 나이 차이가 너무나 많소. 당신은 조금 더 기다렸다가 당신과 알맞는 나이 또래의 젊은이와 결혼했어야 했어. 이미 반평생을 살아 버린 나 같은 사람하고가 아니라……."

"이상한 말씀을 하시는군요" 하고 나는 서둘러 말했다. "결혼에는 나이 같은 게 그다지 문제 되지 않는다는 것은 당신도 잘 아시잖아요. 물론 우리 부부로 하나도 이상할 게 없어요."

"그렇소? 난 모르겠어."

나는 창가 의자 위에 무릎을 꿇고 두 손을 그의 어깨로 돌렸다.

"왜 그런 말씀을 하세요?" 하고 나는 말했다. "제가 당신을 이 세상 누구보다도 가장 사랑한다는 것을 잘 아시면서. 지금까지 제가 사랑한 사람은 오직 당신뿐이에요. 당신은 제 아버지이기도 하고 오빠이기도 하면서, 또 아이이기도 해요. 혼자서 전부를 겸하고 계신 거예요."

"내가 나빴소." 그는 내 말을 들으려고도 하지 않고 이렇게 말했다. "나는 발밑에서부터 불이 붙듯이 당신을 결혼이라는 소용돌이 속으로 몰아 넣고 말았소. 당신에게 조금도 생각할 시간을 주지 않았소."

"그런 문제라면 저는 좀더 잘 생각해야겠다고는 조금도 생각하지 않았어요." 나는 이렇게 말했다. "별로 생각할 것도, 생각하지 않을 것도 없었어요. 당신은 몰라요. 맥심, 여자가 누군가를 사랑할 때에는……"

"당신은 여기 와서 행복하오?" 그는 내게서 눈길을 돌려 창 밖을 내다보면서 이렇게 말했다. "나는 이따금 당신이 행복한지 어떤지 걱정이 되는구려. 당신은 전보다 여위고 얼굴빛도 나빠졌으니 말이오."

"물론 행복해요." 나는 이렇게 말했다. "전 만더레이가 좋아요. 정원도 좋아요. 모든 것이 다 마음에 들어요. 남의 집을 방문하는 것도 아무렇지 않아요. 아까는 지긋지긋하다고 했지만 당신이 원하신다면 전 매일이라도 방문하겠어요. 비록 어떠한 일을 하게 될지라도 전 아무렇지 않아요. 전 당신과 결혼한 것을 단 1분 동안이라도 후회한 적이 없어요. 당신도 그것만은 잘 알고 계실 테죠?"

나도 모르게 오싹해지는 예의 그 맥빠진 태도로, 그는 내 뺨을 가볍게 톡톡 두드렸다. 그러고 나서 몸을 굽혀 내 머리 위에 입맞춤을 했다. "가엾게시리, 당신에게는 그다지 재미있는 일이 없는 것 같구려. 어쩌면 난 함께 생활하기가 매우 힘든 사나이인지도 모르오."

"함께 생활하기 어렵다는 생각은 조금도 해본 적이 없어요" 하고 나는 진지하게 말했다. "당신은 어떻게 할 수 없는 분이에요. 도무지 마음을 놓을 수가 없어요. 제가 처음에 생각한 것보다도 더한 것 같아요. 전 예전에 결혼 생활이란 틀림없이 언짢은 것이리라, 남편이란 술을 마신다든가, 거친 말을 쓴다거나, 아침 식사 때 토스트가 너무 덜 구워졌다고 투덜투덜 잔소리를 한다거나, 아무튼 그다지 바람직한 것은 못 될 것이며, 어쩌면 언짢은 것일지도 모른다고 곧잘 생각했어요. 하지만 당신에게는 그런 게 조금도 없는걸요."

"저런, 부디 그랬으면 좋겠구려" 하고 맥심은 말했다. 그리고 빙그레 웃었다.

나는 그의 미소를 재빠르게 이용했다. 나도 방그레 웃으며 그의 손에 입맞춤했다.

"우리가 부부로서 어울리지 않는다니, 정말 어이없다고 생각해요" 하고 나는 말했다. "보세요, 우리는 매일 밤 사이좋게 여기 앉아 있잖아요. 그리고 당신은 책이며 신문을 읽고, 전 뜨개질을 하고……. 마치 한 쌍의 찻잔처럼 말이에요……. 오랫동안 함께 살아온 늙은 내외처럼……. 말할 것도 없이 우린 사이좋은 부부예요. 그리고 물론 행복하죠. 당신은 마치 우리가 무슨 잘못된 생각으로 실수라도 저지른 듯한 말씀을 하시는군요. 하지만 설마 정말 그런 생각으로 말씀하신 건 아닐 테죠? 네, 맥심? 우리의 결혼은 성공적이에요. 기막힌 성공이에요."

"당신이 그렇게 말하니 그것으로 됐소."

"하지만 당신도 그렇게 생각하시겠지요? 저만 그렇게 생각하는 건 아닐 테지요? 우린 행복한 거지요? 그렇죠? 아주 행복하지요?"

그는 대답하지 않았다. 내게 손을 잡힌 채 여전히 창 밖을 지켜보고 있었다. 나는 목이 마르고 꽉 죄어드는 기분이었다. 내 눈은 마치 불타오르는 듯했다. 오, 신이여 하고 나는 마음속으로 생각했다……. 이건 마치 연극을 하고 있는 두 배우와도 같구나. 이제 곧 막이 내리겠지. 그러면 우리는 관객에게 인사를 하고 화장실로 돌아가는 것이다. 이것이 주인님과 나의 생활에서 일어나는 현실적인 순간일 수는 없다. 나는 창 옆의 의자에 앉아 그의 손을 놓았다. 나는 나 자신이 엄격하고 냉랭한 목소리로 이렇게 말하는 것을 들었다. '만약 당신이 우리는 행복하지 않다고 생각한다면, 그렇게 생각하세요. 난 당신에게 마음에도 없는 태도를 지어달라지는 않을 거예요, 틀림없이 나 같은 건 어디든지 가버리는 게 좋을 테죠. 더 이상 당신과 함께 살기를 그만두고…….' 물론 이것은 정말 일어난 일은 아니다. 지껄이고 있는 것은 연극 속의 여자이지 현실의 내가 맥심에게 말하는 것은 아니다. 이런 역할을 연기하는 소녀의 모습을 나는 마음속에 그려 보았다. 그것은 키가 후리후리한 가냘프고 신경질적인 소녀였다.

"여보, 어째서 대답하지 않으시지요?" 하고 나는 말했다.

그는 나의 얼굴을 두 손으로 받쳐 들고 유심히 들여다보았다. 우리가 바닷가에 갔던 날, 프리스가 차를 들고 방으로 들어왔을 때와 똑같이…….

"내가 어떻게 대답할 수가 있겠소?" 하고 그는 말했다. "나는 어떻게 대답해야 하는 건지 모르겠구려. 만약 당신이 우리는 행복하다고 한다면 그렇다고 칩시다그려. 거기에 대해서 나는 전혀 아무것도 모르겠으니 말이오. 난 당신의 말을 그대로 믿겠소. 우린 행복하오. 그러면 됐지 않소."

그는 또 나에게 입맞춤을 했다. 그러고 나서 방을 가로질러 갔다. 나는 두 손을 무릎 위에 올려놓고 등을 똑바로 세우고 긴장한 채 창 옆에 앉아 있었다.

"당신은 제게 실망하셨으니까 그렇게 말씀하시는 거예요" 하고 나는 말했다. "전 아무 재능도 없고 예절도 모르는 여자예요. 옷도 맵시있게 입을 줄 모르고, 남들 앞에 나가서 말도 제대로 할 줄 몰라요. 어차피 이렇게 될 거라는 말씀은 몬테카를로에서 벌써 말씀드리지 않았던가요? 당신은 저를 만더레이에 맞지 않는 여자라고 생각하시는 거지요?"

"바보 같은 말 하는 게 아니오." 그는 이렇게 말했다. "옷을 맵시있게 입지 못한다느니, 재능이 없다느니, 그런 건 단 한번도 난 말한 적이 없소. 그건 다만 당신이 그렇게 상상할 뿐이야. 성격이 내성적이라는 것도 오래지 않아 차차 나아져요. 난 전에도 그렇게 말했을 거요."

"우린 다람쥐 쳇바퀴 돌듯 하고 있어요." 나는 이렇게 말했다. "출발했던 자리에 다시 돌아왔지 뭐예요. 일이 이렇게 된 건 제가 아침의 방의 큐피드를 깨뜨린 데 있어요. 제가 만약 그 큐피드를 깨뜨리지 않았다면 이런 일은 절대로 없었을 거예요. 우린 틀림없이 여느 때와 같이 커피를 마시고 그런 다음 정원으로 나갔을 거예요."

"쳇! 그까짓 우라질 큐피드 따위는 아무려면 어때?" 맥심은 지긋지긋하다는 듯이 말했다. "그것이 산산조각이 나든지 말든지 내가 정말로 걱정한다고 당신은 생각하오?"

"하지만 무척 비싼 물건이잖아요?"

"글쎄? 그럴지도 모르지만 까맣게 잊어버렸어."

"아침의 방에 있는 물건은 모두 비싼 것뿐이겠지요?"

"그런 모양이야."

"어째서 가장 값 나가는 물건을 모두 아침의 방에 놓아 두나요?"

"모르겠는걸. 아마 거기 두면 돋보이기 때문이겠지."

"그건 옛날부터 거기에 있었나요? 당신 어머니께서 계시던 때부터?"
"아니, 그렇지 않았을 거야. 전에는 온 집안 여기저기 흩어져 있었지. 의자는 분명히 광 속에 있었다고 생각해."
"아침의 방이 지금처럼 꾸며진 것은 언제 일인가요?"
"내가 결혼했을 때였어."
"그럼 큐피드도 그때 장식되었겠군요?"
"그럴 거라고 생각해."
"그것도 역시 광 속에 있었나요?"
"아니, 그렇지 않았을 거야. 실은 그건 결혼 선물이었어. 레베카는 도자기에 대해 상당한 감식안을 지니고 있었어."

나는 그의 쪽을 바라보지 않았다. 그리고 손톱을 다듬기 시작했다. 그는 그 말을 극히 자연스럽게 그리고 매우 침착하게 말했다. 그것은 그에게 있어 아무런 노력도 아닌 듯했다. 잠시 뒤 나는 재빠르게 그를 보았다. 그는 두 손을 호주머니에 찌른 채 장식난로 옆에 서 있었다. 그리고 가만히 앞을 지켜보고 있었다. '레베카의 일을 생각하고 있나 봐' 하고 나는 마음속으로 중얼거렸다. 나에게 온 결혼 선물이 레베카의 결혼 선물을 깨뜨리는 원인이 되다니 이 무슨 기묘한 일인가 하고 그는 생각하는 것이다. 그는 큐피드를 생각하고 있다. 그것을 레베카에게 보내 준 사람을 지금 떠올리고 있다. 선물 꾸러미가 어떻게 전해졌으며, 그녀가 얼마나 기뻐했던가를 회상하는 것이다. 레베카는 도자기에 대해 높은 감식안을 가지고 있었다고 한다. 아마도 그가 방에 들어갔을 때 마침 그녀는 바닥에 무릎을 꿇고 큐피드가 들어 있는 조그마한 상자를 열고 있었을 것이리라. 그리고 그를 올려다보고 방그레 웃었을 테지. "보세요, 맥스, 이런 게 보내져 왔어요" 하고 말했겠지. 그리고 그녀는 톱밥 속에 손을 집어넣어 한 손에 활을 쥐고 한 다리로 서 있는 큐피드를 꺼낸다.
"이걸 아침의 방에 장식해 두기로 해요" 하고 그녀는 말한다. 그도 그녀 옆에 무릎을 꿇는다. 그리고 둘이 함께 그 큐피드를 들여다보았을 것이다.

나는 계속 손톱을 다듬었다. 그것은 마치 중학생의 손톱처럼 꺼칠꺼칠했다. 표피가 반달형 위에까지 덮쳐 있었다. 엄지손가락의 손톱은 거의 살이 있는 데까지 물어 뜯겨져 있다. 나는 또 맥심을 보았다. 그는 여전히 난로 앞에 서 있었다.

"무슨 생각을 하세요?"

내 목소리는 딱딱하고 차가웠다. 내 가슴속에서 무섭게 두근거리고 있는 심장과는 달랐다. 또한 서글프고 괴로운 내 마음 같지도 않았다. 그는 담배에 불을 붙였다. 분명히 그것은 그날의 25개비째 담배였다. 더욱이 우리는 이제 겨우 점심 식사를 끝낸 뒤였다. 그는 성냥을 비어 있는 난로 속에 던지고 신문을 주워 들었다.

"아무 것도 아니오, 왜 그런 걸 묻는 거지?" 하고 그는 말했다.

"저도 모르겠어요." 나는 이렇게 대답했다. "하지만 당신은 무척 진지하고 멍한 모습을 하고 계셨어요."

그는 담배를 손가락 사이에서 가지고 놀면서 공허하게 휘파람을 불었다. "나는 지금 모봐르에서 미들섹스의 상대로 서리 사이드가 뽑혔을까 하는 생각을 했소." 그는 이렇게 말했다.

그리고 다시 의자에 앉아 신문을 펼쳤다. 나는 창밖을 내다보았다. 쟈스퍼가 다가와 내 무릎 위로 기어올라왔다.

13

맥심은 6월 끝 무렵에 어떤 공식 연회에 참석하기 위해 런던에 가게 되었다. 명사들의 모임으로 무언가 주(州)의 문제와 관계가 있는 것이었다. 그는 이틀 동안 집을 비우고 나는 혼자 남게 되었다. 나는 그가 떠나는 것이 무척 걱정스러워 견딜 수가 없었다. 자동차가 찻길 모퉁이를 돌아 보이지 않게 되자 나는 마치 이것이 마지막 이별이며 이제는 두 번 다시 그를 만날 수 없을 것 같은 생각을 너무나도 생생하게 느꼈다. 틀림없이 사고가 일어날 것이다. 그리고 오후 늦게 내가 산책에서 돌아오면 프리스가 그 흉보를 들고 두려움에 찬 창백한 표정으로 나를 기다리리라. 어떤 시골 병원에서 이런 전화가 걸려온 것이다. '부디 마음을 굳게 가지세요. 어떤 일이 있어도 놀라시지 않도록.' 이윽고 프랭크가 달려올 것이다. 그리고 우리는 함께 병원으로 갈 것이다. 맥심은 이미 내가 온 것조차도 모르는 상태일지 모른다.

나는 점심 식탁에 앉으면서 여러 가지 일을 이것저것 생각했다. 장례를 치를 때 묘지를 에워싸고 밀치락달치락 하는 이 고장의 많은 사람들이며 프랭크의 팔에 기대 있는 나의 모습을 분명하게 볼 수가 있었다. 그것이 너무나도 생생하게 느껴졌기 때문에 나는 요리에 거의 손을 댈 수가 없었다. 그리고 그런 소식을 알리는 초인종 소리가 울리지나 않을까 하고 끊임없이 귀를 기울였다.

오후가 되어 정원의 밤나무 밑에 앉아 무릎 위에 한 권의 책을 펴 놓았으나 글은 전혀 눈에 들어오지 않았다. 로버트가 잔디밭을 가로질러 오는 것을 보자 나는 전화가 걸려왔음을 알았다. 그리고 기분이 언짢아지는 것을 느꼈다. "클럽에서 전화가 왔는데 주인 어른께서 약 10분 전에 무사히 도착하셨다고 합니다."

나는 책을 덮었다. "고마워요, 로버트. 무척 빨리 도착하셨군요."
"네, 아씨. 매우 빨리 닿으셨습니다."
"주인 어른께서 내게 하실 말씀이 있다고 하시지는 않았나요? 아니면 무슨 특별한 전갈이라든가?"

"아니오, 아씨. 그저 무사히 도착하셨다는 말뿐이었습니다. 전화를 건 사람은 그쪽 접수 담당 직원이었습니다."
"그래요? 됐어요, 로버트. 고마워요."

나는 진심으로 마음을 놓았다. 나는 이제 언짢은 기분 따위는 조금도 느끼지 않았다. 고통은 지나가버렸다. 어쩐지 수로를 가로질러 가까스로 바닷가에 다다른 것 같은 기분이었다. 그리고 갑자기 시장기를 느꼈다. 그래서 로버트가 집안으로 들어가고 나서 긴 창문 있는 데를 지나 살그머니 식당 안으로 들어가 찬장에서 비스킷을 살짝 훔쳐 냈다. 모두 여섯 개였다. 바스 올리버(비스킷의 한 종류)였다. 그리고 사과도 한 개 훔쳤다. 내 배가 이렇게 텅 비어 있으리라곤 그때까지 전혀 생각지 못했다.

나는 숲 속으로 가서 그것을 먹었다. 잔디밭에 있는 것을 하인들이 창문으로 내다보면 그들은 틀림없이 요리사에게로 가서, '지금 아씨께서 과일과 비스킷을 잡수시는 것을 보았는데 아무래도 아씨께선 부엌에서 준비된 요리가 마음에 안 드시는가봐' 라고 떠들어댈 것이라고 생각했기 때문이다. 그러면 요리사는 틀림없이 또 덴버스 부인에게 달려가겠지.

맥심은 무사히 런던에 도착했고, 나는 또 나대로 비스킷을 먹었으므로 무척 기분이 좋아져서 우스울 정도로 행복했다. 마치 아무런 책임도 없어진 것처럼 태평스러운 자유로움을 느꼈다. 마치 어렸을 적의 토요일 같은 기분이었다. 수업도 없고 예습을 하지 않아도 된다. 얼마든지 내가 좋아하는 일을 할 수가 있다. 낡은 스커트를 입고 운동화를 신고, 이웃 아이들과 함께 들판에서 재미있게 노는 것이다.

나는 그때와 똑같은 기분이 되었다. 이런 일은 만더레이에 온 뒤로 한 번도 없었다. 아마도 맥심이 런던에 갔기 때문인지도 모른다. 나는 소스라쳤다. 어째서 이런 기분이 들었는지 조금도 알 수가 없었다. 아까는 그토록 그를 떠나지 못하게 하고 싶었는데 지금은 마음이 홀가분해서 발도 가뿐하고, 잔디밭 속을 마구 뛰어다니거나 둑에서 굴러 떨어지고 싶기도 한 어린아이 같은 기분이 되어 있는 것이다. 나는 입가에 묻은 비스킷 부스러기를 닦고 쟈스퍼를 불렀다. 이런 기분이 된 것은 날씨가 좋은 탓일까……

 나는 개를 데리고 '행복의 골짜기'를 지나 구석진 작은 만 쪽으로 갔다. 진달래가 피는 시기는 이미 끝나 다갈색으로 오므라든 수많은 꽃잎이 이끼 위에 떨어져 있었다. 도라지꽃은 아직도 빛이 바래지 않고 골짜기 위의 숲에 두꺼운 융단을 만들고 있었다. 어린 양치류는 오므라든 초록빛 덩굴을 기운차게 뻗고 있었다. 이끼는 짙고 풍부한 향기를 뿜고, 도라지꽃은 코를 찌르는 흙내음을 풍기고 있었다. 나는 두 손을 머리 밑에 깔고 도라지꽃 옆의 기다란 풀 속에 드러누웠다. 쟈스퍼도 내 곁에 누웠다. 그리고 숨을 헐떡이면서 바보스러운 표정으로 나를 내려다보고 있었다. 침이 턱으로 흘러내리고 있었다. 머리 위의 숲 속에는 비둘기 떼가 있었다.

 주위는 말할 수 없이 평화롭고 고요했다. 외돌토리로 혼자 있을 때에는 어째서 평소의 어느 때보다도 이 장소가 훨씬 기분 좋은 곳이 될까 하고 나는 생각했다. 만약 지금 누구든, 하다못해 학교 시절의 친구라도 곁에 앉아 있다면 얼마나 평범하고 하찮은 것이 되어 버리고 말 것인가. 그 친구들은 틀림없이 이렇게 말할 것이다.

 "얘, 나는 말이야, 전번에 힐다를 만났어. 너 생각나지? 왜 있잖니? 테니스를 아주 잘하던 애 말이야. 그 아인 벌써 결혼해서 어린 아이가 둘이나 있다지 뭐니." 그러면 옆에 있는 도라지꽃도 눈에 띄지 않을 것이고, 머리 위의 비둘기도 깨닫지 못할 것이다.

 나는 아무와도 함께 있고 싶지 않았다. 맥심조차도 옆에 있지 않기를 바랐다. 만약 맥심이 있었다면 지금처럼 뒹굴면서 눈을 감은 채 풀잎을 씹거나 할 수는 없을 것이다. 대신 그의 모습이며, 그의 눈이며, 그의 표정을 가만히 지켜보고 있을 것이다. 그의 마음에 들었는지, 그가 싫증이 나 있는 것이나 아닐까, 그는 무엇을 생각하고 있을까 하고 끊임없이 생각하면서……. 그러나 지금은 그런 것은 전혀 문제가 안 되고 느긋하고 태평스럽게 유유히 행동할 수가 있었다.

맥심은 런던에 가 있다. 혼자 있게 되어 얼마나 즐거운가. 아니, 나는 그렇게 생각지 않는다. 그런 생각을 하는 것은 불성실하고 사악한 짓이다. 나는 결코 그런 생각을 하지 않았다. 맥심은 내 생명이며 내 세계인 것이다. 나는 도라지꽃 옆에서 일어나 날카롭게 쟈스퍼를 불렀다.

우리는 함께 골짜기를 내려가 바닷가 쪽으로 갔다. 바닷물이 빠져 있어 바다는 매우 멀고 고요했다. 조그마한 만 안은 마치 조용한 큰 호수처럼 보였다. 여름 동안에 겨울을 상상할 수가 없는 것과 마찬가지로 지금은 거친 바다를 상상할 수 없었다. 바람 한 점 불지 않고, 바위 사이에 작은 물 웅덩이를 만들며 출렁거리는 바닷물 위로 햇빛이 빛나고 있었다. 쟈스퍼는 대뜸 바위산을 기어올라 내가 있는 쪽을 돌아보았다. 한쪽 귀를 머리에 착 붙이고 있는 것이 이상하게 민첩한 느낌을 주었다.

"그쪽이 아니야, 쟈스퍼." 나는 이렇게 말했다.

개는 물론 내 말 따위는 아랑곳도 하지 않았다. 내 말을 무시하고 보란 듯이 성큼성큼 뛰어갔다.

"정말 감당할 수 없는 개로군!" 나는 큰 소리로 말했다. 그리고 내가 결코 그쪽 바닷가에 가고 싶은 건 아니라고 스스로에게 거짓말을 하면서 개의 뒤를 쫓아 바위 위로 올라갔다. '어쩔 수가 없잖아. 게다가 맥심이 함께 오지 않았는걸 뭐. 난 아무래도 괜찮아.'

나는 콧노래를 흥얼거리며 바위 위의 물 웅덩이 속을 철버덕거리며 걸어갔다. 물이 빠져 있기 때문에 전과는 전혀 다른 인상을 주었다. 전처럼 무섭지 않았다. 그 작은 항구 안에는 불과 3피트 가량의 물이 있을 뿐이었다. 이렇게 얕고 잔잔하다면 분명 보트도 잘 뜰 수가 있을 거라고 생각했다. 부표가 아직도 바다에 있었다. 전에는 깨닫지 못했는데 흰빛과 초록빛이 칠해져 있었다. 깨닫지 못했던 것은 아마 그때 비가 왔기 때문에 모든 것이 뿌옇게 보였던 탓이리라.

 바닷가에는 아무도 없었다. 나는 돌멩이투성이인 모래사장을 가로질러 만의 반대쪽으로 걸어가 바닷속으로 쑥 내민 둑의 얕은 돌벽 위로 올라갔다. 쟈스퍼는 여느 때의 습관인 것처럼 앞서서 뛰어갔다. 돌벽에는 고리가 하나 달려 있고 철 사다리가 바닷가로 통하고 있었다. 보트는 아마도 여기에 매어져 있었을 것이다. 그리고 사람들은 사다리를 따라 배에 탔으리라. 나는 그렇게 생각했다.

 부표는 마침 맞은편으로 30피트 가량 떨어진 곳에 있었다. 그 위에 무언가 씌어 있었다. 나는 고개를 옆으로 기울이고 그 글씨를 읽었다. '쥬 르비얀', 어쩌면 이다지도 묘한 이름일까. 보트의 이름 같지는 않다. 아마도 프랑스 식 고기잡이 배였던 모양이다. 어선 가운데는 흔히 이런 이름이 붙여진 것이 있다. '행복한 귀환이니 나 여기 있노라'라는 식의 이름이……. '쥬 르비얀'이란 '나는 돌아간다'라는 뜻이리라. 그렇다, 보트의 이름치고는 참으로 좋은 이름이라고 나는 생각했다. 다만 이제 두 번 다시 돌아오지 않을 그 보트의 이름치고는 어울리지 않은 셈이다.

 만에서 나와 곶 위의 항로 표지 저 너머로 배를 저어 나가면 몹시 추울 것 같다. 만 안은 조용했지만 이렇게 평온한 오늘 같은 날도 곶을 돌아 저쪽의 조류가 흐르는 곳에서는 바다 표면에 파도가 허옇게 일고 있다. 작은 보트가 육지로 둘러싸인 조그마한 만에서 나가 곶을 돌면 틀림없이 강한 바람 때문에 기울 것이다. 파도는 보트 속으로 뛰어들어 갑판 위로 흘러 떨어지겠지. 그러면 키를 잡고 있는 사람은 눈이며 머리카락에 묻은 물방울을 떨고 팽팽해진 돛을 올려다볼 것이다. 그 보트의 빛깔은 어떤 빛이었을까 하고 나는 생각했다. 부표처럼 흰빛과 초록빛이었을까? 작은 선실이 있는 그다지 큰 배는 아니었다고 프랭크는 말했다.

쟈스퍼가 철 사다리의 냄새를 맡고 있었다.

"이리와" 하고 나는 말했다. "난 네 뒤를 쫓아갈 생각은 없어." 둑을 지나 바닷가 쪽으로 되돌아왔다.

숲의 끝에 서 있는 그 오두막집은 예전처럼 서먹서먹하지도 않고 불길한 모습도 보이지 않았다. 태양이 모습을 바꾸어 버린 것이다. 오늘은 지붕을 때리는 비도 없었다. 나는 그쪽을 향하여 천천히 바닷가를 걸어 올라갔다. 결국 그곳은 아무도 살지 않는 여느 오두막집에 지나지 않는 것이다. 무서워할 까닭은 아무것도 없었다. 전혀 그럴 것이 없었다. 어떤 일정한 기간 동안 아무도 살지 않았을 경우에는 어떤 장소든지 축축하니 음산해 보이는 법이다. 새로 지은 방갈로라 해도 마찬가지일 것이다.

게다가 사람들은 여기서 달밤의 피크닉을 했다고 한다. 아마도 주말에는 곧잘 많은 사람들이 이곳을 찾아와서 수영을 하고, 보트를 타고, 바다로 나가기도 했을 것이다. 나는 걸음을 멈추고 담쟁이덩굴에 뒤덮여 황폐하게 내버려진 뜰을 바라보았다. 이것은 누구에게든지 깎게 해야겠다. 정원사라도 시켜야겠다. 아무튼 이렇게 내버려두어서는 안 된다. 나는 작은 문을 밀어 열고 오두막집의 출입문 쪽으로 걸어갔다. 출입문은 꼭 닫혀 있지 않았다. 그러나 전번에 나는 분명 그것을 단단히 닫고 갔다. 쟈스퍼는 출입문 밑을 킁킁 냄새 맡으면서 으르렁거리기 시작했다.

"가만 있어, 쟈스퍼!" 하고 나는 말했다. 그러나 개는 코끝을 출입문 밑에다 처박고 여전히 킁킁 냄새를 맡고 있었다. 나는 문을 밀어 열고 안을 들여다보았다. 매우 어두웠다. 전과 마찬가지인 것 같았다. 조금도 변하지 않았다. 모형선의 삭구(索具)에는 아직도 거미줄이 쳐져 있었다. 그러나 방 끝의 보트 두는 곳으로 통하는 문이 열려 있었다. 쟈스퍼는 또 으르렁거렸다. 그러자 무언지 떨어지는 소리가 났다. 쟈스퍼는 무섭게 짖어 댔다. 그리고 내 다리 사이를 빠져나가 보트 두는 곳의 열린 문 쪽으로 돌진해 갔다. 나도 가슴을 두근거리면서 그 뒤를 쫓아가다가 갑자기 불안해져서 방 한가운데에 멈추어 섰다.

"쟈스퍼, 이리 돌아와. 쟈스퍼!" 하고 고함을 쳤다. 그러나 개는 여전히 히스테릭한 소리로 맹렬히 짖어 대면서 출입문 앞에 서 있었다. 보트 두는 곳에 누가 있는 것일까? 하지만 쥐는 아닐 것이다. 쥐라면 쟈스퍼가 덤벼들 것이다.

"쟈스퍼, 쟈스퍼, 이리 와." 나는 이렇게 말했다. 그러나 개는 되돌아오려 하지 않았다. 나는 천천히 그리로 걸어갔다.

"누구세요?" 하고 나는 말을 걸었다.

그러나 아무런 대답도 없었다. 나는 쟈스퍼 위에 몸을 굽히고 한 손으로 개 목걸이를 잡았다. 그리고 출입문을 살폈다.

누군가 구석에서 벽에 기대어 앉아 있었다. 웅크리고 있는 태도로 보아 나보다도 더 겁을 먹고 있음을 알 수 있었다. 벤이었다. 그는 돛 뒤에 숨으려 하고 있었다.

"왜 그러지요? 뭐 필요한 거라도 있나요?" 하고 내가 물었다. 그는 입을 약간 헤벌리고, 우둔하게 눈을 멀뚱거리면서 내 쪽을 보았다.

"난 아무 짓도 하지 않았습니다." 그는 이렇게 말했다.

"조용히 해, 쟈스퍼" 하고 개의 콧등에 손을 가져다 대면서 나는 야단쳤다. 그리고 옷의 벨트를 끌러 끈 대신 개 목걸이에 걸었다.
"뭐가 필요하지요, 벤?" 나는 이번엔 조금 대담해져서 이렇게 말했다.

그는 대답하지 않았다. 그리고 그 교활한 백치 같은 눈으로 가만히 나를 보고 있었다.

"이리로 나와요" 하고 나는 말했다. "주인 어른께선 여기에 사람이 드나드는 걸 좋아하시지 않아요."

그는 손등으로 코를 닦더니 희미하게 히죽 웃으면서 비틀비틀 걷기 시작했다. 한쪽 손은 등 뒤로 돌린 채였다.

"뭘 가지고 있지요, 벤?" 하고 나는 물었다. 그러자 그는 어린아이처럼 얌전하게 감추었던 손을 내게 보였다. 낚싯줄이 쥐어져 있었다. "난 아무 짓도 하지 않았습니다" 하고 그는 되풀이 말했다.

"그 낚싯줄은 여기에 있던 건가요?" 하고 나는 물었다.

"네에?"

"잘 들어요, 벤. 만약 그 낚싯줄이 필요하다면 가져가도 괜찮지만, 앞으로 두 번 다시 이런 짓을 해선 안돼요. 남의 물건을 갖는다는 것은 정직한 사람이 하는 짓이 아니에요."

그는 잠자코 있었다. 그리고 우물쭈물하면서 멀뚱멀뚱 나를 바라보았다.

"자, 나가도록 해요" 하고 나는 강하게 말했다. 내가 큰 방으로 나오니까 그도 뒤를 따라왔다. 쟈스퍼는 아까부터 짖기를 그치고 있었다. 그리고 벤의 발밑을 냄새 맡았다. 나는 잠시도 오두막 안에 있고 싶지 않았다. 내가 서둘러 양지쪽으로 나가자 벤은 뒤에서 천천히 따라나왔다. 나는 출입문을 닫았다.

"벤, 이젠 집으로 돌아가도록 해요" 하고 나는 벤에게 말했다.

그는 낚싯줄을 마치 보물인 듯 가슴에 꼭 안고 있었다. "나를 병원에 집어넣지는 않겠지요?" 하고 그는 말했다.

그는 두려움에 와들와들 떨고 있었다. 두 손이 부들부들 떨리고 눈은 마치 벙어리처럼 애원하면서 뚫어지게 내 얼굴에 박혀 있다.

"물론 그렇게는 하지 않아요" 하고 나는 부드럽게 말했다.

"난 아무짓도 하지 않았습니다." 그는 이렇게 다시 되풀이했다.

"아무에게도 지껄이지 않았습니다. 난 병원에 들어가고 싶지 않습니다." 눈물 한 방울이 주루룩 지저분한 얼굴을 타고 떨어졌다.

"걱정하지 말아요, 벤" 하고 나는 말했다. "아무도 벤을 보내지 않아요. 하지만 앞으로는 절대로 이 오두막집 안에 들어가면 못써요."

나는 걷기 시작했다. 그러자 그는 뒤를 쫓아와서 내 손을 잡았다.

"잠깐만" 하고 그는 말했다. "아씨께 드리고 싶은 게 있어요."

그는 바보스러운 미소를 띠고 저쪽을 손가락질했다. 그리고 바닷가 쪽으로 걷기 시작했다. 나는 그를 따라 갔다. 그는 몸을 굽혀 바위 옆에 있는 납작한 돌을 치웠다. 돌 밑에는 조개껍질이 몇 개 포개져 있었다. 그는 그 가운데서 한 개를 골라 내게 내밀어 주었다.

"이걸 아씨께 드리겠어요." 그는 이렇게 말했다.

"고마워요, 벤. 참 아름답군요." 나는 이렇게 대답했다.

그는 지금까지의 두려움도 잊어버리고 머리를 긁적이면서 또 히죽히죽 웃었다. "아씨 눈은 마치 천사의 눈 같습니다요" 하고 그는 말했다. 나는 조금 놀라 다시 조개껍질에 눈길을 떨구었다. 뭐라고 해야 할지 알 수 없었다.

"아씨는 또 한 사람 같지 않아요" 하고 그는 또 말했다.

"그건 누굴 말하는 거지?" 나는 이렇게 물었다. "또 한 사람이라니, 누구지?"

그는 고개를 저었다. 그 눈이 다시 교활하게 빛났다. 그는 손가락을 코에 가져다 댔다. "키가 크고 머리털이 검은 사람이에요." 그는 이렇게 말했다. "마치 뱀처럼 느껴지는 사람이지요. 나는 여기서 이 눈으로 그 사람을 보았어요. 밤이 되어서 온 것을 내 눈으로 보았다니까요."

그는 유심히 나를 지켜보면서 입을 다물었다. 나는 아무 말도 하지 않았다.

"난 그 사람을 보았어요" 하고 그는 말했다. "그 사람은 나를 보고 이렇게 말했지요. '넌 내가 누군지 모를 테지? 지금까지 한 번도 여기서 나를 만난 적은 없으니까. 아마 앞으로도 만날 수 없을 거야. 만약 네가 여기서 창문으로 들여다보는 걸 붙잡는 날엔 너를 병원에 집어넣고 말 테다. 너도 그렇게 하는 건 싫을 테지? 병원에 들어가면 혼난단 말이야.' 그래서 난 '난 아무 말도 안 해요, 아씨' 하고 말했어요. 그리고 이렇게 모자를 잡았지요." 그는 자기의 방수모를 잡아당겼다.

"그 사람은 이제 어딘지 가 버린 거지요?" 하고 그는 걱정스럽게 말했다.

"벤이 지금 누구 이야기를 하는 건지 난 모르겠어요" 하고 나는 천천히 말했다. "아무도 벤을 병원에 넣을 사람은 없어요. 잘 가요, 벤."

나는 그곳을 떠나 쟈스퍼를 벨트로 끌어당기면서 바닷가를 올라갔다. 가엾은 사나이. 물론 머리가 좀 모자라는 사나이다. 자기가 무슨 말을 지껄이고 있는지 자신도 모르는 것이다. 병원에 집어넣겠다고 그를 위협할 사람이 있을 것 같지도 않다.

맥심은 그를 아무런 해도 끼치지 않는 사람이라고 했고 프랭크도 그렇게 말하였다. 아마도 그는 저희들 사이에서 그런 이야기를 하는 것을 한 번 들은 일이 있는 모양이다. 그리고 그 기억이 마치 어린아이의 마음에 새겨진 추한 그림처럼 언제까지나 남아 있는 것이겠지.

좋다든가 싫다든가 하는데 대해서도 그는 역시 어린아이 같은 마음을 가지고 있는 것이다. 틀림없이 그는 아무런 까닭도 없이 어떤 사람에게 이상한 생각을 품은 것이리라. 그리고 하루는 상냥하게 대했는가 하면 그 다음날에는 무뚝뚝한 태도를 취했나 보다. 나에게 상냥하게 한 것은 내가 낚싯줄을 가져가도 좋다고 말했기 때문이다. 내일이 되면 만약 나를 만났다 할지라도 그는 모른 체 할지도 모른다. 머리가 모자라는 사람이 한 말에 신경을 쓰다니 참으로 어리석다.

나는 어깨 너머로 만을 힐끔 돌아보았다. 밀물이 들어오기 시작하여 둑 끝에서 천천히 소용돌이치고 있었다. 벤은 바위산 저쪽으로 모습을 감추어 버렸다. 바닷가에는 다시 인기척이 사라졌다. 나는 어두운 숲의 나무 사이로 오두막집의 돌 굴뚝을 볼 수가 있었다. 문득 나는 아무런 까닭도 없이 뛰어가고 싶어졌다. 나는 이젠 그 이상 되돌아보려 하지 않고 쟈스퍼의 목걸이에 맨 벨트를 잡아당겨 힘하고 좁은 숲속 오솔길을 헐떡거리며 달려 올라갔다.

비록 이 세상의 보물을 모조리 다 주겠다고 해도 나는 돌아서서 다시 오두막집이나 바닷가로 내려갈 수는 도저히 없었을 것이다. 마치 담쟁이덩굴이 우거진 작은 뜰에 누군가가 숨어서 기다리는 것같이 느껴졌다. 뚫어지게 지켜보는, 숨을 죽이고 귀를 기울이고 있는 누군가가……

함께 뛰어가면서 쟈스퍼는 자꾸만 짖었다. 개는 그것을 일종의 새로운 놀이로 생각하는 모양이었다. 그리고 끊임없이 벨트에 덤벼들어 물어뜯었다. 그 주위의 나무가 얼마나 빽빽이 들어차 있는가 하는 것을 나는 전에는 미처 깨닫지 못했다. 나무뿌리는 마치 사람이 걸려 넘어지게 하려고 기다리고 있는 덩굴손처럼 오솔길을 가로질러 뻗쳐 있었다. 이것은 무슨 일이 있어도 말끔히 쳐 버리게 해야겠다고, 나는 뛰어가면서 생각했다. 맥심에게 말해서 인부를 쓰도록 하자. 나무 밑에 난 잡초는 아무런 의미도 아름다움도 있을 리 없다. 이렇듯 마구 얽힌 관목을 잘라 오솔길을 밝게 해야만 한다. 어둡다. 너무나 어둡다. 가시나무에 덮인 벌거숭이인 유칼리 나무는 허옇게 드러난 해골의 사지처럼 보였다.

그 아래로 오랜 세월 흐린 빗물로 가득 찬 검은 흙내 나는 개울이 흐르고 있어, 아래쪽 해안으로 소리도 없이 떨어지고 있었다. 작은 새들도 여기서는 골짜기에서처럼 지저귀지 않았다. 여기는 거기와는 또 다르게 고요했다. 나는 숨을 헐떡거리며 오솔길을 뛰어올라가면서만 안에까지 들어온 조수 때문에 파도 소리를 들을 수가 있었다. 어째서 맥심이 이 오솔길과 만을 싫어하는지 그 까닭을 알 것 같았다. 나 역시 싫었다. 이 오솔길을 올라오다니, 나는 어쩌면 이렇게도 바보 같은 짓을 했을까. 차라리 저쪽의 흰 돌멩이투성이인 모래사장으로 가서 '행복의 골짜기'로 집에 돌아가는 편이 좋았을 것을.

잔디밭 속 오목한 곳에 육중하게 자리잡고 있는 건물을 보자, 나는 후유 하고 마음이 놓이는 듯했다. 숲은 이제 내 등 뒤에 있었다. 나는 로버트에게 일러 밤나무 밑으로 차를 가져오도록 할까 하고 생각했다. 시계를 보니까 생각했던 것보다도 일러 아직 네 시도 채 되지 않았다. 그러므로 좀더 기다려야 했다. 네 시 반 전에 차를 마시는 것은 만더레이의 습관에는 없는 일이다. 프리스가 외출한 것이 기뻤다.

프리스가 있으면 로버트도 차를 정원으로 가지고 나오지는 않을 것이다. 잔디밭을 가로질러 테라스 쪽으로 건들건들 걸어가다가 문득 찻길 모퉁이에서 철쭉꽃의 초록빛 잎 속에 무언가 금속 같은 것에 반사되는 햇빛이 눈에 띄었다. 나는 한 손을 눈 위로 가리고 그 정체를 확인하려고 했다. 그것은 자동차의 냉각 장치 같았다.

누가 찾아왔을까, 나는 이렇게 생각했다. 그러나 만약 방문객이라면 집까지 자동차를 타고 들어갈 것이다. 저렇게 찻길 모퉁이 관목 그늘에 감추어 둘 리가 없다. 나는 그쪽으로 가까이 가 보았다. 그것은 역시 자동차였다. 나는 옆구리며 덮개를 볼 수가 있었다. 참으로 이상한 일이었다. 여느 방문객은 절대로 그렇게 하지 않는다. 또한 상인이라면 뒤꼍 마구간이나 차고 쪽으로 돌아가는 것이 보통이다. 그것은 프랭크의 승용차인 모리스도 아니었다. 모리스라면 나도 잘 알고 있다. 이것은 차체가 길고 낮은 스포츠 카 종류였다.

어떻게 해야 할까 하고 나는 생각했다. 만약 방문객이라면 로버트는 분명 서재나 객실로 안내했을 것이다. 만약 객실에 있다면 그들은 잔디밭을 가로질러 온 내 모습을 볼 수도 있었다. 나는 이런 모습으로 방문객 앞에 나가고 싶지 않았다. 나는 '천천히 노시다가 차를 마시고 가세요' 라는 인사를 말해야겠지. 나는 잔디밭 끝에서 잠시 우물거리고 있었다. 그리고 무심코라기보다는 햇빛이 유리창 위에서 번쩍거렸기 때문에 문득 집 쪽을 올려다보았다. 그때 서쪽 창가의 덧문 하나가 활짝 열려 있는 것을 보고 가슴이 철렁했다.

어떤 사나이가 창문 앞에 서 있었다. 조금 뒤 그 사나이는 내 모습을 알아차린 듯 갑자기 몸을 안으로 숨겼다. 그러자 그의 등 뒤에 있던 사람이 한 손을 내밀어 덧문을 닫았다. 그 손은 덴버스 부인의 손이었다. 나는 그 부인의 검은 소매를 알아본 것이다. 오늘은 저택을 공개하는 날이어서 덴버스 부인은 밖에서 온 손님을 안내하여 방을 보여 주고 있었는지도 모른다. 한순간 나는 그렇게 생각했다. 그러나 그럴 리가 없었다.

왜냐하면 언제나 그런 역할을 맡는 것은 프리스인데 오늘은 외출을 하고 없기 때문이다. 게다가 서쪽 방은 공개하지 않는 곳이다. 나도 아직 서쪽 방에 들어간 일이 없다. 오늘이 저택을 공개하는 날이 아님은 확실하다. 일반 사람들은 화요일에는 찾아오지 않는다. 어쩌면 방을 하나 수선할 일이 생겼는지도 모른다. 그러나 저 사나이가 밖을 내다보다가 내 모습을 알아차리고 갑자기 방안으로 몸을 숨기며 덧문을 닫았다는 것은 아무래도 좀 이상하다. 게다가 또 이 자동차도 집에서는 보이지 않도록 철쭉꽃 그늘에 숨겨져 있지 않은가.

그러나 결국 덴버스 부인의 문제인 것이다. 나와는 전혀 관계가 없는 일이다. 가령 부인에게 친구가 찾아와 부인이 서쪽 방으로 안내했다고 한들 내가 알 바는 아닌 것이다. 그러나 나는 이런 일이 전에도 있었으리라고는 조금도 알지 못했다. 하필이면 맥심이 없는 날에 이런 일이 일어났다는 것이 어쩐지 이상한 생각이 들어 견딜 수 없었다. 틀림없이 그들은 아직도 덧문 틈으로 나를 보고 있을 것이다. 이렇게 생각하면서 나는 거의 의식적으로 집을 향해 걸어갔다.

그리고 계단을 올라가 커다란 현관을 지나고 홀로 들어갔다. 낯선 모자나 스틱은 아무데서도 보이지 않았고 명함 쟁반 위에 새로 놓인 명함도 없었다. 공식 방문객이 아니라는 것은 이것으로 알 만했다. 그렇다면 내가 알 바는 아니다. 나는 이층에 올라가지 않으려고 원예실로 가서 손을 씻었다. 계단이며 그밖의 장소에서 만약 그들과 얼굴을 마주 대하게 된다면 틀림없이 어색한 것이다.

점심 식사를 하기 전에 뜨개질하던 것을 아침의 방에 두고 온 생각이 났다. 그래서 충실한 쟈스퍼를 뒤따르게 하고 객실을 지나 뜨개질감을 가지러 갔다. 아침의 방 문은 그냥 열려져 있었다. 게다가 뜨개질감을 넣어 두는 주머니의 위치가 바뀐 것을 나는 알아챘다. 분명히 긴 의자 위에 놓았을 터인데, 지금 보니 쿠션 뒤에 밀어넣어져 있는 것이다. 긴 의자 위에 내 뜨개질감이 놓였던 곳에는 사람이 앉은 흔적이 있었다. 누군가가 바로 조금 전까지 여기에 앉아, 내 뜨개질감이 방해가 되기 때문에 쿠션 뒤로 밀어넣은 것이다.

책상 옆의 의자도 위치가 바뀌어 있었다. 맥심과 내가 없는 동안에 덴버스 부인이 여기서 방문객을 접대한 것이리라. 나는 어쩐지 꺼림칙해졌다. 이런 것은 모르는 편이 좋을 텐데. 쟈스퍼는 꼬리를 흔들면서 긴 의자 주의를 쿵쿵 냄새를 맡으며 돌았다. 쟈스퍼는 방문객이 있었음을 조금도 의심하지 않았다. 나는 뜨개질 주머니를 꺼내 들고 방 밖으로 나왔다. 마침 그때 돌 깔린 복도와 뒤곁으로 통해 있는 큰 객실의 문이 열리고 사람 목소리가 들려왔다. 나는 얼른 다시 아침의 방으로 뛰어 들어갔다. 아무에게도 들키지 않았다.

  나는 문 뒤에 숨었다. 그리고 문어귀에 서서 혀를 내밀고 꼬리를 흔들면서 나를 보고 있는 쟈스퍼에게 눈살을 찌푸려 보였다. 이 어쩔 수 없이 어리석은 쟈스퍼도 어쩜 나를 못본 체하고 가줄지 모른다. 나는 숨을 죽이고 가만히 서 있었다. 조금 뒤 덴버스 부인이 이렇게 말하는 소리를 들었다.

  "아마 서재로 갔나 봐요. 무언가 까닭이 있어 빨리 돌아왔을 거예요. 만약 서재에 있다면 당신은 그 사람과 얼굴을 마주치지 않고 홀을 지나갈 수 있을 거예요. 제가 가서 보고 올 테니 여기서 기다리고 계세요."

  그들은 분명히 내 이야기를 하고 있는 모양이었다. 나는 아까보다도 훨씬 더 난처하게 되었다. 모든 것이 실로 몰래 행해지고 있었던 것이다. 나는 덴버스 부인의 형편이 나쁠 때에 그녀를 만나고 싶지는 않았다. 이때 쟈스퍼가 객실 쪽으로 머리를 돌렸다. 그리고 꼬리를 흔들면서 달려갔다.

  "여어, 못된 개가 왔구나" 하는 남자의 목소리가 들렸다. 쟈스퍼가 흥분하여 짖기 시작했다. 나는 어디든 숨을 만한 곳은 없을까 하고 재빨리 주위를 둘러보았다. 물론 그런 장소는 없었다. 나는 곧 귓가에 사람의 발소리를 들었다. 사나이가 방 안으로 들어왔다. 나는 문 뒤에 있었기 때문에 처음에 그는 나를 알아차리지 못했다. 그러나 쟈스퍼가 기쁜 듯이 짖으면서 내게로 뛰어왔다.

　사나이는 휙 돌아서서 내 모습을 보았다. 그 사나이보다 더 놀란 얼굴을 짓는 사람을 나는 아직 본 적이 없다. 마치 내가 도둑이고 그가 집 주인이라도 되는 것 같았다.

　"아니, 이거 정말 실례했습니다" 하고 나를 살펴보며 그는 말했다.

　뚱뚱하고 몸집이 큰 사나이로 햇볕에 그을은 번들번들한 얼굴을 하고 있었다. 술주정꾼으로 게으른 생활을 하고 있는 사람에게서 흔히 볼 수 있는 타는 듯한 파란 눈이었다. 머리카락도 피부처럼 빨갰다. 앞으로 4,5년 지나면 틀림없이 디룩디룩 살이 찌고 말 것 같다. 목이 칼라 뒤로 비어져 나와 있었다. 입은 그 사나이답지 않게 너무 지나치게 부드럽고 붉어 보였다. 위스키 냄새가 물씬 나는 숨결이 내가 서 있는 곳까지 풍겨왔다. 그는 빙글빙글 웃기 시작했다. 그가 어떤 여자에게나 짓는 듯한 그런 미소였다.

　"너무 놀라시게 해서 참으로 죄송합니다." 그는 이렇게 말했다.

　나는 몹시 바보스러운 모습으로 문 뒤에서 나왔다.

　"아니에요, 괜찮아요" 하고 나는 말했다. "사람 목소리를 듣기는 했지만 어느 분께서 와 계신지 전혀 몰랐어요. 오늘 누가 찾아오리라고는 전혀 생각지도 못했으니까요."

　"정말 면목 없습니다" 하고 그는 진심으로 사과했다. "이렇게 부인 앞에 나타나다니, 저 자신 그야말로 황송하기 이를 데 없습니다. 부디 용서하십시오. 사실 저는 다니를 만나러 왔습니다. 다니는 나의 옛 친구이니까요."

　"네, 그러세요?" 나는 이렇게 대답했다.

　"그리운 다니." 그는 말했다. "그녀는 아무에게도 폐가 되지 않도록 무척 마음을 써 둔답니다. 당신께 근심을 끼쳐 드리고 싶지 않았던 겁니다."

"어머나, 그런 건 조금도 상관 없어요" 하고 나는 말했다. 펄쩍펄쩍 뛰면서 기쁜 듯이 그 사나이에게 매달려 장난치고 있는 쟈스퍼를 나는 물끄러미 바라보고 있었다.

"이놈은 아직 저를 잊지 않은 모양입니다" 하고 그는 말했다. "이젠 훌륭하게 자라서 어엿한 개가 되었군요. 전번에 보았을 때에는 아직 조그만 강아지였는데 말입니다. 다만 살이 좀 찐 것 같군요. 운동을 시켜야 되겠습니다."

"지금 멀리 산책하고 오는 길이에요" 하고 나는 말했다.

"그렇습니까? 그렇다면 부인께서는 무척 다리가 튼튼하신 분이시군요."

그는 말했다. 그리고 더욱더 쟈스퍼를 가볍게 토닥거리면서 격의 없는 태도로 나에게 미소를 보내고 있었다. 그리고 담뱃갑을 꺼냈다.

"한 대, 어떠십니까?" 그가 이렇게 말했다.

"난 담배 피우지 않아요" 하고 나는 말했다.

"그렇습니까." 그는 자기만 한 개비 뽑아 거기에 불을 붙였다.

나는 그런 것에는 조금도 마음을 쓰지 않는 편이었으나, 그래도 남의 방에서 이런 짓을 하다니 좀 좋지 않게 생각되었다. 이것은 예의 바르지 못한 것이 아니겠는가? 적어도 나에 대해서는 예의바른 태도가 아니다.

"맥스는 요즘 어떻습니까?" 그는 이렇게 말했다. 그 말투에 나는 깜짝 놀랐다. 마치 맥심의 친구 같은 말투였다. 맥심을 맥스라고 부르는 것을 들으니 어쩐지 이상한 기분이었다. 아무도 그를 그렇게 부르지는 않았다.

"덕분에 매우 건강하세요." 나는 이렇게 대답했다. "지금 런던에 가 계시지요."

"신부를 이렇게 혼자 있게 하고 말씀입니까? 그건 너무 한데요.

누가 와서 당신을 약탈이라도 해 갈지 모른다는 것을 걱정하지 않는 모양이군요."

그는 입을 벌리고 웃었다. 웃는 모습이 나는 좋지 않았다. 그 속에는 무언가 모르게 불쾌한 것이 있었다. 나는 그 사람이 좋은 사람처럼 여겨지지 않았다. 마침 그때 덴버스 부인이 방 안으로 들어왔다. 덴버스가 나를 바라보자 나는 온몸이 싸늘해졌다. 오, 신이여, 이 여자는 얼마나 나를 싫어한단 말이냐!

"여어, 다니 왔군." 그 사나이는 이렇게 말했다. "다니가 조심해 준 것도 모두 헛일이 되었어. 아씨께선 문 뒤에 숨어 계셨는걸."

이렇게 말하고 그는 또 웃었다. 덴버스 부인은 아무 말도 하지 않았다. 다만 뚫어지게 나를 지켜보고 있을 뿐이었다.

"그런데 다니는 나를 소개해 주지 않을 건가?" 그는 이렇게 말했다. "신부에게 경의를 나타내는 것은 지극히 당연한 일이라고 생각하는데."

"이분은 파벨 님입니다, 아씨" 하고 덴버스 부인은 말했다. 마음이 내키지 않는 듯한 나지막한 목소리였다. 부인은 이 사나이를 나에게 소개하고 싶지 않은 것이라고 나는 짐작했다.

"처음 뵙겠어요" 하고 나는 말했다.

그리고 나서 애써 정중하게 "차를 들고 가시지요." 이렇게 말했다.

그는 매우 흥미를 느끼는 모양이었다. 그리고 덴버스 부인 쪽을 보았다.

"멋진 초대가 아니겠어?" 하고 그는 말했다. "난 차를 마시고 가라는 초대를 받은 거야. 정말이지, 기쁘게 받고 싶군그래."

나는 그녀가 힐끔 그에게 경계의 눈짓을 하는 것을 보았다. 나는 안절부절 못했다. 정말로 거북한 것이었다. 이렇게 되지 않을 수도 있었는데.

"말씀하신 대로 따르면……." 그는 이렇게 말했다. "매우 유쾌하리라고 생각됩니다만, 그러나 이제는 가 보는 게 좋을 듯합니다. 어떻습니까? 제 자동차를 구경하시지 않겠습니까?"

여전히 그는 매우 정다운, 오히려 버릇없는 태도로 말했다. 나는 할 일이 없어 무척 따분하고 어쩔 줄을 몰랐지만 그의 자동차 따위는 보고 싶지 않았다.

"부디 같이 가 주십시오" 하고 그는 말했다. "아주 멋진 자동차랍니다. 맥스가 지금까지 가졌던 어떤 자동차보다도 훨씬 속력이 빠르답니다."

나는 거절할 만한 구실을 생각할 수가 없었다. 모든 것이 너무나도 무리하게 강요하는 것 같아 어이가 없었다. 나는 그런 것을 좋아하지 않았다. 게다가 또 어째서 덴버스 부인은 거기에 선 채 그런 눈초리로 언제까지나 나를 보고 있어야 한단 말인가?

"자동차는 어디에 있나요?" 하고 나는 조그마한 목소리로 물었다.

"저쪽 찻길 모퉁이에 있습니다. 소란을 피우고 싶지 않았기 때문에 현관까지 타고 들어오지 않았지요. 아마도 부인께서 오늘 오후 댁에 계시리라고 생각했습니다."

나는 잠자코 있었다. 속이 빤히 들여다보이는 거짓말이었다. 우리는 객실을 지나 홀로 들어갔다. 그가 어깨 너머로 뒤를 돌아보고 덴버스 부인에게 힐끔 눈짓을 보내는 것을 나는 보았다. 그러나 부인은 눈짓을 되돌려 주지 않았다. 설마 부인이 이런 짓을 하리라곤 나로선 생각할 수도 없었다. 부인은 매우 완고하고 음침하게 보였다. 쟈스퍼는 장난을 치면서 찻길로 나갔다. 너무나 잘 아는 사이인 이 방문객이 불쑥 찾아온 것을 개는 기뻐하는 모양이었다.

"모자는 자동차 안에 두고 온 모양이군" 하고 홀 안을 둘러보는 시늉을 하면서 사나이는 말했다. "하지만 정직하게 말씀드리자면 이쪽으로 들어오지 않았답니다. 살그머니 뒤로 돌아서 다니가 동굴 속에 있는 것을 습격한 셈입니다. 다니도 가서 자동차를 보지 않겠어?"

그는 묻는 것처럼 덴버스 부인을 보았다. 부인은 곁눈으로 나를 힐끔 보면서 우물쭈물했다.

"아니에요" 하고 부인은 말했다. "전 이제 밖에 나가고 싶지 않습니다. 그럼, 안녕히 가세요, 잭 씨."

그는 그녀의 손을 잡고 다정하게 흔들었다. "잘 있어요, 다니. 몸조심하는 게 좋겠어. 어디로 오면 나를 만날 수 있는지 그건 잘 알고 있을 테지. 아무튼 다니를 만날 수 있어서 무척 기뻐."

그는 찻길로 나갔다. 쟈스퍼는 그 뒤에서 마치 춤추는 듯이 껑충껑충 따라갔다. 나는 아직도 몹시 못마땅한 기분으로 천천히 그의 뒤를 걸어갔다.

"그립던 만더레이" 하고 창문 쪽을 올려다보면서 그는 말했다.

"그다지 변하지 않았습니다. 아마 다니가 잘 보살피고 있는 덕분이겠지요. 기막힌 여자가 아닙니까."

"네, 아주 솜씨 좋은 사람이에요." 나는 이렇게 말했다.

"그런데 부인께서는 어떻게 생각하십니까, 이렇게 여기에 파묻혀 사시는 것을 말입니다."

"난 만더레이를 아주 좋아해요" 하고 나는 엄격한 말투로 말했다.

"부인께서는 맥스와 만나셨을 때 남 프랑스 어디엔가 계시지 않았습니까? 몬테인가요? 저도 몬테라면 잘 압니다."

"그래요, 몬테카를로에 있었어요."

우리는 그의 자동차 옆에까지 왔다. 초록빛 스포츠 카로 차주와 너무나도 잘 어울리는 차였다.

"이 차를 부인께서는 어떻게 생각하십니까?" 하고 그는 말했다.

"참 멋지군요." 예의상 나는 그렇게 대답했다.

"문 있는 데까지 타고 가시지 않으시겠습니까?" 하고 그는 말했다.

"아니오, 그만 실례하겠어요." 나는 대답했다. "좀 피로해서요."

"만더레이의 영부인이신 분이 저 같은 사나이와 함께 드라이브하는 것을 남이 보게 되면 그다지 바람직하지 않은 일이라고 생각하시는군요?" 하고 그는 말했다. 그리고 고개를 흔들며 웃어댔다.

"어머나, 조금도 그렇지 않아요" 하고 조금 얼굴을 붉히면서 나는 말했다.

그는 그 격의 없는 불쾌한 푸른 눈으로 더욱더 흥미 있는 듯이 나를 살펴보았다. 나는 마치 술집 접대부처럼 느껴졌다.

"좋습니다" 하고 그는 말했다. "신부에게 길을 잃게 해서는 안 될 테니까요. 그렇지, 쟈스퍼? 그런 짓을 하면 큰 일이지." 그는 모자와 끔찍이도 큰 운전용 장갑을 집어 들었다. 그리고 담배를 찻길 위로 집어 던졌다.

"안녕히 계십시오." 그는 한손을 내밀며 이렇게 말했다. "당신을 뵙게 되어 매우 기쁩니다."

"안녕히 가세요." 나는 이렇게 말했다.

"그건 그렇고," 그는 태연한 태도로 말했다. "제가 왔었다는 말을 맥스에게는 하지 말아 주셨으면 참으로 고맙겠는데요. 그 까닭은 모르겠습니다만, 맥스도 나를 그다지 좋아하지 않으니까요. 게다가 또 불쌍한 다니가 난처해질지도 모르잖습니까."

"알겠어요, 말하지 않겠어요." 나는 무뚝뚝하게 이렇게 말했다.

"그것 참, 고맙습니다. 그러면 기분을 바꾸어 함께 타시지 않으시겠습니까?"

"아뇨, 기분을 나쁘게 해드렸다면 사과드리겠지만 이것으로 그만 실례하겠어요."

"아닙니다. 그렇다면 좋습니다. 곧 다시 찾아뵙겠습니다. 이놈, 내려와 쟈스퍼. 페인트가 벗겨지잖아. 그건 그렇고, 신부를 이렇게 혼자 내버려두고 런던에 가 버리다니 맥스는 정말 괘씸하군요."

"아니에요. 아무렇지도 않아요. 난 혼자 있기를 좋아하니까요." 나는 이렇게 말했다.

"네, 그렇습니까. 퍽 묘하시군요. 그렇지만 그건 안 됩니다. 자연에 어긋납니다. 당신네들이 결혼하신 지 이제 얼마나 됩니까? 석 달 정도밖에 안 되지 않습니까?"

"그 정도 되지요" 하고 나는 말했다.

"저도 결혼한 지 석 달 된 신부가 집에서 저를 기다려 준다면 얼마나 좋을까 하는 생각이 드는군요. 전 가련하고 쓸쓸한 독신자랍니다." 그는 또 웃으며 모자를 깊숙이 눌러 썼다.

"안녕히!" 하고 자동차의 시동을 걸면서 그는 말했다. 자동차는 배기관을 통해 맹렬한 기세로 가스를 내뿜으며 쏜살같이 찻길을 내려갔다. 쟈스퍼는 귀를 축 늘어뜨리고 꼬리를 다리 사이에 끼우고서 전송하고 있었다.

"자아, 이리 와, 쟈스퍼." 나는 이렇게 말했다. "그렇게 바보 같은 시늉을 하고 있는 게 아니야." 나는 천천히 집 쪽으로 되돌아왔. 덴버스 부인의 모습은 아무데도 보이지 않았다. 나는 홀 안에 서서 초인종을 울렸다. 그러나 5분 가량 아무런 대답도 없었다. 나는 다시 초인종을 울렸다. 그러자 앨리스가 조금 근심스러운 표정으로 나타났다.

"부르셨습니까, 아씨?" 하고 앨리스는 말했다.

"어머, 앨리스. 로버트는 어디 갔지? 밤나무 밑에서 차를 마셨으면 했는데" 하고 나는 말했다.

"로버트는 우체국에 가서 아직 돌아오지 않았습니다, 아씨."
앨리스는 이렇게 말했다.
"덴버스 부인이 로버트에게 아씨께서 차를 늦게 드실 거라고 말했으니까요. 프리스도 역시 외출했습니다만 만약 지금 차를 드시겠다면 제가 준비하겠습니다. 하지만 아직 네 시 반이 안 됐으리라고 생각됩니다만."
"걱정하지 않아도 좋아요, 앨리스. 로버트가 돌아올 때까지 기다리겠어." 나는 이렇게 말했다.

맥심이 집에 없으니까 여러 가지 일이 자연 늦어지는구나 하고 나는 생각했다. 프리스와 로버트가 모두 외출했으리라고는 조금도 생각지 못했다. 오늘은 프리스가 쉬는 날인데 덴버스 부인은 로버트를 우체국에 심부름 보낸 것이다. 게다가 나는 늦게까지 산책할 거라고 생각했던 모양이다. 저 파벨이라는 사나이는 그야말로 딱 좋은 시간을 골라 덴버스 부인을 찾아왔었구나. 너무나도 잘 골랐다고 해도 과언이 아닐지 모르겠다. 거기에는 무언지 모르게 정당치 못한 것이 있는 것같이 생각된다. 더욱이 그 사나이는 맥심에게 아무 말도 하지 말아달라고 부탁했다.

모든 것이 참으로 이상했다. 덴버스 부인을 귀찮은 분쟁 속에 말려들게 하거나, 어떤 소란을 일으키게 하는 일을 나는 원하지 않았다. 그보다도 더 중요한 것은 맥심에게 걱정 끼치고 싶지 않다는 것이었다.

저 파벨이라는 사나이는 대체 어떤 사람일까? 그는 맥심을 '맥스'라고 불렀다. 지금까지 그를 맥스라고 부른 사람은 한 사람도 없었다. 딱 한 번 책의 속표지에 그 이름이 씌어 있는 것을 본 적이 있다. 그것은 가늘고 한쪽 어깨가 처진 묘하게 뾰죽한 글씨로, M자의 꼬리가 또렷하고 길게 끌리듯이 씌어 있었다. 지금까지 맥스라고 부른 사람은 그 한 사람밖에 없었는데 하고 나는 생각했다.

홀 안에 서서 어떻게 할까 하고 망설이고 있는 동안, 나는 문득 이런 생각을 했다. 덴버스 부인은 속이 검은 여자여서 맥심이 모르게 숨어서 줄곧 어떤 계략을 꾸미고 있었던 게 아닐까? 내가 오늘 산책에서 빨리 돌아왔기 때문에 그녀와 공범자인 그 사나이는 들키게 되었고, 그 사나이가 이 집안과 맥심을 잘 아는 것처럼 꾸며 교묘하게 적당히 빠져 나간 것이나 아닐까? 그들은 서쪽 방에서 대체 무엇을 했을까? 내가 잔디밭에 있는 것을 보고 어째서 덧문을 닫았을까? 나의 마음은 막연한 불안으로 가득 찼다.

프리스와 로버트는 외출하여 집에 없었다. 하녀들은 거의 방에 틀어박혀 오후의 옷을 바꿔 입고 있었다. 그러니까 덴버스 부인은 어떤 짓이라도 자유롭게 할 수 있었을 것이다. 만약 그 사나이가 도둑이고 덴버스 부인이 한패라면 어떻게 될 것인가? 서쪽 방에는 여러 가지 값비싼 물건들이 있다. 나는 문득 지금부터 살그머니 서쪽 계단을 올라가 각 방을 잘 조사해 보았으면 하는 오싹한 충동에 사로잡혔다.

로버트는 아직 돌아와 있지 않았다. 마침 차를 마실 시간까지 그 정도 여유는 있었다. 나는 진열실 쪽을 보면서 잠시 주저했다. 집안은 고요하고 쥐죽은 듯 조용했다. 하인들은 모두 부엌 저쪽의 대기실에 있었다. 쟈스퍼는 계단 밑에 있는 물그릇에서 요란한 소리를 내며 물을 마시고 있다. 그 소리는 큰 홀 안에 울려 퍼졌다. 나는 계단을 오르기 시작했다. 가슴이 묘하게 두근거리며 몹시 크게 고동쳤다.

14

나는 맨 첫날 아침에 섰던 그 복도에 다시 서 있었다. 그날 이래 여기에 온 적은 한번도 없었고, 또한 오고 싶다고 생각하지도 않았다. 햇빛이 창문으로 찬란하게 흘러들어 어두운 벽의 판자 위에 금빛

무늬를 만들어 놓고 있었다.

　소리는 전혀 나지 않았다. 그때처럼 해묵은 곰팡이 냄새가 났다. 어느 쪽으로 가야 할지 알 수가 없었다. 방의 배치를 잘 알지 못했던 것이다. 그때 전번에 등 뒤에 있는 문으로 덴버스 부인이 나왔던 생각이 떠올랐다. 따라서 거기에 있는 방이 틀림없이 내가 지금 가려는 방이고, 창문으로는 잔디밭과 바다가 내다보일 것이라고 생각했다. 그래서 손잡이를 돌려 방 안으로 들어갔다. 덧문이 닫혀 있었기 때문에 방 안은 어두웠다.

　벽에 달린 전등 스위치를 찾아 불을 켰다. 나는 작은 방안에 서 있었다. 마치 화장실처럼 생각되었다. 벽 주위에 커다란 옷장이 놓여 있고, 큰 방으로 통하는 또 하나의 문이 활짝 열려 있었다. 나는 그 문으로 큰 방에 들어가 전등을 켰다. 그때 내가 느낀 첫인상은 놀라움, 단지 그것이었다. 그 방은 현재 쓰이고 있는 것처럼 완전히 정돈되어 있었기 때문이다. 나는 의자며 테이블에는 틀림없이 먼지덮개가 씌워져 있고 벽에 붙여 놓은 커다란 2인용 침대도 덮여 있을 거라고만 생각했던 것이다. 그런데 덮개가 씌워져 있는 것은 하나도 없었다. 화장대 위에는 헤어 브러시며, 빗이며, 향료며, 분 등이 놓여 있었다. 침대도 깨끗이 정돈되어 있고, 베개에는 흰 아마포로 만든 베개 덮개가 빛나고 있었다. 또한 누비 이불 밑으로는 담요자락이 내보였다.

　화장대 위며 침대 옆 테이블에도 꽃이 장식되어 있었다. 조각이 있는 난로 위에도 역시 꽃이 있었다. 한 의자 위에는 비단 실내복이 놓여 있고, 그 밑에는 한 켤레의 침실용 슬리퍼가 있었다. 그 순간 나는 머리가 멍하니 이상해지며 '시간'을 거슬러 올라가 그녀가 죽기 전 언제나 그랬던 그대로의 방을 바라보고 있는 게 아닐까 하고 생각했다…… 이제 곧 레베카가 이 방에 돌아와서 화장대의 거울 앞에 앉아 콧노래를 부르며 빗을 집어 들어 머리를 빗기 시작하는 것이나 아닐까…… 만약 그녀가 그곳에 앉는다면 나는 거울 속에 비치는 그녀의 모습을 보겠지. 그리고 그녀도 역시 이렇게 문 옆에 서 있는 내 모습을 볼 것이다. 나는 무슨 일이 일어나기를 기대하면서 그냥 그 자리에 서 있었다. 그러나 아무일도 일어나지 않았다. 나를 다시 현실로 돌아오게 한 것은 벽에 걸려 있는 괘종시계의 소리였다. 시계 바늘은 네 시 20분을 가리키고 있었다. 내 시계도 역시 똑같은 시각을 가리키고 있었다.

똑딱거리는 시계 소리는 무언지 모르게 꾸밈이 없어 마음 편하게 해주는 것이 있었다. 그것은 나에게 현재를 떠올리게 하고, 이제 곧 잔디밭 위에 차가 준비될 일을 생각나게 했다. 나는 천천히 방 한가운데로 걸어나갔다. 역시 사용되고 있는 방은 아니었다. 이미 아무도 살고 있지 않았다. 꽃향기도 곰팡내 나는 냄새를 지워 버릴 수는 없었다. 커튼은 무겁게 드리워져 있었고 덧문은 닫혀 있었다.

레베카는 이제 두번 다시 이 방에 돌아오지 않을 것이다. 비록 덴버스 부인이 장식 난로 위에 꽃을 가꾸어 놓고 침대 시트를 새로 깔았다 할지라도 그녀를 데려올 수는 없다. 그녀는 이 세상을 떠나 버렸다. 벌써 1년이나 전에 죽어 버린 것이다. 그녀는 지금 드 윈터 집안의 조상들과 함께 교회 지하의 묘지에 묻혀 있는 것이다.

나는 바다 소리를 똑똑히 들을 수가 있었다. 그래서 창가로 가서 덧문을 하나 열었다. 그렇다, 나는 지금 파벨과 덴버스 부인이 30분 전에 서 있었던 것과 같은 창가에 서 있는 것이다. 들이비치는 긴 햇살 때문에 전등불은 인공적이고 누렇게 보였다. 나는 덧문을 좀더 열었다.

햇빛이 침대 위에 하얗게 빛났다. 그리고 책상 위에 가로놓여 있는 잠옷 케이스를 비추고, 화장대의 거울이며, 헤어 브러시며, 향수병

위를 비추었다. 햇빛은 방 전체에 훨씬 현실적인 모습을 주었다. 덧문이 닫혀서 전등불로 비쳐졌을 때에는, 방이 마치 무대 장치처럼 보였다. 배우들이 연기하는 막간의 무대이다. 하루 저녁의 연기가 끝나고 막이 내려진, 내일의 주간 흥행을 위한 제 1막의 장치인 것이다. 그러나 햇빛은 이 방을 밝고 생생한 것으로 만들었다. 나는 곰팡이 냄새도, 다른 창문에 쳐진 커튼도 잊었다.

나는 또 한 사람의 손님이 되었다. 불청객이다. 나는 잘못하여 여주인의 침실에 들어온 것이다. 화장대 위에 있는 것은 그녀의 헤어 브러시며, 의자에 있는 것은 그녀의 잠옷이고 슬리퍼였다. 이 방에 들어와서 처음으로 나는 이때 다리가 마치 보릿짚처럼 약하디 약하게 떨리는 것을 느꼈다. 나는 화장대 옆 의자에 앉았다.

이제 가슴은 묘하게 두근두근 고동치고 있지 않았다. 마치 납덩이처럼 무거웠다. 나는 멍하니 방안을 둘러보았다. 아름다운 방이었다. 덴버스 부인이 맨 첫날 밤 내게 절대로 과장해서 말했던 것은 아니었다. 이 건물 중에서 가장 아름다운 방이었다. 훌륭한 장식 난로며, 천장이며, 조각이 되어 있는 침대며, 커튼 장식이며, 벽시계며, 내 옆 화장대 위에 있는 촛대며, 만약 모든 것이 내 것이라면 굉장히 좋아해서 거의 숭배했을지도 모를 정도의 물건들뿐이었다.

그러나 내 것이 아니었다. 그것은 다른 여자의 것이었다. 나는 손을 뻗쳐 몇 개인가 되는 헤어 브러시를 만져 보았다. 그 가운데 하나만이 다른 것들보다 훨씬 더 닳아 있었다. 그 까닭은 나도 잘 알 수 있었다. 여러 개 중에서도 더 쓰게 되는 브러시란 반드시 있게 마련이다. 우리는 종종 다른 브러시 쓰는 일을 잊는다. 그리고 브러시를 씻기 위해 가지고 나갈 때도 아직 너무 깨끗해서 한 번도 손을 대지 않은 것이 늘 한 개는 있게 마련이다.

거울에 비친 내 얼굴은 파리하고 여위었다. 머리카락은 가늘고 똑바로 드리워져 있다. 내 얼굴은 언제나 이럴까? 분명히 여느 때의 나는 얼굴빛이 더 좋았을 터였다. 거울 속의 파리하고 여윈 얼굴이 뚫어지게 나를 지켜보고 있었다.

나는 의자에서 일어나 걸어가서 의자 위의 화장옷을 만져 보았다. 그리고 슬리퍼를 집어 들었다. 어쩐지 점점 두려워지고 무서움이 절망감으로 바뀌어져 가는 것을 알 수 있었다. 나는 침대 위의 이불을 만지고, 옷을 넣어 두는 뚜껑 없는 상자 위에 얽히듯이 적힌 R de W 라는 글씨를 손가락으로 따라서 써 보았다. 그 글씨는 금빛 비단 바탕 위에 분명하게 씌어 있었다. 잠옷은 케이스 속에 들어 있었으며, 살구빛의 엷은 천으로 만들어진 것이었다.

나는 그것을 만져 보고 상자 안에서 꺼내어 얼굴에 댔다. 싸늘했다. 무척 차가웠다. 그리고 향수 냄새가 아직 감돌고 있는 주위에 희미한 곰팡이 냄새가 나고 있었다. 흰 진달래꽃 향기였다. 나는 그것을 잘 개어 상자 속에 넣었다. 그때 나는 그 잠옷에 마구 구겨진 자국이 있는 것을 보고, 마지막 입은 뒤로 한 번도 만지거나 세탁을 한 적이 없음을 깨닫고 이상하게 가슴이 철렁 내려앉으며 저려옴을 느꼈다.

나는 갑자기 야릇한 충동이 일어, 침대 옆을 떠나 조금 전 옷장이 있는 것을 보았던 작은 방으로 되돌아왔다. 그리고 옷장 하나를 열어 보았다. 틀림없이 생각했던 대로였다. 그 옷장에는 옷가지가 가득 들어 있었다. 거기에는 야회복도 있었다. 그것을 넣어 둔 흰 주머니 주둥이께가 은빛으로 빛나는 것을 나는 보았다. 금빛 고운 비단도 있었다. 그 옆에는 포도주빛의 부드러운 비로드가 있었다. 흰 새틴 치맛자락이 옷장 바닥에 늘어져 있었다. 또한 선반 위의 양피지에서는 타조 깃털이 달린 부채가 비주룩이 나와 있었다.

옷장 속은 이상하게 답답한 냄새를 풍기고 있었다. 대기 속에서는 그토록 그윽하고 우아한 진달래 꽃내음도 옷장 속에서는 김이 빠져 버려 은빛 옷이며 고운 비단옷을 엉망으로 만들었다. 그 맥빠진, 낡아 빠진 입김이 열린 문으로부터 내게로 풍겨 왔다.

나는 문을 닫았다. 그리고 다시 침실로 되돌아왔다. 덧문에서 새어 나오는 햇빛이 아직도 침대 위의 금빛 이불에 하얗게 빛나고, 거기에 씌어 있는 키가 크고 한쪽 어깨가 처진 R자를 뚜렷이 떠오르게 했다.

그때 나는 등 뒤에서 발소리가 나는 것을 들었다. 돌아보니 거기에 덴버스 부인의 모습이 있었다. 부인의 그 얼굴 표정을 나는 언제까지나 잊을 수가 없을 것이다. 그것은 기묘하게 흥분하여 뚫어지게 이쪽을 쳐다보고 있는 의기양양한 표정이었다. 나는 몹시 무서워졌다.

"왜 그러시지요, 아씨?" 덴버스는 이렇게 말했다. 나는 방그레 웃어 보이려 했으나 도무지 그럴 수가 없었다. 나는 무엇이든 말을 하려고 애썼다.

"기분이라도 언짢으십니까?" 하고 내 곁으로 다가오면서 매우 부드러운 태도로 덴버스는 말했다. 나는 뒤로 물러섰다. 만약 그녀가 좀더 바싹 접근했다면 기절했을지도 몰랐다. 나는 덴버스의 숨결이 내 얼굴에 와 닿는 것을 느꼈다.

"아무것도 아니에요, 덴버스" 하고 잠시 뒤에야 나는 말했다. "설마 당신이 오리라고는 생각지도 못했어요. 아까 잔디밭에서 창문을 보니 덧문이 하나 잘 닫쳐져 있지 않은 게 있더군요. 그래서 내가 잘 닫으려고 왔어요."

"제가 잘 닫아 두겠습니다." 덴버스는 이렇게 말했다. 그리고 아무 말없이 방을 가로질러 가서 덧문을 닫았다. 햇빛은 사라져 버렸다. 누런 전등 불빛 속에서 방안은 다시금 비현실적이고 희미하니 몽환적인 모습이 되었다. 덴버스 부인은 되돌아와서 내 곁에 섰다. 그리고 빙긋이 웃었다. 그녀의 태도는 여느 때와 같이 차분하고 냉엄한 것이 아니라, 놀라울 만큼 다정하고 아양떠는 태도마저 풍기는 듯했다.

"어째서 아씨께서는 덧문이 열려 있었다고 말씀하시는 거지요?" 하고 덴버스는 말했다. "아까 이 방에서 나갈 때 제가 잘 닫아 두었답니다. 아씨께서 손수 열으신 게 아닙니까? 아씨께서는 이 방을 보시고 싶으셨지요? 그렇다면 왜 미리 보고 싶으시다고 제게 말씀해 주시지 않으셨습니까? 전 날마다 언제 어느 때라도 보여 드릴 생각으로 있었습니다. 저에게 한 말씀만 해주셨으면 좋았을 겁니다."

나는 달아나고 싶었으나 꼼짝도 할 수가 없었다. 가만히 덴버스의 눈을 계속 지켜보고 있었다.

"이미 이곳에 오셨으니까, 지금부터 모든 것을 다 보여 드리겠습니다." 그녀는 이렇게 말했다. 그 소리는 마치 꿀처럼 달콤하고, 끔찍스럽게도 비위를 살살 맞추는 듯한 그런 목소리였다. "아씨께서는 훨씬 전부터 모든 것을 보고 싶으셨지요? 그런데도 성격이 너무 내성적이시니까 보여 주었으면 좋겠다는 말씀을 못 하셨을 겁니다. 참으로 아름다운 방이지요? 아마도 아씨께서 지금까지 보신 방 중에서 가장 아름다운 방이 아닙니까?"

덴버스는 내 팔을 잡고 침대 쪽으로 데려갔다. 나는 그것을 물리칠 수가 없었다. 나는 마치 벙어리처럼 되어 있었다. 덴버스가 내 몸을 만지자 나도 모르게 오싹해졌다. 그녀의 목소리는 낮고 부드러워 무척 기분 나빴다.

"이건 그분의 침대입니다. 아름다운 침대이지요? 전 언제나 이 금빛 이불을 씌워 놓는답니다. 그분은 이것을 매우 좋아하셨지요. 잠옷은 이 케이스 속에 들어 있습니다. 아까 만져 보셨지요? 이 잠옷은 그분께서 돌아가시기 전 마지막 날까지 입으셨던 것입니다. 다시 한 번 만져 보십시오." 덴버스는 그 잠옷을 케이스에서 꺼내어 내 앞에 내밀었다.

"자아, 들고 잘 보십시오" 하고 덴버스는 말했다. "아주 부드럽고 가볍지 않습니까. 그분이 마지막 날 입으신 뒤, 아직 한 번도 빨지 않았답니다. 전 이 잠옷과 화장옷과 슬리퍼를 그분께서 영원토록 돌아오시지 않으신 날 밤, 그분께서 익사하신 그날 밤과 마찬가지로 지금도 이렇게 잘 준비해 놓는답니다."

덴버스는 잠옷을 개어 다시 케이스 속에 넣었다.

"잘 아시는 바와 같이 전 그분을 위해 무엇이든지 했습니다." 덴버스는 이렇게 말했다. 그리고 다시 내 팔을 잡아 화장옷과 슬리퍼가 놓여 있는 데로 데리고 갔다. "하녀는 몇 사람이나 써 보았지만 한 사람도 쓸 만한 사람이 없었습니다. '네가 누구보다도 가장 도움이 되는구나, 다니.' 그분께서는 곧잘 말씀하셨지요, '너 외에는 아무도 필요 없어'라고요. 보십시오. 이것이 그분의 화장옷입니다. 이 길이로도 아실 수 있듯이 그분은 아씨보다 훨씬 키가 크셨어요. 이걸 좀 대어 보십시오. 아씨의 발뒤꿈치까지 닿을 것입니다. 그분의 모습은 아주 아름다우십니다. 이것이 그분의 슬리퍼입니다. '내 슬리퍼 좀 가져다 줘' 하고 그분은 곧잘 말씀하셨습니다. 커다란 키에 비하면 발이 무척 작았거든요. 그 슬리퍼 속에 손을 넣어 보십시오. 아주 작고 가늘지 않습니까?"

덴버스는 계속 미소를 지은 얼굴로 내 눈을 유심히 지켜보며 억지로 내 손에 그 슬리퍼를 올려놓았다.

"그분께서 얼마나 키가 크셨는지 도저히 짐작하실 수 없으실 겁니다." 덴버스는 이렇게 말했다. "이 슬리퍼는 작은 발이 아니면 맞지 않습니다. 그분께선 또 매우 날씬하셨지요. 그분께서 아씨와 나란히 서시지 않는 한 아씨께서 그분의 큰 키를 잘 알 수 없을 겁니다. 그분의 키는 저와 꼭 같을 정도였습니다만, 숱이 많은 검은 머리로 마치 달무리처럼 얼굴을 에워싸고 이 침대에 누워 주무시는 걸 보면 아주 어린 아가씨로 밖에 보이지 않았습니다."

댄버스는 슬리퍼를 제자리에 올려놓았다.

"아씨께서는 벌써 그분의 헤어 브러시를 보셨겠지요?" 나를 화장대쪽으로 데려가면서 그녀는 말했다. "이것이 바로 그겁니다. 그분께서 쓰시던 때와 똑같이 아무도 물에 씻지도 않고 만지지도 않습니다. 전 매일 밤 그분의 머리를 빗질해 드렸습니다. '자, 다니. 머리 좀 빗겨 줘' 하고 그분께선 말씀하시지요. 그러면 전 그분의 뒤로 돌아가 이 의자 곁에 서서 한 번에 20분씩 빗질을 해드리는 겁니다. 그분이 머리를 짧게 하신 것은 돌아가시기 전 2,3년 동안뿐입니다. 결혼하셨을 때에는 허리 아래까지 내려올 정도로 길게 기르셨지요. 그 시절에는 주인 어른께서 곧잘 머리를 빗질해 드렸습니다. 저는 이따금 이 방에 들어와서 주인 어른께서 셔츠 바람으로 두 개의 브러시를 들고 계시는 모습을 곧잘 뵙곤 했었습니다. '좀더 세게 해주세요, 맥스, 좀더 세게' 하고 웃으면서 주인 어른을 올려다보며 그분 말씀대로 하시는 겁니다. 만찬회를 위해 옷을 갈아 입으실 때여서 저택 안은 손님으로 가득 차 있었습니다. '자아, 이러다간 늦겠어.' 하고 주인 어른께선 말씀하십니다. 그리고 브러시를 저에게 주시고는 그분을 돌아보며 빙그레 웃으셨습니다. 그 즈음 주인 어른께서는 언제나 쾌활하셔서 곧잘 웃으셨답니다."

댄버스는 아직도 내 팔을 잡은 채 잠시 말을 멈추었다.

"그분이 머리를 자르셨을 때는 모두 화가 났었습니다" 하고 댄버스 말했다. "하지만 그분은 도무지 아무렇지도 않은 듯이 '이건 나 혼자만의 일이지 아무하고도 관계 없는 일이야.' 하셨답니다. 물론 짧은 머리가 말을 타시거나 배를 타실 때에는 훨씬 편리하지요. 그분은 말 타신 모습을 그림에 옮기게 하셨습니다. 그리신 분은 유명한 화가였습니다. 그 그림은 미술관에 진열되어 있는데 아씨께선 보셨습니까?"

나는 고개를 저었다. 그리고 "아니오" 하고 대답했다. "본 적 없어요."

"제가 보기에 그것은 기막힌 걸작입니다만" 덴버스는 말을 계속했다. "주인 어른께서는 그다지 마음에 들지 않는다고 하시면서 먼더레이에 두려고 하시지 않았습니다. 아마도 주인 어른께서는 탐탁지 않게 여기신 모양이었습니다. 그분이 입으시던 옷을 보고 싶으시겠지요?" 덴버스 부인은 내 대답도 기다리지 않고 작은 방으로 데리고 가서 옷장을 하나하나 열어 보여 주었다.

"모피는 여기에 넣어 두었습니다" 하고 덴버스는 말했다. "아직 좀벌레가 붙지 않았습니다. 언제까지라도 붙지 않을 겁니다. 제가 귀찮을 정도로 주의를 하고 있으니까요. 이 검은 담비 목도리를 만져 보십시오. 이것은 주인 어른께서 주신 크리스마스 선물이랍니다. 그분으로부터 이 목도리 값을 한번 들었습니다만 전 그만 잊어버렸습니다. 이 친칠라 모피는 밤에 쓰시곤 했습니다. 추운 밤에는 곧잘 어깨에 감고 계셨지요. 여기에 있는 옷장 안에는 야회복이 하나 가득 들어 있습니다. 아씨께서는 이걸 열어 보셨군요? 걸고리가 잘 잠겨져 있지 않군요?

주인 어른께서는 그분이 은빛 야회복을 입으시는 것을 가장 좋아하시는 것 같았습니다. 하지만 물론 그분께서는 여러 가지 야회복을 입으셨고 또 어떤 빛깔의 야회복도 잘 어울리셨습니다. 이 비로드를 입으신 모습은 무척 아름다우셨습니다. 이것을 얼굴에 대어 보십시오. 부드럽지요? 어떻습니까? 이 좋은 감촉은? 향수 냄새가 아직도 생생하지 않습니까? 마치 그분께서 지금 막 벗어 놓으신 것으로 느껴질 정도입니다. 그분이 저보다도 먼저 방에 들어오셨을 때면 저는 언제나 그것을 잘 알 수 있었답니다. 그분의 이 풍기는 향기가 희미하니 방안에 감돌고 있었기 때문입니다. 이 서랍 속에는 그분의 속옷이 들어 있습니다. 이 핑크빛 속옷 한 벌은 한 번도 입지 않으신 거랍니다. 돌아가셨을 때에는 물론 바지와 셔츠를 입고 계셨는데 바닷속에서 모조리 벗겨져 버리고 없었습니다. 몇 주일인가 지나서 시체로 발견되었을 때에는 실오라기 하나도 몸에 걸치고 있지 않으셨습니다."

덴버스는 내 팔을 움켜쥔 손가락에 힘을 주었다. 그리고 나에게로 몸을 굽혀 해골 같은 얼굴을 가까이 대고 어두운 눈으로 내 눈을 살폈다.

"바위 때문에 그분은 엉망진창이 되어 버렸던 겁니다" 하고 속삭이듯이 말했다. "아름답던 얼굴이 전혀 알아볼 수 없게 되어 버리고, 양팔은 떨어져 나가고 없었습니다. 주인 어른께서 그분의 시체임을 확인하셨습니다. 그 때문에 주인 어른께서는 에치쿤프까지 가셨었지요. 단지 혼자서 가셨습니다. 그때 주인 어른께서는 건강이 매우 나쁘셨습니다만 그래도 가시겠다고 하셔서 아무도, 클로리조차도 주인 어른을 붙잡을 수가 없었답니다."

덴버스는 입을 다물었지만 그 눈은 언제까지나 내 얼굴에서 떠나지 않았다.

"그 사건에 대해서 저는 언제나 자신을 나무라고 있습니다." 덴버스는 이렇게 말했다. "그날 밤 제가 외출하고 없었던 게 나빴던 겁니다. 그날 아씨께서는 런던에 가셨기 때문에 늦게 돌아오실 것 같아서, 저는 그날 오후 케리스에 갔다가 늦게까지 돌아오지 않았습니다. 그리고 별로 서둘러 돌아오려고 하지도 않았답니다. 아홉 시 반쯤 돌아왔더니, 그분은 이미 일곱 시 조금 전에 돌아오셔서 식사를 하신 다음 다시 나가셨다는 말이었습니다. 물론 바닷가에 가신 겁니다. 그 말을 듣자 저는 걱정이 되었습니다. 그때 남서풍이 불고 있었기 때문이었지요. 만약 제가 집에 있었다면 그분께서는 틀림없이 나가지 않으셨을 겁니다. 그분은 언제나 제가 드리는 말씀을 잘 들어 주셨답니다. '저라면 이런 밤에는 나가지 않을 겁니다. 외출하시기에 적당한 밤이라고 할 수는 없는걸요.' 저는 틀림없이 이렇게 말씀드렸을 겁니다. 그러면 그분께선 이렇게 말씀하셨겠지요, '그럼, 그만두겠어, 다니, 잔소리꾼님.' 그리고 우리는 여기에 앉아서 이야기를 했을 겁니다. 그분은 언제나 그렇듯이 런던에서 하신 일을 남김없이 제게 이야기해 주셨을 겁니다."

 덴버스의 손가락에 단단히 잡혀서 나는 팔이 아파 마비된 것처럼 되었다. 나는 덴버스의 뺨에 광대뼈가 앙상하게 드러난 것을 볼 수가 있었다. 덴버스의 귀 밑에는 조그마한 누런 반점이 생겨나 있었다.

 "그때 주인 어른께서는 클로리 님 댁에서 함께 식사를 하고 계셨습니다." 덴버스는 말을 계속했다. "주인 어른께서 몇 시쯤 돌아오셨는지 저는 모릅니다만, 분명히 11시가 지났다고 생각됩니다. 그런데 자정 조금 전이 되자 바람이 무척 세졌습니다. 그래도 그분께서는 돌아오시지 않았습니다. 저는 아래층으로 내려갔습니다만 서재의 문에는 등불이 하나도 켜져 있지 않았습니다. 그래서 저는 다시 이층으로 올라와 화장실 문을 두드렸습니다. 그러자 주인 어른께서 곧 대답을 하셨습니다. '누구지? 무슨 일이야?' 주인 어른께서는 이렇게 말씀하셨습니다. 그래서 저는 아씨께서 아직 돌아오시지 않아 걱정하고 있다는 말씀을 드렸습니다. 주인 어른께서는 잠시 아무 말씀도 없으시더니 조금 뒤 화장옷을 입으신 채 문을 여셨습니다. '오두막집에서 자는 게 아닐까?' 주인 어른께서는 말씀하셨습니다. '내가 만약 덴버스 부인이라면 상관하지 않고 자 버릴 거야. 날씨가 이렇게 사나우니 일부러 여기까지 자러 돌아올 리가 없어.' 주인 어른께서는 피로하신 것 같기에 저도 그 이상 귀찮게 해드릴 생각은 없었습니다. 게다가 그분은 그 전에도 종종 오두막집에서 주무셨으며, 날씨에 상관 없이 곧잘 배를 타고 바다로 나가곤 하셨거든요. 어쩌면 그날 밤에는 배를 탈 생각 없이, 런던에 갔다 오신 뒤이므로 기분 전환을 하기 위해 오두막집으로 나가셨는지도 모릅니다. 그래서 전 주인 어른께 안녕히 주무시라는 인사 말씀을 드리고 제 방으로 돌아왔습니다. 그래도 전 밤새도록 한잠도 자지 못했습니다. 그리고 그분은 무얼하고 계실까 하고 내내 그것만 걱정했습니다."

 댄버스 부인은 다시 말을 멈추었다. 나는 이제 더 이상 듣고 싶지 않았다. 부인의 곁을 떠나 이 방에서 도망치고 싶었다.

 "전 다섯 시 반까지 침대 위에 앉아 있었습니다." 댄버스는 이렇게 말했다. "그러나 더 이상 가만히 있을 수가 없어서 일어나 외투를 입고 숲 속을 지나 바닷가로 내려갔습니다. 주위는 점점 밝아져 왔습니다. 바람은 멎었지만 아직도 안개비가 내리고 있었습니다. 바닷가에 가보니 부표와 조각배가 바다 위에 떠 있는 것이 보였습니다만 보트의 모습은 아무데도 없었습니다."

 나는 아침녘의 잿빛 햇빛이 비치고 있는 작은 만을 눈앞에서 보고 있고, 얼굴에 내리는 가느다란 안개비를 느낄 수가 있었다. 안개 속으로는 얕고 거무스름한 부표의 윤곽이 그림자처럼 희미하게 보였다. 댄버스 부인은 내 팔을 움켜쥐고 있는 손을 늦추었다. 댄버스의 손은 다시 옆으로 늘어졌다. 순간 댄버스의 목소리는 모든 표정을 잃고 여느 때와 같은 냉엄하고 기계적인 목소리로 돌아가 있었다.

 "구명대가 하나 그날 오후 케리스에 떠내려왔습니다." 댄버스는 이렇게 말을 계속했다. "또 하나의 구명대는 다음날 곶 아래쪽 바위 틈에서 게를 잡던 사람들에게 발견되었습니다. 산산이 흩어진 삭구도 조수를 타고 떠내려왔습니다."

 댄버스는 내 곁을 떠나 서랍을 닫았다. 그리고 벽에 걸려 있는 액자를 하나 반듯하게 고치고 융단 위에서 가느다란 털 오라기를 하나 주워 올렸다. 나는 어떻게 해야 할지 알 수 없어 그녀의 모습을 가만히 지켜보고 서 있었다.

"이제는 잘 아셨겠지요" 하고 덴버스는 말했다. "왜 주인 어른께서 이쪽 방을 쓰시지 않는가 하는 까닭을……. 파도 소리를 들어보십시오."

창문을 닫고 덧문을 굳게 닫았는데도 파도 소리를 들을 수가 있었다. 파도가 작은 만의 흰 돌멩이투성이인 모래사장에 부서질 적마다 낮고 음침한 울림이 들려왔다. 바닷물은 자꾸자꾸 불어 지금 돌로 지은 오두막집 가까이까지 밀어닥쳤을 것이다.

"그분이 익사하신 날 밤 이래, 주인 어른께서는 한 번도 이쪽 방을 쓰시지 않으셨습니다" 하고 그녀는 말했다. "주인 어른이 쓰시는 물건은 이 화장실에서 모조리 옮기셨습니다. 저희들은 복도 끝에 있는 방을 하나 준비했지만, 그 방에서조차도 주인 어른께서는 잘 주무실 수 없었던 것 같습니다. 주인 어른께선 곧잘 팔걸이의자에 앉아 계셨습니다. 아침이 되면 의자 주위에는 담뱃재가 가득했습니다. 낮에는 주인 어른께서 서재 안을 이리저리 걸어다니시는 발소리를 프리스가 곧잘 들었다고 합니다."

나도 의자 옆 바닥 위에 떨어져 있는 그득한 담뱃재를 볼 수가 있었다. 하나 둘, 하나 둘, 서재 안을 왔다갔다하는 그의 발소리를 들을 수가 있었다……. 덴버스 부인은 침실과 우리가 서 있는 방 사이의 문을 가만히 닫았다. 그리고 전등불을 껐다. 이제는 침대도, 베개 위의 잠옷 케이스도, 화장대도, 의자 옆의 슬리퍼도 보이지 않게 되었다. 덴버스는 방을 가로질러 문의 손잡이에 한 손을 대고 따라가는 나를 기다렸다.

"저는 매일 여기에 와서 제 손으로 청소를 합니다." 덴버스는 이렇게 말했다. "만약 다시 이곳에 오고 싶으시면 부디 제게 한 말씀만 해주십시오. 저택 내 전화로 저를 불러 주십시오. 그렇게 하시면 곧 제게 통하게 됩니다. 저는 여기에 절대로 하녀들을 들어오지 못하게 합니다. 지금까지 여기에 들어온 것은 저뿐입니다."

 덴버스의 태도는 다시 비위를 맞추려는 듯한 상냥하고 불쾌한 것이 되었다. 얼굴에 나타나 있는 미소는 거짓된, 자연스럽지 못한 미소였다. "주인 어른께서 계시지 않아 마음이 쓸쓸해지실 때에는 언제라도 여기에 오셔서 여기에 앉으시도록 하십시오, 다만 그때에는 제게 꼭 한 말씀만 미리 말씀해 주십시오, 이쪽 방은 매우 아름답습니다. 방이 이렇게 그대로 있으니까, 아마도 아씨께서는 그분이 영원히 돌아오시지 않는다고는 믿을 수 없겠지요? 틀림없이 아씨께서는 그분이 잠깐 동안 외출하시어 저녁 나절에는 돌아올 것처럼 생각되실 겁니다."

 나는 억지로 미소를 지었다. 아무 말도 할 수가 없었다. 목이 타며 꽉 졸리는 듯이 느껴졌다.

 "이 방뿐이 아닙니다" 하고 덴버스는 말했다. "이 저택 안의 여러 방이 모두 그렇습니다. 아침의 방도, 홀도, 작은 원예실도, 모두 그렇습니다. 전 가는 곳곳마다 그분의 숨결을 느낍니다. 아씨께서도 역시 그러시겠지요?"

 덴버스는 야릇한 눈초리로 나를 응시했다. 목소리가 갑자기 속삭이듯이 낮아졌다. "이따금 이 복도를 걷노라면 바로 등 뒤에서 그분의 발소리가 들리는 것 같습니다. 그 가볍고 민첩한 발소리가. 저는 어디에 있더라도 그 발소리를 알아듣지 못하는 일은 없었습니다. 홀 위의 '음유 시인의 회랑' 안에서도 역시 그러했지요, 저는 예전에 그분께서 저녁때 거기에 기대어 서서 아래층 홀을 내려다보며 개들을 부르시는 것을 종종 보았습니다. 지금도 저는 이따금 그분께서 거기에 계시는 것처럼 생각됩니다. 식사하시러 계단을 내려오시는 그분의 옷자락 스치는 소리까지도 들리는 것 같습니다." 덴버스는 말을 멈추었다. 그러나 여전히 나를 뚫어지게 보며 내 눈을 유심히 들여다보았다.

"우리들이 지금 이렇게 이야기를 나누고 있는 것을 그분께서 보실 수 있을 거라고 생각하십니까?" 하고 덴버스는 천천히 말했다. "죽은 사람이 돌아와서 살아 있는 사람을 지켜 본다고 아씨께서는 생각하십니까?"

나는 침을 꿀꺽 삼켰다. 그리고 손톱이 살 속에 파고들 만큼 주먹을 움켜쥐었다.

"그런 건 난 몰라요. 모르겠어요." 내 목소리는 부자연스럽게 높고 날카롭게 울렸다. 여느 때와는 전혀 다른 것 같았다.

"때때로 저는 생각하곤 합니다." 덴버스는 소곤거렸다. "그분이 이 만더레이에 돌아오셔서 아씨와 주인 어른께서 함께 계신 것을 유심히 보고 계시는 것은 아닐까 하고요."

우리는 서로 가만히 노려보면서 문 옆에 서 있었다. 나는 도무지 덴버스의 눈에서 눈을 뗄 수가 없었다. 해골 같은 흰 얼굴 속에 있는 그 눈은 어쩌면 이렇게도 어둡고 음침할까. 어쩌면 이렇게 심술궂어 보이고 증오에 차 있단 말인가. 이윽고 덴버스는 복도로 통하는 문을 열었다.

"로버트가 돌아와 있습니다." 덴버스는 말했다. "15분쯤 전에 돌아왔습니다. 아씨의 차를 밤나무 밑에 준비하도록 일러 놓았습니다."

덴버스는 나를 지나가게 하기 위하여 한옆으로 몸을 비켰다. 나는 자신이 가는 방향조차도 확인하지 않고 비틀비틀 복도로 나갔다. 그리고 덴버스에게는 한 마디 말도 없이 간신히 계단을 내려와 모퉁이를 돌았다. 그리고 동쪽의 내 방으로 통하는 문을 빠져 나왔다. 나는 내 방문을 닫고 열쇠를 돌렸다. 그리고 열쇠를 호주머니 안에 넣었다. 그러고 나서 침대에 쓰러져 눈을 감았다. 견딜 수 없이 기분이 나빴다.

15

맥심은 다음날 아침에 전화로 일곱 시쯤 돌아오겠다고 전해 왔다. 전화를 받은 것은 프리스였다. 맥심은 웬지 나에게 직접 말하려고 하지 않았던 것이다. 나는 아침 식사를 하다가 전화 벨이 울리는 것을 들었다. 그리고 아마도 프리스가 식당으로 들어와 "주인 어른의 전화입니다, 아씨." 이렇게 말하리라고 기대하고 있었다. 그래서 얼른 냅킨을 밑에 놓고 일어섰다. 그때 프리스가 식당으로 되돌아와서 전화 내용을 전했다. 나는 의자를 뒤로 물리고 입구 쪽으로 걷기 시작했다.

"주인 어른께서는 벌써 전화를 끊으셨습니다, 아씨" 하고 그는 말했다. "다른 전갈은 없었습니다. 다만 일곱 시쯤 돌아오시겠다는 말씀뿐이었습니다."

나는 다시 의자에 앉아 냅킨을 집어 들었다. 내가 급히 식당을 뛰쳐나오려는 것을 보고 프리스는 틀림없이 나를 매우 수선스러운 사람이라고 생각했을 것이다.

"알았어요, 프리스, 고마워요" 하고 나는 말했다. 그리고 다시금 달걀과 베이컨을 먹기 시작했다. 쟈스퍼는 내 발치에 웅크리고 앉아 있었고 늙은 개는 구석의 바구니 속에 누워 있었다. 오늘 하루를 어떻게 보내면 좋을까 하고 나는 생각했다. 전날 밤은 잘 자지 못했다. 방안에 혼자 있었기 때문인지도 모른다. 나는 어쩐지 마음이 진정되지 않아 자주 눈을 떴다. 시계를 보았으나 바늘은 거의 움직이지 않았다. 그러다가 어느 틈에 잠이 들어 버렸던지 여러 가지 꿈을 꾸었다.······맥심과 나는 숲 속을 걷고 있었다. 그는 언제나 조금쯤 내 앞을 걸었다. 나는 아무래도 그를 따라붙을 수가 없었다. 그의 얼굴을 볼 수도 없었다. 보이는 것은 다만 내 앞을 걷고 있는 그의 뒷모습뿐이었다. ……나는 잠들어 있는 동안 울어 버린 모양이다. 아침에 잠에서 깨어나 보니 베개가 흥건히 젖어 있었다. 거울을 보았다. 눈이 통통 부었다. 매우 흉하고 매력없는 얼굴로 보였다. 나는 어떻게 해서든지 얼굴빛을 좋게 하려고 연지를 조금 뺨에 문질러 보았다. 그러나 그렇게 한 것이 오히려 더 좋지 않았다. 그 때문에 내 얼굴은 이상하게도 어릿광대 같은 얼굴이 되어 버렸다. 나는 솜씨 있게 볼연지를 칠하는 방법을 알지 못했던 것이다.

홀을 지나 아침 식사를 하러 갔을 때 로버트가 유심히 내 얼굴을 지켜보고 있는 것을 알았다. 10시쯤 발코니에서 작은 새들에게 줄 빵 부스러기를 부스러뜨리고 있는데 또 전화 벨이 울렸다. 이번에는 나에게 걸려온 전화였다. 프리스가 내게로 와서 "레이시 아씨에게서 온 전화입니다." 이렇게 말했다.

"안녕하세요, 베아트리스?" 하고 나는 말했다.

"잘 있었어요?" 레이시가 말했다. 레이시의 전화 목소리는 그야말로 그 사람답게 발랄하여 오히려 남자 목소리같이 들렸으며, 필요치 않은 말은 조금도 하지 않고, 게다가 내 대답도 기다리지 않았다.

"나는 오늘 오후에 자동차로 할머님을 만나 뵈러 가려고 해요. 지금 만더레이에서 20마일 가량 떨어진 곳에서 많은 사람들과 함께 점심식사를 하고 있는 중이에요. 나중에 거기 들를 테니까 함께 가겠어요? 할머님을 만나 뵙기에는 아주 좋은 기회인 것 같은데."

"네, 부디 저도 데려가 주세요, 베아트리스."

"참 잘되었어요. 그럼, 세 시 반쯤 들르겠어요. 그리고 우리 집 가일스가 만찬회에서 맥심을 만났다고 하더군요. 요리는 형편 없었지만 술은 아주 고급이었다나요. 그럼, 나중에 만나요."

찰칵 하고 수화기를 내려놓는 소리가 나고 대화가 끊어졌다. 나는 천천히 정원 쪽으로 되돌아왔다. 베아트리스가 일부러 전화를 걸어 할머님을 만나러 가지 않겠느냐고 해준 것을 기쁘게 생각했다. 그 때문에 마음이 조금 긴장되어 하루의 단조로움이 깨어졌다. 일곱 시까지의 시간이 무척 길게 생각되었던 것이다.

오늘 나는 마음이 들뜨지 않았다. 쟈스퍼와 함께 '행복의 골짜기'에 나가려고 하지도 않았고, 구석진 작은 만 쪽으로 가서 바다에 돌을 던지며 놀려고 생각하지도 않았다. 태평스러운 기분도, 운동화를 신고 잔디밭을 뛰어다니고 싶은 어린아이 같은 소망도, 완전히 사라져 버렸다. 나는 한 권의 책과 타임스 지와 뜨개질 거리를 들고 장미꽃 동산으로 갔다. 마치 중년 부인처럼 가정적이었다. 따뜻한 양지 쪽에서 꿀벌이 꽃 사이를 붕붕 날아다니는 소리를 들으면서 하품을 했다. 그리고 우선 아무 재미도 없는 신문 기사에 마음을 집중하고, 그런 다음 명쾌한 소설의 줄거리에 나를 잊으려고 애썼다. 어제 오후에 있었던 일, 그리고 덴버스 부인은 생각하고 싶지 않았다. 부인이 지금 집안의 어느 창문으로 나를 유심히 내려다보고 있을지도 모른다는 생각 따위는 절대로 하지 않으려고 애썼다. 그러나 책에서 눈을 들거나 정원을 둘러볼 적마다 나는 어디엔지 모르게 부인의 숨결을 느꼈다.

만더레이에는 정말 많은 창문이 있고 많은 방이 있었다. 그것들은 맥심과 내가 한 번도 쓴 적이 없는 빈방으로, 먼지덮개에 덮인 방안으로 몰래 들어가 드리워진 커튼 그늘에서 나를 내려다보는 일 따위는 덴버스 부인으로서는 지극히 쉬운 일일 것이다. 더욱이 절대로 이쪽에서 알아차릴 걱정이 없는 것이다. 내가 비록 의자에서 몸을 비틀어 창문들을 올려다본다 하더라도 부인의 모습을 찾아 내기란 도저히 불가능했다.

나는 어렸을 적에 문득 곧잘 놀던 장난, 이웃 친구들은 '할머니 걸음'이라고 했고, 나 자신은 '마법을 쓰는 할머니'라고 했던 장난을 생각했다. 한 사람이 모든 사람에게 등을 돌리고 마당 끝에 선다. 그러면 다른 아이들이 한 사람씩 줄달음질쳐 살그머니 술래에게로 다가간다. 그 술래는 조금씩 사이를 두고 뒤를 돌아본다. 그때 누구든지 움직이고 있는 모습을 술래에게 들키면 그 아이는 맨 처음의 선까지 물러나서 다시 처음부터 해야만 한다. 그러나 어느 때든지 한 아이만은 다른 아이들보다 좀 대담한 아이가 있어 조금도 들키지 않고 '술래' 바로 가까이에까지 접근해 간다. '술래'는 등을 돌리고 규칙대로 열까지 세면서 그곳에서 기다린다. 그리고 그 대담한 아이가 이제 곧 아직도 열을 다 세기 전에 아무런 예고도 없이 승리의 외침 소리를 지르며 뒤에서 오겠지 하고 조마조마하고 있다.

나는 그때와 똑같이 긴장하며 가슴을 졸였다. 덴버스 부인을 상대로 '마법을 쓰는 할머니' 놀이를 하고 있었던 것이다.

점심 식사는 기나긴 오전이 끝나는 환영할 만한 때였다. 차분하고 침착한 프리스의 빈틈없는 시중과, 로버트의 조금 얼빠진 표정이 소설이나 신문 이상으로 내 마음을 한층 더 편하게 해주었다. 이윽고 세 시 반이 되자, 정각에 베아트리스의 자동차가 찻길 모퉁이를 돌아 현관 앞 계단 아래 닿았다. 나는 이미 준비를 갖추고 장갑을 쥐고 그녀를 맞으러 달려나갔다.

"자아, 약속대로 왔어요. 아주 날씨가 좋아." 베아트리스는 자동차 문을 쾅 닫고 나를 만나러 계단을 올라왔다. 그리고 내 귓가의 머리카락을 걷어 올리면서 재빠르게 입맞춤을 했다.

"웬지 건강해 보이지 않아요" 하고 내 아래위를 훑어보며 베아트리스는 대뜸 이렇게 말했다.

"얼굴이 아주 핼쑥해지고 얼굴빛도 나빠요. 도대체 왜 그러지?"

"아무것도 아니에요." 하고 나는 얌전히 말했다. 그러나 얼굴빛이 나쁜 것만은 나 자신도 잘 알고 있었다. "전 지금까지 얼굴빛이 좋았던 적은 별로 없었어요."

"어머나, 그런 말을" 하고 베아트리스는 대답했다. "지난 번에 만났을 때에는 지금과 아주 다르게 보였어요."

"이탈리아에서 햇볕에 탔던 것이 벗겨진 거라고 생각해요." 나는 자동차에 오르면서 이렇게 말했다.

"그래요?" 베아트리스가 말했다. "올캐도 맥심처럼 성격이 예민하군. 조금이라도 건강에 대한 말을 하면 도무지 참지를 못하니 말이야. 문을 힘껏 쾅 닫아요. 그렇게 힘껏 닫지 않으면 잘 닫히지 않으니까." 차는 조금 빠르게 느껴지는 속도로 모퉁이를 돌아 찻길을 내려갔다.

"어쩌면 경사스러운 일이 아닐까?" 매처럼 다갈색이 도는 눈을 나에게 돌리고 베아트리스는 말했다.

"아니에요" 하고 나는 우물쭈물하면서 말했다. "그렇지 않을 거예요."

"아침에 일어나면 기분이 언짢거나 하지 않아요?"

"아뇨."

"그래요? 하긴 물론 반드시 그런 일이 일어난다고 할 순 없지만. 로쟈를 낳을 때 난 머리카락 한 가닥도 이상이 없었어. 만 아홉 달 동안 아주 건강했어요. 그 아이를 낳는 바로 전날까지 골프를 쳤을 정도거든. 물론 자연 현상이니까, 조금도 걱정할 것은 없어요. 만약 조금이라도 그런 것 같거든 내게 의논해요."

"하지만 정말 그렇지 않아요, 베아트리스" 하고 나는 말했다. "아무것도 이야기할 만한 것은 없어요."

"하지만 난 이 집 대를 이을 남자아이를 오래지 않아 낳아 주길 바라요. 그러면 맥심도 무척 기뻐할 거예요. 아이를 낳지 않도록 하는 공작 따위는 아무것도 하지 않도록 부탁하고 싶어요."

"물론 그런 짓은 하지 않지요" 하고 나는 말했다. 참으로 우스운 대화였다.

"그다지 놀랄 것도 없지" 하고 베아트리스는 말했다. "내가 하는 말에 신경 쓰지 말아요. 무슨 말을 해도 요즈음 신부들은 모든 것을 다 알고 있으니까 말이야. 아기 낳기를 싫어하다니, 정말 옳지 않아. 만약 아무래도 싫다면 결혼 따위는 하지 말아야겠지. 올캐야 뭐 갓난 아기를 낳더라도 아무 지장도 없을 게 아니겠어요? 갓난아기는 스케치를 하는데 그다지 방해가 되지 않을 테니까. 그건 그렇고, 요즈음 스케치는 어때요?"

"웬지 조금도 진전되지 않아요" 하고 나는 대답했다.

"왜 그럴까? 밖에 나가 스케치하기에는 날씨도 아주 안성맞춤이잖아요? 필요한 것은 그저 이젤과 스케치용 연필이면 될 텐데. 그건 그렇고, 내가 보낸 책은 마음에 들었나요?"

"그럼요, 물론이지요," 나는 이렇게 대답했다. "아주 훌륭한 선물이었어요, 베아트리스."

베아트리스는 기뻐하는 듯했다. "마음에 들었다니, 나도 기뻐요."

자동차는 계속 빠르게 달려갔다. 베아트리스는 끊임없이 발을 가속 페달 위에 올려놓고, 모퉁이를 돌 때마다 언제나 급하게 돌았다. 우리가 앞지른 두 운전사는 앞지를 때 굉장히 화가 난 얼굴로 우리를 노려보았다. 또한 오솔길에 서 있던 한 사람은 베아트리스를 향해 스틱을 휘둘렀다. 나는 시누님 대신 조금 얼굴이 붉어졌다. 그러나 베아트리스는 그런 것은 알아차리지 못하는 모양이었다. 나는 좌석 안에서 더욱더 작아졌다.

"로쟈는 다음 학기에 옥스퍼드로 가게 되요" 하고 베아트리스는 말했다. "그 아이가 어떤 사람이 될 것인지는 아무도 알지 못하지. 난 그런 곳에 가는 건 쓸데없는 시간 낭비라고 생각하고 있고 가일스도 역시 그렇지만, 그렇다고 해서 그 아이를 어쩌면 좋을지 전혀 알 수가 없어요. 그 아이는 가일스와 나를 아주 꼭 닮았어. 생각하는 거라곤 오로지 말에 대한 것뿐이야. 그런데 저 앞에 있는 자동차는 어쩔 작정일까? 어째서 손을 내밀어 주지 않지? 정말 이럴 때 이 길에서 어물거리는 사람들은 당연히 쫘 죽여도 괜찮을 거야."

우리는 앞에 가는 자동차를 가까스로 피하여 본디 길 안으로 달렸다. "누구 머물고 있는 손님이라도 있었나요?" 하고 베아트리스는 물었다.

"아뇨, 우리들은 아주 조용하게 살고 있어요."

"그러는 편이 훨씬 좋을 거예요" 하고 베아트리스는 말했다. "난 많은 사람의 모임이 언제나 귀찮고 싫어요. 하지만 우리 집에 와서 머문다 해도 불쾌한 일은 전혀 없을 거예요. 주위 사람들은 모두 아주 좋은 이들이고, 모두 서로 모든 것을 잘 알고 있으니까. 우린 번갈아가며 여기저기 있는 친지들 집에서 만찬을 들고는 브리지 놀이를 한다우. 다른 사람들은 상대하지 않아. 올케도 브리지를 할 줄 알지요?"

"그다지 잘하지 못해요, 베아트리스."

"잘 하고 못 하는 건 문제가 아니에요. 할 줄만 알면 되는 거야. 브리지도 할 줄 모르는 사람은 난 참을 수가 없어요. 겨울이 되어 차를 마시고 만찬이 시작될 때까지, 그리고 만찬이 끝난 뒤 그런 사람을 상대로 무얼 해야 하지? 그냥 앉아 지껄여 댈 수만은 없잖아요?"

나는 어째서 그럴까 하고 생각했다. 그러나 아무 말도 하지 않는 편이 현명했다.

"이젠 로쟈도 분별력이 생길 나이가 되어서 참 재미있어요." 베아트리스는 말을 계속했다. "그 아이가 친구를 데려와 함께 지내기 때문에 아주 유쾌해. 당신도 작년 크리스마스에 우리들과 함께 있었더라면 좋았을걸. 우린 수수께끼를 하며 놀았어요. 그렇게 재미있는 놀이는 또 달리 없을 걸요. 가일스는 아주 열중해 버렸지요. 그이는 가면놀이를 무척 좋아해요. 그리고 샴페인을 한두 잔 마시면 기막히게 우스꽝스러워져요. 우린 곧잘 가일스는 당연히 무대 배우가 되었어야 하는데 그 재능을 잘못 쓰고 있다고 말하곤 해요.”

나는 가일스의 크고 동그란 얼굴이며, 모가 난 안경 등을 생각했다. 그가 샴페인을 마시고 우스꽝스러워진 모습을 보여 준다면 나는 아마 틀림없이 어쩔 줄 모르게 될 것이라고 생각했다.

“그이와 또 한 사람, 우리와 매우 사이좋은 디키 머슈가 여자로 꾸미고 이중창을 불렀는데, 그것이 수수께끼 속의 말과 어떤 관계가 있는지 그건 아무도 알지 못했지만 모두 큰 소리로 유쾌하게 웃었지요.”

나는 얌전하게 방긋 웃었다. “재미있군요. 참으로 우스웠겠어요.”

베아트리스의 집 객실에서 모두 배를 움켜쥐고 웃는 광경을 나는 상상했다. 모두 서로 잘 아는 친구들끼리이다. 로쟈는 틀림없이 가일스를 닮았겠지. 베아트리스는 그때 일을 회상하며 또 웃었다.

“가엾은 가일스” 하고 그녀는 말했다. “디키가 등에 소다수를 끼얹었을 때의 그의 얼굴을 난 한평생 잊을 수가 없을 거야. 모두 뱃가죽이 뒤틀릴 정도였어.”

이번 크리스마스에는 베아트리스네 집에서 하룻밤을 지내도록 초대를 받을지도 모른다고 생각하자 나는 불안해졌다. 그 즈음 나는 아마도 감기가 들어 있을지도 모른다.

“물론 내가 하는 일은 언제나 그다지 과장된 것은 아니었어요” 하고 베아트리스는 말했다. “그냥 잘 아는 사람들끼리 재미있고 유쾌하게 놀 뿐이었으니까. 그런데 만더레이에서는 언제나 뭔가 과장되고 요란스러운 모임을 갖고 싶어하더군. 몇 해 전에 거기서 열렸던 축제 소동을 나는 아직도 기억하고 있어요. 런던에서도 수많은 사람들이 왔지. 하지만 그렇게 하려면 아마도 너무 큰 수고가 들어 감당하기 어려우리라 생각해."

"그렇겠지요" 하고 나는 말했다.

베아트리스는 잠시 동안 잠자코 자동차를 몰았다.

"맥심은 요즈음 어떻게 지내지?" 잠시 뒤 베아트리스는 이렇게 말했다.

"덕분에 무척 건강해요" 하고 나는 대답했다.

"건강하게 즐겁게 지내고 있어요?"

"네, 그래요. 전 그렇게 생각해요."

이때, 마을의 좁은 길이 베아트리스의 주의를 끌었다. 나는 덴버스 부인의 이야기를 베아트리스에게 말할까 어쩔까 망설였다. 그리고 파벨이라는 사나이에 관해서도. 그러나 베아트리스가 생각지도 못한 실수라도 해서 맥심에게 말해 버리면 곤란하다고 생각했다.

"베아트리스" 하고 마침내 마음을 정하고 나는 말했다. "파벨이라는 사람에 대해서 들으신 일이 있으세요? 잭 파벨이라는 사람 말이에요."

"잭 파벨?" 베아트리스는 앵무새처럼 말을 되받았다. "그럼, 그이름이라면 알지. 잠깐만 기다려 봐. 파벨이라…… 아, 알았어. 그 사나이라면 아주 경솔한 사람이야. 전에 한번 만난 일이 있어."

"그 사람이 어제 만더레이에 덴버스를 만나러 왔었어요." 나는 이렇게 말했다.

"그래? 글쎄 그런 일이 있을지도 모르지……."

"어째서지요?" 하고 나는 말했다.

"왜냐하면 그 사람은 분명히 레베카의 사촌인걸." 그녀는 이렇게 말했다. 나는 몹시 놀랐다. 그 사나이가 레베카의 친척이란 말인가? 레베카에게 그런 사촌이 있으리라고는 생각지도 못했던 것이다. 잭 파벨이 그녀의 사촌일 줄이야.

"어머나" 하고 나는 말했다. "그랬었군요. 전 그런 줄 조금도 몰랐어요."

"그 사나이는 어쩌면 가끔 만데레이를 방문하곤 했는지도 몰라요" 하고 베아트리스는 말했다. "난 잘 모르지만, 내 입으로는 뭐라고 말할 수 없어요. 나는 좀처럼 만데레이에는 가지 않았으니까."

그녀는 무뚝뚝하게 말했다. 이제는 이 문제에 관해 말하고 싶지 않은 듯한 얼굴이었다.

"전 그 사람에게 도무지 호감을 가질 수가 없었어요" 하고 나는 말했다.

"그렇겠지" 하고 베아트리스는 말했다. "하지만 그렇다고 해도 난 올케를 책망하지 않을 거야."

나는 기다렸지만, 베아트리스는 더 이상 아무 말도 하지 않았다. 파벨이 자기가 방문한 것을 비밀로 해달라고 내게 부탁한 일 등은 베아트리스에게 말하지 않는 편이 좋을 것이라고 생각했다. 말하면 오히려 일이 복잡해질 것 같았다. 게다가 그때 마침 우리는 목적지에 도착했다. 한 쌍의 흰 문과 자갈을 깔아 놓은 평평한 찻길이 보였다.

"할머님은 이미 장님이나 마찬가지라는 걸 잊지 말아요" 하고 베아트리스는 말했다. "게다가 요즘은 건강도 그다지 좋지 않아요. 하지만 간호사에게 지금부터 우리가 간다고 전화를 걸어 두었으니까 아무 걱정할 것은 없어요."

그것은 붉은 벽돌로 지은, 박공이 달린 큰 집이었다. 후기 빅토리아 왕조식 저택이라고 나는 생각했다. 그러나 많은 하인들에 의해 놀라울 만큼 정연하게 유지되고 있음을 한눈에 알 수 있었다. 더욱이 그런 일들이 모두 거의 장님과도 같은 한 노부인을 위해 행하여지고 있는 것이다.
　귀엽게 생긴 하녀가 문을 열었다.
　"노라, 잘 있었니?" 하고 베아트리스는 말했다.
　"반갑습니다, 아씨. 덕분에 아주 잘 있습니다. 댁의 여러분들께서도 모두 안녕하세요?"
　"그럼, 모두 건강하단다. 할머니는 요즈음 어떠시지?"
　"도무지 시원찮습니다, 아씨. 아주 편찮으신 날과 좀 나으신 날이 번갈아 있지요. 하지만 할머님 스스로는 그렇게 나쁘게 생각하지 않으십니다. 아씨를 보시면 틀림없이 할머님께서 기뻐하실 거예요."
　노라는 호기심에 찬 눈으로 나를 힐끗 보았다.
　"이분은 맥심의 아씨야" 하고 베아트리스는 말했다.
　"그러세요, 아씨, 처음 뵙습니다" 하고 노라는 말했다.
　우리는 좁은 복도를 지나 가구로 가득 차 있는 홀을 빠져나가 네모나게 손질된 잔디밭으로 나 있는 테라스로 나갔다. 테라스 계단 위에는 돌 화분에 심은 많은 제라늄이 놓여 있었다. 한편 구석에는 바퀴 의자가 있었다.
　베아트리스의 할머니는 여러 장의 숄을 몸에 두르고 여러 개의 베개에 몸을 기대고서 거기에 앉아 있었다. 겉으로 가까이 다가가 보고 할머니가 아주 많이, 오히려 이상할 정도로 맥심과 닮은 것을 나는 깨달았다. 만약 몹시 늙어 장님이 된다면 맥심도 틀림없이 이렇게 보일 것이라고 생각했다. 곁에 앉아 있던 간호사가 자리에서 일어나 그때까지 큰 소리로 읽고 있던 책에 표시를 했다. 그리고 베아트리스 쪽을 보며 방그레 웃었다.
　"안녕하십니까, 레이시 부인?" 하고 간호사가 말했다.

베아트리스는 간호사와 악수하고 나서 나를 소개했다.

"할머니는 매우 상태가 좋으신 것 같군." 베아트리스는 이렇게 말했다. "86살이나 되셨는데 어떻게 이토록 건강하신지 난 모르겠다니까. 할머니 좀 어떠세요?" 베아트리스는 소리를 높여 말했다. "저희들 문안드리러 왔어요."

할머니는 우리 쪽을 보았다.

"오, 베아트리스" 하고 할머니는 말했다. "나를 찾아와 주다니 넌 정말 다정하구나. 여기는 아주 심심한데라서 네가 할 만한 일이라곤 아무것도 없는데도 말이다."

베아트리스는 몸을 굽혀 할머니께 입맞춤을 했다.

"맥심의 아내를 데리고 왔어요" 하고 베아트리스는 말했다. "벌써 오래 전부터 할머니를 만나 뵙고 싶어했지만 이 사람이나 맥심이 지금까지 무척 바빴어요."

베아트리스는 내 등을 조금 밀었다. 그리고 "입맞춤해 드려요" 하고 속삭였다. 나는 몸을 굽혀 할머니 뺨에 입맞춤을 했다.

할머니는 손가락으로 내 얼굴을 더듬었다.

"오!" 할머니는 이렇게 말했다. "친절하게도 이렇게 와 주었구나. 만나게 되어 정말 기쁘다. 맥심도 함께 왔더라면 좋았을 것을."

"맥심은 지금 런던에 가 있어요" 하고 나는 말했다. "오늘 밤 돌아올 거예요."

"요 다음에는 꼭 함께 오너라" 하고 할머니는 말했다. "자, 이 의자에 앉으렴. 얼굴이 잘 보이게 말이다. 그리고 베아트리스, 너도 이리 오너라. 귀여운 로쟈는 어떻게 지내느냐? 그 아이는 못쓰겠구나, 한번도 나를 보러 와 주지 않으니 말이다."

"8월에 올 거예요" 하고 베아트리스는 큰 소리로 말했다. "벌써 이튼 중학을 졸업하고 이번에 옥스퍼드에 들어가게 되요."

"그러냐? 그 아이도 틀림없이 훌륭한 젊은이가 되었겠구나. 난 만나도 몰라볼지 모르겠다."

"그 아이는 벌써 가일스보다도 키가 더 크다우."

베아트리스가 말했다.

그리고 나서 가일스며, 로쟈며, 말이며, 개 이야기를 계속했다. 간호사는 뜨개질 거리를 가져다가 부지런히 뜨개질 바늘 부딪는 소리를 내고 있었다. 그리고 매우 쾌활하고 매우 상냥하게 나를 향해 말했다.

"만더레이가 마음에 드십니까, 아씨?"

"네, 무척 마음에 들어요" 하고 나는 말했다.

"그곳은 정말 아름답습니다." 바늘을 서로 엇갈리게 하면서 그녀는 말했다. "물론 저희들은 이젠 거기 갈 수가 없겠지요. 노마님께는 좀 무리한 일이니까요. 아주 유감스러워요. 저희들이 만더레이에 있었던 무렵은 정말 좋았답니다."

"혼자라도 종종 놀러 오세요" 하고 나는 말했다.

"고맙습니다, 꼭 찾아뵙고 싶습니다. 드 윈터 님께서도 여전하시겠지요?"

"네, 아주 건강하답니다."

"신혼 여행은 이탈리아에 가셨다지요? 드 윈터 님께서 그림 엽서를 보내 주셔서 저희들은 무척 기뻤답니다."

도대체 그녀는 '저희들'이라는 말을 충성의 뜻으로서 쓰고 있는 것일까, 아니면 맥심의 할머니와 그녀 자신을 한 덩어리로 생각하고 있는 것일까 하고 나는 생각했다.

"맥심이 그림 엽서를 보냈어요? 난 기억이 잘 나지 않는군요."

"그럼요, 보내 주시구말구요. 저희들은 아주 큰 소란을 떨었답니다. 그림 엽서를 받는 것을 저희들은 무척 좋아하거든요. 스크랩북을 가지고 있어서, 이 댁 가족되시는 분과 관계가 있는 것은 뭐든지 그 속에 붙여 두지요, 예쁜 것은 뭐든지."

"참, 좋은 일이군요" 하고 나는 말했다.

이때 나는 건너편에 있는 베아트리스의 이야기를 얼핏 엿들었다.

"우린 막스맨 노인을 곯려 주기로 했어요" 하고 그녀는 말하고 있었다. "막스맨 노인을 아시지요? 그렇게 훌륭한 사냥꾼은 전 한번도 만난 일이 없어요."

"저런, 아직 노인이랄 정도의 나이도 아닐 텐데" 하고 할머니는 말했다.

"그렇지 않아요, 벌써 가엾은 할아버지예요, 눈이 둘 다 보이지 않게 되어 버렸어요."

"가엾은 막스맨" 하고 노부인은 말을 되받았다.

눈이 보이지 않는다는 말을 꺼내는 것은 그다지 영리하지 못한 것이라고 나는 생각했다. 나는 간호사 쪽을 힐끗 보았다. 그녀는 여전히 부지런하게 바늘을 놀리고 있었다.

"아씨께서도 사냥을 하십니까?" 하고 간호사는 말했다.

"아뇨, 할 줄 몰라요" 하고 나는 말했다.

"하지만 틀림없이 이제 하실 수 있게 될 거예요. 이 지방 사람들은 모두 사냥을 몹시 좋아한답니다."

"……"

"드 윈터 부인은 대단한 예술가시란다" 하고 베아트리스가 간호사에게 말했다. "만더레이에는 아름다운 그림의 소재가 될 장소가 얼마든지 있다고 나는 곧잘 드 윈터 부인에게 말하지."

"정말 그렇습니다" 하고 잠시 뜨개질하던 손을 쉬며 간호사가 말했다. "아주 멋진 취미시군요, 제게도 예전에 그림을 썩 잘 그리는 친구가 있었습니다. 어느 해 부활제에 둘이 프로방스에 갔을 때, 그 친구는 아주 예쁜 스케치를 많이 그렸지요."

"그것 참, 좋았겠네요" 하고 나는 말했다.

"지금 스케치 이야기를 하는 중이에요" 하고 베아트리스는 큰 소리로 할머니에게 말했다. "우리 가족 중에 예술가가 있으리라곤 할머니도 모르셨지요."

"누가 예술가란 말이냐?" 하고 노부인은 말했다. "난 그런 사람은 한 사람도 모른다."

"할머니의 새 손주 며느리예요" 베아트리스는 말했다. "제가 이 사람에게 결혼 축하 선물로 뭘 보냈는지, 좀 물어보세요."

나는 나에게 묻기를 기다리며 미소를 띠었다. 노부인은 내게로 얼굴을 돌렸다.

"베아트리스가 지금 무슨 말을 하느냐?" 하고 할머니는 말했다.

"네가 예술가인 줄은 몰랐구나. 우리 집안엔 지금까지 예술가는 한 사람도 없었으니까."

"베아트리스는 농담을 하시는 거예요" 하고 나는 말했다. "전 예술가가 아니에요. 그냥 취미로 그림을 좋아할 뿐이에요. 아직 한 번도 선생에게 배운 일도 없어요. 베아트리스는 제게 예쁜 책을 선물해 주었어요."

"원 저런" 약간 놀란 듯이 할머니는 말했다. "베아트리스가 너에게 책을 선물했다고? 그렇다면 마치 뉴캐슬에 석탄을 가지고 간 것 같지 않니. 만더레이의 서재에는 그렇게 책이 잔뜩 있는걸." 그녀는 진심으로 웃음 지었다.

노부인의 농담을 듣고 모두들 웃었다. 나는 그 이야기가 어서 끝나 주었으면 좋겠다고 생각했지만 베아트리스는 이야기를 끝내려고 하지 않았다. "할머니는 잘 모르시는 말씀이에요. 그것은 보통 책이 아니에요. 내가 보낸 것은 미술에 관한 책이에요. 모두 6권이나 되지요."

 간호사는 할머니 쪽으로 몸을 굽히고 설명했다. "레이시 부인께서는 드 윈터 부인이 취미로 그림을 매우 좋아하신다는 말씀을 하고 계십니다. 레이시 부인께선 결혼을 축하하는 뜻으로 그림에 관한 책을 6권이나 드 윈터 부인에게 선물하셨답니다."

 "원, 그런 우스운 짓을 하다니" 하고 할머니는 말했다. "결혼 축하 선물로 책을 보내다니, 그다지 감탄할 만한 일이 아니야. 내가 결혼했을 때에는 아무도 책 같은 것은 주지 않았단다. 만약 누가 주었다 해도 나는 한번도 읽지 않았을 게다."

 할머니는 또 웃었다. 베아트리스는 약간 화가 난 듯했다. 나는 동감이라는 뜻으로 할머니를 보고 미소 지었으나, 할머니는 깨닫지 못한 모양이었다. 간호사는 다시 뜨개질을 시작했다.

 "난 차가 마시고 싶은데" 노부인은 불평스럽게 말했다. "아직도 네 시 반이 안 되었니? 어째서 노라는 차를 가져오지 않는 거지?"

 "어머나, 점심 식사에 그렇게 많이 잡수셨는데 벌써 시장하세요?" 하고 간호사는 말했다. 간호사는 일어나면서 환자에게 밝은 미소를 던졌다.

 나는 조금 피로해졌다. 그리고 나 자신의 냉혹한 기분에 약간 놀라움을 느끼면서 어째서 노인이란 이토록 남에게 귀찮게 구는 것일까 하고 생각했다. 그 옆에서는 예의바르게 하고 있어야 하느니만큼, 어린아이들이나 강아지들보다도 더한층 형편이 나쁜 것이다. 나는 무릎에 손을 올려놓고 앉은 채 누가 뭐라고 하든 다만 네, 네, 하고 듣기만 하리라고 생각했다. 간호사는 베개를 반듯하게 놓기도 하고 숄을 고쳐 주기도 했다.

 맥심의 할머니는 가만히 간호사가 하라는 대로 앉아 있었다. 그리고 매우 지친 듯이 눈을 감았다. 그렇게 하니까 아까보다는 한층 더 맥심과 비슷했다. 할머니가 젊었을 적의 모습이 상상되었다. 반드시 키가 크고 아름다웠으며, 사탕을 호주머니 속에 넣고 진창에 옷자락이 끌리지 않도록 스커트를 걷어 올리면서 만데레이의 마구간을 돌아보았을 것이다. 나는 날씬하게 조여 맨 허리와 높게 난 옷깃을 상상하며 두 시에 마차를 준비하도록 명령하고 있는 그녀의 목소리를 들었다. 그러나 이러한 것은 지금의 그녀에게는 모두 끝난 일이며 지나버린 일이다.

그녀의 남편은 40년 전에 세상을 떠났고, 아들은 15년 전에 죽었다. 그리고 그녀는 죽을 때까지 이 밝은 빨간 색의, 박공이 있는 집 안에서 간호사와 함께 살아 가야만 하는 것이다. 우리들이 노인의 기분에 대해 얼마나 아는 것이 적은가를 나는 생각했다. 어린 아이들이라면 그 공포도, 희망도, 거짓말도 잘 알 수있다. 나도 어제까지는 어린아이였다. 어렸을 적의 일을 나는 잊지 않고 있다.

그러나 숄에 싸여 여기에 앉아 있는 이 가엾게도 눈이 먼 맥심의 할머니는 대체 무엇을 느끼고 어떤 생각을 하는 것일까? 베아트리스가 하품을 하거나 회중시계를 보는 것을 할머니는 알고 있을까? 우리가 할머니를 찾아온 것은 우리가 그렇게 하는 게 좋은 일이라고 생각하고 의무라고 느끼기 때문이며, 따라서 나중에 집에 돌아가면 반드시 베아트리스가 "자, 이제 앞으로 석 달은 나도 마음 편하게 지낼 수 있겠구나" 하고 중얼거리리라는 것을 과연 할머니는 알고 있을까?

그녀는 단 한번이라도 만데레이를 생각한 적이 있을까? 내가 앉았던 그 식당 테이블에 앉았던 것을 회상하는 일이 있을까? 그녀도 밤나무 아래에서 차를 마셨을까? 그렇지 않으면 그런 것은 모두 잊어 한쪽 옆에 팽개쳐 버리고, 그 차분하고 창백한 얼굴 그늘에는 다만 하찮고 이상한 불쾌감과, 대수롭지 않은 아픔과, 해가 비칠 때의 희미한 감사의 마음과, 냉랭한 바람이 불 때 진저리를 떠는 느낌만이 있을 뿐일까? 노부인의 얼굴에 두 손을 대어 지울 수 있다면 하고 나는 생각했다. 뺨에는 발그스름한 빛이 감돌고 머리는 갈색이며, 지금 그 곁에 앉아 있는 베아트리스처럼 싱싱하고 활발하게 사냥이며, 사냥개며, 말 이야기를 하고 있는 젊은 시절의 그녀 모습을 한 번만이라도 보고 싶었다. 머리를 받치고 있는 베개를 간호사가 평평 두드리는 동안 눈을 감고 거기에 앉아 있는 이런 모습이 아닌 젊은 날의 모습을······.

"오늘은 아주 기막힌 성찬입니다" 하고 간호사가 말했다. "차를 드실 때 야채 샐러드 샌드위치가 나옵니다. 노마님께선 야채 샐러드를 무척 좋아하시잖아요?"

"오늘이 야채 샐러드를 먹는 날이냐?" 베개에서 머리를 들고 문 쪽을 보면서 맥심의 할머니는 말했다. "내겐 아무 말도 하지 않고서 노라는 어째서 차를 가져오지 않는 걸까."

"나 같으면 하루에 천 프랑을 받는다 해도 당신 같은 일을 할 생각은 없겠어" 하고 베아트리스는 목소리를 낮추어 간호사에게 말했다.

"어머나, 이건 보통이랍니다. 레이시 부인" 하고 간호사는 미소를 지었다.

"이 댁은 무척 태평스럽습니다. 그야 귀찮은 일이 있을 때도 있지만 다른 댁에선 이보다 훨씬 더 귀찮은 일이 많답니다. 노마님께선 다른 환자와 달리 아주 시중 들기가 편합니다. 게다가 아랫분들도 매우 친절하게 대해주시기 때문에 크게 도움이 됩니다. 자, 노라가 왔군요."

하녀는 조그마한 접는 식탁과 새하얀 테이블보를 가져왔다.

"왜 그렇게 늦었느냐, 노라" 하고 노부인은 잔소리를 했다.

"이제야 막 네 시 반이 되었는걸요, 노마님." 간호사처럼 밝고 기운찬 일종의 독특한 목소리로 노라는 말했다. 모두들 그런 식으로 말하는 것을 맥심의 할머니는 과연 알고 있을까 하고 나는 생각했다. 이 사람들은 언제부터 이렇게 말하기 시작했을까? 그리고 그때 노부인은 그것을 깨달았을까? 아마도 그때 할머니는, 이렇게 생각했을 것이다. '모두 나를 늙어 빠진 할머니로 생각하는구나. 못된 것들 같으니.'

그러나 할머니는 조금씩 그런 것에 익숙해져 갔다. 그리고 지금은 이미 모두들 처음부터 그렇게 해 온 것처럼 그것이 할머니의 배경의 일부분이 되어 있다. 말에게 사탕을 먹여 주었던 갈색 머리에 날씬한 허리를 한 젊은 여자의 모습은 지금 어디로 가 버렸단 말인가?

우리는 식탁에 의자를 당겨 놓고 야채 샐러드 샌드위치를 먹기 시작했다. 간호사는 노부인을 위해 특별한 접시를 준비했다.

"보세요. 아주 훌륭한 음식이지요?" 하고 간호사는 말했다.

차분하고 조용한 얼굴 위로 미소가 천천히 지나가는 것을 나는 보았다.

"난 야채 샐러드를 먹는 날이 좋아" 하고 노부인은 말했다.

차는 너무 뜨거워서 혀가 타는 듯했다. 간호사는 자기 차를 조금씩 마시고 있었다.

"오늘 차는 펄펄 끓는 것 같구나." 베아트리스를 보고 고개를 끄덕이면서 노부인은 말했다. "차에 대해서 나는 언제나 애를 먹는단다. 차는 약한 불로 끓이라고 가끔 말하지만 도무지 내 말을 들어 주지 않는구나."

"언제나 그래요" 하고 베아트리스는 말했다. "전 하는 수 없다고 생각하고 체념하고 있어요."

노부인은 아득히 먼 곳을 바라보는 듯한 눈초리로 차를 스푼으로 젓기 시작했다. 나는 노부인이 무엇을 생각하고 있는지 알 수 있을 것 같았다.

"이탈리아는 어떠했습니까?" 하고 간호사가 말했다.

"퍽 따뜻했어요."

베아트리스는 노부인 쪽을 향했다. "신혼 여행중 이탈리아에서는 매우 건강했다는군요. 맥심은 햇볕에 완전히 그을은 얼굴로 돌아왔어요."

"어째서 오늘은 맥심이 안 왔느냐?" 하고 노부인이 말했다.

"어머나, 아까 말씀드렸잖아요? 맥심은 런던에 갔다니까요." 베아트리스는 초조한 듯이 말했다. "무슨 연회가 있다나봐요. 가일스도 갔어요."

"아참, 그랬지. 하지만 너는 왜 지금 맥심이 이탈리아에 갔다고 했지?"

"맥심은 이탈리아에 갔었어요, 할머니. 4월에요. 하지만 지금은 만더레이에 돌아와 있어요." 하고 베아트리스는 어깨를 흔들면서 흘깃 간호사 쪽을 보았다.

"드 윈터 님과 아씨께선 지금 만더레이에 계신답니다." 간호사가 같은 말을 되풀이했다.

"이 달에는 거기가 아주 아름다워요." 맥심의 할머니 쪽으로 몸을 가까이 가져가면서 나는 말했다. "장미꽃이 지금 한창 피었어요. 조금 가져왔더라면 좋았을 걸 그랬군요."

"난 장미꽃이 좋아" 하고 할머니는 멍하니 말했다. 그리고 멍청한 파란 눈으로 유심히 나를 응시했다. "당신도 역시 만더레이에 머무르고 있나요?"

나는 나도 모르게 숨을 들이마셨다. 잠시 동안 침묵이 계속되었다. 이윽고 베아트리스가 조급한 높은 음성으로 옆에서 말참견을 했다.

"할머니, 이 사람이 만더레이에서 산다는 것은 할머니도 잘 아시지 않아요? 이 사람은 맥심하고 결혼했어요.”

간호사가 찻잔을 내려놓고 재빨리 노부인 쪽을 본 것을 나는 깨달았다. 노부인은 힘없이 축 늘어져서 베개에 몸을 기대고 숄을 끌어당겼다. 입술이 바들바들 떨리기 시작했다.

“너희들이 너무 여러 가지 말을 하니까 난 도무지 뭐가 뭔지 모르겠다.” 그러고 나서 노부인은 눈썹 사이에 주름을 잡고 나를 보았다. 그리고 고개를 젓기 시작했다.

“당신은 누구시오? 나는 아직 만나 본 적이 없어. 난 당신 얼굴을 모르겠구려. 만더레이에서 만났던 기억이 없어. 베아트리스야, 이 아가씨는 누구지? 어째서 맥심은 레베카를 데리고 오지 않았느냐? 난 레베카가 좋아. 그 귀여운 레베카는 어디에 있느냐?”

오랜 침묵이 계속되었다. 그것은 괴로운 순간이었다. 나는 볼이 화끈 달아오르는 것을 느꼈다. 간호사가 얼른 일어나 바퀴의자 옆으로 갔다.

“난 레베카를 만나고 싶어” 하고 노부인은 되풀이 말했다. “레베카는 어찌되었느냐?”

베아트리스는 찻잔과 접시를 덜컹거리면서 무뚝뚝하게 식탁에서 일어났다. 그녀도 역시 얼굴이 새빨개져 입술이 떨리고 있었다.

“이젠 돌아가시는 편이 좋을 것 같습니다, 레이시 부인.” 어쩔 줄 몰라 얼굴을 붉히며 간호사가 말했다. “노마님께선 좀 피로하신 것 같습니다. 이렇게 알아들을 수 없는 말씀을 횡설수설하실 때에는 그것이 몇 시간이나 계속되는 일이 곧잘 있답니다. 이따금 이렇게 흥분하시는데, 운 나쁘게도 오늘 그런 일이 일어나다니. 하지만 잘 이해해 주시겠지요, 드 윈터 부인?” 간호사는 사과하는 것처럼 나를 보았다.

“네, 알아요” 하고 나는 서둘러 말했다. “이젠 그만 가는 게 좋겠군요."

 베아트리스와 나는 핸드백과 장갑을 찾아 들었다.

 간호사가 다시 환자 쪽을 보았다. "노마님, 대체 어쩐 일이십니까? 제가 잘라 드린 맛있는 야채 샐러드 샌드위치는 이젠 필요치 않으신가요?"

 "레베카는 어디 있느냐? 어째서 맥심은 레베카를 데려오지 않았느냐?" 그녀는 아주 지친 가냘프고 불만스러운 목소리로 엉뚱하게 대답했다.

 우리는 객실을 지나 복도로 나왔다. 그리고 현관 계단을 넘어 밖으로 나갔다. 베아트리스는 아무 말없이 자동차를 움직였다. 자동차는 비스듬히 경사진 자갈 깔린 찻길을 내려가 하얀 문 밖으로 나왔다. 나는 앞쪽의 길을 뚫어지게 쳐다보고 있었다. 나 자신은 아무렇지도 않았다. 만약 나 혼자서 왔다면 나는 조금도 아무렇지 않게 있을 수 있었을 것이다. 걱정되는 것은 베아트리스였다. 모든 일이 베아트리스로서는 정말 불쾌하게 되어갔다.

 마을을 벗어났을 때 베아트리스는 말했다. "난 정말 할말이 없어. 뭐라고 해야 할지 모르겠어요."

 "그런 말씀 마세요, 베아트리스" 하고 나는 재빨리 말했다. "아무 일도 아니잖아요. 정말 아무 일도 아니에요."

 "할머니가 저런 말씀을 꺼내시리라곤 전혀 생각지 못했어요" 하고 베아트리스는 말했다. "그럴 줄 알았으면 할머니를 뵈러 갈 때 당신과 함께 가려고 생각지도 않았을 텐데. 정말 미안해요."

 "그렇게 사과하실 건 조금도 없어요. 제발 부탁이니 이젠 그런 말씀하지 마세요."

 "어째서 그런 말씀을 꺼내셨는지 모르겠어. 할머니는 당신에 대해 모두 알고 계실 거야. 나도 편지로 알려 드렸고 맥심도 알렸으니까. 외국에서 결혼한다는 것을 할머니는 무척 재미있어하셨는데."

"당신은 할머니의 연세를 잊으셨군요" 하고 나는 말했다. "할머니께서 그런 걸 언제까지나 기억하고 계실 까닭이 없잖아요. 할머니께서는 저를 맥심과 결부해서 생각지 않으신 거예요. 다만 레베카만을 맥심과 연결지어 생각하시는 거지요."

우리는 침묵을 지킨 채 차를 몰았다. 차에 탔기 때문에 적이 마음이 놓이는 것 같았다. 차체가 덜컹거리며 움직이거나 모퉁이를 급히 획 도는 것도 나는 아무렇지도 않았다.

"할머니가 저렇게 레베카를 좋아하는 것을 난 잊고 있었어" 하고 베아트리스는 천천히 말했다. "이런 것을 예기치 못했다니, 난 정말 바보였어. 할머니에게는 레베카가 익사했다는 것이 실제로 이해되지 않았던 거야. 아, 참 불쾌한 날이야. 올케가 나를 어떻게 생각하겠어요."

"베아트리스, 부디 이젠 그만둬요. 난 아무렇지도 않다니까요."

"레베카는 할머니에게 굉장히 마음을 썼어요. 그리고 할머니를 곧잘 만더레이에 모시고 가곤 했지. 그 가엾은 할머니도 그 무렵에는 지금보다 훨씬 건강했어. 레베카가 무슨 말을 할 적마다 할머니는 늘 배를 움켜쥐고 웃으셨지. 레베카는 언제나 분위기를 잘 이끌곤 했어. 그것이 할머니 마음에 드신 거예요. 그 사람, 즉 레베카는 여러 사람들을, 남자건 여자건 아이들이건 개까지도 좋아하게 만드는 이상한 재능을 가지고 있었어. 틀림없이 할머니는 그 여자를 한 번도 잊은 일이 없으신 거야. 오늘 일로 나를 책망하지 말아요."

"전 아무렇지도 않아요. 정말 그렇다니까요." 나는 기계적으로 되풀이했다. 이제 그런 이야기는 그만 했으면 했다. 흥미도 없었다. 결국 그것이 어쨌다는 것인가? 무엇이 문제란 말인가?

"가일스는 틀림없이 놀랄 거야." 베아트리스가 말했다. "당신을 데리고 갔다고 야단을 칠 거야. '바보 같은 짓을 했군' 하며 야단을 치는 가일스의 목소리가 들리는 것 같아. 아마도 이러쿵저러쿵하며 큰 소동이 일어날 거야."

"오늘 있었던 일은 아무 말씀도 하지 않으시는 편이 좋을 거예요" 하고 나는 말했다. "그만 잊어버리도록 해요. 아니면 틀림없이 과장되어 종종 되풀이될 테니까요."

"가일스는 내 얼굴빛을 보고 반드시 무슨 일이 있었다고 짐작할 거야. 나는 지금까지 그이에게 무엇이든지 끝까지 감춘 적이 한번도 없었어."

나는 잠자코 있었다. 이 이야기가 그들의 친한 친구들 사이에서 이야기 거리가 되는 모습이 금새 눈앞에 떠올랐다. 일요일 점심 식사에 모인 몇몇 사람들을 상상한다. 그들은 눈을 동그랗게 하고 귀를 기울인다. 그리고 침을 꿀꺽 삼키기도 하고 탄성을 지르기도 하겠지······.

"그것 참, 큰일이군. 당신은 어쩌자고 그런 짓을 했소?"

"노마님께서 어떻게 생각하셨을지 모르겠군. 쓸데없는 짓을 한 것 같아."

내가 걱정한 것은 단 한 가지, 맥심에게는 절대로 그런 말을 들려주고 싶지 않다는 것이었다. 기회를 보아 프랭크 클로리에게 이야기하리라. 그러나 지금은 그 시기가 아니다. 아직 그럴 시기는 아니었다.

이윽고 언덕 위의 큰길까지 왔다. 아득히 멀리 케리스의 회색 지붕이 보이고 오른편에는 오목한 지대에 있는 만더레이의 깊은 숲과 저쪽의 바다가 보였다.

"빨리 돌아가고 싶어?" 하고 베아트리스가 말했다.

"아니오" 하고 나는 말했다. "그다지 서두를 필요 없어요. 왜 그러시지요?"

"만약 대문 앞에서 내려놓으면, 올케는 나를 무척 고약한 여자라고 생각할까? 난 지금부터 급히 가면 가일스가 런던에서 오는 기차에서 내리는 것을 만날 수 있으리라고 생각해. 그러면 가일스가 정거장의 택시를 타지 않아도 될 거라고 생각해."

"그래요." 나는 이렇게 말했다. "전 찻길을 걸어갈 테니까요."

"정말 미안해요" 하고 베아트리스는 기쁜 듯이 말했다. 그녀로서는 오늘 일어났던 일들이 도무지 견딜 수 없는 모양이라고 나는 느꼈다. 그녀는 혼자 있고 싶은 것이다. 만더레이에서 다시 한번 느지막이 차를 마시게 되는 일을 바라지 않는 것이다.

나는 대문 앞에서 차를 내렸다. 우리는 작별의 입맞춤을 나누었다.

"다음에 만나게 될 때까지는 조금이라도 몸무게를 늘려 놓아요. 그렇게 여위어 있는 것은 어울리지 않아. 맥심에게 안부 전해줘요. 그리고 오늘 일을 용서해요."

베아트리스는 자욱한 모래 먼지 속으로 사라졌다. 나는 찻길을 걸어갔다.

맥심의 할머니가 마차로 달려가던 무렵에 비하면 이 찻길은 무척 변해 버렸겠지 하고 나는 생각했다. 그 할머니도 젊었을 때에는 여기를 말 타고 지났으리라. 그리고 나처럼 문지기 오두막의 아낙네에게 미소를 던져 주었을 테지. 그 무렵의 문지기 아낙은 치맛자락이 넓게 퍼진 스커트로 통로의 먼지를 쓸면서 공손하게 절을 했을 것이다. 그러나 지금의 아낙은 나에게 가볍게 고갯짓을 할 뿐이다. 그리고 곧 뒤꼍에서 고양이 새끼와 놀고 있는 조그마한 남자 아이를 불렀다. 맥심의 할머니는 머리를 숙여 길게 뻗어 늘어진 나뭇가지를 피했을 것이다. 말은 내가 지금 걸어가는 구불구불한 이 찻길을 기운차게 뛰어갔을 것이다. 그즈음은 찻길도 지금보다 더 넓고 더 평탄했으며 더 손질이 잘 되어 있었겠지. 숲이 찻길까지 비어져 나온 일은 없었을 것이다.

베개에 기대어 숄을 몸에 두르고 있는 지금의 할머니를 나는 생각하지 않았다. 아직 젊어 만더레이에 살던 시절의 할머니 모습을 머릿속에 그려 보았다. 할머니는 작은 남자 아이와 함께 정원을 천천히 걷고 있다. 그 남자 아이는 맥심의 아버지이다. 바퀴가 달려 있는 목마를 타고 그녀 뒤에서 덜덜거리며 따라온다. 그는 둥그런 흰 옷깃이 달린 뻣뻣한 재킷을 입고 있다. 바닷가의 조그마한 만까지 나가는 피크닉은 일종의 먼 거리 여행과도 같으니까, 그다지 자주 맛볼 수 없는 특별한 즐거움이었을 것이다. 오래된 앨범 어딘가에 틀림없이 사진이 한 장쯤 있으리라. 가족들이 모두 바닷가에 깔아 놓은 테이블보를 에워싸고 정색을 한 얼굴로 앉아 있다. 뒤에서 하인들이 큰 도시락 바구니 옆에 서 있다……

그 다음 나는 4,5년 전의, 훨씬 나이가 든 맥심의 할머니 모습을 상상했다. 할머니는 지팡이에 의지하여 만더레이의 테라스로 걸어간다. 한 여자가 할머니의 팔을 잡고 웃으면서 함께 걷고 있다. 그 여자는 늘씬하게 키가 크고 매우 아름다우며, 베아트리스의 말에 의하면 사람들이 모두 자기를 좋아하게 만드는 재능을 가지고 있다. 아마도 그녀는 많은 사람들이 좋아했으며, 사랑을 받았을 것이다.

드디어 긴 찻길 끝까지 왔을 때 나는 맥심의 자동차가 현관 앞에 서 있는 것을 보았다. 나는 가슴이 뛰었다. 급히 홀로 뛰어들어갔다. 그의 모자와 장갑이 테이블 위에 놓여 있었다. 서재로 갔다. 가까이 다가가자 말소리가 들려왔다. 한 목소리가 또 한 목소리보다도 높았다. 그것은 맥심의 목소리였다. 문은 닫혀 있었다. 나는 들어가려다가 잠시 주저했다.

"덴버스 부인이 편지를 내서, 내 희망이라면서 앞으로는 절대 만더레이에 오지 말라고 전해 줘요. 알겠지? 누가 내게 알렸는가에 대해서는 조금도 신경 쓸 것 없어. 그런 것은 아무래도 괜찮은 일이야. 그 사나이의 자동차가 어제 오후 여기에 나타난 사실을 나는 우연히 알게 된 거요. 만약 그를 만나고 싶으면 만더레이 이외의 장소에서 만나도록 해. 나는 그자를 이 문 안에는 들여놓고 싶지 않아. 알겠지? 잘 기억해 두도록 해. 이건 내가 덴버스 부인에게 대한 마지막 경고요."

나는 살그머니 문 옆을 떠나 계단 쪽으로 갔다. 서재의 문 열리는 소리가 들렸다. 나는 재빨리 계단을 뛰어올라가 진열실 뒤에 숨었다. 덴버스 부인이 서재에서 나와 손을 뒤로 돌려 문을 닫았다. 나는 발견되지 않도록 진열실 벽 가에 웅크리고 앉았다. 그녀의 얼굴을 보니 몹시 창백했으며 분노로 일그러져 있었다. 그녀는 살그머니 재빠른 걸음으로 계단을 빠져나가 서쪽으로 통하는 문으로 사라졌다.

나는 잠시 가만히 있었다. 그런 다음 천천히 계단을 내려가 서재로 갔다. 그리고 문을 열고 안으로 들어갔다. 맥심은 두서너 통의 편지를 들고 창가에 서 있었다. 등이 이쪽으로 향해 있었다. 순간 나는 다시 가만히 방을 나가 이층 내 방으로 가서 있을까 하고 생각했다. 그러나 내가 들어간 기척을 들은 모양인지, 그가 초조한 태도로 획 돌아보았다.

"누구지?" 하고 그는 말했다.

나는 두 팔을 뻗치고 미소를 지었다. "맥심" 하고 나는 말했다.

"난 또 누구라구, 당신이었구려."

어쩐지 그가 무척 노한 듯한 기색을 나는 한눈에 알아보았다. 입술이 굳게 다물어져 있었다. "도대체 당신은 어디서 무엇을 했소?" 그는 말했다. 그리고 내 머리 위에 입맞춤을 하고 한 팔을 내 어깨로 돌렸다. 어제 그와 헤어지고 꽤나 긴 시간이 지난 것 같았다.

"당신 할머님을 뵙고 왔어요." 나는 이렇게 말했다. "베아트리스가 오늘 데리고 가 주었어요."

"할머니는 어떠오?"

"매우 건강하셨어요."

"베아트리스는?"

"가일스를 마중 가셨어요."

우리는 창가의 의자에 나란히 앉았다. 나는 그의 손을 잡았다. "당신이 안 계셔서 전 참 지루했어요. 아주 쓸쓸했어요" 하고 나는 말했다. 잠깐 동안 우리는 잠자코 있었다. 나는 아직도 그의 손을 잡은 채였다.

"런던은 더웠나요?" 나는 이렇게 물었다.

"응, 지독하더군. 난 아무래도 런던을 좋아할 수가 없어."

바로 조금 전 이 서재에서 덴버스 부인과의 사이에 있었던 일을 그는 이야기해 줄까 하고 나는 생각했다. 대체 누가 파벨의 이야기를 그에게 했을까?

"무슨 걱정되는 일이라도 있으세요?" 하고 나는 물었다.

"오늘은 정말 긴 하루였소" 하고 그는 말했다. "24시간 동안에 두 번이나 드라이브를 하면 누구라도 녹초가 될 게 뻔해."

그는 일어나서 천천히 방안을 거닐기 시작하더니 담배에 불을 붙였다. 그때 덴버스 부인에 대해 그가 내게는 아무 말도 하지 않을 생각인 것을 알았다.

"저도 피로해요" 하고 나는 천천히 말했다. "오늘은 어쩐지 이상한 날이에요."

16

그것은 어느 일요일의 일이었다. 그날 오후가 되자 많은 손님이 몰려 왔는데, 그때 비로소 가장 무도회에 대한 말이 나오게 되었다. 프랭크 클로리가 점심때 찾아와 셋이서 밤나무 밑에 앉아 평화로운 오후를 즐기고 있는데, 찻길 모퉁이를 돌아오는 반갑지 않은 자동차 소리가 들려왔다. 그 자동차는 프리스에게 미리 알릴 만한 시간의 여유가 없어, 우리가 쿠션과 신문을 끌어안고 서 있는 테라스로 직접 찾아왔다.

우리는 앞으로 나아가 예기치 않은 손님을 환영해야만 했다. 특히 그런 경우에 흔히 있는 일이지만, 방문객은 그 사람들뿐이 아니었다. 그뒤 30분쯤 지나 또 한 대의 자동차가 도착한데다 케리스에서 걸어온 세 사람의 손님까지 한데 어울렸다. 그러므로 우리는 완전히 그날의 평화를 빼앗겨 그리 달갑지 않은 사람들을 여러 명이나 환대해야 했으며, 대접삼아 여기저기 산책을 하고 장미 화원을 한 바퀴 돌고 나서는 잔디밭 위를 서성거리기도 하고, 판에 박은 듯 '행복의 골짜기'를 구경하고 돌아다녀야만 했다.

물론 그 사람들은 차 마시는 시간까지 남아 있었다. 우리는 밤나무 밑에서 마음 편히 오이 샌드위치를 먹는 대신 응접실에서 진한 차를 마셔야만 했으므로 나는 언제나 이런 일은 딱 질색이었다. 프리스는 늘 그렇듯이 단상에 서서 눈썹을 곤두세우며 로버트에게 지시를 하고 있었다. 나는 커다란 은 찻그릇과 주전자를 어떻게 다루어야 좋을지 몰라 쩔쩔 맸다. 펄펄 끓는 물을 때맞춰 차에 따르는 것이 나에게는 아주 힘든 일이었는데, 그보다도 더 힘든 것은 한편에서 오가고 있는 대화에 주의를 기울이는 일이었다.

이런 때 프랭크 클로리는 참으로 요긴한 인물이었다. 그는 내 손에서 찻잔을 받아 들더니 사람들에게 나누어 주었다. 또 내가 은 찻그릇에 정신을 빼앗겨 여느 때보다도 더 멍청한 대답을 하자 그는 침착하고 조심스럽게 대화를 이끌어 나의 책임을 가볍게 해주었다. 맥심은 방 한쪽에서 귀찮은 손님에게 줄곧 책을 보여 주기도 하고 그림을 보여 주기도 하면서, 남을 모방하지 않는 그 나름대로의 훌륭한 태도로 주인공의 역할을 빈틈없이 해내고 있었다. 차에 대한 일 따위는 그가 알 바 없는 하찮은 문제였다. 그의 찻잔은 옆 테이블 위 꽃 밑에 놓여 이미 싸늘하게 식어 있었다. 김이 오르는 주전자 옆에 있는 나와 솜씨 있게 과자류를 다루고 있는 프랭크만이 사람들의 공통된 요구를 잘 처리해야 했다.

무도회 이야기를 꺼낸 것은 케리스에 살고 있는, 주제넘게 나서기 좋아하는 크로완 부인이었다. 어느 차 모임에나 있듯이 대화가 잠깐 끊어졌을 때였다. 프랭크의 입술이 움직였으므로 들으나 마나 뻔한, 머리 위를 지나가는 천사에 대한 어처구니 없는 이야기를 꺼내려나 하면서 보고 있노라니, 크로완 부인이 접시 가장자리로 과자 부스러기를 밀어 놓으면서 마침 옆에 있던 맥심 쪽을 올려다보았다.

"여보세요, 드 윈터 씨" 하고 그녀는 말했다. "전 벌써부터 당신에게 여쭈어 보고 싶었던 것이 있어요. 제발 대답해 주세요. 당신은 만더레이의 가장 무도회를 부활시킬 의향이 있으신지요?" 이렇게 말하며, 아마도 미소를 짓는 것인지 뻐드렁니를 드러내 보이며 얼굴을 갸우뚱했다. 나는 곧 머리를 숙여 보온용 덮개 뒤로 얼굴을 숨기고 열심히 차를 마셨다.

조금 뒤에 맥심이 대답을 했다. 그 목소리는 아주 침착하고 예사로운 말투였다.

"그런 건 생각해 본 일이 없습니다" 하고 그는 말했다. "누구나 생각해 본 일이 없을 겁니다."

"어머나, 제가 책임지고 말씀드립니다만 우리는 모두들 늘 그 일을 생각하고 있어요." 크로완 부인은 계속 말했다. "그 모임이 있으면, 이 고장 사람들은 언제나 다들 기뻐했잖아요. 모두들 얼마나 무도회를 좋아했는지 당신은 조금도 생각하지 않는군요. 제발 다시 한번 생각을 달리 할 수는 없으신지요?"

"글쎄, 어떨는지요" 하고 맥심은 마음이 내키지 않는 듯이 말했다. "무도회를 열게 되면 그 준비가 굉장합니다. 그 일이라면 차라리 프랭크 클로리에게 물어보는 게 좋을 겁니다. 그런 일에 대한 책임자는 프랭크니까요."

"이봐요, 클로리 씨. 제 편이 되어 주세요" 하고 그녀는 말했다. 그러자 다른 사람들도 하나 둘 말참견을 했다. "그렇게 되면 틀림없이 모두들 떠들썩할 거예요. 우리는 모두 떠들썩한 만더레이를 그리워하고 있거든요."

나는 옆에 있는 프랭크의 조용한 목소리를 들었다. "만일 맥심 님이 반대하시지 않는다면 저는 기꺼이 무도회 준비를 하겠습니다. 그러나 이것은 맥심 님과 부인께서 결정하실 문제지, 저와는 전혀 관계없는 일입니다."

물론 나는 금방 그 자리에서 공격의 대상이 되었다. 크로완 부인이 의자를 움직였으므로 덮개도 이젠 나를 더 이상 숨겨주지 않았다.

"부인, 당신이 주인 어른을 설득해 주세요. 당신 말이라면 주인 어른은 뭐든지 들어 주실 거예요. 아무튼 주인 어른께서는 신부인 당신을 위해 무도회를 열어야만 해요."

"그럼요, 물론이지요" 하고 이번에는 누군지 남자가 말했다.

"우리는 결혼식을 위한 피로연에 초대받지 못했으니까요. 우리의 즐거움을 묵살하다니, 너무하신 일입니다. 만더레이의 가장 무도회를 찬성하는 분은 손을 들어 주십시오. 자, 아, 이것 보세요, 드 윈터 씨, 만장일치입니다." 사람들은 떠들썩하게 웃으며 손뼉을 쳤다.

맥심은 담뱃불을 붙였다. 그의 눈이 찻그릇 너머로 나의 눈과 마주쳤다.

"당신은 어떻게 생각하오?" 그는 말했다.

"저는 모르겠어요." 하고 나는 모호하게 말했다. "잘 모르겠어요."

"물론 부인께서는 부인을 위한 무도회가 열리기를 바라고 계실 거예요." 하고 크로완 부인이 말참견을 했다. "젊은 사람치고 무도회를 싫어하는 사람이 어디 있겠어요. 부인, 부인께서 커다란 삼각모자 밑으로 머리를 묶어 내리고, 드레스덴의 양치기 소녀로 가장하신다면 틀림없이 멋있을 거예요."

나는 나의 보기 흉한 손과 발, 그리고 처진 어깨를 생각했다. 이런 내가 그 멋있는 드레스덴의 양치기 소녀가 된다고! 얼마나 어이없는 여자인가. 아무도 크로완 부인의 말에 찬성하지 않아도 나는 그다지 놀라지 않았다. 그리고 나에게 집중된 화제를 다른 방향으로 이끌어 준 프랭크에 대해 새삼스레 감사했다.

"사실을 말씀드리자면, 맥심 님. 그 일에 대해서는 전번에도 제게 말한 사람이 있습니다. '우리는 신부를 위해 당연히 축하를 해야 하지 않겠습니까, 클로리 씨'라고 그 사람은 말했습니다. '드 윈터 님이 한번 더 무도회를 열어 주시면 좋겠어요. 그야말로 우리에겐 여간해서 맛볼 수 없는 즐거움이니까요'라고 말이지요. 이렇게 말한 것은 우리 농장에 있는 탁카입니다."

그리고 나서 이번엔 크로완 부인 쪽을 보며 덧붙였다.

"물론 저 사람들은 어떤 모임이든 굉장히 기뻐하지요. 그때 저는 그를 보고 말했습니다. '글쎄, 나는 잘 모르겠어. 드 윈터 님은 통 그런 말씀을 하지 않으셨으니까'라고요."

"그것 보세요." 하고 크로완 부인은 의기양양하게 응접실에 있는 모든 사람에게 말했다. "제가 말씀드린 대로지요? 댁의 농장에 계신 분까지 무도회가 열리기를 바라고 있잖아요. 당신은 비록 우리에 대해선 아무런 생각을 않는다 해도, 그 사람들에 대해서는 틀림없이 생각하고 계시겠지요."

맥심은 아직도 미심쩍은 듯이 찻그릇 너머로 나를 지켜보고 있었다. 아마도 그는 나에게는 맞서 겨룰 힘이 없다고, 즉 그도 잘 알고 있듯이 내가 내성적이기 때문에 항변하지 못하는 것으로 생각하는 모양이었다. 나는 그가 그렇게 생각해 주지 말았으면 했다. 나는 나 때문에 그가 사람들의 요구에 굴복하는 것처럼 생각하기가 싫었다.

"참 재미있을 것 같군요." 하고 나는 말했다. 맥심은 어깨를 조금 으쓱해 보이더니 얼굴을 들었다.

"그렇다면, 이제 결정된 거나 다름없습니다" 하고 그는 말했다.

"좋아, 그럼, 프랭크 자네가 모든 것을 잘 해주게. 덴버스 부인에게 도와달라고 하면 될 거야. 그 사람은 옛날에 하던 법을 잘 알고 있을 테니까."

"그 이상한 덴버스 부인은 아직도 댁에 계신가요?" 하고 크로완 부인이 말했다.

"있습니다" 하고 맥심은 짤막하게 말했다. "과자를 좀 더 드시지요? 이젠 다 드셨나요? 그럼 뜰로 나갑시다."

우리는 우르르 테라스로 나갔다. 사람들은 머지않아 열릴 무도회 이야기와 어느 날이 적당한가에 대해 의견을 나누고 있었는데, 이윽고 자동차로 온 사람들이 이젠 가야겠다고 말했으므로 나는 굉장히 기뻤다. 걸어온 사람들도 함께 차를 타고 가자는 바람에 역시 돌아가 버렸다.

나는 응접실로 되돌아와서 차를 한 잔 더 마셨다. 남을 대접한다는 무거운 짐을 벗었으므로 마음껏 맛있게 마실 수 있었다. 프랭크도 들어왔다. 우리는 마치 서로 공모자처럼 느끼면서 남은 과자를 나누어 먹었다. 맥심은 잔디밭에서 쟈스퍼에게 지팡이를 던져 주고 있었다. 손님이 돌아간 다음에는 어느 집이나 이처럼 여유있는 기분이 드는 것일까 하고 나는 생각했다. 우리는 한동안 무도회 이야기를 한마디도 하지 않았다.
 이윽고 나는 차를 다 마시자 끈적끈적한 손가락을 손수건에 닦은 다음, 프랭크를 보고 말했다. "솔직히 말해서 당신은 무도회를 어떻게 생각하시나요?"
 프랭크는 잔디밭에 있는 맥심을 창문으로 흘깃 내다보더니 잠시 주저했다.
 "잘 모르겠습니다" 하고 그는 말했다. "맥심은 별로 반대하는 눈치가 아니었잖습니까? 당신이 그렇게 말한 것을 맥심은 기분좋게 들었을 겁니다."
 "하지만 맥심은 그럴 수밖에 별 도리가 없었잖아요" 하고 나는 말했다.
 "크로완 부인은 참으로 싫은 분이에요. 프랭크 씨는 이 고장 사람들이 정말로 오로지 만더레이의 가장 무도회만을 이야기하고 꿈꾸고 있다고 생각하시나요?"
 "무엇이든 그런 모임이 있으면 다들 굉장히 기뻐하긴 합니다" 하고 프랭크는 말했다. "우리 고장 사람들은 그런 일에 대해서는 아주 고풍스러우니까요. 솔직히 말해서 크로완 부인이 부인을 위해 무언가를 해야 한다고 한 것은 그다지 과장된 말이라곤 생각지 않습니다. 뭐니뭐니해도 당신은 새색시이니까요."
 그 말이 얼마나 과장되고 더욱이 어이없게 들렸는지 모른다. 나는 프랭크가 늘 그렇게 빈틈없이 구는 게 싫었다.
 "나는 새색시가 아녜요" 하고 나는 말했다.
 "으레 올려야 할 결혼식도 우리는 올리지 않았는걸요. 나는 흰 옷을 입지도 않고, 오렌지꽃을 들지도 않았으며, 들러리를 선 사람도 없었어요. 나를 위해 어마어마한 무도회를 열어 주었으면 하는 생각 따윈 조금도 하지 않아요."

"축하연이 벌어졌을 때의 만더레이는 참으로 아름답습니다" 하고 프랭크는 말했다. "당신은 그것을 보고 즐거워하기만 하면 되는 겁니다. 뭐, 신경을 쓸 일은 하나도 없습니다. 당신은 다만 손님에게 인사만 하면 됩니다. 그런 건 문제 없어요. 그때 저와 춤을 춰 주시겠지요?"

좋아하는 프랭크, 조금 진지한 체하는 모습이 마음에 들었다.

"당신이 바라는 대로 몇 번이고 함께 추어 드리겠어요" 하고 나는 말했다. "나는 당신과 맥심 외에는 아무하고도 추지 않을 작정이에요."

"아니, 그건 안됩니다." 프랭크는 심각하게 말했다. "그러면 다른 사람들이 몹시 분개할 겁니다. 당신은 사람들이 청하는 대로 모두 추어야 합니다."

나는 웃음을 감추기 위해 얼굴을 돌렸다. 그는 놀림을 받아도 조금도 눈치채지 못했으므로 아주 재미있었다.

"크로완 부인이 드레스덴의 양치기 소녀 이야기를 한 것은 좋은 아이디어라고 생각하나요?" 하고 나는 일부러 물었다.

프랭크는 웃음도 보이지 않고 엄숙히 나를 바라보았다. "네, 그렇게 생각합니다" 하고 그는 말했다. "당신은 틀림없이 아름다워 보일 겁니다."

나는 웃음을 터뜨렸다. "어머나, 프랭크, 나는 당신이 좋아요" 하고 나는 말했다. 그는 조금 얼굴을 붉혔다. 내가 갑자기 꺼낸 말에 어느 정도 놀라고, 또 내가 웃는 데 조금 기분이 상한 모양이었다.

"저는 조금도 이상한 말씀을 드렸다고는 생각지 않는데요" 하고 그는 긴장해서 말했다.

맥심이 창문 쪽으로 왔다. 쟈스퍼가 그의 발밑에서 장난을 치고 있었다. "꽤 떠들썩하군" 하고 그는 말했다.

"프랭크는 겉치레 말을 아주 잘 해요" 하고 나는 말했다. "크로완 부인이 절보고 드레스덴의 양치기 소녀가 되라고 한 말을 조금도 이상하게 생각지 않는다는 거예요."

"크로완 부인은 아주 골치 아픈 여자야." 맥심은 말했다. "만일 제 손으로 초대장을 쓰거나 여러 가지 준비를 해야 된다면, 그 여자도 아마 그렇게 열중하지는 않을걸. 지금까지도 마찬가지야. 이 고장 사람은 만더레이를 마치 부둣가에 있는 연예관처럼 알고, 우리가 모든 사람을 위해 뭔가 해주려니 하고 있단 말이야. 아마 그 고장 사람 모두에게 초대장을 내야 하겠지."

"사무실에 다 적혀 있습니다" 하고 프랭크는 말했다. "뭐, 그다지 성가신 일도 아닙니다. 가장 시간이 걸리는 것은 우표를 붙이는 일이지요."

"그건 당신이 하면 되겠군." 나를 보고 웃으면서 맥심이 말했다.

"우리가 사무실에서 모두 하겠습니다." 프랭크는 말했다. "부인께선 아무 걱정도 하실 필요가 없습니다."

만일 내가 뜻밖에도 모든 것을 스스로 할 작정이라고 말한다면 이 두 사람이 뭐라고 할까 하고 나는 생각했다. 두 사람은 아마 웃으리라. 그러고 나서 무언가 다른 이야기를 할 것이다. 책임을 모면하는 것은 물론 기뻤지만, 나는 우표를 붙이는 일조차 할 수 없다는 생각을 하니 한층 더 심한 굴욕감을 느꼈다. 아침의 방에 놓인 책상과, 그 한쪽 어깨가 처진 날카로운 필적으로 기록된 카드가 붙어 있는 서류꽂이를 나는 생각했다.

"당신은 어떻게 꾸밀 작정이시죠?" 나는 맥심에게 말했다.

"나는 가장을 하지 않아" 하고 맥심은 말했다. "그건 주인에게 주어진 하나의 특권이지. 안 그런가, 프랭크?"

"그렇다고 난, 드레스덴의 양치기 소녀가 될 수는 없고" 하고 나는 말했다. "무엇으로 가장하면 좋을까? 난 가장을 그다지 잘 하지 못해요."

"머리에 리본을 감고 '이상한 나라의 앨리스'가 되면 어때?" 맥심은 가벼운 말투로 말했다. "그대로 손가락만 입에 물면 지금 그 모습대로도 당신은 그렇게 보인단 말이야."

"그런 이상한 말씀은 하지 마세요" 하고 나는 말했다. "전 제 머리카락이 곧은 줄은 알지만 그렇게 곧지는 않아요. 제가 어떻게 가장할 것인지 두고 보시면 알 거예요. 전 당신과 프랭크를 깜짝 놀라게 해 줄 참이에요. 아마 당신들은 저를 못 알아보실걸요."

"당신이 얼굴을 검게 칠하고 원숭이가 되지 않는 이상 당신이 무슨 짓을 하든 난 까딱도 하지 않아" 하고 맥심은 말했다.

"좋아요. 그럼, 약속하겠어요." 나는 말했다. "전 다 될 때까지 제 의상을 비밀로 하겠어요. 당신들에겐 전혀 알리지 않겠어요. 자, 이리 와, 쟈스퍼. 남들이 뭐라 해도 우리는 까딱도 않지, 그렇지?" 나는 뜰로 나가면서 맥심이 웃는 소리를 들었다. 그는 프랭크에게 뭐라고 말했는데 나는 알아들을 수 없었다.

그는 때때로 기분이 내키면 나를 아무 책임도 없는 응석받이 어린아이로 귀여워해 주기는 했지만, 나의 존재를 곧잘 잊어버리거나 어깨를 두드리며 밖에 나가 놀라고 달래는 어린아이로 취급하는 일이 나는 싫었다. 나를 좀더 현명하고 좀더 성숙한 여자로 봐 줄 수 있는 어떤 일이 생겼으면 좋겠다고 나는 생각했다.

언제까지나 이대로 있어야 한단 말인가? 나로선 알 수 없는 그만의 기분에 휩싸여 내가 모르는 비밀의 괴로움을 품고, 늘 나보다 몇 걸음 앞에서 걸어간단 말인가? 그는 한 사람의 남자로서 나는 한 사람의 여자로서 어깨를 나란히 하고 손에 손을 잡고, 아무런 간격도 없이 영원히 한 몸이 될 수는 없단 말인가? 나는 언제까지나 어린아이의 존재로 남고 싶지는 않았다. 그의 아내, 그의 어머니가 되고 싶었다. 어른이 되고 싶었다.

나는 테라스에 서서 손톱을 물어뜯으며 바다 쪽을 내려다보았다. 그리고 그곳에 서서 서쪽에 있는 방이 잘 정돈된 채, 아무도 건드리지 않고 그대로 있는 것은 아마도 맥심의 명령에 의한 것이 아닐까 하고, 이것으로 벌써 스무 번도 더한 생각을 또 했다. 과연 그도 덴버스 부인처럼 그 방에 가서 화장대 위의 브러시를 만지고 옷장문을 열어 보고 또는 옷을 만져 보거나 한단 말인가?

"이리 와, 쟈스퍼" 하고 나는 소리쳤다. "나와 달리기 경주하자. 어서 이리 와. 왜, 싫니?"

나는 눈물이 글썽해져서 마구 화를 내며 풀을 짓밟고 갔다. 쟈스퍼는 신경질적으로 짖어 대며 내 뒤를 따라왔다.

가장 무도회에 대한 소문은 순식간에 퍼졌다. 나의 하녀 클라리스는 흥분해서 눈을 빛내며 그 일만을 지껄이고 있었다. 나는 그녀의 말을 듣고 하인들이 모두 기뻐하고 있음을 알았다.

"프리스 씨는 아마 옛날과 똑같은 것이라고 하셨어요." 클라리스는 열심히 말했다. "전 그분이 오늘 아침, 복도에서 앨리스에게 그렇게 말하는 것을 들었어요. 아씨께서는 어떻게 가장하실 겁니까?"

"모르겠어, 클라리스. 아직 생각지 못했어" 하고 나는 말했다.

"우리 어머니가 잘 기억해 뒀다가 잊어버리지 말고 알려 달라고 하셨어요" 하고 클라리스는 말했다.

"어머니는 요전에 있던 만더레이의 무도회 일을 잘 기억하고 계시지요. 한 번도 잊으신 적이 없어요. 아씨는 런던에서 옷을 사 오시나요?"

"아직 아무것도 정하지 않았어, 클라리스" 하고 나는 말했다. "하지만 정해지는 대로 곧 말해 줄게. 완전히 결정이 되면 너한테만 말해 주고 다른 사람에겐 아무한테도 알리지 않을 거야. 우리들만의 절대 비밀로 해둘 참이다."

"어머나, 아씨. 정말 멋있어요." 클라리스는 숨소리가 커졌다. "그 날까지 어떻게 기다려야 할지 모르겠어요."

덴버스 부인이 그 뉴스를 어떤 식으로 받아들였는지 나는 몹시 알고 싶었다. 그날 오후 이후로는 집안 전화로 듣는 그녀의 목소리조차 나에게는 무섭게 들렸다. 그래서 로버트를 둘 사이의 심부름꾼으로 내세워 나는 그 최후의 가책에서 벗어났다. 맥심과 이야기하고 난 뒤 서재에서 나갈 때의 그녀 얼굴 표정을 나는 아무래도 잊을 수가 없었다. 진열실 뒤에 웅크리고 앉아 있는 꼴을 그녀가 보지 못한데 대해 나는 하느님께 감사했다.

파벨이 이 집에 찾아온 것을 맥심에게 알린 것이, 그녀는 나인 줄 알고 있을지도 모른다는 생각이 들었다. 만일 그렇다면 그녀는 전보다 더 나를 미워할 것이다. 그녀가 내 팔을 잡은 일이나, 내 귓가에 속삭이던 소름이 끼칠 정도로 부드럽고 친근한 목소리를 생각하면 나는 지금도 몸이 오싹한다. 그날 오후에 있었던 일을 나는 아무것도 생각하고 싶지 않았다. 그러므로 나는 집안 전화로조차도 그녀와 말을 하지 않았던 것이다.

무도회 준비는 착착 진행되었다. 모든 것은 영지의 사무실에서 이루어지고 있는 모양이었다. 맥심과 프랭크는 아침마다 그곳에 갔다. 프랭크의 말대로 나는 전혀 신경을 쓰지 않아도 되었다. 우표 한 장도 나는 붙인 기억이 없다. 나는 내 옷에 대한 일이 몹시 걱정되었다. 아무 생각도 떠오르지 않는 것이 더욱 맥빠지게 했다. 케리스며 그 밖의 고장에서 찾아올 많은 사람들의 모습이 내 머릿속을 떠나지 않았다.

전번 무도회 때 그토록 열중했던 사제 부인, 베아트리스와 가일스,

골치 아픈 크로완 부인, 그 밖에 내가 모르는, 그리고 나를 한번도 본일이 없는 많은 사람들, 그 사람들은 저마다 내가 하는 일에 대해 비평을 하고 여러가지를 알려고 들 것이다. 도저히 어떻게 할 수 없는 궁지에 몰려 나는 결혼 축하선물로 베아트리스에게서 받은 책을 생각했다.

 그래서 어느 날 아침 서재에 앉아서 지푸라기에라도 매달리고 싶은 심정으로 책장을 넘기며 정신 없이 그림을 보았다. 그러나 마음에 드는 것은 하나도 없었다. 루벤스며 렘브란트며 그 밖의 복제된 그림 속의 비로드나 비단으로 된 화려한 의상은 모두 세련되고 멋있는 것뿐이었다.

 나는 종이에다 연필로 그 중의 한두 개를 보고 그대로 본떠 그려 봤으나 다 마음에 들지 않았다. 나는 싫증이 나서 이제 그 일은 생각지 않기로 하고 스케치한 종이를 휴지통에 집어던졌다.

 저녁때가 되어 만찬을 들기 위해 옷을 갈아 입고 있는데 내 침실문을 두드리는 사람이 있었다. 나는 클라리스인 줄 알고 "들어와요." 말했다. 그런데 문이 열리자, 그건 클라리스가 아니었다. 덴버스 부인이었다. 그녀는 종이 한 장을 들고 있었다.

 "방해를 해서 죄송합니다" 하고 그녀는 말했다. "하지만 아씨께서 이 그림을 정말 버리신 건지 알아보려고요. 혹시 귀중한 것이라도 들어 있으면 안되므로 늘 휴지통은 일단 제게로 가져오게 하여 저녁때면 확인하고 있는데, 이 그림이 서재 휴지통에 있었다고 로버트가 말하기에……."

 덴버스 부인의 모습을 보자 나는 완전히 긴장이 되었다. 처음엔 제대로 목소리가 나오지 않았다. 덴버스 부인은 그 종이 쪽지를 잘 볼 수 있도록 내 앞으로 내밀었다. 그것은 아침 나절에 내가 그렸던 서투른 스케치였다.

"덴버스" 얼마 있다가 나는 말했다. "그런 건 버려도 돼요. 그냥 스케치한 거니까요. 그런 건 이제 필요없어요."

"알겠습니다" 하고 덴버스는 말했다. "저는 뭐가 잘못이 생기면 안 되므로 아씨께 직접 여쭤 보는 편이 좋으리라고 생각했습니다."

"버려도 돼요" 하고 나는 말했다. "물론 아무 상관없어요."

틀림없이 돌아서서 나가리라 생각했는데 덴버스는 그대로 문 옆에 서 있었다.

"그럼, 아직도 의상을 결정하시지 못했습니까?" 하고 덴버스는 말했다. 그 목소리 속에는 조금 비웃는 어조와 만족해하는 눈치가 엿보였다. 틀림없이 내가 고심참담하고 있다는 것을 클라리스를 통해 어떤 수단을 써서 알아 냈음이 분명하다는 생각이 들었다.

"그래요." 하고 나는 말했다. "아직 결정하지 못했어요."

덴버스는 한 손으로 문 손잡이를 잡은 채 계속 나를 바라보고 있었다.

"아마도 아씨께서는 아직 진열실 안에 있는 그림을 참고로 하시지 않은 것 같은데요" 하고 그녀는 말했다. 나는 손톱을 문지르는 시늉을 했다. 내 손톱은 아주 짧고 약했지만, 그래도 그렇게 하고 있으면 그녀를 보지 않아도 되기 때문이다.

"그래요, 하지만 그럴까 하고 생각중에 있어요." 나는 말했다. 그러나 속으로는 왜 그 생각이 지금까지 한번도 떠오르지 않았을까 하고 생각했다. 그것은 분명 내가 빠진 곤경에 대해 아주 효과 있는 해결 방법이었다. 그러나 나는 그런 눈치를 그녀에게 보이고 싶지 않았다. 그래서 계속 손톱을 문질러 댔다.

"진열실 안에 있는 그림은 모두 훌륭한 의상의 참고가 될 만한 것 뿐입니다" 하고 덴버스 부인은 말했다. "특히, 모자를 손에 들고 있는 흰 옷의 귀부인이 그렇습니다. 아마 주인 어른께서는 시대적인 무도회를 여시지는 않을 테니까 분명 모두들 보조를 맞춰 대개 비슷한 가장을 하리라고 믿습니다. 광대가 곱게 얼굴을 다듬은 귀부인과 함께 춤을 추는 일은 아무래도 보기 좋다고 할 수 없습니다."

"하지만 변화가 많은 것을 좋아하는 사람도 있잖아요" 하고 나는 말했다. "그런 사람들은 그러는 편이 훨씬 재미있다고 생각할지도 몰라요."

"하지만 저로선 도저히 좋게 볼 수 없습니다" 하고 텐버스 부인은 말했다. 그녀의 목소리는 놀라울 정도로 정상적이고 친근감을 띠고 있었다. 도대체 그녀는 무슨 작정으로 내가 버린 스케치를 들고 일부러 찾아왔을까 하는 생각이 들었다. 드디어 그녀도 나와 사이좋게 지내려고 생각한 것일까? 아니면 파벨의 일을 맥심에게 말한 것을 내가 아니라는 것을 깨달은 것일까? 그리고 이것이 나의 침묵에 대한 그녀의 감사란 말인가?

"주인 어른께서는 의상에 대해 아무 말씀도 없으셨습니까?" 그녀는 말했다.

"그래요" 하고 나는 잠시 주저하다 말했다. "난 그분과 클로리 씨를 깜짝 놀라게 해줄 생각이에요. 그래서 그 두 사람에게는 의상에 대한 일을 전혀 알리지 않을 참이에요."

"물론 제가 옆에서 주제넘게 말씀드릴 일은 아닙니다만" 하고 그녀는 말했다. "의상을 정하시게 되면 런던에서 만들게 하는 게 좋으실 겁니다. 이 고장에는 그런 일을 제대로 할 수 있는 사람이 하나도 없습니다. 본드 거리의 보스가 아주 잘 만듭니다."

"잘 기억해 두겠어요" 하고 나는 말했다.

"그러십시오" 하고 그녀는 말했다. 그리고 문을 열면서 말을 계속했다. "만일 제가 아씨라면 저는 진열실에 있는 그림, 특히 아까 말씀드린 그림을 잘 연구할 겁니다. 제가 배신하지 않을까 하고 걱정하실 필요는 없습니다. 저는 아무에게도 입을 열지 않을 테니까요."

"고마워요, 덴버스." 나는 말했다. 그녀는 살그머니 문을 닫았다.

나는 그대로 옷을 갈아 입으면서, 요전에 만났을 때와는 전혀 다른 덴버스의 태도가 아무래도 이해가 되지 않았다. 이 점에 대해서는 그 불쾌한 파벨에게 감사를 해야 할 것인가? 그 남자는 레베카의 사촌이라고 한다. 맥심은 왜 레베카의 사촌을 싫어하는 것일까? 그는 왜 파벨이 만더레이에 오는 것을 금지했을까?

베아트리스는 파벨을 보고 경솔한 사람이라고 했다. 그리고 그에 대해 그다지 자세한 말을 하려고 하지 않았다. 그러나 생각하면 할수록 베아트리스가 한 말이 옳은 것처럼 생각되었다. 그 타는 듯한 파란 눈, 헤벌쭉한 입술, 스스럼없이 웃는 얼굴. 이 사나이를 호인으로 생각하는 이도 있을 것이다.

이를테면 상품 진열대 뒤에서 킬킬대는 과자집 여종업원이라든가, 영화관에서 프로그램을 나누어 주는 안내양이라든가, 그가 미소를 띠고 나직하게 휘파람을 불면서 그런 처녀들을 쳐다보는 모습을 나는 상상할 수 있었다. 그 눈초리와 휘파람 부는 모습은 차마 눈뜨고 바라볼 수 없는 광경이리라.

그는 대체 이 만더레이의 일을 어느 정도 알고 있는 것일까 하고 나는 생각했다. 그의 태도는 아주 염치가 없으며, 쟈스퍼도 확실히 그를 알고는 있지만, 이 두 가지 사실은 맥심이 덴버스 부인에게 한 말과는 일치되지 않았다.

게다가 내 머릿속에 있는 레베카에게 어떻게 잭 파벨 같은 사촌이 있을 수 있단 말인가? 그것은 잘못된 일 같았고, 마치 균형이 잡히지 않은 일만 같았다. 그는 온 집안 사람들의 눈엣가시였다. 레베카는 관대한 마음으로 그를 때때로 가엾게 여겼으며, 맥심이 싫어하는 것을 알고 그가 없는 사이에 만더레이로 초대하곤 했을 것이다. 이 일로 두 사람 사이에 입씨름이 있었을지도 모른다고 나는 생각했다. 레베카가 그를 변호한다. 그리고 그런 일이 있은 뒤로 그의 이름은 늘 거북하게 입에 오르내렸을 것이리라.

나는 만찬을 들기 위해 식당 안 늘 앉는 자리에 앉았다. 맥심은 식탁의 윗자리에 앉아 있었다. 그때 나는, 내가 지금 앉아 있는 곳에 앉아 생선을 먹기 위해 포크를 집어드는 레베카의 모습을 상상했다. 전화 벨이 울린다. 그러자 프리스가 식당에 들어와 이렇게 말한다.

"파벨 님께서 전화로 아씨께 뭔가 드릴 말씀이 있답니다." 그 말에 레베카는 의자에서 일어선다. 아무 말도 없이 생선을 먹고 있는 맥심의 눈치를 살피면서. 이윽고 레베카는 전화를 받고 다시 자리에 앉아, 두 사람 사이의 어색함을 쫓기 위해 예사롭게 명랑한 말투로 무언가 다른 이야기를 지껄여 댄다. 처음에 맥심은 무뚝뚝하게 간단히 대답을 할 뿐이지만, 그녀는 그날 있었던 일이며 케리스에서 만난 사람들의 이야기를 해서 조금씩 그의 기분을 바꾸어 간다. 이윽고 둘이서 다음 요리를 먹어치웠을 무렵에는 그는 다시 웃고 있다. 그녀 쪽을 보고 미소를 지으면서 식탁 너머로 손을 내민다…….

"무슨 생각을 하고 있소?" 하고 맥심이 말했다.

나는 깜짝 놀라 얼굴을 붉혔다. 아마도 시간으로 따지면 겨우 60초 가량의 짧은 동안에 나는 완전히 레베카가 되어, 지루하고 재미 없는 나라는 여자는 이 세상에 존재하지도 않고 만더레이에 한번도 온 일이 없는 듯한 기분이 들었던 것이다. 나는 몸과 마음이 모두 과거 시대로 되돌아가 있었다.

"당신이 생선도 먹지 않고, 이상야릇한 광대놀이를 하고 있었다는 것을 자신도 알고 있소?" 맥심이 말했다. "처음엔 전화 소리라도 듣는 것처럼 당신이 귀를 기울이고 있더군. 그러더니 입술을 움직이며 흘금 나를 곁눈으로 쳐다보았어. 그리고는 머리를 흔들고 미소를 띠며 어깨를 들썩거렸단 말이야. 이 모든 것이 1초 동안에 이루어진 일이오. 가장 무도회를 위해 표정 연습이라도 하는 거요?"

그는 웃으면서 식탁 너머로 나를 쳐다보았다. 만일 그가 나의 생각과 기분과 마음을 확실히 알았다면, 그리고 또 이 순간에 그가 과거의 맥심이고 내가 레베카였다는 것을 알았다면, 그는 무어라고 말할까 하는 생각이 들었다.

"당신은 마치 무슨 나쁜 짓이라도 한 사람 같군" 하고 그는 말했다.

"왜 그러오?"

"아무것도 아니에요." 나는 허둥지둥 말했다. "전 아무것도 하지 않았어요."

"무슨 생각을 했는지 말해 보오."

"왜 말을 해야 하나요? 당신은 당신이 생각하는 일을 한 번이라도 저에게 말씀하신 적이 있나요."

"하지만 당신은 지금까지 한 번도 나에게 물은 적이 없잖아."

"아니, 한 번 여쭈어 본 일이 있어요."

"기억이 나지 않는데."

"우리가 서재에 있을 때."

"글쎄, 그런 일이 있었는지도 모르지. 그래, 그때 내가 뭐라고 했소?"

"미들섹스의 상대 팀으로 서리 사이드가 뽑혔나 어찌 되었나 하는 것을 생각하고 있던 참이라고 말씀하셨어요."

맥심은 또 웃었다. "아마 당신은 실망했겠지. 그때 당신은 내가 무슨 생각을 하고 있는 줄 알았소?"

"그것과는 전혀 다른 일을."

"이를테면 어떤 것?"

"모르겠어요."
"아마 그렇겠지. 하지만 그때 내가 만약 서리와 미들섹스의 일을 생각하고 있었다고 말했다면, 나는 틀림없이 서리와 미들섹스의 일을 생각하고 있었던 걸 거요. 남자들이란 당신이 생각하고 있는 것보다 훨씬 단순하니까. 그러나 여자의 복잡한 마음 속에서 무엇이 일어나고 있는가 하는 문제라면, 아무도 도저히 예상할 수 없을 것이오. 당신이 방금 마치 다른 사람이 되다시피 해서 여느 때와는 전혀 다르던데."
"그래요? 어떤 표정이었나요?"
"뭐라고 설명할 수 없어. 갑자기 당신은 아주 나이가 들어 보이고 방심할 수 없는 얼굴 표정이 되더군. 그다지 좋아 보이는 표정이 아니었어."
"전 그런 기분은 전혀 없었어요."
"그럴 테지. 나도 아마 그럴 거라고 생각하오."
나는 입에 컵을 대고, 그를 물끄러미 바라보며 물을 조금 마셨다.
"제가 늙어 보이는 게 싫으신가요?" 나는 말했다.
"싫소."
"왜요?"
"당신답지 않으니까."
"하지만 언젠가는 저도 할머니가 될 거예요. 안 될 수가 없잖아요. 머리가 희어지고, 주름이 생기고, 여러 가지로 달라지겠지요."
"그런 건, 난 아무렇지도 않아."
"그렇다면 지금 말씀하신 것은 무슨 뜻이지요?"
"당신이 방금 지었던 것과 같은 얼굴 표정이 난 싫단 말이오. 입술은 비뚤어지고, 눈에는 어떤 지식이 번뜩이고 있었어. 그러나 그것은 올바른 종류의 지식은 아니었소."

나는 몹시 호기심이 일었다. 차라리 흥분했다고 해도 좋을 것이다.

"그게 무슨 뜻이지요? 맥심, 올바르지 않은 지식이란 어떤 지식인가요?"

그는 잠시 대답을 하지 않았다. 프리스가 아까부터 방에 들어와 접시를 바꾸고 있었다. 맥심은 프리스가 커튼 뒤에 가려져 하인 방 문에서 저쪽으로 사라지기를 기다렸다가 다시 말을 시작했다.

"내가 당신을 처음 만났을 때, 당신 얼굴엔 어떤 종류의 표정이 엿보였었지." 그는 천천히 말했다. "그 표정은 아직도 기억에 남아 있어. 나는 그걸 한 마디로 뚜렷이 나타낼 생각은 없소. 그건 나로선 할 수 없는 일이기 때문이오. 그러나 그건 내가 당신과 결혼한 까닭의 하나였지. 그러나 아까 당신이 그 이상한 연극을 하고 있었을 때에는 그 표정이 사라져 버리더군. 그 대신 다른 표정이 떠오르더란 말이오."

"어떤 표정이요? 확실히 설명해 주세요, 맥심." 나는 열심히 말했다.

그는 눈썹을 치켜올리고 휘파람을 휙 불면서 잠시 나를 쳐다보고 있었다. "아직 어렸을 때, 당신은 어떤 종류의 책을 읽지 못하도록 금지 당했던 일이 있었을 거요. 당신 아버지는 아마도 그런 책을 책장 속에 넣고 잠가 두었을 테지?"

"네." 나는 말했다.

"그렇다면 말하겠는데, 남편이란 결국 아버지와 그다지 다를 게 없단 말이오. 나로서는 당신이 지니지 말았으면 하는 종류의 지식이 있소. 그런 것은 꼭꼭 잠가 두는 편이 좋을 것 같소. 말하자면 그런 뜻이지. 자, 그럼 이제 그 복숭아를 먹어요. 그리고 더 이상 아무것도 묻지 마오. 그렇지 않으면 나는 당신을 구석에 처박아 버릴

지도 몰라."

"난 마치 여섯 살 난 여자아이 같은 취급을 받고 싶지 않아요." 나는 말했다.

"그럼, 어떤 취급을 받고 싶단 말이오?"

"다른 남자들이 자기 아내를 대하는 식으로."

"그럼, 당신을 두들겨패란 말이오?"

"이상한 말씀은 하지 마세요. 어째서 당신은 뭐든지 얼렁뚱땅 넘기려 하시지요? 그렇지 않으면 직성이 풀리지 않나요?"

"얼렁뚱땅 넘기는 게 아니오. 아주 심각한 얘기지."

"아뇨, 그렇지 않아요. 당신 눈을 보면 잘 알수 있어요. 당신은 늘 나를 놀려 대고 있는 거예요. 마치 내가 아무것도 모르는 어린 여자 아이인 것처럼."

"'이상한 나라의 앨리스'지. 이건 내 걸작이오. 허리띠와 리본을 샀소?"

"가장한 나를 보시면, 아마 당신은 깜짝 놀라실 거예요."

"틀림없이 그럴 테지. 어서 복숭아나 들어요. 입에 잔뜩 넣은 채로 말을 하면 안돼. 난 식사가 끝나면 편지를 많이 써야만 하오."

그는 내가 다 먹을 때까지 기다리지 않았다. 일어서더니 방안을 서성거렸다. 그리고 나서 프리스에게 서재로 커피를 가져오라고 명령했다. 나는 아직도 새침하니 앉아 있었다. 될 수 있는 대로 느릿느릿 행동하여 일을 빨리 해내지 못하게 하여 프리스를 초조하게 해주리라 생각했지만, 프리스는 나와 내 복숭아에 대해서는 조금도 신경을 쓰지 않고 곧 커피를 가지고 갔다.

맥심은 서재로 가 버렸다. 나는 식사가 끝나자, 그림을 한번 훑어 보기 위해 이층 진열실로 갔다. 그 그림들에 대해서는 이미 나도 잘 알고 있었지만, 가장 무도회에 입을 의상으로 그 중에서 하나를 보고 그대로 본떠 그리려고 생각한 적은 아직 한 번도 없었다. 물론 덴버스 부인이 말한 대로였다. 지금까지 이런 생각을 못 했다는 것은 얼마나 우둔한 일인가.

모자를 손에 들고 있는 흰 옷의 소녀상은 내가 늘 좋아했던 것이다. 그것은 레번이 그린 맥심의 4대 전 조상의 누이인 캐롤라인 드 윈터의 초상이었다. 이 부인은 민주당원인 대정치가와 결혼하여 오랫동안 런던에서 그 아름다운 미모로 이름을 떨쳤었는데, 이 초상은 그녀가 아직 결혼하기 전에 그려진 것이었다. 흰 의상은 모방하기에 그다지 힘들지 않을 것이다. 넓게 벌어진 소매, 옷자락에 달린 장식, 자그마한 웃옷 등…… 그러나 모자는 좀 어려울 것 같았다.

그리고 나는 가발을 써야 하리라. 나의 곧은 머리는 아무리 해도 저렇게 곱슬곱슬해지지 않을 것이다. 아마 덴버스 부인에게서 들은, 런던의 보스가 모든 것을 다 잘해줄 테지. 그 가게로 초상의 스케치와 몸의 치수를 적어 보내어 옷을 꼭 그대로 잘 만들어 달라고 하면 되는 것이다.

겨우 결정이 되어, 정말 마음이 놓였다! 가슴이 후련했다. 나는 머지않아 닥칠 무도회의 일까지 여러 가지로 상상해 볼 수 있었다. 아마 나도 어린 클라리스와 마찬가지로 그것을 즐길 수 있으리라.

다음날 아침, 나는 보스 의상점에 편지를 써서 초상 스케치와 함께 넣어 보냈다. 그러자 대강대강 짐작해서 보낸 내 주문에 대하여 신중하게 주의를 기울여서 쓰여진 반가운 회답을 보내어 왔다. 의상도 제 때에 입을 수 있도록 보낼 것이며, 가발도 늦지 않게 보내주겠다는 것이었다.

클라리스는 흥분을 억누르지 못했다. 나도 그날이 다가옴에 따라, 무도회 생각에 마음이 들뜨기 시작했다. 그날 밤에는 가일스와 베아트리스도 오게 되어 있었다. 많은 사람들에게 우선 만찬을 베푸는 것이 관행이었지만, 고맙게도 이번에는 두 사람 말고는 아무에게도 음식을 대접하지 않기로 했다. 그날은 틀림없이 연회가 크게 벌어질 것이라고 나는 미리부터 생각하고 있었는데, 맥심은 만찬을 갖지 않기로 결정한 것이다.

"무도회를 여는 것만도 아주 힘든 일이오" 하고 그는 말했다. 과연 그는 나를 위해서 그렇게 한 것일까, 아니면 그가 말하듯이 정말로 많은 사람들이 모이는 것을 귀찮게 생각하고 있는 것일까 하고 나는 생각했다. 지난날의 만더레이의 연회에 대해 나는 지금까지 여러 번 들어왔다. 그 무렵엔 손님이 너무 많아서, 욕실이며 소파 위에서도 잤다고 한다. 그러나 이번에는 집에 묵는 손님은 베아트리스와 가일스뿐 넓은 집안에는 우리만 있게 된다.

집안에는 어수선한 공기가 떠돌기 시작했다. 홀에는 무도용 마루를 깔기 위해 여러 명의 남자들이 찾아왔다. 응접실에는 벽을 따라 긴 식탁을 놓기 위해 가구를 여러 개 움직였다. 테라스와 장미 화원에는 임시로 전등을 달았다. 어디를 가보나 무도회를 위한 준비가 이루어지고 있었다. 영지 내의 인부가 곳곳에서 일하고 있었다.

프랭크는 거의 매일처럼 점심때 찾아왔다. 하인들은 오로지 무도회에 대한 일만을 이야기했고, 프리스는 그날 밤 일이 모두 자기 혼자에게만 책임 지워진 듯이 거드럭거리며 돌아다니고 있었다.

로버트는 머리가 좀 모자란 듯 늘 무언가를 잊어버리고 있었다. 이를테면 점심때 냅킨을 잊어 버린다거나 잘못 알고서 야채를 나누어 주기도 했다. 그리고 마치 기차를 놓칠까 봐 어쩔 줄 모르는 사람처럼 안절부절못했다.

개들이 가여웠다. 쟈스퍼는 꼬리를 다리 사이에 감추고 홀 안을 왔다갔다하며 인부들이 눈에 띄는 대로 물어뜯기도 했다. 또 테라스에 서서 멍청하니 짖고 있는가 하면, 미친 듯이 잔디밭 구석으로 달려가

정신 없이 풀을 뜯어먹었다.
 덴버스 부인은 결코 주제넘게 행동하지 않았으나, 나는 그녀의 존재를 계속 의식하고 있었다. 모든 사람이 테이블을 놓기 위해 응접실에 왔을 때, 나는 거기서 부인의 목소리를 들었다. 홀에 무도용 마루를 까는데 여러 가지로 지시를 내리고 있던 것도 덴버스였다. 내가 그곳에 가면, 덴버스는 언제나 곧 모습을 감추었다. 나는 문으로 엿보이는 덴버스의 스커트를 보거나 계단에서 울려 오는 발자국 소리를 들을 따름이었다.
 나는 그야말로 아무 쓸모가 없었으며, 사람에게도 동물에게도 전혀 도움이 되지 못했다. 다만 여기저기 버티고 서서 걸리적거릴 따름이었다.
 "죄송합니다, 아씨." 뒤에서 한 사나이가 말한다. 그리고 그 사람은 온통 얼굴에 땀투성이가 되어 의자를 두 개 둘러메고, 아첨하는 듯한 웃음을 띠며 내 옆을 지나간다.
 "어머나, 미안해요" 하고 나는 재빨리 옆으로 비키면서 말한다. 그리고 내가 하릴없이 어정거리는 것이 미안해서 "저도 도와 드릴까요? 그 의자를 서재로 가져가나요?" 하고 말을 건다. 그러면 사나이는 깜짝 놀란 얼굴을 한다. "아씨, 덴버스 부인은 방해가 된다면서 이것을 뒤뜰에 갖다 놓으라고 하셨는데요."
 "그래요" 하고 나는 말한다. "물론 그렇겠죠. 참으로 난 정신이 없군. 그분이 말씀한 대로 뒤뜰로 가져가세요." 그리고 나는 나도 바쁘다는 것을 그에게 알리고 싶은 어리석은 생각에서, 종이하고 연필이 어디 있더라 하는 따위의 말을 입 속으로 중얼거리며 부지런히 걸어간다. 그러면 그 사나이는 놀라운 표정을 지으며 홀을 가로질러 가지만, 그 사람이 나에게 조금도 속지 않았다는 것을 나는 알 수 있었다.

무도회 전날 아침은 안개가 자욱하게 끼고 흐렸다. 그러나 청우계가 높이 올라가 있었으므로 우리는 조금도 걱정하지 않았다. 안개는 좋은 징조였다. 맥심이 예언하던 대로 11시 무렵이 되자 안개가 걷혔다. 그리고 푸른 하늘에 한 점의 구름도 없는 쾌청하고 조용한 여름날이 되었다.

정원사들은 오전 중에 줄곧 여러 가지 꽃——늦게 피는 흰 라일락, 5피트나 되는 커다란 류핀이며 손바닥난초, 수많은 장미, 모든 종류의 백합 등을 집안으로 날라왔다. 덴버스 부인도 드디어 모습을 나타내었다. 그리고 침착하고 조용한 목소리로 꽃을 놓을 장소를 정원사들에게 지시하고 있었다. 그리고 직접 꽃을 갖다 놓기도 하고, 재빠르고 익숙한 솜씨로 화분을 쌓아올리기도 했다. 그녀가 연방 꽃병을 정돈해 놓으며 그것을 직접 원예실에서 응접실이며 그 밖의 여러 곳으로 나르기도 하고, 꽃병의 수와 꽃의 많고 적음을 잘 어울리도록 마음써서 빛깔이 있는 것을 놓을 곳엔 빛깔이 있는 것을 놓고, 점잖게 꾸며야 할 장소엔 벽이 드러나 보이도록 하는 모습을 나는 황홀한 듯이 바라보고 있었다.

맥심과 나는 모든 사람들이 방해가 되지 않도록, 사무실 옆의 프랭크가 혼자 기거하는 집에서 그와 함께 점심을 먹었다. 세 사람 모두 마치 장례식을 마치고 난 뒤처럼 어느 정도 기운이 났고 들뜬 기분이었다. 그리고 앞으로 닥칠 일을 생각하면서 아무렇지도 않은 일을 가지고 쓸데없는 농담을 주고받았다.

나는 결혼날 아침과 비슷한 기분이 들었다. 그것은 돌이키기에는 이미 너무도 깊이 들어온 숨막힐 듯한 느낌이었다. 저녁에도 그런 기분으로 지내야만 했다. 그런데 다행히도 보스 의상점에서 마침 알맞게 의상을 보내 왔다. 얇은 종이로 싼 그 의상은 두말할 나위도 없이 썩 훌륭해 보였다. 가발도 근사했다. 나는 아침 식사 뒤에 시험삼아 입어 보았다. 그리고 돌변한 나의 모습에 깜짝 놀랐다. 여느 때의 나와는 전혀 다른 아주 아름다운 여자로 보였다. 전혀 나 같지가 않았다. 좀더 재치있고 좀더 발랄하고 싱싱한 여자로 보였다. 맥심과 프랭크는 내 의상에 대해 늘 묻고 있었다.

"당신들은 아마 나를 몰라 볼 거예요" 하고 나는 두 사람에게 말했다. "두 분이 모두 깜짝 놀랄 거예요."

"설마 광대로 가장할 건 아니겠지?" 하고 맥심은 언짢은 듯이 말했다. "재미있게 하려고 이상한 흉내를 내는 건 아니겠지?"

"아니오, 그렇지 않아요" 나는 일부러 거드름을 피우며 엄숙하고 무게 있게 대답했다.

"'이상한 나라의 앨리스'가 되면 좋을 것 같은데, 나는" 하고 그는 말했다.

"그렇지 않으면, 머리가, 그러니까 쟌 다르크가 되시든지요." 프랭크가 수줍은 듯이 말했다.

"전 그런 것으로 분장할 생각은 한번도 해본 적이 없어요" 하고 나는 쌀쌀하게 말했다. 그러자 프랭크는 조금 얼굴을 붉혔다.

"아씨께서 어떻게 꾸미시든 우리는 모두 호감을 가질 것입니다." 프랭크는 거드름을 피우며 말했다.

"부추기지 말게, 프랭크" 하고 맥심은 말했다. "그냥, 근사한 분장 생각만으로 가슴이 뿌듯해서 정신을 못 차리고 있는 형편이니까. 그러나 누님은 아마 당신이 분수 없이 행동하도록 내버려두지 않을 거요. 그래서 좀 마음이 놓이긴 해. 만일 당신 의상이 마음에 들지 않으면 누님은 금방 당신한테 그렇다고 말할 것이오. 고맙게도 베아트리스 누님은 그런 경우엔 늘 결점을 찾아 내거든. 지금도 기억하고 있지만, 언젠가 누님은 폼파도울 부인으로 분장한 일이 있었지. 그런데 만찬에 참석하려고 아장아장 걸어오는데 가발이 들떠 버렸잖겠소.

그러자 누님은 그 팔팔한 목소리로 '이렇게 성가신 건 더 참을 수 없군' 하며 가발을 의자 위로 내팽개치고, 그날 밤 내내 여느 때의 단발 모습으로 있었단 말이오. 그때 누님은 파르스름한 비단 치마를 입고 있었는데, 의상이야 어떻든지간에 그 모습이 어떠했으리라는 것은 당신도 아마 상상할 수 있을 거요. 가엾은 가일스는 그 해에 그리 활기 있어 보이지 않더군. 그는 요리사로 분장하고 왔었는데 밤새도록 아주 초라한 모습으로 술집 안에만 앉아 있었어. 아마 누님 때문에 면목이 없었던 모양이야."

"아니, 그건 그렇지 않습니다." 프랭크가 말했다. "주인 어른께서는 잊어버리셨는지 모릅니다만, 가일스 님은 새 암말을 타시다가 잘못하여 앞니를 부러뜨렸던 겁니다. 그분은 그걸 몹시 부끄럽게 여겨 입을 벌리려고 하지 않았던 거지요."

"아, 그랬었군. 가엾게시리. 그는 본디 가장하기를 아주 좋아했는데."

"가일스는 수수께끼놀이를 좋아한다고 베아트리스가 말하더군요" 하고 나는 말했다. "그 댁에서는 크리스마스가 되면 언제나 수수께끼 놀이를 하신대요."

"알고 있소." 맥심은 말했다. "내가 크리스마스를 절대로 누님들과 함께 지내지 않는 것은 그 때문이야."

"부인, 아스파라거스를 더 드시겠어요, 감자를 더 드시겠어요?"

"아니오, 프랭크. 고맙지만, 전 이제 많이 먹었어요."

"당신은 지나치게 신경질적이오." 맥심은 머리를 흔들면서 말했다. "걱정할 것 없소. 내일 이맘때쯤은 다 끝날 텐데, 뭐."

"저도 진심으로 그렇게 되길 바라고 있습니다." 프랭크가 진지하게 말했다.

"자동차는 오전 다섯 시에 모두 움직일 수 있도록 잘 일러 두었습니다."

나는 힘없이 웃었다. 눈물이 글썽해졌다. "맥심" 하고 나는 말했다.

"모든 분에게 오시지 말라고 전보를 쳐 주시지 않겠어요?"

"자, 기운을 내서 해보는 거요." 맥심은 말했다. "이번만 끝나면 이제 앞으로 몇 년이고 안 해도 되니까. 프랭크, 우리도 이젠 슬슬 집으로 가야 하지 않겠나. 자네는 어떻게 생각하나?"

프랭크는 동의했다. 나도 마지못해 두 사람 뒤를 따라갔다. 프랭크가 혼자 사는 집안에서도 가장 전형적인, 그러나 오늘은 평화와 안일의 상징으로 보이는 그 답답하고 그다지 있을 만한 곳이 못 되는 작은 식당을 나오기가 나는 웬일인지 싫었다.

집으로 돌아가 보니 벌써 악대가 도착해서, 얼굴이 벌개 가지고 조금 기분이 언짢은 듯이 홀 가운데 서 있었다. 프리스는 전에 없이 엄숙한 태도로 그 사람들에게 다과를 대접하고 있었다. 악대는 그날 밤 우리들의 빈객이었다. 우리는 그 사람들에게 인사를 하고, 그 장소에 어울리는 조금 속이 들여다보이는 농담을 주고받았다. 이윽고 악대는 대기실로 갔다. 잠시 쉰 다음 저택 안을 한 바퀴 돌아보게 하였다.

오후는 지루하게 지나갔다. 마치 여행하기 전 이제 출발하려고 짐을 꾸리고 자물쇠를 채우고 난 뒤의 마지막 시간처럼. 나도 쟈스퍼와 마찬가지로 거의 어쩔 줄 모르며 이 방에서 저 방으로 헤매고 돌아다녔다. 쟈스퍼는 비난하는 듯한 모습으로 내 뒤를 따라다녔다. 내가 도울 수 있는 일은 아무것도 없었다. 그러므로 나는 개를 데리고 한참 동안 산책을 하며 차라리 집에 없는 편이 보다 현명한 짓이었다. 그러나 그렇게 하려고 결심을 했을 때에는 이미 모든 것이 늦었다. 맥심과 프랭크가 차를 가져오라고 명령했다. 차를 마시고 나자 베아트리스와 가일스가 찾아왔다. 저녁이 너무도 빨리 우리에게 닥쳐왔다.

"옛날과 똑같군." 베아트리스는 맥심에게 입맞춤을 하고 주위를 둘러보면서 말했다. "모든 게 다 옛날과 똑같군. 축하해요, 꽃도 근사하고."

내가 있는 쪽을 보고 베아트리스는 덧붙여 말했다. "당신이 꾸몄나요?"

"아니오." 나는 조금 부끄러운 마음으로 말했다. "모두 덴버스 부인이 했어요."

"어머나, 그래요? 그럼……." 베아트리스는 끝까지 말하지 않고 프랭크가 권하는 담뱃불을 받아 붙였다. 그리고 담배에 불이 붙자, 지금 무슨 말을 하려고 했는지 완전히 잊어버린 것 같았다.

"요리는 역시 미첼에게 부탁했나요?" 가일스가 물었다.

"그래요" 하고 맥심은 말했다. "전과 달라진 것은 하나도 없다고 봅니다. 안 그런가, 프랭크? 사무실에는 전에 했던 기록이 모두 남아 있으니까요. 잊어버린 것은 하나도 없습니다. 초대에서 빠진 손님도 한 사람도 없으리라 생각됩니다."

"집안 사람들만 있어서 정말 다행이야." 베아트리스는 말했다.

"아직도 잊어버리지 않았지만, 언젠가 꼭 이맘 때 왔더니 벌써 25명이나 손님이 와 있지 않겠어. 더욱이 그 사람들은 모두 그날 밤 자고 간단 말이야. 그런데 참 당신들은 어떻게 꾸밀 건가요? 아마, 맥심은 전처럼 아무 가장도 않겠지만."

"전처럼……" 하고 맥심은 말했다.

"하지만, 그건 큰 잘못이라고 난 생각해. 만일 네가 한몫 거든다면 좀더 자리가 흥겨울 텐데."

"지금까지 만더레이의 무도회가 한 번이라도 흥겹지 않은 때가 있었습니까?"

"그야 그렇지. 모든 게 다 잘 되었었지. 하지만 주인은 당연히 손수 앞장을 서야 한다고 생각해."

"그러나 나는 여주인공이 하는 것만으로도 충분하다고 생각합니다" 하고 맥심은 말했다. "어째서 나까지 열중해서 이상한 모습으로 바보 같은 모습을 보여야 한단 말입니까?"

"어머나, 그 말은 좀 이상하구나. 바보 같은 모습으로 보이다니, 그런 걱정을 할 필요는 조금도 없어. 이봐요, 맥심, 너 정도의 기량이 있다면 어떤 의상을 입어도 어울릴 거야. 용모와 자태에 대해선 넌 가엾은 가일스만큼 애쓸 필요가 없어요."

"가일스 씨는 오늘 밤 어떤 분장을 하실 건가요?" 하고 나는 물었다. "절대 비밀인가요?"

"아니, 그렇지 않습니다." 가일스는 얼굴이 환하게 밝아졌다. "정말이지 저는 상당히 힘이 들었어요. 의상은 이 고장 양복점에서 만들었는데, 전 아라비아의 족장이 될 겁니다."

"호, 거참" 하고 맥심이 말했다.

"그렇게 나쁘지는 않아." 베아트리스는 감싸듯이 말했다. "가일스는 물론 얼굴에 화장을 하고 안경을 벗을 거야. 터번만은 정말 훌륭해. 동양에 가 있던 친구에게서 빌린 것이거든. 그 밖의 부분은 양복점에서 무슨 그림을 보고 비슷하게 만든 거란다. 그런 모습으로 꾸미면 가일스는 아주 훌륭해 보여."

"당신은 무엇으로 가장하십니까, 레이시 부인?" 프랭크가 말했다.

"난 너무 요란하게 하지 않기로 했어요." 베아트리스는 말했다. "가일스와 어울리도록 동양 의상을 만들었는데, 그렇다고 순수한 동양식도 아니에요. 염주알을 끼운 목걸이를 걸고 얼굴에는 베일을 쓰기로 했어요."

"아주 멋있군요." 나는 얌전히 말했다.

"그렇지, 과히 나쁘지는 않을 것 같아요. 다행히도 베일을 쓰고 있어도 아주 편해요. 너무 무더우면 벗어 버릴 참이지만, 그런데 당신은 어떤 모습을 할 건가요?"

"이 사람에게 물어봐도 소용 없어요." 하고 맥심은 말했다. "아무에게도 말하려 하지 않으니까요. 이 사람이 이렇게 비밀을 지킨 일은 지금까지 없었던 일이에요. 아마 런던에 주문해서 만든 것 같아요."

"저," 베아트리스는 어느 정도 놀란 듯이 말했다. "설마 가슴 위를 다 드러내 놓고 우리에게 부끄러운 생각을 품게 하는 건 아니겠지요? 내 의상은 물론 손수 만든 거예요."

"걱정하시지 않아도 돼요." 나는 웃으면서 말했다. "그렇게 유별난 의상은 아니에요. 다만 맥심이 너무 놀려 대니까, 그렇다면 잠자코 있다가 깜짝 놀라게 해주겠다고 맥심과 약속한 거죠."

"그건 무리도 아니로군요." 가일스가 말했다. "아무튼 맥심은 좀 높은 자리에 있으니까요. 솔직히 말해서 맥심은 마음속으로는 자기도 우리처럼 가장을 했으면 하고 부끄러워하면서도 그걸 입 밖에 내지 않으려고 하는 겁니다."

"아아, 이건 못당하겠군" 하고 맥심은 말했다.

"자네는 어떻게 할 건가, 클로리?" 가일스가 물었다.

프랭크는 무언가 사과하는 듯한 태도를 취했다. "저는 줄곧 너무 바빴기 때문에 지금까지 어쩔 도리가 없었어요. 그래도 어젯밤에 헌 바지와 줄무늬가 있는 풋볼 셔츠를 찾아 냈어요. 그것을 입고 눈 위에 안대를 하고 해적으로 분장할 참입니다."

"당신은 왜 의상을 빌려 달라고 우리에게 편지를 하지 않았어요?" 베아트리스가 말했다. "우리 집에는 로쟈가 지난 겨울에 스위스에서 가지고 온 네덜란드 사람의 의상이 있어요. 그거라면 당신에게 참 잘 어울릴 것 같은데."

"내 대리인이 네덜란드 사람이 되어 돌아다니는 일은 아무래도 허락할 수 없어요" 하고 맥심은 말했다. "그런 꼴을 하면, 그는 이제 아무한테서도 땅값을 받아 낼 수가 없을 겁니다. 차라리 해적으로 분장하는 편이 좋아요. 그러면, 아마 개중에는 무서워할 사람도 있을지 모르니까요."

"해적이라니, 그야말로 이 사람에게는 가장 어울리지 않는 분장이에요." 베아트리스는 내 귀에 입을 대고 속삭였다.

나는 못 들은 체했다. 가엾은 프랭크, 베아트리스는 늘 그를 업신여기고 있었다.

"얼굴에 분칠을 하려면 시간이 얼마나 걸릴까?" 가일스가 물었다.

"적어도 두 시간은 걸려요." 베아트리스는 말했다.

"만일 내가 당신이라면 이제 슬슬 그 일을 생각할 거예요. 만찬을 함께 할 사람은 몇 사람이나 되지?"

"열 여섯입니다." 맥심은 말했다. "우리까지 모두 합해서요. 모르는 사람은 하나도 없습니다. 모두 누님이 알고 있는 사람뿐입니다."

"슬슬 무도회 분위기가 무르익어 가는 것 같군." 베아트리스는 말했다. "얼마나 즐거운지 모르겠어. 네가 또 무도회를 열어 주어서 난 정말 기뻐하고 있어, 맥심."

"그런 말이라면 이 사람에게 해야 합니다" 하고 나에게 고개를 끄덕여 보이면서 맥심은 말했다.

"어머, 그럴 리가 있어요" 하고 나는 말했다. "모두 크로완 부인 덕택이에요."

"바보 같은 소리." 맥심은 나를 보고 미소를 지으면서 말했다. "당신은 마치 무도회에 처음 나가는 어린아이처럼 안절부절못하고 있군."

"그렇지 않아요."

"당신 의상을 보고 싶어요" 하고 베아트리스가 말했다.

"조금도 별스러운 게 아니에요, 정말로" 하고 나는 거듭 말했다.

"아씨께서는 알아보는 사람이 아무도 없을 것이라고 말씀하십니다." 프랭크가 말했다.

모두들 내 쪽을 보며 미소지었다. 나는 기뻐서 얼굴을 붉혔다. 어쩐지 행복한 기분이 들었다. 모두들 나에게 친절하게 대해 준다. 모두들 호의를 갖고 대해 준다. 무도회에 대한 일을 생각하고, 내가 여주인공이라는 생각을 하니 갑자기 즐거워졌다.

내가 신부이기 때문에, 무도회는 나에게 경의를 표하기 위해 열리는 것이다. 나는 서재 테이블에 걸터앉아 두 다리를 흔들거리고 있었다. 다른 사람들은 내 주위에 서 있었다. 그때 나는 이층에 올라가 의상을 입어 보고 화장대 앞에서 가발을 써 보기도 하고, 벽에 걸린 큰 거울 앞에서 여러 가지 모습을 비쳐 보고 싶었다. 내가 중요한 사람이 되었다는 것, 가일스도 베아트리스도, 프랭크도, 맥심도 모두 나를 바라보며 내 의상 이야기를 하고 있다는 이 예기치 못한 감정은 처음 맛보는 전혀 새로운 것이었다.

나는 얇은 종이에 싸인 보드라운 흰 의상을 생각했다. 그것은 통통하지도 않고 매력도 없는 몸과 처진 어깨의 결점을 얼마나 감쪽같이 숨겨 줄 것인가. 나는 또 곧은 머리칼 위에 매끄럽게 빛나는 고수머리가 놓일 생각을 했다.

"지금 몇 시나 되었나요?" 나는 하품을 하면서 예사롭게 말했다.

"이제 이층에 가도 될 때가 아닌가요?"

각자 자기들 방으로 가는 도중 홀을 지나갈 때 집 전체가 무도회를 위해 얼마나 어울리게 꾸며졌으며, 방마다 모두 얼마나 아름답게 보이는가를 비로소 깨달았다. 우리들만이 있을 때는 형식적이고 차갑게

만 보이던 응접실까지도 지금은 산뜻하게 빛나고 있었다. 어느 구석에나 꽃이 놓여 있고, 빨간 장미가 은 화분에 심어져 흰 식탁보 위에 놓여져 있다. 긴 창문은 테라스를 향해 열려 있었는데, 해가 지면 곧 그곳에 꼬마 전구가 켜질 예정이었다.

악대는 홀 위의 진열실에서 악기를 쌓아 올리며 준비를 하고 있었다. 홀 자체에도 기대에 찬 기묘한 분위기가 감돌고 있었다. 아주 조용히 맑게 갠 밤과, 그림 밑의 꽃과, 그리고 또 천천히 넓은 돌계단을 올라갈 때 우리들이 내는 웃음소리 때문에 그 주위에는 지금까지 내가 한 번도 알지 못했던 따사로운 기분이 넘쳐 흐르고 있었다.

낡은 엄숙함은 이제 사라져 버리고 없었다. 만더레이는 그런 일이 있으리라고는 도저히 믿을 수 없을 정도로 다시 생기 있게 되살아났다. 그것은 내가 알고 있는 조용하고도 괴괴한 만더레이가 아니었다. 지금 이 일대에는 그때까지 없었던 어떤 종류의 의미가 덧붙여져 있었다. 발랄한 정기와 함께 쾌적할 정도로 상쾌한 분위기가 감돌고 있었다.

마치 이 집이, 아주 오랜 옛날, 홀이 아직 연회장이었고, 벽에는 무기나 벽포가 걸려 있으며, 남자들이 한가운데 있는 길다란 식탁에 앉아 우리가 지금 웃은 것보다도 더 소리높이 웃고, 술을 마시고, 노래를 부르며, 포석 위에서 꾸벅꾸벅 졸고 있는 개들에게 커다란 고깃덩어리를 던져 주던 시대의 일을 다시 보는 것 같았다. 그리고 훨씬 시대가 흐르고 나면 집안에는 역시 명랑하긴 하나 일종의 아름다움과 위엄이 깃든다. 그리고 내가 지금 분장하려는 캐롤라인 드 윈터가 미뉴에트를 추기 위해 흰 의상을 입고 넓은 돌계단을 내려온다.

가능하다면 세월을 거슬러올라가 그녀의 모습을 보고 싶다고 나는 생각했다. 아주 어울리지 않는 비(非)낭만적인 현대 재즈 식으로 이 집의 품격을 낮추는 일은 하고 싶지 않았다. 그러한 곡은 아마 만더레이에는 어울리지 않을 것이다. 갑자기 나는 덴버스 부인과 똑같은 기분이 들었다. 오늘 밤의 무도회를 시대적인 무도회로 만들고 싶었을 것이다. 가엾은 가일스가 아라비아 족장으로 가장을 하고 아주 의기양양하게 나타나는 모습을 머지않아 보게 될, 여러 인종이 뒤섞인 무도회는 되지 않도록 해야 했을 것이다.

클라리스는 흥분에 못이겨 둥근 얼굴이 새빨개져 가지고 침실에서 나를 기다리고 있었다. 우리는 마치 여학생처럼 얼굴을 마주 보고 킥킥 소리내어 웃었다. 나는 문을 잠그라고 그녀에게 말했다. 엷은 종이는 사각사각 신비스러운 소리를 내었다. 우리는 마치 공범자처럼 서로 나직한 소리로 말을 주고받으며 발끝으로만 가만가만 걸었다.

나는 내가 다시 크리스마스 전날 밤의 어린아이가 된 것 같은 기분이 들었다. 맨발로 방안을 이리저리 걸어다니기도 하고, 조그맣게 웃음을 터뜨리며 목소리를 죽여 가만히 외쳐 보기도 하니, 아주 먼 옛날 양말을 매어달던 밤의 일이 생각났다.

맥심은 그의 화장실 안에 있었다. 그곳에서 오는 통로는 막혀 있었다. 클라리스만이 나의 동맹자이며 사랑하는 친구였다. 의상은 몸에 꼭 맞았다. 클라리스가 서투른 솜씨로 의상의 단추를 채우는 동안 나는 못견디게 초조하면서도 점잖게 서 있었다.

"아씨, 굉장히 예쁩니다" 하고 몸을 뒤로 젖혀 내 모습을 바라보면서 그녀는 연방 말했다. "영국 여왕님이 입으시는 것 같은 의상입니다."

"왼쪽 어깨, 여기가 이상하지 않아?" 하고 나는 걱정스러운 듯이 말했다. "속치마 끈이 안 보여?"

"아뇨, 아씨. 아무것도 안 보여요."

"어때? 어떻게 보이지?" 나는 그녀의 대답도 기다리지 않고 거울 앞에서 이쪽 저쪽을 둘러보고, 눈썹을 찌푸리기도 하고, 미소를 지어 보기도 했다. 나는 이제 전혀 다른 사람이 된 것 같은 기분이 들어, 내 태도 같은 것은 전혀 걱정이 되지 않았다. 나라는 보잘것없는 여자는 드디어 어디론가 사라져 버린 것이다.

"가발을 줘" 하고 나는 흥분해서 말했다. "잘해. 찌그러뜨리면 안 되니까. 머리털이 납작해지면 안 되니까. 그건 얼굴에서부터 쫙 퍼져야만 해."

클라리스는 내 등 뒤에 서 있었다. 나는 큰 거울에 비치는 내 얼굴 저쪽으로 그녀의 둥근 얼굴을 보았다. 그녀의 눈은 반짝이고, 입은 조금 벌어져 있었다. 나는 머리칼을 귀 뒤로 바싹 쓸어넘겼다. 그리고 클라리스를 올려다보고 숨을 죽이고 웃으면서 떨리는 손가락으로 보드랍게 빛나는 가발을 받아들었다.

"클라리스" 하고 나는 말했다. "주인 어른께서 뭐라고 하실까?"

나는 승리감과 미소를 감추려고 나의 쥐털 같은 머리 위에 곱실거리는 가발을 썼다. 그때 누가 찾아와서 문을 두드렸다.

"누구세요?" 하고 나는 허둥거리며 외쳤다. "들어오지 말아요."

"나예요. 걱정하지 말아요" 하고 베아트리스가 말했다. "옷을 다 입었나요? 좀 보여 줘요."

"아니, 안돼요." 나는 말했다. "들어오지 말아요. 아직 준비가 다 되지 않았어요." 당황한 클라리스는 한쪽 손에 머리핀을 잔뜩 들고 내 옆에 와 섰다. 나는 그것을 한 개씩 그녀에게서 받아 넣어 두곤 헝클어진 머리를 잘 매만졌다.

"준비가 다 되면 아래층으로 내려가겠어요. 제 걱정은 마시고 먼저 가세요. 맥심에게 들어오지 말라고 해주세요."

"맥심은 아래층에 있어요" 하고 베아트리스는 말했다. "지금 내가 있는 곳에 와서 올케가 있는 화장실 문을 두드렸지만 전혀 대답이 없다고 하던데. 너무 오래 걸리면 안돼요. 우리는 모두들 호기심에 차 있어요. 정말 거들어 주지 않아도 괜찮나요?"

"네." 나는 초조하게 허둥거리며 외쳤다. "내려가 계세요. 아래층으로 내려가 주세요."

베아트리스는 왜 이런 때 찾아와서 방해를 하는 것일까? 그 때문에 나는 완전히 상기되어 내가 하고 있는 일이 뭐가 뭔지 알 수 없게 되었다. 머리핀을 가발에 꽂다가 손가락을 찔렀다. 이제 베아트리스의 목소리는 들리지 않았다. 아마 복도 저쪽으로 가 버린 모양이다. 과연 그녀는 동양의 의상을 입고 기뻐하고 있는 것일까 또 가일스는 얼굴을 잘 꾸밀 수 있었을까 하고 나는 생각했다. 모든 것이 얼마나 어처구니 없는 짓일까. 우리는 왜 이런 짓을 하는 것일까? 왜 이렇게 어린아이들 같을까?

거울 속에서 나를 물끄러미 바라보고 있는 얼굴은 내가 알 수 없는 얼굴이었다. 틀림없이 눈은 나보다 더 크고, 입은 더 작으며, 살결은 희고 깨끗했다. 머리털은 조그만 구름처럼 머리 위에서 굽실거리고 있었다. 전혀 내가 아닌 그 여자의 모습을 나는 물끄러미 바라보았다. 그리고 미소를 지었다. 그건 새롭고 여유 있는 미소였다.

"이봐, 클라리스!" 하고 나는 말했다. "이봐, 클라리스!" 나는 의상의 스커트를 두 손으로 붙잡고, 장식된 옷자락으로 마루를 휩쓸면서 무릎을 구부려 클라리스에게 절을 했다. 클라리스는 조금 머뭇거리더니 흥분해서 소리내어 웃었다. 그리고 아주 기쁜듯이 얼굴을 붉혔다. 나는 거울에 비치는 내 모습을 바라보면서 거울 앞을 줄곧 왔다갔다했다.

"문을 열어 줘" 하고 나는 말했다. "이제 아래층으로 가야겠어. 먼저 가서 모두들 그곳에 계신지 어떤지 보고 와."

클라리스는 아직도 킥킥 소리내어 웃으며 시키는 대로 했다. 나는 스커트 자락을 치켜들고 라리스의 뒤를 따라 복도를 걸어갔다.

클라리스는 나를 돌아보고 손짓했다.

"아래층에 모두들 계세요" 하고 그녀는 속삭였다. "주인 어른도, 레이시 내외도, 클로리 씨도 마침 아래층에 오셔서 지금 홀 안에 서 계세요."

나는 큰 계단 꼭대기에 있는 통로에서 살그머니 아래층 홀을 내려다봤다.

모두들 그곳에 있었다. 아라비아 인의 흰 의상을 입은 가일스는 큰 소리로 웃으며 허리에 차고 있는 단검을 보이고 있었다. 베아트리스는 아주 색다른 녹색 의상을 입고 목 둘레에 주렁주렁 염주알이 늘어진 목걸이를 걸고 있었다. 가엾은 프랭크는 줄무늬 셔츠에 선원 구두를 신고 어딘지 모르게 바보스러운 모습으로 주저주저하고 있었다. 야회복을 입은 맥심만이 오로지 그 자리에서 어엿한 사람으로 보일 뿐이었다.

"그녀가 뭘 하고 있는지 나도 알 수 없어요" 하고 맥심은 말했다.
"벌써 몇 시간이나 자기 침실에 틀어박혀 있어요. 지금 몇 시인가, 프랭크? 우리들이 우물쭈물하고 있는 동안 틀림없이 만찬을 들 사람들이 찾아올 겁니다."

악대는 옷을 갈아입고 벌써 악대석에 모습을 보이고 있었다. 한 사람은 바이올린의 음을 고르고 있었다. 살그머니 음계를 켜 보고 한 줄의 현을 팽팽히 잡아당겼다. 등불은 캐롤라인 드 윈터의 초상을 비추고 있었다.

그렇다, 내 의상은 저 초상을 보고 그린 내 스케치와 조금도 다름 없이 만들어져 있다. 불룩한 소매도, 허리도, 리본도, 손에 들고 있는 나풀거리는 모자도 모두 그대로였다. 또 내 머리도 캐롤라인의 머리와 마찬가지로 그림 속 그녀처럼 얼굴 위로 비어져 나와 있다. 이렇게 흥분하고, 이렇게 기쁘고, 이렇게 자신이 자랑스럽게 여겨진 적은 아직까지 한번도 없었던 것 같다. 나는 한쪽 손을 흔들어 바이올린을 들고 있는 남자에게 신호를 했다. 그리고 아무 소리도 하지 말라는 신호로 손가락을 입술에 대었다. 그는 미소를 지으며 절을 했다. 그리고 악대석을 지나 내가 서 있는 통로까지 왔다.

"북 치는 사람에게 부탁해서 내가 나가는 것을 알려 주세요" 하고 나는 속삭였다. "북을 울리고 나서 '캐롤라인 드 윈터 님' 하고 큰 소리로 외쳐 주세요. 모든 사람을 깜짝 놀라게 해주고 싶어요." 그는 잘 알아들었는지 고개를 끄덕였다. 가슴이 이상하게 뛰고 두 볼은 화끈 타오르는 것 같았다. 얼마나 유쾌하단 말인가. 얼마나 별나고 바보스러운 아이들 장난이란 말인가!

아직도 복도에 웅크리고 있는 클라리스 쪽을 보고 나는 미소를 지었다. 그리고 스커트를 두 손으로 치켜올렸다. 그때 북 소리가 큰 홀 안에 울려퍼졌다. 나는 북소리가 나기를 기다리고 있었고 북소리가 날 줄 알고 있었으면서도, 한순간 가슴이 섬뜩하였다. 사람들이 모두 깜짝 놀라 이상한 듯이 아래층 홀에서 이쪽을 쳐다본 것을 나는 보았다.

"캐롤라인 드 윈터 님." 북치는 사람이 외쳤다.

나는 맨 위 계단까지 걸어나가 그림 속의 소녀처럼 모자를 한쪽 손에 들고 미소를 지으며 그곳에 섰다. 그러고 나서 박수와 웃음 소리를 기대하면서 천천히 계단을 내려가기 시작했다. 그러나 아무도 박수를 치지 않고 꼼짝도 하지 않았다. 모두들 마치 벙어리라도 된 듯이 물끄러미 나를 바라보고 있었다. 베아트리스는 조그맣게 소리를 지르더니 한쪽 손을 입술에 갖다 대었다. 나는 여전히 미소를 지으며 한쪽 손을 난간에 대었다.

"안녕하세요, 드 윈터 씨" 하고 나는 말했다.

맥심은 꼼짝도 하지 않았다. 그리고 술잔을 손에 든 채 뚫어지게 나를 쳐다보고 있었다. 얼굴이 마치 빛 잃은 듯 잿빛처럼 희었다. 프랭크가 무슨 말을 하려는 듯 그의 옆으로 갔으나, 맥심은 그를 밀어냈다.

 나는 이미 한쪽 발을 계단에 내려놓으면서도 잠시 주저했다. 무언가 잘못된 것이다. 이렇게 될 줄은 생각도 못했다. 왜 맥심은 저런 눈으로 보고 있을까? 왜 모든 사람들이 마치 허수아비처럼, 아니 얼빠진 사람처럼 말없이 버티고 서 있단 말인가? 드디어 맥심은 잠시도 내 얼굴에서 눈을 떼지 않고 계단 쪽으로 걸어갔다.

 "당신은 지금 대체 무슨 짓을 하고 있다고 생각하오?" 그는 말했다. 눈이 분노에 이글거리고 있었다. 얼굴은 아직도 잿빛처럼 창백했다. 나는 움직이지도 못하고 한 손을 난간에 댄 채 그대로 그곳에 서 있었다.

 "그림에 있었어요" 하고 그의 눈초리와 목소리에 겁을 집어 먹으며 나는 말했다. "진열실 안의 그림에 있던 것이에요."

 오랜 침묵이 계속되었다. 우리는 서로 상대방의 얼굴을 물끄러미 바라보았다. 홀 안에서는 아무도 움직이는 사람이 없었다. 나는 숨을 꼴깍 삼키며 한쪽 손을 목으로 가져갔다.

 "왜 그러시죠?" 나는 말했다. "제가 무슨 짓을 했나요?"

 모두들 그렇게 멍한 얼굴로 나를 물끄러미 쳐다보고 있지만 않는다면……. 누구든 뭐라고 말을 좀 해 준다면……. 맥심이 또 입을 열었을 때, 나는 그게 그의 목소리로 느껴지지 않았다. 그건 침착하고 조용하며 마치 얼음처럼 차가운 목소리로, 내가 알고 있는 목소리가 아니었다.

 "빨리 가서 갈아 입고 와요." 그는 말했다. "당신이 무슨 옷을 입든 그게 문제가 아니오. 보통 이브닝드레스도 좋으니, 어서 가요, 손님이 오시기 전에."

나는 말도 할 수 없을 지경이 되어 우두커니 그를 바라보고 있었다.

"왜 그렇게 서 있기만 하오?" 그는 엄격하고 기묘한 목소리로 말했다. "내가 한 말이 안 들리오?"

나는 홱 돌아서 통로에서 복도로 마구 달려갔다. 나의 등장을 알린 북치는 사람의 놀라는 얼굴이 언뜻 보였다. 나는 내가 가는 방향도 제대로 보지 않고 비틀거리면서 그 옆을 빠져나갔다. 눈물 때문에 앞이 보이지 않았다. 뭐가 뭔지 전혀 알 수 없었다.

클라리스는 벌써 가 버려 복도에는 아무도 없었다. 나는 마치 신들린 사람처럼 허둥거리며 주위를 돌아볼 뿐이었다. 그때 서쪽으로 통하는 문이 활짝 열리며 그곳에 누가 서 있는 것이 보였다. 덴버스 부인이었다. 마치 승리감에 찬 듯한 그녀의 밉살스러운 얼굴 표정은 내 일생을 두고 잊을 수가 없을 것이다. 그것은 기쁨에 미친 악마의 얼굴이었다. 그녀는 나를 보고 미소를 지으며 그곳에 서 있었다. 나는 그녀 옆을 달려 나가다 치렁거리는 옷자락에 걸려 엎어지고 넘어지며 길고 좁은 복도를 지나 내 방으로 뛰어들었다.

17

클라리스는 침실에서 나를 기다리고 있었다. 겁에 질려 얼굴이 새파랬다. 나를 보자마자 왈칵 소리내어 울음을 터뜨렸다. 나는 아무 소리도 하지 않았다. 옷이 터지든 말든 아무렇게나 단추를 끄르기 시작했다. 내가 제대로 단추를 빼지 못하는 것을 보자 클라리스는 엉엉 울면서 도와 주려고 옆으로 다가왔다.

"아무것도 아니야, 클라리스, 네 탓이 아니야" 하고 나는 말했다. 그녀는 두 볼에 눈물을 줄줄 흘리고 고개를 저었다.

"이렇게 예쁜 옷인데요, 아씨" 하고 그녀는 말했다. "이렇게 깨끗한 흰 옷인데."

"그런 건 아무래도 좋아." 나는 말했다. "단추가 어디 있는지 모르겠니? 그래, 등에 있을 거야. 또 한 개는 그 밑 어디에 있을 거야."

클라리스는 무딘 솜씨로 단추를 만졌다. 손이 와들와들 떨리고 있었으므로 내가 하는 것보다도 더 꾸물거렸다. 그러는 동안에도 클라리스는 내내 훌쩍이고 있었다.

"대신 무슨 옷을 입으세요, 아씨?" 클라리스는 말했다.

"모르겠어." 나는 말했다. "나는 모르겠어."

겨우 클라리스는 단추를 뺐다. 나는 아무렇게나 의상을 벗어 버렸다.

"혼자 있고 싶어, 클라리스" 하고 나는 말했다. "클라리스는 착하니까 나좀 혼자 있게 해 주겠어? 걱정하지 않아도 돼. 내가 잘 할 테니까. 지금까지의 일은 다 잊어버려. 난 네가 오늘 밤의 모임을 마음껏 즐겨 주기를 바래."

"다른 옷을 다려 드리겠어요, 아씨." 그녀는 눈물이 괸 통통 부은 눈으로 나를 올려다보며 말했다. "금방 할 수 있어요."

"아니야" 하고 나는 말했다. "그런 걱정은 하지 마. 그보다도 혼자 있게 해 주었으면 좋겠어. 그리고 클라리스……."

"네, 아씨."

"지금까지 있었던 일은 아무에게도 말하면 안돼."

"네, 아씨." 그녀는 또 눈물을 주르륵 흘리며 울고 있다.

"그런 모습을 남에게 보이면 안돼." 나는 말했다. "네 침실로 가서 얼굴을 좀 고치려무나. 울 일은 조금도 없어."

누가 문을 두드렸다. 클라리스는 재빨리 두려운 눈초리를 나에게 던졌다.

"누구세요?" 나는 말했다. 문이 열리고 베아트리스가 방안으로 들어왔다. 동양식 의상을 입은 이상하고 좀 우스꽝스러운 모습으로 손목에 낀 팔찌를 절그렁거리면서 곧장 내게로 다가왔다.
 "이봐요." 그녀는 말했다. "올케."
 그리고 두 손을 내가 있는 쪽으로 내밀었다. 클라리스는 방에서 살그머니 나가 버렸다. 나는 갑자기 가슴이 무너져 내리는 듯하여 온몸의 기운이 빠졌다. 그래서 침대 쪽으로 다가가 거기 걸터앉았다. 그리고 손을 올려 머리 위의 가발을 벗었다. 베아트리스는 선 채로 내가 하는 짓을 지켜보고 있었다.
 "괜찮아요?" 그녀는 말했다. "얼굴빛이 새파랗군."
 "불빛에 비쳐서 그래요." 나는 말했다. "이 불꽃 아래에선 누구나 얼굴빛이 파랗게 보여요."
 "잠깐 그렇게 앉아 있어요. 그러면 마음이 좀 가라앉을 거야." 베아트리스는 말했다. "기다려요, 내가 물을 갖다 줄 테니."
 베아트리스는 욕실로 갔다. 그녀가 몸을 조금만 움직여도 그때마다 팔찌가 절그렁거렸다. 이윽고 베아트리스는 물이 든 컵을 두 손으로 들고 되돌아왔다.
 나는 조금도 마시고 싶지 않았으나 베아트리스를 기쁘게 하기 위해 조금 마셨다. 물은 미지근했다. 잠깐 틀어 버린 다음 받아 온 것이 아니라 수도꼭지에서 바로 받아 왔기 때문이다.
 "물론 그게 단순히 저지른 무서운 잘못이었다는 걸 난 금방 알았어요." 그녀는 말했다. "올케가 그 이유를 알 까닭이 없지. 안 그래요?"
 "무슨 까닭인데요?" 나는 말했다.
 "즉 당신의 의상이며 당신이 흉내낸 진열실의 부인 초상화에 대한 것이죠. 레베카도 만더레이의 마지막 가장 무도회날 밤, 당신과 똑같은 짓을 한 거예요. 틀림없이 그대로였어요. 그림이 같으니까 의상도 같을 수밖에. 당신이 아까 계단 위에 섰을 때 순간 나는……."

베아트리스는 말을 다 맺지 못하고 내 어깨를 가볍게 두드렸다.

"가엾게도 당신은 운이 나빴어요. 당신은 그런 것을 알 리가 없었을 테니까요."

"하지만 당연히 알고 있어야만 했어요." 나는 그녀를 물끄러미 쳐다보면서 어리석게도 이렇게 말했다. 너무 깜짝 놀랐으므로 아무것도 머릿속으로 들어오지 않았다. "당연히 알고 있었어야 하는 건데."

"쓸데없는 소리 말아요. 어떻게 그런 걸 올케가 알 수 있겠어요? 지금 같은 일은 어느 사람의 머리로도 생각할 수 없는 일이지. 단지 심한 충격일 뿐이었어요. 우리는 아무도 그런 걸 예기치 못했으니까. 그리고 맥심은……."

"맥심은?" 나는 말했다.

"그는 올케가 생각다 못해 그런 짓을 하게 된 것이라고 생각하고 있어요. 당신은 맥심을 깜짝 놀라게 해주겠다고 약속했다면서요? 그런 건 한낱 어리석은 농담이에요. 물론 그는 이해하지 못해요. 너무도 놀랍기 때문이죠. 당신이 그런 짓을 할 리가 없다는 것과, 당신이 특별히 그 그림을 택한 것은 완전히 우연이라는 것을 내가 곧 맥심에게 말하긴 했지만."

"나는 당연히 알고 있어야만 했어요."

"아니, 아무 걱정 안 해도 돼요. 앞뒤 사정을 조용히 설명하면 맥심도 틀림없이 이해할 거예요. 그러면 아무 일도 없게 되죠. 첫번째 손님이, 내가 이층에 올라올 때 벌써 와 있었어요. 지금 음료수를 대접하고 있어요. 모든 게 다 순조롭게 되어 나갈 거예요. 의상이 몸에 맞지 않아 당신은 아주 낙심하고 있다고 말하도록, 프랭크와 가일스에게 일러 뒀어요."

나는 아무 말도 하지 않았다. 그리고 두 손을 무릎 위에 놓은 채 여전히 침대에 걸터앉아 있었다.

"대신 무슨 옷을 입지요?" 베아트리스가 말했다. 그리고 옷장 문을 열었다. "이 파란색 옷이 어때요? 아주 멋있는데 이걸 입어요. 아무도 뭐라고 하지 않을 거예요. 어서 빨리, 내가 도와주겠어요."

"아니에요." 나는 말했다. "전 아래층으로 내려가지 않겠어요."

베아트리스는 내 파란 옷을 팔에 걸친 채 자못 난처한 듯이 나를 바라보았다.

"하지만 당신은 반드시 가야 해요." 베아트리스는 당황해서 말했다. "여주인이 나타나지 않다니, 그럴 수는 없어요."

"아니에요, 베아트리스. 전 내려가지 않겠어요. 그런 일이 있었는데 어떻게 여러 사람과 얼굴을 마주할 수 있겠어요?"

"하지만 의상에 대한 일은 아무도 모르잖아요" 하고 그녀는 말했다.

"프랭크도 가일스도 한 마디도 입 밖에 내지 않을 거예요. 우리들만으로 이야기는 매듭지어진 거예요. 즉 의상점에서 보내온 의상이 잘못되어 당신에게 맞지 않으므로 그 대신 당신은 여느 때 입는 이브닝드레스를 입은 것으로 해두기로 했어요. 누구나 이 말을 지극히 당연하게 받아들일 거예요. 그 일 때문에 오늘 밤의 기분을 상하게 할 필요는 조금도 없어요."

"당신은 모르세요" 하고 나는 말했다. "제가 뭐 의상에 신경을 쓰는 건 아니에요. 전혀 그렇지 않아요. 제 마음에 걸리는 것은 지금까지의 일이에요. 제가 저지른 일이란 말이에요. 저는 이제 아래층으로 도저히 내려갈 수가 없어요. 베아트리스, 도저히 내려갈 수 없어요."

"하지만 이것 봐요. 가일스와 프랭크는 잘 이해하고 있어요. 그리고 아주 가엾게 생각하고 있어요. 맥심 역시 그래요. 다만 처음 봤을 때 놀랐을 뿐이에요…… 내가 잠시 맥심과 단둘이 되어 앞뒤 사정을 잘 설명해 주겠어요."

"아니에요!" 나는 말했다. "저는 가지 않겠어요!"

그녀는 내 파란 옷을 침대 위 내 옆에 놓았다. "이제 모두들 올 때가 되었는데." 당황하며 아주 난처한 듯이 그녀는 말했다. "만일 당신이 아래층에 내려가지 않으면 이상하게 생각할 거예요. 그렇다고 갑자기 머리가 아프다고 할 수도 없잖아요."

"왜요?" 나는 기진한 듯이 말했다. "그렇게 말해도 이상할 건 없잖아요. 아무렇게나 말씀해 주세요. 아무도 이상하게 생각지 않을 거예요. 나는 알고 있는 사람은 하나도 없는 걸요, 뭐."

"이봐요." 내 손을 가볍게 두드리면서 그녀는 말했다. "기운을 내요. 그리고 이 멋진 파란 옷을 입어봐요. 맥심도 좀 생각해 줘야지. 맥심을 위해서라도 당신은 아래층에 내려가야 해요."

"전 아까부터 맥심을 생각하고 있었어요." 나는 말했다.

"그렇다면 꼭 내려가야 해요……."

"아니에요." 나는 말했다. 그리고 손톱을 물어뜯으며 침대 위에서 몸을 앞뒤로 흔들었다. "저는 그럴 수 없어요. 도저히 그럴 수 없어요."

누가 문을 두드렸다. "누구일까?" 문 쪽으로 걸어가며 베아트리스가 말했다. "무슨 일이죠?"

베아트리스는 문을 열었다. 가일스가 바로 그곳에 서 있었다.

"모두들 왔기에 맥심의 부탁을 받고 어떻게 되었나 하고 보러 온 거야" 하고 그는 말했다.

"올케는 아무래도 아래층으로 내려가지 않겠다는 거에요." 베아트리스가 말했다. "다른 사람들에게 어떻게 설명해야 좋을지?"

가일스가 열려 있는 문틈으로 내가 있는 쪽을 들여다보는 것을 나는 힐끗 보았다.

"참 이상하게 되었군." 가일스는 중얼거렸다. 그리고 내가 쳐다본 것을 알자 당황해서 몸을 돌렸다.

"맥심에겐 뭐라고 하지?" 가일스는 베아트리스에게 물었다. "벌써 여덟 시 5분이 지났어."

"지금 부인께서는 머리가 좀 아픈데 조금 있다가 내려가겠다고 해 줘요. 그리고 여러 사람들에게 그냥 식사를 시작하라고 하세요. 나도 곧 내려가겠어요. 그리고 잘 어울리도록 할게요."

"좋아, 당신 말대로 하기로 하지." 가일스는 안됐다는 듯이, 그러나 어느 정도 호기심에 찬 눈초리로 슬그머니 나 있는 쪽을 다시 보았다. 내가 왜 그렇게 침대에 걸터앉아 있는가 하는 것 같았다. 가일스의 목소리는 나직했다. 마치 사고가 있은 뒤 모두들 의사를 기다리고 있을 때처럼.

"그 밖에 내가 할 수 있는 일은 없을까?" 가일스는 말했다.

"없어요." 베아트리스가 말했다. "이제 아래층으로 내려가세요. 저도 곧 갈 테니까요."

가일스는 베아트리의 말대로, 아라비아 인 복장을 입은 채 어슬렁어슬렁 걸어갔다. 그때 나는 생각했다. 여러 해가 지나면 틀림없이 나는 이 일을 웃으며 말할 수 있을 것이다. 이렇게 말할 것이다. "가일스가 아라비아 인으로 분장했고, 베아트리스가 얼굴에 베일을 쓰고 손목에 낀 팔찌를 절그렁거리던 일을 당신은 기억하세요?"

시간이 모든 것을 부드럽게 이끌어 줘 웃고 넘길 수 있는 사건으로 만들어 줄 것이다. 그러나 지금은 보통 일이 아니다. 나는 웃지 않았다. 그것은 미래의 일이 아니라 현재의 일이다. 너무나 생생하고 너무도 지나치게 현실적이었다. 나는 침대에 걸터앉아 바닥을 쥐어뜯어 틈난 구멍으로 깃털 하나를 끄집어 냈다.

"브랜디를 조금만 마셔 보겠어요?" 최후의 노력을 하면서 베아트리스는 말했다. "물론 억지로 힘을 내는 거지만 그래도 괜찮을 때가 있어요."

"아뇨" 하고 나는 말했다. "전 아무것도 먹고 싶지 않아요."

"난 이제 아래층에 내려가야만 해요. 가일스의 말에 의하면 모두들 식사를 하려고 기다리고 있는 모양이니까. 내가 가도 당신 괜찮겠어요?"

"네, 여러 가지로 고마워요, 베아트리스."

"나보고 인사할 게 뭐 있어요. 난 조금이나마 힘이 되어 주었으면 하고 생각할 뿐이에요." 베아트리스는 잠시 거울 앞에 몸을 구부리고 분으로 얼굴을 두드렸다.

"아이, 내 꼴이 이게 뭐람." 베아트리스는 말했다. "이 성가신 베일이 비뚤어졌네. 하지만 이제 새삼스레 어쩔 수도 없잖아." 그녀는 사각사각 옷자락 스치는 소리를 내며 방에서 나가 버렸다. 그리고 문을 닫았다. 나는 아래층에 가는 일을 거부함으로써 베아트리스의 동정을 잃은 것 같은 느낌이 들었다. 나는 생각을 미처 못한 것이다.

베아트리스는 내 기분을 알지 못했다. 그녀는 우리와는 다른 부류에 속하는 사람이다. 그녀와 같은 부류의 여자들은 기개를 지니고 있다. 그녀들은 나와 같지 않다. 이런 일을 저지른 것이 내가 아니라 베아트리스였다면, 그녀는 틀림없이 다른 옷을 입고 손님을 맞이하러 다시 아래층에 내려갈 것이다. 그리고 가일스 옆에 서서 미소를 지으며 여러 사람들과 악수를 하리라.

그러나 나는 그렇게 할 수 없었다. 나에게는 자랑스러움도 기개도 없었다. 나는 자라난 과정이 좋지 않은 사람이다. 맥심의 창백한 얼굴에 불타오르고 있는 두 눈, 그리고 나를 뚫어져라 쳐다보는 그의 뒤에 마치 장승처럼 서 있는 가일스와 프랭크의 모습이 줄곧 눈앞에 어른거렸다.

나는 침대에서 일어나 창가로 가서 밖을 내다보았다. 정원사들이 장미 화원의 전등을 바라보며 제대로 불이 켜지는지 살펴보고 있었다. 하늘에는 푸르고 발그레한 저녁 구름이 대여섯 줄기 서쪽 하늘에 흐르고 있었다. 주위가 어두워지기 시작하면 램프에 모두 불이 켜질 것이다. 밖에 나가 쉬려는 사람들을 위해 장미 화원에는 많은 테이블과 의자가 놓여 있었다. 장미 향기가 내가 서 있는 창가에까지 풍겨왔다.

인부들은 서로 웃으며 떠들어 대고 있었다.

"여기 있는 게 하나 안 켜지는데." 크게 외치는 소리가 들렸다.

"다른 꼬마 전구를 갖다 주겠나? 파란 거야, 빌."

그는 전등의 위치를 제대로 고쳤다. 그리고 여유있는 태도로 지금 유행하고 있는 노래 한 구절을 휘파람으로 불었다.

오늘 밤에는 악대도 반드시 홀 위의 악대석에서 같은 노래를 연주하리라고 나는 생각했다.

"잘 켜지네." 전등을 켰다껐다하며 그 사나이는 말했다. "여기 것은 모두 아무 이상 없어. 켜지지 않는 건 하나도 없네. 그럼 이제부터 테라스 것을 조사해 보세."

인부들은 여전히 휘파람을 불면서 건물 모퉁이를 돌아갔다. 나는 차라리 인부가 되었으면 했다. 해가 지면 그는 여러 친구들과 함께 두 손을 호주머니에 찌르고 찻길에 서서, 모자를 젖혀 쓰고 저택으로 달려오는 자동차 떼를 바라볼 것이다. 그리고 영지 내에서 찾아온 다른 사람들과 함께 어울려 그들을 위해 테라스 한쪽에 마련된 식탁에서 사과주를 마실 것이다.

"옛날과 똑같지. 안 그래?" 그 가운데 한 사람이 말하겠지. 그러나 그의 친구는 파이프를 물고 연기를 푹푹 뿜어 내며 고개를 내저을 것이다.

"새아씨는 우리의 드 윈터 부인 같지 않아. 전혀 사람이 다르단 말야." 그러면 그들 옆에 있던 여자가 그 말에 동의할 것이다. 다른 사람들도 마찬가지로 모두들 "정말 그래" 하고 말할 것이다. 그리고 서로 고개를 끄덕이겠지.

"오늘 밤, 아씨는 어디에 계신 걸까? 아직 한 번도 테라스에 나오시지 않았으니."

"어디에 계신지 그런 걸 내가 어떻게 알겠나. 나도 아직 뵌 일이 없는걸."

"그전 아씨는 늘 저쪽을 거닐고 계셨지."

"그래, 자네 말이 옳아."

그러면 아까 그 여자가 옆에 사람들을 둘러보며 자못 의미 깊게 고개를 끄덕일 것이다.

"듣자하니, 아씨는 오늘 밤에 나타나시지 않는다나 봐요."

"아니, 정말이야?"

"정말이구말구요. 이 댁에 있는 메어리에게 물어봐요."

"네 말이 맞아. 나도 이 댁 하인한테서 들었는데, 아씨는 밤이 된 뒤 한번도 방에서 내려오시지 않았다는 거야."

"어떻게 된 일일까? 어디 몸이라도 불편하신 걸까?"

"아니야, 아마 기분이 나쁜 거겠지. 뭐, 의상이 마음에 안 든다나 봐."

그 조그마한 무리 사이에서 웃음 소리와 속삭임이 흘러나온다.

"그래도 그럴 수가 있담. 드 윈터 님도 참 큰 망신이로군."

"나 같으면 도저히 못 참아. 그런 응석꾸러기에게 그런 꼴을 당하다니."

"그건 모두 거짓말이 아닐까."

"아니, 정말이야. 이 집 사람들이 모두들 그러던걸."

한 사람이 또 다른 사람에게 말한다. 미소를 짓고, 윙크를 하고, 그리고 어깨를 으쓱거린다. 그리고 이쪽 사람들로부터 저쪽 사람들에게도 전달된다. 그리고 또 테라스에 나가 있거나 잔디밭을 서성이고 있는 손님들에게도 그 소문이 퍼진다. 앞으로 3시간만 지나면 장미화원의 의자에 앉은 사람들도 그 이야기를 들을 것이다.

"내가 들은 이야기를 정말이라고 생각하세요?"

"무슨 이야기를 들었는데요?"

"글쎄, 그분은 몸이 편찮아서 그런 게 아니래요. 말다툼이 있어서 나오시지 않는 모양이래요!"

"그래요!" 눈썹이 치켜올라 붙는다. 그리고 휘파람을 길게 분다. "난 알아요. 아무래도 좀 이상한 것 같지 않아요? 아무 까닭도 없이 갑자기 심한 두통이 일어날 수 있겠어요. 아무래도 좀 의심스러워요."

"나도 맥심이 좀 우울한 얼굴을 하고 있다는 것을 알았어요."

"나도 그래요."

"물론 두 사람의 결혼이 그리 순조롭지 못하다는 말은 전부터 들었지만."

"어머나! 정말이에요?"

"네, 모두들 그렇게 말하더군요. 맥심은 이제 와서 자기 잘못을 깨달은 게 아닐까. 당신도 알다시피 부인은 볼 만한 점이 없잖아요."

"그래요, 그분이 그리 본받을 만한 점이 없는 부인이란 말은 나도 들었어요. 어떤 사람인가요?"

"어떤 사람이고 뭐고 없어요. 남프랑스에서 남의 집 아이를 봐 주고 있는 것을 주워왔다나 봐요."

"어머나!"

365

"그렇다니깐. 레베카를 좀 생각해 봐요."

나는 줄곧 비어 있는 의자를 물끄러미 바라보았다. 발그레한 하늘은 이제 잿빛으로 변했다. 머리 위에는 초저녁 별이 반짝이고 있었다. 장미 화원 저쪽 숲 속에선 새들이 어둡기 전의 마지막 소란을 떨고 있었다. 갈매기 한 마리가 하늘을 가로질러 날아갔다.

나는 창가를 떠나 다시 침대로 돌아갔다. 그리고 마룻바닥에 벗어 던졌던 흰 의상을 집어들어 얇은 종이와 함께 상자 속에 넣었다. 가발도 상자 속에 넣었다. 그리고 벽장문을 열고 전에 몬테카를로에서 늘 반 홉퍼 부인의 옷을 다리던 조그만 휴대용 다리미를 찾았다. 그것은 선반 구석 쪽에 오랫동안 입지 않았던 털점퍼와 함께 들어 있었다. 이 다리미는 어떤 벽 소켓에나 맞는 아주 흔한 것이었으므로 나는 그것을 벽 소켓에 꽂았다.

그리고 베아트리스가 옷장에서 꺼낸 파란 옷에 천천히, 정성껏 다리미질을 하기 시작했다──몬테카를로에서 반 홉퍼 부인의 옷을 늘 다리던 때처럼. 다리미질이 끝나자 그 옷을 침대 위에 잘 놓았다. 그리고 아까 흰 옷을 입기 위해 발랐던 얼굴의 화장을 지웠다. 그리고 머리를 빗고 손을 씻었다. 그런 다음 파란 옷을 입고 거기에 어울리는 신을 신었다.

나는 다시 예전의 나로 되돌아가, 이제부터 반 홉퍼 부인과 함께 호텔의 라운지로 내려가는 것 같은 기분이 들었다. 나는 방문을 열고 복도로 내려갔다. 주위는 조용했다. 마치 무도회 따위는 전혀 없는 것 같았다. 나는 통로 끝까지 발끝으로 걸어가 복도 모퉁이를 돌았다. 서쪽으로 통하는 문은 닫혀 있었다. 아무런 소리도 들리지 않았다. 진열실로 가는 계단 옆 통로까지 왔을 때 식당에서 들려오는 소란한 말소리를 들었다. 사람들은 아직도 식사를 하고 있는 모양이다.

홀은 텅 비어 있었다. 진열실에도 아무도 없었다. 악사들도 식사를 하고 있는 모양이다. 그들을 위해 어떤 요리가 준비되었는지 나는 알 수 없었다. 프랭크가 준비를 했을 것이다. 프랭크든가 아니면 덴버스 부인이. 진열실에서 이쪽을 보고 있는 캐롤라인 드 윈터의 초상이 내가 서 있는 곳에서 보였다. 나는 얼굴 가를 덮고 있는 고수머리와 입가에 띤 미소를 볼 수 있었다.

"새하얀 옷에, 검은 머리가 굽실거리던 그분의 모습을 나는 일생 동안 잊을 수가 없어요." 내가 방문했던 날 이렇게 말한 사제 부인의 말을 나는 생각했다.

나는 당연히 그 말을 생각해 냈어야 했던 것이다. 당연히 모든 것을 알고 있었어야 했다. 악대석에 놓여 있는 많은 악기, 조그만 악보대, 큰 북 등이 아주 기묘하게 느껴졌다. 악사가 떨어뜨리고 간 손수건이 의자 위에 놓여 있었다.

나는 난간에 몸을 기대고 서서 아래층 홀을 내려다보았다. 사제 부인이 말했듯이 이제 곧 저곳에 사람이 가득 찰 것이다. 맥심은 계단 아래 서서 홀에 들어오는 사람들과 악수를 할 것이다. 여러 사람들의 목소리가 천장으로 울려퍼지리라. 악대는 내가 지금 기대어 서 있는 악대석에서 음악을 연주할 것이다. 바이올린을 든 남자는 미소를 지으면서 음악에 맞춰 몸을 흔들겠지. 그때는 이렇게 조용하지 않으리라. 악대석의 마루청이 우지끈 소리를 냈다.

나는 뒤돌아서서 악대석을 보았다. 그곳에는 아무도 없었다. 전처럼 악대석은 텅 비어 있었다. 그러나 바람이 내 얼굴에 와 닿았다. 아마 누가 통로의 창문을 열어놓은 채 간 모양이다. 떠들썩한 말소리가 아직도 식당에서 들려왔다. 내가 조금도 움직이지 않았는데 어째서 마루청이 울렸을까 하는 생각이 들었다. 아마 밤이 따뜻하므로 오래 된 나무의 어딘가가 부풀어오른 모양이다. 스며드는 바람은 아직도 내 얼굴에 와 닿았다. 악보대 위에 있던 한 장의 악보가 펄렁 날리어 마루 위로 떨어졌다. 나는 계단 위 통로 쪽을 보았다. 그 바람은 그곳에서 불어왔다. 나는 다시 통로 밑으로 갔다. 긴 복도로 들어서니, 서쪽으로 통하는 문이 열려 바람이 벽 쪽으로 불어 대고 있음을 알았다. 등불이 전혀 켜 있지 않으므로 서쪽 복도는 캄캄했다. 바람이 열린 창문을 통해 내 얼굴로 불어오는 것을 나는 느낄 수가 있었다.

나는 더듬거리며 벽 스위치를 찾았으나 찾을 수가 없었다. 그 창문이 통로와 어떤 각도를 이루고서 커튼이 살랑살랑 앞뒤로 흔들리고 있는 것을 나는 보았다. 잿빛 어린 황혼빛이 마룻바닥에 기묘한 그림자를 던지고 있었다. 열린 창문을 통해 바다 소리가 들려오고 있었다. 그것은 돌멩이가 많은 바닷가에서 찰싹찰싹 밀리는 조수의 부드러운 소리였다. 나는 그곳으로 가서 창문을 닫으려고 하지는 않았다. 잠시 그곳에 서서 얇은 의상을 입은 탓으로 떨면서, 물가를 떠나는 탄식하는 듯한 파도 소리에 귀를 기울이고 있었다. 그리고 재빨리 뒤돌아가서 서쪽으로 통하는 문을 닫았다. 그런 다음 통로를 지나 계단이 있는 곳까지 왔다. 떠들썩한 소리가 아까보다도 훨씬 크게 들렸다. 식당문이 열리고, 사람들이 식사를 마치고 나오는 길이었다. 로버트가 열린 문 옆에 서 있는 것이 보였다. 의자가 삐걱거리는 소리와 사람들의 말소리와 웃음 소리가 들려왔다. 나는 사람들을 만나기 위해 천천히 계단을 내려갔다.

만더레이에서 맞은 나의 첫 무도회. 처음이자 마지막 무도회를 돌이켜보면, 너저분한 여러 가지 쓸데없는 일들이 그날 밤의 빛이 바랜 커다란 화면 위에 도막도막 하나씩 떠올랐다. 하나도 알 수 없는 흐리멍덩한 얼굴들의 바다가 흐릿하게 배경을 이루고 있다. 또 그곳에는 언제 끝날지도 모르게 마냥 계속되는 왈츠를 연주하고 있는 악대의 느긋한 부르짖음이 있다. 똑같은 쌍쌍이 똑같이 굳은 미소를 띠고 빙빙 돌아간다. 늦게까지 사람들을 맞이하기 위해 계단 아래 맥심과 나란히 서 있던 내 눈에는, 그처럼 춤추고 있는 사람들의 모습이 눈에 보이지 않는 손에 조종되어 한 가닥 밧줄 위에서 빙빙 돌고 있는 꼭두각시처럼 보였다.

그곳에는 한 사람의 여자가 있었다. 나는 그 여자의 이름을 전혀 모르고 그 뒤 다시 만난 일도 없지만, 그 여자는 크리놀린(심을 넣어 넓게 퍼지게 만든 스커트) 모양을 한 적황색 야회복을 입고 있었다. 그 의상은 어딘지 모르게 과거의 어느 세기를 생각케 했는데, 그게 과연 17세기인지 18세기인지 아니면 19세기인지 나로서는 알 수 없었다. 그 여자가 춤을 추며 내 앞을 지나갈 때마다 늘 똑같은 왈츠의 신나는 한 소절이 울려퍼졌다. 그 여자는 나를 보고 미소를 지으며 음악에 맞추어 빙빙 돌았다. 그것이 몇 번이고 되풀이 되었으므로, 나중에는 마치 정해진 자동적인 움직임처럼 생각되었다. 꼭 배 안에서 산책하는 것과 마찬가지 상태였다. 배 안에서는 자기와 같은 운동을 하는 사람들과 으레 얼굴을 마주치게 된다. 우리가 갑판 옆에서 그 사람들과 지나치는 것을 우리는 판에 박은 듯이 확실히 알고 있다.

그 여자의 모습, 몹시 뻐드러진 이와 툭 튀어나온 광대뼈 위에 바른 요란스러운 연지 자국과 그날 밤을 즐기고 있는 얼빠진 듯하면서도 행복스러운 미소 등을 나는 지금도 생각해 낼 수가 있다. 그런 다음 나는 그 여자가 식탁 옆에 서서 두리번거리며 요리를 고르고 있는 것을 보았다. 그 여자는 연어와 왕새우와, 마요네즈를 접시에 수북히 담아 가지고 한편 구석으로 갔다. 그곳에는 크로완 부인도 있었다. 그녀는 야단스러운 자주빛 옷을 입고 내가 알 수 없는 과거의 어떤 낭만적인 인물로 가장하고 있었다. 그 인물이란, 내가 알기로는 마리 앙트완이나 넬 그윈(영국의 여배우. 찰스 2세의 애인)인 듯싶었다.

아니면 별스럽게 에로틱하게 그 두 사람을 합친 것인지도 모른다. 그리고 그녀는 샴페인을 마신 탓인지 여느 때보다 흥분하여 조금 높고 째지는 듯한 목소리로 줄곧 이렇게 외치고 있었다.

"여러분, 오늘 밤 일을 드 윈터 내외분께보다도 바로 나에게 감사해야 해요."

로버트가 얼음 그릇을 떨어뜨린 것을 나는 기억하고 있다. 로버트가 그 잘못을 저지른 범인이란 것을 알았을 때의 프리스의 얼굴도 잊을 수 없다. 그것은 그날 밤을 위해 고용한 하인의 얼굴은 아니었다. 나는 로버트가 있는 곳으로 가서 그의 옆에 선 다음 이렇게 말해 주고 싶었다.

"난 당신 기분을 잘 알 수 있어요. 난 오늘 밤 당신보다도 더 큰 실수를 저질렀거든요."

그때 내 얼굴에 떠오르던 한심한 눈빛과는 전혀 정반대인 어색하게 만들어 지은 미소를 나는 지금도 자신의 얼굴에 느낄 수 있다.

베아트리스, 눈치 빠르지는 못하지만 동정심이 있는 베아트리스가 팔목에 낀 팔찌를 절그렁거리며 화끈화끈 달아오르는 이마에서 자꾸만 베일을 떨어뜨리면서 상대편의 팔 너머로 나를 지켜보고 격려하듯 끄덕여 보이던 모습이 지금도 눈앞에 선하다. 가일스와 함께 아무렇게나 춤추며 홀을 돌고 있는 나 자신의 모습도 확실히 눈에 보인다. 깊은 동정심과 친절하고 따스한 기분을 지닌 가일스는, 아무리 거절해도 막무가내로 말이라도 휘두르듯이 혼잡한 사람 속으로 나를 끌어들였다.

"당신이 지금 입고 있는 의상은 아주 훌륭합니다." 가일스는 말했다. "거기 비하면 다른 사람들의 의상 따윈 차마 눈을 뜨고 볼 수 없을 정도군요."

이해와 성실함을 나타내는 가일스의 그러한 비통하고도 단순한 태도를 보고 나는 기뻤다. 사람 좋은 가일스, 그는 내가 내 의상에 실망하고 내 모습만이 신경에 걸려 걱정을 하고 있는 줄 아는 모양이었다.

프랭크가 나에게 닭고기와 햄이 담긴 접시를 갖다 주었으나 나는 먹을 수 없었다. 프랭크는 또 샴페인 잔을 들고 내 옆에 와 섰지만, 나는 마시려고 하지 않았다.

"조금이라도 잡수시는 게 좋을 겁니다." 프랭크는 조용히 말했다.
"꼭 마셔야 합니다."

그래서 나는 그의 기분을 언짢게 하지 않기 위해 세 모금쯤 마셨다. 눈 위에 검은 안대를 끼고 있었으므로 프랭크의 얼굴빛은 이상하게 창백했다. 어딘지 모르게 여느 때보다도 늙어 보여 마치 다른 사람처럼 여겨졌다. 나는 그런 것까지는 여태껏 잘 알지 못했었는데, 그의 얼굴에는 여러 줄의 주름이 있는 것 같았다. 프랭크는 마치 또 한 사람의 주인공처럼 여러 손님 사이를 돌아다니며 모두들 기분좋게 놀고 있는지, 음료수며 요리며 담배가 골고루 다 갖추어져 있는지 조사했다. 그리고 또 엄숙하고 성의 있는 태도로 춤을 추었고, 꾸민 듯한 어색한 표정을 지으며 상대방을 이끌고 온 방안을 헤매기도 했다.

프랭크는 해적의 옷을 아무렇게나 입은 것은 아니었다. 머리에 감은 새빨간 손수건 밑으로 꼬불거리는 턱수염에는 무언지 모르게 비장한 게 있었다. 독신자의 살풍경한 침실 안에서, 거울 앞에 서서 손가락에 턱수염을 감아 꼬불거리게 만들고 있는 그의 모습을 나는 상상했다. 가엾은 프랭크, 그리운 프랭크. 만더레이에서의 마지막 가장 무도회를 프랭크가 얼마나 불쾌하게 생각하고 있었는지 나는 알 수 없다. 물어보지도 않았다.

악대는 여전히 연주를 계속하고 있었다. 미친 듯 춤추는 쌍쌍이 마치 겅중겅중 뛰는 꼭두각시처럼 잇달아 홀 안을 여기저기 돌아다녔다. 그 사람들을 바라보고 있는 것은 전혀 내가 아니었다. 그것은 살과 피로 이루어진, 감정을 지닌 그 무엇이 아니었다. 나 자신이 아니라 사람의 형태를 한 장승, 얼굴에 미소를 새겨 넣은 하나의 큰 버팀목이었다. 그 옆에 서 있는 사람도 역시 나무로 되어 있었다. 그의 얼굴은 하나의 가면이고, 미소도 그 자신의 것이 아니었다. 그 눈은 내가 사랑하는 남자, 내가 잘 알고 있는 남자의 눈이 아니었다. 그것은 아무런 표정도 없이 차갑게 나의 몸을 통하여 내가 있는 곳보다 훨씬 저쪽, 내가 들어갈 수 없는 고통과 가책이 있는 장소, 내가 추측할 수 없는 고독한 내적 지옥을 바라보고 있었다.

그는 한 번도 나에게 말을 하지 않았다. 한 번도 나에게 접촉해 오지 않았다. 무도회의 주인인 우리는 서로 나란히 서 있었으나 두 사람의 마음은 하나가 아니었다. 그가 손님에게 인사하는 것을 나는 바라보았다. 그는 한 사람에게 무슨 말을 걸었다. 또 한 사람에게는 농담을 하고, 세 번째 사람에게는 미소를 던지고, 네 번째 사람에게는 어깨너머로 이름을 불렀다. 그러나 그의 입에서 새어나오는 모든 말, 그 하나하나의 동작이 자동적이고 기계적이란 것을 알고 있는 건 나뿐이었다.

우리는 마치 연극을 하고 있는 두 명의 배우 같았다. 그러나 우리는 따로따로였다. 서로가 서로를 상대로 연극을 하고 있는 게 아니었다. 우리는 각각 자기 혼자서 그것을 참아 내야만 했다. 그 무대를, 그 한심한 거짓 연기를, 나는 알지도 못하고 두 번 다시 만나고 싶지도 않은 많은 사람들을 위해 우리는 해내야만 했다.

"부인의 의상 준비가 덜 되었다고요." 얼룩얼룩한 얼굴에 머리를 땋아 내린 선원 차림의 한 사나이가 말했다. 그리고 웃으면서 맥심의 옆구리를 쥐어박았다. "괘씸하지 않은가. 나는 그 가게를 사기죄로 고소하겠네. 우리 처의 사촌들도 한 번 그런 일이 있었어."

"음, 분했네." 맥심은 말했다.

"부인" 하고 그 선원 차림의 사나이는 나를 보고 말했다. "부인은 스스로를 물망초라고 하세요. 물망초는 파란 꽃이 아닙니까? 조그맣고 예쁜 꽃이지요. 안 그런가, 드 윈터? 자네 부인께 앞으론 '물망초'라고 스스로 칭하시도록 일러 드리게." 그는 상대방을 안은 채 큰 소리로 웃으며 춤을 추었다. "어떤가, 아주 기발한 생각이지. 물망초라고 하는 걸세."

이윽고 프랭크가 다른 컵을 들고 내 옆으로 찾아왔다. 이번엔 레모네이드였다.

"필요없어요, 프랭크. 목이 마르지 않아요."

"왜 춤을 추지 않으십니까? 아니면 잠시 앉아서 쉬시겠습니까? 테라스 한편 구석이 비어 있습니다."

"아니오, 전 서 있는 편이 좋아요. 앉고 싶진 않아요."

"뭐, 잡수실 걸 가지고 올까요? 샌드위치나 복숭아는 어떻습니까?"

"아니, 아무것도 먹고 싶지 않아요."

또 적황색의 부인이 나타났으나, 이번에는 나를 보고 미소짓는 일을 잊고 있었다. 식사를 한 다음이라 그 여자는 얼굴이 빨개져 있었다. 그리고 상대방의 얼굴을 줄곧 올려다보고 있었다. 상대방 남자는 키가 훌쩍 크고 아주 여위었으며, 바이올린과 같은 턱을 하고 있었다.

〈운명의 왈츠〉〈푸른 다 뉴브〉〈메리 위도우〉 1-2-3, 1-2-3, 빙빙 돌고 1-2-3, 1-2-3, 빙빙 도는 적황색 여자, 녹색 여자, 그리고 베아트리스. 이마에서 베일을 걷어올리고 있다. 그리고 온통 얼굴이 땀투성이가 된 가일스. 아까 그 선원 차림의 사나이가 또 다른 상대와 춤을 추면서 다시 한번 내게로 가까이 와서 멈추어 섰다. 상대방 여자는 내가 알 수 없는 사람이었는데, 튜더 왕조 시대의 옷을 입고 있었다. 튜더 왕조 시대의 부인이 다 그렇듯이 목 둘레를 주름으로 두른, 검은 우단으로 지은 옷을 입고 있었다.

"당신들은 언제 우리 집에 오시겠습니까?" 마치 오래 된 친구에게 말하듯이 그 여자는 말했다. 나는 대답했다. "물론 가까운 시일 내에 찾아뵙겠어요. 어제도 둘이서 그런 이야기를 했습니다." 그렇게 말하면서도, 어째서 이렇게 힘도 안 들이고 술술 거짓말이 나올 수 있을까 생각했다.

"아주 훌륭한 파티예요. 축하합니다." 그 여자는 말했다.

"고맙습니다." 나는 말했다. "아주 유쾌하군요."

"의상점이 맞지 않는 옷을 보내왔다면서요?"

"그래요, 정말 기가 막혀요."

"의상점은 모두들 그래요. 조금도 신용할 수 없다니까요. 하지만 그 예쁜 파란 옷을 입고 계시니까 아주 발랄해 보여요. 이렇게 무더운 비로드보다 훨씬 좋아 보이네요. 부디 잊지 마시고 두 분이 함께 가까운 시일 내에 궁전으로 식사를 하러 오세요."

"꼭 찾아뵙겠어요."

이 여자는 지금 무슨 말을 한 것일까? 어디에 있는 어느 궁전을 말하는 것일까? 우리는 왕족을 맞이한 것일까? 그녀는 비로드 옷자락으로 마치 융단 소제기처럼 마룻바닥을 휩쓸면서 선원 차림의 신사 팔에 안기어 〈푸른 다뉴브〉의 리듬에 맞추어 춤을 추고 있었다. 튜더 왕조 풍의 여자가 페나인 산지를 걸어다니기 좋아하는 사제 부인이라는 것을 생각해 낸 것은 그로부터 훨씬 뒤, 도저히 잠을 이룰 수 없었던 어느 날 밤중의 일이었다.

이제 몇 시나 되었을까? 나는 알 수 없었다. 밤은 느릿느릿 시간을 보내고 있었다. 처음부터 끝까지 같은 얼굴과 같은 음악이었다.

브리지를 하고 있는 사람들은 춤추는 사람들을 바라보느라고, 이따금 마치 은자처럼 살그머니 서재에서 빠져나왔다. 그리고 또 되돌아갔다. 베아트리스는 옷자락을 끌면서 내 귓가에 대고 속삭였다.

"왜, 좀 앉지 그래요? 얼굴빛이 마치 죽은 사람 같아요."

"전 문제 없어요."

가엾은 가일스는 얼굴의 화장이 녹아 내린 채 아라비아 담요에 휩싸여 헐떡이며 내가 있는 곳으로 왔다.

"이제 테라스에 가서 불꽃놀이를 구경합시다."

테라스에 서서 하늘을 물끄러미 올려다보며, 불꽃이 터져 쏟아져 내려오는 것을 멍하니 바라보던 기억이 난다. 한쪽 구석에는 조그만 클라리스가 영지에서 온 남자아이와 함께 있었다. 그녀는 즐거운 듯이 생글거리고 있었다. 그리고 발밑에서 불꽃이 후드득 소리를 내면 기뻐서 크게 소리를 질렀다. 아까 울었던 일은 이제 다 잊어버리고 있었다.

"야, 이번 것은 큰데." 가일스는 입을 벌리고 큰얼굴을 위로 향했다. "정말 멋있군. 브라보! 야, 참으로 아름다워."

불화살이 하늘을 가로지를 때 나는 슉 하는 소리, 요란한 폭음, 에머럴드 빛의 조그만 별들의 분산, 군중들 속에서 일어나는 탄성, 기쁨에 넘친 환성, 박수 갈채 소리.

적황색 옷을 입은 여자는 기대에 찬 얼굴로 저만치 앞자리에 서서 별이 쏟아질 때마다 번번이 이런 말을 했었다.

"어머나, 참 아름답군요……. 저걸 보세요, 정말 아름다워요……. 저런, 이번 것은 터지지 않았네요……. 조심하세요, 우리가 있는 쪽으로 떨어져요……. 저기 있는 사람들은 무엇을 하고 있는 것일까?"

은자들도 소굴 속에서 튀어나와 테라스에서, 춤추던 사람들과 함께 어울렸다. 잔디밭 위에는 많은 사람들이 새까맣게 엉겨 있었다. 터지는 별은 하늘을 올려다보고 있는 사람들의 얼굴 위에서 반짝였다. 불화살은 몇 차례 공중으로 돌진했다. 하늘은 새빨개지기도 하고 금빛이 되기도 했다.

창문이란 창문은 모두 환하게 빛나고, 잿빛 벽은 쏟아지는 별빛으로 물들어 만더레이는 마치 마법의 집인 듯 서 있었다. 그것은 검은 숲 속에 입체적으로 조각된 이상야릇한 집이었다. 그러나 마지막 불꽃이 터지고 박수 갈채 소리가 사라지자 그때까지 아름다왔던 밤은 반대로 생기를 잃은 듯 답답해 보이고, 하늘은 검은 옷에 휩싸인 듯했다.

잔디밭 위로 찻길에 있었던 여러 개의 작은 무리는 뿔뿔이 흩어져 버렸다. 테라스의 긴 창문 있는 곳에 몰려 있던 손님들은 다시 객실 쪽으로 되돌아갔다. 긴장되었던 기분이 갑자기 풀렸다. 환락 뒤에 오는 허무한 기분이다. 우리는 흥이 깨어진 듯한 얼굴로 여기저기 서 있었다. 누군가가 샴페인 한 잔을 내가 있는 곳으로 가지고 왔다.

찻길 쪽에서 자동차 떠나는 소리가 들려왔다. '모두들 슬슬 가기 시작하는군' 하고 나는 생각했다. '아, 됐다. 모두들 돌아가기 시작하는구나……' 그런데 적황색 옷을 입은 여자는 또 무엇을 먹고 있었다. 홀이 텅 비려면 아직도 꽤 시간이 걸릴 것 같다. 프랭크가 악대를 향해 신호하는 것을 나는 보았다. 나는 객실과 홀 사이에 있는 통로에 낯선 남자와 나란히 서 있었다.

"참 훌륭한 모임이었습니다." 그 남자는 말했다.

"네" 하고 나는 말했다.

"전 처음부터 끝까지 줄곧 유쾌했습니다." 그는 말했다.

"그렇게 말씀하시니 정말 기쁩니다." 나는 말했다.

"몰리는 오늘 밤 모임에 참석할 수 없어서 참으로 서운하게 여기고 있습니다." 그는 말했다.

"어머나, 그러세요." 나는 말했다.

악대는 〈올드 랭 사인(좋았던 옛 시절)〉을 연주하기 시작했다. 그 남자는 내 손을 잡고 아래위로 흔들었다. "이봐요." 그는 말했다.

"다들 이리로 오지 않겠소?" 누군가 또 한 사람이 내 한쪽 손을 잡았다. 다른 사람들도 우리와 함께 어울렸다. 우리는 크게 원을 그리고 서서 목소리를 돋구어 노래했다. 하룻밤을 실컷 즐긴 남자, 그리고 오늘 밤 모임에 나오지 못한 몰리가 아주 서운해한다고 말하던 남자는 중국 관리로 분장하고 있었다. 만들어 단 손톱이 우리가 손을 올렸다 내렸다 할 때마다 소맷부리에 걸렸다. 그는 큰 소리로 웃었다. 우리들도 모두 웃었다.

'옛 친구는 어찌 잊으랴.' 우리는 노래했다. 끝 소절이 되자, 지금까지 들떠 있던 기분이 갑자기 변해 버렸다. 북 치는 사람은 〈갓 세이브 더 킹〉의 전주로 북채를 요란스럽게 울렸다. 그러자 해면으로 닦아 낸 듯, 미소가 우리들 얼굴에서 사라졌다. 중국 관리는 차려 자세로 두 손을 넓적다리에 갖다 붙였다. 그때 나는 이 사람을 군인인가보다고 멍하니 생각했던 일을 기억하고 있다. 심각한 얼굴로, 중국식 수염을 늘어뜨린 그 남자의 모습은 아주 이상야릇하게 보였다.

나는 적황색 옷을 입은 여자의 눈을 보았다. 그 여자도 무의식중에 〈갓 세이브 더 킹〉의 포로가 되어 있었다. 아직도 닭고기 접시를 손에 들고 있었는데, 그것을 그녀는 마치 교회의 의연금이라도 되는 것처럼 앞으로 쑥 내밀고 있었다. 흥분의 빛은 그녀 얼굴에서 완전히 사라져 버렸다. 그러나 〈갓 세이브 더 킹〉의 마지막 소절이 끝나자 그녀는 또 긴장이 풀린 듯 어깨너머로 상대방과 지껄여 대며 열심히 닭고기를 먹어 댔다. 누가 다가와서 내 손을 잡았다.

"부디 잊지 마세요. 당신들은 다음날 14일에 우리집 만찬에 참석하시기로 약속했습니다."

"어머나, 그랬던가요." 나는 멍청한 눈초리로 그를 쳐다보았다.

"그럼요, 당신 시누이님도 약속해 주셨어요."

"그래요, 그것 참 기쁜 일이군요."

"여덟 시 반입니다. 넥타이는 검은 색이구요, 뵈올 날을 손꼽아 기다리겠습니다."

"고맙습니다."

사람들은 작별 인사를 하기 위해 줄을 지었다. 맥심은 방 저쪽에 있었다. 나는 또 미소를 지었으나 〈올드 랭 사인〉이 끝난 뒤였으므로 그건 이미 힘빠진 미소였다.

"오랜만에 이렇게 유쾌한 밤을 보냈습니다."

"고맙습니다."

"큰 무도회를 열어 주셔서 정말 감사합니다."

"고맙습니다."

"드디어 우리는 슬픈 작별의 순간에 이르게 되었군요."

"고맙습니다."

도대체 영어에는 다른 말이 없단 말인가? 나는 마치 짐승처럼 서서 절을 하고 미소를 지었으나 눈은 사람들 머리 너머로 줄곧 맥심을 찾고 있었다. 그는 서재 가까이서 여러 사람에게 둘러싸여 있었다. 가일스는 하릴없이 어정거리는 사람들을 객실 식탁으로 안내했다. 프랭크는 찻길에 나가 모두들 실수 없이 자기 차를 탈 수 있도록 돌보아 주고 있었다. 나는 모르는 사람들에게 에워싸여 있었다.

"안녕히 계세요, 진심으로 감사하게 생각합니다."

"실례했습니다."

홀은 점점 사람이 줄어들었다. 이미 그것은 지나간 밤의 서운함과 피곤한 다음날의 갓밝이를 말하는 덤덤한 분위기를 이루고 있었다.

발코니에는 파리한 등불이 켜져 있고 잔디밭에는 통 모양의 불꽃대 모습이 흐릿하게 보였다.
"안녕히 계십시오. 참으로 멋있는 모임이었습니다."
"고맙습니다."
맥심은 밖으로 나가 찻길에 있는 프랭크 옆에 서 있었다. 베아트리스는 절그렁거리는 팔찌를 빼면서 내가 있는 곳으로 왔다.
"이런 건 정말 못견디겠군. 아, 난 아주 녹초가 되었어요. 한 차례도 쉬지 않고 춤을 춘 것 같아요. 정말 멋들어진 성공이었어요."
"그래요." 나는 말했다.
"올케는 이제 쉬어야 하지 않겠어요? 완전히 지쳐 버린 것 같군요. 무리도 아니지, 거의 밤새도록 서 있기만 했으니. 다들 어디 있지요?"
"찻길에 있어요."
"나는 커피와 달걀, 그리고 베이컨을 먹고 싶은데 당신은 어때요?"
"저는……. 베아트리스, 전 먹고 싶지 않아요."
"파란 옷을 입은 당신 모습은 아주 훌륭했어요. 모두들 그렇게 말하더군요. 너나 할것없이……. 그 일은 전혀 눈치를 못 챈 모양이니까 조금도 걱정할 필요 없어요."
"네."
"만일 내가 올케라면 내일 아침은 마음껏 잘 거예요. 뭐, 빨리 일어날 필요가 있나요. 아침은 침대에서 먹어요."
"네, 그럴지도 모르겠어요."
"내가 맥심에게 올케가 이층으로 갔다고 말해 줄까요?"
"부탁해요, 베아트리스 시누님."
"걱정 말아요. 편히 쉬어요." 베아트리스는 내 어깨를 두드리며 재빨리 입맞춤을 했다. 그리고 나서 식당에 있는 가일스 쪽으로 갔다.
 나는 천천히 계단을 올라갔다. 악대석의 불을 끄고 역시 달걀과 베이컨을 먹으러 갔다. 악기가 마룻바닥에 놓여 있었다. 의자가 하나 엎어져 있었다. 담배꽁초가 수북한 재떨이가 있었다. 무도회가 남긴 것이다.
 나는 복도를 지나 내 방으로 갔다. 주위는 차차 밝아져 갔다. 새들이 재잘거리기 시작했다. 옷을 벗는데 불을 켤 필요는 없었다. 싸늘한 바람이 열려 있는 창문으로 들어왔다. 조금 춥기까지 했다.
 많은 사람들이 들어간 듯, 장미 화원의 의자가 본디 있던 장소에서 여기저기 흩어져 있었다. 한 식탁 위에 빈 잔이 놓인 쟁반이 있었다. 누군가가 두고 간 손가방이 의자 구석에 놓여 있었다. 나는 방을 어둡게 하기 위해 커튼을 내렸으나 잿빛 서광이 옆 틈으로 스며들고 있었다.
 나는 침대에 들어갔다. 다리가 몹시 아프고 허리가 쿡쿡 쑤셨다. 반듯이 누워 눈을 감았다. 깨끗한 시트의 차가운 감촉이 기분을 상쾌하게 했다. 마음도 몸처럼 충분한 휴식을 취해 이대로 잠이 들어 주었으면 했다.
 음악에 따라 움직이고, 수많은 얼굴 속에서 빙빙 돌아야 하는 일은 이제 질색이었다. 나는 두 손으로 눈 위를 눌렀으나 아무래도 잠을 이룰 수가 없었다. 맥심은 언제까지 아래층에 있을 것인가, 하고 생각했다.
 한쪽에 있는 침대가 썰렁해 보였다. 머지않아 방안에는 모든 그림자가 사라져 버릴 것이다. 벽도, 천장도, 마루도, 모두 아침 빛으로 밝게 빛날 것이다. 새들은 좀더 드높게, 좀더 명랑하게, 좀더 서슴없이 지저귀리라. 그리고 햇빛이 커튼 위에 노란 반점을 만들 것이다.
 침대 옆에 있는 작은 시계가 재깍재깍 초침을 움직이고 있다. 바늘은 문자판 위를 돌고 있었다. 나는 옆에 누워서 그것을 지켜보고 있었다. 긴 바늘이 한 바퀴 돌더니 다시 움직여 새로운 여로에 올랐다. 그러나 맥심은 돌아오지 않았다.

18

나는 일곱 시가 좀 넘어서 잠이 든 모양이다. 밤은 완전히 새어, 커튼을 쳐서 가려질 정도의 햇빛이 아니었다. 활짝 열린 창문으로 햇빛이 스며들어 벽에 빛의 줄무늬를 이루고 있었다. 아래쪽 장미 화원에서 테이블과 의자를 치우고 길게 연결된 꼬마 전구를 떼기도 하는 사람들의 목소리가 들려 왔다.

맥심의 침대는 여전히 텅 비어 있었다. 나는 침대에 비스듬히 누워서 두 팔로 눈을 가리고 있었다. 우습고 바보 같은 모습으로 잠을 이룰 것 같지 않은 자세였으나, 나는 꿈길을 더듬다 결국은 그 길을 넘어서고 말았다. 눈을 뜬 것은 11시였는데, 옆에 쟁반과 차가운 찻그릇이 놓여 있고 옷도 개켜져 있었으며 파란 드레스를 양복장 안에 넣어 둔 것을 보니 내가 모르는 사이에 클라리스가 차를 가지고 왔던 모양이다.

나는 짧은 시간 동안의 찌뿌듯한 잠에서 아직 제대로 깨지 않은 채 차가운 차를 마셨다. 그리고 눈 앞의 흰 벽을 바라보았다. 텅 빈 맥심의 침대가 눈에 띄자 마음에 기묘한 충격이 일어 정신이 번쩍 들었다. 그러고 보니 지난 밤의 괴로움이 또 덮쳐 왔다. 그는 끝내 찾아오지 않았다. 그의 잠옷은 개켜져 손도 대지 않은 채 홑이불 위에 놓여 있었다.

차를 가지고 들어왔을 때 클라리스가 어떻게 생각했을까 하는 생각이 들었다. 눈치를 챘을까? 다른 하녀들에게도 말을 해서 모두 아침 한때 떠들어 대지나 않았을까? 왜 그런 것을 걱정할까, 하녀들이 부얶에서 그런 얘기를 한다고 생각하면 왜 마음이 아플까 하고, 나는 내가 비굴하고 평범하고 좁은 마음을 지니고 있어 남에게 뒷말을 듣는 게 괴로워서 그런 걸까? 그렇기 때문에 어젯밤에도 내 방에 숨어 있지 못하고, 파란 드레스 차림으로 아래층에 내려갔던 것이다. 용감하다든가 위대하다든가 그런 뜻이 아니라, 다만 습관에 질질 끌려간 데 지나지 않는 것이다.

내가 내려간 것은 맥심을 위해서도 아니고, 베아트리스를 위해서도 아니며, 만더레이를 위해서도 아니었다. 그것은 무도회에 온 사람들에게 나와 맥심 사이에 언쟁이 있었다는 것을 알리고 싶지 않았기 때문이다.

그들이 돌아가서 "두 사람은 순조롭지 못해. 그는 조금도 행복해 보이지 않더군." 이런 말을 하는 것이 싫었기 때문이다. 모든 것이 나 자신을 위한 것이고 가엾은 나의 자존심을 위해서였다. 식은 차를 마시면서 나는 지쳐 버린 쓸쓸한 절망을 되씹으며, 세상 사람이 모르는 이상 나와 맥심은 만더레이의 한쪽 구석에서 따로따로 생활해 나가는데 만족하리라 생각했다. 그가 내게 애정을 갖지 않고 두번 다시 입맞춤해 주지 않으며 필요한 일 이외는 말을 하지 않는다 하더라도, 만일 그것이 우리 둘 사이만의 일로서 절대로 밖으로 새어나가지 않는다면 참아 낼 수 있다고 생각했다. 하인들을 구슬려서 입만 막아 놓을 수 있다면 친척 앞에서나 베아트리스 앞에서, 그리고 두 사람이 각 방에서 따로따로 앉아 있을 때도 서로 다른 생활을 하면서 그런대로 각기 자기의 역할을 수행해 나갈 수 있다.

침대 위에 앉아, 벽과 창문으로 스며드는 햇빛과 텅 빈 맥심의 침대를 바라보았을 때, 결혼에 실패하는 것만큼 부끄럽고 꼴사나운 일은 없다고 나는 생각했다. 나의 결혼처럼 3개월 만에 파탄이 난 결혼. 이제 나는 눈꼽만큼의 환영도 남아 있지 않으며, 또 그렇게 꾸미고 싶지도 않았다. 어젯밤 일로 미루어 보아 모든 것을 알고도 남았다. 나의 결혼은 실패였다.

세상 사람이 이 일을 안다면 틀림없이 이러쿵저러쿵 말들이 많을 것이다. 그러나 그것은 모두 사실인 것이다. 우리 사이는 순조롭지 못하다. 우리는 일생의 반려자가 못 된다. 서로 성격이 맞지 않는 것이다. 맥심에게 나는 너무 젊은 데다 세상 물정도 모르는 철부지며, 게다가 더 중대한 것은 그와는 다른 세계의 사람이라는 점이다. 내가 그를 어린아이나 개처럼 진실된 마음으로 사랑한다 해도 그것은 관계 없는 일이었다. 그는 전에 지녀 본 일이 있던, 그리고 나로선 안겨 줄 수 없는, 어떤 것을 찾고 있는 것이다.

맥심은 전에 몇 배나 더 큰 행복을 지니고 있었다. 그런데 나는 그를 행복하게 해줄 수 있다고 잘못 생각하고 이 결혼 생활을 시작한 것이다. 그때 지녔던 팔팔하고 거의 광기에 가까운 흥분과 자부를 나는 상기했다. 얕은 관찰안과 속된 생각밖에 하지 못하는 반 홉퍼 부인까지도 내가 잘못을 저지르고 있다는 것을 알고 있었다.

"반드시 후회할 것이라고 생각해." 반 홉퍼 부인은 말했다. "너는 큰 잘못을 범하고 있는 것 같아."

나는 반 홉퍼 부인이 하는 말에 귀를 기울이려 하지 않았다. 부인을 인정이 없고 잔혹하다고 생각했다. 그러나 부인의 말이 옳았다. 부인이 한 말은 모두 옳았다. 부인이 작별 인사를 하기 전에 내게 말했던 짓궂은 말——"너는 그 사람이 너를 사랑한다고 생각하고 좋아하고 있는 게 아냐? 그이는 다만 쓸쓸할 뿐이야. 크고 공허한 집이 견딜 수 없는 거야." 그 말은 부인의 일생을 통한 가장 심각하고도 가장 참된 말이었다.

맥심은 나에게 사랑을 느낀 적이 없다. 한번도 나를 사랑한 일이 없었다. 이탈리아의 신혼 여행도, 이 집에서 나와 함께 한 생활도,

그에겐 아무 뜻도 없었던 것이다. 나에 대한 사랑, 한 여성으로서의 나에 대한 사랑이라고 내가 생각했던 것은 사랑이 아니었다. 그것은 단지 그가 남성이고, 내가 그의 아내이고, 젊은 여자이며, 그가 쓸쓸했다는 것뿐이었다. 그는 결코 나의 것이 아니었다. 레베카의 것이었다. 그는 지금도 역시 레베카를 생각하고, 레베카가 있음으로 해서 나를 단 한번도 사랑하려 하지 않는 것이다.

레베카는 덴버스 부인의 말대로 지금도 여전히 이 집에 살고 있으며, 서쪽 방에, 서재에, 거실에, 응접실 위의 진열실에 있다. 레베카의 비옷이 아직도 걸려 있는 작은 원예실에까지도 있는 것이다. 뜰에도, 숲에도, 심지어는 강가에 있는 오두막에도 있다. 복도에는 레베카의 발자국 소리가 들리고, 계단에는 그녀의 향기가 풍기고 있다. 하인들은 아직도 레베카의 명령을 쫓고 있고, 우리가 먹는 요리는 그녀가 좋아하던 요리인 것이다. 그녀의 마음에 들었던 꽃이 방마다 가득 차 있고, 그녀 방의 옷장에는 그녀의 옷이 있고, 화장대에는 그녀의 브러시가 놓여 있으며, 의자 밑에는 그녀의 슬리퍼가, 침대 위에는 그녀의 잠옷이 있다.

레베카는 아직도 만더레이의 안주인이다. 레베카는 지금도 아직 드 윈터 부인이다. 나는 여기서는 아무 권한도 없었다. 마치 가엾은 바보처럼 남의 자리에 끼어든 것이다.

"레베카는 왜 오지 않았지?" 맥심의 할머니는 말했다. "레베카가 와 줬으면 좋겠는데. 레베카는 어딜 갔느냐?"

할머니는 나를 모르고, 알려고 들지도 않았단 말인가? 왜 그랬을까? 그것은 할머니에게 나는 완전히 남이었기 때문이다. 나는 맥심의 것도 아니고 만더레이의 사람도 아니었다. 더욱이 처음 만났을 때 베아트리스는 나를 흘끔흘끔 쳐다보면서 서슴없이 말했지 않은가.

"당신은 레베카와는 전혀 다르군요." 그리고 나 자신도 싫었지만 프랭크와 레베카의 이야기를 했을 때, 그는 내가 퍼붓는 질문을 싫어하며 대답을 꺼리고 있었다. 그뿐 아니라 집 가까이 왔을 때 마지막으로 대답했던 그의 목소리는 엄숙하고도 조용했다. "그렇습니다. 그렇게 아름다운 부인은 본 적이 없습니다."

레베카, 레베카…… 언제나 레베카인 것이다. 만더레이의 어느 곳을 걸으나, 어느 곳에 걸터앉으나, 마음속 꿈속에서까지도 나는 레베카와 얼굴을 마주했다. 지금까지 나는 그녀의 모습, 다리도 길고 늘씬하며 발은 조그맣고 볼이 좁다는 것 등을 알았다. 어깨는 나보다 넓고 재주 있어 보이는 손, 그것은 보트를 젓고, 말고삐를 잡을 수 있는 손이다. 꽃꽂이를 하고, 배의 모형을 만들고, 책의 속표지에 '맥스에게, 레베카로부터'라고 글을 쓴 손이다. 그리고 또 나는 그녀의 얼굴이 갸름하고 피부는 투명한 듯 희며 치렁치렁한 검은 머리를 갖고 있음을 알았다. 그녀가 쓰고 있던 향수가 무엇인지도 알았고, 그녀의 높은 웃음 소리와, 미소도 알 수 있을 것 같았다.

레베카, 레베카, 언제나 레베카인 것이다. 내가 레베카로부터 해방되는 일은 영구히 없을 것 같았다. 내가 그녀에게 얽매인 것처럼, 아마 그녀도 내게 얽매여 있는 게 아닐까. 덴버스 부인이 말하듯이 그녀는 진열실에서 나를 내려다보고, 내가 그녀의 책상에서 편지를 쓸 때는 옆에 앉아서 물끄러미 바라보고 있는게 아닐까. 내가 입었던 비옷도 손수건도 모두 그녀의 것이었다. 아마 그녀도 그런 것을 알고 있으며, 내가 쓰고 있는 것을 보고 있을 것이다.

쟈스퍼는 그녀의 개였다. 그리고 지금은 내 뒤를 쫓아다닌다. 장미도 그녀의 것이었는데, 나는 그것을 잘라내고 있다. 내가 그녀를 원망스럽게 생각하고 있는 것처럼, 그녀도 나를 미워하고 있을까? 그녀는 이 집안에 다시 맥심 혼자만이 있기를 바라고 있을까? 살아 있는 이라면 싸울 수도 있다. 그러나 상대가 죽은 이고 보니 그것도 할 수 없다.
　만일 런던에, 맥심이 사랑하고, 편지를 하고, 찾아가기도 하고, 함께 식사를 하고, 잠자리를 같이 하기도 하는 여자가 있다면 나는 그 여자와 싸울 수가 있다. 두 사람의 처지가 같기 때문이다. 나는 조금도 두려워하지 않을 것이다. 분노라든가 질투는 정복할 수 있다. 언젠가는 그 여자가 늙고 지치고 옛 모습도 사라져, 맥심의 사랑이 떠날 날도 있을 것이다.
　그러나 레베카는 절대로 나이를 먹지 않는다. 레베카는 언제나 변하지 않는 것이다. 그러므로 도저히 겨루어 볼 수가 없다. 그녀는 나에게는 너무 강적이다.
　나는 침대에서 일어나 커튼을 젖혔다. 햇빛이 방으로 흘러 들어왔다. 이제는 장미 화원도 완전히 정리가 끝났다. 나는 사람들이 연회 다음날, 흔히 그렇듯이 어제 있었던 무도회 이야기를 하고 있는게 아닌가 생각했다.
　"어젯밤 무도회는 그쪽 관습에 맞는다고 생각되나요?"
　"응, 그렇게 생각해."
　"악대가 좀 뛰어나지 못한 것 같더군."
　"요리는 훌륭했어."
　"불꽃놀이도 나쁘진 않았지."
　"베아트리스는 이제 늙어 보이던데."
　"그렇게 분장하면 누구나 그렇게 보일 거야."
　"맥심은 병이 있는 것 같더군."
　"늘 병자 같은 얼굴인데 뭐."
　"신부는 어떻든가?"
　"대수롭지 않아. 그다지 환한 느낌이 없어."
　"잘되어 갈까?"

"글쎄, 나는 어쩐지……."

그때에야 비로소 문 밑에 편지가 떨어져 있는 것을 알았다. 나는 그것을 집어들었다. 베아트리스의 필적이라는 것을 곧 알 수 있었다. 베아트리스가 아침 식사를 한 다음 연필로 갈겨 쓴 것이었다.

'문을 두드렸지만 대답이 없으므로, 내가 충고한 대로 어젯밤부터 잠이 든 것으로 알았어요. 집에서 전화가 걸려왔는데 두 시부터 크리켓 경기가 있다는군요. 그런데 가일스가 어떤 사람을 대신해서 출전해야 한다는 통지가 왔대요. 그래서 가일스는 한시라도 빨리 돌아가려고 해요. 어젯밤 그렇게 샴페인을 마셨는데 경기를 할 수 있을는지 의심스러워요. 나는 다리가 조금 아프지만 지난 밤엔 실컷 잤어요. 프리스의 말에 의하면 맥심은 아침 일찍이 식사를 하러 내려왔다고 하는데 지금은 어딜 갔는지 보이지 않는군요. 그러니 당신이 잘 전해 줘요. 그리고 참으로 즐거웠던 어젯밤 일도, 당신들 두 사람에게 깊이 감사해요. 의상에 대한 일은 이제 생각지 말기를(이 마지막 구절에는 진하게 옆줄을 그어 놓았다). 그리고 사랑이 있기를, 베아트리스로부터'

그 밑에 덧붙임이라고 쓰고 '둘이 함께 가까운 시일내에 꼭 찾아주기 바라오'라고 적혀 있었다. 편지지 위에 오전 아홉 시 반이라고 씌어 있는데, 지금은 벌써 열한 시 반이나 다 되어 있었다. 베아트리스 내외가 돌아간 지 벌써 두 시간이 된 것이다. 베아트리스는 의상이 든 여행 가방을 정리하고 뜰에 나와 집안일을 시작했을 것이며, 가일스는 경기에 갈 준비로 베트에 감긴 실을 손질하고 있으리라.

오후가 되면 베아트리스는 시원해 보이는 옷으로 갈아 입고, 차양 넓은 모자를 쓰고 가일스의 경기를 구경할 것이다. 그리고 경기가 끝나면 천막 속에서 차를 마시겠지. 가일스는 땀투성이가 되어 얼굴이 새빨갛다. 베아트리스는 웃으면서 친구에게 말을 건다.

"그래요, 우린 무도회에 초대되어 만더레이에 갔었어요. 아주 재미있었어요. 가일스는 오늘 1야드도 못 뛸 줄 알았어요." 그리고 가일스를 보고 웃으며 그의 등을 가볍게 두드릴 것이다.

그들은 둘 다 중년으로, 이미 꿈과 같은 시대는 지나 버린 것이다. 결혼한 지 20년이나 되었고 옥스퍼드에 갈 큰 아들까지 있다. 두 사람은 참으로 행복해 보였다. 그들의 결혼은 성공적이었다. 나처럼 3개월 만에 파탄이 나는 결혼은 아니었다.

나는 이상 더 침실에 있을 수 없다. 하녀가 빨리 이 방을 청소했으면 하고 기다리고 있을 테니까. 클라리스는 아마 맥심의 침대에 아무도 잔 흔적이 없음을 눈치채지 못했을지도 모른다. 나는 시트를 짐짓 구겨 잔 것처럼 해 놓았다. 만일 클라리스가 말하지 않았다면 하녀들에게 알리고 싶지 않았기 때문이다. 나는 목욕을 하고 나서 옷을 갈아 입고 아래층으로 내려갔다. 아래층 응접실은 이미 완전히 청소가 끝나고 꽃도 치워져 있다. 악대석에 있던 악보대도 치워 버렸다. 악사들은 아마 이른 아침 차편으로 돌아간 모양이다.

정원사가 잔디밭과 찻길에서 불꽃놀이에서 떨어진 껍데기를 쓸어내고 있었다. 머지 않아 만더레이에는 가장 무도회의 흔적이 없어질 것이다. 준비를 하는 데는 그토록 오랜 시간이 걸렸는데 뒷처리는 이렇게 빨리 끝나 버린 것이다. 나는 적황색 옷을 입은 부인이 닭고기가 담긴 접시를 들고 응접실 입구에 서 있던 일을 생각했다. 그러나 그것은 꿈속에 일어난 일 같기도 하고 또 아주 옛날에 있었던 일 같기도 했다. 로버트가 식당 테이블을 닦고 있었다. 그는 몇 주일 동안의 어수선했던 흥분을 깨끗이 잊은 듯이 다시 무신경하고 우둔해 보이는 여느 때의 그로 되돌아가 있었다.

"잘 잤어요, 로버트?" 하고 나는 말했다.
"안녕히 주무셨습니까, 아씨."

"주인 어른을 어디서 뵙지 못했어요?"
"아침을 드신 뒤 잠깐 나가신 것 같습니다, 아씨. 레이시 내외분이 일어나시기 전이었습니다. 그리고 아직 돌아오시지 않았습니다."
"어딜 가셨는지 모르나요?"
"네, 아씨. 모르겠습니다."

나는 다시 객실로 돌아갔다. 그리고 응접실을 지나 거실로 갔다. 쟈스퍼가 뛰어와서, 마치 한참 동안 내가 어디에 가 있었던 것처럼 기뻐 날뛰며 손을 핥았다. 쟈스퍼는 어젯밤 클라리스의 침대에서 잤으므로, 어제 차를 마실 때부터 나와는 얼굴을 대하지 않았던 것이다. 아마 쟈스퍼는 나와 다름없이 시간을 지루하게 느꼈던 모양이다.

나는 수화기를 들어 영지 관리 사무소의 번호를 말했다. 맥심은 분명 프랭크가 있는 곳에 있을 것 같기 때문이었다. 나는 단 1분이라도 좋으니 그와 말을 하지 않고는 견딜 수 없었다. 어젯밤의 일, 일부러 그런 게 아니었다는 것을 그에게 설명하지 않고는 견딜 수 없었다. 비록 앞으로 두번 다시 그와 말을 할 수 없게 된다 하더라도 그 말만은 해야 했다. 사무원이 전화를 받더니 맥심은 없다고 말했다.

"클로리 씨는 계십니다. 아씨, 불러 드릴까요?" 사무원이 말했다. 나는 거절하고 싶었으나 그가 나에게 거절할 틈을 주지 않았고, 수화기를 놓으려 하는데 벌써 프랭크의 목소리가 들려왔다.

"무슨 일이십니까?" 이렇게 말을 시작하는 법이 어디 있단 말인가 하는 생각이 문득 들었다. 그는 안녕히 주무셨느냐는 말도, 별일 없으시냐는 말도 없지 않은가. 왜 그는 다짜고짜 무슨 일이 있느냐고 묻는 것일까?

"프랭크, 저예요. 맥심은 어디에 있지요?"
"모르겠습니다, 뵙질 못했어요. 오늘 아침엔 이곳에 오시지 않았습니다."

"사무실에 가지 않았어요?"
"네."
"그래요. 그럼 됐어요."
"아침을 드실 때 뵙지 못했습니까?" 프랭크는 말했다.
"아니오, 전 이제 일어났기 때문에."
"주인 어른께서는 편히 주무셨는지요?"
나는 잠시 망설였다. 프랭크에게만은 알려도 상관 없을 것 같았다.
"어젯밤에 침실로 오지 않았어요."
열심히 대답할 말을 생각하는지 상대편에선 잠시 말이 없었다.
"네" 하고 그는 아주 낮은 목소리로 가까스로 말했다. "그래요." 그리고 또 잠시 잠자코 있더니 말했다. "정말 저도, 그렇게 되지 않을까 하고 생각했습니다."
"프랭크" 하고 나는 매달리듯 말했다. "어젯밤 모두들 돌아간 다음에 그분은 뭐라고 하던가요? 당신네들은 모두 어떻게 했나요?"
"저는 가일스 내외분과 함께 샌드위치를 먹었습니다." 프랭크는 말했다. "주인 어른은 그 자리에 안 계셨습니다. 뭐라고 말씀하신 뒤 서재에 가 계셨습니다. 저는 그리고 나서 곧 집으로 돌아왔습니다. 아마 레이시 부인은 아실 겁니다."
"그분은 지금 안 계세요. 편지를 써 놓고 가셨더군요. 맥심과는 만나지 못한 모양이에요."
"그렇습니까?" 프랭크는 말했다. 나는 그 말이 마음에 거슬렸다. 그 말소리가 싫었다. 날카롭고 불길한 목소리였다.
"맥심이 어딜 가셨을 것 같은가요?" 나는 말했다.
"글쎄요. 모르겠습니다. 아마 산책을 나가셨겠지요." 프랭크는 말했다. 그것은 의사가, 환자의 친척들이 성가시게 물어 댈 때 대답하는 것과 같은 목소리였다.

"프랭크, 나는 꼭 맥심을 만났으면 하는데요. 어젯밤 일을 어떻게든 설명해야 될 텐데."

프랭크는 대답이 없었다. 그의 걱정스러운 듯한 얼굴과 이마의 주름이 눈앞에 보이는 것 같았다.

"맥심은 내가 일부러 그런 줄 알고 있는 거예요."

나는 이렇게 말했으나 목소리는 자신도 모르게 울먹이며 어젯밤에는 핑 돌기만 했던 눈물이 16시간 지나 뒤늦게 볼을 타고 흘러내렸다. "맥심은 내가 농담으로, 나쁜 장난으로 그런 짓을 한 줄 알 거예요."

"아니" 하고 프랭크는 말했다. "그럴 리가 있습니까."

"아니에요. 정말일 거예요. 당신은 그분의 눈을 보지 않았겠지만, 전 보았어요. 당신이 저처럼 밤새껏 그분 옆에 서서 보지는 않았지요? 그분은 저에게 말도 걸지 않고 두번 다시 저를 쳐다보지도 않았어요. 밤새도록 같이 서 있었지만, 서로 말 한 마디 하지 않았어요."

"그럴 기회가 없었던 것이겠지요" 하고 프랭크는 말했다. "그랬을 겁니다. 물론 저도 보았습니다. 그런 일에서는 제가 주인 어른을 가장 잘 알고 있습니다. 아시겠습니까……."

"전 그분이 나쁘다는 게 아녜요." 나는 말꼬리를 가로챘다. "만일 제가 정말 그런 야비하고 나쁜 장난을 했다면, 저와 두번 다시 말을 하지 않아도 좋고 쳐다보지 않아도 당연하게 여길 거예요."

"그런 말씀을 하시면 안 됩니다." 프랭크는 말했다. "설마 진심으로 그런 말씀을 하시는 건 아니겠지요? 이제 곧 가서 뵙겠습니다. 제가 말씀드리면 부인께서도 이해가 가실 겁니다."

프랭크가 찾아와 거실에 마주 앉아 아무리 나를 달래고, 온갖 말로 다정하게 해준다 한들 그게 무슨 소용이 될까. 나는 이제 아무에게도 친절한 대우를 받고 싶지 않았다. 이미 때는 늦은 것이다.

"괜찮아요" 하고 나는 말했다. "이제 그런 걸 되풀이해서 말하고 싶지 않아요. 이미 끝난 일이고, 이제 새삼스레 바꾸려 해도 불가능한 일이니까요. 오히려 잘되었다고 생각해요. 덕분에 전부터 알고 있어야 할 일, 맥심과 결혼했을 때 생각했어야 할 일을 알게 되었으니까요."

"그게 무슨 말씀이시지요?" 프랭크는 말했다.

그의 목소리는 이상하게도 날카롭게 변해 갔다. 맥심이 나를 사랑하고 있지 않다는 일이 왜 그와 관계가 있는 것일까, 왜 그 일을 내게 알리고 싶지 않은 것일까 하고 나는 이상하게 생각했다.

"그분과 레베카의 일이에요" 하고 나는 말했다. 그녀의 이름을 입에 담았을 때 그건 마치 금단의 말처럼 이상하게도 씁쓰레하게 울렸으며, 나는 이미 마음이 놓이지도 유쾌하지도 않고 죄를 고백하는 것처럼 괴롭고 부끄럽기만 했다. 프랭크는 잠시 대답이 없었다. 그가 수화기 앞에서 숨을 크게 쉬고 있는 소리가 들렸다.

"그게 무슨 말씀이지요?" 그는 또 물었는데 그 말투는 아까보다도 짧고 날카로웠다. "그게 무슨 말씀이지요?"

"그분은 나를 사랑하고 있는 게 아니에요. 레베카를 사랑하고 있어요" 하고 나는 말했다. "레베카를 못잊어하는 거예요. 지금도 밤이나 낮이나 그 사람만을 생각하고 있는 거예요. 나를 사랑해 본 일은 한 번도 없었어요. 언제나 레베카, 레베카, 레베카뿐이지요." 프랭크가 놀라움에 찬 소리를 지르는 게 들렸으나, 나는 내가 그를 어떻게 놀라게 했는가 하는 생각은 하지도 않았다. "이제 당신은 제가 어떻게 생각하고 있는지 알았겠지요?" 나는 말했다.

"아시겠습니까" 하고 그는 말했다. "꼭 지금 곧 가서 뵙겠습니다. 꼭입니다…… 들리십니까? 정말 중대한 문제라 전화로는 도저히 말할 수 없습니다. 드 윈터 부인…… 드 윈터 부인…….”

나는 수화기를 놓고 책상에서 일어섰다. 프랭크와 만나고 싶진 않았다. 이번 일은 그로서도 별 도리가 없는 일이었다. 나 자신 이외는 내 힘이 될 것은 없다. 얼굴이 새빨개지고 눈물로 얼룩졌다. 나는 손수건 끝을 물어 뜯고, 손수건 가장자리를 잡아당기며 방을 돌아다녔다.

마음속으로, 두 번 다시 맥심과 만날 수 없을 것이라고 강하게 느끼고 있었다. 그것은 어떤 이상한 본능에서 생겨난 확고한 신념이었다. 그는 어딘가로 가 버리고 돌아오지 않는 것이다. 프랭크도 그것을 믿고 있으면서 전화로는 말하지 않은 것이다. 나를 놀라게 하고 싶지 않았던 것이다. 지금 다시 한번 사무실로 전화를 걸어 보면 그는 틀림없이 나갔을 것이다. 그리고 사무원은 이렇게 말하리라.

“프랭크 씨는 이제 금방 나가셨는데요, 아씨.”

모자도 쓰지 않은 프랭크가 낡고 작은 모리스 자동차를 타고 맥심을 찾으러 나가는 모습이 눈에 선했다. 나는 창가에 서서, 반인반양상(半人半羊像)이 피리를 불고 서 있는 조그만 빈 터를 바라보았다. 석남화는 벌써 한 고비를 넘어섰다. 내년까지는 피지 않는 것이다. 꽃빛을 잃고 멀쑥하게 치솟은 푸르름이 갈색으로 물들고 있었다.

바다 쪽에서 안개가 흘러와 둑 저 건너 숲은 보이지 않았다. 무덥고 음울한 날씨였다. 나는 어젯밤 손님들이 주고받은 이야기를 상상할 수 있었다.

“이 안개가 어제 끼지 않아서 다행이었어. 그러면 불꽃놀이도 못 볼 뻔했잖아.”

나는 거실을 나와 응접실로 해서 테라스로 나갔다. 태양은 안개 속에 가려져 있었다. 마치 만더레이에 마술이 걸려 하늘도 햇빛도 빼앗겨 버린 것처럼 느껴졌다. 정원사 한 사람이 지난 밤에 사람들이 잔디밭 위에 떨어뜨린 휴지 조각이며 과일껍질 등을 잔뜩 담은 손수레를 밀고 내 앞을 지나갔다.
"안녕하세요." 나는 말했다.
"안녕하십니까, 아씨."
"어젯밤 무도회 때문에 당신 일이 많아져서 안되었군요."
"뭘요, 상관 없습니다, 아씨." 그는 말했다. "모든 분이 정말로 즐거웠던 것 같습니다. 그게 무엇보다도 다행한 일이 아닙니까."
"그건 그래요."
그는 잔디밭 저쪽에 있는, 바다 쪽으로 경사진 숲 속의 빈 터를 바라보았다. 흐릿하게 보이는 나무들이 몽롱하게 떠 있는 것 같았다.
"점점 안개가 짙어지는 것 같습니다." 그는 말했다.
"그렇군요."
"어젯밤에 이렇지 않기를 정말 다행입니다."
"그래요."
그는 잠시 말없이 서 있더니, 이윽고 모자를 만지고 손수레를 밀면서 가 버렸다. 나는 잔디밭을 건너 숲이 끝나는 데까지 갔다. 나무 사이에 낀 안개가 물방울이 되어 모자를 쓰지 않은 내 머리를 마치 이슬비를 맞은 것처럼 적셨다.
쟈스퍼는 꼬리를 늘어뜨리고, 분홍빛 혀를 빼 문 채 힘없이 내 발치에 서 있었다. 축축하고 음울한 날이었으므로 쟈스퍼도 울적해진 것이다. 내가 서 있는 곳으로 숲 밑의 조그마한 만에서 부서지는 음산하고도 부드러운 파도 소리가 들려왔다. 흰 안개가 축축한 조수와 해초 내음을 싣고 내 앞을 지나 집 쪽으로 흘러갔다. 집쪽을 돌아보니 굴뚝이며 벽의 윤곽도 보이지 않고, 다만 흐릿한 건물 윤곽과 서쪽 채에 있는 창문과, 테라스의 꽃통만이 보일 뿐이었다.
서쪽 채의 큰 침실 창문은 덧문이 살짝 열려 있으며, 누군가가 그곳에 서서 잔디밭을 내려다보고 있었다. 사람의 모습은 몽롱해서 확실히 알 수 없었지만 순간적으로 문득 맥심이 아닌가 하고 생각했다. 이윽고 그 사람이 움직이더니 팔을 내밀며 덧문을 닫는 게 보였는데, 나는 그것이 덴버스 부인임을 알았다. 그녀는 내가 흰 안개에 싸여 숲 가에 서 있는 것을 보고 있었던 것이다. 내가 테라스에서 잔디밭 쪽으로 천천히 걸어가는 것을 보고 있었던 것이다.

내가 프랭크와 전화로 주고받은 말도, 그녀 방에 있는 전화선으로 들었는지 모른다. 맥심이 어젯밤 나와 함께 있지 않았다는 것도 알고 있을 것이다. 내 목소리를 들었고, 내 눈물도 알고 있으리라. 밤새껏 파란 옷을 입고 계단 밑에 맥심과 나란히 서 있던 내 역할도, 그가 나를 쳐다보지도 않고 말도 하지 않았던 일도 알고 있으리라. 이런 일이 일어나도록 하려고 했기 때문에 덴버스는 알고 있는 것이다. 이것은 덴버스의, 그리고 덴버스와 레베카의 승리인 것이다.

나는 지난 밤에 서쪽 채로 통하는 활짝 열린 문에서 나를 지켜보고 있던 덴버스를, 그 흰 해골과 같은 얼굴에 떠올라 있던 악마 같은 웃음을 생각했다. 덴버스는 레베카처럼 죽은 사람이 아니다. 덴버스에게는 말을 할 수 있겠지만 레베카에게는 말을 할 수 없는 것이다.

나는 갑자기 충격을 받아 잔디밭을 가로질러 집쪽으로 되돌아왔다. 그리고 객실을 지나 큰 계단을 올라간 다음 진열실 옆 아치문을 지났다. 그리고 서쪽 채로 통하는 문을 지나 어둡고 조용한 복도 옆에 있는 레베카의 방으로 갔다. 그런 다음 문의 손잡이를 돌리고 안으로 들어갔다. 덴버스 부인은 아직 창가에 서 있었으나 덧문은 닫혀 있었다.

"덴버스" 하고 나는 말했다. "덴버스."

덴버스는 나를 쳐다보았으나 울었기 때문에 그 여자의 눈은, 내 눈도 그러했겠지만, 빨갛게 부어오르고 흰 얼굴에는 검은 그늘이 엿보였다.
 "무슨 볼일이 있으십니까?" 덴버스는 말을 했지만 그 목소리는, 나도 그러했겠지만, 솟구치는 눈물 때문에 알아들을 수 없을 정도로 침울했다. 나는 덴버스가 이런 모습으로 있을 줄은 몰랐다. 어젯밤처럼 잔혹하게 악의에 찬 미소를 띠고 있을 줄로만 알았던 것이다.
 지금의 덴버스는 그런 기색은 눈꼽만치도 보이지 않았으며, 지치고 지친 마음 약한 늙은 여자에 지나지 않았다. 나는 열린 문의 손잡이를 잡은 채 약간 주저했다. 지금의 그녀에 대해 어떻게 말하고 어떻게 행동해야 할지 몰랐다. 덴버스는 여전히 빨갛게 부어오른 눈으로 나를 쳐다보고 있었으나 나는 대답할 수가 없었다.
 "늘 하던 대로 책상 위에 식단표를 갖다 놓았습니다만," 덴버스는 말했다. "뭐, 바꿀 거라도 있습니까?"
 그녀의 말을 듣자 나는 용기가 났다. 그래서 문 앞에서 방 한가운데로 들어갔다.
 "덴버스," 나는 말했다. "나는 식단표 때문에 온 게 아니에요. 당신도 알고 있을 텐데요?"
 덴버스는 대답하지 않았다. 그녀의 왼손이 펴졌다 오므려졌다 했다.
 "당신 뜻대로 된 셈이지요?" 하고 나는 말했다. "이런 일이 일어나게 할 계획이었지요? 당신은 이제 만족스럽겠군요? 기쁘기도 하고?"
 덴버스는 얼굴을 돌려 내가 처음 이 방에 왔을 때처럼 창문으로 밖을 내다보았다.
 "당신은 왜 이 집에 오셨습니까?" 하고 덴버스는 말했다. "만더레이에서는 당신이 오시기를 바라지 않았습니다. 당신이 오시기 전까지는 모든 것이 순조로웠습니다. 왜 그냥 프랑스에 계시지 그랬습니까?"

"덴버스는 내가 주인 어른을 사랑하고 있다는 걸 잊어버린 것 같군요."

"그분을 사랑하고 계신다면, 당신은 결혼하지 않았어야 했을 겁니다." 덴버스는 말했다.

나는 뭐라고 말해야 좋을지 몰랐다. 참으로 상식으로는 이해할 수 없는 말이었다. 덴버스는 얼굴을 돌린 채 울먹이며 알아들을 수 없는 목소리로 말을 계속하고 있었다.

"저는 당신을 미워했지만 지금은 그렇지 않습니다." 덴버스는 말했다. "내가 품고 있던 감정은 모두 사라져 버린 것 같습니다."

"왜 나를 미워했나요? 덴버스에게 미움을 받을 만한 일이라도 했단 말인가요?"

"당신이 윈터 부인의 뒷자리를 차지하려고 했기 때문입니다."

아직도 덴버스는 나를 쳐다보려고 하지 않았다. 얼굴을 다른 데로 돌린 채 침울하게 서 있었다.

"나는 아무것도 바꿔 놓은 게 없어요" 하고 나는 말했다. "만더레이는 옛날 그대로예요. 나는 명령 하나 하지 않고, 모든 것을 덴버스에게 다 맡기고 있었어요. 당신만 응해 줬다면 나는 당신과 친구가 되고 싶었어요. 그러나 처음부터 당신은 나를 눈엣가시처럼 여겨왔지요. 처음 악수를 했을 때 당신 얼굴에서 그런 것을 느꼈어요."

덴버스는 대답이 없었다. 그리고 한 손으로 옷을 움켜쥐고 그 손을 폈다오므렸다 했다.

"남자든 여자든 재혼하는 일은 얼마든지 있어요" 하고 나는 말했다. "해마다 수천 쌍씩 재혼하는 사람이 있어요. 그런데 덴버스 당신은 내가 맥심과 결혼한 것이 마치 죄라도 되는 듯, 죽은 사람에 대한 모욕이기라도 한 듯이 비난하고 있는 거예요. 우리도 세상 사람들처럼 행복해질 권리가 있다고 봐요."

 "드 윈터 님은 행복하지 않습니다." 덴버스는 그제야 내 쪽으로 얼굴을 돌리고 말했다. "아무리 둔한 사람이라도 그건 알 수 있습니다. 잠깐이라도 좋으니 그분의 눈을 보십시오. 지금도 괴로워하고 계십니다. 부인이 돌아가신 뒤부터 줄곧 그런 모습을 하고 계시답니다."

 "거짓말이에요" 하고 나는 말했다. "거짓말이에요. 프랑스에 같이 있을 때 그분은 행복했어요. 젊어 보였고……. 훨씬 젊어 보였고, 웃고만 계셨으며 명랑했어요."

 "그야, 그분도 남자인걸요. 신혼 여행에서 즐거워하지 않는 남자가 어디 있겠습니까. 드 윈터 님은 아직 46살도 안 되셨는걸요."

 덴버스는 경멸하듯이 웃음 지으며 어깨를 들썩였다.

 "내 앞에서 그런 말을 잘도 하는군요. 어째서 그런 말을 하는 거지요?" 나는 말했다.

 나는 이제 덴버스가 무섭지 않았다. 그래서 가까이 다가서서 팔을 잡고 그녀를 흔들었다.

 "어젯밤, 내게 그 의상을 입게 한 건 당신이에요" 하고 나는 말했다. "당신만 없었다면 내가 그런 일을 생각이나 했겠어요? 오로지 맥심의 마음을 상하게 하기 위해 그분을 괴롭히기 위해서 당신이 한 짓이에요. 당신이 그렇게 지독한 장난을 하지 않아도, 그분은 괴로워하고 있잖아요. 그분을 괴롭히면 레베카가 살아서 돌아오기라도 하나요?"

 덴버스는 내 손을 뿌리쳤다. 화가 나서 새파라진 얼굴에 피가 치솟았다.

 "그분의 괴로움이 무엇이겠습니까." 덴버스는 말했다. "그분은 제 괴로움 따윈 염두에도 없습니다. 당신이 아씨 자리를 차지하고, 아씨가 걸었던 자리를 걷고, 아씨 소지품에 손을 대는 것을 보고 제가 기뻐할 줄 알았습니까. 요 몇달 동안 당신이 거실에 놓인 아씨 책상에 앉아 아씨가 쓰시던 펜으로 글을 쓰고, 아씨가 만더레이에 처음 오셨을 때부터 살아 계시던 날까지 매일 아침 저와 말을 나누던 전화로 당신이 말하는 것을 보았을 때, 제가 어떤 기분이 들었을 것 같습니까? 프리스나 로버트, 그리고 그밖의 하인들이 당신을 드 윈터 부인이라고 부르고 '드 윈터 부인께서는 산책을 나가셨습니다.' '드 윈터 부인께서는 오후 세 시에 자동차를 준비하라고 하셨습니다.' '드 윈터 부인께서는 다섯 시가 되어야 차를 드시겠다고 합니다'라는 말을 듣고 제가 어떤 기분이 들었겠습니까?

그리고 그동안 우리 드 윈터 부인——우리 아씨——늘 웃으시고, 늘 아름답고, 늘 훌륭하셨던 진짜 드 윈터 부인은 죽 교회의 지하 묘지에 차디차게 누워 계시며 기억에서 사라져 가고 있는 것입니다. 주인 어른께서 괴로워하신다 해도 그것은 당신 같은 젊은 부인과 열 달도 되기 전에 결혼하셨으니 너무 당연한 일이지요. 그러니 지금 그 보복을 받고 계신 게 아니겠습니까. 저는 그분의 눈을 보았습니다. 얼굴을 보았습니다. 스스로 괴로워하고 계신거니까, 스스로 그에 대해 감사를 하셔야겠지요. 주인 어른은 아씨께서 보고 계시다는 것을 알고 있습니다. 밤이 되면 이곳에 와서 주인 어른을 지켜보고 계시다는 것을 알고 있는 겁니다. 아씨께서는 절대로 부드럽게 대하시지는 않을 겁니다. 우리 아씨는 그런 분이 아닙니다. 심한 취급을 받으면서 잠자코 보고만 있으실 분이 아닙니다. '나는 저 두 사람이 괴로워하는 것을 보고 있으려고 해, 덴버스. 우선 저 두 사람이 괴로워하는 것을 보고 싶어' 하고 말씀하실 겁니다. 그러면 저는 말합니다. '그게 좋을 겁니다, 아씨. 당신을 속이는 자는 없을 겁니다. 당신은 이 세상에서 가질 수 있는 것은 모두 가지기 위해 태어나신 분인걸요.' 아씨께서는 사실 그랬습니다. 무엇 하나 거리낄 것도 없고 두려워할 것도 없이 해치워 버렸으니까요. 드 윈터 부인은 남자와 같은 용기와 영혼을 지니고 계셨습니다. 남자로 태어나셔야 할 분이었습니다. 생전에 저는 곧잘 그런 말을 했었지요. 저는 제 자식처럼 그분의 시중을 들어왔습니다. 당신도 그건 아시겠지요?"

"아니!" 나는 말했다. "아니, 몰라요. 덴버스, 지금 당신이 한 말이 무슨 소용이 있어요. 더 이상 듣고 싶지 않아요. 알고 싶지도 않고요. 내가 당신만큼 느낌이 예민하지 못하단 말인가요. 당신이 그 부인 얘기를 하고 있는 동안 여기 우두커니 서서 듣고 있는 기분이 어떤지 당신은 모른단 말인가요?"

덴버스는 내가 하는 말을 듣지도 않고 미친 사람처럼 기다란 손가락으로 검은 옷을 움켜쥐고 그것을 잡아당기며 헛소리처럼 지껄여 댔다.

"그 무렵 아씨는 굉장히 아름다웠습니다." 덴버스는 말했다. "그림처럼 아름다워서 모든 남자분들이 돌아다볼 정도였습니다. 그게 아직 열두세 살 때 일입니다. 아씨 자신도 그걸 알고, 마치 예쁜 악마처럼 내게 곧잘 윙크를 하셨지요. '난 미인이 될 거야, 다니' 하고 말씀하시는 거예요. 그래서 '이제 알게 됩니다, 아씨, 이제 알게 되실 겁니다.' 나는 이렇게 말했었습니다. 벌써 그때부터 어른 뺨칠 정도로 학문을 깨우치셨고, 18살도 넘은 처녀들처럼 재치 있고 능숙하게 어른들의 말상대를 하셨습니다. 아버지를 그 예쁜 손가락 끝으로 조종하셨고, 어머니도 살아 계셨다면 틀림없이 그렇게 조종을 당하셨을 겁니다. 성격이 강하기론 그분을 따를 사람이 없었습니다. 15살 나던 생일날에 혼자서 말 네 필이 끄는 마차의 말고삐를 잡으셨으니까요. 그때 사촌되는 잭 님이 옆자리에 서서 아씨 손에서 고삐를 빼앗으려고 했습니다. 두 분은 마치 삵괭이처럼 3분 동안이나 다투셨습니다. 말이 마구 달리고 있는데 말입니다. 하지만 아씨, 우리 아씨가 이기셨습니다. 아씨가 잭 님의 머리 위에서 채찍을 흔들어 대니까, 잭 님은 욕을 하고 웃으며 허둥지둥 가까스로 내려 버렸습니다. 아씨와 잭 님은 정말 어울리는 사이였습니다. 집안 사람들은 그분을 해군에 넣었습니다만 훈련이 싫다고 나와 버렸습니다. 저는 당연하다고 생각합니다. 아무튼 그분은 우리 아씨처럼 기질이 강하고, 명령을 따르는 일 따위는 할 수 없는 분이니까요."

나는 두려움에 떨면서 덴버스를 지켜보고 있었다. 이상하게도 자신을 잃은 듯한 미소가 입가에 번져 여느 때보다 늙어 보였고, 그 해골 같은 얼굴에 생기마저 감돌았다.

"아가씨를 이길 수 있는 이는 한 사람도 없었습니다, 한 사람도." 그녀는 말했다. "그분은 자기가 하고 싶은 대로 행동하고 마음대로 살아온 것입니다. 귀여운 사자와 같은 힘을 지닌 분이었습니다. 나는 아직도 그분이 17살 때의 일을 기억하고 있습니다. 그때 아씨는 아버지 말을 타셨지요. 크고 사나운 말이라 마부도 성질이 사나우니 타시지 말라고 말릴 정도였습니다. 그러나 그분은 안장에 걸터앉더니 까딱도 하지 않고 말을 달렸습니다. 지금도 그 모습이 눈앞에 선합니다만 머리칼을 뒤로 날리며 피가 나도록 채찍질을 하고 옆구리에 박차를 가해서, 말에서 내려왔을 때는 말이 거품과 피투성이가 되어 온몸을 떨고 있었습니다.

'이제 조금은 정신이 들었겠지, 다니' 하고 말씀하시며 점잖게 손을 씻고 계셨습니다. 어른이 된 다음에도 역시 그대로였습니다. 저는 늘 함께 살아오며 보아왔던 것입니다. 그분은 무엇이든, 또 누구든 거리끼는 게 없었습니다. 그러나 결국 아가씨를 이겨 내는 게 나타났습니다. 하지만 그건 남자가 아닙니다. 여자도 아닙니다. 바다입니다. 바다에는 아씨도 못당하셨던 것입니다. 결국 아씨를 이겨 낸 것은 바다였습니다."

덴버스는 입을 이상하게 움직여 입가를 씰룩이며 갑자기 말을 끊었다. 그리고 입을 크게 벌리고 눈물도 흘리지 않고 큰 소리로 요란하게 울기 시작했다.

"덴버스" 하고 나는 말했다. "덴버스……." 나는 어떻게 해야 좋을지 몰라 멍하니 그녀 옆에 서 있었다. 나는 이미 그녀를 의심하지도 않고 두려워하지도 않았다. 그러나 그녀가 눈물도 흘리지 않으면서 훌쩍이고 있는 것을 보니 소름이 끼치고 기분이 나빴다.

"덴버스" 하고 나는 말했다. "기분이 나쁜 모양이지요? 쉬어야겠어요. 방에 가서 쉬어요."

덴버스는 홱 돌아다보았다.

"상관 마세요. 제가 슬퍼한다고 당신이 떠들 필요는 없잖습니까. 저는 조금도 부끄럽게 생각하지 않습니다. 방에 틀어박혀 몰래 울거나 하지는 않습니다. 드 윈터 님처럼 문을 잠그고 안에서 왔다갔다하거나 하지도 않고요."

"무슨 말이에요!" 하고 나는 말했다. "맥심은 그러지 않아요."

"아씨가 돌아가신 다음, 곧잘 그러셨습니다. 서재에서 이리저리 왔다갔다하는 발자국 소리를 나는 들었습니다. 눈으로도 보았습니다. 한두 번이 아닙니다. 마치 우리 안에 갇힌 짐승처럼 이리저리 왔다갔다하는 모습을 나는 열쇠 구멍으로 들여다보았습니다."

"그런 소리는 듣고 싶지 않아요. 듣고 싶지 않단 말이에요" 하고 나는 말했다.

"그런데 당신은 신혼 여행에서 그분이 행복했다고 말하십니까." 덴버스는 말했다. "아무것도 모르는 당신이, 그분의 딸처럼 젊은 당신이 그분을 행복하게 해드렸다고 말하는 겁니까. 당신은 인생에 대해 무엇을 압니까? 남자에 대해 무엇을 알고 있습니까? 당신은 이곳에 와서 드 윈터 부인의 후처 자리를 차지했다고 생각하고 있으시지요? 당신이, 그런 당신이, 우리 아씨 자리에 앉다니! 당신이 만더레이에 왔을 때는 하인들까지도 비웃고 있었습니다. 처음 왔던 날 아침 복도 뒤에서 만난 어린 하녀들까지도 그랬습니다. 나는 그분이, 드 윈터 님이 중대한 신혼 여행을 마치고 당신을 데리고 만더레이에 돌아오셨을 때 어떻게 생각하셨을까, 당신이 처음으로 식당 테이블에 앉는 것을 보고 어떻게 생각하셨을까 하고 생각합니다."

"그런 이야기는 이제 그만해요, 덴버스. 그리고 빨리 방으로 가요." 나는 말했다.

"방으로 가요?" 하고 그녀는 내 말을 받았다. "방으로 가요? 나 같은 건 빨리 방으로 가는 편이 좋다고, 이 집 주부가 말씀하시는군요. 그리고 당신은 그런 다음 무엇을 할 참입니까? 드 윈터 님에게 달려가서 '덴버스 부인은 못쓰겠어요. 덴버스 부인이 저에게 심하게 굴어요' 하고 일러바칠 참이시지요? 잭 님이 나를 만나러 오셨을 때처럼 곧 주인 어른께 달려갈 작정이지요?"

"그런 말을 주인 어른께 한 적은 없어요."

"거짓말입니다" 하고 덴버스는 말했다. "당신이 말하지 않으면 누가 말할 사람이 있겠습니까? 그때 이곳에는 아무도 없었습니다. 프리스와 로버트는 집에 없었고, 다른 사람은 아무도 알 까닭이 없습니다. 그때 나는 당신과 주인 어른에게 두고 보라고 결심한 겁니다. 즉 괴롭혀 드리려고 생각한 것입니다. 무슨 상관이 있겠습니까. 주인 어른이 괴로워한들 나야 무슨 상관이겠어요. 왜 나는 잭 님과 만더레이에서 만나면 안 됩니까? 지금은 이제 드 윈터 부인과의 연결이란 그분밖에 더 있습니까. '그 사람이 이곳에 오는 건 싫소. 단연 거절하오. 이것이 마지막 통고요' 하고 주인 어른께서는 말씀하셨습니다. 아직 질투만은 잊지 않으신 것 같더군요."

나는 서재의 문이 열렸을 때 진열실에 숨어 있던 일이 생각났다.

그리고 지금 말한 덴버스 부인의 말로, 맥심이 화가 난 듯 소리를 지르던 일을 상기했다. 질투. 맥심이 질투를 한다?

"아씨가 살아 계실 때도 주인 어른께서는 질투를 하셨습니다. 그리고 지금 아씨가 돌아가신 뒤에까지도 질투하고 계신 겁니다" 하고 덴버스 부인은 말했다. "지금도 그때와 마찬가지로 잭 님의 출입을 금지하고 있습니다. 이것만으로도 주인 어른이 아직 아씨를 잊지 않으셨다는 걸 당신도 아시겠지요? 더 말할 것도 없이 주인 어른께서는 질투하고 계신 겁니다. 저도 그랬었으니까요. 아씨를 알고 있는 사람은 누구나 다 그렇습니다. 아씨는 조금도 관심을 두지 않았습니다. 단지 웃고만 계셨습니다. '나는 내가 생각하는 대로 살아가는 거야, 다니. 이 세상 누구도 나를 방해할 수는 없어.' 아씨는 이렇게 말씀하셨습니다.

아씨를 한 번 보기만 하면 남자분들은 모두 아씨에게 열중했습니다. 저는 그런 남자분들이 이 집에 머무는 것을 본 일이 있습니다. 아씨가 런던에서 만나 주말에 데리고 왔던 사람들입니다. 보트를 타고 해수욕을 안내하기도 하고 조그마한 만의 오두막집에서 도시락을 먹기도 했습니다. 그 사람들은 물론 아씨께 사랑을 호소했습니다. 아씨께서는 웃고만 계셨습니다. 그리고 돌아오신 다음엔 저에게 그분들이 하신 말씀이며, 했던 일을 곧잘 말씀해 주곤 했습니다. 그러나 아씨께서는 전혀 관심조차 두지 않았습니다. 아씨로서는 한낱 장난에 불과했던 것입니다. 한낱 놀이에 불과했던 것입니다. 이러니 질투 안 하는 사람이 어디 있겠습니까. 모두들 질투를 했습니다. 모두들 열중했습니다. 드 윈터 님, 잭 님, 클로리 님 등, 아씨를 만난 사람은 한 사람 남김없이, 만더레이에 왔던 사람은 모조리 다 그랬습니다."

"그런 이야기는 듣고 싶지 않아요" 하고 나는 말했다. "듣고 싶지 않단 말이에요."

덴버스 부인은 내 옆에 와서 얼굴을 바싹 가까이 다가 댔다.

"헛수고입니다" 하고 덴버스는 말했다. "당신이 아씨를 이기려고 하지만 어림도 없는 짓입니다. 아씨께서는 돌아가셨어도 아직 이 저택의 아씨입니다. 진짜 드 윈터 부인은 당신이 아니라 우리 아씨인 겁니다. 당신은 그림자이고 유령인 겁니다. 당신이야말로 기억에서 잊혀지고 환영을 받지 못하고 따돌림을 당하고 있는 겁니다. 그런데 당신은 왜 만데레이를 아씨에게 돌려주려고 하지 않습니까? 왜 여기서 나가지 않는 겁니까?"

나는 그녀로부터 창문 쪽으로 뒷걸음질쳤다. 지난 날의 공포가 다시 엄습해 왔다. 덴버스는 내 팔을 잡고 꽉 죄었다.

"왜 나가지 않습니까? 당신이 있기를 바라는 사람은 아무도 없습니다. 주인 어른께서도 결코 그렇게 생각하고 계시지는 않습니다. 주인 어른께서도 아씨를 잊을 수는 없을 테니까요. 주인 어른께서는 이 집에 다시 혼자 있게 되시기를 바라고 계십니다. 아씨와 함께 말입니다. 교회의 묘지 속에 들어가야 할 사람은 아씨가 아니라 당신입니다. 죽어야 할 사람은 드 윈터 부인이 아니라 당신입니다."

덴버스는 나를 열어 젖힌 창문 쪽으로 밀었다. 내려다보이는 테라스가 흰 안개에 싸여 잿빛으로 몽롱해 보였다.

"저길 보십시오" 하고 덴버스는 말했다. "아무렇지도 않잖습니까. 왜 뛰어내리지 않습니까? 아프지도 않고 목뼈가 부러지지도 않을 겁니다. 손쉽게 할 수 있는 방법입니다. 물에 빠지는 일과는 비교도 안 됩니다. 해 보세요. 왜 하지 않습니까?"

창문에는 안개가 축축히 끼여 있어 눈을 뜰 수도, 코를 들 수도 없었다. 나는 두 손으로 창틀을 꽉 움켜잡았다.

"두려워하실 건 없습니다." 덴버스 부인은 말했다. "밀거나 하지는 않습니다. 가까이 가지도 않습니다. 스스로 뛰어내리면 되는 겁니다. 당신이 이 만더레이에 있어 봐야 무슨 소용이 있습니까. 당신은 행복하지 않습니다. 드 윈터 님은 당신을 사랑하고 있지 않습니다. 당신은 아무런 살 의의가 없지 않습니까. 곧 뛰어내려 결정지으려고 왜 생각지 않습니까? 그렇게 하면 이젠 불행해지지 않을 텐데요."

 테라스 위의 꽃통과 소복이 모여 핀 파란 수국이 보였다. 바닥에 깔린 돌은 매끄럽고 잿빛이었다. 그리고 모가 나지도 않았으며 울퉁불퉁하지도 않았다. 그것이 멀리 바라다보이는 것은 안개 때문이다. 정말은 그다지 멀지 않으며, 창문도 그리 높지 않다.

 "왜 뛰어내리지 않습니까?" 덴버스 부인이 작은 목소리로 소곤거렸다. "눈 꼭 감고 해보십시오!"

 안개가 아까보다 짙어져 테라스가 가리워졌다. 꽃통도 매끄러운 돌바닥도 보이지 않았다. 주위는 축축하고 싸늘한 해초 내음을 품은 흰 안개뿐이었다. 현실적인 것은 두 손 밑에 있는 창틀과 덴버스 부인에게 왼쪽 팔을 잡히고 있다는 느낌뿐이었다. 만일 뛰어내린다 해도 안개 때문에 가려져 눈앞에 닥칠 돌바닥도 보이지 않을 것이다. 고통을 느낀다 해도 그녀가 말하듯이 순간적일 뿐이리라. 떨어지면 목뼈가 부러지겠지. 물에 빠지는 것처럼 오랫동안 계속되는 고통은 아닐 것이다. 곧 끝나 버리는 것이다. 더욱이 맥심은 나를 사랑하고 있지 않다. 맥심은 레베카와 단 둘이서만 있고 싶어하는 것이다.

 "자," 덴버스 부인이 속삭였다. "두려워하지 마십시오."

 나는 눈을 감았다. 테라스를 내려다보니 현기증이 났다. 창틀을 꽉 움켜잡고 있으므로 손가락이 아팠다. 안개가 콧구멍으로 새어들어 입술에 시큼하게 배었다. 담요처럼, 마취제처럼 호흡을 막아 버릴 것 같았다. 나는 불행하다는 것도, 맥심을 사랑하고 있는 일도 잊어버리기 시작했다. 머지않아 레베카의 일도 생각하지 않게 되겠지……

손을 늦추고 안도의 숨을 쉰 순간, 흰 안개와 그 일부분으로 여겨지던 정적이 갑자기 창문을 흔들어 생긴 폭음 때문에 둘로 찢어지며 깨어졌다. 창문의 유리가 창틀 안에서 떨어졌다.

나는 눈을 떴다. 그리고 덴버스 부인을 쳐다보았다. 폭발은 두 번, 세 번, 네 번 계속 일어났다. 폭음이 공기를 흔들었다. 그리고 모습은 보이지 않으나 집 주위의 숲에서 새들이 시끄럽게 날아오르며 울어 댔다.

"뭘까?" 나는 멍하니 지껄였다. "무슨 일이 생긴 것일까?"

덴버스 부인은 내 팔을 잡고 있던 손을 늦추었다. 그리고 창문으로 바깥의 조그마한 만 쪽을 바라보았다.

"화포 소리입니다, 아마 만 안에서 배가 암초에 걸렸나 봅니다."

우리는 함께 흰 안개 속을 바라보면서 귀를 기울였다. 테라스를 뛰어가는 발자국 소리가 아래서 들렸다.

19

그것은 맥심이었다. 모습은 보이지 않았으나 목소리로 알 수 있었다. 그는 뛰면서 큰 소리로 프리스를 불렀다. 프리스가 홀에서 대답을 하고 테라스로 나가는 소리가 들렸다. 두 사람의 모습이 우리들 눈 아래로 안개 속에 흐릿하게 나타났다.

"암초에 걸린 거야." 맥심이 말했다. "난 곶에서부터 저 배를 주의해서 보고 있었는데 뱃머리를 암초로 향한 채 곧장 만으로 들어왔어. 이런 조수의 형편으론 움직일 수도 없게 되어 있을걸. 이 만을 케리스 항구로 잘못 안 모양이야. 만 안은 꼭 안개의 막을 친 것 같은데. 배 안에 있는 사람들이 배가 고플지도 모르니까 안에 들어가 먹을 것과 마실 것을 준비하라고 이르고, 사무실에 있는 클로리 씨에게 전화를 걸어 이 일을 알려 주게. 난 만에 가서 도울 만한 일이 있는지 보고 올 테니. 미안하지만 담배 좀 갖다 주겠나."
 덴버스 부인은 창가에서 몸을 움직였다. 부인의 얼굴은 다시 무표정한 본디의 모습으로, 나도 잘 알고 있는 그 쌀쌀하고도 흰 가면으로 되돌아갔다.
 "내려가 보는 편이 좋을 것 같습니다" 하고 덴버스는 말했다. "프리스가 준비를 하기 위해 나를 찾을 것 같으니까요. 드 윈터 님은 지금 말씀하셨듯이 뱃사람들을 데리고 올는지도 모릅니다. 자, 손을 조심하십시오. 창문을 닫겠습니다."
 나는 아직도 현기증이 나고 멍청해서 나 자신의 일도 덴버스의 일도 확실히 알지 못한 채 방안으로 자리를 옮겼다. 그리고 덴버스가 덧문을 닫고 창문을 닫은 다음 커튼을 내리는 것을 쳐다보고 있었다.
 "파도가 일지 않아 다행입니다" 하고 덴버스는 말했다. "파도가 일었다면 살아날 가망은 없으니까요. 그러나 드 윈터 님이 말씀하셨듯이 암초에 걸렸다면 선주는 배를 손해 보게 됩니다."
 덴버스는 휙 방안을 둘러보며 흩어진 것이나 제 자리에 놓이지 않은 것이 없는지 확인하고, 더블 침대의 시트를 잘 손질했다. 그리고 문 쪽으로 가서 나를 위해 문을 열어 주었다.
 "아무튼 식당에 냉요리로 점심을 준비하도록 부엌 사람들에게 말해 두겠습니다. 식사는 아무때나 드셔도 됩니다. 드 윈터 님은 만 쪽에 가셨으니 한 시에는 돌아오시지 못할지도 모르니까요."
 나는 멍하니 덴버스를 바라보고 있다가 드디어 장승처럼 말없이 뻣뻣하게 열어 준 문으로 해서 밖으로 나왔다.
 "드 윈터 님을 만나시거든 뱃사람들을 데리고 오셔도 된다고, 언제든지 먹을 수 있도록 따뜻한 식사를 준비해 놓겠다고 전해 주십시오."
 "알았어요, 덴버스."

덴버스는 돌아서서 복도를 따라 뒷계단 쪽으로 갔다. 검정 옷을 입은, 스커트는 30년 전에 유행했던 긴 것으로 옷자락이 질질 끌리고 기분이 나쁘게 말라 빠진 모습이었다. 이윽고 그녀는 복도 모퉁이를 돌아 모습을 감춰 버렸다.

나는 마치 금방 오랜 잠에서 깨어난 것처럼 아직도 멍청한 기분으로 복도를 따라 아치문 옆의 출입구로 천천히 발을 옮기고 있었다. 그리고 그곳을 지나 이렇다 할 방향도 없이 계단을 내려갔다.

프리스가 식당을 향해 객실을 지나가고 있었다. 그리고 내 모습을 보자 멈추어서서 내가 객실에 내려갈 때까지 기다리고 있었다.

"주인 어른께서 조금 전에 돌아오셨습니다, 아씨." 프리스는 말했다. "그리고 담배를 가지고 또 바닷가로 가셨습니다. 암초에 배가 걸린 모양입니다."

"그래요" 하고 나는 말했다.

"화포 소리를 들으셨습니까, 아씨?" 프리스가 물었다.

"네, 들었어요."

"전 로버트와 둘이서 식기실에 있었는데, 처음에는 정원사가 어제 남은 불꽃놀이 화약을 터뜨린 줄 알았습니다. 그래서 로버트에게 '이런 날씨에 저 녀석들 불꽃은 왜 터뜨리지. 놓아두었다가 토요일 밤에 아이들에게 주면 좋을 텐데' 하고 말했습니다. 그런데 또 연달아 들리잖겠습니까. '저건 불꽃놀이 화약이 아닙니다. 배가 난파된 겁니다' 하고 로버트가 말하기에 저도 '정말 그런 모양이군' 하고 객실로 가니까 어른께서 테라스에서 저를 부르고 계셨습니다."

"그래요?"

"아무튼 이렇게 안개가 끼였으니 당연한 노릇 아닙니까, 아씨. 이제 막 로버트에게도 말했습니다만, 이래서야 배는 물론 자동차까지도 길을 잃게 되겠습니다."

"그렇겠어요."

"주인 어른을 만나 뵙고 싶으시면, 이제 막 잔디밭 쪽으로 가셨으니 가 보십시오."

"고마워요, 프리스."

나는 테라스로 나갔다. 잔디밭 저쪽으로 나무들이 흐릿하게 모습을 드러내고 있었다. 안개는 조그만 구름이 되어, 아득한 하늘 위에서 연기와 안개 다발이 되어 내 머리 위를 감돌고 있었다. 나는 머리 위의 창문을 올려다보았다. 창문은 빈틈없이 꼭꼭 닫혀 있고 덧문도 제대로 닫혀 있었다. 영원히 열리지 않고 열 수도 없을 것만 같았다.

내가 9분 가량 서 있었던 곳은 가운데 있는 큰 창문 앞이었다. 어쩌면 이렇게 높고 멀리 보일까. 발밑에 있는 돌은 단단하였다. 나는 발밑을 내려다보고, 다시 덧문이 닫힌 창문을 올려다보았다. 그러자 갑자기 머리가 어지럽고 온몸이 뜨거워짐을 느꼈다. 목덜미로 구슬 같은 땀이 흘러내렸다. 눈앞에 검은 별이 흩어졌다. 나는 다시 객실로 들어가 의자에 걸터앉았다. 손이 온통 젖어 있었다. 나는 무릎을 껴안은 채 꼼짝도 않고 앉아 있었다.

"프리스" 하고 나는 불렀다. "프리스, 식당에 있나요?"

"네, 아씨." 프리스는 곧 내가 있는 객실 쪽으로 걸어왔다.

"이상하게 생각지 말아요, 프리스, 브랜디를 조금만 갖다 주겠어요?"

"알겠습니다, 아씨."

나는 여전히 무릎을 안은 채 꼼짝 않고 앉아 있었다. 프리스는 은쟁반에 브랜디 잔을 얹어 가지고 왔다.

"몸이 편찮으신 게 아닙니까, 아씨?" 프리스는 말했다. "클라리스를 부를까요?"

"아니, 곧 나을 거예요, 프리스. 좀 더워서 그래요."

"정말 무더운 아침입니다. 대단한 더웝입니다. 숨이 차다고나 할까요."
"그래요, 프리스. 정말 숨이 찬 것 같아요."
나는 브랜디를 마시고 잔을 은 쟁반에 놓았다.
"아마도 그 화포 소리에 놀라신 모양입니다." 프리스는 말했다.
"정말 별안간 났으니까요."
"정말이에요."
"게다가 어젯밤엔 밤새도록 서 계시기만 하셨고, 오늘 아침에는 또 이렇게 무더우니 피곤하시겠습니다, 아씨."
"글쎄요."
"30분 가량 좀 누워 계시면 어떻습니까. 서재는 아주 서늘한데요."
"아니, 전 좀 밖에 나가 보겠어요. 걱정하지 말아요, 프리스."
"그게 좋겠습니다, 아씨."

그는 나를 객실에 남겨 놓고 나가 버렸다. 이곳에 앉아 있으니까 조용하고 시원했다. 무도회의 뒷처리는 흔적도 없이 깨끗이 정리되어 있었다. 무도회 같은 게 언제 있었더냐는 듯 객실 벽에는 여느 때처럼 초상화며 무기가 걸려 있고 음울하고 조용해서 엄숙해 보였다.

나는 내가 어젯밤 그 파란 옷을 입고 계단 밑에 서서 5백 명이나 되는 사람과 악수를 했다고는 도저히 믿어지지 않았다. 저 악대석에 악사들이 자리를 차지하고 바이올린을 든 남자며 북을 치는 남자들이 저기서 음악을 연주했다고는 도저히 생각할 수 없었다. 나는 자리에서 일어나 다시 테라스로 나갔다.

안개는 차차 걷혀 나무 꼭대기까지 올라갔다. 잔디밭 끝에 있는 숲도 보이기 시작했다. 머리 위에는 희미한 해가 묵직한 하늘에서 얼굴을 내밀고 있었다. 차차 더워지는 것 같았다. 프리스가 말했듯이 숨이 막힐 정도였다.

벌 한 마리가 꿀을 찾아 가까이서 시끄럽게 잉잉거리더니 꽃 속으로 파고들자 갑자기 조용해졌다. 잔디밭 위, 풀이 우거진 비탈에서 정원사가 풀 깎는 기계를 움직이기 시작했다. 홍작새가 깜짝 놀라, 깎아 들어가는 풀숲 밑에서 장미 화원 쪽으로 날아갔다. 정원사는 풀 깎는 기계의 핸들을 잡고, 깎아 낸 풀과 조그만 데이지꽃을 주위에 흐뜨리며 비탈을 천천히 움직여 가고 있다. 달콤하고 훈훈한 풀내음이 바람을 타고 풍겨 오고, 태양이 흰 안개 속에서 나타나 내 몸을 한껏 세게 내리쬐었다.

나는 휘파람을 불어 쟈스퍼를 불렀으나 오지 않았다. 아마 맥심이 바닷가로 갈 때 따라간 모양이다. 나는 시계를 보았다. 12시 반이 넘어 40분이 다 되어 있다.

어제 이맘 때에 맥심과 나는 프랭크의 조그만 방에 그와 셋이 앉아 가정부가 점심 준비를 해주기를 기다리고 있었다. 24시간 전 그들은 내 의상을 화제로 삼아 놀리기도 하고 곯려 주기도 했었다.

"두 분 모두 이제 깜짝 놀랄 거예요." 그때 나는 이렇게 말했었다. 나는 그 말을 생각하니 부끄러워 얼굴이 화끈했다.

그때 나는 비로소 맥심이 아무데도 가지 않았다는 것을 알았다. 테라스에서 들리던 그 목소리는 온화하고 침착했었다. 귀에 익은 그 목소리였다. 어젯밤, 내가 계단 위에 서 있었을 때 들었던 목소리가 아니었다. 맥심은 아무데도 간 게 아니었다. 아마도 만 근처에 갔던 모양이다. 그는 여느 때와 마찬가지로 조금도 달라지지 않은 것이다. 프랭크가 말한 대로 잠깐 산책을 나간 것뿐이다. 곶에 서서 배가 섬 쪽으로 다가오는 것을 보고 있었던 것이다.

나의 공포는 근거 없는 것이었다. 맥심은 조금도 달라지지 않았다. 그전대로인 것이다. 나는 천하고 두렵고 미친 듯한 일, 지금까지도 확실히 이해할 수 없는 일, 기억해 두고 싶지 않은 일, 먼 옛날 어렸을 때의 두려움과 함께 마음 한구석에 영원히 깊숙하게 파묻어 두고 싶은 일을 경험했다. 그러나 맥심이 전과 조금도 다름이 없는 한 그것은 아무래도 상관 없다고 생각했다.

이윽고 나도 어슴푸레한 숲을 지나 힘하게 구부러진 샛길로 바닷가를 향해 내려갔다. 안개는 거의 다 걷혀 구석진 조그마한 만에 이르니, 2마일 가량 떨어진 바다에 뱃머리를 절벽 쪽으로 향하고 누워 있는 배의 모습이 갑자기 눈 안에 들어왔다. 나는 방파제를 따라 끝까지 걸어간 다음 벽에 기대었다. 절벽 위에는 케리스에서 바닷가를 따라온 듯한 한 무리의 사람들이 벌써 모여 있었다. 절벽과 곶은 만더레이의 일부였으나, 사람들은 늘 절벽 옆에 있는 샛길을 이용하고 있었다. 난파선을 좀더 가까이서 보려고 절벽을 내려오는 이도 있었다. 배는 뒷편이 기울어 기묘한 각도를 이루며 쓰러져 있고, 벌써 보트 몇 척이 주위를 돌아다니고 있었다. 구명정이 한 척 다가가고 있었다. 그리고 누군가가 일어서서 메가폰을 입에 대고 외치는 것이 보였다. 뭐라고 하는지 그것은 들리지 않았다.

만 안은 아직도 안개가 자욱해 수평선도 보이지 않았다. 다른 모터보트가 사람 몇을 태우고 나타났다. 짙은 잿빛 보트였다. 제복을 입은 남자가 타고 있었다. 케리스의 항만 감독관과 로이드 해운 보험회사의 대리인이 함께 온 모양이다. 케리스의 유람객을 태운 또 한 척의 모터보트가 그 뒤에서 따라왔다. 그들은 뭐라고 크게 지껄여 대며 난파선 주위를 빙빙 돌고 있었다. 그 목소리가 조용한 바다를 건너 내가 있는 곳까지 들려왔다. 나는 방파제를 지나 구석진 작은 만을 뒤로 하고 사람들이 있는 쪽으로 가려고 절벽길을 올라갔다.

맥심의 모습은 아무데도 보이지 않았다. 프랭크가 한 연안 감시원과 이야기를 하고 있었다. 나는 프랭크의 모습을 보자 약간 당황하여 뒷걸음질쳤다. 불과 한 시간 전에 나는 전화로 그에게 우는 모습을 보였던 것이다. 나는 어찌 해야 좋을지 몰랐다.

프랭크는 곧 나를 발견하고 손을 흔들었다. 나는 그와 함께 연안 감시원이 있는 쪽으로 가까이 갔다. 감시원은 나를 알고 있었다.

"보십시오, 재미있습니다. 드 윈터 부인" 하고 감시원은 웃으면서 말했다. "여간해서 잘될 것 같지 않습니다. 예인선으로 끌어올리면 암초를 벗어나게 되는지 모릅니다만, 잘될 수 있을지 의문입니다. 배가 암초에 꽉 붙어 있어서요."

"저 사람들은 무엇을 하고 있는 건가요?" 하고 나는 물었다.

"배 밑이 부서지지 않았나 보기 위해 잠수부를 내려놓는 겁니다." 감시원이 대답했다. "빨간 모자를 쓴 사람들이 있지요? 이 망원경으로 보십시오."

나는 망원경을 빌려 난파선 쪽을 보았다. 고물에서 이쪽을 보고 있는 한무리의 사람들이 보였다. 그 가운데 한 사람이 무엇을 손가락질하고 있었다. 구명정에 있는 남자는 아직도 메가폰으로 소리치고 있었다. 항만 감독관이 난파선 뒤쪽에 있는 사람들 속으로 들어갔다. 빨간 모자를 쓴 잠수부가 감독관이 타고 온 잿빛 모터보트 속에 앉아 있었다.

유람선은 아직 난파선 주위를 돌고 있었다. 한 여자가 일어서서 사진을 찍고 있었다. 한 무리를 이룬 갈매기가 해변에 내려 앉아 먹이를 물고서 바보처럼 울고 있었다. 나는 감시원에게 망원경을 돌려주었다.

"아무것도 하고 있는 것 같지 않은데요" 하고 나는 말했다.

"이제 곧 잠수부가 들어갑니다." 감시원은 말했다. "외국인들은 모두들 저렇게, 우선 잠시 이야기를 한 뒤에 일을 시작한답니다. 저것 보세요, 예인선이 왔습니다."

"그렇지 않을 거야." 프랭크가 말했다. "난파선의 각도를 보란 말일세. 저긴 내가 생각했던 것보다 훨씬 얕은 것 같아."

"저 암초는 상당히 길게 뻗쳐 있습니다" 하고 감시원은 말했다.

"조그만 배로 그 근처를 지나쳐도 잘 알 수 없어요. 하지만 저 정도의 배라면 힘들이지 않고 닿을 수 있을 거예요."

"화포가 울릴 때 난 골짜기 끝의 구석진 만에 가 있었는데" 하고 프랭크가 말했다. "눈앞 3야드 앞도 보이지 않더군. 그러더니 별안간 저 모양이란 말이야."

사람들이 공통된 흥미를 문제로 삼을 때는 모두 비슷비슷하다고 생각한다. 프랭크도 프리스와 다름없이 마치 무슨 중대 사건이라도 되는 것처럼 자기 의견을 늘어놓고 있다. 프랭크는 맥심을 찾으러 바닷가에 온 것이리라. 나와 마찬가지로 그도 놀랐을 것이다. 그런데 지금은 우리가 전화로 나눈 이야기도, 서로의 걱정도, 나를 꼭 만나러 오겠다고 했던 일도 모두 잊어버리고 마음속에서 쫓아 버린 것이다. 모든 것이 다 안개 속에서 암초에 부딪친 배 때문이다.

조그만 남자아이가 우리가 있는 곳으로 달려오더니 "배에 탄 사람들은 빠지지 않겠지요?" 하고 물었다.

"그럴 리가 있나, 걱정 마라" 하고 연안 감시원이 말했다. "바다는 아저씨 손바닥처럼 조용하니까 다들 무사해."

"이게 어젯밤 일이라면 들리지 않았을 거야." 프랭크가 말했다. "조그만 건 치지 않고도 50발 이상이나 불꽃놀이 화포를 쏘아 올렸으니 말이야."

"아니, 들립니다." 감시원은 말했다. "게다가 섬광이 보이니까 방향을 알 수 있지요. 자, 보세요. 잠수부가 잠수모를 쓰고 있지요?"

"나도 잠수부를 보고 싶어요" 하고 소년이 말했다.

"저것 봐, 저기 있잖아." 프랭크는 허리를 굽히고 손가락질을 하면서 말했다. "잠수모를 쓰고 있는 사람이야. 지금 바닷속으로 내려 보내는 중이야."

"저 사람들은 빠져 죽지 않겠지요?" 소년은 물었다.

"잠수부는 빠지지 않아." 감시원이 말했다. "펌프로 줄곧 공기를 보내 주고 있으니까. 저것 봐라, 이제 안 보이는군. 가라앉아 버렸어."

잠시 바다 표면이 떠들썩하더니 다시 전처럼 조용해졌다.

"가라앉아 버렸구나" 하고 소년은 말했다.

"맥심은?" 나는 물었다.

"선원 한 사람을 케리스로 데리고 가셨습니다." 프랭크가 말했다. "머리가 이상해진 모양이에요. 배가 암초에 부딪히자 바다로 뛰어든 겁니다. 절벽 밑 바위에 매달려 있는 것을 우리가 발견했습니다. 물론 흠뻑 젖어서 젤리처럼 떨고 있었지요. 게다가 영어는 한 마디도 못하고요. 맥심이 가 보니, 바위에 살갗이 벗겨져 돼지처럼 피를 흘리고 있었습니다. 맥심은 독일어로 말하고 있었습니다. 그러더니 굶주린 상어처럼 배 주위를 맴돌고 있는 케리스의 모터보트를 불러서 의사의 치료를 받게 하기 위해 그 사람들을 데리고 가신 겁니다. 어쩌면 필립 의사가 점심을 먹는 시간에 대어 가셨을 겁니다."

"언제 갔는데요?" 나는 말했다.

"당신이 오시기 조금 전이에요" 하고 프랭크는 말했다. "한 5분쯤 되었을까요. 보트를 못 보셨습니까. 주인 어른은 그 독일인과 함께 고물에 걸터앉아 있으셨는데요."

"그렇다면 제가 절벽을 올라오는 동안에 가셨군요."

"주인 어른은 이런 일에는 마치 가려운 곳을 긁어주듯이 세밀하게 신경을 쓰시니까요." 프랭크가 말했다. "언제나 할 수 있는 데까지는 모두 하신답니다. 이제 두고 보십시오. 승무원을 모두 만더레이로 데리고 가서 먹이고 더구나 재우기까지 하실 테니까요."

"정말입니다." 연안 감시원이 말했다. "자신이 입고 계신 외투를 벗어서라도 남에게 입혀 주는 분이니까요, 이 부근에 그런 분이 좀더 있었으면 좋으련만."

"옳은 말이야." 프랭크가 말했다. 우리는 계속 물끄러미 배를 쳐다보고 있었다. 예인선은 아직 가까이 있었으나 구명정은 뱃머리를 돌려 케리스 쪽으로 돌아가 버렸다.

"오늘은 별 도리가 없는 모양이군." 연안 감시원이 말했다.

"그런 모양이야." 프랭크도 말했다. "예인선으로도 어쩔 수 없을 거야. 아무래도 선박 해체 업자들이 돈 벌게 생겼군."

갈매기가 굶주린 고양이 같은 소리로 울면서 머리 위를 날고 있었다. 그리고 절벽 끝에 앉기도 하고 또 대담하게 난파선 옆 바다 표면에 내려앉기도 했다.

연안 감시원은 모자를 벗고 이마를 닦았다.

"조금도 바람이 없나 봅니다."

"그런 것 같아요" 하고 나는 말했다.

사진기를 가진 사람을 태운 유람선도 케리스 쪽으로 가 버렸다.

"아마 단념한 모양이군요." 감시원이 말했다.

"무리도 아니지." 프랭크가 말했다. "아무리 기다려 봐야 별다른 일이 일어날 것 같지 않으니까. 배를 끌어내기 전에 잠수부가 보고를 해야겠지."

"그러겠지요" 하고 감시원이 말했다.

"여기 있어 봐야 뭐 이렇다 할 일도 없을 것 같은데요." 프랭크는 말했다. "우리로서는 어쩔 수 없는 일이니까, 점심이나 먹어야겠어요."

나는 대답하지 않았다. 프랭크는 주저하고 있었다. 나는 그가 나를 쳐다보고 있음을 알았다.

"아씨께서는 어떻게 하시겠습니까?" 프랭크는 말했다.

"전 좀더 이곳에 있고 싶어요. 점심은 아무때나 먹어도 돼요. 냉요리니까요. 아무래도 상관 없어요. 전 잠수부가 어떻게 하는지 보고 싶어요."

나는 그때 웬일인지 프랭크와 얼굴을 마주하고 있기가 싫었다. 혼자서, 아니면 이 연안 감시원처럼 잘 알지 못하는 사람과 있고 싶었다.

"별것 아닙니다." 프랭크는 말했다. "일부러 서서 볼 만한 건 없습니다. 집으로 돌아가 함께 점심이나 드시지요."

"아니, 정말이에요" 하고 나는 말했다.

"그러십니까?" 프랭크가 말했다. "제게 볼일이 있으시면 제가 있는 곳을 아시지요? 점심 식사를 하고 나서부터는 줄곧 사무실에 있을 겁니다."

"네, 알아요" 하고 나는 말했다. 프랭크는 감시원에게 잠깐 인사를 하고 구석진 작은 만 쪽을 향해 절벽을 내려갔다. 나는 그의 기분을 상하게 한 게 아닐까 하고 생각했다. 그러나 하는 수 없었다. 언젠가는 모든 것이 다 정상으로 돌아갈 때가 있을 것이다. 전화로 말을 나눈 다음 너무도 여러 가지 일이 일어난 것 같아 나는 더이상 아무것도 생각하고 싶지 않았다. 다만 절벽 위에 앉아서 난파선을 보고 싶었다.

"클로리 씨는 참 좋은 분입니다." 연안 감시원이 말했다.

"그래요." 나는 대답했다.

"드 윈터 님을 위해서는 무슨 일이라도 다 할 사람입니다."

"그래요."

우리 앞 풀 위에서 아까 그 남자아이가 아직도 뛰어다니고 있었다.

"잠수부가 언제 올라오지요?" 소년은 물었다.
"아직 멀었어, 꼬마야." 감시원은 말했다.
분홍빛 줄무늬의 웃옷을 입고 머리망을 쓴 여자가 풀숲을 지나 우리가 있는 쪽으로 다가왔다.
"찰리! 어디 있니?" 그 여자는 외쳤다.
"저 봐라, 엄마가 꾸중하러 오셨다." 감시원이 말했다.
"나는 잠수부를 보고 있어요, 엄마." 소년은 소리쳤다.
여자는 우리에게 조금 머리를 숙여 보이며 웃었다. 엄마는 나를 모르는 모양이었다. 케리스에서 놀러 온 사람이었다.
"이젠 재미있는 일도 없을 것 같아요." 그녀는 말했다. "절벽 아래 있는 사람들 말로는 저 배는 며칠이고 저대로 있을 거라고 하는군요."
"모두들 잠수부의 보고를 기다리고 있는 겁니다." 연안 감시원이 말했다.
"잠수부를 저렇게 해서 물 속에 넣는 줄은 몰랐어요. 저런 일을 하니 돈을 상당히 많이 받아야겠네요."
"꽤 많이 받고 있어요." 감시원이 말했다.
"난 잠수부가 되고 싶어, 엄마." 남자아이가 말했다.
"아빠에게 부탁해 보렴." 아이 엄마는 우리를 보고 웃으며 말했다.
"여긴 참 좋은 곳이군요." 그녀는 우리를 보고 말했다. "우린 안개가 낄 줄도 모르고 더욱이 난파선을 볼 줄이야 꿈에도 생각지 않고 도시락을 싸들고 놀러 온 거예요. 이제 케리스로 돌아가려는 참인데 바로 코 앞에서 화포가 올라와서 정말 깜짝 놀랐어요. '어머나, 저게 뭐지요?' 하고 남편에게 물으니까, '난파 신호야. 재미있을 것 같으니 좀더 보고 갑시다.' 남편은 이렇게 말하고 옴짝달싹 안 하잖아요. 말을 듣지 않는 것은 이 아이도 마찬가지지요. 뭐가 재미있는지 난 도무지······."
"이젠 뭐 그리 볼 것도 없어요." 감시원이 말했다.
"저쪽 숲은 아주 훌륭하더군요. 어느 분 소유지인가요?" 아이 엄마가 말했다.
연안 감시원은 어색하게 헛기침을 하더니 나를 흘끔 쳐다봤다. 나는 풀잎을 씹으며 다른 곳을 바라보았다.
"이 근처는 모두 사유지입니다." 감시원이 말했다.
"남편은 이 커다란 토지도 언젠가는 평평하게 손질되어 방갈로가 서게 될 것이라고 말하더군요. 이렇게 높은 곳에 바다를 향한 조그만 방갈로를 짓는다면 정말 멋있을 것 같아요. 하지만 겨울에는 어떨는지."
"겨울에는 참으로 조용한 곳입니다." 연안 감시원이 말했다.
나는 여전히 풀잎을 씹고 있었다. 남자아이는 빙빙 뛰어 돌아다니고 있었다. 연안 감시원은 시계를 보았다.
"아니, 벌써 순시를 나갈 시간이군. 실례하겠습니다." 감시원은 내게 인사를 하고 샛길을 따라 케리스 쪽으로 되돌아갔다.
"찰리, 이리 와. 같이 아버지를 찾아 보자." 아이 엄마는 말했다.
그녀는 친근하게 나를 향해 약간 머리를 숙인 다음 절벽 끝 쪽으로 천천히 걸어갔다. 남자아이는 곧 그 뒤를 따라 뛰어갔다. 카키 색 반바지에 줄무늬 웃옷을 입은 여윈 남자가 아이 엄마를 향해 손을 흔들었다. 이윽고 그들은 금작화 덤불 옆에 앉더니 여자가 종이 꾸러미를 펼치기 시작했다.
나는 지금의 신분을 떠나 그들과 어울릴 수 있었으면 했다. 삶은 달걀과 통조림 고기가 든 샌드위치를 먹으며 크게 소리내어 웃고 대화를 나누며, 오후에는 케리스 쪽으로 슬슬 걸어가다 물가에서 물놀이를 하기도 하고, 모래펄에서 달음질도 하며, 그들의 집으로 돌아가 차를 마시고 잔새우를 먹는다……. 그러나 나는 혼자서 숲을 지나 만더레이로 돌아가 맥심을 기다리고 있어야만 한다. 게다가 서로 무슨 이야기를 해야 좋을지, 어떤 얼굴로 그가 나를 볼 것인지, 어떤 말투로 나에게 말을 할 것인지 짐작도 할 수 없다. 나는 여전히 절벽 위에 앉아 있었다. 배가 고프지도 않고 점심 생각도 나지 않았다.

난파선을 보러 왔다가 절벽 위를 서성이는 사람들까지 보게 되었다. 덕분에 오후에는 상당히 분주했다. 아는 사람은 하나도 없었다. 모두 케리스에서 온 유람객이었다. 바다는 거울처럼 잔잔했다. 갈매기도 이제 하늘을 날지 않고 난파선에서 조금 떨어진 바다 표면에 내려앉아 있었다.

오후가 되니 다른 유람선이 나타났다. 아마 케리스의 배 빌려주는 사람들은 재미를 볼 것이다. 잠수부는 한 번 올라왔다가 다시 들어갔다. 다른 예인선은 아직 남아 있었으나 한 척이 어디론가 사라져 버렸다. 항만 감독관은 두세 사람과 두 번째로 올라온 잠수부를 데리고 잿빛 모터보트로 돌아가 버렸다.

난파선의 승무원은 뱃전에 기대어 갈매기에게 빵 부스러기를 던져 주고, 구경꾼을 태운 보트는 배 주위를 천천히 돌고 있었다. 아무것도 별다른 일은 일어나지 않았다. 지금은 조수가 많이 빠져 배는 추진기를 드러내 보인 채 기울어져 있었다.

조그만 흰 뭉게구름이 서쪽 하늘에 나타나 햇빛을 흐리게 했다. 아직도 몹시 더웠다. 남자아이를 데리고 온 분홍색 옷을 입은 여자는 일어서서 케리스로 통하는 샛길을 천천히 걸어갔다. 반바지 입은 남자는 도시락 바구니를 들고 뒤를 따라가고 있다. 나는 시계를 보았다. 세 시가 지났다.

나는 일어나 작은 만 쪽으로 내려갔다. 여느 때처럼 그곳은 조용하고 인적이 없었다. 자갈 깔린 바닷가는 검은 잿빛이었다. 작은 만의 바다 표면은 거울처럼 매끄러웠다. 모래밭을 걸으니 발이 기묘한 소리를 냈다. 지금은 흰 뭉게구름이 머리 위 전체를 뒤덮고 햇빛은 숨어 버렸다. 만 맞은 쪽까지 가니, 바위 사이의 조그만 웅덩이 옆에 벤이 웅크리고 앉아 조개를 주워모으고 있는 게 보였다. 지나칠 때 내 그림자가 물에 비쳤으므로 그는 얼굴을 들어 나를 보았다.

"안녕." 벤은 큰 입을 있는 대로 벌리고 웃으면서 말했다.

"안녕하세요." 나도 말했다. 벤은 일어서서 조개를 잔뜩 담은 더러운 손수건을 벌렸다.

"조개를 먹겠어요?" 하고 말했다. 나는 그의 기분을 상하게 하고 싶지 않아 "고마워" 하고 말했다.

그는 조개를 열 개도 넘게 내 손 위에 올려놓았다. 그것을 나는 스커트 두 주머니에 쑤셔 넣었다.

"버터 바른 빵과 같이 먹으면 맛있어요" 하고 벤이 말했다. "우선 삶아야 하지만."

"알았어요." 나는 말했다. 벤은 내 쪽을 보고 빙긋빙긋 웃으면서 서 있었다. "기선을 보았어요?"

"네, 암초에 걸렸더군요."

"네?" 그는 말했다.

"암초에 걸린 거예요." 나는 되풀이해서 말했다. "아마 바닥에 구멍이 뚫어졌을 거예요."

벤은 방심한 듯한 멍청한 얼굴이 되었다. "배는 몽땅 가라앉았어요. 이제 배는 다시 돌아오지 않아요."

"아마 밀물이 되면 예인선이 끌어올릴 테지요" 하고 나는 말했다.

벤은 대답을 하지 않았다. 그리고 난파선 쪽을 우두커니 바라보고 있다. 거기서는 선체의 옆 모습이 보여, 빨간 흘수선 밑 부분과 흘수선 위의 검은 부분이 대조적으로 뚜렷이 나타나 보이고, 연통 하나가 맞은 쪽 절벽을 향해 몹시 기울어져 있었다. 승무원은 아직 뱃전에 기대어 갈매기에게 빵 부스러기를 던져주기도 하고 바다 표면을 바라보기도 했다. 보트는 이미 케리스로 가 버렸다.

"저건 네덜란드 배인가요?" 벤이 말했다.

"글쎄 모르겠어요. 독일이나 네덜란드 거겠죠." 나는 말했다.

"저대로 부서져 버리는 건가요?"

"그럴는지도 몰라요."

그는 또 히죽이 웃더니 손등으로 코를 문질렀다. "조금씩 부서지겠지." 벤이 말했다. "돌이나 조그만 배하곤 달라서 가라앉지는 않을걸." 그는 코잡고 혼자서 킬킬 웃었다. 나는 아무 말도 하지 않았다.

"지금쯤은 벌써 물고기가 그걸 먹어 버렸겠지요?"

"뭘?"

벤은 엄지손가락을 바다 쪽으로 내밀었다. "저 배를 말이에요, 그리고 또 하나의 배를."

"물고기는 배 같은 건 먹지 않아요, 벤." 나는 말했다.

"그래요?" 그는 말하더니, 또 방심한 듯한 멍청한 얼굴로 나를 쳐다보았다.

"난 이제 가 봐야겠어요" 하고 나는 말했다. "잘 있어요."

벤과 헤어져 숲을 빠져 나가는 샛길 쪽으로 걸어갔다.

나는 오두막집이 있는 쪽을 보지 않았다. 그 오두막집이 오른쪽에 있는 것을 알고 있었다. 잿빛의 괴괴한 오두막집이었다. 나는 곧장 샛길 쪽으로 가서 나무 사이를 통해 올라갔다. 그리고 반쯤 왔을 때 잠깐 서서 숨을 돌리며 나무 사이로 내다보니, 아직도 바닷가 쪽에 기울어져 있는 난파선이 보였다. 유람선은 모두 돌아가 버렸다. 승무원들까지 선실로 내려가 버렸다.

뭉게구름이 하늘 전체를 뒤덮고 있었다. 바람이 어디선가 조금 불어와 내 얼굴을 스쳤다. 머리 위의 나무에서 나뭇잎이 하나 손 위로 떨어졌다. 공연히 오싹 소름이 끼쳤다. 또 바람이 지나갔다. 아까와 마찬가지로 무더운 바람이었다. 옆으로 기울어진 갑판에 인적도 없고 거무스름한 연통이 절벽 쪽을 향하고 있는 난파선은 그야말로 황량한 느낌이 들었다. 파도는 잔잔했으며 작은 만 쪽의 바닷가에서 부서질 때는 목소리를 죽여 속삭이는 것 같았다. 나는 다시 숲을 빠져 나가는 험한 샛길을 걷기 시작했다. 발은 제대로 말을 듣지 않고 머리는 무거우며 마음에는 이상하게 불길한 예감이 도사리고 있었다.

숲을 빠져나와 잔디밭으로 해서 돌아와 보니 집안은 아주 평화스러운 것 같았다. 모든 것으로부터 보호되어 지금까지 본 일이 없을 정도로 아름답게 느껴졌다. 그곳에 서서 둑을 내려다보았을 때, 나는 아마 이것이 처음이겠지만, 당혹이라고도 자랑이라고도 할 수 없는 야릇한 기분이 느껴지며, 이게 우리 집이고 나는 이곳에 속한 인간이며, 그리고 만더레이는 내것이라는 생각이 들었다. 나무며 풀이며 테라스의 꽃통 등이 창살 달린 창문에 비쳐 보였다. 한 굴뚝에서 연기가 조금 솟아오르고 있었다. 새로 깎은 잔디가 마른 풀 같은 달콤한 냄새를 풍기고 있었다. 밤나무에서는 개똥지빠귀가 지저귀고 있었다. 노란 나비 한 마리가 테라스 쪽으로 날아가는 것이 눈앞에 보였다.

나는 객실로 들어갔다가 식당으로 갔다. 내 자리는 아직 그대로 놓아 두었으나 맥심의 자리는 치워져 있었다. 옆 식탁 위에는 냉육(冷肉)과 샐러드가 나를 기다리고 있었다. 나는 잠시 망설이다가 곧 식당의 초인종을 눌렀다. 로버트가 가리개 뒤에서 나타났다.

"주인 어른께서 돌아오셨나요?" 나는 말했다.

"네, 아씨." 로버트는 대답했다. "두 시 조금 넘어서 돌아오셨다가 급히 점심을 드시고 곧 다시 나가셨습니다. 아씨가 어디 계시느냐고 물어보셨는데, 프리스가 난파선을 보러 가신 것 같다고 대답했습니다."

"언제 돌아오겠다고 말하고 가셨나요?"

"아니오, 아씨."

"아마 다른 길로 바닷가에 가신 모양이군요. 길이 엇갈렸을지도 몰라."

"그런 것 같습니다, 아씨."

나는 냉육과 샐러드를 바라보았다. 배고픔과는 다른 공허함이 느껴졌다. 지금은 냉육도 먹고 싶지 않았다.

"잡수시겠습니까?" 로버트가 말했다.

"아니, 안 먹겠어요. 서재로 차를 갖다 줘요, 로버트. 과자 같은 건 필요 없어요. 차와 버터를 바른 빵이면 돼요."

"알겠습니다, 아씨."

나는 서재로 가서 창가에 있는 의자에 앉았다. 쟈스퍼가 없는 게 이상하게 생각되었다. 틀림없이 맥심과 함께 나간 모양이다. 늙은 개는 바구니 안에서 자고 있었다. 나는 〈타임스〉를 집어 들고 읽지도 않으면서 책장을 넘겼다. 치과 병원 대기실에 앉아 있는 것처럼 조마조마한 이 기분은 참으로 기묘한 것이었다. 뜨개질을 하거나 책을 읽거나 할 마음은 없었다.

나는 알아차릴 수 없는 그 무엇이 일어나기를 고대하고 있었다. 아침에 느낀 공포며 난파선이며 점심을 먹지 않은 것 등이 하나로 결부되어, 마음속에 스스로도 알 수 없는 잠재적인 흥분을 심어 넣었다. 마치 새로운 생활에 들어가 모든 것이 홱 변해 버린 것 같았다. 어젯밤 가장 무도회에 나가기 위해 의상을 입었던 젊은 여자는 아득한 과거의 일이 되었다. 그것은 먼 옛날의 일이었다. 지금 창가에 앉아 있는 나는 새롭고 다른 나인 것이다……

로버트가 차를 가지고 왔다. 나는 버터바른 빵을 꾸역꾸역 먹었다.

그는 둥근 빵과 샌드위치와 엔젤 케이크를 함께 가지고 왔다. 아마 그는 버터 바른 빵만을 가지고 오는 것은 품위 없는 일이거나 또는 만더레이의 습관에 어긋나는 일이라고 생각한 모양이다. 둥근 빵과 엔젤 케이크는 반가웠다. 생각해 보건대 11시 반에 식은 차를 마셨을 뿐 아침도 들지 않았던 것이다. 세 잔째의 차를 마셨을 때 로버트가 또 들어왔다.

"주인 어른께서는 아직 돌아오시지 않으셨습니까, 아씨?" 그는 말했다.

"왜? 손님이 오셨나요?"

"네, 아씨. 케리스의 항만 감독관인 샬 씨에게서 전화가 왔습니다. 이곳으로 드 윈터 님을 만나 뵙기 위해 곧 오시겠다고 합니다."

"글쎄, 어떻게 하나. 언제 돌아오실지, 아니 돌아오실 건지조차도 모르니 말이에요."

"그럴 리야 있겠습니까, 아씨."

"5시에 다시 전화를 걸어 달라고 말해 줘요." 내가 말했다. 로버트는 나가더니 또 곧 되돌아왔다.

"상관 없으시다면, 아씨를 뵙겠다는 샬 씨의 전갈입니다." 로버트는 말했다. "급한 용건이라면서 클로리 씨에게 전화를 했는데 대답이 없답니다."

"급한 일이라면 물론 내가 만나야지요. 괜찮으니 이제라도 곧 오시라고 전해 줘요. 그분은 자동차를 갖고 있나요?"

로버트는 나갔다. 나는 샬 씨에게 무슨 주제넘은 대답을 한 것이나 아닐까 하는 생각이 들었다. 볼일이란 틀림없이 난파선에 관한 일일 것이다. 그것이 맥심과 무슨 관계가 있는지 나는 알지 못했다. 그 배가 작은 만에서 좌초한 것이라면 이야기는 또 다르다. 그곳은 만더레이의 땅이다. 배를 암초에서 떼어 내기 위해 바위를 폭파한다든가 그

밖의 무슨 일을 하기 위해 맥심의 허락을 받아야만 할는지도 모른다. 그러나 바깥 만이나 바다 밑의 암초는 맥심의 것이 아니다. 샬 씨가 그런 것을 말하러 오는 거라면 시간의 낭비라고 할 수밖에 없다.

그는 로버트에게 전화로 말한 다음 곧 자동차를 타고 온 모양이다. 왜냐하면 15분도 되지 않아 이 방으로 안내되어 왔기 때문이다.

샬은 한낮이 지나 아까 내가 망원경으로 보았을 때 입었던 제복을 그대로 입고 있었다. 나는 창가 의자에서 일어나 그와 악수했다.

"남편이 아직 돌아오지 않아 죄송합니다, 샬 씨." 나는 말했다. "아마 또 절벽 쪽에 간 모양이에요. 게다가 조금 전에는 케리스에 갔었지요. 실은 저도 오늘은 아직 한번도 만나지 못했답니다."

"케리스에 가셨다는 말은 들었습니다만 거기서 만나 뵙지 못했습니다." 감독관은 말했다. "아마 제가 보트를 타고 있는 동안에 벼랑길로 해서 돌아오신 모양입니다. 게다가 클로리 씨도 어디 있는지 모르겠군요."

"난파선 덕분에 모든 것이 엉망인 모양이에요. 저도 벼랑에 갔다가 점심도 먹지 못했어요. 클로리 씨도 처음에는 벼랑 있는 곳에 같이 있었는데요. 난파선은 어떻게 되나요? 예인선으로 끌어 내나요?"

샬은 두 팔로 큰 원을 그려 보였다. "바닥에 구멍이 났습니다. 다시 함부르크로 돌아갈 수는 없을 겁니다. 그러나 배에 대해서는 걱정 없습니다. 선주와 로이드 보험 회사 대리인이 결정을 지을 테니까요. 제가 찾아온 것은 배에 대한 일이 아닙니다, 드 윈터 부인. 하기야 간접으로는 배에 관계된 일이기도 합니다만, 사실을 말하자면 드 윈터 님에 관한 뉴스를 들은 게 있어서요. 그래서 그걸 어떻게 말씀드릴까 하고 망설이고 있는 거랍니다."

"무슨 뉴스인가요?"

샬은 주머니에서 커다란 흰 손수건을 꺼내어 코를 풀었다.
"글쎄요, 드 윈터 부인. 당신에게 말하기엔 유쾌한 일이 아닙니다. 그리고 당신과 주인 어른께 걱정과 괴로움을 끼쳐 드리는 것은 전혀 제 뜻이 아닙니다. 케리스에서는 모두들 드 윈터 님을 우러러보고 있으며, 댁에서는 늘 많은 은혜를 베풀고 계십니다. 과거의 일을 눈 감아 두지 않는다는 것은 주인께나 당신에게나 잔혹한 일입니다. 그러나 일이 일이니만큼 나로서도 어찌 해야 좋을지 모르겠습니다." 그는 잠시 말을 멈추고 손수건을 주머니에 집어넣었다. 그리고 방에는 단 둘이만 있는데도 목소리를 낮추었다.
"우리는 배 밑을 조사하기 위해 잠수부를 내려보냈습니다. 그런데 잠수부가 바다 밑에서 다른 것을 발견했습니다. 배 밑에 구멍이 뚫려 있는 것을 발견했으므로, 더 손상된 곳이 있는지 없는지 조사하려고 배 반대쪽으로 돌아가려고 한 모양입니다. 그런데 그때 전혀 부서지지 않은 본디 모습 그대로의 조그만 요트가 옆으로 쓰러져 있는 것이 발견되었습니다. 잠수부는 물론 이 고장 사람이니까 곧 그 배를 알아봤습니다. 그것은 돌아가신 드 윈터 부인이 소유했던 배였습니다."
내가 최초에 느낀 것은, 맥심이 이 자리에서 그 말을 듣지 않은 데 대한 감사의 마음이었다. 어젯밤 내 의상에 이어 다시 밀어닥친 이 새로운 타격은 하나의 아이러니한 일로 오히려 두렵기까지 했다.
"정말 가엾은 일이에요. 그런 일이 일어나리라고는 정말 몰랐군요. 하지만 맥심에게 그 말을 할 필요가 있을까요? 그 요트를 있는 그대로 내버려두면 안 될까요? 뭐 그다지 방해가 되는 것도 아닐 텐데요."
"여느 일이라면 그냥 놓아둬도 되지요, 드 윈터 부인. 저 역시 결코 그런 일을 들추고 싶지 않습니다. 아까도 말씀드렸듯이 드 윈터 님의 기분이 안정되는 일이라면 무엇이라도 할 작정입니다, 드 윈터 부인. 잠수부는 그 보트 둘레를 돌아다니다 또 한 가지 더 중대한 일을 발견한 것입니다. 선실 문은 부서지지도 않고 굳게 닫혀 있었으며 둥근 창문도 닫혀 있었습니다. 그래서 그는 바닷속에 있는 돌을 주워서 그 둥근 창문을 깨고 선실 안을 들여다보았던 겁니다. 그곳에는 물이 가득 차 있었습니다. 바닷물은 배 밑의 구멍으로 들어갔는지 다른 데는 아무데도 부서진 곳이 없더랍니다. 그런데 그 안을 들여다본 잠수부는 가슴이 철렁 내려앉았답니다, 드 윈터 부인."

살 감독관은 잠깐 말을 멈추고 하인이라도 엿듣지 않을까 하는 표정으로 뒤돌아보았다.

"선실 바닥에 시체가 하나 있더랍니다." 그는 조용히 말했다. "물론 다 썩어서 살 같은 건 전혀 붙어 있지 않았지요. 그러나 분명히 사람의 시체임에는 틀림없었습니다. 잠수부의 눈으로도 머리와 손발을 확실히 알아볼 수 있었다니까요. 그는 바다 위로 올라와서 그 일을 저에게 직접 보고했습니다. 드 윈터 부인, 제가 주인 어른을 꼭 뵙고자 하는 까닭을 이제 아셨겠지요."

나는 그를 쳐다보았다. 처음엔 뭐가 뭔지 알 수 없었으나, 곧 크게 충격을 받아 기분이 언짢아졌다.

"그분은 혼자서 배를 탔다고 하던데요." 나는 작은 소리로 말했다.

"그럼, 그때 줄곧 누가 함께 있었고 더욱이 그것을 지금까지 아무도 몰랐다는 말인가요?"

"그런 모양입니다." 감독관은 말했다.

"대체 누구일까요? 누구든 행방불명이 되면 가족이 찾아나설 텐데요. 그즈음 이 사건은 그토록 소문이 대단했고 신문에도 났다지 않습니까. 한 사람은 선실에 남아 있고, 드 윈터 부인만이 몇 달

뒤에 몇 마일이나 떨어진 곳에서 시체로 발견된 것은 어찌된 일일까요?"

샬 씨는 고개를 흔들었다.

"글쎄요, 저도 알 수 없습니다." 그는 말을 이었다. "단지 아는 것은 선실에 시체가 있어 그 일을 보고해야 한다는 일뿐입니다. 세상의 입을 막을 수는 없으니까요, 드 윈터 부인. 어떻게 그것을 막아야 좋을지 모르겠습니다. 부인에게나 드 윈터 님에게나 참으로 성가신 일이 생긴 셈입니다. 부인께서는 이처럼 조용하고 즐겁게 살아가시려 하는데 이런 일이 일어나다니 말입니다."

나는 아까 느꼈던 예감의 까닭을 알았다. 불길한 것은 난파선도 아니고, 울어 대던 갈매기도 아니며, 또 절벽으로 향한 거무스름한 굴뚝도 아니었다. 그것은 검은 바다의 조용함과 그 밑에 자리잡고 있는 미지의 것이었다. 그것은 이 차갑고 조용한 깊은 바다 속으로 잠수해 들어가 레베카의 요트와 레베카와 죽음을 같이 한 길동무를 발견한 잠수부였다. 잠수부는 요트를 만지고 선실을 들여다보고 있는데, 나는 그러는 동안 아무것도 모르는 채 절벽 위에 있었던 것이다.

"어떻게 해서든지 남편에게 알리지 않고 일을 끝낼 수는 없을까요," 나는 말했다. "아무것도 알리고 싶지 않은데요."

"가능하다면 저도 그렇게 하고 싶습니다, 드 윈터 부인." 감독관은 말했다. "그러나 이런 사건이고 보면 개인적인 감정을 개입시킬 수 없습니다. 저는 의무를 이행해야 합니다. 시체가 있다는 것을 보고해야 합니다."

그때 문이 열리며 맥심이 들어왔으므로 감독관은 말을 뚝 그쳤.

"오" 하고 맥심은 말했다. "웬 일이십니까? 당신이 여기 와 있으리라고는 생각지도 못했습니다, 샬 씨. 무슨 볼일이라도 있으신가요?"

나는 더 이상 참고 있을 수가 없었다. 그래서 비겁한 사람처럼 방을 빠져나와 문을 닫았다. 맥심의 얼굴을 보지도 않았다. 그러나 옷매무시도 흐트러졌고, 모자도 쓰지 않았으며, 어딘지 모르게 피곤한 듯한 막연한 인상을 받았다.

나는 객실로 가서 정면에 있는 문 옆에 섰다. 쟈스퍼가 큰 소리를 내며 그릇에 담긴 물을 먹고 있었다. 내 모습을 보자 꼬리를 흔들었으나 곧 다시 먹기 시작했다. 이윽고 내가 있는 쪽으로 뛰어오더니 일어서서 내 옷에 앞발을 걸었다. 나는 그의 머리에 입맞춤을 해주고 나서 테라스로 가 앉았다.

위기의 순간이 마침내 찾아온 것이다. 그리고 나는 그것과 똑바로 마주해야만 되는 것이다. 지금까지의 공포며 두려움이며 소심함 등 자신을 격하시키는 기분을 이번에야말로 정복하고 내던져 버려야 한다. 이번에 실패하면 영원히 실패하게 된다. 두 번 다시 기회는 오지 않는다. 나는 덮어놓고 필사적으로 용기가 솟아나기를 빌며 손톱이 손바닥에 파고 들도록 주먹을 꽉 쥐었다. 그리고 5분 가량 그곳에 앉은 채로 푸른 잔디며 테라스 위의 꽃통을 쳐다보고 있었다.

이윽고 현관 옆에서 자동차가 떠나는 소리가 들렸다. 아마 샬 씨일 것이다. 그는 맥심에게 그 이야기를 털어놓고 간 것이다. 나는 테라스에서 일어나 객실을 통해 살그머니 서재로 갔다. 그리고 그러는 동안 벤에게서 받은 조개를 주머니 속에서 하나씩 매만지고 있었다. 그리고 그 조개를 꽉 움켜쥐었다.

맥심은 창가에 서 있었다. 이쪽으로 등을 돌린 채로였다. 나는 입구에서 기다리고 있었다. 그러나 그는 아직 돌아다보지 않았다. 나는 주머니에서 손을 꺼내고 그의 옆으로 다가갔다. 그리고 그의 손을 잡아 볼에 대었다. 그는 아무 소리도 하지 않았다. 그리고 여전히 선 채로 있었다.

"가엾어요." 나는 말했다. "정말 가엾어요."

그는 아무 대답도 하지 않았다. 손은 얼음장처럼 차가웠다. 나는 그의 손등에 입맞춤을 하고 그런 다음 손가락 하나하나에 입을 맞추었다.

"나는 이 괴로움을 당신 혼자서 겪게 하고 싶지 않아요. 나도 함께 괴로워하고 싶어요. 맥심, 나는 24시간 동안에 어른이 되었어요. 이젠 두 번 다시 어린애가 되진 않겠어요."

그는 내 몸을 끌어안고 힘껏 끌어당겼다. 마음의 간격도 답답함도 사라져 버렸다. 나는 머리를 그의 어깨에 기대고 서 있었다.

"절 용서해 주시겠어요?"

그는 비로소 입을 열었다. "용서? 용서구 뭐구 그렇게 뭐 있소."

"어젯밤 일은 제가 일부러 그런 줄 아시죠?" 내가 물었다.

"아, 그것 말인가. 잊어버리고 있었어. 당신에게 화를 냈었지."

"그래요." 나는 말했다. 그는 그 이상 아무 말도 하지 않았다. 다만 내 어깨를 꽉 끌어안고 있을 뿐이었다.

"맥심" 하고 나는 말했다. "처음부터 다시 시작할 수는 없을까요? 오늘부터 다시 시작해서 둘이 함께 모든 일을 해결해 나갈 수 없을까요? 저를 사랑해 달라는 말은 하지 않겠어요. 할 수 없는 일을 강제로 부탁할 수는 없으니까요. 나는 당신의 친구, 남자 친구와 같은 존재가 되겠어요. 그 이상의 것은 부탁하지 않겠어요."

맥심은 내 얼굴을 두 손으로 받치고 물끄러미 들여다보았다. 나는 비로소 그의 얼굴이 여위고 얼굴에 깊숙한 주름이 잡혀 있는 것을 알았다. 눈 아래에는 큰 그늘이 깃들어 있었다.

"나를 얼마나 사랑하고 있지?" 맥심은 말했다.

나는 대답할 수가 없었다. 단지 그의 어둡고 괴로운 듯한 눈과 파리한 얼굴을 쳐다보는 것이 고작이었다.

"이젠 다 틀렸어. 이미 때가 늦었단 말이오. 우리는 행복해질 조금의 기회가 있었던 것을 놓쳐 버린 거요."

"그렇지 않아요, 맥심. 그럴리가 없어요." 내가 말했다.

"아니오, 이제 모든 일이 끝났소. 닥칠 일이 닥쳐 버린 거요."

"닥칠 일이라니, 어떤 일인가요?"

"내가 늘 예상했던 일이오. 닥쳐 올 날도 닥쳐올 밤도 꿈에서 모두 보았던 일이오. 당신과 나는 행복해질 운명을 타고 나지 못했소." 그는 창가에 있는 의자에 걸터앉았다. 나는 두 손을 그의 어깨에 얹고 그의 앞에 무릎을 꿇었다.

"당신은 무슨 말을 하시려는 거예요?" 하고 나는 말했다.

맥심은 두 손을 내 손에 포개면서 내 얼굴을 들여다봤다. "레베카가 이긴 거요." 그는 말했다. 나는 그를 뚫어지게 쳐다보았다. 이상하게 가슴이 두근거리고 그의 손 밑에서 갑자기 손이 싸늘해졌다.

"그 여자의 그림자가 줄곧 우리들 사이에 있는 거요." 그가 말했다. "그 여자의 화난 그림자가 어떻게든 우리를 떼어 놓으려고 하고 있소. 마음속으로 늘 이런 일이 일어나지나 않을까 하고 두려워 하면서 어떻게 당신을 지금처럼 내 소유로 할 수 있단 말이오. 그 여자가 죽기 전 나를 쳐다보았을 그때의 눈을 지금까지도 나는 잘 기억하고 있소. 그 침착하고 교활한 미소를 지금도 기억하고 있단 말이오. 그 때 이미 그 여자는 오늘이 있을 것을 알고 있었던 거요. 결국 자기가 이긴다는 것을 알고 있었던 거지."

"맥심." 나는 낮은 목소리로 속삭였다. "무슨 말씀을 하시는 거예요? 제게 무슨 말을 하려는 거죠?"

"그 여자의 배 말이오." 맥심은 말했다. "그 녀석들이 발견한 배 말이오. 잠수부가 오후에 발견했다는구료."

"그건 저도 알고 있어요. 샬 씨가 말하러 오셨잖아요. 당신은 그 시체에 대한 일, 잠수부가 선실에서 발견했다는 시체에 대한 일을 생각하고 계신 거죠?"
"그렇소" 하고 맥심은 말했다.
"그 사람은 혼자가 아니었더군요. 그때 누군가 레베카와 함께 배를 탔던 사람이 있었던 모양이지요. 그래서 당신은 그게 누구였는지 아시고 싶으신 거죠? 맥심, 그렇죠?"
"아니, 그렇지 않소. 당신은 모르오."
"저는 당신을 돕고 싶어요. 당신의 힘이 되고 싶은 거예요."
"레베카와 같이 배를 탔던 사람은 아무도 없었소. 단지 혼자뿐이었소." 그는 말했다.
나는 그의 얼굴과 눈을 지켜보면서 그곳에 무릎을 꿇고 있었다.
"선실 안에 있는 것은 레베카의 시체요" 하고 맥심이 말했다.
"아니, 그럴 리가 없어요."
"교회 묘지에 묻혀 있는 여자는 레베카가 아니오." 그는 말했다. "그건 어디 사는 누구인지도 모르는 어떤 여자의 시체요. 사고가 일어난 게 아니오. 레베카는 결코 빠져 죽은 게 아니란 말이오. 내가 죽인 거요. 작은 만의 오두막집에서 내가 레베카를 쏘아 죽였던 거요. 나는 시체를 선실로 날라다 놓고 밤중에 배를 띄워 오늘 그들이 발견한 곳에 가라앉혔소. 선실 안에 있는 것은 레베카의 시체요. 자, 내 눈을 잘 보오. 그리고 그래도 나를 사랑하겠는지 말해 보오."

20

서재는 아주 조용했다. 쟈스퍼가 발을 핥고 있는 소리가 들릴 정도였다. 아마 발바닥에 가시라도 박혀서 물어 뜯기도 하고 핥기도 하는 모양이다. 문득 나는 귓가에서 맥심의 손목 시계가 재깍거리는 소리를 들었다. 매일 귀에 익게 들어온 규칙적인 가냘픈 소리였다.
 그러자 이렇다 할 까닭도 없이 학교시절의 뚱딴지 같은 격언이 머리 속을 스쳤다. '시간과 조수는 사람을 기다리지 않는다.' 이 말이 연거푸 생각났다. '시간과 조수는 사람을 기다리지 않는다.' 맥심의 시계 소리와 옆에서 쟈스퍼가 발을 핥고 있는 소리만이 들릴 뿐이었다.
 사람의 죽음이라든가 손발이 잘리는 것 같은 큰 충격을 받았을 때 아마 처음에는 그것을 느끼지 못하는 것 같다. 팔을 잃었어도 잠시 동안은 팔이 없어진 일을 느끼지 못하고 있는 것이다. 손가락이 아직도 있는 줄 알고 있다. 그리고 장난삼아 하나씩 폈다오므렸다 한다. 더욱이 그러는 동안에도 그곳에는 손도 없고 손가락도 없는 것이다. 나는 맥심 옆에 몸을 바싹 대고 그의 어깨에 손을 얹은 채 무릎을 꿇고 있었으나 아무런 감정도 고통도 공포도 느끼지 않았고, 마음에 아무런 전율도 일어나지 않았다. 나는 쟈스퍼의 발에 박힌 가시를 빼 줘야 되겠다, 로버트가 어서 와서 찻그릇을 치워 줘야 할 텐데 하는 등의 생각을 하고 있었다.
 그리고 쟈스퍼의 발이라든가, 맥심의 시계라든가, 로버트라든가, 찻그릇이라든가 그런 일을 생각하는 것이 스스로도 이상하게 여겨졌다. 아무런 감정도 일어나지 않고 이상할 만큼 냉정하고 고통이 느껴지지 않는 것이 나 스스로 놀라웠다.
 나는 조금씩 감정이 되살아날 것이다. 조금씩 이해할 수 있게 될 것이라고 스스로를 타일렀다. 그가 한 말이며 이번 사건 등 모든 것이, 그림조각을 하나하나 뜯어 맞추듯 머지않아 차곡차곡 정리될 것이다. 어떤 형태로든 마무리될 것이다. 지금은 감정도 없고 사고력도 없고 감각도 없이 장승처럼 맥심의 팔에 안겨 있을 뿐이었다.
 이윽고 그는 나에게 입맞춤을 했다. 지금까지 그가 이렇게 입맞춤을 해준 일은 없었다. 나는 그의 목을 끌어안고 눈을 감았다.
"난 진실로 당신을 사랑하고 있소." 맥심은 속삭였다. "진심으로 사랑하고 있소."
이것이야말로 내가 밤낮으로 그에게 바라고 있던 말이었다. 그리고 지금 그는 드디어 그 말을 하고 말았다. 이것이야말로 내가 몬테카를로에서, 이탈리아에서, 그리고 이 만데레이에서 환상 속에 그리던 말이었다. 그는 지금 그 말을 한 것이다. 나는 눈을 뜨고 그의 머리 위로 커튼의 이음매를 바라보았다. 그는 정신없이 열중해서 내 이름을 속삭이며 입맞춤을 퍼부었다. 나는 여전히 커튼의 이음매를 바라보았고, 햇빛에 빛이 바래진 곳을 보았다.
나는 어쩌면 마음이 이렇게도 차분할까 하고 생각했다. 어쩌면 이렇게도 냉정해질 수 있을까. 나는 지금 이렇게 커튼을 바라보고 있다. 그리고 맥심은 내게 입맞춤을 하고 있다. 비로소 그는 나를 사랑하고 있다고 말한 것이다. 갑자기 그는 입맞춤을 멈추고 나를 밀어내더니 창가에 있는 의자에서 일어섰다.
"내가 말하는 것은 모두 정말이오" 하고 맥심은 말했다. "이미 때는 늦었소. 지금은 당신도 나를 사랑하고 있지 않을 거요. 사랑할 리가 없소."
그는 걸어가더니 난로 옆에 기대어 섰다.
"서로 이런 일은 잊기로 합시다. 이런 일은 되풀이하지 않기로 합시다."
갑자기 의식이 움직여 가슴이 놀란 듯 빠르게 고동치기 시작했다.
"때가 늦다고는 할 수 없어요." 나는 마루에서 일어서서 맥심이 있는 곳으로 가서 두 팔로 그의 몸을 감으면서 재빨리 말했다. "그런 말씀을 하시면 안돼요. 전 이 세상에서 당신이 가장 좋아요. 지금 제게 입맞춤을 해주셨을 때 저는 정신이 아찔해져서 아무것도 느낄 수가 없었어요. 뭐가 뭔지 헤아릴 수도 없었어요. 마치 감정이란 것이 어디론가 사라져 버린 듯한 기분이었어요."

"나를 사랑하고 있지 않기 때문이오. 그렇기 때문에 아무것도 느끼지 않은 거요. 나는 알 수 있어. 잘 알지. 당신을 위해서는 너무 늦었소."

"그렇지 않아요."

"4개월 전에 이렇게 되었어야 했소. 나도 그걸 알고 있긴 했었지. 여자와 남자는 다르니까."

"한 번 더 입맞춤해 줘요. 네, 부탁이에요, 맥심."

"아니, 그만두오. 지금에 와선 그런 짓을 해봤자 아무 소용이 없소."

"우리는 이제 서로 헤어질 수 없어요. 비밀도 그림자도 없이 늘 함께 있어야만 해요. 제발 부탁이에요, 맥심……."

"이젠 그럴 틈이 없소. 불과 두세 시간이나 기껏해야 이삼 일의 여유밖에 없단 말이오. 이런 일이 일어난 이상 어떻게 둘이 함께 있을 수 있다는 거요. 배가 발견되었다는 말은 했잖소. 레베카의 시체가 발견된 거요."

나는 잘 알아 듣지 못한 채 멍하니 그를 바라보았다.

"그 사람들은 어떻게 할까요?"

"그 여자의 시체라는 것을 알아 냈겠지. 선실 속에서 그것을 증명할 만한 것이 얼마든지 있으니까. 입고 있던 옷, 신발, 손가락에 끼고 있던 반지로 레베카의 시체라는 것은 금방 알 수 있을 거요. 그렇게 되면 사람들은 그 지하 묘소에 묻힌 여자를 생각하겠지."

"당신은 어떻게 할 작정이시죠?" 나는 목소리를 낮추어 말했다.

"나도 모르겠소." 그는 말했다. "나도 모른단 말이오."

생각했던 대로 조금씩 감정이 되살아났다. 나의 손은 이제, 아까처럼 차지 않고 촉촉하고 따뜻했다. 얼굴과 목에도 핏기가 솟아오름을 느꼈다. 볼이 화끈 달아올랐다.

나는 샬 씨와, 잠수부와, 로이드 보험 회사의 대리인과, 난파선 뱃전에 기대어 바다를 내려다보고 있던 사람들을 상기했다. 그리고 케리스의 상인이며, 거리에서 휘파람을 불고 있는 심부름하는 소년이며, 교회에서 나오는 목사며, 화원에서 장미를 꺾고 있는 크로완 부인이며, 절벽 위에서 만난 분홍 옷을 입은 여자와 남자아이를 생각했다. 머지않아 그들도 모든 것을 알게 될 것이다, 그것도 두세 시간 안에. 내일 아침 때까지는.

"드 윈터 부인의 배가 발견되었는데, 선실에 시체가 있었다나 봐."
선실에 시체가 있었다. 선실 바닥에 레베카가 있는 것이다.

레베카는 지하 묘소에 묻혀 있는 게 아니었다. 맥심이 죽인 것이다. 숲 속 오두막집에서 쏘아 죽인 것이다. 그리고 시체를 배로 날라 간 다음 만 속으로 가라앉힌 것이다.

조용한 잿빛 지붕에 빗방울이 후드득거리는 그 오두막. 조각조각난 그림이 한데 모여 나에게로 육박해 왔다. 흩어진 그림이 혼란된 내 머리 속을 잇달아 스쳐 지나갔다.

프랑스 남부에서 나란히 자동차에 탔을 때 "1년쯤 전에 그 사건이 일어나 내 전 생애를 바꿔놓은 거요. 난 생활을 다시 시작해야만 해……" 하고 그는 말했었다. 맥심의 말없는 태도, 그 불쾌함, 한번도 레베카의 말은 하지 않았던 그 태도, 그 여자의 이름을 꿈에도 입에 담지 않았던 그 태도, 맥심이 그 작은 만과 돌로 지은 오두막집을 싫어하던 그 태도.

"당신도 나 같은 기억을 갖고 있다면 그곳에 가고 싶은 생각은 안 들 거요." 그가 숲을 빠져 나가는 샛길을 올라갈 때 절대로 뒤를 돌아보지 않던 그 태도. 맥심은 레베카가 죽은 뒤 서재를 이리저리 왔다갔다했다.

"남들은 아내의 죽음으로 인한 타격을 달랠 수 없다고 하지만, 전 그렇지도 않았습니다." 그는 두 눈썹 사이에 아지랭이 같은 가느다란 주름을 지으며 반 홉퍼 부인에게 말했었다. 어젯밤의 가장 무도회, 그리고 레베카의 의상을 입고 계단 위에 나타났던 나.

"내가 레베카를 죽인 거요. 숲 속 오두막에서 쏘아 죽인 거요." 맥심은 말했다. 그리고 선실에 쓰러져 있는 그녀의 시체를 잠수부가 발견해 버린 것이다.

"우린 어떻게 하면 좋지요? 어떻게 말하면 되지요?" 나는 말했다.

맥심은 대답하지 않았다. 그는 난로 옆에 서서 눈을 크게 뜨고 앞을 쳐다보고 있었으나, 무엇을 보고 있는 건 아니었다.

"누구든 그 일을 알고 있는 사람이 있나요?" 나는 말했다.

그는 고개를 가로저었다. "아니, 없소."

"당신과 저뿐이군요."

"프랭크는?" 나는 다그쳐 물었다. "프랭크도 확실히 모른다고 생각하시나요?"

"알 리가 없잖소. 나밖엔 없단 말이오. 게다가 캄캄했고……."

그는 말을 끊었다. 그리고 의자에 앉더니 이마에 손을 대었다. 나는 그의 옆에 무릎을 꿇었다. 그는 잠시 꼼짝도 않고 앉아 있었다. 나는 그의 볼에서 손을 떼고 그의 눈을 물끄러미 들여다보았다.

"전 당신을 사랑하고 있어요." 나는 속삭였다. "사랑하고 있어요, 믿어 주시겠어요?"

그는 나의 얼굴과 손에 입맞춤을 했다. 그리고 신뢰를 얻으려는 아이들처럼 내 손을 꽉 쥐었다.

"날마다 여기 앉아서 무슨 일이 닥쳐 올 것을 기다리고 있으려니 미칠 것만 같았소. 저 책상에 앉아 조문 편지에 답장을 쓰거나 서류에 주의 사항을 써넣고, 사람을 만나고, 복잡한 사후의 잡일을 처리하고, 마시고, 먹으며, 태연하게 본정신으로 있으려고 노력하며……. 프리스와 하인들, 그리고 덴버스 부인. 덴버스 부인에게도 휴가를 줄 용기가 없었소. 왜냐하면 부인은 레베카를 잘 알고 있었으므로 어쩌면 의심하고 있는지도 모른다, 알고 있는지도 모른다고 생각했기 때문이오……. 프랭크는 신중하게 모든 것을 알고 있는 듯한 태도로 늘 내 옆에 붙어다니고 있었지. '왜 이곳을 떠나시지 않습니까? 이곳 일은 제가 모두 잘 처리하겠습니다. 이곳을 떠나는 편이 좋으실 겁니다'라고 그는 늘 말했었소. 게다가 가일스와 베아트리스, 가엾고 사랑해야 할 단순한 베아트리스. '너는 아주 얼굴빛이 나빠요. 의사에게 좀 봐 달라면 어때?' 나는 이런 사람들과 얼굴을 마주 대해야만 했던 거요. 그리고 마음에도 없는 거짓말을 하고 있어야 했소."

나는 여전히 그의 손을 꼭 쥐고 있었다. 그리고 그에게 몸을 바싹 붙이고 있었다.

"난 한 번 하마터면 당신에게 말할 뻔했었지. 쟈스퍼가 작은 만으로 도망가서 당신이 그 오두막 집으로 끈을 찾으러 갔을 때 말이오. 그날 우리는 여기서 이렇게 앉아 있었지. 그러자 프리스와 로버트가 차를 들고 들어왔잖소."

"네, 기억하고 있어요. 왜 말씀하시지 않았지요? 둘이 함께 될 수 있는 시간을 공연히 헛되이 보냈잖아요, 이 오랜 나날을."

"당신을 가까이 하기가 힘들었소. 당신은 늘 쟈스퍼를 데리고 뜰에 나가 내게 가까이 할 틈을 주지 않았소. 당신이 이렇게 내게 접근해 온 일은 아직까지 한 번도 없었잖소."

"왜 말씀해 주시지 않았어요?" 하고 나는 속삭였다. "왜 말씀해 주시지 않았어요?"

"난 당신이 행복하지 않고 지루하게 생각하는 줄 알았소. 나는 당신과는 나이 차이가 많소. 당신은 나보다도 프랭크와 만나고 있을 때가 훨씬 허물없이 이야기를 하는 것 같더군. 당신은 내 앞에 나서면 이상하게 수줍어하고 어색하게 대했소."

"당신이 레베카를 생각하고 계신 줄 알면서 어떻게 당신을 가까이 할 수 있겠어요? 당신이 지금까지도 레베카를 사랑하고 있다는 것을 알면서 나를 사랑해 달라고 할 수야 없지 않겠어요?"

맥심은 나를 힘껏 끌어당겨 내 눈을 들여다보았다.

"무슨 소리요. 그게 무슨 뜻이지?"

나는 무릎을 꿇은 채 몸을 그의 옆으로 꼿꼿이 세웠다. "나는 당신이 제 몸을 만질 때마다 저를 레베카와 비교하고 있는 줄 알았어요. 당신이 나에게 말을 하고, 나를 쳐다보고, 나와 뜰을 거닐고, 식사를 하려고 앉을 때마다 당신이 마음속으로 '이와 똑같은 일을 레베카와 했었지. 그리고 이것도, 또 이것도'라고 생각하고 있는 줄만 알았어요."

맥심은 전혀 이해할 수 없다는 듯이 혼란스러운 눈으로 나를 쳐다보았다.

"하지만 그건 사실이었지요?" 하고 나는 말했다.

"아니, 무슨 소리요?" 그는 그렇게 말하고 나를 밀어내더니 일어서서 손을 마주잡으며 방안을 여기저기 걷기 시작했다.

"왜 그러세요? 왜 그러지요?"

맥심은 갑자기 돌아서더니 마루 위에 털썩 주저앉은 나를 바라보았다. "내가 레베카를 사랑한다고 생각했다고? 내가 그 여자를 사랑하고 있으면서 죽였다고 생각한단 말이오? 나는 그 여자를 미워했었소. 우리 결혼은 처음부터 속이 들여다보이는 연극이었소. 그 여자는 방탕하고 속속들이 썩어 빠진, 저주받아야 할 여자였소. 우리는 한 번도 사랑해 본 일이 없었소. 함께 살면서 행복하다고 생각했던 순간은 한 번도 없소. 레베카는 사랑도, 상냥함도, 아량도 없는 여자였소. 상식을 벗어났다고까지 할 수 있는 여자였소."

나는 무릎을 안은 채 그를 지켜보면서 마룻바닥 위에 앉아 있었다.

"물론 영리하긴 했지." 그는 말했다. "참으로 영리한 여자였지. 그 여자를 만난 사람이면 누구나 세상에서 가장 상냥하고, 너그럽고, 재주 있는 여자라고 생각하지 않는 사람이 없었소. 상대방 한 사람 한 사람에게 말해야 할 일을 잘 알고 있었고, 또 상대방의 기분에 자기 기분을 맞출 줄도 알았지. 만일 당신을 만났다면 틀림없이 팔짱을 끼고 뜰을 산책하며, 쟈스퍼를 부르고 꽃이라든가 음악이라든가 그림 등 당신이 좋아하는 화제를 골라 말을 했을 거요. 그리고 당신도 다른 사람들과 마찬가지로 금방 그 여자의 포로가 되어 버렸을 거야. 그 여자의 발치에 앉아 그 여자를 숭배하게 되었을 거란 말이오."

맥심은 이리저리 서재 안을 돌아다녔다.

"나는 그 여자와 결혼했을 때 세계에서 가장 행복한 사람이라는 말을 들었소. 그 여자는 그 정도로 아름답고 재능이 뛰어난 유쾌한 여자였소. 그즈음 아주 기분을 맞추기 힘들었던 할머니까지도 처음부터 그 여자를 칭찬했을 정도니까. '그 여자는 아내로서 필요한 세 가지를 갖추고 있다. 그건 교양과 두뇌와 아름다움이다' 라고 나에게 말씀하셨소. 나는 그 여자를 믿으려고 애썼소. 그러나 언제나 마음속에는 의혹의 씨가 박혀 있었소. 그 여자의 눈에는 그 무엇이 있었소······."

조각조각난 그림이 차차 한데 모여 레베카의 참 모습이 액자 속에 끼운 산 인물처럼 그녀의 그림자로부터 벗어나 내 눈앞에 형태를 나타내었다. 말에 채찍질하고 있는 레베카, 두 손으로 인생을 잡고 있는 레베카, '음유 시인의 회랑'에서 입가에 미소를 띠며 승리한 듯이 몸을 내밀고 있는 레베카.

나는 다시금 바닷가에서 벤 옆에 서 있었을 때의 일을 생각했다.

"당신은 친절해요" 하고 그는 말했었다. "또 한 사람의 아씨와는 달라요. 나를 정신 병원에 집어넣지는 않겠지요?" 밤이 되면 누군가 여위고 키가 큰 여자가 숲 속을 걷고 있었다. 그 모습은 마치 뱀 같은 느낌이 들었다……

맥심은 계속 말하고 있었다. 그리고 서재를 이리저리 거닐고 있었다. "나는 그 여자의 참 모습을 곧 발견해 버렸소." 그는 말했다.

"결혼하고 닷새되던 날이오. 내가 당신을 태우고 자동차로 몬테카를로 언덕 위로 갔던 일을 기억하오? 난 다시 한번 그곳에 서서 회상하고 싶었던 거요. 그 여자는 검은 머리를 바람에 날리며 웃음 띤 얼굴로 그곳에 서 있었지. 그리고 자기에 대한 말을 하더군. 나라면 남에겐 절대로 말하지 않을 것 같은 말을 이것저것 하더군. 그때 나는 내가 무슨 일을 저질렀는지, 어떤 결혼을 한 것인지 알게 되었던 거요. 아름다움, 두뇌, 교양, 이게 무슨 소용이냔 말이오."

그는 말을 뚝 그쳤다. 그리고 창가로 가서 잔디밭을 내려다보았다. 그는 큰 소리로 웃었다. 선 채로 웃고 있었다.

나는 견딜 수가 없었다. 그의 웃음 소리를 들으니 무섭고 기분이 나빴다. 나는 도저히 참을 수가 없었다.

"맥심" 하고 나는 외쳤다. "맥심!"

그는 담뱃불을 붙이더니 잠자코 담배를 피우고 서 있었다. 그러더니 또 방안을 이리저리 돌아다니기 시작했다.

"그때 나는 하마터면 그 여자를 죽일 뻔 했소. 아마도 문제 없이 죽일 수 있었을 거요. 한발자국만 잘못 디디면, 한 발자국만 헛디

디면 그것으로 끝장이었으니까. 그 절벽을 기억하고 있겠지. 당신을 놀래 주었었으니까 당신은 내 머리가 돌았다고 생각했을 거요, 아니 미쳤었는지도 모르지. 악마와 함께 생활한다는 것은 올바른 정신을 지닌 사람이 할 짓은 아니니까."
나는 이리저리 왔다갔다하는 그를 지켜보고 있었다.
"그 여자는 그 절벽 중턱에서 나에게 약속을 했소. '전 이제부터 당신을 대신하여 그 집 일을 해내겠어요. 당신을 대신해서 그 훌륭한 만더레이를 맡아, 소원이시라면 국내에서 가장 이름난 명소로 만들어 보이겠어요. 그렇게 하면 모두들 우리를 찾아올 것이고, 우리를 부러워하고, 우리의 일을 화제로 삼을 거예요. 그리고 우리들을 영국의 가장 행복한 아름다운 부부라고 하겠지요. 얼마나 멋진 일이겠어요. 맥스, 얼마나 근사한 승리일까요!' 그 여자는 그 언덕 중턱에 앉아서 꽃을 쥐어뜯으며 소리내어 웃었소."
맥심은 4분의 1쯤 피운 담배를 불기가 없는 난로에 집어던졌다.
"나는 그때 그 여자를 죽이지 않았소. 다만 말 없이 바라보며 제멋대로 웃게 내버려두었지. 우린 함께 자동차를 타고 그곳을 떠났소. 그러나 그 여자는, 내가 그 여자가 말한 대로 만더레이로 돌아와 이 집을 개방하고 손님을 초대해서 우리 결혼을 대성공이라고 말하도록 해야겠다는 것을 다 알고 있었던 거요. 또 결혼한 뒤 1주일만에 우리의 자그마한 세계 앞에 서서 그 여자가 그때 내게 한 말을 남들에게 알리기보다는 오히려, 내가 자랑과 명예와 개인적인 감정과 그밖의 모든 지상의 미덕을 희생하리라는 것도 알고 있었소. 그리고 또 내가 이혼 법정에 서서 그 여자의 정체를 폭로하여 세상 사람들의 손가락질을 받고, 신문에선 이런저런 험담을 하고, 내 이름이 나올 때마다 이 부근의 사람들이 수군수군 뒷말을 하고, 케리스에서 온 유람객이 문 앞에 떼지어 서서 집안을 들여다보며

'여기가 그 남자의 집이야. 만데레이란 말이야. 신문에 났던 그 이혼 사건의 남자가 살고 있는 집이야. 기억하나, 그때 판사가 그 남자의 아내를…….' 이런 말을 하게 하는 일이 절대로 없다는 것을 알고 있었던 거요."

맥심은 내 앞에 서서 두 손을 벌렸다. "당신은 나를 경멸하겠지. 당신은 나의 약함과 비굴함을 모르고 있는 거요."

나는 아무 말도 하지 않았다. 다만 그의 손을 잡아 가슴에 꼭 안았다. 나는 그의 비굴함 따위는 생각지도 않았다. 그가 지금 말하는 것은 나에게는 아무 관계도 없는 일이었다. 나는 다만 한 가지 일에 매달려 그것을 마음속으로 여러번 되풀이하고 있었다.

'맥심은 레베카를 사랑하고 있지 않았다. 한번도 사랑해 본 일이 없었다. 둘이 함께 살면서 잠시도 행복했던 일이 없었다…….' 맥심은 계속 말을 했고 나는 그 말을 듣고 있었으나 그의 말은 내게 아무런 뜻도 없었다. 마음은 그곳에 없었던 것이다.

"나는 만데레이를 너무 소중하게 생각했었소. 무엇보다도 우선 만데레이 일을 생각했었으니까. 그러나 그런 사랑은 번영하지 않소. 교회에서도 그런 설교는 하지 않겠지. 그리스도도 돌이나 벽돌이나 또는 인간이 자기 토지나 조그만 왕국을 위해 품는 사랑 따위는 말하지 않았소. 그런 것은 그리스도교도의 신조엔 들어가 있지 않단 말이오."

"여보, 나의 맥심!" 나는 말했다. 그리고 그의 손을 잡아 볼에 대고 입술을 비볐다.

"이제 알겠소?" 하고 그는 말했다.

"알았어요, 맥심" 하고 나는 말했다. 그리고 그가 볼 수 없도록 얼굴을 돌렸다. 그의 말을 이해하고 못하고는 문제가 아니었다. 내 마음은 바람 속의 깃털처럼 가벼웠다. 그는 한번도 레베카를 사랑한 일이 없었지 않는가.
"그 무렵의 일을 나는 생각하고 싶지 않소" 하고 맥심은 천천히 말했다. "당신에게도 말하고 싶지 않소. 굴욕과 타락. 그 여자와 생활하고 있던 허위의 세계. 우리가 함께 연기한 야비하고도 천한 연극. 그것도 친구 앞에서, 친척 앞에서, 하인들 앞에서, 프리스같이 충실하고 믿을 수 있는 사람 앞에서 했던 속들여다보이는 연극이었지. 그들은 모두 그 여자를 믿고 칭찬했으나, 그 여자가 그들 뒤에서 혀를 내밀고 비웃어 대며 흉내를 내고 있는 줄은 몰랐던 거요. 난 아직도 기억하고 있지만 그 무렵 이 집에는 곧잘 여러 가지 행사며, 원유회며, 야외극이 벌어져 사람들이 모였었는데, 그 여자는 천사와도 같은 미소를 띠며 나와 팔짱을 끼고 돌아다니며 아이들에게 선물을 나누어 주곤 했었지.
그러나 다음날에는 새벽같이 일어나 런던으로 자동차를 달려 도랑 속으로 뛰어드는 야수처럼 물가에 빌려 놓은 자기 방으로 뛰어들어 닷새 동안이나 차마 입에 담을 수도 없는 짓으로 날을 보내고 다시 이곳으로 되돌아오곤 했소. 나는 그때의 약속을 잘 지켰지. 결코 그 여자의 정체를 남에게 말하는 일은 없었으니까. 만더레이가 오늘날처럼 된 것은 그 여자의 취미에 의해서요. 장미 화원, 우거진 관목, '행복의 골짜기'에 핀 진달래 등은 우리 아버지가 살아 계실 때부터 있었던 건 아니오.
그 무렵은 자연 그대로의 모습으로, 정말 아름다웠었지. 야생과 조용한 본디의 아름다움뿐이었소. 돈을 들여 인공적으로 손을 쓸 여지야 물론 있었지만 아버지는 일부러 그것을 피하셨지. 나 역시 레베카만 없었다면 그럴 생각은 하지 않았을 거요. 방방이 있는 가구류는 거의 대부분 예부터 이곳에 있던 것은 아니오. 현재 있는 객실이나 거실은 모두 레베카가 만든 거요. 공개일에 프리스가 자랑스럽게 손님에게 내놓는 의자와 벽걸이가 걸려 있는 그 거울, 그것도 레베카가 한 것이오. 예부터 이 집에 비치되어 있던 것은 뒷방에다 모두 치워 버렸소. 아버지는 가구며 그림에 대해서는 아무것도 모르셨지. 대부분 레베카가 사들인 거요. 오늘날 당신이 보고 있는 만더레이의 아름다움, 사람들이 화제로 삼고, 사진을 찍고, 그림을 그리는 만더레이는 모두 레베카가 만든 것이오."

나는 잠자코 있었다.

그리고 그를 꼭 끌어안았다. 그가 이대로 이야기를 계속해 주기를 바랐다. 그러면 그의 괴로움도 줄어들 것이고, 그와 동시에 지금까지 품고 있던 과거의 모든 증오와 혐오가 사라져 버릴 것이라고 생각되었기 때문이다.

"이런 식으로 우리는 세월을 보내고 있었소. 난 모든 것을 용서했소, 만더레이를 위해. 런던에서 저지르는 그 여자의 소행도 전혀 나에게는 관계없는 일이었소. 말하자면 그게 만더레이를 다치지 않는 일이었기 때문이지. 게다가 처음 몇 년 동안은 그 여자도 조심했기 때문에 그 여자에 대해 이러쿵저러쿵하는 일은 없었소. 그러나 이윽고 조금씩 그 여자도 마음을 놓아 조심성이 없게 되었소. 사람이 어떻게 술을 마시기 시작하는지 당신은 아오? 갑자기 마시는 게 아니오. 처음엔 한번에 조금밖에 안 마시지. 취하도록 마시는 일은 다섯 달에 한 번 정도야. 그러나 술을 마시는 횟수가 차차로 잦아지는 거요. 그리고 드디어는 한 달에 한 번, 보름에 한 번, 그러다보면 너더댓새마다 마시게 되오.

그리고 어찌할 도리가 없게 되면 온갖 나쁜 꾀를 짜내게 마련이지. 레베카도 그랬소. 놀아나는 상대를 이곳으로 데리고 오게까지 되었던 거요. 처음에는 한두 사람씩 끌고 와서 주말 손님과 어울리게 했으므로 나는 전혀 몰랐소. 그 작은 만의 오두막에서 곧잘 놀앉던 모양이오. 어느 때인가 내가 스코틀랜드로 사냥을 갔다 돌아와 보니, 그 여자는 내가 한번도 만난 적이 없는 사람들을 대여섯 명이나 데리고 와 거기서 놀고 있었소. 나는 주의를 주었지. 그랬더니 그 여자는 어깨를 으쓱거리며 말하더군. '이 일과 당신이 무슨 관계가 있죠?' 나는, 런던에서는 어떤 친구와 상대를 해도 상관없지만 만더레이는 내 것이니 그 약속을 지켜야 돼 하고 말했소. 그 여자는 빙긋이 웃었을 뿐 아무 말도 않더군.

그런데 마침내 그 여자는 프랭크를, 내성적이고 충실한 프랭크를 노리기 시작했소. 어느 날 프랭크가 나에게 만더레이를 나가 다른 직업을 얻었으면 좋겠다고 하지 않겠소. 우리는 두 시간 가량 이 서재에서 이야기를 했는데 결국 나도 모든 것을 알게 되었소. 프랭크가 눈물을 흘리며 모든 것을 내게 털어 놓았던 거요. 그 여자는 그를 따라다니며 글쎄, 프랭크네 집에까지 찾아가서 그 오두막집으로 끌고 나가려고 했다는 거요. 가엾게도 프랭크는 우리 사이를 모르고, 겉으로만 보고 행복한 부부인 줄 알고 있었던 모양이오.

난 이 일로 레베카를 꾸짖었소. 그랬더니 그 여자는 화를 벌컥 내며 나에게 갖은 악태를 부리더군. 정말 화가 치밀고 지긋지긋한 장면이었소. 그 여자는 그 길로 런던으로 가더니 한달 동안이나 머물고 있었소. 그리고 돌아왔을 때는 고분고분하기에 나는 다소 반성한 줄 알았소. 그런데 누님과 가일스가 주말에 찾아왔소. 전부터 이따금 혹시 그렇지 않은가 하는 생각은 해 왔지만, 누님이 레베카에게 호의를 갖지 않았다는 것을 그때 똑똑히 알게 되었소.

누님은 기묘하고 무뚝뚝하고 노골적인 성품으로 레베카의 정체를 꿰뚫어보고 무언가 수상한 점이 있다는 것을 짐작하고 있었지. 그날은 마치 서로 마음을 떠보려는 듯한 주말이었소. 가일스는 레베카와 함께 뱃놀이를 나가고 누님과 나는 잔디밭에서 서성이고 있었소. 얼마 뒤 그들은 돌아왔는데, 몹시 들뜬 듯한 가일스의 태도와 레베카의 눈을 보고 그 여자가 프랭크에게 했던 것처럼 가일스에게도 손을 뻗쳤다는 것을 난 알았지. 저녁을 들때 가일스는 여느 때보다 큰 소리로 웃고 조금 말이 많은 것 같더군. 누님은 우두커니 그런 그의 모습을 지켜보고 있었소. 그러는 동안에 레베카는 식탁 상단에 마치 천사처럼 앉아 있었지."

조각난 그림이 모두 제자리에 제대로 들어맞았다. 내가 서투른 솜씨로 맞추어 보려고 해도 도저히 잘 들어맞지 않던 기묘하고 모순된 모양이 어엿한 하나의 그림으로 완성된 것이다. 내가 레베카에 대한 말을 했을 때 프랭크가 취한 야릇한 태도, 내가 늘 동정과 연민이라고 생각했던 침묵은, 치욕과 미혹이 얽힌 침묵이었던 것이다.

지금 생각해 보면 내가 이해할 수 없었던 것이 이상할 정도이다. 세상에는 자기 자신이 쳐놓은 소심함과 사양의 거미줄을 걷어 낼 수 없어, 자신의 무능과 어리석음으로 진실을 감추는 일그러진 큰 벽을 자기 앞에 쌓아올리고서 그 때문에 고민하는 사람이며, 아직도 고민하고 있는 사람이 얼마나 많을까 하고 생각했다. 내가 걸어온 길이 바로 그러했던 것이다. 머리 속에 잘못된 그림을 그려 놓고 그 앞에 주저앉아 있었던 것이다. 나는 지금까지 진실을 구하려는 용기를 지닌 일이 없었다. 만일 내가 약한 마음에서 한 발 앞으로 나섰더라면, 맥심은 지금 하는 이야기를 4개월 내지 5개월 전에 털어놓았을 것이다.

"누님과 가일스는 그날을 마지막으로 주말에 만더레이를 방문하는 일을 중지해 버렸소." 맥심은 말했다. "나도 두 번 다시 그들만을 초대하는 일은 삼가기로 했소. 그렇지만 원유회라든가 무도회 등 공개 모임에는 왔었소. 누님은 내게 한 마디도 말하지 않았고, 나 또한 아무 말도 안 했지. 그러나 누님은 내 생활을 상상해서 알고 있었을 거요, 프랭크나 다름없이 알고 있었을 거요. 레베카는 더욱 교활해졌소. 그 여자가 하는 일은 겉보기로는 조금도 잘못이 없었소. 그러나 그 여자가 만데레이에 있을 때 내가 어디든 가기만 하면 다른 무슨 일이 일어나는지는 보지 않아도 뻔한 일이었소. 프랭크와 가일스의 예도 있고, 영지 내의 노동자를 끌어들일 수도 있을 것이며, 케리스나 또 다른 곳에서라도……. 그렇게 되면 마침내는 폭탄이 떨어질 것은 뻔한 노릇이 아니겠소. 내가 두려워한 것은 바로 소문과 뒷공론이었으니 말이오."

나는 또 숲속 오두막 옆에 서서 지붕에 떨어지는 빗방울 소리를 듣고 있는 것 같았다. 모형배 위에 앉은 먼지며 긴 의자에 뚫린 쥐구멍도 보였다. 그리고 물끄러미 이쪽을 쳐다보는 백치 같은 눈을 가진 벤의 모습도 보였다.

"나를 정신 병원에 집어넣지는 않겠지요?" 그리고 숲을 빠져나가는 샛길을 생각하고, 그녀가 나무 그늘에 서면 산들거리는 밤바람에 그녀의 옷이 사각사각 옷자락 스치는 소리를 내겠지 하고 생각했다.

"레베카에게는 사촌이 하나 있었소." 맥심은 천천히 말했다. "외국에 가 있었는데 다시 영국으로 되돌아왔소. 그 사나이는 내가 집만 비우면 여길 찾아왔었소. 프랭크는 곧잘 만났었지. 잭 파벨이란 남자요."

"저도 알고 있어요. 당신이 런던에 가셨을 때 이곳에 왔었어요."

"당신도 만났단 말이오? 그런데 왜 내게 말하지 않았지? 난 프랭크에게서 들었소. 프랭크는 그 남자의 자동차가 문으로 들어가는 것을 봤다는구료."

"전, 말하고 싶지 않았어요. 당신이 레베카를 생각할 것 같기에."

"그 여자를 생각해?" 맥심은 나직한 목소리로 말했다. "무슨 소리요. 생각할 필요가 조금도 없잖소."

맥심은 말을 중단하고 눈앞을 쳐다보았다. 그 눈을 보고 그도 나처럼 만 속에 가라앉은 물이 괸 선실을 생각하고 있는 게 아닌가 하는 생각이 들었다.

"레베카는 그 파벨이라는 사나이를 곧잘 그 오두막집으로 데리고 갔었소. 하인들에겐 뱃놀이를 간다고 했지만 언제나 아침까지 돌아오지 않았지. 그 사나이와 그 오두막집에서 하룻밤을 지내는 거요. 나는 다시 그 여자에게 주의를 주었소. 이 만더레이에서, 아니, 내 소유지라면 어디에서든지 간에 그 사나이를 발견만 하면 그 자리에서 쏘아 죽이겠다고 말했소. 그 사나이는 좋지 않은 경력을 가진 사람이었소……

그 사나이가 만더레이의 숲 속을, '행복의 골짜기' 같은 곳을 걷고 있다는 생각을 하면 나는 그것만으로도 미칠 것만 같았소. 도저히 못 참겠다고 나는 이 여자에게 말했지. 그 여자는 어깨를 움츠렸을 뿐 그전처럼 욕을 퍼붓지는 않더군. 게다가 난 그 여자가 어느 때보다 얼굴빛이 나쁘고 여윈 것을 알았소. 그때 난 그 여자가 나이를 먹고 자신도 그것을 느끼게 된다면 어떻게 될 것인가 하는 생각을 했었소. 그 뒤 세월이 흐르고 이렇다 할 일도 일어나지 않았소. 그런데 어느날 그 여자가 런던에 갔는데, 전에 없이 그날로 돌아왔더군. 나는 그 여자가 돌아오리라고는 생각지도 않았었소. 그날 나는 굉장히 바빴으므로 프랭크네 집에서 저녁 식사를 했었소."

맥심은 짤막하게 말을 끊어서 말했다. 나는 그의 손을 두 손으로 꼭 쥐고 있었다.

"10시 반쯤이었는데 저녁을 마치고 돌아와 보니, 객실 의자 위에 그 여자의 스카프와 장갑이 놓여 있더군. 도대체 무엇 때문에 돌아왔을까 하는 생각이 들었소. 거실에 가 보았으나 그곳에 없었소.

그래서 또 작은 만에 간 줄 알았지. 그리고 그때 나는 이제 더 이상 이런 허위와 오욕과 기만에 찬 생활을 참을 수 없다는 것을 확실히 깨달았소. 무슨 수를 써서라도 결말을 지어야겠다는 생각이 들었소. 나는 권총을 가지고 가서 그 사나이, 아니 두 사람을 모두 놀라게 해주리라 하고 생각했지. 그래서 곧 그 오두막집으로 갔었소. 하인들은 내가 돌아온 것을 아무도 몰랐소. 나는 살그머니 뜰로 나가 숲을 빠져 나갔소. 오두막 창문에 불빛이 보였으므로 곧 들어가 봤지. 그런데 놀랍게도 레베카 혼자 있더군. 담배꽁초가 잔뜩 든 재떨이를 옆에 놓고 긴 의자에 드러누워 있었소. 몸이 아픈지 이상한 모습이었소. 나는 곧 파벨 얘기를 했는데, 그 여자는 한마디의 말도 없이 내 말을 듣고 있었소.

'나나 당신이나 이런 쓸모 없는 생활은 이 정도에서 청산하는 게 좋으리라 생각하오'라는 말을 했소. '이제 해결짓기로 합시다. 알겠소. 런던에서 당신이 무슨 짓을 하든 내 알 바 아니오. 파벨이든 누구든 좋아하는 남자와 함께 살도록 하오. 그러나 이곳에선 안돼. 이 만더레이에서는 안돼.' 그 여자는 한참 동안 잠자코 있었소. 그리고 나를 물끄러미 쳐다보고 있더니 드디어 히죽이 웃지 않겠소. '하지만 이곳에 사는 것이 내게 어울린다면 어떻게 하죠?' 그 여자는 이렇게 말했소.

'사정은 당신도 알 텐데'라고 나는 말했소. '나는 당신과의 추저분한 약속을 제대로 지켜 주었소. 그러나 당신은 지키지 않았소. 당신은 내 저택과 가정을 런던에 있는 당신 소굴처럼 취급할 작정인 모양이지만, 나도 참을 만큼은 참았소. 그러니 레베카, 이게 당신에게 주는 최후의 기회요.'

지금도 똑똑히 기억나지만, 그 여자는 긴 의자 옆에 있는 통에 담배를 비벼끈 다음 일어서더니 두손을 머리 위로 올리고 기지개를 켰소.

'당신 말이 옳아요, 맥스. 이번에야말로 저도 마음을 잡겠어요.'
 레베카는 얼굴빛이 몹시 나빴고 여위어 보였소. 그리고 바지 주머니에 두 손을 찌르고 방안을 이리저리 거닐기 시작하더군. 세일러복을 입고 있어서 남자아이, 그것도 보티첼리가 그린 천사 같은 얼굴을 한 남자아이로 보였소.
'내 일로 소송을 제기하는 것이 얼마나 어려운 일인지 생각해 본 일이 있어요? 재판을 말하는 거예요. 나와 이혼하려고 할 경우 처음부터 끝까지 내게 불리한 증거는 조금도 없다는 것을 아시는지? 친구며 하인들까지도 우리들의 결혼을 순조로운 것으로 믿고 있으니까요.'
 '프랭크는? 그리고 베아트리스는?'
 레베카는 머리를 젖히며 크게 웃었소. '프랭크가 내게 불리한 말을 할 만한 위인 같나요? 그건 당신도 벌써 알고 있는 사실이 아닌가요. 게다가 베아트리스는 남편이 조금 한눈을 판 정도의 일로 강짜를 부리는 흔히 볼 수 있는 여자로 증인석에 서는 게 고작이겠지요. 안돼요, 안돼요, 맥스. 내게 불리해질 증명을 하려고 애써 보았자 쓸데없는 헛수고에 지나지 않아요.'
 레베카는 두 손을 주머니에 찌른 채 얼굴에 미소를 띠고 발뒤꿈치로 서서 몸을 흔들며 나를 쳐다보고 있었소. '나는 덴버스에게, 내게 딸린 하녀로서 내 명령대로 법정에서 선서하게 할 수 있어요. 게다가 다른 하인들도 전혀 아무것도 모르니까 덴버스의 뒤를 따라 틀림없이 선서할 거에요. 하인들은 우리가 만더레이에서 행복한 부부로 살고 있는 줄 알거든요. 당신 친구들도 그렇고, 우리의 이 조그만 세계에 있는 이는 한 사람도 남김없이 모두 그렇게 생각하고 있단 말이에요. 그래, 그렇지 않다는 것을 어떻게 증명할 참인가

요?'

레베카는 테이블 가에 걸터앉아 다리를 흔들면서 나를 쳐다보고 있었소.

'우리는 사랑하는 부부로서의 역할을 꽤 근사하게 연기해 왔잖아요.'라고 레베카는 말했소. 줄무늬 샌들을 신은 레베카의 발이 앞뒤로 덜렁덜렁 흔들려 내 눈과 머리가 공연히 뜨거워졌던 일을 나는 지금도 기억하고 있소.

'나와 덴버스 둘이서 짜고 덤비면 얼마든지 당신을 바보 취급할 수 있어요. 너무 바보같이 보여 당신을 믿는 사람이 하나도 없을 정도로 매장시킬 수도 있어요.' 그런 말을 하고 있는 동안에도 여전히 파란색과 흰색의 줄무늬 샌들을 신은 레베카의 저주스러운 발은 흔들리고 있었소. 갑자기 레베카는 테이블에서 일어서더니 여전히 미소를 띠고 손은 주머니에 넣은 채 내 앞에 와 섰소.

'만일 나에게 아이가 생긴다 해도 그게 당신의 아이가 아니라는 것을 증명하기란 당신은 물론, 이 세상 누구라도 불가능할 거예요. 그 아이는 당신 성을 따서 이 만더레이에서 키워야 할 거예요. 당신은 어쩔 수 없을 거예요. 그리고 당신이 죽으면 만더레이는 그애 것이 되는 거죠. 그렇게 하지 않으려 해도 당신으로선 어쩔 도리가 없어요. 버젓이 상속권이 부여되게 마련이니까요. 당신 역시 이 사랑하는 만더레이의 상속인이 필요하시겠지요? 당신도 내 자식이 밤나무 밑에서 유모차에 실려 자고 있는 모습이며, 잔디밭에서 깡총깡총 뛰놀고 있는 장면이며, '행복의 골짜기'에서 나비를 쫓아다니고 있는 모습을 본다면 틀림없이 기뻐하겠지요. 안 그래요, 맥스. 내 자식이 나날이 커가는 것을 보며, 내가 죽은 뒤 모두 그애 것이 된다는 것을 생각하면 당신 역시 삶의 감격을 크게 느끼지 않겠어요?'

레베카는 발뒤꿈치로 서서 몸을 흔들면서 잠시 내 대답을 기다리고 있는 것 같더니 이윽고 담배에 불을 붙이고 창가로 가 섰소. 그리고 큰 소리로 웃어 댔소. 언제까지나 웃어 댔소. 영원히 웃어 대는 게 아닌가 할 정도로.

'정말 유쾌하군요. 이렇게 유쾌할 수가 있겠어요? 제가 마음을 잡겠다는 뜻을 이제 알았겠지요? 이제 완전히 이해했겠죠? 이 고장의 무사 태평한 사람들, 당신의 소작인들이 아마 모두들 기뻐하겠죠. ‘우리는 늘 이렇게 되기만을 고대하고 있었습니다, 드 윈터 부인' 하고 말하겠죠. 전 더할 나위 없이 좋은 엄마가 될 거예요, 맥스, 지금까지 더 바랄 여지가 없는 아내였던 것처럼. 그리고 이런 일을 상상할 사람은 한 사람도 없단 말이에요. 영원히 아무도 모르게 끝나 버리는 거죠.'

레베카는 한쪽 손을 주머니에 넣고 한쪽 손에는 담배를 든 채 웃는 얼굴로 돌아서서 나를 똑바로 쳐다보았소. 내가 죽였을 때도 그 여자는 웃고 있었소. 난 그 여자의 심장을 향해 총을 쏘았소. 총알은 멋지게 그 여자를 꿰뚫었소. 레베카는 금방 쓰러지지 않았소. 나를 쳐다보며 서 있었소. 빙긋이 미소를 띤 채 눈을 크게 뜨고……."

맥심의 목소리는 작아졌다. 마치 속삭이듯 나직한 목소리였다. 내가 쥐고 있는 그의 손은 차가웠다. 나는 그의 얼굴을 보려고 하지 않았다. 그리고 융단 위에서 누워 자면서 가끔 꼬리를 마룻바닥에 떨어뜨려 소리를 내는 쟈스퍼를 쳐다보고 있었다.

"사람을 쏘면 그렇게 피가 흐르는 줄은 몰랐소." 맥심은 말했다.

그 목소리는 조용하고 피곤한 듯했으며 억양이 없었다. 융단 위, 쟈스퍼의 꼬리가 있는 밑으로 구멍이 하나 뚫려 있었다. 담뱃불에 탄 구멍이었다. 언제부터 있었던 구멍일까 하고 나는 생각했다.

"작은 만에서 물을 퍼 와야만 했소" 하고 맥심은 말했다. "작은 만까지 물을 푸러 왔다갔다해야만 했단 말이오. 레베카가 있던 곳에서 훨씬 떨어진 난로 근처에까지 피가 묻어 있었지. 그 여자가 쓰러져 있던 곳은 피바다였소. 그때 바람이 불기 시작했소. 창문에는 잠그는 고리가 없었소. 양동이를 옆에 놓고 걸레로 마룻바닥을 닦기 위해 기어 돌아다니고 있는 동안 창문은 줄곧 쾅쾅 소리를 내며 열렸다닫혔다했소."

그리고 빗방울이 지붕 위로 후드득거리고 있었으리라. 그는 지붕을 두드리던 빗소리는 기억하지 못하는 모양이라고 나는 생각했다. 후드득후드득, 가볍게, 그러나 성급하게 두드리는 빗소리를.

"나는 레베카의 시체를 배로 날라갔소. 벌써 11시 반이나 12시가 다 된 모양이더군. 주위가 캄캄했소. 달도 없었지. 바람이 서쪽에서 무섭게 몰아치더군. 나는 시체를 선실로 갖다 놓고 왔소. 그리고 드디어 작은 배를 고물에 연결하고 출범 준비를 한 다음, 조그만 정박소에서 조류를 거슬러올라갔소. 순풍이었으나 그것은 돌풍처럼 불어왔고, 게다가 곶의 그림자는 바람이 불어가는 쪽에 있었소. 나는 큰 돛이 돛대 중간에서 엉켰던 일을 기억하고 있소. 오랫동안 이 같은 일은 하지 않았기 때문이었지. 레베카와 같이 바다에 나갔던 일은 한 번도 없었으니까.

게다가 조류를 보니 바닷물은 그 조그만 만으로 굉장히 빠르고 세게 흘러들고 있었소. 바람은 곶에서 연통처럼 불어내리고 있고, 난 배를 만 깊숙히 끌고 갔소. 그 암초표지를 세워 둔 저쪽까지 나갔던 거요. 그리고 좀더 앞까지, 암초가 있는 앞까지 나가려고 했었지. 뱃머리의 삼각돛이 계속 펄럭이더군. 난 돛을 제대로 달지 못했던 거요. 한바탕 바람이 불어오더니 돛대에 매어놓은 밧줄이 내 손에서 빠져나가 돛대 위에 휘감기었소. 돛은 소리를 내며 크게 흔들린 다음 머리 위에서 채찍처럼 울어 대었소. 이럴 때 어떻게 하면 좋을지 나는 전혀 생각이 떠오르지 않았소. 전혀 머리가 돌아가지 않았소. 나는 손을 내밀어 줄을 잡으려고 했지만 용총줄은 머리 위에서 허공으로 흩날리고만 있었소.

바람이 또 정면으로 몰아쳐 왔소. 배는 옆으로 흘러내려가 점점 암초가 있는 곳으로 다가갔소. 주위는 어둡고 캄캄했소. 미끄러지기 쉬운 갑판 위는 아무것도 보이지 않았소. 난 자빠지고 넘어지며 간신히 선실로 내려갔소. 그리고 쇠갈고리를 집어 들었지. 지금 하지 않으면 시간이 없다고 생각한 거요. 배는 벌써 암초 가까이까지 흘러와 있어 이렇게 흘러가다간 6,7분이 되기 전에 바깥 바다로 흘러나가 버리고 말 것 같았소. 나는 배의 배수 마개를 열었소. 바닷물이 흘러들어오기 시작했소. 그리고 쇠갈고리로 배 밑바닥을 찍었지. 널빤지가 하나 부서지더군. 다시 쇠갈고리를 쳐들어 다른 널빤지를 찍어내렸소. 물이 발 위까지 올라왔소. 나는 레베카를 선실에 놓아둔 채 나와 버렸소. 문에는 고리를 걸었지.

갑판에 올라와 보니 배는 암초가 있는 곳에서 20야드 떨어진 곳까지 와 있었소. 나는 갑판 위에서 들어낼 수 있는 것을 어느 정도 바다 속으로 집어던졌소. 구명구, 노, 밧줄 뭉치 등을 말이오. 그렇게 해 놓고 작은 배로 기어 들어갔소. 그리고 노를 저어 조금 떨어진 곳까지 간 다음 노에 기대 서서 바라보았소. 배는 여전히 흘러내려가고 있더군. 차차 가라앉기 시작했소. 뱃머리부터 가라앉았소. 삼각돛은 아직도 채찍처럼 울어 대며 펄럭이고 있었지. 누군가 밤 늦게 벼랑길을 걷고 있던 이나, 또는 배는 보이지 않으나 나보다 더 바다 가운데로 나가 있는 케리스의 어부는 틀림없이 이 소리를 들었으리라고 생각되었소.

선체는 바다 위의 검은 그림자인양 아까보다도 조그맣게 보였소.

돛대가 흔들리며 우지끈하는 소리가 들리기 시작했소. 갑자기 배는 옆으로 쓰러지며 순간적으로 돛대가 두 동강이 나버렸소. 구명구며 노가 파도 위에 떠돌고 있더군. 배의 그림자는 벌써 보이지 않았소. 나는 잠시 배가 있던 장소를 우두커니 바라보고 있던 기억이 나오. 이윽고 나는 작은 만으로 돌아왔소. 비가 내리기 시작했소."
맥심은 잠시 말을 멈추고 눈앞을 물끄러미 바라보고 있었다. 그리고 이윽고 바닥에 털썩 주저앉아 있는 나에게로 얼굴을 돌렸다.
"이게 모두요. 이젠 더 말할 게 없소. 난 늘 레베카가 하듯이 작은 배를 부표에 매달아 놓고 왔소. 그리고 오두막집에 돌아가 보았소. 바닥은 바닷물로 젖어 있었소. 그러나 레베카 스스로 그런 짓을 한 것으로 보일 수도 있었소. 그리고 나는 숲 속 샛길로 해서 집으로 돌아왔소. 계단을 올라가 화장실에 갔었지. 옷을 갈아 입은 것 같소. 비가 굉장히 쏟아지기 시작하더군.
침대에 걸터앉아 있노라니 덴버스 부인이 문을 두드렸소. 가운을 입은 채로 문을 열고 부인과 만났소. 부인은 레베카의 일을 걱정하고 있더군. 나는 부인에게 가서 자도록 하라고 일렀소. 그리고 문을 닫아 버렸소. 그러고 나서 화장옷을 입은 채 창가에 걸터앉아 비를 바라보며 작은 만으로 밀려드는 파도 소리를 듣고 있었소."
우리는 말없이 앉아 있었다. 나는 여전히 그의 차가운 손을 쥐고 있었다. 그리고 왜 로버트는 찻그릇을 치우러 오지 않을까 하는 생각을 하고 있었다.
"배가 가라앉은 곳이 너무 가까웠어" 하고 맥심은 말했다. "나는 만 속까지 나갈 작정이었는데. 그곳이라면 아무도 발견하지 못했을 텐데, 너무 가까웠어."
"그 난파선 때문이에요." 나는 말했다. "그 난파선만 없었다면 이런 일은 일어나지 않았을 거예요. 아무도 모르게 끝나 버리는 거예요."
 "너무 가까웠어" 하고 맥심은 말했다.
 우리는 또 입을 다물었다. 나는 몹시 피곤함을 느꼈다.
 "나는 언젠가는 이렇게 될 줄 알았소." 맥심은 말했다.
 "에치쿤프에 가서 그 시체는 레베카라고 증명했을 때도, 이런 일을 해봤자 아무 소용도 없다는 것을 알고 있었지. 단지 그때가 오기를 조용히 기다리고 있는 것만이 문제였소. 레베카는 결국 이기고 말았소. 당신이란 사람을 발견해 봐야 결국 똑같은 일이 일어나잖소. 사랑해 봐야 사태는 조금도 변하지 않잖느냐 말이오. 레베카는 결국 자기가 이길 줄 알고 있었던 거요. 그 여자가 죽을 때의 미소를 나는 보았단 말이오."
 "레베카는 죽었어요. 이것만은 염두에 둬야 해요. 레베카는 죽었어요. 말을 할 수 없어요. 증인 노릇은 못할 거예요. 이젠 당신에게 손을 댈 수는 없어요."
 "그러나 시체가 있소. 오늘 잠수부가 발견했잖소. 선실 바닥에 엄연히 누워 있단 말이오."
 "그걸 어떻게 잘 설명해야만 해요. 설명할 방법을 잘 생각해 내야만 해요. 누군지 당신이 알 수 없는 시체라고 하면 어떨까요. 누군지 당신이 한번도 본 일이 없는 사람의 시체라고 하면 되잖아요."
 "소지품이 아직 남아 있소. 손가락엔 반지가 있지. 가령 입고 있는 옷이 자취를 감추었다 해도 어디엔가 반드시 흔적이 남아 있을 거요. 게다가 암초에 걸려 가라앉아서 죽은 시체 같진 않을걸. 선실은 그전대로일 것이고, 시체는 내가 놓고 온 그대로 있을 거요. 배는 그 뒤 줄곧 그곳에 있었으니까. 아무도 손을 댄 이는 없소. 가라앉았을때 모습 그대로 바다 속에 가로놓여 있소."
 "시체란 물 속에서도 썩는 법이죠?" 나는 목소리를 낮추어 말했다.

"그런 곳에 가만히 놓여 있어도 물 때문에 썩어 버리죠?"
"글쎄" 하고 그는 말했다. "나도 잘 모르겠소."
"어떻게 하면 알 수 있을까요?"
"내일 아침 5시 반에 또 잠수부가 들어가기로 되어 있소. 샬이 모든 것을 정해 두었다고 하오. 배를 끌어올리려는 거지. 아무도 없는 아침녘에 나도 갈 참이오. 샬이 작은 만에 보트를 대어 놓았다가 나를 태우고 가기로 되어 있소. 내일 아침 5시 반이오."
"그러고 나서는요?" 나는 말했다. "배를 끌어올려서 어떻게 할 거죠?"
"샬이 바깥 바다에 큰 화물선을 정박시키도록 수배해 놓았다는구려. 그러니까 선체가 아직 썩지 않고 단단할 것 같으면 그 화물선의 기중기로 끌어올릴 수 있을 거라고 하오. 그렇게 되면 케리스로 돌아갈 거요. 샬은 케리스 항구를 반쯤 간 곳에 아무도 사용하지 않는 작은 만이 있으니까 그곳에 화물선을 정박시키겠다고 하더군. 그곳이라면 구경꾼들을 쫓아 버리기도 좋을 거요. 게다가 조수가 빠지면 개흙이라 유람객도 배로 올 수 없는 곳이라고 했소. 훼방꾼이 없어서 좋다는 것이겠지. 샬은 배에서 물을 빼내어 선실을 비우도록 해야 된다더군. 그리고 의사도 부르기로 되어 있는 모양이오."
"어떻게 할 작정일까요? 의사는 무얼 하죠?"
"나도 모르오."
"만일 그 시체가 레베카라는 것을 그 사람들이 확인하면, 당신은 또 하나의 시체는 잘못 알아보았다는 말을 해야 해요. 묘지에 묻힌 시체는 잘못 안 것이라고, 터무니도 없는 잘못이었다고 단언해야 해요. 에치쿤프에 갔을 때는 병중이어서 무슨 일을 했는지 기억할 수 없다고 말하는 거예요. 그때 당신은 확실히 몰랐었다고, 분간을 할 수 없었다고 하시란 말이에요. 잘못이었다고, 정말 잘못이었다고 하는 거예요. 그렇게 말하실 수 있죠?"

"좋아, 말하지."

"당신에게 불리하게 증언할 수 있는 사람은 아무도 없어요. 그날 밤 당신을 본 사람은 아무도 없잖아요. 당신은 자고 있었다고 하면 돼요. 증거는 없으니까요. 저와 당신 말고는 아무도 몰라요. 프랭크도 알지 못하잖아요. 이 세상에서 알고 있는 건 우리 뿐이에요, 맥심. 저와 당신뿐이란 말이에요."

"그야 그렇지."

"레베카가 선실에 있을 때 배가 뒤집혀서 가라앉았다고 모두들 그렇게 생각할 거에요. 레베카가 밧줄 같은 것을 가지러 선실로 간 사이 곶에서 바람이 불어와 배가 뒤집히는 바람에 그대로 선실에 갇혀 버린 거라고 모두들 생각하겠지요. 안 그래요?"

"모르겠소, 난 모르겠소."

그때 갑자기 서재 안쪽에 있는 작은 방에서 전화 벨 소리가 들렸다.

21

맥심은 작은 방으로 가서 문을 닫았다. 잠시 뒤 로버트가 찻그릇을 치우러 왔다. 나는 그가 얼굴을 볼 수 없도록 등을 돌리고 서 있었다. 영지 내의 사람들이나 하인들 방에나 케리스 사람들의 귀에 들어가는 건 언제쯤이 될까? 소문이 사람들 속으로 스며들려면 어느 정도의 시일이 걸릴 것인가? 나는 그런 생각을 했다.

저쪽 방에서 맥심의 나직한 말소리가 들렸다. 무슨 전화일까 하고 생각하니 가슴 언저리가 아파오는 것 같았다. 전화 벨이 온몸의 신경을 일깨우는 것 같았다. 불과 조금 전까지만 해도 나는 맥심의 손을 잡고 얼굴을 그의 어깨에 기댄 채 꿈을 꾸듯 그의 옆 마룻바닥에 앉아 있었다. 그리고 그의 말을 듣고 뒤따르는 그림자처럼 나의 일부는 그의 뒤를 따르고 있었다.

　나도 함께 레베카를 죽여 만 속으로 배를 가라앉힌 것이다. 그의 곁에 서서 나도 바람 소리와 파도 소리에 귀를 기울였다. 나도 덴버스 부인이 문을 두드리기를 기다리고 있었다. 이러한 모든 것을 나는 그와 함께 괴로워하고 있었던 것이다. 그것만이 아니라 더 많은 것까지. 그러나 나의 나머지 부분은 융단 위에 꼼짝도 않고 방심한 듯이 오로지 한 가지 일만을 생각했고, "맥심은 레베카를 사랑하지 않았다"라는 같은 말만 되풀이하고 있었다.

　그러나 지금 전화 벨이 울리자 이처럼 둘로 갈라져 있던 내가 사라져 버리고 도로 하나가 된 것이다. 나는 다시 여느 때의 자신으로 되돌아왔다. 조금도 변한 데가 없었다. 그러나 전에는 없었던 새로운 것이 내부로 파고들었다. 마음에는 근심과 의혹이 있음에도 불구하고 가뿐하고 자유로웠다. 그리고 나는 어느 결에 나 자신이 레베카를 두려워하지 않는다는 것을 알았다. 이제 미워하지도 않았다. 그녀가 나쁘고 난잡하고 타락한 여자였다는 것을 안 이상 나는 이제 그녀를 미워하지 않았다. 이미 그녀는 나에게 손을 내밀 수 없는 것이다. 거실에 가서 그녀의 책상에 앉아 선반 위에 있는 그녀가 쓴 글을 봐도 태연할 수 있는 것이다. 서쪽 채에 있는 그녀의 방에 가서 오늘 아침처럼 창가에 선들 이젠 아무 두려워할 것은 없다.

　레베카의 마력은 오늘 아침 안개처럼 하늘로 사라져 버렸다. 이젠 두 번 다시 나를 따라다닐 수는 없을 것이다. 두 번 다시 계단에서 내 등 뒤에 서거나, 식당에서 내 옆에 앉거나, 진열실에서 몸을 내밀고 객실에 서 있는 나를 노려보거나 하지는 않으리라. 맥심은 결코 그녀를 사랑하지 않았다. 나는 영원히 그녀로부터 해방된 것이다. 나는 이제 마음 놓고 맥심과 함께 있을 수도 있고, 그를 만질 수도, 안을 수도, 사랑할 수도 있다. 이젠 두 번 다시 어린아이가 되지는 않을 것이다. 앞으로는 내가 아니라 우리들인 것이다. 우리들은 함께 있다. 그와 나 둘이 함께 이 난국에 맞설 것이다.

샬 씨, 잠수부, 프랭크, 덴버스 부인, 베아트리스, 그 밖에 신문을 읽는 케리스의 남자와 여자들도 이젠 우리들 사이를 갈라놓을 수는 없다. 우리들의 행복은 뒤늦지 않았다. 나는 이제 소녀가 아니다. 소심하지도 않다. 두려워하지도 않는다. 맥심을 위해 싸우는 것이다. 거짓말도 하자. 위증도 하자. 선서도 하자. 신에게 욕을 퍼붓자. 기도도 하자. 레베카가 이긴 건 아니다. 레베카는 죽어 버렸다.

로버트가 찻그릇을 들고 나가자 맥심이 돌아왔다. "줄리안 대령에게서 온 전화요. 샬과 이야기한 다음 곧 이리로 전화를 걸어 준 거지. 내일 아침 우리와 함께 배 있는 곳으로 가겠다는군. 샬에게 이야기를 들은 모양이오."

"왜 줄리안 대령이?"

"케리스의 행정 장관이니까 입회할 의무가 있는거요."

"당신은 뭐라고 하셨어요?"

"모른다고 했소. 레베카는 혼자인 줄만 알았지, 동행에 대해서는 아무것도 모른다고 말해 두었소."

"그러니까 대령은 뭐라고 하던가요?"

"……."

"뭐라고 하던가요?"

"내가 에치쿤프에 갔을 때 혹시 잘못을 범한 게 아니냐고 묻더군."

"그런 말을 했어요? 벌써 그런 말을 하던가요?"

"그렇소."

"그래서 당신은?"

"그렇지 않다고 할 수도 없지만, 나는 모르겠다고 대답해 두었소."

"그럼, 내일 당신이 배를 보러 가실 때 그분도 함께 가는 거지요? 게다가 샬 감독관과 의사도."

"웰슈 총경도 함께요."

"웰슈 총경?"

"그렇소."

"왜 웰슈 총경이 가죠?"

"시체가 발견되면 직무상 안 갈 수 없는 것이겠지."

나는 아무 말도 하지 않았다. 우리는 얼굴을 마주 보았다. 나는 또 가슴 언저리가 조금 아픈 것 같았다.

"배는 인양할 수 없을는지도 모르잖아요" 하고 나는 말했다.

"그럴지도 모르지."

"그렇게 되면 그 사람들도 시체를 어떻게 할 수 없겠지요?"

"글쎄 그건 모르겠군."

맥심은 흘깃 창 밖을 내다보았다. 하늘은 내가 절벽에서 돌아왔을 때처럼 뿌옇게 흐려 있었다. 그러나 바람은 없고 조용했다.

"한 시간 전에는 남서풍이 불 것 같더니 그렇지도 않군."

"그렇군요."

"내일은 잠수하기에 적당한 잔잔한 바다가 되겠소." 그는 말했다.

작은 방에서 또 전화 벨이 울렸다. 재촉하는 듯한 날카로운 벨 소리가 기분 나쁜 소리로 들려왔다. 맥심과 나는 얼굴을 마주 보았다. 그러나 그는 곧 전화를 받기 위해 작은 방으로 가서 아까처럼 문을 닫았다. 이상할 만큼 집요한 통증이 가슴 언저리에서 아직 사라지지 않았다. 그리고 벨 소리를 듣자 한층 심하게 아파왔다. 이런 느낌이 들자 나는 몇 년 전 어렸을 때를 생각했다. 내가 아직 어렸을 무렵 런던 거리에서 폭죽이 울려 나는 무슨 영문인지도 모르고 덜덜 떨면서 계단 아래 조그만 선반 밑에 앉아 있었던 일이 있었는데, 지금의 느낌이 바로 그때 느꼈던 통증과 같은 것이었다. 같은 느낌이었고, 같은 통증이었다.

맥심이 서재로 돌아왔다.

"바야흐로 시작되었소." 그는 천천히 말했다.

"무슨 소리예요? 뭐가 일어난 거예요?" 나는 갑자기 정색을 하고 물었다.

"신문기자요. 〈카운티 크로니클〉의 기자야. 죽은 드 윈터 부인의 배가 발견되었다는 말이 사실이냐고 묻더군."

"그래, 당신은 뭐라고 하셨어요?"

"배가 발견된 건 사실이지만, 아직 그렇다는 것만 알 뿐 어쩌면 그녀의 배가 아닌지도 모른다고 말해 두었소."

"신문기자가 물은 건 그것뿐인가요?"

"아니, 선실 안에서 시체가 발견되었다는 소문이 있는데 당신이 그걸 확인했느냐고 물었소."

"설마!"

"아니, 정말이오. 누가 누설한 모양이오. 살은 아니야. 그건 뻔하지. 잠수부라든가 그 친구일 게야. 그런 자들의 입을 막기란 여간 힘든 일이 아니거든. 내일 아침때까지는 이 말이 케리스 전체에 퍼질 거요."

"당신은 시체에 대해서 뭐라고 하셨어요?"

"난 모른다고, 아무 할 말도 없으니 다시는 전화를 걸지 말라고 그랬소."

"그러면 신문기자의 비위를 거스르게 되잖아요. 우리 편으로 끌어들여야지요."

"하는 수 없소. 신문에 성명을 발표하는 따윈 딱 질색이오. 그녀석들의 전화는 아주 골치 아프다니까."

"우리 편으로 끌어들이고 싶을 때가 있을지도 몰라요."
"싸워야 할 때가 오면 난 혼자서 싸울 거요. 신문을 배경으로 삼고 싶진 않아."
"지금 그 신문기자는 누군가 다른 사람에게 전화를 걸 거예요. 아마 줄리안 대령이나 샬 씨에게 걸겠지요."
"그 사람들에게 걸어 봐야 이렇다 할 말은 알아내지 못할 거요."
"아직 시간이 있으니 그때까지 어떻게 해볼 도리가 없을까 하는 생각이 들기도 하지만, 결국 여기 이렇게 앉아서 그냥 내일 아침만을 기다리고 있어야 하는군요."
"우리로서는 어쩔 수 없잖소."

우리는 여전히 서재에 앉아 있었다. 맥심은 책을 들고 있었으나 읽고 있지 않다는 것은 내가 보기에도 잘 알 수 있었다. 가끔 그는 얼굴을 들고 또 전화 벨이 울리나 않나 하고 귀를 기울였다. 그러나 전화 벨은 두 번 다시 울리지 않았다. 아무도 우리를 방해하는 이는 없었다. 우리는 여느 때처럼 저녁 식사를 하러 가기 위해 옷을 갈아 입었다. 어젯밤 이맘때는 흰 의상을 입고 화장대의 거울 앞에 앉아 굽실거리는 가발을 달고 있었다는 생각을 하니 전혀 믿어지지 않았다. 그건 여러 달이나 지난 뒤 몽롱한 의식으로 생각하는, 오래되어 잊어버린 악몽과도 같았다.

우리는 저녁 식사를 마쳤다. 오후의 외출에서 돌아온 프리스가 시중을 들었다. 프리스의 얼굴은 여전히 무표정했다. 나는 그가 케리스에 가서 무슨 말을 듣고 온 게 아닌가 하는 생각이 들었다.

저녁을 마치자 우리는 또 서재로 돌아왔다. 서로 말수가 적었다. 나는 맥심의 발치에 털썩 주저앉아 머리를 그의 무릎에 기대었다. 그는 내 머리를 손가락으로 쓰다듬었다. 전처럼 공허하게 쓰다듬는 게 아니었다. 이젠 쟈스퍼를 쓰다듬을 때와는 달랐다. 나는 그의 손가락

끝이 머리 속을 만지고 있는 것을 느꼈다. 가끔 그는 입맞춤을 했다. 뭐라고 말을 건넬 때도 있었다.

우리 사이에 이제 그림자는 없었다. 잠자코 있다 해도 그것은 우리가 좋아서 잠자코 있는 것이다. 나는 주위의 조그만 세계가 이렇게 암담할 때 내가 행복을 느끼는 것이 이상하게 생각되었다. 그것은 기묘한 행복이었다. 지금까지 내가 몽상하거나 기대했던 것은 아니었다. 내가 혼자 쓸쓸히 지내고 있을 때 상상했던 행복이 아니었다. 지금의 행복엔 열정적인 것도 없을 뿐더러 자극되는 것도 없었다. 조용하고 온화한 행복이었다.

서재의 창문은 열려 있어, 말을 하지 않을 때나 떨어져 있을 때 우리는 어두운 창밖으로 흐린 하늘을 바라보았다.

밤 사이에 비가 온 모양이다. 다음날 아침 7시가 지났을 무렵 잠이 깨어 창밖을 내다보니, 화원의 장미는 꽃잎을 오므린 채 고개를 숙이고 있었고 숲으로 통하는 둑의 풀은 젖어서 은빛으로 빛나고 있었다. 주위에는 안개와 습기의 냄새가 풍기고 있었다. 그것은 처음으로 나뭇잎이 떨어질 무렵에 풍겨 오는 냄새였다. 나는 가을이 두 달이나 빨리 온 게 아닌가 하고 생각했다.

맥심은 5시에 일어났을 때 나를 깨우지 않았던 모양이다. 틀림없이 침대에서 살그머니 빠져 나간 다음 소리도 없이 욕실에서 화장실로 갔을 것이다. 지금쯤은 줄리안 대령과 샬 씨와 화물선의 사람들과 함께 만에 나가 있으리라. 화물선도 기중기도 사슬도 모두 준비되어 레베카의 배가 인양되고 있을 것이다. 나는 그런 일을, 조용하고 냉정한 기분으로 아무런 감정도 없이 생각하고 있었다. 만 안에서 이루어지고 있는 일이며, 물에 흠뻑 젖어 물방울을 뚝뚝 떨어뜨리며 해초와 조개를 옆구리에 붙인 채 차차 인양되는 조그맣고 거무스름한 선체를 마음속으로 그려 보았다. 선체를 푸른 화물선 위로 끌어올리면, 배 안에서 쏟아지는 물이 다시 바다로 흘러든다. 배는 물에 불어서 썩어 가는 부분도 있다. 그리고 진흙과 녹, 바다 속 깊이 아직 한 번도 모습을 드러낸 일이 없는 암초에서 자라는 우거진 검은 해초의 냄새를 발산하고 있을 것이다. 아마 고물에는 배 이름을 쓴 널빤지가 아직도 매달려 있겠지.

'나는 돌아간다', 글씨는 물이끼로 덮여 있다. 못은 녹이 슬었다. 그리고 레베카 자신은 선실 바닥에 누워 있는 것이다.

나는 잠자리에서 나와 목욕을 한 다음 옷을 갈아입고 여느 때처럼 9시에 아침 식사를 하러 내려갔다. 쟁반 위에 편지가 많이 놓여 있었다. 무도회의 감사장이었다. 나는 대강 훑어보았을 뿐 다 보지는 않았다. 프리스가 맥심의 아침 식사를 식지 않게 놓아 두어야 하느냐고 물었다. 나는 언제 돌아올지 모른다고 대답한 다음 아침 일찍 볼일이 있어 나갔다고 했다. 프리스는 아무 말도 하지 않았다. 그리고 잔뜩 찌푸린 심각한 얼굴을 하고 있었다. 나는 다시 그는 알고 있는 게 아닐까 하고 생각했다.

아침을 마치자 나는 거실로 편지를 가지고 갔다. 방에는 아직도 창문이 열려 있지 않아 곰팡이 냄새가 났다. 나는 창문을 열어 젖혀, 차고 신선한 공기로 갈아 넣었다. 벽난로 위에 있는 꽃은 시들어 말라 죽은 것도 많이 있었다. 꽃잎이 바닥에 떨어져 있다. 초인종을 누르자 하녀 마우드가 들어왔다.

"이 방은 아침 청소를 아직 하지 않은 모양이에요. 창문도 닫아 놓은 채 있고 꽃도 시들었군요. 미안하지만 좀 치워 줘요."

마우드는 겁에 질린 듯 어쩔 줄 모르는 것 같았다. "죄송합니다, 아씨." 그녀는 그렇게 말하고 벽난로 앞으로 가더니 꽃병을 집어 들었다.

"앞으론 조심해요" 하고 나는 말했다.
"네, 아씨." 그녀는 말했다. 그리고 꽃을 들고 방을 나갔다. 나는 엄하게 한다는 것이 이렇게 쉬운 것인 줄 몰랐다. 전에는 어째서 그토록 어렵게 생각되었는지 이상할 지경이었다. 식단표가 책상 위에 놓여 있었다. 연어 냉육에 마요네즈, 고기 젤리를 바른 커틀릿, 닭고기 갤런틴 수플레였다. 이것이 모두 무도회 날 밤참이었다는 것을 나는 알았다. 우리는 아직도 그날의 나머지를 먹고 있는 것이다. 이것은 틀림없이 내가 먹지 않았던, 어제 점심에 남은 음식일 것이다. 조금도 요리에 대해선 신경을 쓰려고 하지 않는 모양이다. 나는 식단표에 연필로 선을 긋고 로버트를 불렀다.

"덴버스 부인에게 따뜻한 요리를 만들라고 전해줘요. 냉요리의 재료가 아직 많이 남았다 하더라도 이젠 식당엔 내오지 말았으면 좋겠어요" 하고 나는 말했다.

"죄송합니다, 아씨."

나는 그의 뒤를 따라 방을 나온 다음 가위를 가지러 작은 원예실로 갔다. 그리고 장미 화원에 나가 꽃봉오리를 조금 잘랐다. 대기의 차가움이 차차 사라져 어제처럼 바람도 없는 더운 날씨가 되었다. 그 사람들은 아직도 만에 있을까? 아니면 벌써 케리스 항구의 강으로 돌아갔을까? 하지만 머지않아 모든 것을 알게 되리라. 머지않아 맥심이 돌아와서 말해 주겠지. 무슨 일이 일어나든 나는 냉정하게 마음을 가라앉혀야 할 것이다. 무슨 일이 일어나도 두려워해서는 안된다. 나는 장미꽃을 잘라서 거실에 가지고 왔다. 융단의 먼지는 깨끗이 털어지고 흩어진 꽃잎도 치워져 있었다. 나는 로버트가 물을 담아 놓은 꽃병에 꽃을 꽂았다. 그런데 거의 다 꽂았을 무렵 문을 두드리는 소리가 들렸다.

"들어와요." 나는 말했다. 덴버스 부인이었다. 식단표를 들고 있었다. 얼굴 빛이 나쁘고 피곤해 보였으며, 눈 주위에는 거무스름한 그늘이 져 있었다.

"잘 잤어요, 덴버스?" 나는 말했다.

"식단표에 관해서" 하고 덴버스는 말하기 시작했다. "로버트에게 일러 보내신 말씀을 전 잘 모르겠습니다. 왜 그런 분부를 내리셨는지요?"

나는 장미꽃을 손에 든 채 그녀를 보았다.

"이 커틀릿과 연어는 어제 내놓았던 거지요? 옆 탁자에 놓여 있던 걸 나는 봤어요. 오늘은 따끈한 요리가 먹고 싶어요. 부엌에서도 냉요리가 먹기 싫거든 버리면 될 게 아닌가요? 이 집에선 아무래도 그 정도의 낭비는 하는 모양이니까, 좀 늘었다 해도 그다지 굉장한 일은 아니겠죠."

덴버스는 나를 쳐다보고 있었다. 그리고 아무 말도 하지 않았다. 나는 다른 꽃과 함께 들고 있던 장미를 꽃병에 꽂았다.

"다른 요리는 생각나지 않는다는 말을 하면 곤란해요, 덴버스. 어떤 경우에라도 해낼 수 있도록 늘 요리 재료를 가까이 준비해 놓아야지요." 나는 말했다.

"저는 로버트를 통해 전달을 받은 일은 아직 한번도 없었습니다. 드 윈터 부인은 뭔가 바꾸고자 하실 때는 늘 직접 전화로 저를 부르셨습니다."

"드 윈터 부인이 어떻게 하였든 나와는 전혀 관계가 없어요. 지금은 내가 드 윈터 부인이니까 로버트를 통해 말을 전하든 말든 제 마음이에요." 나는 말했다.

마침 그때 로버트가 들어왔다. "〈카운티 크로니클〉사에서 전화입니다, 아씨."

"집에 없다고 해줘요."

"알겠습니다, 아씨." 그렇게 말하고 로버트는 나가 버렸다.

"덴버스, 그 밖에 또 무슨 용건이 있나요?"

덴버스는 줄곧 나를 바라볼 뿐 아무 말도 하지 않았다.

"할 말이 없으면 어서 가서 요리사에게 따뜻한 점심 요리를 만들도록 일러 줘요, 난 바쁘니까."

"〈카운티 크로니클〉사에서 아씨께 말하려는 게 무엇입니까?"

"글쎄요, 나도 무슨 일인지 전혀 짐작이 안 가는군요, 덴버스."

"드 윈터 부인의 배가 발견되었다는 말을 프리스가 어젯밤 케리스에서 듣고 왔다는데, 정말입니까?" 덴버스는 천천히 말했다.

"그런 말이 있나요? 난 통 몰랐어요."

"케리스의 항만 감독관인 샬 씨가 어제 이곳에 오시지 않았습니까? 로버트가 안내했다고 하던데요. 프리스의 말로는 만의 난파선 가까이 들어갔던 잠수부가 드 윈터 부인의 배를 발견했다는 소문이 케리스에 쫙 퍼져 있다고 합니다."

"그런지도 모르지요. 주인 어른이 돌아오실 때까지 기다렸다 직접 물어 보면 되겠군요."

"주인 어른께서는 왜 이렇게 일찍 나가셨습니까?"

"당신이 알 바 아니에요."

덴버스는 아직도 나를 물끄러미 바라보고 있었다.

"프리스의 말로는 선실에 시체가 하나 있다는 소문이 나 있더라고 합니다. 왜 시체가 있을까요? 드 윈터 부인은 배를 타실 때 언제나 혼자였었는데요."

"나에게 물어봐야 헛수고예요, 덴버스. 당신과 마찬가지로 나는 아무것도 모르니까요."

"정말이십니까?" 그녀는 느릿느릿 말했다. 그리고 여전히 나를 바라보고 있었다. 나는 저쪽을 보고 창가에 있는 테이블에 꽃병을 놓앉다.

"점심 식사는 이르신 대로 전하겠습니다." 그녀는 이렇게 말한 다음 잠시 내 대답을 기다리고 있었다. 나는 아무 말도 하지 않았다. 그러자 덴버스는 방을 나가 버렸다. 이젠 그녀를 두려워할 필요는 없다고 나는 생각했다. 그녀는 레베카와 함께 힘을 잃은 것이다. 무슨 말을 하든 무슨 짓을 하든 이젠 나에게 아무런 상관도 없고, 그녀는 이제 내게 손을 댈 수도 없는 것이다. 그녀가 적이라는 것은 알고 있었지만, 나는 신경을 쓰지 않았다.

그러나 그녀가 배 안에 있는 시체의 진상을 알고 맥심의 적이 되면 어떻게 할까? 나는 의자에 앉았다. 테이블 위에 가위를 놓았다. 이제 장미꽃을 꽂을 생각은 없었다. 그리고 다만 맥심은 지금 어떻게 하고 있을까 하는 생각만 하고 있었다. 〈카운티 크로니클〉지 기자는 왜 전화를 걸었을까? 그 옛날 느꼈던 언짢은 기분이 몸 안에서 되살아났다. 나는 창가로 가서 밖으로 몸을 내밀었다. 굉장히 더웠다. 천둥 소리가 들려왔다. 정원사가 또 풀을 깎기 시작했다. 내가 있는 곳에서도 한 사람의 정원사가 풀 깎는 기계를 가지고 둑 위를 왔다갔다 하는 것이 보였다.

나는 거실에 그대로 있을 수가 없었다. 그래서 가위와 장미를 그곳에 놓고 테라스로 나갔다. 그리고 같은 곳을 왔다갔다했다. 쟈스퍼가 왜 산책에 데리고 나가지 않느냐고 투정이라도 하듯 뒤를 쫓아다녔다. 나는 언제까지나 테라스를 왔다갔다하고 있었다. 11시 반쯤 프리스가 객실에 있는 나에게로 왔다.

"주인 어른께서 전화입니다."

나는 서재를 지나 작은 방으로 갔다. 수화기를 들었을 때 손이 떨렸다.

"당신이오? 맥심이오. 사무실에서 전화를 거는 거요. 프랭크와 함께 있소."
"네."
잠시 침묵이 흘렀다. "1시에 프랭크와 줄리안 대령을 모시고 점심 식사를 하러 갈 거요."
"네."
나는 기다렸다. 그가 말을 더 해주기를 기다리고 있었다.
"배는 끌어올렸소. 나는 지금 그곳에서 돌아오는 길이오."
"네."
"샬 씨도 함께 있소. 그리고 줄리안 대령도, 프랭크도……." 나는 전화를 걸고 있는 옆에 프랭크가 있으므로 그렇게 시치미를 떼고 이야기하는 것이라고 생각했다.
"그럼 1시에 모두 함께 가리다."
나는 수화기를 놓았다. 그는 아무 말도 해주지 않았다. 어떻게 된 영문인지 아무 것도 몰랐으므로, 나는 테라스로 되돌아와 우선 프리스에게 점심을 4사람분 준비하도록 시켰다.
한 시간이 이상하게도 더디고 끝없이 길게 느껴졌다. 나는 2층에 올라가 얇은 옷으로 갈아 입었다. 그리고 다시 내려왔다. 그런 다음 객실로 가서 기다리고 있었다. 1시 5분 전, 현관 앞에 자동차 소리가 들리더니 이어 홀에서 사람들 목소리가 들렸다. 나는 거울 앞에서 머리를 쓰다듬었다. 얼굴 빛이 몹시 나빴다. 그래서 볼을 비벼 혈색을 좋게 한 다음, 그들이 들어오기를 기다리고 있었다. 맥심을 선두로 프랭크가 뒤따르고 맨 뒤에 줄리안 대령이 들어왔다. 무도회 때 줄리안 대령이 크롬웰로 가장했던 일이 생각났다. 그날 밤과는 달리 오늘은 아주 엄격해 보였다. 키까지 오그라든 것 같았다.
"실례합니다." 대령이 인사를 했는데 의사처럼 조용하고 판에 박은 듯한 목소리였다.

"프리스에게 흰 포도주를 가져오라고 일러요." 맥심은 말했다.
"나는 얼굴을 씻고 올 테니."
"저도 씻고 오겠습니다." 프랭크가 말했다.
초인종을 누르기도 전에 프리스가 흰 포도주를 가지고 왔다. 줄리안 대령은 마시지 않았다. 나는 따분함을 덜기 위해 잔을 들었다. 줄리안 대령은 창가로 오더니 내 옆에 섰다.
"참, 성가신 일이 생겼습니다, 드 윈터 부인." 그는 조용히 말했다. "당신한테나 주인한테나 정말 안됐다고 생각합니다."
"고맙습니다" 하고 나는 포도주를 조금씩 마시기 시작했다. 그리고 잔을 도로 테이블 위에 놓았다. 손이 떨리는 것을 그가 눈치챌까봐 겁이 났다.
"1년 전, 주인께서 최초의 시체를 이미 확인한 일이 있으므로 사태가 아주 어려워졌어요."
"전 아무것도 모릅니다."
"그럼, 오늘 아침의 일을 아직 모르시는군요?"
"시체가 있었다는 것은 알고 있어요. 잠수부가 발견했다면서요?"
"그렇습니다" 하고 그는 말했다. 그리고 잠시 홀 쪽을 돌아다보면서 "그 시체는 틀림없이 그분이 아닌가 싶습니다" 라고 그는 목소리를 낮추며 말했다. "여기서 자세한 이야기는 할 수 없습니다만, 주인께서나 필립스 의사나 충분히 그것을 확인할 만한 증거가 갖추어져 있습니다."
줄리안 대령은 갑자기 말을 그치고 나에게서 떨어져 갔다. 맥심과 프랭크가 돌아온 것이다.
"점심 준비가 되었는데 시작할까요." 맥심이 말했다.
나는 앞장서서 객실로 갔으나 마음이 돌처럼 무겁고 마비되었다. 줄리안 대령은 내 오른편에, 프랭크는 왼편에 앉았다. 프리스와 로버트가 요리 접시를 갖다 놓기 시작했다. 모두가 날씨 이야기만을 하고 있었다.

"〈타임스〉에서 읽었는데, 어제 런던에선 80도(화씨 온도)를 넘은 모양입니다." 줄리안 대령이 말했다.

"어머나, 정말이에요?" 나는 말했다.

"파리가 런던보다도 더울 때가 있습니다." 프랭크가 말했다. "8월 중간 무렵에 파리에서 주말을 보낸 일이 있는데, 도저히 잠을 잘 수 없을 정도더군요. 파리 전체에 바람 한 점 없었으니까요. 온도는 90도 이상이었어요."

"물론 프랑스 사람은 언제나 창문을 닫고 자겠지요?" 줄리안 대령이 물었다.

"그건 모르겠습니다." 프랭크는 말했다. "전 호텔에 들었고, 손님은 거의 미국 사람들이었으니까요."

"당신은 물론 프랑스를 잘 알고 계시겠지요, 드 윈터 부인?" 줄리안 대령이 말했다.

"아니오, 그다지 잘 모릅니다."

"그렇습니까. 전 또 오랫동안 그곳에 살고 계셨는 줄 알았지요."

"아뇨" 하고 나는 대답했다.

"나와 만났을 때 이 사람은 몬테카를로에 있었어요." 맥심이 말했다. "몬테카를로는 프랑스라고 하지 않지요."

"네, 그랬었군요." 줄리안 대령은 말했다. "그곳은 아주 세계적이라고 할 수 있지요. 게다가 바닷가가 무척 아름답지요?"

"네, 아름다워요" 하고 나는 말했다.

"여기처럼 더럽지 않다는 말씀이군요. 그래도 저는 어디가 좋으냐고 하면, 그건 확실히 말할 수 있습니다. 마음 붙일 수 있는 곳은 뭐니뭐니해도 영국입니다. 이곳에 계셔 보면 그걸 잘 아실 수 있으실 겁니다."

"프랑스 사람은 프랑스를 역시 그렇게 생각하고 있어요."

"그건 그렇겠지요." 줄리안 대령은 말했다.

우리는 잠시 잠자코 식사를 했다. 프리스는 내 의자 뒤에 서 있었다. 우리는 모두 같은 생각을 하고 있었으나, 프리스가 있었으므로 이런 연극을 계속하고 있어야만 했다. 나는 프리스도 우리와 같은 생각을 하고 있는 게 아닐까 생각했다. 그리고 관습을 깨뜨리고 만일 프리스도 한 자리에 끼게 한다면 얼마나 마음이 편할까 하는 생각을 했다. 로버트가 마실 것을 들고 들어왔다. 접시를 바꾸어 갔다. 다음 요리가 들어왔다. 덴버스 부인은 내가 따뜻한 요리를 먹고 싶다고 한 말을 잊지 않았다. 나는 버섯 소스를 친 카세롤(질남비 요리)을 들었다.

"요전날 밤의 무도회는 정말 멋있었습니다. 덕분에 모두들 즐겁게 놀았었죠." 줄리안 대령이 말했다.

"저도 아주 기뻐하고 있어요" 하고 나는 말했다.

"그런 모임은 정말 좋습니다."

"네, 저도 그렇게 생각해요."

"가장을 하고 싶다는 욕망은 인류의 일반적인 본능이 아닐까요?" 프랭크가 말했다.

"그러고 보니 나같은 사람은 아주 비인간적이라는 말이 되는군." 맥심은 말했다.

"우리가 여느 때와는 다른 모습을 꾸며 보려는 것은 자연스러운 일이라고 생각됩니다. 우리는 어느모로 보면, 모두 아이들이니까요."

그는 크롬웰로 가장해서 얼마만큼의 즐거움을 얻었을까 하고 나는 생각했다. 무도회에서는 그의 모습을 자주 볼 수 없었다. 그는 아마도 밤새도록 거실에서 브리지를 하고 지낸 것 같았다.

"당신은 골프를 치시지 않습니까, 드 윈터 부인?" 줄리안 대령이 말했다.

"하지 않아요."

"치시면 좋을 텐데. 우리 집 큰 딸이 굉장히 열심인데 함께 칠 상대가 없어서요. 생일 선물로 소형 자동차를 사주었더니 매일처럼 제 손으로 운전하여 북쪽 바닷가엘 가나 봅니다. 지루하지 않고 좋은 모양입니다."

"좋을 거예요."

"딸은 남자로 태어났으면 더 좋았을 걸 그랬어요. 아들은 또 딸과는 정반대랍니다. 놀이를 전혀 하지 않습니다. 늘 시만 쓰고 있어요. 언젠가는 그 버릇이 없어지리라고 생각합니다만."

"물론이지요." 프랭크가 말했다. "참으로 우스운 이야기지만 저도 그 나이 무렵에는 곧잘 시를 썼습니다. 지금은 시라곤 한 줄도 쓰질 않습니다."

다시 긴 침묵이 계속되었다. 줄리안 대령은 또 카세롤을 덜어 갔다. "요전날 밤, 레이시 부인은 정말 근사한 모습을 하고 계시더군요" 하고 그는 말했다.

"그랬어요." 나는 말했다.

"외국 의상이었지요, 아마." 맥심이 말했다.

"그런 동양 의상은 사실 입기 힘들 겁니다." 줄리안 대령이 말했다. "그래도 영국에서 입는 부인 의상보다 기분도 좋고 시원한 모양이에요."

"그럴까요?" 나는 말했다.

"그런 모양입니다. 그 널따란 의상 덕분에 뜨거운 햇볕을 피할 수 있다나 봅니다."

"그것참 이상하군요." 프랭크가 말했다. "꼭 반대의 결과가 올 것 같은데요."

"하지만 꼭 그렇지도 않은 모양이에요." 줄리안 대령은 말했다.

"당신은 동양을 아십니까?" 프랭크가 물었다.

"극동 쪽을 알고 있습니다." 줄리안 대령은 말했다. "중국에 5년 간 있었고, 그리고 싱가포르에도 갔었습니다."

"싱가포르에서는 카레를 만들지요?" 하고 나는 물었다.

"네, 정말로 맛있는 카레 요리를 먹을 수 있습니다."

"영국 것은 카레 요리가 아닙니다. 그건 해시 요리입니다." 줄리안 대령은 말했다.

요리가 물려졌다. 수플레와 과일 샐러드를 담은 그릇이 들어왔다.

"이곳에서도 나무딸기는 이제 끝물이겠지요" 하고 줄리안 대령이 말했다.

"올 여름은 정말 풍작이었습니다. 우리 집에서도 잼을 듬뿍 만들었어요."

"나무딸기 잼은 그리 고급품이 아닌 것 같습니다. 씨가 너무 많아요." 프랭크가 말했다.

"그렇다면 우리 집에서 만든 것을 꼭 잡수어 보셔야겠습니다. 그다지 씨가 많은 것 같지 않던데요." 줄리안 대령이 말했다.

"만더레이에서는 올해 사과를 많이 딸 수 있을 것 같습니다." 프랭크가 말했다. "2,3일 전에도 주인 어른에게 기록적인 수확이라고 말했습니다만. 런던으로 많이 보낼 수 있을 것 같습니다."

"그것으로 정말 벌이가 됩니까?" 줄리안 대령이 말했다. "임시 고용인의 급료를 지불하고 짐을 꾸리는 비용과 운임을 지불하고 수지가 맞습니까?"

"네, 맞고말고요." 프랭크는 말했다.

"그것참 좋은 말을 들었군요. 집사람에게 꼭 이야기해 줘야겠습니다." 줄리안 대령은 말했다.

 수플레와 과일 샐러드는 곧 끝났다. 로버트가 치즈와 비스킷을 가지고 왔다. 그리고 얼마 안 있다 프리스가 커피와 담배를 가지고 왔다. 그리고 둘이 모두 나가고 문을 닫았다. 우리는 잠자코 커피를 마셨다. 나는 물끄러미 내 접시를 들여다보고 있었다.

 "식사 전에 부인께도 말씀드렸던 일인데, 드 윈터" 하고 줄리안 대령이 아까처럼 조용히, 사람을 꺼리는 듯한 어조로 말했다. "이번의 불쾌한 사건 중에서도 가장 애매한 것은 최초의 시체를 당신이 확인한 일입니다."

 "정말 그렇소" 하고 맥심은 말했다.

 "그런 실수야 그때의 경우로써는 무리도 아니라고 생각됩니다." 프랭크가 서둘러 말했다. "당국에서 에치쿤프로 오라는 편지가 왔을 때, 주인 어른은 가기 전부터 이미 시체가 그분이라는 것을 예상했단 말입니다. 더욱이 주인 어른은 그때 병중이었거든요, 내가 함께 간다고 해도 혼자 간다고 우겼습니다. 그런 일을 할 수 있는 상태가 아니었어요."

 "그렇지 않습니다. 난 아주 건강했었소." 맥심은 말했다.

 "아니, 이제 새삼스레 그런 말을 해봤자 아무 소용도 없습니다." 줄리안 대령은 말했다.

 "일단 앞서 확인을 한 이상 이번엔 그걸 잘못이라고 인정할 수밖에 없잖습니까. 이번이 틀림없는 것 같으니까요."

 "그렇겠군요." 맥심은 말했다.

 "될수 있는 한 심문의 형식이나 공개는 피하려고 합니다만" 하고 줄리안 대령이 말했다. "그것도 불가능하겠지요."

 "물론이지요." 맥심은 말했다.

 "그렇게 오래 걸리리라고는 생각하지 않습니다. 당신이 시체를 재

확인하고, 부인이 프랑스에서 그 배를 들여왔을 때 개조하는 일을 맡았던 탑을 불러 공장에서 내보낼 때 배가 새는 곳이 없고 항해를 할 수 있도록 만사 완전했었다는 것을 증언하도록 하면 되니까요. 그것도 관공서 식의 형식에 불과한 거지요. 하지만 할 수 있는 일은 해놓아야 합니다. 아니, 내가 난처한 것은 이 사건으로 여러 가지 불쾌한 소문이 퍼지리라는 것입니다. 당신한테나 부인께나 틀림없이 불쾌한 일이 될 것입니다."

"그런 일은 걱정하지 마십시오, 충분히 알고 있으니까요." 맥심은 말했다.

"그 난파선이 그곳에 좌초한 것이 불운이었습니다." 줄리안 대령은 말했다. "그러나 덕분에 이 사건도 완전히 결말이 날 겁니다."

"그렇겠지요" 하고 맥심은 말했다.

"유일한 위로라면, 드 윈터 부인의 죽음이 모두가 생각하고 있던 것처럼 서서히 밀려든 무서운 죽음이 아니라 한순간에 급격히 몰아닥친 죽음이라는 걸 안 겁니다. 도저히 헤엄을 칠 수는 없었을 것입니다."

"그렇습니다."

"부인은 틀림없이 무엇을 찾으러 선실에 가셨을 겁니다. 그러나 문이 열리지 않았고, 마침 키잡이도 없는 배가 돌풍을 만나게 된 셈이지요." 줄리안 대령은 말했다. "끔찍한 일입니다."

"그렇소" 하고 맥심은 말했다.

"그렇게 생각할 수밖에 없잖습니까. 어떻습니까, 클로리 씨?" 줄리안 대령은 프랭크 쪽을 돌아다보고 말했다.

"그랬을 겁니다, 틀림없이" 하고 프랭크가 대답했다.

살그머니 눈을 드니 프랭크는 맥심을 보고 있었다. 프랭크는 곧 눈을 돌렸으나 나는 재빨리 그의 눈에 나타났던 표정을 보고 모든 것을 깨달았다. 프랭크는 알고 있다. 그러나 맥심은 그가 알고 있는 것을 몰랐던 것이다. 커피를 휘젓고 있던 손이 화끈해지며 땀이 솟아나왔다.

"우리 역시 판단을 잘못하는 수가 이따금 있습니다." 줄리안 대령은 말했다. "그렇게 되면 어쩔 수 없는 법이지요. 드 윈터 부인 역시 그 만에서는 바람이 무섭게 몰아친다는 일이며, 그렇게 조그만 배의 키를 내버려두는 것은 위험하다는 것쯤은 틀림없이 알고 계셨을 겁니다. 그곳을 여러 번 지나간 일이 있었을 테니까요. 그리고 그런 때일수록 되든 안 되든 최후의 운에 맡기고 해봤을 겁니다, 그리고 그 때문에 생명을 잃은 거지요. 우리에게도 좋은 교훈입니다."

"아무리 경험을 쌓은 사람에게도 사고는 쉽게 일어나는 법입니다. 사냥철마다 사냥하다 죽는 사람의 수를 생각해 보십시오." 프랭크가 말했다.

"그래요, 그건 나도 알고 있습니다. 그러나 대체로 사냥할 때의 사고는 쓰러진 말이 원인입니다. 만일 드 윈터 부인이 배의 키를 내버려두지 않았더라면 이런 사고는 절대로 일어나지 않았을 겁니다. 보통 상식으로는 생각할 수 없는 일입니다. 나는 부인이 토요일에 케리스에서 벌어지는 핸디캡 경마에 나오신 것을 여러번 보았습니다만, 기초적인 잘못을 범하신 일을 본 일은 없었습니다. 그건 서투른 사람이 하는 짓이지요. 그러나 어쨌든 그것은 암초에 가까운 특수한 경우니까요."

"그날 밤은 바람이 굉장히 불었습니다." 프랭크가 말했다. "기계에 고장이 났는지도 모릅니다. 어딘가 움직이지 않게 되었는지도 모르고요. 그래서 칼을 가지러 선실로 내려간 게 아닐까요."

"물론 그랬을 겁니다. 그러나 그건 영원히 알 수 없는 일입니다. 그러나 안다 해도 이제 새삼스레 어떻게 되는 것도 아니지요. 아까도 말했듯이 가능하다면 이 심문은 그만두고 싶습니다만, 나로선 어떻게 할 수가 없습니다. 화요일 오전에 열까 하는데 될 수 있는 대로 간단히 끝내기로 하지요. 아주 형식적인 것이니까요. 그러나 신문기자를 넣지 않을 수 없을 겁니다."

또 침묵이 계속되었다. 나는 자리를 뜰 때가 왔다고 생각했다.

"뜰에라도 나가실까요?" 하고 나는 말했다.

모두들 일어섰다. 나는 먼저 일어나 테라스로 나갔다. 줄리안 대령은 쟈스퍼를 쓰다듬었다.

"훌륭하게 자랐군요."

"네."

"귀엽습니다."

"네."

우리는 잠시 그곳에 서 있었다. 이윽고 그는 시계를 꺼내 보았다.

"잘 먹었습니다. 오후에 잠깐 볼일이 있어서, 죄송하지만 이제 가봐야겠습니다."

"그러신가요?" 하고 나는 말했다.

"이런 일이 생겨서 정말 안됐습니다. 동정해 마지않습니다. 바깥분보다도 당신께서 더 괴로우실 겁니다. 하지만 심리만 끝나면 두 분 모두 이런 일은 틀림없이 잊어버리실 수 있겠지요."

"네, 꼭 잊도록 하겠어요."

"제 차가 현관 앞에 서 있는데, 클로리 씨 함께 안 가시겠습니까. 그렇게 하시겠다면 사무실 앞에서 내려 드리겠습니다."

"고맙습니다." 프랭크는 말했다.

그는 내가 있는 곳으로 와서 손을 잡았다. "그럼 또 뵙겠습니다."

"네." 나는 말했다.

나는 그를 쳐다보지 않았다. 눈빛을 알아차릴까봐 두려웠기 때문이다. 내가 알고 있다는 것을 그에게 알리고 싶지 않았기 때문이다. 맥심은 그들과 함께 자동차가 있는 곳까지 갔다. 그리고 그들이 돌아가자 테라스에 있는 나한테로 돌아왔다. 그리고 내 팔을 잡았다. 우리는 거기 선 채 푸른 잔디밭과 바다와 수로표 쪽을 내려다보았다.
"무사히 끝날 것 같소. 나는 정말 냉정하고, 충분히 자신이 있소. 식사 때 줄리안과 프랭크의 태도를 봤겠지? 신문도 대수롭지 않을 거요. 무사히 끝날 것 같소."
나는 아무 말도 하지 않고 다만 그의 팔을 꼭 잡고 있었다.
"그 시체가 신원 불명이 될 수는 없었소. 내가 없더라도, 필립스 의사 혼자서도 충분히 신원을 판단할 만한 조건은 구비되어 있었으니까 간단한 일이오. 그러나 내가 한 일은 조금도 흔적이 남아 있지 않소. 총알도 뼈엔 닿지 않았소."
나비가 한 마리 나풀나풀 테라스 위에 있는 우리 옆을 날아갔다.
"모두들 말하는 걸 당신도 들었겠지. 레베카는 선실에 갇힌 줄 알고 있는 거요. 심문에서도 배심원은 그걸 믿겠지. 필립스가 그렇게 증언할 테니까." 그는 잠시 말을 끊었다. 그래도 나는 잠자코 있었다.
"나는 오로지 당신을 걱정할 뿐이오. 다른 건 아무것도 후회하지 않소. 다시 한번 그때와 똑같은 일이 있다 해도 나는 그대로 하겠지. 나는 레베카를 죽이길 잘했다고 생각하오. 그 일에 대해서는 영원히 절대로 후회하지 않을 거요. 그러나 당신이 걱정이오. 이 사건이 당신에게 미친 영향을 나는 잊을 수가 없소. 나는 식사중에도 다른 건 생각지 않고, 당신만을 보고 있었소. 내가 좋아하는 당신의 귀엽고 순진하고 황홀한 모습을 영원히 잃어버린 거요. 이제 두 번 다시 돌아오지 않겠지. 당신에게 레베카의 이야기를 했을 때 나는 그것도 모두 함께 죽여 버린 거요. 그것은 24시간 동안에 사라져 버렸어. 당신은 완전히 늙어 버렸어……."

22

그날 저녁, 프리스가 가지고 온 지방 신문을 보니 제 1면 상단 가득히 큰 기사 제목이 실려 있었다. 그는 그 신문을 테이블 위에 놓았다. 맥심은 그 자리에 없었다. 일찌감치 만찬을 위해 옷을 갈아 입으러 간 것이다. 프리스는 잠시 선 채 내 입에서 무슨 말이 나오기를 기다리고 있는 모양이다. 집안 사람들에게 이 정도로 중대한 관계가 있는 사건에 대해 잠자코 있다는 것은 어리석기도 하고 모욕인 것처럼 나는 생각되었다.

"참 성가시게 되었군요, 프리스."
"네, 우리도 뒤에서나마 걱정하고 있습니다."
"그런 일을 또 처음부터 생각해야 하다니, 주인 어른이 정말 딱해요."
"그렇습니다, 아씨. 정말 안됐다고 생각합니다. 먼저 하나를 보셨는데 또 다른 시체의 검증을 하셔야 하다니. 아씨, 어떻게 되는 겁니까. 하지만 배에 남아 있는 물건은 확실히 드 윈터 부인의 소지품인 것 같습니까?"
"그런가 봐요, 프리스, 그건 틀림없나 봐요."
"그 아씨가 그렇게 선실에 갇혀 있었다는 일이 이상해서 못견디겠습니다. 아씨는 배에 대해선 아주 경험이 풍부했으니까요."
"그래요, 프리스. 우리도 그렇게 생각하고 있어요. 잘못이란 누구에게나 있는 법이에요. 그러니까 어떤 일이 생겼는지 우리로서는 영원히 알 수 없을 거예요."
"우리도 그렇게 생각합니다, 아씨. 하지만 어쨌든 일이 시끄럽게 되었습니다. 우리도 뒤에서나마 걱정하고 있습니다. 게다가 그 무도회 직후에 갑자기 이런 일이 생겼으므로, 웬일인지 이상한 생각이 듭니다."
"그래요, 프리스."
"검사(檢死) 심문이 있는 모양이지요, 아씨."
"하지만 형식적인 거예요."
"그렇겠지요. 우리들 중에서는 누가 증언을 해야 됩니까?"
"그런 일은 없을 거라고 생각해요."
"저는 이 댁을 위하는 일이라면 기쁘게 무슨 일이라도 할 겁니다. 그 일은 주인 어른께서도 잘 아시고 계실 겁니다."
"그래요, 프리스. 틀림없이 알고 계실 거예요."
"친구들에게 이 문제는 입을 다물어 두라고 했습니다만, 감시하고 있을 수도 없는 노릇이고 특히 여자들이 곤란합니다. 말씀 안 하셔도 로버트와는 잘 의논하겠습니다. 이 말을 듣고 덴버스 부인은 얼마나 놀랐을까요."
"그래요, 프리스. 나도 그렇게 생각해요."
"점심을 든 뒤 곧 방으로 간 채 내려오지 않습니다. 조금 전에 앨리스가 차와 신문을 가지고 갔습니다. 앨리스의 말에 의하면 덴버스 부인은 기분이 아주 언짢아 보였다고 합니다."
"그대로 조용히 있게 내버려두는 게 좋을 것 같군요. 아프다면, 일어나서 집안일을 돌보라고 하기도 뭣하니까 아마도 앨리스가 일은 혼자 해도 충분하다고 말했겠지. 요리사와 둘이서 하면 된다고."
"그렇습니다. 아씨, 덴버스 부인은 몸이 편찮은 게 아니라 드 윈터 부인의 시체가 발견된 충격 때문이라고 생각됩니다. 그 사람은 드 윈터 부인께 몸과 마음을 다 바치고 있었으니까요."
　이렇게 말하고 프리스는 방을 나갔다. 그래서 나는 맥심이 내려오기 전에 부지런히 신문을 훑어보았다. 제 1면 가득히 큰 기사 제목이 실려 있고, 적어도 15년은 지난 듯한 아주 흐릿한 맥심의 사진이 실려 있었다. 지면에서 나를 물끄러미 바라보고 있는 그의 사진을 보니 무서운 느낌이 들었다. 그 아래에는 나에 대한 짤막한 기사가 있었는데, 두 번째 아내로서 내가 맥심과 결혼한 일과 만더레이에서 가장 무도회를 연 직후의 사건이라는 말이 씌어 있었다. 그것을 신문의 검은 활자로 보니 몹시 무정하고 냉혹하게 느껴졌다. 레베카에 대해서는 아름답고 재능이 있으며 모든 사람으로부터 사랑을 받던 부인으로 1년 전에 익사했다고 씌어 있었다. 그리고 맥심은 다음해 봄에 다시 결혼을 했으며, 신부를 곧 만더레이로 데리고 와서(그렇게 씌어 있었다) 그 여자를 위해 성대한 가장 무도회를 열었다, 그런데 그 다음날 아침 만 바닥에 가라앉은, 선실에 갇혀 있던 먼저 부인의 시체가 발견되었다는 것이 그 기사의 내용이다.

자기가 지불한 신문값만큼의 대가를 바라는 많은 독자를 만족시키기 위해 조금은 사실과 다른 꼬리를 붙이기도 했으나 물론 대부분 사실이었다. 기사로 보니 맥심은 못된 호색한처럼 여겨졌다. 나를 '젊은 신부'라고 쓰고, 그가 이 '젊은 신부'를 만더레이로 데리고 와서 자기네들을 세상에 과시할 작정으로 무도회를 열었다고 씌어 있었다.

나는 맥심의 눈에 띄지 않도록 신문을 의자 쿠션 밑에 감추었다. 그러나 다음날 아침 신문까지 감출 수는 없었다. 그 기사는 우리가 보고 있는 런던 신문에도 나와 있었던 것이다. 거기에는 만더레이의 사진이 실려 있고 그 밑에 기사가 나와 있었다. 만더레이는 신문으로서는 특종 기사였고, 맥심도 마찬가지였다. 신문은 그를 맥스 드 윈터라고 부르고 있었다. 그것은 어딘지 모르게 생소하고 무서운 느낌을 주었다.

어느 신문이나 마치 그 일에 무슨 뜻이라도 있는 듯이 가장 무도회 다음날 레베카의 시체가 발견되었다는 말을 다투어 써 놓고 있었다.

두 신문이 '아이러니컬하게도'라는 말을 똑같이 사용하고 있었다. 그렇다, 나도 아이러니컬하다고 생각된다. 어엿한 하나의 이야깃거리가 된다. 나는 아침 식탁에 앉은 맥심이 신문을 차례차례 읽고 나더니 지방 신문에까지 시선을 옮기며 차차로 얼굴빛이 변해가는 것을 지켜보고 있었다.

그래도 맥심은 한마디도 말하지 않았다. 그리고 잠시 내 쪽을 바라보았다. 나는 그가 있는 쪽으로 손을 내밀었다. "제기랄!" 그는 나직한 소리로 말했다. "무슨 수작이람!"

만일 신문기자가 진상을 알았다면 이렇게 쓸 것이라고 짐작되는 모든 기사를 나는 생각해 보았다. 1단뿐 아니라 5단, 6단까지 써낼 것이다. 런던에는 전단이 나붙을 것이다. 신문팔이가 거리 모퉁이나 지하철 역 밖에서 외친다. 그리고 전단 한가운데는 크고 시커멓게 무서운 '살인'이라는 글씨가 씌어 있다.

아침 식사 뒤 프랭크가 왔다. 마치 잠을 못 잔 것처럼 파리하고 피곤한 얼굴을 하고 있었다.

"전화교환국에 만더레이로 오는 전화는 모두 사무실 쪽으로 연결하도록 하라고 일러 놓았습니다" 하고 그는 맥심에게 말했다. "누구한테서 걸려 오든 상관 없습니다. 만일 신문기자에게서 걸려 오면 제가 응대하겠습니다. 다른 사람도 제가 나서겠고요. 두 분을 괴롭혀 드리고 싶지 않기 때문입니다. 벌써 지금까지도 서너 군데의 지방 신문에서 걸려 왔습니다만, 모두 같은 대답을 해두었습니다. '드 윈터 내외분은 동정어린 문의를 고맙게 생각하고 있습니다, 그리고 이 며칠 동안은 전화를 받지 않으시니 그점 널리 이해해 주시기 바라겠습니다,' 라고요. 8시 반쯤 레이시 부인으로부터 전화가 왔었습니다. 곧 이곳으로 오시겠다고 하시더군요."

"그렇게 되면……." 맥심은 말했다.

"아니, 걱정하실 것 없습니다. 제가 만류해 놓았습니다. 당신이 오신다 해도 아무런 도움이 되지 않을 뿐더러 드 윈터 님은 부인 외에는 아무하고도 만나고 싶어하지 않는다고 솔직하게 말씀드렸습니다. 심문은 언제 있느냐고 물으시기에 아직 결정되지 않았다고 전했습니다. 하지만 신문에서 보시면 할 수 없겠지요. 찾아오시는 걸 막을 수도 없고요."

"신문기자란 정말 뻔뻔스럽단 말이야." 맥심은 말했다.

"그건 알고 있습니다. 우리도 놈들의 목을 비틀어 꺾고 싶을 정도니까요. 그러나 그들의 처지가 되어 보기도 해야 합니다. 그게 그들의 장사니까요. 신문을 위해 일을 해야만 하잖습니까. 만일 기사를 못 얻어 가면 편집장은 그들의 목을 자르겠지요. 만일 팔리는 신문을 내지 않으면 사장이 편집장의 목을 자를 테고요. 만일 신문이 팔리지 않으면 사장은 재산을 날리게 되겠지요. 주인 어른께서는 그들과 만나거나 이야기할 필요가 없습니다. 제가 대신 모든 것을 떠맡을 테니까요. 주인 어른께서는 심문 때 진술할 일이나 생각하고 계시면 됩니다."

"할 말은 벌써 정해져 있어."

"물론 그러시겠지요. 하지만 호릿지란 놈이 검시관이란 것을 잊으시면 안 됩니다. 끈덕진 놈이니까요. 배심원에게 자기가 직무에 충실하다는 것을 보이기 위해 전혀 관계 없는 일까지 시시콜콜 질문하는 자에요. 놈의 수에 넘어가서는 안됩니다."

"넘어간다고? 넘어갈 만한 약점은 없어."

"그야 물론 없으시겠지요. 하지만 저도 전에 검시관의 심문에 나간 일이 있지만, 그런 때는 곧 초조해져 울화통이 치밀어 오르기 마련이니까요. 주인님 역시 그 사람을 노하게 하고 싶지는 않으시겠지요?"

"프랭크 말이 옳아요" 하고 나는 말했다. "이분이 말하는 뜻은 잘 알겠어요. 일이 빨리 무사히 진행되면 그만큼 누구나 모두 안심이 되는 거예요. 그 달갑지 않은 심문만 끝나면 우린 다 잊어버릴 거예요. 다른 사람들도 마찬가지죠. 안 그래요, 프랭크?"

"그렇고말고요" 하고 프랭크는 말했다.

나는 아직 프랭크의 시선을 피하고 있었다. 그러나 그가 모든 것을 알고 있음을 전보다도 더 믿게 되었다. 그는 전부터 알고 있었던 것이다. 처음부터 알고 있었던 것이다. 나는 처음 그를 만났을 때의 일을 잘 기억하고 있다. 내가 만데레이에 온 첫날 그와 베아트리스와 가일스 등 모두 함께 점심 식탁 앞에 앉아 베아트리스는 맥심의 건강을 진심으로 걱정하고 있었다. 그때 그가 느닷없이 화제를 바꾸기도 하고, 뭔가 대답하기 곤란한 질문이 나오면 조용히 꺼리는 듯한 태도로 맥심의 도움을 구하던 태도를 나는 똑똑히 기억하고 있다.

레베카 이야기가 나오면 이상하게 떨떠름해하고, 우리들의 대화가 그쪽으로 쏠릴 때마다 얼굴을 찡그리고 기묘하게 거드름을 피우며 말했던 것이다. 그러나 그것도 모두 알게 되었다. 프랭크는 알고 있었던 것이다. 그러나 맥심은 프랭크가 알고 있다는 것을 모르고 있다. 게다가 프랭크는 자기가 알고 있다는 것을 맥심에게 알리고 싶어하지 않는다. 이렇게 우리는 이 조그만 장벽을 사이에 두고 서로 얼굴을 마주 보면서 서 있었다.

우리는 두번 다시 전화의 시달림을 받지 않았다. 모든 사무실 쪽으로 연결되어 있었기 때문이다. 지금 상태로는 다만 기다릴 뿐이었다. 화요일을 기다리는 일뿐이었다.

덴버스 부인은 모습을 나타내지 않았다. 식단표는 여느 때와 마찬가지로 제출되었고, 나는 그것을 바꾸려 들지도 않았다. 나는 클라리스에게 물어 보았다. 클라리스의 말에 의하면 덴버스 부인은 여느 때와 똑같이 일을 하고 있으나, 아무하고도 말을 하지 않고 식사는 거의 자기 방에서 혼자 하고 있다는 것이었다.

클라리스는 빠짐 없이 살펴보고 틀림없이 호기심을 갖고 있는 것 같았으나, 나에게는 아무것도 묻지 않았으며 나도 또 그녀에게 말하려고 하지 않았다. 부엌에서도, 영지 안이나 문지기 집에서도, 농장에서도 모두 이 이야기만 하고 있었다. 나는 케리스 전체가 틀림없이 소문으로 꽉 차 있으리라 생각했다.

우리는 만더레이의, 그것도 집에 붙은 뜰에서 한 발자국도 밖으로 나가지 않았다. 숲속을 거니는 일조차 하지 않았다. 날씨는 여전하였다. 아직도 더워서 압박을 당하는 것 같았다. 늘 천둥 소리가 울리고, 어둡게 흐린 하늘 저쪽에는 구름이 잔뜩 끼어 있으면서도 비가 올 것 같지는 않았다. 비가 구름 뒤에 갇혀 있다는 것은 느낌이나 냄새로 알 수 있었다. 심문은 화요일 오후 2시에 열리게 되었다.

우리는 1시 15분 전에 점심을 들었다. 프랭크가 왔다. 고맙게도 베아트리스가 못 온다는 전화를 했다고 한다. 장남인 로쟈가 홍역에 걸려 돌아왔으므로 온 가족이 외출 금지가 되었다는 것이었다. 나는 홍역에 감사했다. 베아트리스가 이 집에 와서 심각하게 조바심치고, 애정어린 일이라고는 하나 줄곧 질문을 해 대며 이곳에 앉아 있다가는 맥심이 못견디리라고 생각되었다.

부지런히 점심 식사를 했다. 아무도 거의 말을 하지 않았다. 나는 또 그 끈질긴 아픔을 느끼기 시작했다. 그리고 아무것도 먹고 싶지 않았다. 이 광대들의 식사놀이가 끝나고 맥심이 현관 앞에 나가 자동차에 시동을 거는 소리를 들었을 때, 나는 마음이 놓였다. 그 소리를 듣고 나는 기분이 가라앉았다. 그것은 우리가 드디어 가야만 한다는 것, 무엇인가를 해야만 된다는 것, 단지 만더레이에 우두커니 앉아 있어서는 안된다는 것을 뜻하는 것이었다. 프랭크는 자기 자동차로 우리 뒤를 따라왔다. 나는 맥심이 운전하고 있는 동안 계속 그의 무릎 위에 손을 얹고 있었다. 그는 조금도 마음이 동요되지 않는 것 같았다. 아무튼 겁을 먹고 있지는 않았다. 누군가 수술을 받을 사람과 함께 병원에라도 가는 듯, 그리고 앞으로 어떤 일이 일어날지 수술이 잘될 것인지 어떤지 아무것도 모르고 있는 것 같은 얼굴이었다.

나의 손은 몹시 차가웠다. 가슴이 이상하게 두근거렸다. 그리고 가슴 밑에서는 잇달아 그 끈질긴 아픔이 계속되었다. 심문은 케리스 쪽과는 반대 방향으로 6마일쯤 떨어진 곳에 있는 라니온이라는 시장 거리에서 열리기로 되어 있었다. 우리가 차를 세운 곳은 시장 근처 자갈투성이인 큰 광장이었다. 필립스 의사의 차도 줄리안 대령의 차도 이미 그곳에 와 있었다. 그밖에도 자동차가 있었다. 한 통행인이 신기한 듯 맥심을 보더니 동행자의 팔꿈치를 치는 게 보였다.

"저는 여기서 기다리겠어요, 아무래도 안에 같이 들어갈 건 아니니까요."

"나는 당신은 오지 말기를 바랐소. 처음부터 오는 일에 반대였소. 만더레이에 남아 있는 편이 얼마나 좋소."

"아니오, 전 차 안에 있을 테니 걱정 마세요."

프랭크가 다가와서 창으로 들여다보았다. "드 윈터 부인, 당신은 안 가십니까?"

"차에서 기다리겠다는군" 하고 맥심이 말했다.

"그게 좋을 겁니다. 출석할 까닭이 전혀 없으니까요. 그리 오래 걸리지는 않을 겁니다."

"네, 제 걱정은 마세요."

"혹시 기분이 변할는지도 모르니까 자리만은 잡아 놓겠습니다."
프랭크가 말했다.

두 사람은 나를 남겨놓은 채 함께 가 버렸다. 그날은 토요일이었다. 가게들이 갈색으로 흐릿하게 보였다. 사람 모습도 드물게 보였다. 라니온은 바닷가에서 많이 떨어져 있었으므로 그다지 좋은 관광지는 못 되었다. 나는 차 안에서 조용한 가게의 풍경을 바라보고 있었다. 시간은 차차 흘러갔다. 검시관이나 프랭크며 맥심이며 줄리안 대령 등은 지금 무엇을 하고 있을까 하고 생각했다. 그리고 차에서나와 시장의 광장을 슬슬 걷기 시작했다. 가게 앞의 진열창을 들여다보았다. 그리고는 또 서성거렸다. 경관이 이상한 듯 이곳을 지켜보고 있었다. 나는 그를 피하기 위해 골목길로 몸을 숨겼다.

나는 그럴 작정이 아니었는데도 어느 곁에 심문이 이루어지고 있는 건물 쪽으로 걷고 있었다. 심문 시간이 공표되지 않았으므로, 예상하고 두려워했던 것만큼 많은 사람이 모여 있지는 않았다. 건물 안에는 인기척도 없는 것 같았다. 나는 계단을 올라가 입구 안에 서 있었다.

어디선가 경관이 나타났다. "무슨 볼일이 있으십니까?"

"아니오."

"여기 서 있으면 안됩니다."

"미안합니다." 나는 이렇게 말하고 계단 쪽으로 되돌아갔다.

"실례지만 부인, 당신은 드 윈터 부인이 아니십니까?" 경관이 물었다.

"그렇습니다."

"그렇다면 괜찮습니다. 상관 없으시다면 여기서 기다리셔도 됩니다. 이 방에 앉아 계십시오."

"고맙습니다."

그는 책상이 하나 있는, 마룻바닥이 드러난 작은 방으로 나를 안내했다. 정거장 대기실 같은 방이었다. 나는 무릎 위에 손을 놓고 걸터앉았다. 5분이 지났다. 아무런 변화도 없었다. 바깥에, 그리고 자동차 안에 있는 것보다도 나빴다. 나는 일어서서 복도로 나갔다. 경관은 아직도 그곳에 서 있었다.
 "얼마나 걸릴까요?" 하고 나는 물었다.
 "알아보고 오지요."
 경관은 복도를 따라 모습을 감추었다. 그러더니 조금 뒤에 다시 나타났다.
 "그리 오래 걸리지는 않을 것 같습니다. 드 윈터 님의 증언이 이제 막 끝났습니다. 샬 씨, 잠수부, 필립스 의사의 증언은 벌써 끝났고요. 앞으로 한 사람 남았습니다. 케리스의 조선업자인 탑 씨입니다."
 "그럼, 이제 거의 끝난 셈이군요?"
 "그런 것 같습니다, 부인." 경관은 이렇게 말하더니 갑자기 생각난 듯이 말했다. "남은 증언을 듣지 않으시렵니까? 입구로 들어가면 바로 그 옆에 자리가 하나 있습니다. 가만히 들어가시면 아무도 모를 겁니다."
 "그래요. 그럼, 들어가 볼까요."
 심문은 이제 거의 끝나 가고 있었다. 맥심은 증언을 마쳤다. 다른 사람의 증언이라면 아무리 들어도 상관 없었다. 내가 듣고 싶지 않았던 것은 맥심의 증언이었다. 그의 증언을 듣는 일이 두려웠던 것이다. 그렇기 때문에 아까 그와 프랭크와 함께 가지 않았던 것이다. 그러나 이젠 상관 없었다. 그의 역할은 끝난 것이다.
 나는 경관 뒤를 따라갔다. 그는 복도 맨 끝에 있는 문을 열었다. 나는 살며시 들어가 문 옆에 있는 자리에 앉았다. 그리고 아무하고도 얼굴을 대하지 않으려고 고개를 숙이고 있었다. 방은 상상했던 것보다도 작았다. 그리고 덥고 바람이 잘 통하지 않았다. 나는 교회처럼 걸상이 즐비한 큰 방을 상상하고 있었던 것이다. 맥심과 프랭크는 저쪽 끝에 앉아 있었다. 검시관은 안경을 코에다 건 바싹 마른 중년 남자였다. 모르는 사람도 있었다. 나는 그 사람들을 살그머니 살펴보았다. 그리고 덴버스 부인의 모습을 확인하자 가슴이 갑자기 두근거렸다. 그녀는 바로 뒷자리에 앉아 있었다. 게다가 파벨도 옆에 있었다. 레베카의 사촌인 잭 파벨이다. 그는 두 손으로 턱을 괴고 앞으로 몸을 기댄 채 검시관인 호럿지 씨를 물끄러미 쳐다보고 있었다. 그가 이곳에 와 있으리라고는 생각지도 않았다. 맥심은 알고 있을까? 조선업자인 제임스 탑이 서 있었다. 검시관이 그에게 질문하고 있는 중이었다.

"그렇습니다" 하고 탑은 말했다. "제가 드 윈터 부인의 조그만 배를 개조했습니다. 본디 프랑스의 어선이었는데, 드 윈터 부인이 브레타뉴에서 아주 싼 값으로 들여온 겁니다. 저는 처음에는 그 배를 개조하여 요트로 쓸 수 있도록 해 달라는 주문을 받았던 것입니다."

"그 배는 바다에 띄워도 지장이 없는 상태였습니까?" 검시관이 물었다.

"작년 4월, 제가 개조했을 때는 틀림없이 그랬습니다. 10월에 드 윈터 부인은 늘 그렇듯이 배를 제 공장으로 보냈고, 3월에 다시 수리를 해 달라고 하시기에 그대로 했습니다. 제가 개조한 다음 드 윈터 부인이 그 배를 쓰신 게 그것으로 네 번째의 계절이 아닌가 생각됩니다."

"그 배는 전에도 뒤집어진 일이 있습니까?"

"없습니다. 그런 일이 있었다면 드 윈터 부인께서 말씀하셨을 겁니다. 부인의 말에 의하면 부인은 모든 점에서 그 배에 대해 만족하고 계셨던 것 같습니다."

"그 배를 조종하려면 상당한 주의가 필요한 것 같은데?"

"누구나 배를 조종할 때 부주의해서는 안 됩니다. 그것은 저도 인정합니다. 그러나 드 윈터 부인의 배는 케리스에서 흔히 볼 수 있는 것 같은, 잠시도 손을 뗄 수 없거나 뒤집어지기 쉬운 배가 아닙니다. 튼튼하고 충분히 항해할 수 있는, 그리고 웬만한 바람엔 끄떡도 않는 배였습니다. 드 윈터 부인은 그날 밤보다도 더 심한 날씨에 배를 타고 나간 적도 있습니다. 그날 밤에는 다만 갑자기 몰아치는 강풍이 가끔 불었을 뿐입니다. 처음부터 저는 그렇게 말했습니다만, 그런 날 밤에 드 윈터 부인의 배가 가라앉다니 저로선 도저히 믿을 수 없습니다."

"그러나 일반적으로 상상하듯이, 드 윈터 부인이 외투라도 가지러 선실에 내려갔을 때 곶 쪽에서 갑자기 강풍이 휘몰아쳤다면 그것으로 배는 뒤집어질 게 아닙니까?"

제임스 탑은 고개를 저었다.

"저는 그렇게 생각지 않습니다" 하고 제임스 탑은 완강히 주장했다.

"아니, 그런 일이 있을 수 있다는 것만으로" 하고 검시관은 말했다. "드 윈터 씨를 비롯해서 우리가 이 사건에 대하여 당신의 기술에 책임이 있다고 말하는 건 아닙니다. 당신은 그 배를 계절 첫무렵에 수리했고, 위험한 곳은 없었으며 거뜬히 항해할 수 있다고 증언했습니다. 그것만 알면 충분합니다. 불행히도 돌아가신 드 윈터 부인이 잠시 방심한 탓에 부인을 태운 채 배가 가라앉아 생명을 잃은 겁니다. 되풀이해서 말하지만 우리는 당신에게 책임이 있다고 말하는 게 아닙니다."

"무척 주제넘은 말씀입니다만" 하고 탑은 말했다. "아직 말씀드릴 게 있습니다. 만일 허락해 주신다면 좀더 진술을 계속했으면 하는데요."

"좋습니다, 계속하시오" 하고 검시관은 말했다.

"그건 이런 말입니다. 작년 그 사고가 일어난 다음, 케리스 사람들 사이에 제 일에 대해 이러쿵저러쿵 소문을 내는 사람들이 많아졌습니다. 제가 드 윈터 부인께 물이 새는 불완전한 배를 내주었다는 사람도 있었습니다. 그 때문에 저는 주문을 두서너 개나 놓쳤습니다. 정말 어처구니 없는 일이었지만, 배가 가라앉은 이상 이 억울함을 벗을 수가 없었습니다. 그런데 아시다시피 그 기선이 좌초된 덕분에 드 윈터 부인의 배가 발견되어 인양되었습니다. 그리고 샬씨가 어제 배를 봐도 좋다는 허락을 하셨으므로 가 보았습니다. 저는 12개월 이상이나 물 속에 잠겨 있기는 했으나, 제가 한 일에 잘못이 없었다는 것을 스스로 확인해 보고 싶었던 겁니다."

"그야 물론 당연한 일이겠지요. 그래서 당신은 만족했나요?"

"그렇습니다. 제가 한 조사에 의하는 한 그 배에는 아무데도 나쁜 곳은 없었습니다. 저는 샬 씨가 끌어낸, 상류에 있는 화물선 위에서 샅샅이 그 배를 점검했던 것입니다. 배가 가라앉았던 곳은 모래땅이었다고 합니다. 잠수부에게 물었더니 그렇게 말하더군요. 암초에는 전혀 닿지 않았던 겁니다. 암초에서 적어도 5피트는 떨어져 있었습니다. 배는 모래땅 위에 쓰러져 있었고, 선체에는 바위에 부딪친 흔적이 없었습니다."

탑은 여기서 말을 끊었다. 검시관은 다음 말을 기다리는 듯 그를 쳐다보았다.

"그래, 그뿐인가요? 더 할 말은 없습니까?"

"아니오, 그뿐만이 아닙니다." 탑은 목소리를 돋구어 말했다. "저는 알고 싶은 게 있습니다. 그 배 밑에 구멍을 뚫은 건 누구냐 하는 겁니다. 그 구멍은 암초 때문이 아닙니다. 가장 가까운 암초도 5피트는 떨어져 있었습니다. 게다가 그 구멍은 암초에 부딪쳐 생긴 구멍하고는 다릅니다. 쇠갈고리로 찍은 구멍입니다."

나는 그가 있는 쪽을 보고 있지 않았다. 마룻바닥을 보고 있었다.

마룻바닥에는 기름 먹인 녹색 무명이 깔려 있었다. 나는 그것을 들여다보고 있었다.

왜 검시관은 아무 말도 하지 않을까? 왜 이 침묵은 이렇게 오래 계속되는가 하고 나는 이상하게 생각했다. 그가 드디어 말을 하기 시작했을 때 그의 목소리가 웬일인지 먼 데서 울려오는 것 같았다.

"그게 무슨 말입니까? 무슨 구멍이었다는 말입니까?"

"배에는 모두 세 군데 구멍이 뚫려 있었습니다. 한군데는 뱃머리 오른쪽에 있는 닻줄 창고 가까이의 흘수선(吃水線) 밑에 있습니다. 저하(底荷)도 여기저기에 마구 흩어져 있었습니다. 그뿐이 아닙니다. 배수 마개조차 빠져 있었습니다."

"배수 마개라니?" 검시관이 물었다.

"세면장이나 화장실에서 통해 나온 관을 막는 장치입니다. 드 윈터 부인은 고물에 그런 방을 만들게 했었습니다. 그리고 뱃머리에 더러운 물을 버리는 물구멍이 있습니다. 마개가 그곳에 하나 있고, 화장실에도 또 하나 있습니다. 운행 중엔 언제나 꽉 막아 놓습니다. 그렇지 않으면 물이 흘러들기 때문입니다. 어제 배를 조사해 보니까 이 마개가 둘 다 빠져 있었습니다."

방안은 더웠다. 못견디도록 더웠다. 왜 창문을 열지 않을까? 이런 공기 속에 앉아 있으면 질식해 버릴 것이다. 게다가 이렇게 많은 사람이 모두 같은 공기를 마시고 있지 않은가. 이렇게 많은 사람이……

"배 바닥에 그런 구멍이 있는데 마개가 막혀 있지 않다면, 그런 작은 배는 금방 가라앉아 버립니다. 아마 10분 이상도 걸리지 않을 겁니다. 배가 저의 공장에서 나갈 때에는 그런 구멍이 없었습니다. 저는 제가 한 일을 자랑했었고, 드 윈터 부인도 만족하셨습니다. 제 생각을 그대로 말하자면, 그 배는 절대로 뒤집어진 게 아닙니다. 일부러 구멍을 뚫어서 가라앉힌 겁니다."

어떻게든 해서 방에서 나가야만 한다. 무슨 수를 써서라도 대기실로 돌아가야만 한다. 이 방에는 공기가 부족하다. 게다가 옆에 있는 사람이 몸을 바싹 기대어 온다. ……누군가 앞 사람이 일어섰다. 그리고 사람들이 와글와글 떠들고 있었다. 무슨 일이 일어났는지 나는 전혀 짐작이 가지 않았다. 아무것도 눈에 들어오지 않았다. 그저 더울 뿐이었다. 몹시 더웠다. 검시관이 사람들에게 조용하라고 말했다. 그리고 '드 윈터 씨'에게 대하여 무어라고 말했다.

나는 아무것도 보이지 않았다. 양장할 때 부인들이 쓰는 모자가 눈앞을 막고 있었다. 맥심이 일어섰다. 나는 그를 쳐다볼 수가 없었다. 보면 안 된다. 언젠가 이와 똑같은 기분을 맛본 일이 있었다. 언제였던가? 알 수 없었다. 생각이 나지 않는다. 아, 그렇다. 덴버스 부인과 함께 있을 때였다. 덴버스 부인과 창가에서 함께 서 있을 때였다. 그 덴버스 부인은 지금 이 방에서 검시관의 말에 귀를 기울이고 있었다. 맥심은 저쪽에 서 있었다. 열기가 물결치듯 마룻바닥에서 솟아올랐다. 목과 축축히 땀에 젖은 손으로 몰려왔다. 그리고 턱과 얼굴로 올라왔다.

"드 윈터 씨, 부인의 배를 취급했던 제임스 탑 씨의 진술은 지금 들으신 바와 같습니다. 배 밑에 뚫린 그 구멍에 대하여 뭔가 짐작이 가는 게 없습니까?"

"전혀 없습니다."

"어째서 그런 구멍이 뚫렸는지, 뭔가 까닭을 알지 못하십니까?"

"아니오, 전혀."

"이런 말을 들으신 건 이게 처음입니까?"

"그렇습니다."

"물론 깜짝 놀라셨겠지요?"

"1년 전에 제가 행한 시체 검증이 잘못되었다는 것만으로도 놀라운 일인데, 게다가 죽은 아내의 선실 안에서 그냥 익사한 게 아니라 배를 가라앉히기 위해 물이 새어들도록 일부러 배 밑에 구멍을 뚫어 놓았다니, 이게 놀라운 일이 아니고 뭐겠습니까."

'안돼요 맥심, 안돼. 그런 말을 하면 그를 화나게 만들 거예요. 프랭크도 그렇게 말했지 않나요. 그를 화나게 해서는 안돼요. 그런 목소리는 안돼요. 그렇게 화난 듯한 목소리로 말해서는 안돼요. 그렇잖아요, 맥심.' 그러나 그에게는 내 기분이 통할 것 같지도 않았다.

'제발 부탁이에요, 맥심. 아, 하느님, 맥심이 화를 내지 않도록 해 주십시오, 화를 내지 않도록……'

"드 윈터 씨, 이 사건에서 우리는 모두 당신을 깊이 동정하고 있다는 것을 아셔야 합니다. 돌아가신 부인이 당신이 생각하고 있던 것처럼 바다 속에서 익사한 것이 아니라, 자기 배의 선실 안에서 익사했다는 말을 들었으니 충격을, 그것도 굉장한 충격을 받았으리라 생각됩니다. 나는 당신을 위해 이 사건을 구명하려고 하는 겁니다. 당신을 위해, 부인이 어떻게 왜 돌아가셨는가를 정확히 알아내고 싶은 겁니다. 나는 이 구명을 나 자신의 도락으로 하고 있는 건 아닙니다."

"뻔한 일이잖습니까."

"그렇다면 됐습니다. 제임스 탑 씨가 지금 진술한 바에 의하면 죽은 드 윈터 부인의 유해가 있었던 배에는 바닥에 두 개의 구멍이 뚫려 있었다고 합니다. 게다가 배수 마개도 빠져 있었다고 합니다. 당신은 그의 진술을 의심합니까?"

"물론 의심치 않습니다. 그는 전문적인 조선업자니 설마 잘못이 있겠습니까?"

"드 윈터 부인의 배를 돌봐 주고 있던 사람은 누굽니까?"

"아내가 손수 하고 있었습니다."
"아무도 고용하지 않았습니까?"
"전혀 고용한 일이 없습니다."
"배는 만더레이가 소유하고 있는 사설 계선장에 매어 놓았었습니까?"
"그렇습니다."
"누군가 배에 장난을 하려던 사람을 본 일은 없습니까?"
"없습니다."
"공공 도로에서는 그 계선장에 들어갈 수 없겠지요?"
"그렇습니다."
"계선장은 조용한 곳이지요? 게다가 숲으로 둘러싸여 있고요?"
"그렇습니다."
"몰래 들어가도 잘 알 수 없을는지 모르겠군요?"
"그럴지도 모릅니다."
"더욱이 제임스 탑 씨가 우리에게 말한 바에 의하면, 그리고 그것을 의심할 아무런 근거도 없는데, 배 바닥에 그와 같은 구멍이 뚫리고 배수 마개를 뺀 배라면 10분 내지 15분 이상은 떠 있을 수 없다고 합니다."
"그렇습니다."
"따라서 우리는 드 윈터 부인이 그날 밤 뱃놀이를 나가기 전에 누군가가 배에다가 악의에 찬 장난을 했다는 생각은 버려도 되겠습니다. 그런 일이 있었다면 배는 계선장에서 가라앉았을 테니까요."
"틀림없이 그렇습니다."
"따라서 우리는 그날 밤, 배를 끌어낸 사람이 배바닥에 구멍을 뚫고 마개를 뺐다고 볼 수밖에 없습니다."
"저도 그렇게 생각합니다."

"당신은 아까 선실 문과 둥근 창문은 닫혀 있었고, 부인의 유해는 마룻바닥에 쓰러져 있었다고 했지요? 이것은 당신의 진술 속에도 있었고, 또 필립스 의사며 샬 씨의 증언에도 있습니다."
"그렇습니다."
"그리고 지금 또 배 밑에는 구멍이 뚫려 있고 마개가 열려 있더라는 보고가 덧붙여진 것입니다. 드 윈터 씨, 정말 이상하다고 생각지 않습니까?"
"사실 그렇습니다."
"무언가 짐작되는 일이 없습니까?"
"아니오, 전혀 없습니다."
"드 윈터 씨, 아무리 괴로워도 이것이 내 직무이므로 나는 당신에게 아주 지나친 것까지 물어야만 합니다."
"알고 있습니다."
"당신과 돌아가신 부인의 관계는 정말로 원만했습니까?"

이렇게 되리라는 것을 알고 있었는데도 눈앞에 새까만 별이 미친 듯이 춤추며 몽롱한 우주에 번쩍번쩍 빛을 내며 나타났다. 그리고 더웠다. 이렇게 사람이, 이렇게 사람의 얼굴이 있는데도 창문이 하나도 열려 있지 않았으므로 굉장히 더웠다. 순간 옆에 있어야 할 문이 의외로 멀리 있고, 게다가 마룻바닥이 줄곧 내가 있는 쪽으로 솟아오르는 것같이 느껴졌다.

그때 주위의 기묘한 연기 속에서 뚜렷하고 힘찬 맥심의 목소리가 들려왔다. "누구든 아내를 밖으로 데리고 나가 주시지 않겠습니까. 정신을 잃어 가고 있습니다."

23

나는 다시 그 작은 방에 앉아 있었다. 정거장 대기실과 같은 방이다. 아까 그 경관이 내 앞에 구부리고 서서 컵의 물을 주었다. 그리고 누군가가 내 팔에 손을 얹었다. 벽도 마룻바닥도, 프랭크와 경관의 모습도 확실해졌다.

"죄송합니다, 걱정을 끼쳐 드려서. 그 방이 굉장히 더웠기 때문에."

"통풍이 전혀 안 됩니다." 경관이 말했다. "자주 불평을 듣습니다만, 아직까지도 그대로입니다. 전에도 졸도한 부인이 있습니다."

"어떻습니까? 기분이 좀 좋아졌습니까, 드 윈터 부인?" 프랭크가 말했다.

"네, 기분이 훨씬 좋아졌어요. 이제 괜찮아요. 혼자 있어도 걱정없어요."

"만더레이로 모셔다 드리지요."

"안돼요."

"아니, 주인 어른께서 부탁하셨습니다."

"아녜요, 당신은 그분과 이곳에 계셔야만 해요."

"당신을 만더레이로 모시고 가라고 주인 어른께서 말씀하셨습니다."

프랭크는 내 팔 밑으로 자기 팔을 넣어 나를 부축해 일으켰다. "차가 있는 곳까지 걸을 수 있겠습니까? 뭣하면 이곳으로 끌고 올까요?"

"걸을 수 있어요. 하지만 난 이곳에 있고 싶어요. 맥심을 기다리고 싶어요."

"주인 어른은 시간이 걸릴지도 모릅니다."

왜 그는 이런 말을 하는 것일까? 무슨 뜻일까? 왜 내 얼굴을 보지 않은 채 말하는 것일까? 그는 내 팔을 잡고 복도를 따라 입구로 가더니 그대로 계단을 통해 큰 길로 내려갔다. 주인 어른은 시간이 걸릴지도 모릅니다……
 우리는 서로 잠자코 있었다. 이윽고 프랭크의 소형 모리스가 있는 곳까지 이르렀다. 그는 문을 열고 나를 부축해 태웠다. 그리고 자기도 타더니 시동을 걸기 시작했다. 이윽고 우리는 자갈투성이의 광장을 출발해서 조용한 거리를 빠져나간 다음 케리스로 통하는 길로 나갔다.
 "왜 오래 걸리지요? 지금부터 무엇을 하나요?"
 "아마도 증언을 다시 해야 되지 않을까 생각합니다."
 프랭크는 눈앞의 단단하고 흰 길을 한눈도 팔지 않고 바라보았다.
 "이제 증언은 완전히 끝나지 않았나요? 아무도 더이상 말할 게 없잖아요?"
 "당신은 잘 모릅니다. 검시관은 다른 방법으로 질문할는지도 모릅니다. 아무튼 탑의 증언 때문에 사건이 전혀 달라졌으니까요. 검시관은 다른 각도에서 사건을 보지 않으면 안 되게 된 겁니다."
 "다른 각도에서라니, 무슨 뜻인가요?"
 "그 증언을 들으셨지요? 탑이 그 배에 대해 한 말을 들으셨지요? 그렇게 되면 이제 누가 봐도 우연적인 사고라고는 믿지 않을 겁니다."
 "그런 터무니없는 일이. 프랭크, 그런 터무니없는 일이 어떻게 있을 수 있어요? 탑이 하는 말에 귀를 기울이면 안돼요. 이렇게 세월이 지났는데 배에 구멍이 뚫렸는지 어떤지 그 사람이 어떻게 알 수 있겠어요. 그 사람들은 무엇을 입증하려는 건가요?"
 "글쎄요, 그건 모르겠습니다."
 "검시관은 맥심에게 같은 말만 물어서 화를 내게 한 다음, 마음에도 없는 말을 지껄이게 하려고 하는 거예요. 계속 질문을 퍼붓는 것이죠. 프랭크, 그러면 맥심은 못견딜 거예요. 틀림없이 안돼요."

프랭크는 대답하지 않았다. 그는 자동차를 굉장한 속력으로 몰았다. 그가 내 질문에 거리낌 없는 대답을 하지 못했던 것은 그와 가까워진 이후 이것이 처음이었다. 그것은 그가 괴로워하고 있는 증거였다. 몹시 괴로워하고 있기 때문이었다. 게다가 여느 때에는 네거리에 오면 반드시 멈춘 다음 좌우를 살피고, 굽은 길에서는 꼭 경적을 울려 조심성있게 천천히 운전을 하던 사람이었다.

"그 사람도 와 있더군요. 언젠가 덴버스 부인을 만나러 만더레이에 왔던 사람⋯⋯."

"파벨 말입니까. 네, 저도 봤습니다."

"덴버스 부인과 함께 있었어요."

"네, 알고 있습니다."

"왜 그런 데를 왔을까요? 그 사람은 무슨 이유로 심문하는 곳에 왔을까요?"

"돌아가신 분의 사촌이니까요."

"그 사람과 덴버스 부인에게, 그런 곳에서 그런 증언을 듣게 하다니 좋지 않은 일이에요. 저는 그 사람들을 신용하고 있지 않아요, 프랭크."

"⋯⋯."

"그 사람들은 틀림없이 무슨 일을 저지를 거예요. 나쁜 일을 저지를 거예요."

이번에도 프랭크는 대답하지 않았다. 나와 나누는 화제에도 끌려들지 않는 것이 맥심에 대한 그의 충성이라는 것을 나는 알았다. 그는 내가 어느 정도까지 알고 있는지 모르는 것이다. 그리고 나도 그가 어느 정도까지 알고 있는지 확실한 말을 할 수 없었다. 우리는 서로 같은 편이었다. 같은 길을 걷고 있었다. 그러나 서로 상대방을 볼 수는 없다. 둘이 다 마음 놓고 사실을 고백할 수 없었던 것이다. 우리는 어느새 문지기 집 앞을 지나 저택을 향해 길게 구불거리는 좁은 길을 달리고 있었다. 나는 그때야 비로소 수국이 만발해서 푸른 머리를 녹색 잎 사이로 내밀고 있는 것을 알아차렸다. 상당히 아름답긴 했으나 그 꽃은 어딘지 모르게 침울한 데가 있었다. 외인 묘지의 유리 상자에 든 뻣뻣한 조화 꽃송이 같았다. 찻길을 지나가는 동안 양쪽에 죽 푸르고 단조롭게, 마치 길가에 늘어서서 우리가 지나가는 것을 바라보고 있는 구경꾼처럼 수국이 줄지어 있었다.

우리는 마침내 저택에 이르러 돌계단 앞의 큰 커브를 돌았다.

"기분은 이제 괜찮습니까?" 하고 프랭크는 말했다. "누워 계시는 게 좋을 겁니다."

"네, 그렇게 하겠어요."

"저는 라니온으로 되돌아갑니다. 주인 어른께서 볼일이 있을는지도 모르니까요."

프랭크는 그 말밖에는 하지 않았다. 그리고 서둘러 차에 오르더니 그대로 사라져 버렸다. 맥심이 볼일이 있을는지도 모른다? 어째서 그는 맥심이 그에게 볼일이 있을는지도 모른다고 했을까? 아마 검시관이 프랭크에게도 질문을 한다는 말이겠지. 맥심이 프랭크와 함께 저녁을 들었던, 1년 이상이나 넘은 그날 밤의 일을 물어보는 것이겠지. 맥심이 집을 나간 정확한 시간을 묻는 것이겠지. 그리고 맥심이 집에 돌아왔을때 그를 본 사람이 있었는지, 하인들은 그가 집에 있는 것을 알고 있었으며 맥심이 곧 침실로 가서 옷을 갈아 입었다는 것을 누구든 증명할 사람이 있는가, 그런 것을 물을 것이다. 덴버스 부인도 증언을 하게 될는지 모른다. 틀림없이 덴버스 부인에게 증언을 청할 것이다. 그리고 맥심은 자제력을 잃기 시작하고 점점 얼굴빛이 창백해져 갈 것이다…….

나는 객실로 들어갔다. 그리고 내 방으로 가 프랭크가 말한대로 침대에 누웠다. 두 손으로 눈을 가렸다. 그 방의 모양과 모든 사람의 얼굴이 눈앞에 어른거려 떠나지를 않았다. 검시관의, 온갖 세파를 겪어 온 주름지고 흥분한 얼굴이며 코허리에 건 금테 안경.

"나는 이 심문을 내 도락으로 하고 있는 것은 아닙니다." 검시관은 돌다리도 두드려 보고 건너는 사람 같았고, 더욱이 쉽게 흥분하는 사람인 것이다. 지금 그들은 무슨 말을 하고 있을까? 어떤 일이 일어나고 있을까? 만일 얼마 뒤 프랭크만이 혼자서 만더레이로 돌아오면 어떻게 할까?

어떤 일이 일어나고 있는지 나는 알 수 없었다. 사람들이 어떤 일을 하는지 나는 알 수 없었다. 이처럼 집을 나갔다가 그대로 교도소로 끌려간 사람의 사진이 신문에 실려 있던 것을 생각했다. 만일 맥심이 끌려가면 어떻게 될까? 그가 있는 곳에는 가지 못하게 하겠지. 만나게 해주지도 않겠지. 나는 이 만더레이에서 날마다 밤낮으로 지금처럼 기다리고 있어야만 하는 것이다. 줄리안 대령 같은 사람들은 친절하게 해주겠지.

그리고 "혼자 집에만 계시면 안 됩니다. 부디 우리가 있는 곳에 오십시오" 하고 말해 주겠지. 전화, 신문, 그리고 또 전화.

"아니오, 드 윈터 부인께서는 아무하고도 면회를 하지 않습니다. 〈카운티 크로니클〉지에 말할 재료 같은 건 전혀 없습니다."

그리고 다음날이 온다. 또 다음날이 온다. 꿈과 같은 여러 주일이 지난다.

프랭크가 드디어 나를 데리고 맥심을 만나러 간다. 그는 여위고 얼굴이 몰라보게 되었으며 병원에 입원하고 있는 환자처럼 되어 있겠지 ······.

내가 신문에서 보았던 여자들은 이를 견디어 내고 있었다. 그 여자들은 내무장관에게 편지를 냈으나 아무런 효과도 없었다. 장관은 늘

정의를 지켜야 한다는 대답만 했다. 친구와 친지들도 탄원서를 냈다. 모든 사람이 거기 서명했다. 그러나 장관으로서는 어쩔 수가 없었다. 그리고 이것을 신문에서 읽은 일반 사람들은, 그 남자를 석방할 까닭이 어디 있는가, 자기 아내를 죽였지 않은가, 그러면 죽은 아내가 불쌍하다, 사형을 폐지하라는 등의 감상적인 논의는 다만 범죄를 조장할 뿐이다. 이 남자도 아내를 죽이기 전에 그 정도의 일은 생각했어야 할 것이다, 이젠 때가 늦었다. 다른 살인범과 마찬가지로 교수형에 처해야만 한다. 당연한 보복을 받게 해야 한다. 그리고 다른 사람들의 본보기가 되도록 해야 한다고 말하겠지.

나는 전에 신문에서 본 기억이 있는데, 감옥 문 밖에 사람이 몰려 있고 9시가 지나자 곧 한 명의 경관이 나타나 군중이 읽을 수 있도록 문에 고시문을 붙이는 사진이 나 있었다. 고시문에는 무언가 무서운 형이 집행되었다는 일이 씌어 있었다.

'사형은 교도소장, 의사, 주 집행관이 입회하는 가운데 오늘 오전 9시에 집행됨.'

교수형은 눈 깜짝할 사이에 끝나는 일이다. 조금도 고통스럽지는 않다. 금방 목뼈가 부러지는 것이다. 아니 그렇지 않다, 늘 그렇다고는 할 수 없다고 누군가가 말하였다. 교도소장과 잘 아는 어떤 사람이다. 머리에 자루를 씌워 조그만 교수대 위에 세운다. 그러면 발밑의 마루청이 떨어져 내려간다고 한다. 감방을 나가 형이 집행될 때까지 정확하게 3분 걸린다는 것이었다. 아니, 50초라고 누군가가 말했다. 도대체 그런 터무니없는 말이 어디 있는가, 50초일 리는 없다. 그 건물 옆에 구멍으로 통하는 조그만 계단이 있다고 한다. 의사가 그곳까지 보러 내려간다. 사형수는 곧 죽어 버린다고 한다. 아니, 금방은 죽지 않는다. 반드시 목이 부러진다고는 할 수 없으며 잠시 동안은 움직이고 있다고 한다. 하지만 금방은 죽지 않더라도 이미 아무것도 느끼지 못한다고 한다. 아니, 느낀다는 사람도 있었다. 형이 형무소에서 의사 노릇을 하고 있다는 사람의 말이 있는데, 물의를 일으킬 우려가 있으므로 비밀로 하고 있지만 모두가 금방 죽는다고 할 수는 없다, 눈은 뜨고 있다. 꽤 오랫동안 눈을 뜨고 있다고 한다.

아아, 이런 일은 생각지 말자. 무언가 다른 일을 생각하자. 다른 일을. 미국에 있는 반 홉퍼 부인 생각이 좋겠다. 지금쯤은 딸과 함께 살고 있겠지. 여름철엔, 롱아일란드에 있는 그 집을 빌려 틀림없이 브리지만을 하고 있으리라. 경마에도 갔겠지. 반 홉퍼 부인은 경마를 굉장히 좋아한다. 지금도 그 조그만 노란 모자를 쓰고 있을까? 그건 너무 작다. 그렇게 큰 얼굴에는 너무 작다. 노 부인은 롱아일란드의 그 집 뜰에서 무릎 위에 소설책이나 잡지책을 올려 놓고 의자에 앉아 있겠지. 그리고 긴 손잡이가 달린 안경을 집어 들고 딸에게 말한다.

"이걸 봐라, 헬렌. 맥스 드 윈터가 전 부인을 죽였다고 씌어 있구나. 난 늘 그 사람에게는 이상한 데가 있다고 생각했었어. 그래서 그 바보에게도 잘못 생각하는 일이 없도록 하라고 그만큼 주의를 주었는데 내 말 따원 전혀 들을 생각도 않았단 말이야. 그애도 이번에는 알았을 게다. 영화 제작자들이 영화에 출연하라고 많은 돈을 낼는지도 모르겠군."

무언가 손에 닿는 것이 있었다. 쟈스퍼였다. 쟈스퍼가 차고 축축한 코를 문질러 대고 있었다. 객실에서 따라온 것이다. 왜 개를 보면 울고 싶어질까? 개의 동정에는 무언가 모르게 조용하고도 절망적인 것이 있었다. 쟈스퍼도 개의 예민한 감각으로 무언가 좋지 않은 일이 일어나고 있는 것을 알고 있는 모양이다. 여행 가방이 준비된다. 자동차가 현관에 와 닿는다. 개는 꼬리를 축 늘어뜨리고 눈을 내리깔고 서 있다. 그리고 자동차 소리가 멀어져 가면 자기 잠자리로 비슬비슬 돌아간다……

나는 아마도 잠이 들었던 모양이다. 갑자기 깜짝 놀라 눈을 뜨니 천둥 소리가 들려 오고 있었다. 나는 다시 자세를 고쳤다. 시계가 5시를 쳤다. 나는 일어나서 창가로 갔다. 바람은 한 점도 없었다. 나뭇잎은 우듬지에 힘없이 매달려 바람을 기다리고 있었다. 하늘은 석판처럼 잿빛을 띠고 있었다. 번개가 번쩍 톱니 모양을 이루며 하늘을 가로질렀다. 멀리서 또 천둥 소리가 울렸다. 비는 오지 않았다.

나는 복도에 나가 귀를 기울였다. 아무 소리도 들리지 않았다. 계단 위까지 가 보았다. 인기척도 없었다. 객실은 머리 위의 천둥 소리에 놀라서 침울했다. 나는 아래로 내려가 테라스에 섰다. 또 깨어지는 듯한 천둥 소리가 났다. 비가 한 방울 손 위에 떨어졌다. 딱 한 방울뿐이었다. 주위는 캄캄했다. 비탈진 골짜기 쪽으로 보이는 바다가 검은 호수처럼 보였다. 또 한 방울 비가 손에 떨어졌다. 그리고 또 천둥이 울렸다. 하녀 하나가 2층 창문을 닫기 시작했다. 로버트가 나타나더니 내 뒤 응접실 창문을 닫았다.

"남자분들은 아직 돌아오시지 않았어요, 로버트?" 하고 나는 물었다.

"네, 아씨. 아직 오시지 않았습니다. 저는 아씨도 함께 계신 줄 알았습니다."

"아니, 난 조금 전에 돌아왔어요."

"차를 드시겠습니까, 아씨?"

"아뇨, 좀더 기다려 보겠어요."

"날씨가 아무래도 한 줄기 퍼부을 것 같습니다, 아씨."

"그렇군요."

비는 오지 않았다. 손에 두 방울이 떨어졌을 뿐, 비는 올 것 같지 않았다. 나는 서재로 들어가 걸상에 앉았다. 5시 반에 로버트가 들어왔다.

"지금 막 차가 현관에 도착했습니다, 아씨."

"차라니, 누구 차?"

"주인 어른의 차입니다, 아씨."

"주인 어른이 손수 운전하시고?"

"네, 아씨."

나는 일어나려고 했으나, 다리가 짚으로 만들어진 듯, 몸을 지탱할 수가 없었다. 하는 수 없이 긴의자에 기댄 채 서 있었다. 목이 바싹 탔다. 조금 뒤에 맥심이 들어왔다. 그리고 문 앞에 우뚝 섰다.

그는 몹시 지쳐서 나이가 더 들어 보였다. 입가에 전에는 볼 수 없었던 주름이 보였다.

"완전히 끝났소" 하고 맥심은 말했다.

나는 우두커니 기다리고서 있었다. 이제 와서 말을 할 수도 없었고, 그가 있는 쪽으로 걸어갈 수도 없었다.

"자살이오" 하고 그는 말했다. "당사자의 심리 상태를 나타내는 충분한 증거는 없었지만 자살로 되었소. 물론 누구나 어떻게 해석할 것인가 하고 난처해했었지."

나는 긴의자에 앉았다.

"자살이라고요? 하지만 동기는? 동기는 뭐지요?"

"그건 아무도 몰라. 동기 같은 건 몰라. 동기 같은 건 다들 그리 대수롭게 여기지 않는 모양이오. 호릿지는 나를 바라보고, 레베카에게 무언가 금전상의 문제는 없었느냐고 물었소. 금전상의 문제라니, 이상하게 된 셈이지."

맥심은 창가로 가서 푸른 잔디밭을 내려다보았다. "쏟아지는 모양인데. 기어이 쏟아지는군. 마침, 잘 오고 있어."

"무슨 일이 있었나요? 검시관은 무슨 말을 했나요? 왜 이렇게 오래 걸렸지요?"

"같은 말을 자꾸만 되풀이했던 거요. 아무도 알려고 듣지 않는, 배에 대한 세밀한 일을 묻고 있잖았겠소. 배수 마개를 여는 것은 힘든가, 최초의 구멍과 두 번째 구멍의 위치는 정확하게 말해 어디 있는가, 저하(底荷)란 무엇인가, 저하를 옮기면 배의 안정에 어떤 영향을 미치는가, 이런 일을 여자 혼자 손으로 할 수 있는가, 선실 문은 꼭 닫히는가, 문을 열려면 어느 정도의 수압이 필요한가, 나는 정신이 돌 지경이었어. 그러나 꾹 참고 있었소. 입구에 있던 당신을 생각하니 내가 어떻게 해야겠다는 생각이 들더군. 당신이 그렇게 졸도하지 않았더라면 나는 참지 못했을는지도 모르오. 그 일을 생각하니 갑자기 마음이 긴장되었소. 나는 냉정하게 마음을 가라앉히고, 어리석은 말을 절대로 하지 않았소. 그리고 언제나 호릿지에게로 똑바로 얼굴을 돌리고, 그 까다로워 보이는 조그만 얼굴과 콧등에 건 금테 안경에서 눈을 떼지 않았소. 죽을 때까지 그 얼굴은 잊을 수 없을 거요. 나는 지쳤소. 너무 피곤해서 눈도 보이지 않고 귀도 들리지 않는 것 같소. 마치 감각을 잃은 것 같군."

맥심은 창가에 있는 의자에 앉았다. 그리고 머리를 두 손으로 감싸쥐고 몸을 앞으로 구부렸다. 나는 그의 옆으로 가 앉았다. 조금 뒤에 프리스가 로버트를 데리고 차 도구를 갖고 왔다. 테이블 양 끝을 들어 내어 다리가 흔들리지 않게 잘 놓고 새하얀 식탁보를 씌운 다음은 포트와 밑에 불이 지펴져 있는 주전자가 놓이고, 이렇게 매일 되풀이되는 행사가 여느 때처럼 의례적으로 이루어졌다. 보리 과자, 샌드위치, 과자 세 종류.

쟈스퍼는 꼬리로 가끔 마룻바닥을 두드리며 테이블 가까이 웅크리고 앉아 지루한 듯이 물끄러미 바라보고 있었다. 어떤 일이 일어나도 생활의 습관은 계속되어, 같은 일이 되풀이되고 먹고 자고 세수를 하는 조그만 행사가 끊임없이 계속되고 있는 일을 생각하니 이상한 기분이 들었다. 어떤 위기에 처해도 습관의 허물을 벗지는 못하는 것이다.

나는 맥심의 찻잔에 차를 따라 그것을 창가 의자에 앉아 있는 그에게로 가지고 가서 보리 과자를 집어 주었으며, 나도 버터 바른 것을 하나 집었다.

"프랭크는?" 하고 나는 물었다.

"볼일이 있어 목사한테 갔소. 나도 가야 되는 건데 당신이 있는 곳으로 곧장 오고 싶었소. 나는, 어떻게 되었는지 통 모르는 채 여기서 혼자 기다리고 있는 당신 생각만 하고 있었소."

"목사님에게 무슨 볼일이 있는데요?"

"오늘 밤에 잠깐 볼일이 있는 거요, 교회에서."

나는 멍하니 맥심을 바라보았다. 그러나 곧 알아차렸다. 레베카를 매장하는 것이다. 레베카의 시체를 안치소에서 옮겨 오려는 것이다.

"6시 반으로 정했소. 프랭크와 줄리안 대령과 목사와 나 말고는 아무도 모르오. 그 밖엔 한 사람도 참석자가 없소. 이건 어제 결정한 거요. 심문 결과가 어찌되든 관계 없이 하기로 했던 거요."

"몇 시에 가시죠?"

"6시 25분에 교회에서 모두들 만나기로 했소."

나는 그 말 이외에는 아무 말도 하지 않았다. 그리고 차를 마시고 있었다. 맥심은 샌드위치를 먹지도 않고 내려놓았다. "아직도 굉장히 덥군."

"폭풍우예요. 하지만 금방은 오지 않아요. 후드득 떨어질 뿐인걸요 뭐. 비구름은 있지만, 그래도 금방은 오지 않아요."

"라니온을 떠날 때는 천둥이 울리던데. 하늘은 먹구름을 부은 것 같더군. 도대체 왜 비가 오지 않을까?"

나무에 있던 새들도 조용해졌다. 아직도 주위는 캄캄했다.

"나가시지 않고 이대로 계시면……" 하고 나는 말했다.

그는 대답하지 않았다. 몹시 피곤한 것 같았다.

"오늘 밤에 돌아오면 이것저것 의논합시다." 이윽고 그가 말했다. "함께 해야 할 일이 많소. 처음부터 다시 하는 거요. 나는 참으로 나쁜 남편이었소."

"아니, 그렇지 않아요."

"이번 일이 끝나면 생활을 다시 시작하는 거요. 나하고 당신이라면 그걸 할 수 있소. 혼자서 하는 것과는 다르니까. 둘이서 손을 마주 잡고 하면 과거도 우리를 괴롭힐 수는 없을거요. 그리고 아기도 태어 나겠지."

조금 뒤에 맥심은 시계를 보고 말했다.

"6시 10분이 지났소. 이젠 가야겠군. 오래 걸리진 않소. 20분 남짓 일 거요. 납관소(納棺所)에 내려가야만 해."

나는 그의 손을 잡았다. "저도 가겠어요. 전 아무렇지도 않아요. 그러니까 가도 되겠죠?"

"안 가는 게 좋아."

이윽고 그는 방을 나갔다. 현관 앞에서 자동차 떠나는 소리가 들렸다. 마침내 그 소리도 멀어지고 맥심이 떠난 것을 알게 되었다.

로버트가 와서 차 도구를 치웠다. 여느 때와 똑같았다. 습관은 조금도 변하지 않았다. 만일 맥심이 라니온에서 돌아오지 않았다 하더라도 역시 이대로였을까? 역시 로버트는 양과 같은 얼굴에 목상 같은 표정을 띠고, 새하얀 식탁보에서 빵부스러기를 털어 내고 방에서 식탁을 들어내 갈 것인가?

나는 이상한 기분이 들었다. 그가 사라져 버리자 서재 안은 조용해졌다. 나는 교회 입구로 들어가 지하 납관소로 통하는 계단을 내려가는 그들을 생각하기 시작했다. 나는 한 번도 들어간 적이 없었다. 다만 입구를 보았을 뿐이다. 지하 납관소란 어떤 곳일까? 관이 즐비하게 늘어선 곳일까? 맥심의 아버지와 어머니의 관도, 잘못 들어가 있는 또 한 사람 여자의 관은 어떻게 되는 것일까? 바람과 조수에 씻긴 그 불쌍한 신원 불명의 여자는 대체 어디 사람일까? 그리고 이번엔 또 하나의 관이 들어서는 것이다. 레베카도 그 지하 납관소에 안치되는 것이다.

  목사는 맥심과 줄리안 대령을 옆에 세워 놓고 매장의 기도를 올리고 있을까? 재는 재로 돌아가고, 먼지는 먼지로 돌아간다. 나에게는 레베카가 이제 현실적으로 느껴지지 않았다. 그녀는 그 선실에서 발견되었을 때 벌써 가루가 되어 사라져 버린 것이다. 지하 납관소의 관 속에 있는 것은 레베카가 아니라 먼지인 것이다. 다만 먼지에 지나지 않는 것이다.

  7시를 넘었을 무렵 마침 비가 오기 시작했다. 처음에는 조용히 나뭇잎을 가볍게 두드리며 눈에 보이지 않을 정도로 드문드문 뿌렸다. 그러나 이윽고 점점 소리가 커지고 빗발도 세어졌으며, 둑 위로 넘쳐 흐르는 물처럼 슬레이트 빛 하늘에서 어슷한 분류(奔流)가 되어 쏟아지기 시작했다. 나는 창문을 열어 놓은 채로 두었다. 그리고 창문 앞에 서서 차고 맑은 공기를 들이마셨다. 비가 얼굴과 손으로 튀었다. 무서운 기세로 두꺼운 벽처럼 쏟아지고 있으므로 잔디밭 저쪽은 아무것도 보이지 않았다. 비가 창문 위 홈통 속에서 튀는 소리와 테라스의 돌 위에서 튀는 소리가 들렸다. 천둥은 이제 울리지 않았다. 비에서는 이끼와 흙과 검은 나무껍질 냄새가 났다.

  프리스가 방 입구에 온 소리도 들리지 않았다. 나는 창가에 서서 정신 없이 비를 내다보고 있었다. 그리고 그가 바로 옆까지 왔는데도 알지 못했다.

  "아씨," 프리스는 말했다. "주인 어른은 늦게 돌아오십니까?"

"아니오, 그렇게 늦지 않을 거예요."

"주인 어른을 뵙겠다는 분이 찾아오셨는데요." 프리스는 잠깐 주저하더니 말했다. "저로서는 뭐라고 말씀드려야 할지 모르겠습니다. 꼭 만나고 싶다고 하시는데요."

"어느 분인데? 알고 있는 분인가요?"

프리스는 불안한 듯한 얼굴을 했다.

"네, 아씨. 드 윈터 부인이 살아 계셨을 땐 이곳에 곧잘 오신 일이 있었던 분입니다. 파벨 씨라는 분으로……."

나는 창가에 있는 의자에 무릎을 짚고 창문을 닫았다. 비가 쿠션 위까지 들이치기 때문이었다. 창문을 닫자 나는 돌아서서 프리스를 보았다.

"내가 만나는 게 어떨까."

"좋습니다, 아씨."

나는 불이 없는 난로 옆 융단 위에 섰다. 맥심이 돌아오기 전에 파벨을 쫓아 버릴 수 있겠지. 그를 향하여 뭐라고 해야 좋을지 나 자신도 몰랐지만 나는 결코 두려워하지는 않았다. 프리스가 곧 다시 나가 파벨을 서재로 안내해 왔다. 그는 전과 조금도 변하지 않았으나 구태여 말한다면, 단지 태도가 조금 난폭해지고 단정한 면이 없어 보였다. 밖에 나갈 때 모자를 쓰지 않는 남자였으므로 햇볕에 머리카락이 바랬고 피부도 굉장히 탔다. 눈이 조금 충혈되어 있었다. 어쩌면 취해 있는지도 몰랐다.

"맥심은 안 계세요. 언제 돌아오실는지도 몰라요. 내일 아침 사무실에서 만나시는 게 좋을 것 같은데요."

"기다리는 일은 전혀 힘들지 않습니다" 하고 파벨은 말했다. "게다가 그다지 오래 기다리지 않아도 될 것 같습니다. 들어올 때 잠깐 식당을 들여다보았더니 맥심의 요리가 준비되어 있던데요."

"예정이 바뀌었어요. 오늘 밤에는 아주 늦게까지 돌아오지 않을 거예요."

"도망갔군요." 파벨의 기분 나쁜 웃음이 보일락 말락 했다. "정말로 도망갔습니까? 물론 현재의 정세로는 그게 가장 현명한 방법이긴 하지만, 어떤 종류의 인간에게는 세상의 평판이란 불쾌한 것이니까. 피하는 게 현명합니다. 안 그렇습니까?"

"무슨 말씀을 하시는 건지, 저로서는 전혀 알 수가 없군요."

"모른다고요? 설마 그 말을 내가 곧이들으리라고는 생각지 않으시겠지요? 어떻습니까, 이제 기분은 괜찮은가요? 오늘은 심문하는 곳에서 졸도까지 하시고 혼이 나셨죠. 제가 곧 달려가 밖으로 모시고 나가려고 했는데, 재빠르게도 의협심이 있는 기사가 한 사람 뛰어나오는 바람에. 틀림없이 프랭크 클로리는 기뻐했을 거예요. 댁까지 그 남자가 모셔다 드렸나요? 내가 부탁했으면 5야드도 데려다 주지 않았을 텐데."

"맥심을 만나고 싶은 건 무슨 볼일 때문인가요?" 하고 나는 물었다.

파벨은 테이블 쪽으로 몸을 내밀어 담배를 집었다.

"한 대 피워도 상관 없겠지요? 기분이 나빠지거나 하진 않겠지요? 상대가 새색시고 보면 전혀 짐작을 할 수 있어야지요." 그는 라이터 너머로 나를 바라보았다. "요전에 뵈었을 때보다 어른스러워진 것 같습니다. 무엇을 하고 계셨습니까? 프랭크 클로리를 숲 속에라도 끌어 냈습니까?" 그는 담배 연기를 확 뿜어 냈다. "죄송합니다만 프리스에게 위스키소다를 가져오라고 일러 주시겠습니까."

나는 잠자코 초인종을 눌렀다. 파벨은 긴의자 끝에 앉아 다리를 덜렁덜렁 흔들어대며 입가에 그 기분 나쁜 미소를 띠고 있었다. 초인종 소리를 듣고 온 것은 로버트였다.

"파벨 씨에게 위스키소다를" 하고 나는 말했다.

"어떤가, 로버트" 하고 파벨이 말했다. "꽤 오랫동안 만나지 못했잖나. 여전히 케리스의 여자아이를 애타게 하고 있나."

로버트는 얼굴을 붉혔다. 그리고 몹시 당황하며 내가 있는 쪽을 흘끔 살폈다.

"걱정 마, 자네 행동을 폭로하진 않을 테니까. 빨리 가서 위스키를 더블로 갖다 주게. 빨리, 빨리."

로버트는 물러갔다. 파벨은 온통 마룻바닥을 재투성이로 만들면서 큰 소리로 웃었다.

"토요일에 로버트를 데리고 나갔던 일이 있었습니다." 파벨이 말했다. "내가 데리고 나갈 수 있겠느냐고 하면서 레베카가 5파운드를 걸고 내기를 했었죠. 물론 5파운드는 제가 차지했습니다. 참 유쾌한 하룻밤을 보냈었지요. 제가 웃었을 거라고요? 천만의 말씀입니다. 로버트는 굉장했어요. 그녀석은 여자를 보는 눈이 상당하더군요. 그 날 밤에 온 여자 가운데 가장 멋쟁이를 골랐으니까요."

로버트가 위스키소다를 쟁반에 받쳐들고 들어왔다. 그는 아직도 얼굴이 빨갛고 몹시 불안해했다. 파벨은 로버트가 술을 따르고 있는 동안 히죽히죽 웃으며 그를 보고 있더니 마침내 긴의자의 팔걸이에 기대어 큰 소리로 웃어댔다. 그리고 줄곧 로버트에게서 눈을 떼지 않고 노래 한 구절을 휘파람으로 불렀다.

"이랬었지?" 하고 파벨은 말했다. "이런 곡조였지? 자네는 지금도 개암나무빛 머리칼이 좋은가, 로버트?"

로버트는 억지로 웃는 듯한 어색한 미소를 보였다. 보고 있기가 딱했다. 파벨은 전보다도 한층 더 큰 소리로 웃었다. 로버트는 홱 돌아서서 방을 나가 버렸다.

"가엾게도" 하고 파벨이 말했다. "그 이후 한눈을 판 일이 없는 모양이군요. 프리스란 녀석이 고삐를 잡고 끌고 있으니까."
 파벨은 방안을 둘러보기도 하고 가끔 나를 보고 싱글싱글 웃어 대면서 위스키소다를 마시기 시작했다.
 "맥심이 저녁을 먹으러 돌아오지 않아도 저는 전혀 상관이 없습니다만 당신은 어떠신가요?"
 나는 그 말에 대답하지 않고 난로 옆에 뒷짐을 지고 서 있었다.
 "식탁에는 맥심 몫을 준비해 두었던데, 그걸 허사로 돌아가게 하진 않겠지요?" 그는 말했다. 그리고 목을 한쪽으로 갸웃하고, 아직도 싱글싱글 웃으면서 나를 쳐다봤다.
 "파벨 씨" 나는 말했다. "실례되는 말을 하고 싶진 않지만, 솔직히 말해서 전 몹시 피곤해요. 오늘은 하루 종일 신경을 썼으니까요. 맥심과 만나고 싶은 용건을 제게 말씀해 주시지 않으시겠다면, 이곳에 계셔도 별로 도움이 되지 않을 것으로 생각합니다. 아까도 말씀 드렸듯이 내일 아침 사무실 쪽으로 가시는 편이 훨씬 나으리라 생각해요."
 파벨은 긴의자의 팔걸이에서 미끄러져서 내려오더니 잔을 든 채 내가 있는 쪽으로 다가왔다.
 "무자비한 말을 하면 쓰나요. 나 역시 오늘은 피곤하답니다. 나를 놔두고 도망가면 안됩니다. 나쁜 짓은 절대로 안합니다. 정말이에요. 아마 맥심이 내게 대하여 있는 소리 없는 소리 지껄여 대었겠지만." 나는 대답하지 않았다. "당신은 나를 아주 나쁜 늑대라고 생각하고 있겠지요? 하지만 천만의 말씀입니다. 결코 그렇게 나쁜 사람은 아닙니다. 아주 평범하고 위험하지 않은 인물이에요. 게다가 이번 사건에서, 지금까지 보여준 당신의 태도는 참으로 알아 줄 만합니다. 정말 훌륭합니다. 전 당신 앞에 항복합니다. 아니, 정말 고개를 숙입니다."

이 마지막 말은 아주 불명료한데다 말투가 의심스러웠다. 나는 프리스에게 이 남자를 만나겠다는 말을 하지 말았어야 했다.

"당신은 이 만데레이에 와서" 그는 뜻도 없이 팔을 휘두르며 말했다. "이 집을 이끌어 나가고, 지금까지 만난 일이 없는 숱한 사람들과 만나고, 그 까다로운 맥심에 대해 참고, 다른 사람에게는 한눈도 팔지 않고 당신 스스로의 길을 걷고 있습니다. 저는 대단한 노력이라고 봅니다. 제가 이렇게 말하고 있는 것을 누가 들어도 상관 없어요, 틀림없이 굉장한 노력이니까."

그는 다리가 조금 휘청거렸다. 그러나 곧 똑바로 서서 빈 잔을 테이블 위에 놓았다.

"이번 일은 저에게 굉장한 충격이었습니다. 두려워할 만한 충격이었습니다. 레베카는 저의 사촌이고, 또 전 그 여자를 좋아했으니까요."

"네, 정말 안 된 일이라고 생각해요."

"우리는 함께 자랐습니다." 그는 말을 계속했다. "늘 사이좋은 친구였습니다. 둘이 모두 똑같이 서로가 좋았습니다. 농담에는 함께 웃었습니다. 이 세상에서 제가 레베카만큼 좋아한 사람은 아무도 없습니다. 게다가 레베카도 내가 좋았던 모양입니다. 이번 일은 모두 굉장한 충격이었습니다."

"그러시겠지요."

"그런데 맥심은 어떻게 하려는 건지, 저는 그것을 알고 싶은 겁니다. 그 엉터리 심문이 끝났다고 해서 이제 태연하게 들어앉아 있을 참인지요, 그걸 알아보려는 겁니다."

그는 이제 미소를 띠고 있지 않았다. 내가 있는 쪽으로 몸을 쑥 내밀었다.

"나는 레베카에게 정의가 이루어지는지 어떤지 지켜볼 작정입니다." 그는 점점 목소리를 돋구며 말했다. "자살이라고요? 천만의 말씀입니다. 그 바보같은 늙은 놈의 검시관이 배심원에게 자살이라고 말하게 한 것입니다. 당신도 자살이 아니라는 것은 알고 있겠지요?"

그는 한층 더 내 쪽으로 몸을 내밀고 "알고 계시지요?" 하고 천천히 말했다.

그때 문이 열리고 맥심과 프랭크가 들어왔다. 맥심은 문을 연 채 우두커니 서서 파벨을 지켜보았다.

"당신은 여기서 뭘 하고 있는 거요?" 하고 맥심이 말했다. 파벨은 두 손을 주머니에 찌른 채 휙 돌아섰다. 그리고 잠시 상대방이 어떤 태도로 나오는지 기다리고 있는 것 같더니 곧 히죽히죽 웃기 시작했다.

"사실을 말하자면 맥심, 난 오늘의 심문을 축하하러 온 거요."

"자기 발로 나가겠나, 아니면 클로리와 내가 끄집어 낼까?" 맥심은 말했다.

"그렇게 서두르지 마시고 잠깐 마음을 가라앉히십시오." 파벨은 말했다. 그리고 다시 담배에 불을 붙이고는 긴의자의 팔걸이에 걸터앉았다. "내가 하는 말을 프리스가 들어도 상관 없을까요? 어때요, 문을 닫지 않으면 들릴 텐데."

맥심은 꼼짝도 하지 않았다. 프랭크가 살그머니 문을 닫는 게 보였다.

"그런데 맥심" 하고 파벨은 말했다. "이번 사건에서 용케 빠져나왔더군요. 당신 자신이 생각하고 있던 것보다도 더 잘된 것 같잖습니까? 당신 역시 알고 있었겠지만 오늘 나는 심문하는 곳에 갔었습니다. 처음부터 끝까지 있었단 말이오. 부인이 정말 위기일발의 순간에 졸도한 것도 봤지요. 그렇다고 부인을 나무라고 있는 건 아니오. 사실 그때는 심문이 어떻게 발전할 것인지 아슬아슬한 찰나가 아니었던

가요, 맥심. 그리고 당신한테는 다행스러운 일이었지만, 심문은 그렇게 끝나 버리고 말았소. 설마 바보같은 배심원들에게 뇌물을 바친 건 아니겠지요? 아무래도 나는 그렇게밖에 생각되지 않는군요."

맥심은 파벨이 있는 쪽으로 다가갔다. 그러나 파벨은 한 손을 들어 그를 제지했다.

"잠깐만 기다려요. 아직 다 끝나지 않았단 말이오. 그런데 맥심, 내가 마음만 먹으면 사태를 당신에게 대단히 불쾌한 것으로 만들 수 있다는 것을 알고 있나요? 불쾌하다기보다는 위험하다는 편이 맞겠지."

나는 난로 옆에 있는 의자에 걸터앉았다. 그리고 의자의 팔걸이를 꽉 잡았다. 프랭크가 다가와서 의자 뒤에 섰다. 여전히 맥심은 꼼짝도 하지 않았다. 그리고 파벨로부터 눈을 떼려고 하지 않았다.

"흥, 어떤 방법으로 사태를 위험한 것으로 만들 수 있단 말인가?" 맥심이 말했다.

"알겠소, 맥심." 파벨은 말했다. "당신과 부인 사이에는 비밀이 없는 것 같고, 가만히 보아하니 여기 있는 클로리와 셋이서 행복한 트리오를 이루고 있는 모양인데, 그렇다면 나도 아주 털어놓고 말할 수 있소. 그리고 사실 이제부터 말할 작정이오. 당신들은 레베카와 내 사이를 벌써 알고 있으리라 믿습니다. 우리는 애인 사이였소. 안 그래요? 나는 지금까지 그것을 부정해 본 일도 없고 앞으로도 부정하진 않을 거요. 그래도 상관 없소. 오늘까지 나는 모든 다른 바보들처럼 레베카는 배를 타고 만으로 나갔다 익사했고, 시체는 훨씬 뒤에 에치쿤프에서 발견된 줄로만 알고 있었소. 그즈음에 나에게는 굉장한 충격이지. 하지만 스스로를 타일렀지요. '레베카다운 죽음이다. 살아 있을 때처럼 싸우면서 죽은 것이다'라고."

파벨은 잠시 말을 끊고 긴의자의 팔걸이에 걸터앉아 우리를 번갈아

처다보았다.
 "그런데 사흘 전에 석간을 보니, 잠수부가 레베카의 배를 발견했으며 선실에는 시체가 하나 있었다고 하기에 나는 영문을 몰랐어요. 레베카는 도대체 누구와 함께 타고 있었을까? 전혀 까닭을 모르겠어요. 난 이쪽으로 온 다음 케리스 근처의 여관에 숙소를 정했소. 그리고 덴버스 부인과 연락을 취한 거요. 그랬더니 선실에 있던 시체가 레베카라는 걸 말해 줍디다. 그러나 그 말을 듣고도 나는 다른 사람들처럼 처음에 발견되었던 시체는 잘못 안 것이고, 레베카는 외투 같은 걸 가지러 갔다가 선실에 갇히게 된 줄로만 알고 있었습니다. 그런데 오늘 심문 장소에 출석해 보니, 알다시피 탑이 증언할 때까지는 모든 일이 극히 원만하게 진행되더군요. 그런데 그 뒤가 어떻게 되었지요? 어때요, 맥심, 배 바닥의 구멍과 홀짝 열려 있던 배수 마개에 대하여 당신 의견을 듣고 싶습니다."
 "오늘 그만큼 말했는데 내가 또 그런 걸 말할 것 같은가? 더욱이 자네 같은 자에게" 하고 맥심은 천천히 말했다. "자네는 증언도 들었을 게고 판결도 들었을 게 아닌가. 그것으로 검시관은 만족하고 있으니까 자네도 만족하면 될 게 아닌가."
 "자살이라고?" 파벨은 말했다. "레베카가 자살을 했다고? 그녀가 할 만한 짓이죠. 하지만, 당신은 내가 이런 편지를 가지고 있다는 것은 모르겠지요. 이건 레베카가 보낸 마지막 편지라 잘 두었던 거요. 이제 읽어 보시지요. 당신은 흥미가 있을 거요."
 그는 주머니에서 종이 쪽지 한 장을 꺼냈다. 가늘고 날카로워 보이며 한쪽 어깨가 처진 눈에 익은 필적이었다.

 '그 방에서 당신에게 전화를 걸었지만 대답이 없더군요. 저는 지금부터 곧 만더레이로 돌아갑니다. 오늘 밤엔 그 오두막집에 있겠으니, 이 편지를 보시고 늦지 않거든 자동차로 뒤따라와 주세요. 밤새도록 그 오두막집 문을 열어 놓은 채 당신이 오기를 기다리고 있겠습니다. 꼭 이야기할 게 있으니 한시 빨리 만나고 싶습니다. 레베카.'

그는 편지를 주머니에 넣었다.
"앞으로 자살하려는 사람이 쓴 편지는 아닌 것 같지요." 파벨은 말했다. "새벽 4시 무렵에 방에 돌아와 보니 이런 편지가 기다리고 있더군요. 레베카가 그날 런던에 왔다고는 꿈에도 생각지 않았으므로, 재수 없게 나는 그날 밤 연회에 나갔던 겁니다. 새벽 4시에 이 편지를 읽었을 때, 나는 지금부터 6시간 동안 차를 달려 만더레이로 가 보았자 시간에 댈 수 없으리라 생각했어요. 그래서 나중에 전화를 걸기로 하고 자 버렸지요. 2시 무렵이었던가, 전화를 걸어보니 레베카는 익사했다더군요."

파벨은 앉은 채 맥심을 물끄러미 쳐다보았다. 아무도 입을 떼는 이는 없었다.
"검시관이 이 편지를 읽었다면 당신한테도 좀더 다른 질문 방법이 있었는지도 모르지요, 맥심." 파벨은 말했다.
"음, 그럼 자네는 왜 그때 일어서서 검시관에게 이 편지를 내놓지 않았나?" 맥심이 말했다.
"그렇게 당황할 건 없어요. 떠들어 댈 필요는 없단 말이오. 나는 당신을 공격하려고 생각하는 건 아니니까요, 맥심, 당신은 결코 내 친구가 아니었소. 하지만 그렇다고 해서 난 뭐 그걸 나쁘게 생각하고 있는 건 아니오. 아름다운 여자와 결혼한 남자란 모두 질투가 심한 법이니까요. 그리고 어떤 이는 오셀로의 역할을 하지 않고는 못 배기게 되죠. 그게 자연스러운 일이 아닐까요. 나 역시 뭐 그런 사람들을 나무라진 않습니다. 오히려 딱하게 생각하지요. 나는 어떤 의미로는 어느 정도 사회주의자란 말이오. 인간이 여자를 죽이거나 하지 말고 서로 공유할 수 없는 일이 이상해서 못 견디겠어요. 쓰면 쓸수록 맛이 나는 법인데. 그런데 맥심, 이것으로 내 뱃속은 다 보인 셈이오. 타협해도 나쁘지 않겠지요? 나는 부자가 아니오. 그러기 때문에 노름을 몹시 좋아하지요. 그러나 늘 지기만 하고 헤어나질 못하는 것은, 자본이 없어 후원이 계속되지 않기 때문이오. 그래서 그러는데 일생 동안 1년에 2,3천 파운드의 돈만 받을 수 있다면 정말 편하게 해나갈 수 있단 말이오."

"아까 돌아가라고 말했을 텐데." 맥심은 말했다. "같은 말을 두번 다시 되풀이하고 싶진 않아. 문은 내 뒤에 있어. 본인이 마음대로 열게."

"잠깐만, 주인님. 이건 그리 간단한 문제가 아닙니다." 프랭크는 이렇게 말한 다음, 파벨 쪽을 보았다. "당신이 말하는 건 잘 알겠습니다. 대단히 불행한 일입니다만 말씀대로 당신의 힘으로 사건을 복잡하게 만들어 불리한 방향으로 이끌어 나갈 수도 있겠지요. 나는 잘 알고 있는데 주인 어른은 모르시는 모양입니다. 얼마를 드려야 할지 확실한 액수를 말해 주십시오."

맥심은 얼굴이 새파래지며 조그만 혈관이 이마에 솟아나기 시작했다. "지나친 참견은 말게, 프랭크. 이것은 전적으로 나 혼자의 문제야. 나는 공갈에 굴복할 수는 없네."

"여보세요, 부인. 당신은 살인범의 아내, 사형수의 아내인 드 윈터 부인으로서 손가락질을 받고 싶은가요?" 파벨은 이렇게 말하고 크게 웃으며 내가 있는 쪽을 흘깃 쳐다보았다.

"자네는 내가 두려워하는 줄 아는데" 하고 맥심은 말했다. "하지만 큰 오산이야. 나는 자네가 무슨 짓을 해도 두려워하지 않아. 옆

방에 전화가 있네. 어디 줄리안 대령에게 전화를 걸어 이리로 오라고 할까. 그 사람은 행정 장관이니까 자네 말을 흥미있게 들을걸세."

파벨은 물끄러미 맥심을 쳐다보고 웃었다.

"공갈을 잘 치는데요. 그러나 그런 방법으론 안될거요. 당신이 줄리안을 부르겠다고 해서 곧이들을 줄 아나요. 나는 당신을 사형에 처하게 할 만한 증거를 갖고 있단 말이오, 맥심!"

맥심은 천천히 걸어서 저쪽 방으로 들어가 버렸다. 곧 수화기를 드는 소리가 들렸다.

"말려 주세요!" 나는 프랭크에게 말했다. "부탁이니 말려 줘요!"

프랭크는 흘깃 내 얼굴을 본 다음 곧 문 쪽으로 부리나케 갔다.

아주 침착하고 조용한 맥심의 목소리가 들렸다.

"케리스 17번."

파벨은 문 쪽을 지켜보고 있었는데 몹시 긴장된 얼굴을 짓고 있었다.

"내버려둬." 맥심이 프랭크에게 말하고 있는 소리가 들려왔다. 5분쯤 지났다. "줄리안 대령입니까. 드 윈터입니다. 네, 그렇습니다. 곧 이곳으로 오셨으면 합니다. 네, 만더레이로 말입니다. 좀 급한 일입니다. 전화로는 설명할 수 없고 이곳으로 오시게 되면 모든 것을 말씀드리겠습니다. 수고를 끼쳐 정말 죄송합니다. 네, 감사합니다. 그럼, 이만."

맥심은 방으로 되돌아왔다.

"줄리안 대령은 곧 올거야."

그는 걸어가 창문을 열었다. 밖에는 아직도 비가 몹시 내리고 있었다. 맥심은 우리 쪽으로 등을 돌리고 선 채 찬 공기를 마셨다.

"주인님" 하고 프랭크가 조용히 말했다. "주인님."

맥심은 대답하지 않았다. 파벨은 크게 웃으며 또 담배에 손을 뻗쳤다.

"당신이 스스로를 사형에 처하고 싶다면 그래도 좋습니다." 파벨은 말했다. 그리고 테이블에서 신문을 집더니 긴의자에 털썩 앉아 다리를 꼬고 페이지를 넘기기 시작했다. 프랭크는 나에게서 맥심 쪽으로 시선을 옮기면서 주저하고 있더니 이윽고 내게 다가왔다.

"어떻게 안 될까요?" 나는 작은 목소리로 말했다. "나가 있다가 줄리안 대령이 오면 붙잡고 잘못이었다고 말하면 어떨까요?"

맥심이 돌아다보지도 않고 창가에서 말했다.

"프랭크는 이 방에서 나가면 안돼. 이 일은 내가 혼자 처리할 거야. 줄리안 대령은 10분 뒤엔 꼭 올 테니까."

아무도 입을 여는 이는 없었다. 파벨은 여전히 신문을 읽고 있었다. 계속 퍼붓는 비소리 외에는 아무 소리도 들리지 않았다. 비는 멎을 기색도 없이 여전히 쏟아지고 있었다.

나는 몹시 걱정되었고 자신이 무력하게 느껴졌다. 나로선 어쩔 수 없는 일이다. 프랭크도 별 도리가 없다. 이 일이 소설이나 연극이라면 내가 권총을 찾아 여럿이서 파벨을 쏘아 죽인 다음 시체를 벽장 속에 감출 것이다. 그러나 이곳엔 권총도 없다. 벽장도 없다. 우리는 평범한 인간이다. 그런 일을 해낼 수 없는 것이다. 이젠 맥심 앞에 무릎을 꿇고 파벨에게 돈을 주도록 하라고 부탁할 수도 없었다. 오로지 무릎 위에 손을 놓고 비를 바라보고, 창가에 서서 우리에게 등을 돌리고 있는 맥심을 바라보고 있을 수밖에 없었다.

비가 너무 심하게 내렸으므로 차 소리가 들리지 않았다. 비 소리가 다른 소리를 다 삼켜 버린 것이다. 우리는 프리스가 문을 열고 안내해 올 때까지 줄리안 대령이 온 것을 몰랐다. 맥심은 창문 앞에서 홱 돌아섰다.

"또 만나게 되었습니다. 굉장히 빨리 오셨군요."

"네." 줄리안 대령이 대답했다. "급하다고 하시기에 곧 왔습니다. 마침 자동차를 내놓은 채였으니까요. 그런데 어쩌면 비가 이렇게 몹시 퍼붓는지 모르겠습니다."

대령은 파벨 쪽을 이상한 듯이 흘끔 쳐다보더니 곧 내가 있는 곳으로 다가와 나와 악수를 하고 맥심에게 눈으로 인사를 했다.

"하지만 잘 오는 비입니다. 올 듯하면서도 여간해서 쏟아지지 않더니만. 이제 기분은 괜찮습니까?"

나는 뭐라고 입 속으로 말했으나 무슨 말을 했는지 나 자신도 알 수 없었다. 그는 선 채로 손을 비비면서 우리를 차례차례 쳐다보았다.

"이런 밤에 일부러 옵시사 한 것은 저녁 식사 전에 잡담을 나누려고 그런 게 아니라는 걸 아시리라 믿습니다." 맥심이 말했다. "이 사람은 잭 파벨이라는, 죽은 아내의 사촌입니다. 전에 만나신 적이 있으신지요?"

줄리안 대령은 끄덕였다. "낯이 익습니다. 아마 옛날에 여기서 만난 모양입니다."

"그렇겠지요." 맥심은 말했다. "자, 말하게나, 파벨."

파벨은 긴의자에서 일어서더니 신문을 테이블 위에 집어 던졌다. 이 10분 동안에 그는 취기가 깬 모양이었다. 다리도 비틀거리지 않았다. 그리고 이제 미소도 띠고 있지 않았다. 그는 사태가 이렇게 발전하기를 바라지 않았고, 줄리안 대령을 맞이할 마음의 준비도 없었던 것처럼 보였다. 그는 조금 고자세적인 큰 목소리로 말하기 시작했다.

"줄리안 대령, 빙빙 어렵게 말해 보았자 의미도 없으니까 단도직입적으로 말하겠습니다. 제가 이렇게 이곳에 있는 까닭은 오늘 법정에서 내린 판결에 만족할 수 없기 때문입니다."

"그래요?" 하고 줄리안 대령은 말했다. "그러나 그것은 당신이 하실 말이 아니라 드 윈터 씨가 하셔야 할 말씀이 아닌가요?"

"아니, 그렇게 생각지 않습니다." 파벨은 말했다. "나는 레베카의 사촌으로서뿐 아니라, 그녀가 살아 있었다면 미래의 남편이 될 남자로서 말할 권리가 있습니다."

줄리안 대령은 조금 어이가 없는 모양이었다. "그래요? 그렇다면 말은 또 달라집니다만. 이건 정말입니까, 드 윈터?"

맥심은 어깨를 흔들었다. "그런 일은 금시 초문입니다."

줄리안 대령은 의아한 듯이 우리 얼굴을 차례차례 쳐다보았다. "그래, 파벨 씨, 도대체 문제가 뭡니까?"

파벨은 한순간 그를 뚫어지게 쳐다보았다. 그가 마음속으로 무슨 일을 꾀하고 있다는 것, 그리고 아직 취기가 완전히 깨지 않았으며 자신도 확실히 결정짓지 못하고 있다는 것을 나는 잘 알 수 있었다. 그는 천천히 조끼 주머니에 손을 넣어 레베카의 편지를 꺼냈다. "이 편지는 레베카가 자살을 하기 위해 배를 타고 나갔다는, 몇 시간 전에 쓴 것입니다. 바로 이것입니다. 당신이 읽어 보신 다음, 이런 편지를 쓴 여자가 자살할 결심을 할 수 있었겠는지 대답해 달라는 겁니다."

줄리안 대령은 안경집에서 안경을 꺼내 그 편지를 읽었다. 그리고 다 읽은 다음 파벨에게 돌려주었다.

"그렇게 생각할 수는 없는데요, 글 내용만으로는 그런 게 없다고 생각합니다. 하지만 이 편지에 어떤 뜻이 있는지, 나는 모르지만 당신은 아마 아시겠지요? 드 윈터 씨도 아시고 계신가요?"

맥심은 아무 말도 하지 않았다. 파벨은 종이 쪽지를 손가락에 감으며 줄곧 줄리안 대령을 지켜보고 있었다.

"사촌 동생은 이 편지에서 확실히 약속을 하고 있습니다." 그는 말했다. "무언가 할 말이 있으니 그날 밤 만더레이로 와 달라고 내게 부탁하고 있습니다. 할 말이 무엇이었든지 이젠 영원히 알 수 없게 되었습니다. 그런 일이야 아무래도 좋겠지요. 레베카는 약속을 하고, 나와 단둘이서 만나기 위해 밤새도록 그 오두막집에 있을 예정이었습니다. 단순히 레베카가 배를 타고 나갔다는 사실만이라면 나도 놀라진 않습니다. 런던에서 하루를 보낸 다음에 한 시간 정도 배를 타고 나간 일은 흔히 있었던 일이니까요. 그러나 선실에 틀어박혀 일부러 물에 빠지다니, 그런 신경질적인 소녀의 히스테리칼한 무분별한 변덕은 믿을 수가 없습니다. 줄리안 대령, 절대로 있을 수 없습니다!"

파벨은 얼굴이 새빨개져서 마지막 말을 사뭇 소리치듯이 말했다. 이 태도가 오히려 그를 위해서는 좋지 않았던 모양이다. 줄리안 대령이 입을 꽉 다문 것을 보고 나는 그가 파벨을 그다지 좋게 생각하고 있지 않다는 것을 눈치챘다.

"여보시오, 당신이 나를 호통쳐 보아야 아무 도움도 못됩니다. 나는 오늘 심문을 한 검시관도 아닐뿐더러 판결을 내린 배심원의 한 사람도 아니니까요. 나는 단순히 이 지방의 장관에 불과해요. 그야 물론 나는 가능한 한 당신의 힘이 되어 드리겠으며, 드 윈터에 대해서도 마찬가지요. 당신은 사촌 동생의 자살을 믿지 못하겠다고 하는데, 당신도 오늘 우리와 마찬가지로 제임스 탑의 증언을 들었을 것입니다. 배수 마개가 빠져 있고 구멍이 뚫려 있었다고 하지 않던가요? 말을 확실히 합시다. 당신은 지금 어떤 일이 일어났다고 말씀하시는 겁니까?"

파벨은 머리를 돌려 슬그머니 맥심 쪽을 살폈다. 그리고 여전히 그 편지를 손으로 장난감처럼 매만지고 있었다.

"배수 마개를 빼고 배 바닥에 구멍을 뚫은 것은 레베카가 아닙니다. 레베카는 결코 자살을 한 게 아닙니다. 당신이 내 의견을 물으니 말씀드립니다만 레베카는 살해당한 겁니다. 그리고 그 살인자가 누군지 알고 싶으시면 저길 보십시오. 저기 창가에서 빙긋이 거만한 웃음을 띠고 서 있지 않습니까. 아내가 죽은 지 1년도 되기 전에 언뜻 눈에 띈 여자와 갑자기 결혼한 남자, 바로 저 남자입니다. 저 사람이 당신이 듣고 싶어하는 살인범, 맥스밀리안 드 윈터입니다. 잘 보십시오, 꼭 사형수 같은 낯짝을 하고 있지 않습니까."
 그렇게 말하고 파벨은 큰 소리로 웃어 댔다. 취한, 날카롭게 쥐어짜는 듯한, 어처구니 없는 웃음 소리였다. 웃으면서 그는 레베카의 편지를 손으로 꾸깃꾸깃하고 있었다.

24

 파벨의 웃음이 우리에게는 다행이었다. 튀어나온 손가락, 새빨간 얼굴, 노려보는 충혈된 눈이 우리에게는 다행이었다. 괴상한 걸음걸이로 비틀거리면서 서 있는 그 모습이 우리에게는 다행이었다. 왜냐하면 그 때문에 줄리안 대령은 파벨의 적으로 돌아서면서 우리 편이 되었기 때문이다. 대령의 얼굴에는 혐오의 표정이 나타나고 입술이 바르르 떨렸다. 줄리안 대령은 그가 말하는 것을 믿지 않은 것이다. 줄리안 대령은 우리 편이었다.
 "취했군요." 대령은 조용히 말했다. "제 정신으로 말하는 게 아니군요."
 "내가 취했다고?" 파벨은 외쳤다. "당신은 지방 장관인 대령이오. 하지만 나는 그런 것에는 놀라지 않습니다. 내게는 법률이란 게 있으니까. 지금 그걸 사용하려는 참이지요. 이 주에는 당신 외에도 장관은 있으니까요. 정의라는 뜻을 알고 있고, 그리고 머리 속이 제대로 박힌 장관이 말이오. 이미 몇년 전에 쓸모 없는 고물이 되어버린 훈장을 장식으로 가슴에 달고 돌아다니는, 군인 퇴물이 아닌 진짜 장관 말이오. 맥심 드 윈터는 레베카를 죽였다, 그러므로 내가 그것을 증명하려고 한다고 말해 줄 거요."

"잠깐만, 파벨 씨" 하고 줄리안 대령은 조용히 말했다. "당신은 오늘 심문하는 곳에 와 있었지요? 지금 생각이 났어요. 나는 당신이 있는 걸 확실히 봤습니다. 만일 이번 판결을 그렇게 부정적으로 생각했다면 왜 그때 배심원에게나 검시관에게 말하지 않았나요? 왜 그 자리에서 그 편지를 제출하지 않았습니까?"

파벨은 물끄러미 그를 쳐다보고 있더니 갑자기 큰소리로 웃어 댔다. "왜냐고요? 그렇게 하고 싶지 않았기 때문이었소. 이곳에 와서 드 윈터와 직접 담판하고 싶었기 때문이오."

"그래서 당신을 옵시사 한 겁니다." 맥심이 창가에서 앞으로 나서며 말했다. "우리도 파벨의 말을 듣고 당신과 똑같은 것을 물었습니다. 왜 검시관에게 자신의 의문을 말하지 않았느냐고. 그러니까, 자기는 부자가 아니므로 일생 동안 2,3천 파운드의 돈을 주면 두번 다시 성가시게 굴지 않겠다고 하더군요. 프랭크도 아내도 여기 있었습니다. 두 사람 모두 들었을 겁니다. 물어보십시오."

"정말입니다" 하고 프랭크는 말했다. "의문의 여지가 없는 노골적인 협박이었습니다."

"물론" 하고 줄리안 대령은 말했다. "문제는 그 협박이 의문의 여지가 없다는 것도 아니고 또 노골적이라는 것도 아닙니다. 가령 궁극적으로는 협박자가 죄를 받는다고 해도, 협박이란 많은 사람들에게 굉장히 불쾌함을 안겨 주는 법입니다. 때로는 억울한 자가 죄를 받는 일도 있지요. 이번 경우에는 그런 일이 없도록 하고 싶습니다. 파벨 씨, 당신은 내 질문에 대답할 정도로 술이 깨셨습니까? 당신이 이 비상식적인 인신 공격을 철회한다면 이야기는 빨리 결말이 납니다.

당신은 드 윈터 씨에 대해 중대한 혐의를 입힌 겁니다. 당신의 주장을 입증할 확실한 증거가 있습니까?"

"증거?" 파벨은 말했다. "대체 증거를 찾아서 무엇에 쓰려는 겁니까? 그 배 바닥의 구멍만으로도 증거는 충분하지 않습니까?"

"그렇지는 않지요." 줄리안 대령은 말했다. "드 윈터 씨가 구멍을 뚫고 있는 것을 보았다는 증인을 데리고 와야만 합니다. 그 증인이 어디 있습니까?"

"증인 따위가 있을 게 뭐요" 하고 파벨은 말했다. "분명히 맥심이 죽였을 것이오. 도대체 그 밖에 누가 레베카를 죽인단 말입니까?"

"케리스의 인구는 많으니까요." 줄리안 대령은 말했다. "집을 하나하나 샅샅이 조사해 보면 어떻습니까? 어쩌면 내가 했는지도 모르지요. 당신은 내가 범인이라는 증거를 가지고 있지 않은 것과 마찬가지로 드 윈터 씨에 대해서도 증거가 없지 않습니까?"

"과연" 하고 파벨은 말했다. "당신은 맥심 편을 들 작정이군요. 그를 후원할 참이군요. 함께 식사를 하는 친구라고 그에게 죄를 주고 싶지 않은 거지요. 맥심은 명사니까요. 만더레이의 소유주니까요. 어처구니없는 사이비 신사지요."

"주의하시오, 파벨. 말조심하란 말이오."

"당신은 나를 업신여기는군요. 내가 법정까지 들고 나가진 않으리라 생각하고 있는 거지요. 좋습니다. 증거를 보여 드리지요. 맥심은 나 때문에 레베카를 죽인 겁니다. 맥심은 내가 레베카의 애인이란 것을 알고 있었지요. 그리고 질투하고 있었어요. 미칠 정도로 질투하고 있었습니다. 레베카가 바닷가 오두막집에서 나를 기다리고 있다는 것을 알고 그는 그날 밤 오두막집으로 가서 그녀를 죽인 것입니다. 그리고 결국 시체를 배에 실어 가라앉혀 버린 것입니다."

"이야기로는 정말 그럴듯하군요. 그러나 되풀이해서 말하지만, 당신은 증거를 갖고 있지 않습니다. 현장을 목격했다는 증인을 대 보십시오. 그러면 나도 당신이 말하는 것을 성실하게 고려해 보도록 하겠습니다. 나도 바닷가의 그 오두막집은 알고 있습니다. 도시락이라도 싸들고 놀러가기에는 좋은 곳이지요. 드 윈터 부인은 늘 배에 필요한 도구는 그곳에 넣어 두었었죠. 그러니까 만일 그 오두막집이 똑같은 형식으로 50채쯤 늘어선 방갈로라면 당신의 말에도 도움이 될 겁니다, 누군가 사건을 모조리 목격한 자가 없으란 법도 없을 테니까."

"잠깐만" 하고 파벨은 천천히 말했다. "잠깐만…… 그날 밤, 드 윈터의 모습을 본 자가 없으란 법도 없지요. 아니, 있을 것 같은데. 이건 조사할 만한 가치가 있겠는걸요. 만일 증인을 데리고 오면 당신은 뭐라고 하시겠습니까?"

줄리안 대령은 어깨를 으쓱해 보였다. 프랭크가 맥심을 슬쩍 보는 것이 눈에 띄었다. 맥심은 아무 소리도 하지 않았다. 잠자코 파벨을 쳐다보고 있을 뿐이었다.

갑자기 파벨이 누구 말을 하고 있는지 나는 알았다. 그리고 그의 생각이 틀림없이 그것일 것임을 알고 나는 공포에 가슴이 철렁하였다. 그날 밤의 목격자가 있는 것이다. 나는 도막도막 끊어진 말을 생각했다. 그때는 무슨 뜻인지 모르고 다만 불쌍한 백치의 머리에 떠오른 말의 단편이라고만 생각했던 것이다.

"그 사람, 거기에 갔었죠. 그리고 돌아오지 않았어요."
"난 아무한테도 말하지 않아요."
"거기에 그 사람 있지요. 물고기가 먹어 버렸어."
"그 사람 이제는 돌아오지 않아요."

벤은 알고 있었던 것이다. 벤이 보았던 것이다. 그 기묘하게 모자란 머리를 가지고 있는 벤이 처음부터 끝까지 보고 있었던 것이다. 그날 밤, 숲 속에 있었던 것이다. 그리고 맥심이 계선장에서 배를 끌어내어 바다로 나갔다가 작은 배로 혼자 돌아오는 것을 보고 있었던 것이다.

나는 머리에서 핏기가 가시는 것을 느꼈다. 그리고 의자 쿠션에 몸을 기대었다.

"이 부근에 늘 바닷가에서 살고 있는 백치가 있어요." 파벨이 말했다. "내가 이곳에 와서 레베카를 만나고 있을 때, 늘 그 근처를 왔다 갔다하고 있었지요. 자주 보았습니다. 무더운 날 밤에는 숲 속이나 바닷가에서 잠을 잡니다. 머리가 좀 이상한 사람이지요. 스스로 먼저 말하지는 않을 겁니다. 그러나 만일 그날 밤 무엇인가를 봤다면, 내가 입을 열게 해 보이겠습니다. 아니 십중 팔구 보았을 겁니다."

"누구 말입니까? 그건 무슨 말인가요?" 줄리안 대령이 물었다.

"아마 벤을 말하는 것이겠지요." 프랭크가 또 홀깃 맥심 쪽을 보면서 말했다. "우리 소작인의 아들입니다. 하지만 무슨 말을 하든 무슨 짓을 하든 책임을 질 수 있는 사람이 못됩니다. 태어나면서부터 백치니까요."

"그게 어떻다는 겁니까." 파벨은 말했다. "눈은 제대로 갖고 있지 않습니까. 자기가 본 일은 알고 있을 겁니다. 그렇다든가 아니라든가라고 대답만 하면 되는 거지요. 당신은 말수단이 늘었군요. 스스로는 그렇게 느끼지 않고 있겠지만."

"그 사람을 데려다 물어볼 수 있나요?" 줄리안 대령은 말했다.

"할 수 있지요." 맥심은 말했다. "프랭크, 그의 어머니네 집에 가서 그 사람을 곧 데리고 오도록 로버트에게 말해주게."

프랭크는 잠시 주저하고 있었다. 그리고 홀깃 곁눈으로 내가 있는 쪽을 보았다.

"자, 빨리 가 주게" 하고 맥심은 말했다. "이런 일은 빨리 끝내 버리세."

프랭크는 나갔다. 나는 또 가슴 언저리에 그 집요한 통증을 느끼기 시작했다. 잠시 뒤에 프랭크가 방으로 돌아왔다.

"로버트는 내 차를 타고 떠났습니다. 벤이 집에 있다면 10분도 되기 전에 되돌아올 겁니다."

"비가 오니까 집에 있을 거요." 파벨은 말했다. 그리고 "내가 입을 열게 해 보일 거요." 하고 웃으며 맥심을 바라보았다.

파벨의 얼굴은 아직도 새빨갰다. 흥분해서인지 이마에는 땀방울이 배어 있었다. 목이 옷깃 뒤로 삐져나와 있고, 귀가 머리 아래쪽에 붙어 있는 것을 나는 알았다. 이 아름다운 용모도 그리 오래는 지속되지 않을 것이다. 이미 그는 건강을 해쳤고, 디룩디룩 살이 찌기 시작한 것이다.

파벨은 또 담배로 손을 뻗었다.

"이 만데레이에서는 마치 조그만 동업 조합을 맺고 있는 것 같군요." 그는 말했다. "모두들 동료의 일을 밖으로 노출시키려 하지 않는단 말입니다. 지방 장관까지 한패라니까. 물론 신부님은 예외로 해야만 하겠지요. 부인이란 남편에게 불리할 증언은 하지 않는 법이니까요. 클로리도 안 되지. 만일 사실을 말하면 목이 달아난다는 것을 스스로 잘 알고 있을 테니까. 그리고 만약 내 상상이 맞는다면, 클로리는 나에게 마음속으로 악의를 품고 있는 모양이오. 클로리, 당신은 레베카와는 그리 순조롭지 않았던 모양이지요? 어떤가요? 저 정원 길이 너무 가까왔나요? 이번에는 어느 정도 편하지 않소. 이번 신부는 졸도할 때마다 좋아라고 아버지 같은 당신 팔에 몸을 맡길 테니 말이오. 남편을 사형에 처한다는 판결문을 들을 때는 당신 팔이 곧 쓰이게 될 거요."

눈 깜짝 할 사이에 생긴 일이었다. 너무 빨랐으므로, 맥심이 무엇을 했는지 나는 알 수 없을 정도였다. 그러나 파벨이 비틀거리며 긴 의자의 팔걸이에서 쓰러져 마룻바닥으로 뒹굴어 떨어진 것이 보였다. 그리고 맥심이 바로 그 옆에 서 있었다. 나는 좀 언짢은 기분이 들었다. 맥심이 파벨을 때렸다는 것이 너무도 경박하게 생각되었다.

나는 보지 말아야 할 것을 보았다고 생각했다. 줄리안 대령은 잠자코 무서운 얼굴을 짓고 있을 뿐이었다. 그리고 그들에게서 등을 돌리더니 내가 있는 곳으로 와서 곁에 섰다.

"당신은 이층에 가 계시는 게 좋을 것 같습니다." 대령은 조용히 말했다. 나는 고개를 저으며 대답했다. "아니에요."

"저 사람이 무슨 말을 할지 모르잖습니까. 지금 보신 일도 그다지 유쾌한 일은 아니었겠지요. 물론 주인 어른 쪽이 옳습니다. 그러나 이런 것을 당신에게 보인다는 건 너무 가엾습니다."

나는 대답하지 않았다. 그리고 파벨이 천천히 일어나는 것을 바라보고 있었다. 그는 긴의자에 털썩 앉더니 손수건을 얼굴에 대었다.

"아무거나 마실 것을 좀 주십시오." 파벨은 말했다. "마실 것을 달란 말이오."

맥심은 프랭크 쪽을 보았다. 프랭크가 방을 나갔다. 아무도 말을 하는 사람은 없었다. 얼마 뒤 프랭크가 위스키와 소다수를 쟁반에 받쳐들고 되돌아왔다. 그리고 잔에 양쪽의 것을 섞어 파벨에게 주었다. 파벨은 마치 야수처럼 그것을 벌컥벌컥 마셨다. 그가 잔에 입을 댄 모습은 어딘지 육욕적인 무서운 데가 있었다. 입술이 묘하게 잔에 달라붙어 있었다. 턱에는 맥심에게 맞아서 검붉은 멍이 생겼다.

맥심은 다시 그에게 등을 돌리고 창가로 돌아갔다. 살며시 줄리안 대령을 보니 그는 맥심을 보고 있었다. 무언가 알아 내려는 듯한 날카로운 눈초리였다. 나는 가슴이 두방망이질쳤다. 왜 줄리안 대령은 저런 눈초리로 맥심을 볼까?

맥심은 돌아다보려고 하지도 않았다. 물끄러미 비오는 밖을 내다보고 있을 뿐이었다. 비는 여전히 쏟아지고 있었다. 방안은 그 비 소리로 가득 차 있었다. 파벨은 위스키소다를 다 마시고 잔을 긴의자 옆 테이블 위에 놓았다. 그는 거칠게 숨을 쉬고 있었다. 우리 쪽은 보려고도 하지 않았다. 눈앞의 마룻바닥을 뚫어지게 내려다볼 뿐이었다.

옆방에서 전화 벨이 울렸다. 이 자리에 어울리지 않는 날카로운 소리였다. 프랭크가 나갔다. 그는 곧 돌아와서 줄리안 대령의 얼굴을 보았다.

"따님으로부터입니다. 저녁 식사를 하러 돌아오시기를 기다려야 하느냐고 묻고 있습니다."

줄리안 대령은 초조한 듯이 손을 내저었다.

"걱정 말고 시작하라고 일러 줘요. 난 언제 돌아갈지 모른다고 말해 주시오." 그렇게 말하고 대령은 시계를 잠깐 보았다. "쓸데없이, 하필 이런 때에……."

프랭크는 말을 전하기 위해 작은 방으로 다시 갔다. 나는 저쪽에서 전화를 걸고 있는 아가씨를 생각했다. 아마 골프를 친다는 아가씨겠지. 나는 그녀가 동생들에게 말하는 모습을 상상할 수가 있었다.

"아버지가 우리들끼리 먼저 식사를 시작하라고 하신대. 도대체 무엇을 하고 계실까? 스테이크가 뻣뻣하게 굳어 버리는구나."

그녀들의 조그만 가정의 질서가 우리 때문에 깨졌다. 매일 밤의 습관이 엉망이 된 것이다. 맥심이 레베카를 죽였기 때문에, 끊어진 실이 이렇게 서로 엉키는 것이다. 나는 프랭크를 보았다. 그의 얼굴은 새파랗게 굳어 있었다.

"로버트가 자동차로 돌아온 모양입니다." 프랭크는 줄리안 대령에게 말했다. "저쪽 창문이 현관 차고 쪽을 향하고 있습니다."

프랭크는 서재를 나가 객실로 갔다. 프랭크가 그렇게 말했을 때, 파벨은 얼굴을 들었다. 그리고 곧 일어서서 문 쪽을 보았다. 그 얼굴에는 보기 흉한 이상한 미소가 감돌고 있었다.

문이 열리고 프랭크가 들어왔다. 그리고 뒤를 돌아보며, 객실에 있는 사람에게 말을 걸었다.

"괜찮아, 벤." 프랭크는 조용히 말했다. "드 윈터 님이 담배를 주실 거야. 조금도 무서워할 건 없어."

벤이 꺼림칙한 표정으로 들어왔다. 손에는 방수모를 들고 있었다. 아주 이상한 모습이었다. 모자를 쓰지 않으니 꼭 발가벗고 있는 것 같았다. 나는 그때에야 비로소 그가 머리를 전부 밀어 버려 머리털이 없는 것을 알았다. 그리고 여느 때와는 모습이 달라 어딘지 모르게 무섭게 보였다. 불빛이 눈부신 모양이었다.

벤은 조그만 눈을 깜빡이면서 방안을 멍하니 바라보았다. 그리고 내 모습을 본 것 같기에 나는 겁에 질린 듯 힘없이 미소를 지어 보였다. 그가 나를 확인했는지 어쩐지는 모른다. 다만 조금 눈을 깜빡였을 뿐이다. 이윽고 파벨이 천천히 다가가서 그의 앞에 섰다.

"야아, 오래간만이군. 그동안 뭘 했나?"

벤은 그를 물끄러미 쳐다보았다. 그의 얼굴에는 상대방을 기억하고 있는 기색이 전혀 없었다. 대답도 하지 않고 잠자코 있었다.

"뭘 하고 있었나?" 파벨은 거듭 말했다. "내가 누군지 알고 있겠지?"

벤은 여전히 모자를 매만지면서 "네?" 하고 말했다.

"담배는 어때?" 파벨은 말했다. 담배 상자를 건네 주었다. 벤은 맥심과 프랭크를 흘끔 쳐다보았다.

"괜찮아" 하고 맥심이 말했다. "마음대로 집어."

벤은 네 개비를 집더니 양쪽 귀에 두 개비씩 끼웠다. 그리고 또 모자를 매만지기 시작했다.

"나를 알고 있겠지?" 파벨이 같은 말을 물었다.

그래도 벤은 여전히 대답을 하지 않았다. 줄리안 대령이 그가 있는 쪽으로 다가갔다.

"곧 보내 줄게, 벤. 누가 자네를 어떻게 하려는 건 아니야. 잠깐 물어볼 일이 있는데, 거기에 대답만 하면 돼. 자네는 파벨을 알고 있나?"

벤은 이번에는 고개를 저었다.

"만난 일이 없어요."

"바보 같은 소리 마!" 파벨이 거칠게 말했다. "왜, 만났었잖아. 내가 바닷가 오두막집, 드 윈터 부인의 오두막집으로 가는 것을 보지 않았어. 거기서 나하고 만났잖아."

"아니" 하고 벤은 말했다. "난 아무하고도 만난 일이 없어요."

"이런 멍청이 같은 거짓말쟁이." 파벨이 말했다. "작년에 내가 드 윈터 부인과 함께 저 숲을 걷고 있던 일을 기억하고 있겠지? 그리고 둘이서 저 오두막집으로 들어갔던 일을 알고 있겠지? 그래도 아직 나를 본 일이 없다는 거야. 왜 한번 창문으로 우리를 들여다보아서 자네를 붙잡은 일이 있잖아."

"네?" 벤은 말했다.

"과연, 이건 확실한 목격자군." 줄리안 대령이 비꼬았다. 파벨은 대령이 있는 쪽으로 홱 돌아섰다.

"이것은 계획된 일입니다. 누군가가 미리 이 바보를 만나 매수한 거예요. 단언하지만 이 녀석은 여러 번 나하고 만났단 말입니다. 자, 이젠 생각나겠지?" 파벨은 뒷주머니에서 손을 넣어 지갑을 꺼냈다. 그리고 1파운드짜리 지폐를 벤 앞에 꺼내 보였다. "이제 내가 생각나지?"

벤은 고개를 내저었다.

"난 아무도 만난 일이 없어요." 그렇게 말하고 나서 벤은 프랭크의 팔을 잡았다. "이 사람, 나를 병원에 데리고 가려고 온 건가요?"

"그렇지 않아." 프랭크는 말했다. "그럴 리가 있나, 벤."

"난 병원에 가는 건 싫어요." 벤은 말했다. "거기서는 다들 못살게 군단 말이에요. 난 집에 있을 테야. 난 아무 짓도 하지 않았어요."

"걱정하지 마, 벤." 줄리안 대령이 말했다. "누가 자넬 데리고 간 댔나. 자네는 정말 이 사람을 본 일이 없나?"

"네, 만난 일이 없어요." 벤은 말했다.

"드 윈터 부인을 기억하고 있겠지?" 줄리안 대령이 물었다.

벤은 의아한 듯이 내가 있는 쪽을 보았다.

"아니, 이분 말고." 줄리안 대령이 부드럽게 말했다. "또 한분 있었지. 늘 오두막집에 가 있었잖나?"

"네?" 하고 벤은 되물었다.

"배를 가지고 있던 부인을 기억하고 있겠지?"

그러자 벤은 눈을 깜빡깜빡했다. "그 사람은 이제 없어요."

"응, 그건 알고 있군." 줄리안 대령이 말했다. "그분은 늘 배를 탔었지. 그분이 마지막으로 배를 띄웠을 때 자네는 바닷가에 있었나? 1년도 더된, 어느 날 밤의 일이야. 그분이 그 길로 돌아오지 않았던 때의 일이야."

벤은 모자를 매만지고 있었다. 그리고 프랭크로부터 맥심 쪽으로 흘깃 눈을 돌렸다.

"네?" 벤은 또 되물었다.

"자네는 거기 있었지?" 파벨이 앞으로 나서며 말했다. "드 윈터 부인이 오두막집에 들어가고 조금 있다가 드 윈터 씨가 온 것을 자네는 보고 있었지? 그때 드 윈터 씨는 부인 뒤를 따라 오두막집에 들어갔잖아. 그 다음에는 무슨 일이 있었나? 말해 보게, 무슨 일이 있었지?"

벤은 벽 쪽으로 뒷걸음질을 쳤다.

"난 아무것도 보지 않았어요. 난 집에 있었어요. 병원엔 안 가요. 당신을 만난 일은 없어요. 한번도 없어요. 당신도, 부인도 숲 속에서 만났던 일은 한번도 없어요." 그는 어린애처럼 울기 시작했다.

"이런 미친 녀석." 파벨은 천천히 말했다. "얼간이 같은 미친놈."

벤은 소맷자락으로 눈물을 닦고 있었다.

"당신의 증인은 전혀 도움이 안 될 것 같군요." 줄리안 대령은 말했다. "언제까지 이런 짓을 해 보았자 허사가 아닙니까. 아직도 물어볼 게 있나요?"

"이건 음모다!" 파벨은 외쳤다. "내게 대항하기 위한 음모야. 당신들은 모조리 다 한패야. 틀림없이 이 바보한테 돈을 준 자가 있을 거야. 돈을 주고 이런 거짓말을 하게 한 거야."

"벤은 이제 돌려보내도 되겠죠." 줄리안 대령이 말했다.

"이제 됐어, 벤." 맥심이 말했다. "로버트에게 데려다 주라고 하지. 아무도 널 병원에 데리고 갈 사람은 없어. 무서워하지 마."

그렇게 말하고 맥심은 프랭크에게 덧붙여 말했다.

"뭐, 아무거나 부엌에서 먹이라고 로버트에게 일러 주게. 냉육이든 뭐든 좋아하는 것으로."

"도움이 된 사례인가요." 파벨이 말했다. "당신 덕분에 일당을 톡톡히 벌었겠군요, 맥심?"

프랭크는 벤을 방에서 데리고 나갔다.

줄리안 대령은 맥심을 흘깃 쳐다보았다.

"저 사람은 몹시 무서워하는 것 같더군요. 나뭇잎처럼 떨고 있었어요. 난 자세히 보았습니다. 지금까지 심한 취급을 받아온 게 아닙니까."
"그런 일은 없어요." 맥심이 말했다. "전혀 난폭스러운 일은 하지 않으니까요. 늘 자유롭게 드나들게 하고 있습니다."
"언젠가 놀란 일이 있는 모양인데요." 줄리안 대령은 말했다. "매를 맞게 된 개처럼 눈을 뽀얗게 뜨던데요."
"그래, 두들겨 줬더라면 좋았을걸." 파벨이 말했다. "당신이 두들겨 주었더라면 틀림없이 나를 생각해 냈을 텐데. 아 참, 그녀석은 오늘 밤에 일한 사례로 근사한 저녁을 먹게 되는 거지. 벤도 매맞는 거야 싫을 테지."
"그 사람은 전혀 도움이 안 되잖습니까." 줄리안 대령은 말했다.
"우리는 다시 원점으로 되돌아왔군요. 당신은 드 윈터 씨에게 불리한 증거는 털끝만치도 발견치 못했잖습니까. 그건 당신도 알고 있겠지요? 당신이 말하는 동기조차 시험에는 낙제란 말이요. 법정이라면 이건 도대체 말이 안 되는 일이에요, 파벨 군. 당신은 드 윈터 부인의 미래의 남편이고, 바닷가 오두막집에서 비밀리에 만났다고 했었지요. 그러나 지금 이 방에 있었던 그 불쌍한 백치는 당신을 만난 일이 없다고 단언하고 있으니, 당신은 자신이 꺼낸 말조차 증명할 수 없는 셈이잖소."
"내가 그걸 할 수 없다고?" 파벨은 말했다. 그는 히죽이 웃었다. 그리고 난로 쪽으로 걸어가더니 벨을 눌렀다.
"뭘 하는 겁니까?" 줄리안 대령이 말했다.
"좀 기다려 보세요, 이제 알게 됩니다." 파벨이 말했다.
나는 무슨 일이 일어날 것인지 벌써 짐작이 갔다. 프리스가 벨 소리를 듣고 나타났다.
"덴버스 부인에게 이곳으로 오라고 전해 주게." 파벨이 말했다.
프리스는 잠시 맥심의 얼굴을 살폈다. 맥심은 태연하게 끄덕였다.

프리스는 나갔다.

"덴버스 부인은 가정부지요?" 줄리안 대령이 말했다.

"그리고 레베카의 둘도 없는 친구입니다." 파벨이 말했다. "레베카가 결혼하기 전부터 오랫동안 함께 있었어요. 정말은 레베카를 키운 여자라고 하는 말이 맞겠지요. 덴버스 부인이 벤과는 전혀 다른 증인이라는 것을 이제 곧 알게 될 겁니다."

프랭크가 돌아왔다.

"벤을 잠자리로 보내 줬나?" 파벨이 말했다. "저녁을 먹이고 착한 아이라고 말해 줬나? 이번엔 이 동업 조합에서도 그리 호락호락 일이 잘 되지는 않을걸."

"덴버스 부인이 온단 말이군요?" 줄리안 대령이 말했다. "파벨 군은 그 여자로부터 뭘 알아 낼 수 있다고 생각하는 모양이지요?"

프랭크는 재빨리 맥심 쪽을 보았다. 줄리안 대령은 그것을 보고 있었다. 그리고 입술을 꽉 다무는 것이 보였다. 그것이 불안했다. 나는 손톱을 물어뜯기 시작했다.

모두들 문에서 시선을 떼지 않고 기다리고 있었다. 이윽고 덴버스 부인이 들어왔다. 여느 때 혼자 있거나 나와 나란히 있는 것만 보아와서 그런지 키가 크고 여윈 줄 알고 있었는데 지금 보니 그녀는 조그맣게 오그라들어 전보다도 더 시들어 보였다. 그리고 파벨과 프랭크와 맥심은 모두 위로 올려다봐야만 된다는 것을 나는 알았다.

덴버스는 문옆에 서서 두 손을 마주잡고 우리를 한 사람 한 사람 둘러보았다.

"안녕하십니까, 덴버스 부인." 줄리안 대령이 말했다.

"아, 오셨습니까." 덴버스는 말했다. 내가 늘 들어오던 생명이 없는 기계적인 목소리였다.

"덴버스 부인, 우선 당신에게 물어볼 말이 있는데요." 줄리안 대령이 말했다. "돌아가신 드 윈터 부인과 여기 있는 파벨 군과의 관계를 당신은 아십니까?"

"사촌간입니다." 덴버스 부인은 대답했다.

"혈통 관계를 말하는 게 아닙니다, 덴버스 부인." 줄리안 대령은 말했다. "그것보다도 더 친한 뜻을 말합니다."

"저는 모릅니다." 덴버스 부인은 말했다.

"그게 아냐, 다니." 파벨이 말했다. "이 사람이 묻고 있는 뜻을 잘 알고 있을 텐데. 난 줄리안 대령에게 다 이야기해 버렸단 말이오. 그런데 내가 하는 말을 못 믿는 모양이야. 레베카와 나는 여러 해 동안 죽 함께 살아왔잖아? 레베카는 나한테 반했었지 않느냐 말이야?"

놀랍게도 덴버스 부인은 아무 말도 하지 않고 한동안 그를 노려보고 있었으며, 그 눈초리에는 어딘가 경멸하는 빛이 감돌고 있었다.

"그런 일은 없습니다." 덴버스는 말했다.

"정신차려, 덴버스! 늙어 빠져서……." 파벨이 말하자 덴버스 부인은 여지 없이 그의 말을 가로막았다.

"아씨는 당신도 드 윈터 님도 사랑하시지 않았습니다. 아무도 사랑하지 않았습니다. 남자들을 모두 경멸하셨습니다. 그런 일을 모두 초월하고 계셨습니다."

파벨은 새빨개지며 화를 냈다.

"레베카는 나를 만나기 위해 매일밤 숲 속 길을 몰래 빠져나오지 않았소. 그럴 때면 당신은 일어나서 기다리고 있었지. 레베카는 런던에서 나와 함께 주말을 보내지 않았느냔 말이오?"

"그래요." 덴버스 부인은 갑자기 격정적으로 말했다. "그렇다고 한들, 그게 어떻다는 겁니까? 아씨도 즐기실 권리는 있잖겠습니까. 아씨께는 사랑 따위는 장난에 불과했습니다. 그저 장난삼아 한 것입니다. 스스로도 그렇게 말씀하셨습니다. 재미있기 때문입니다. 다른 사람을 대하는 것과 마찬가지로 당신을 비웃고 계셨습니다. 나는 잘 알고 있었습니다만, 아씨는 돌아오시면 이층 침대에 걸터앉아 당신들의 이야기를 하며 크게 소리내어 웃곤 하셨습니다."

급류처럼 쏟아져 나오는 덴버스의 말에는 어딘가 모르게 두려운, 뜻밖의 의미가 내포되어 있었다. 그 말을 듣자 나는 알고 있는 일이면서도 몸이 오싹했다. 맥심은 얼굴이 새파래졌다. 파벨은 이해가 가지 않는 듯한 모습으로 멍하니 그녀를 지켜보고 있었다. 줄리안 대령은 작은 콧수염을 잡아당기고 있었다. 한동안 아무도 입을 여는 사람이 없었다. 게다가 듣지 않으려 해도 들려오는 비 소리 외에는 아무 소리도 들리지 않았다.

덴버스 부인은 울기 시작했다. 그날 아침, 침실에서 울었을 때처럼 울기 시작한 것이다. 나는 그녀를 보고 있을 수가 없었다. 외면할 수 밖에 없었다. 아무도 입을 떼지 않았다. 방안에서 들리는 소리라고는 빗소리와 덴버스 부인의 울음 소리뿐이었다.

나는 소리 지르고 싶었다. 방을 뛰어나가 힘껏 외쳐 보았으면 했다. 누구 하나 그녀에게 다가가는 사람도, 말을 붙이는 사람도, 힘이 되어 주는 사람도 없었다.

그녀는 계속 울었다. 그것은 영원한 일로 느껴질 정도로 길었었지만, 그러나 이윽고 그녀는 제 정신으로 돌아왔다. 조금씩 울음 소리가 약해졌다. 그녀는 얼굴 근육을 부르르 떨고 두 손으로 검정 웃옷을 움켜 쥐면서 꼼짝도 않고 서 있었다. 그러더니 마침내 울음을 그쳤다. 줄리안 대령이 천천히 부드럽게 말을 걸었다.

"덴버스 부인, 아무리 사소한 일이라도 좋으니 드 윈터 부인이 자살한 까닭에 대해 짐작되는 일이 없습니까?"

덴버스 부인은 침을 꿀꺽 삼켰다. 손은 여전히 웃옷을 잡고 있었다. 그리고 고개를 내저으며 대답했다.

"아니오."

"저 봐요." 파벨이 틈을 주지 않고 말했다. "절대로 있을 수 없는 일입니다. 이 여자도 나와 마찬가지로 사실을 알고 있습니다."

"잠자코 있어요." 줄리안 대령이 말했다. "덴버스 부인에게 생각할 시간을 줍시다. 우리는 그런 일은 어리석은 짓인 동시에 분명히 의문의 여지가 없다고 의견이 일치되었습니다. 그렇다고 나는 당신이 가지고 있는 편지의 진실성을 운운하고 있는 것은 아니오. 그건 보기만 해도 알 일이오. 부인은 런던에 계실 때 언젠가 그 편지를 쓴 것이고, 부인은 당신에게 말하고 싶은 게 있었던 거요. 그 말하고 싶었던 일이 무엇이었는지 알 수 있다면 이 무서운 난문제에 대한 해답을 얻을 수 있으리라 믿소. 덴버스 부인에게 그 편지를 읽게 하면 어떨까요? 혹 무슨 일을 알게 되는지도 모르니."

파벨은 어깨를 으쓱했다. 그리고 주머니에서 편지를 꺼내어 덴버스 부인 발치에 던졌다. 그녀는 몸을 구부려 집어 들었다. 우리는 그녀가 읽으면서 입술을 움직이는 것을 지켜보고 있었다. 그녀는 되풀이해서 두 번 읽었다. 그리고 다 읽더니 고개를 흔들었다.

"이런 건 아무짝에도 소용 없어요. 만일 잭 님에게 말해야 할 중요한 일이 있었다면 우선 저에게 말씀하셨을 겁니다."

"그날 밤, 당신은 부인을 만나지 않았습니까?"

"네, 저는 외출했었습니다. 오후부터 밤까지 케리스에 있었습니다. 그런 실수를 저질러, 저는 죽을 때까지 자신을 책망할 작정입니다."

"그럼, 부인의 심리에 대해서는 아무것도 모르시는군요? 조금도 해결이 안 되겠군요, 덴버스 부인? '당신께 말하고 싶은 게 있습니다' 하는 말에 아무런 짐작도 안 간단 말이군요?"

"네, 조금도 없습니다."

"그날, 부인이 런던에서 어떻게 지냈는지 알고 있는 사람은 없습니까?"

아무도 대답하는 사람은 없었다. 맥심은 고개를 내저었다. 파벨은 조그만 소리로 독설을 퍼부었다.

"레베카는 이 편지를 오후 3시에 내 방에 두고 간 거요. 경비원이 보아서 알고 있소. 그리고 나서 아마 곧장 차를 달렸을 거요. 그리고 바람처럼 사라져 버린 셈이지."

"드 윈터 부인은 12시부터 1시 반까지 머리 손질을 하기로 예약을 했습니다." 덴버스 부인이 말했다. "저는 분명히 기억하고 있습니다. 왜냐하면 주초에 제가 여기서 런던으로 전화를 걸어 시간을 예약했기 때문입니다. 제가 한 일이므로 잘 기억하고 있습니다. 12시부터 1시 반까지였습니다. 그리고 머리 세트가 끝난 다음에는 핀을 머리에 꽂은 채 있어야 하므로 언제나 클럽에서 점심을 드셨습니다. 그러므로 그날도 클럽에서 식사를 하셨으리라는 것은 거의 확실합니다."

"식사가 30분 걸린다고 보면 2시부터 3시까지는 무엇을 하고 있었는지 그것을 증명해야만 하겠군." 줄리안 대령이 말했다.

"레베카가 무엇을 하고 있었던지 아무래도 상관 없잖습니까." 파벨이 외쳤다. "자살을 한 것이 아니라는 것, 문제는 그것뿐이잖아요."

"저는 방에 아씨의 일기를 보관하고 있습니다." 덴버스 부인이 천천히 말했다. "그것을 모두 보관해 두었습니다. 드 윈터 님이 내놓으라는 명령이 없기에 내놓지는 않았습니다. 그런 일에 대해서는 아주 꼼꼼한 분이었으니까요. 뭐든지 적어 놓으시고, 끝난 일에는 ×표를 하셨습니다. 도움이 된다면 이제 그 일기를 가지고 오겠습니다."

"어떻게 할까요, 드 윈터?" 줄리안 대령이 물었다. "그 일기를 봐도 상관 없겠습니까?"

"상관 없습니다." 맥심은 말했다. "반대할 이유가 없잖습니까."

또 줄리안 대령이 그 재빠르게 탐색하는 듯한 눈으로 흘끔 맥심을 쳐다보는 게 보였다. 이번에는 프랭크도 알아차렸다. 그리고 프랭크도 맥심을 보았다. 그리고 다음에는 내 쪽을 보았다. 이번엔 내가 일어서서 창가로 갔다. 비는 그다지 심하게 쏟아지는 것 같지 않았다. 한때 심하게 퍼붓던 기세가 약해진 듯했다. 지금 내리고 있는 비는 아까보다 조용하고 차분한 소리를 내고 있었다.

황혼의 잿빛이 벌써 하늘에 감돌고 있었다. 비를 흠씬 맞아 잔디밭은 검게 젖어 있으며, 나무들은 옷을 걸친 곱사등이같이 보였다. 바로 머리 위에서, 하녀가 문단속을 하느라고 커튼을 치고 아직 닫지 않았던 창문을 닫고 있는 소리가 들렸다. 이런 자질구레한 매일의 일이 여느 때와 다름없이 제대로 이루어지고 있는 것이다. 커튼을 친다. 그리고 닦기 위해 신을 가지고 가고, 내가 목욕할 수 있도록 욕실 의자 위에 펴놓고, 더운 물을 받는다. 침대를 정돈하고, 슬리퍼를 의자 밑에 가지런히 놓는다. 그리고 우리는 지금 맥심의 일생을 결정하는 시련을 맞이하고 있다는 것을 마음속으로 생각하면서 말없이 이 서재에 모여 있다.

나는 조용히 문 닫는 소리를 듣고 돌아보았다. 덴버스 부인이었다. 일기장을 손에 들고 들어온 것이다.

"제가 말씀드렸던 대로입니다." 덴버스는 조용히 말했다. "아씨는 약속을 분명히 적어 놓으셨습니다. 여기 돌아가신 날의 약속이 있습니다."

그녀는 빨간 가죽으로 된 작은 일기장을 폈다. 그리고 줄리안 대령에게 주었다. 대령은 안경집에서 안경을 꺼냈다. 대령이 그 페이지를 훑어보고 있는 동안 긴 침묵이 계속되었다. 그가 읽고 있는 동안, 그리고 우리가 기다리고 있는 동안의 시간에는 무엇인가가 숨겨져 있는 것 같았으며, 그날 밤에 일어난 여러 가지 일 중에서도 가장 무섭게 느껴졌다. 나는 손톱이 파고들도록 손을 힘껏 움켜쥐었다. 맥심의 얼굴을 보고 있을 수가 없었다. 어쩌면 줄리안 대령에게 내 가슴의 고동 소리가 들리지나 않았을까?

"음." 줄리안 대령이 신음했다. 손가락은 페이지 한가운데를 가리키고 있었다.

'무엇인가가 지금부터 일어나려는 것이다, 무서운 일이 일어나려는 것이다'라고 나는 생각했다.

"음, 씌어 있군. 덴버스 부인이 말한 대로 12시에 머리 손질. 그리고 그 옆에 가위(×)표를 해 놨군. 클럽에서 점심, 이것도 가위 표가 되어 있고. 그런데 이건 뭘까. 베이커, 2시라는 것은? 베이커란 누군가요?"

대령은 맥심을 보았다. 맥심은 고개를 가로저었다. 이번에는 덴버스 부인을 보았다.

"베이커요?" 덴버스 부인은 되물었다. "아씨께서는 베이커란 이름을 가진 사람은 알지 못하셨습니다. 지금까지 그런 이름은 들은 일이 없습니다."

"하지만 여기 뚜렷이 씌어 있지 않소." 줄리안 대령은 일기장을 그녀에게 주면서 말했다. "보시오, 베이커. 그리고 마치 연필을 꺾어 버리려는 듯, 큰 가위표를 옆에 해 놓았단 말이오. 누군지는 모르나 하여간 부인은 틀림없이 이 베이커라는 사람과 만나고 있는 거요."

덴버스 부인은 일기장에 씌어진 그 이름과 옆의 검은 ×표를 물끄러미 들여다보고 있었다.

"베이커?" 덴버스는 중얼거렸다. "베이커……?"

"이 베이커라는 인물의 신원을 알면 사건의 전모가 알려질 것 같군." 줄리안 대령은 말했다. "부인은 고리대금업자의 신세를 지고 있던 건 아닙니까?"

 덴버스 부인은 경멸하듯이 그를 보았다.

 "드 윈터 부인이 말씀입니까?"

 "혹은 공갈범에게라도," 줄리안 대령은 흘깃 파벨 쪽을 보면서 말했다.

 덴버스 부인은 고개를 저었다. 그리고 "베이커……베이커" 하고 되뇌고 있었다.

 "적이라든가, 협박자라든가, 두려워하고 있던 상대라든가, 그런 사람은 없었나요?"

 "드 윈터 부인이 두려워한다고요?" 덴버스 부인은 말했다. "아씨는 무슨 일이든 누구든 결코 두려워한 일이 없습니다. 다만 나이를 먹고 병들고 앓다가 죽는 일은 싫어하셨습니다. '난 죽을 땐 말야, 다니, 촛불을 불어 끄듯 싹 죽어 버리고 싶어.' 이런 말을 여러 번 저에게 하신 적이 있습니다. 그러므로 돌아가신 뒤에도 저에게는 그것만이 유일한 위안이었습니다. 물에 빠져 죽는 일은 그리 괴로운 일이 아니라면서요."

 덴버스는 줄리안 대령을 살피는 듯한 눈초리로 보았다. 그는 대답을 하지 않았다. 다만 수염을 잡아당기며 뭔가 망설이고 있었다. 나는 그가 또 맥심 쪽으로 흘깃 시선을 던지는 것을 보았다.

 "이런 짓을 해서 대체 무슨 해결이 난단 말입니까?" 파벨이 앞으로 나서며 말했다. "처음부터 우리는 길을 잘못 든 거예요. 베이커라는 사람이 어떻다는 겁니까? 무슨 관계가 있다는 겁니까? 아마 양말이나 크림 같은 것을 판 장사치겠지요. 만일 중요한 인물이라면 여기 있는 덴버스 부인이 알고 있을 겁니다. 레베카는 이 여자에게는 무엇이나 모두 털어놓고 있었으니까요."

 나는 덴버스 부인에게서 눈을 떼지 않았다. 그녀는 일기장을 손에 들고 페이지를 넘기고 있었다. 갑자기 그녀는 소리를 질렀다.

"여기 무엇이 쒸어 있습니다. 뒤쪽 전화번호란에 베이커라고, 그리고 옆에 번호가 있습니다. 0488번. 그런데 국명이 쒸어 있지 않군요."

"대단하군, 다니" 하고 파벨이 말했다. "그 나이에 마치 탐정 같군. 하지만 1년이 늦었어. 이걸 1년 전에 발견했더라면 무언가 도움이 되었을 텐데."

"이건 확실히 그 사람의 전화 번호요." 줄리안 대령은 말했다.

"0488번. 그리고 옆에 베이커라는 이름이 적혀 있군. 그런데 왜 국명이 적혀 있지 않을까?"

"런던 전체의 국을 모두 시험해 보시지요." 파벨이 놀려대듯 말했다. "밤새도록 걸리겠지요. 그런들 우리야 뭐 상관 있나요. 맥스 역시 전화 요금이 백 파운드가 된들 군소리는 못하겠지요. 당신은 돈보다도 시간을 벌고 싶을 테니까. 나도 당신 처지가 되면 그럴 거요."

"번호 옆에 표시가 있는데 뭔가 뜻이 있는지도 모르겠군." 줄리안 대령이 말했다. "이것 좀 보세요, 덴버스 부인. M이란 글씨가 아닌가요?"

덴버스 부인은 또 일기장을 받아 들었다. "그럴지도 모르겠습니다." 그녀는 의심스러운 듯이 말했다.

"아씨가 쓰시던 M자와는 좀 다른 것 같지만, 급히 갈겨 썼기 때문인지도 모르지요. 그렇군요, 이건 M이란 글씨 같습니다."

"메이페어 0488번" 하고 파벨이 말했다. "어떻습니까, 머리가 썩 잘 돌아가지요?"

"과연." 맥심이 비로소 담배에 불을 붙이며 말했다. "아무데나 해보는 게 좋겠지. 프랭크, 저쪽에 가서 메이페어 0488번을 불러 주게."

가슴 언저리의 통증이 심해졌다. 나는 두 손을 허리에 대고 우두커니 서 있었다. 맥심은 내가 있는 쪽을 쳐다보려고 하지 않았다.

"어서, 프랭크." 맥심은 말했다. "뭘 꾸물거리고 있나?"

프랭크는 저쪽 작은 방으로 갔다. 우리는 그가 교환국을 부르는 동안 기다리고 있었다. 잠시 뒤에 그는 돌아왔다.

"이따가 국에서 이쪽으로 연락을 해주겠답니다."

프랭크는 조용히 말했다. 줄리안 대령은 뒷짐을 지고 방안을 이리저리 걷기 시작했다. 아무도 입을 여는 사람은 없었다. 4분 가량 지난 뒤 전화 벨이 날카로운 소리로 집요하게 울렸다. 초조한 듯 단조로운 장거리 전화의 벨 소리였다.

프랭크가 방을 나갔다.

"메이페어 0488번입니까? 거기 베이커라는 분이 살고 계시지 않은지요? 아, 그렇습니까. 죄송합니다. 네, 아마 번호를 잘못 안 것 같습니다. 고맙습니다."

수화기 놓는 소리가 들렸다. 이윽고 그는 방으로 돌아왔다.

"메이페어 0488번은 이스트레이라는 부인 댁입니다. 글로스브너 거리예요. 베이커라는 이름은 들은 일이 없답니다."

파벨이 큰 소리로 웃었다. "백정, 빵굽는 사람, 양초 만드는 사람, 그치들은 모두 썩은 감자 속에서 튀어나온 거야. 자, 탐정 제 1호씨, 다음 국은 어딘가요?"

"뮤지움 국을 걸어 보시면 어떨까요?" 덴버스 부인이 말했다.

프랭크는 맥심의 얼굴을 살폈다.

"걸게." 맥심은 말했다. 광대놀이가 다시 되풀이되었다. 줄리안 대령은 또 방안을 이리저리 서성이고 있었다. 그리고 또 5분쯤 되니 전화 벨이 울렸다. 프랭크가 나갔다. 문을 열어 놓은 채 두었으므로 그가 전화가 놓여 있는 테이블로 다가가 송화구에 구부리고 있는 것이 보였다.

"여보세요, 뮤지움 0488번입니까? 거기 베이커라는 사람이 살고 있지 않은가요? 여보세요, 당신은? 야경이라고요……? 네, 알겠습니다. 아니, 경찰은 아닙니다. 물론이지요. 주소는 모르십니까? 그래요, 좀 중대한 문제라서 그러는데요." 그는 잠시 말을 끊었다. 그리고 돌아다보고 우리에게 말했다. "이제야 그 인물을 알아 낸 것 같습니다."

아, 하느님, 사실이 아니기를. 베이커라는 인물이 나타나지 말기를. 제발, 하느님. 베이커를 죽게 해 주십시오. 나는 베이커가 어떤 자인가를 알고 있다. 아까부터 알고 있었다. 나는 열린 문으로, 프랭크가 갑자기 앞으로 나서며 연필과 종이를 집는 것을 우두커니 보고 있었다.

"여보세요, 네 여기 있습니다. 말씀하세요. 고맙습니다. 수고를 끼쳤습니다. 안녕히 계십시오." 프랭크는 그 종이 쪽지를 들고 방으로 돌아왔다.

프랭크는 맥심을 사랑하고 있으면서 자기가 들고 있는 종이 쪽지가 오늘 밤의 악몽과 같은 사건의 중대한 증거라는 것을 모르고, 또 그것을 내놓으면 맥심을 파멸로 이끌어갈, 사실상 단도를 들고 그의 등을 찌르는 것과 같은 일임을 모르고 있는 것이다.

"나온 사람은 블룸스베리의 어떤 집, 숙직원이었습니다." 프랭크는 말했다.

"그 집엔 사는 사람이 없답니다. 낮에만 의사의 진찰실로 쓰인다고 하는군요. 베이커는 일을 그만두고 6개월 가량 전에 다른 곳으로 옮겨 간 모양입니다. 하지만 문제 없이 알 수 있습니다. 숙직원이 주소를 일러 줬으니까요. 이 종이에 적어 두었습니다."

25

맥심이 나를 본 것은 바로 그때였다. 그가 나를 본 것은 그날 밤, 그것이 처음이었다. 그리고 그 눈 속에서 나는 이별의 인사를 읽을 수가 있었다. 마치 그가 배 난간에 기대어 있고, 나는 아래 부두에 서 있는 것 같은 상태였다. 그의 어깨에 손을 얹는 이도 있고, 내 어깨에 손을 얹는 이도 있겠지. 그러나 우리는 그 사람들에게 눈을 돌리지도 않을 것이다. 바람이 불고 거리도 멀므로 목소리가 바람에 날라가 버리기 때문이다.

그러나 배가 부두를 떠나기 전에 나는 그의 눈을, 그는 나의 눈을 보지 않으면 안 된다. 파벨, 덴버스 부인, 줄리안 대령, 종이 쪽지를 들고 있는 프랭크 들을 이 순간에는 모두 잊어버리고 말았다. 그것은 2초 가량의 짧은 시간이었으나 우리만의 신성한 순간이었다.

이윽고 맥심은 오히려 프랭크 쪽으로 손을 내밀었다.

"잘됐군." 맥심이 말했다. "주소가 어딘가?"

"런던 북쪽 바넷 근처인가 봅니다." 프랭크는 종이 쪽지를 주면서 말했다. "하지만 전화가 없어서 불러 낼 수가 없습니다."

"이것으로 충분해요, 프랭크." 줄리안 대령은 말했다. "그리고 덴버스 부인, 당신한테도 고맙다는 인사를 해야겠습니다. 이게 무슨 단서가 되지 않겠습니까?"

덴버스 부인은 고개를 저었다. "드 윈터 부인은 의사에게는 볼일이 없는 분이었습니다. 건강한 사람은 모두 그렇겠지만 아씨도 의사를 싫어하셨습니다. 손목을 삐었을 때 꼭 한 번 케리스에서 필립스 의사를 부른 일이 있었을 뿐입니다. 저는 아씨가 베이커 의사의 말을 하시는 것을 들은 적이 없습니다. 이름도 말씀하신 일이 없습니다."

"아마, 크림 집 사람이나 뭐 그런 거겠지요." 파벨이 말했다. "그 사람이 이 사건과 어떤 관계가 있다는 겁니까? 뭔가 관계가 있다면 다니가 알고 있을 게 아닙니까? 아마 머리칼을 표백하는 새로운 방법이나 피부를 희게 하는 방법을 발견한 엉터리 사기꾼이 틀림없을 거예요. 그날 아침, 레베카는 미용사로부터 그 남자의 주소를 들었으며, 점심을 먹은 뒤 호기심에서 가 본 겁니다."

"아니, 그건 그렇지 않다고 봅니다." 프랭크가 말했다. "베이커는 그런 사람이 아닙니다. 뮤지움 0488번의 숙직원 이야기로는 상당히 이름난 산부인과 의사라고 합니다."

"흐음." 줄리안 대령은 수염을 잡아당기며 말했다. "아무튼 부인이 몸이 좋지 않았던 것만은 사실인 것 같군요. 그러나 아무에게도, 덴버스 부인 당신한테까지도 아무 말을 하지 않았다는 것은 아무래도 좀 이상하군요."

"레베카는 몹시 말랐었지요." 파벨이 말했다. "나도 그 말은 자주 했었는데, 늘 웃기만 했어요. 마른 편이 자기에게 어울린다고 하더군요. 틀림없이 마르기 위한 식이 요법이겠지요. 여자들이 잘 하잖습니까. 아마 식단표라도 가지러 그 베이커라는 사람이 있는 곳엘 갔겠지요."

"그런 일이 있다고 생각합니까, 덴버스 부인?" 줄리안 대령이 물었다.

덴버스 부인은 천천히 머리를 저었다. 부인은 베이커라는 인물의 신원을 알자 갑자기 당황해서 멍청해진 것 같았다.

"저로서는 무슨 소린지 전혀 모르겠습니다. 베이커…… 베이커 의사라니. 왜 저한테는 말해 주시지 않았을까요. 왜 제게 숨기고 계셨을까요? 저에겐 무엇이든지 말씀해 주셨는데."

"아마 당신에게 걱정을 끼치지 않을까 생각했던 게지요." 줄리안 대령은 말했다. "분명히 부인은 베이커와 약속을 하고 만나고 있었던 겁니다. 그리고 그날 밤, 돌아와서 당신에게 모든 것을 말할 작정이었습니다."

"게다가 잭 님에게 보낸 그 편지가" 하고 덴버스 부인이 불쑥 말했다. "'당신께 말하고 싶은 게 있습니다' 잭 님에게 보낸 그 편지. 아씨는 잭 님에게도 말씀하실 작정이 아니었을까요?"

"그렇군." 파벨이 천천히 말했다. "그 편지를 잊어버리고 있었군." 그는 다시 한번 편지를 주머니에서 꺼내더니 우리들에게 큰 소리로 읽어 들려 주었다. "'당신께 꼭 이야기할 게 있으니, 한시 빨리 만나고 싶습니다. 레베카.'"

"물론 의문의 여지도 없군." 줄리안 대령은 맥심을 돌아다보고 말했다. "천 파운드를 걸어도 좋아요, 부인은 이 베이커라는 의사와 만난 결과를 파벨 군에게 이야기할 작정이었습니다."

"아무튼 당신이 말씀하시는 건 그럴 듯하다고 생각합니다." 파벨이 말했다. "편지와 그 예정이 딱 들어맞지 않습니까. 하지만 무슨 볼일이었을까? 그걸 알고 싶습니다. 레베카는 무슨 볼일이 있었을까요?"

진상은 바로 눈앞에 있는데, 그들은 그것을 보려고 하지 않는 것이다. 모두들 일어서서 얼굴을 마주 보면서도 아무도 알아차리지 못하고 있다. 나는 그들을 보려고 하지 않았다. 내가 알고 있는 것을 눈치챌까 봐 나는 몸을 움직일 수가 없었다. 맥심도 입을 열지 않았다. 그는 창가로 가서 어둡고 조용한 뜰을 바라보고 있었다. 비는 마침내 그쳤으나, 젖은 나뭇잎과 창문 위 홈통에서 빗방울이 떨어지고 있었다.

"그걸 알아보는 건 쉬운 일입니다." 프랭크가 말했다. "여기 베이커의 현주소가 있으니까요. 편지로, 작년에 드 윈터 부인을 진찰했던 일을 기억하고 있는지 문의해 보면 됩니다."

"글쎄, 그 의사가 당신 편지에 성의껏 회답을 해줄지?" 줄리안 대령은 말했다. "의사라는 직업에는 시끄러운 규약이 있는 법이라, 아시다시피 진찰 결과는 전혀 외부에 알리지 않기로 되어 있습니다. 그러니까 무엇인가를 알아 내기 위한 유일한 방법은 드 윈터 씨가 개인적으로 만나 사정을 설명하는 겁니다. 어떻습니까, 드 윈터 씨?"

맥심은 창가에서 이쪽을 돌아다보았다. "당신 말이라면 뭐든지 다 하겠습니다." 그는 조용히 말했다.

"시간을 버는 일이라면 뭐든지인가요?" 파벨이 말했다. "24시간만 있다면 상당한 일을 할 수 있지. 육지에는 기차, 바다에는 배, 하늘에는 비행기, 제대로 모두 갖추어져 있으니까."

나는 덴버스 부인이 파벨로부터 맥심에게로 날카로운 시선을 옮긴 것을 보았다. 그리고 그때 비로소 덴버스 부인이 파벨의 죄에 대해서는 아무것도 모르고 있다는 것을 알아차렸다. 그러나 마침내 그녀도 이해하기 시작한 것이다. 그녀의 얼굴 표정으로 그걸 확실히 알 수 있었다. 처음에는 의혹이 나타났다. 그러고 나서 놀라움과 혐오가 섞인 것이 나타났고, 이어서 확신이 나타났다. 다시 그녀는 그 여윈 긴 손으로 경련하듯 웃옷을 움켜잡고 입술을 핥았다. 그녀는 맥심을 계속 지켜보고 있었다. 결코 맥심에게서 눈을 떼지 않았다.

나는 속으로 생각했다. 이미 늦었다. 그녀가 우리를 괴롭히려고 해도 이젠 안 된다. 이미 재앙의 불길은 올라간 것이다. 그녀가 우리를 향해 무슨 말을 하든, 또 무슨 짓을 하든 전혀 상관이 없다. 불길은 올라가 버렸다. 더 이상 우리를 괴롭힐 수는 없다. 맥심은 그녀를 경계하고 있지 않았다. 경계하고 있었는지는 모르지만, 그런 눈치는 보이지 않았다. 그는 줄리안 대령과 말하고 있었다.

"어떻게 하면 좋을까요?" 맥심이 말했다. "내일 아침 바넷에 있는 이 주소로 가 볼까요? 기다려 달라고 전보를 쳐 놓으면 되겠지요."

"혼자 가게 하면 안 됩니다." 파벨이 히죽이 웃으며 말했다. "나에겐 그걸 주장할 권리가 있습니다. 웰슈 총경을 딸려 보내지요. 그렇다면 나도 군말은 않겠습니다."

덴버스 부인이 맥심에게서 왜 눈을 떼지 않는 것일까? 프랭크도 이젠 그녀의 태도를 알아차리고 있었다. 프랭크 당황하며 걱정스러운 듯 그녀를 지켜보고 있었다. 그는 자기가 적어 놓은 베이커 의사의 주소 쪽지를 다시 한번 흘끔 들여다보았다. 그러고 나서 그 눈을 맥심 쪽으로 옮겼다. 진상에 대한 한가지 생각이 살며시 그의 의식에 떠오른 것이라고 나는 생각했다. 왜냐하면 그는 얼굴빛이 달라지며 그 종이 쪽지를 테이블 위에 놓았기 때문이다.

"이 사건에 웰슈 총경의 출두를 요구할 필요는 아직 없다고 봅니다, 그러나" 하고 줄리안 대령은 말했다. 그의 목소리는 여느 때와는 달리 날카로웠다. 나는 이 '그러나' 라는 말을 사용하는 것이 싫었다. 그런 말을 쓰지 않아도 될 게 아닌가. 나는 싫었다. "내가 드 윈터 씨와 함께 가서 줄곧 그를 따라다니다가 데리고 돌아오면 당신도 군말이 없겠지요."

파벨은 맥심을 보고 이어서 줄리안 대령을 보았다. 그의 얼굴에 떠오른 표정은 흉하게 음험해 보였다. 그리고 그 파르스름한 눈에 승리한 듯한 빛이 보였다.

"글쎄요." 파벨은 천천히 말했다. "그렇게는 생각하지만 보다 안전을 기하기 위해 나도 함께 가면 어떨까요?"

"그건 안 되오." 줄리안 대령은 말했다. "모처럼의 말이지만 당신에게는 그런 걸 요구할 권리가 없다고 봅니다. 그러나 꼭 가겠다면 취하지 말고 와주길 바라오."

"염려 마십시오." 파벨은 히죽히죽 웃으며 말했다. "술을 마시지 않고 가겠습니다. 3개월도 되기 전에 판사가 맥심에게 판결을 내릴 때처럼, 술을 마시지 않고 말입니다. 아무튼 난 이 베이커라는 의사가 사건을 해결해 주리라고 생각합니다."

파벨은 우리를 한 사람 한 사람 돌아보며 웃었다. 그도 이 의사를 만나는 일이 중요하다는 것을 결국 알게 되었구나 하고 나는 생각했다.

"그런데" 하고 파벨은 말했다. "내일 아침 몇 시에 떠나게 됩니까?"

줄리안 대령은 맥심의 얼굴을 보았다. "몇 시쯤이면 준비가 됩니까?"

"아무때라도 좋습니다." 맥심은 말했다.

"9시면?"

"9시."

"맥심이 밤중에 줄행랑치지 않는다는 보증을 할 수 있습니까?" 파벨이 말했다. "차고로 달려가 자동차를 타기만 하면 되는 거니까요."

"당신은 내 말만으로는 안심이 안 됩니까?" 맥심은 줄리안 대령 쪽을 보고 말했다.

비로소 줄리안 대령은 대답을 하지 못하고 우물거렸다. 그는 프랭크 쪽을 잠시 쳐다보았다. 맥심의 얼굴에 핏기가 솟았다. 이마의 푸른 힘줄이 펄떡펄떡 뛰고 있는 것이 내 눈에 보였다.

"덴버스 부인" 하고 맥심은 천천히 말했다. "오늘 밤, 아내와 내가 침실에 들거든 당신이 손수 우리 방문을 밖에서 채우시오. 그리고 내일 아침 7시에 깨우러 오시오."

"알겠습니다." 덴버스 부인은 말했다. 여전히 맥심에게서 눈을 떼지 않고 두 손으로 웃옷을 움켜쥔 채였다.

"그럼, 됐소." 줄리안 대령은 무뚝뚝하게 말했다. 내일 아침에는 나도 정각 9시에 오겠습니다. 드 윈터 씨, 당신 차에 내가 탈 자리는 있겠지요?

"있습니다." 맥심은 말했다.

"파벨 군은 자기 차로 뒤를 따라오도록 하시오."

"꼭 뒤를 따라가지요. 꼭 뒤를 따라갑니다." 파벨은 말했다.

줄리안 대령은 내가 있는 곳으로 와서 손을 잡았다.

"이제 그만 가 보겠습니다. 오늘 밤의 일을 제가 얼마나 딱하게 생각하고 있는지 말씀드리지 않아도 아시리라 믿습니다. 될 수 있는 대로 빨리 주인을 침실로 모시고 가십시오. 오늘은 굉장히 피로하실 테니까요."

대령은 내 손을 잠시 잡은 채로 있더니 곧 저쪽으로 갔다. 그는 묘하게 내 눈을 피하고 있었다. 내 턱 언저리만 보고 있었다. 그가 방에서 나갈 때까지 프랭크는 문을 열고 있었다. 파벨은 몸을 구부려 테이블 위 상자에서 담배를 꺼내어 자기 케이스에 담았다.

"나한테는 저녁 초대가 없겠지?" 파벨이 말했다.

아무도 대답하는 사람은 없었다. 파벨은 지금 집어든 담배에 불을 붙이고서 확 연기를 뿜어냈다.

"그러니까 이 근처 어디 요리집에서 조용히 밤을 보내라는 거로군. 그러나 상관 없어. 내일을 고대할 수 있으니까. 그럼, 안녕. 다니, 드 윈터 님의 방을 잠그는 일을 잊어서는 안돼."

파벨은 내가 있는 곳으로 와서 손을 내밀었다. 눈치 없는 아이들처럼 나는 두 손을 뒤로 감추었다. 그는 크게 웃더니 머리를 숙였다.

"실례가 많았습니다. 나같이 부정한 놈이 찾아와 흥을 깨어 버려서. 하지만 걱정하지 않아도 됩니다. 머지않아 대중지들이 당신의 일기를 싣고, 최상단에 '몬테카를로로부터 만더레이로, 살인범의 젊은 신부로서의 경험'이라는 큰 표제가 나와 있는 것을 보신다면 틀림없이 대단한 스릴을 느낄 것입니다. 이 다음에는 행복한 결혼을 하시길 빕니다."

파벨은 문 쪽으로 천천히 걸어가면서 창가에 있는 맥심에게 손을 흔들었다.

"그럼, 마음놓고 즐거운 꿈을 꾸기를. 오늘 밤에는 문이 잠긴 방에서 즐겨야겠군요."

파벨은 내가 있는 쪽을 돌아보고 비웃으며 그대로 방을 나가 버렸다. 덴버스 부인도 그의 뒤를 따라갔다. 결국 맥심과 나만이 남았다. 맥심은 여전히 창가에 서 있었다. 그리고 내가 있는 쪽으로는 오지 않았다. 쟈스퍼가 객실에서 뛰어 들어왔다. 그는 해질 무렵부터 줄곧 쫓겨 나가 있었던 것이다. 개는 내 스커트 자락을 물고 까불거리고 있었다.

"내일 아침에 저도 함께 가겠어요." 나는 맥심에게 말했다. "자동차로 런던까지 함께 가겠어요."

맥심은 잠시 대답을 하지 않았다. 그리고 우두커니 창문으로 밖을 내다보고 있었다. 그러더니 이윽고 "음, 꼭 함께 갑시다"라고 표정이 없는 목소리로 말했다.

프랭크가 돌아왔다. 그리고 문에 손을 댄 채 입구에 섰다.

"돌아가 버렸습니다. 파벨도 줄리안 대령도 돌아가는 것을 분명히 보고 왔습니다."

"고맙네, 프랭크." 맥심은 말했다.

"뭔가 할 일이 없습니까." 프랭크는 말했다. "무슨 일이라도 상관없습니다. 어디 전보를 친다든가 무슨 준비를 한다든가 하는 일은? 제가 할 수 있는 일이라면 밤을 새워서라도 하겠습니다. 물론 베이커에게는 전보를 쳐 놓겠습니다만."

"아니, 걱정하지 말게." 맥심은 말했다. "자네의 손을 빌릴 일은 아무것도 없네, 지금 현재로는. 내일부터는 여러 가지 부탁할 일이 생길지도 모르지만, 그거야 그때 가서 해도 되겠지. 오늘 밤에는 우리끼리만 있고 싶네. 알아 주겠지?"

"알고 있습니다. 알고 있습니다!" 프랭크는 말했다. 그는 문에 손을 댄 채 잠시 주저하고 있더니 곧 "안녕히 주무십시오" 하고 말했다.

"잘 자게." 맥심도 말했다. 프랭크가 나가서 문을 닫자 맥심은 내가 서 있는 난로 쪽으로 걸어왔다. 나는 팔을 내밀었다. 그는 마치 어린아이처럼 안겨 왔다. 나는 팔을 돌려 그를 안고 마치 쟈스퍼를 쓰다듬듯 위로했다. 쟈스퍼가 어딘가를 다쳐 아픔을 호소하러 왔을 때와 같았다.

"내일은 자동차에서 함께 있을 수 있소" 하고 그는 말했다.
"그렇군요."
"줄리안도 군말은 못 하겠지."
"그럴 테지요."
"내일 밤에도 함께 있을 수 있소. 금방 이래라 저래라 하진 않을 테니까. 아마 24시간은 문제 없겠지."
"그렇군요."
"처음에는 그렇게 심하게 굴지 않아. 면회도 할 수 있소. 결정이 될 때까지는 상당한 날짜가 걸릴 거요. 될 수 있으면 헤스팅스와 연락을 취해 봐야겠소. 그게 가장 나을 것 같소. 헤스팅스나 바이어킷에게. 헤스팅스는 아버지와 친교가 있었으니까."
"그렇군요."
"그 사람에게는 사실을 모두 이야기해야만 돼. 그러면 일도 하기 쉬울 것이고, 이쪽 처지도 알아주겠지."
"그렇군요."

문이 열리고 프리스가 방으로 들어왔다. 나는 맥심을 밀어 내고 머리를 매만지는 시늉을 하면서 태연한 모습으로 서 있었다.
"옷을 갈아 입으시겠습니까, 아씨. 아니면 곧 저녁 준비를 할까요?"
"아니에요, 프리스. 오늘 밤에는 옷을 갈아 입지 않겠어요."
"알겠습니다, 아씨."
프리스는 문을 열어 놓은 채 나갔다. 로버트가 들어와서 커튼을 치기 시작했다. 그리고 쿠션을 잘 놓고 긴 의자를 똑바로 놓은 다음 테이블 위의 책과 신문을 정리했다. 그리고 위스키소다와 재떨이를 들고 나갔다. 나는 지금까지도 매일 밤 이 만데레이에서 그가 이런 일을 정해진 습관처럼 해온 것을 보아 왔지만 오늘 밤에는 마치 이런 기억들이 무언가 특별한 뜻을 지니고 있는 것으로 보였다. 내가 훨씬 뒷날 어떤 때에 "나는 그때의 일을 잘 기억하고 있어요"라고 말할 때가 있을 것처럼.
이윽고 프리스가 와서 저녁 준비가 되었다는 것을 알렸다. 나는 그 날 밤의 일은 낱낱이 기억하고 있다. 움푹한 접시에 담았던 얼음으로 냉각한 콩소메, 가자미 요리, 어린 양의 따뜻한 어깨 살코기 등을 잘 기억하고 있다. 그 뒤에 디저트로 나온 눌은 설탕 과자의 풍미도 기억하고 있다. 은 촛대에는 새 초가 꽂혀 있었는데 희고 가늘고 몹시 키가 컸다. 이 방도 커튼을 모두 쳤기 때문에 무딘 잿빛 황혼이 가려져 있었다. 식당에 있으면서 잔디밭을 볼 수 없는 것은 이상한 느낌이었다. 마치 초가을이 된 것 같았다.
서재에서 커피를 마시고 있는데 전화 벨이 울렸다. 이번에는 내가 나갔다. 베아트리스의 목소리가 들려왔다.
"올케로군요? 난 저녁때부터 내내 전화를 걸었어요. 두 번 모두 통화중이었어요."

"그래요, 미안해요." 나는 말했다.
"약 2시간 전에 석간을 봤어요. 그리고 그 판결 답신을 읽고 가일스도 나도 정말 깜짝 놀랐어요. 맥심은 뭐라고 하나요?"
"누구나 모두 깜짝 놀랄 거예요."
"하지만 그런 어이없는 일이 어디 있겠어요? 이 세상 사람이 모두 자살을 해도, 혼자 살아남을 사람인데. 필연 어딘가에 큰 잘못이 있을 거예요."
"글쎄요……."
"맥심은 뭐라고 하나요? 지금 어디 있지요?"
"지금까지 손님이 있었어요, 줄리안 대령과 그 밖의 분들이. 맥심은 아주 피곤한 모양이에요. 우리는 내일 런던에 가기로 되어 있어요."
"무슨 일로?"
"판결 답신에 관계 있는 일이에요, 자세한 걸 설명할 수는 없지만."
"이런 건 다 취소해야 해요. 어처구니 없는 이야기예요. 정말 어이 없는 얘기예요. 그야말로 세상에 대한 체면이 말이 아니에요. 모두 맥심에 대해 나쁜 일뿐이에요. 체면에 관계되는 일이에요."
"그래요."
"줄리안 대령이 어떻게 잘할 수 없을까? 그 사람, 장관이 아녜요? 장관이 무엇 때문에 있는 거죠? 라니온의 호릿지는 머리가 좀 이상한 모양이군요. 레베카의 자살 동기가 뭐라던가요? 이런 어이없는 이야기는 지금까지 들어 본 적도 없어요. 누군가 탑을 붙잡아서 혼구멍을 내주었으면 좋겠군요. 배 바닥의 구멍이 계획적으로 뚫은 건지 어떤지 그 남자가 어떻게 안대요? 가일스는 틀림없이 바위에 부딪쳐 뚫렸을 거라고 하는데."

"다른 사람들은 그렇게 생각하지 않는 모양이에요." 나는 말했다. "내가 심문에 나가기만 했으면 있는 힘을 다했을 텐데. 아무도 그런 일에 애를 쓸 생각을 하지 않는 모양이죠. 맥심은 어떤가요? 몹시 흥분하고 있나요?"
"지쳐 버렸어요. 아무튼 아주 녹초가 되어 버렸어요."
"나도 올케들과 함께 런던에 갔으면 좋겠는데, 어떻게 형편이 되어야죠. 로쟈가 가엾게도 열이 130도(화씨)나 돼요. 게다가 와 있는 간호원이 어찌나 바보 같은지 그애는 계속 괴로움을 호소할 뿐이에요. 아무리 생각해도 로쟈를 남기고 떠날 수가 없군요."
"그러시겠죠. 그런 무리한 일은 하지 마세요."
"런던, 어디로 가나요?"
"그걸 잘 모르겠어요. 확실하지가 않아요."
"맥심에게 판결을 뒤집어엎도록 어떻게든지 힘을 쓰라고 일러 줘요. 집안을 더럽히는 일이에요. 난 이쪽에서 만나는 사람들에게는 무슨 잘못일 거라고 말할 작정이에요. 레베카가 자살을 할 리가 없어요. 그런 사람이 아니란 말이에요. 내가 검시관에게 편지를 쓰겠어요."
"이젠 소용 없어요. 그런 일은 안 하는 편이 좋을 거예요. 헛수고예요."
"너무 어이가 없어 말도 안 나오는군요. 우리는 그 구멍이 바위에 부딪쳐 생긴 것이 아니라면 부랑자 같은 자들의 소행이 아닌가 해요. 공산주의자인지도 모르지요. 그런 녀석들은 얼마든지 있으니까요. 공산주의자가 할 것 같은 일이 아닐까요?"
맥심이 서재에서 소리를 질렀다. "적당히 해 두고 끊도록 하구려! 대체 무슨 얘길 하는 거요?"
"베아트리스 형님" 하고 나는 거절하듯 말했다. "런던에 가면 이쪽에서 전화를 걸겠어요."

"딕 고돌핀에게 부탁하면 어떨까 하는데, 어때요?" 베아트리스는 말했다. "그쪽에서 나온 하원의원이에요. 난 잘 알고 있어요. 맥심보다도 훨씬 더 잘 알아요. 그 사람은 가일스와 함께 옥스퍼드에 있었거든요. 내가 딕에게 전화를 걸어 판결을 뒤집도록 힘써 달라고 부탁해 볼까 하는데 그래도 될지 맥심에게 물어봐요. 그리고 공산주의자의 소행이라는 의견을 어떻게 생각하는지도 물어봐 줘요."

"소용없어요. 도움이 될 수 없어요. 제발 부탁이니 베아트리스 형님, 아무 일도 하지 말아 주세요. 오히려 나쁘게 될 뿐이니까요. 레베카에게는 우리가 알 수 없는 동기가 있었는지도 모르니까요. 그리고 공산주의자가 배에 구멍을 뚫으리라고는 생각할 수 없잖아요. 그런 짓을 해서 무슨 도움이 되겠어요. 부탁이니 베아트리스 형님, 이대로 내버려두세요."

아, 그녀가 오늘 이 자리에 없었던 일은 정말 하느님의 보살핌이라 할 수밖에 없다. 적어도 그 일만은 하느님께 감사를 해야 한다. 전화로 무언가 투덜거리는 소리가 들렸다.

그리고 베아트리스가 "여보세요, 교환 아가씨, 끊으면 안 돼요" 하는 소리가 들려 왔다. 그러나 곧 짤깍 하는 소리가 나더니 조용해졌다.

나는 녹초가 되어 서재로 돌아왔다. 조금 뒤 또 전화 벨이 울리기 시작했다. 나는 울리거나 말거나 가지 않고 내버려두었다. 그리고 맥심이 있는 곳으로 가서 발치에 앉았다. 전화 벨은 여전히 울리고 있었다. 나는 움직이지 않았다. 마침내 전화 벨은 마치 화난 것처럼 갑자기 멎었다.

벽난로 위의 시계가 10시를 알렸다. 맥심은 내 몸에 팔을 돌려 끌어안았다. 우리는 열병에 걸린 것처럼 정신 없이 입맞춤을 했다. 마치 지금까지 입맞춤을 해 본 일이 없는 죄를 범한 연인들처럼.

26

다음날 아침, 6시 조금 넘어서 일어나 창가로 가니 유리에는 서리와 같은 이슬이 내리고 나무들은 흰 안개의 너울을 쓰고 있었다. 공기는 냉랭하고 조금 산뜻한 바람이 있어 쌀쌀하고 차분한 가을 기운이 감돌고 있었다. 창가에 무릎을 꿇고서 꽃이 가지 위로 고개를 수그리고 꽃잎이 어젯밤 비에 바랜 장미 화원을 내려다보고 있노라니 어제 있던 사건이 아득히 먼 옛날 일처럼, 진짜 있었던 일이 아닌 것 같이 느껴졌다.

이 만데레이에서는 지금 새로운 하루가 시작되고 있었다. 화원 안에 있는 것은 우리의 괴로움과는 아무런 관계가 없는 것들이었다. 개똥지빠귀 한 마리가 장미 화원에서 잔디밭 쪽으로 훨훨 날다가 가끔 앉아서 노란 주둥이로 흙을 쪼고 있었다. 한 마리의 개똥지빠귀도, 서로 연모하고 있는 두 마리의 통통한 작은 할미새도, 지저귀고 있는 한 떼의 참새도 벌써 하루의 일과를 시작하고 있었다. 갈매기 한 마리가 하늘 높이 조용히 날고 있다가 날개를 크게 펴고 잔디밭 저쪽으로부터 숲과 '행복의 골짜기' 쪽으로 날아갔다.

모든 것이 조금도 변하지 않았다. 우리의 괴로움과 근심도 이런 것들을 바꿔 놓을 수 있는 힘을 갖지 못했다. 이제 머지않아 정원사들도 일어나 잔디밭과 샛길의 낙엽을 쓸고 찻길로 자갈을 끌어올리겠지. 저택의 뒤뜰에서는 물통 소리를 내면서 자동차를 씻을 것이고, 부엌에 있는 소녀가 창 너머로 뜰에 있는 남자와 수다를 떨기 시작할 것이다. 구수한 베이컨 냄새도 풍겨 오겠지. 하녀들은 창문을 활짝 열고 커튼을 걷어 올리겠지. 개들은 바구니에서 기어나와 하품을 하고 기지개를 켜며 테라스로 나가 안개 속에서 겨우 얼굴을 내민 엷은 햇빛에 눈을 깜박일 것이다.

로버트는 아침 식탁을 펴놓고 보리빵이며, 달걀이며, 꿀과 잼과 마멀레이드 등이 든 접시며, 복숭아와 온실에서 갓 나와 아직도 분이 뽀얗게 앉은 포도송이 등이 담긴 그릇을 날라오겠지. 하녀들은 홀과 객실을 청소하고, 신선하고 맑은 공기가 긴 창문으로 흘러든다. 굴뚝에서는 연기가 솟아오르고, 가을 안개는 차차 걷히면서 나무며 초원이며 숲의 형태가 나타나고, 골짜기 아래로는 햇빛에 반짝이는 바다가 보이고, 표지탑이 곧 위로 똑바로 솟아 있다.

만더레이의 평화. 조용함과 아름다움. 누가 이 속에 살든지, 어떤 소란이나 사건이 일어나든지, 아무리 눈물이 흐르든지, 어떤 슬픔이 생기든지간에 만더레이의 평화는 동요되지 않으며 그 아름다움은 손상되는 일이 없는 것이다.

지금은 시들어 버린 꽃도 내년에는 다시 필 것이고, 같은 새들이 둥지를 틀 것이며, 같은 나무들이 꽃을 피울 것이다. 그 잊을 수 없는 촉촉한 이끼 냄새도 주위에 풍길 것이고, 벌과 귀뚜라미도 찾을 것이다. 나비는 잔디밭 위에서 즐거운 춤을 출 것이고 거미는 안개와 같은 거미줄을 치겠지. 조그만 토끼가 별 볼일도 없으면서 풀숲에서 놀란 얼굴을 내밀 테지. 사향나무며 인동덩굴도 꽃이 필 것이고, 식당 창문 아래에는 흰 목련꽃 봉오리가 차차 볼록해지겠지.

아무도 만더레이의 평화를 어지럽히는 이는 없다. 저 아래 보이는 자갈투성이 바닷가에 파도가 밀려와 부서질 동안에도 안전하게 숲의 보호를 받고 마술로 꼭 봉해 놓은 것처럼 늘 그대로의 모습을 지니고 있는 것이다.

맥심은 아직 자고 있었으나 나는 깨우지 않았다. 지금부터 맞이할 오늘이란 날은 틀림없이 우울하고 지루할 것이다. 큰길, 전신주, 지나가는 자동차들, 그리고 런던으로 향하는 변화 없는 여행의 단조로움. 이 여로의 끝에 무엇이 있을지 우리는 알 수 없었다.

앞으로의 일은 모른다. 런던 북부 어딘가에, 우리의 일은 조금도 모르면서 우리의 미래를 잔뜩 움켜쥐고 있는 베이커라는 남자가 살고 있는 것이다. 이제 머지않아 그 남자도 잠에서 깨어나 기지개와 하품을 하며 오늘 하루를 시작할 테지. 나는 일어나 욕실로 가서 목욕할 준비를 시작했다.

이런 동작들은 나에게 어젯밤에 본 로버트와 똑같은 뜻을 지니고 있었다. 전에는 이런 일들을 기계적으로 했다. 그러나 지금은 물 속에 해면(海綿)을 집어넣고 수건을 줄에서 떼어 의자 위에 펴놓은 다음 벌렁 드러누워서 물을 몸에 끼얹는 일련의 과정을 나는 의식하고 있었다. 한순간 한순간이, 그 속에 최후라는 정수(精髓)를 지닌 귀중한 것이다.

침실로 돌아와 옷을 갈아 입는데 조용한 발자국 소리가 문 밖에서 멈추더니 살그머니 열쇠를 돌리는 소리가 들렸다. 그리고 잠시 침묵이 이어지더니 발자국 소리는 사라져 갔다. 덴버스 부인이었다. 그녀는 잊어버리지 않았다. 어젯밤 우리가 서재에서 침실로 들어갔을 때도 똑같은 소리를 들었다. 그녀는 문을 두드리는 일도 없었으며 알리지도 않았다. 단지 발자국 소리와 열쇠를 돌리는 소리뿐이었다. 그 소리로 나는 현실로 돌아왔으며 눈앞에 닥친 미래 앞에 마주 서야 한다는 것을 알았다.

나는 옷을 다 갈아 입은 다음 욕실로 가서 맥심의 목욕 준비를 했다. 잠시 뒤에 클라리스가 차를 가지고 왔다. 나는 맥심을 깨웠다. 처음에는 조금 어리둥절한 얼굴로 아이들처럼 나를 쳐다보고 있더니 그는 곧 손을 내밀었다. 우리는 차를 마셨다.

그리고 나서 자리에서 일어나 욕실로 갔고, 나는 여행 가방 속에 이것저것 차곡차곡 챙겨 넣었다. 런던에 머물게 될지도 모르기 때문이다. 나는 맥심이 사준 브러시, 잠옷, 덧신, 갈아 입을 옷, 신 등을 집어넣었다. 화장 상자를 옷장 속에서 꺼내어 보았을 때 마치 남의 것 같은 느낌이 들었다. 이것을 사용한 지 꽤 세월이 흐른 것 같은데도, 불과 4개월 전이다. 칼레의 세관에서 표시한 분필 자국이 아직 남아 있었다. 가방 한쪽 칸에는 몬테카를로의 카지노 음악회 표가 들어 있었다. 나는 그것을 뭉쳐서 쓰레기통에 던졌다. 그것은 다른 시대, 다른 세계의 것이었다.

 침실은 마치 주인이 없는 방처럼 되었다. 나의 브러시가 없으니까 화장대는 어딘가 모르게 허전한 느낌이었다. 얇은 종이며 헌 꼬리표가 바닥에 흩어져 있었다. 우리가 잤던 침대에는 무서운 공허만이 그 주위를 감싸고 있었다. 욕실 바닥에는 수건이 꾸깃꾸깃해진 채 팽개쳐져 있었다. 옷장문은 활짝 열려 있었다. 나는 두 번 다시 올라오지 않아도 되도록 모자를 쓰고, 손가방과 장갑, 그리고 여행 가방을 들었다. 그리고 잊어버린 건 없는지 방안을 둘러보았다.

 차차 안개가 걷히고 태양이 얼굴을 내밀어 융단 위에 빛의 줄무늬를 이루고 있었다. 복도 중간까지 왔을 때 나는 다시 한번 방으로 되돌아가 잘 봐 두어야겠다는, 설명할 수 없는 이상한 기분이 들었다. 그래서 까닭도 없이 되돌아가서 한동안 입을 크게 벌린 옷장이며, 텅 빈 침대며, 테이블 위 찻잔이 놓인 쟁반 등을 서서 바라보았다. 나는 그런 것들을 물끄러미 지켜보면서 영원히 가슴속에 새겨 두었으나, 왜 이런 것들이 내가 사라져 가는 것을 싫어하는 아이들처럼 남을 감동시키고 슬프게 하는 힘을 지니고 있는지 이상스럽게 느껴졌다.

 마침내 나는 발길을 돌려 아침 식사를 하러 내려갔다. 식당은 추웠고 창문에는 아직 햇빛이 비치지 않았으므로, 쓰고 따끈한 커피와 기운이 생기는 베이컨이 반가웠다. 맥심과 나는 잠자코 먹었다. 가끔 그는 시계를 보았다. 로버트가 무릎덮개와 함께 여행 가방을 객실에 놓는 소리가 들리고, 잠시 뒤에 차가 현관 앞에 닿는 것 같았다.

나는 테라스로 나가 섰다. 비가 왔기 때문에 공기가 맑고 풀 냄새가 신선해서 기분이 좋았다. 해가 높게 솟으면 상쾌한 날이 될 테지. 점심을 들기 전에 골짜기를 슬슬 거닐다 책이나 신문을 들고 밤나무 밑에 앉으면 얼마나 기분이 좋을까 하는 생각을 했다. 나는 잠깐 눈을 감아 보았다. 얼굴과 손에 태양의 따뜻함을 느꼈다. 맥심이 집 안에서 나를 부르고 있는 소리가 들렸다. 내가 방으로 되돌아오니 프리스가 코트를 입혀 주었다.

또 자동차 소리가 들렸다. 프랭크였다.

"줄리안 대령은 문지기 집에서 기다리고 있습니다." 프랭크가 말했다. "여기까지 올 필요가 없지 않느냐고 하더군요."

"그래." 맥심은 대답했다.

"저는 하루 종일 사무실에서 전화를 기다리고 있겠습니다. 베이커를 만나시면 런던에서 제게 볼일이 생길지도 모르니까요."

"응, 그렇게 될지도 모르겠군." 맥심은 말했다.

"지금 꼭 9시입니다. 출발 시간입니다. 오늘은 날씨도 좋을 것 같으니 드라이브하기에는 더할 나위 없겠습니다."

"그렇군."

"너무 피로하지 않도록 하십시오, 드 윈터 부인." 그는 나를 보고 말했다. "오늘은 꽤 힘이 들 테니까요."

"문제 없어요" 하고 나는 말했다. 그리고 내 옆에서 귀를 늘어뜨리고 슬픈 듯이 원망하는 눈초리로 올려다보고 있는 쟈스퍼를 보았다.

"쟈스퍼를 사무실로 데리고 가 주세요. 굉장히 슬퍼하고 있는 것 같으니" 하고 나는 말했다.

"네, 알겠습니다."

"떠납시다." 맥심이 말했다. "줄리안 대령이 초조해하고 있을 거요, 그럼, 이제 됐네, 프랭크."

나는 자동차에 올라 맥심 옆에 자리를 잡았다. 프랭크가 문을 닫았다.

"전화를 걸어 주시겠지요?"

"걸고말고." 맥심은 말했다.

나는 집 쪽을 돌아보았다. 프리스가 계단 맨 위에 서 있고 로버트가 바로 그 뒤에 서 있었다. 내 눈에는 이렇다 할 까닭도 없이 눈물이 가득 괴었다. 나는 눈을 돌리고 아무도 보지 못하도록 옆에 놓은 손가방을 찾는 척 더듬는 척 했다.

드디어 맥심은 차를 출발시켰다. 차는 모퉁이를 돌아 찻길로 들어갔으므로 집이 보이지 않게 되었다. 문지기 집 앞에서 차를 세우고 줄리안 대령을 태웠다. 그는 뒷자리에 앉았다. 그는 나를 보자 이상한 얼굴을 했다.

"오늘은 굉장히 힘이 들 텐데요" 하고 대령이 말했다. "부인께서는 가시지 않아도 되지 않겠습니까. 주인 양반은 제가 잘 모시겠습니다."

"저도 가고 싶어요." 나는 말했다. 대령은 이 일에 대해서는 더 이상 말하지 않았다. 그리고 구석 자리로 몸을 기대며 말했다. "좋은 날씨군요. 그게 무엇보다도 다행입니다."

"그렇군요." 맥심이 말했다.

"파벨은 네거리에서 우리와 만나겠다고 하더군요. 거기 없으면 기다릴 필요는 없습니다. 그런 사람은 없는 편이 더 나을 테니까. 그 사람, 차라리 늦잠이라도 들었으면 좋으련만."

그러나 네거리까지 오니 그의 기다란 녹색 자동차가 보였으므로 나는 실망했다. 그가 시간을 못 대올 줄 알았기 때문이다. 파벨은 모자도 쓰지 않고 담배를 문 채 운전대에 앉아 있었다. 그리고 우리를 보자 싱긋이 웃으며 손을 흔들었다. 나는 맥심의 무릎 위에 손을 얹고 앞으로의 긴 여행을 하기 위해 자리를 편히 잡았다.

몇 시간이 지나고, 몇 마일을 달려왔다. 나는 똑바로 앞으로 펼쳐진 길을 멍하니 바라보고 있었다. 줄리안 대령은 가끔 잠이 들어 돌아다보면 머리를 쿠션에 기대고 입을 벌리고 있었다. 녹색 자동차는 우리 뒤를 바싹 따르고 있었다. 이따금 앞으로 달려나갈 듯하다가 때로는 뒤로 처지곤 했다. 그러나 절대로 떨어지지는 않았다.

1시에 우리는 점심 식사를 하기 위해 시골 거리의 큰길 옆 낡은 여관 앞에 차를 세웠다. 줄리안 대령은 수프와 생선 요리로부터 시작해서 불에 익힌 고기와 요크셔 푸딩에 이르기까지 정식 코스를 완전히 먹어치웠다. 맥심과 나는 찬 햄과 커피를 들었다. 나는 파벨도 식당에 들어와서 함께 식사를 하는 줄 알고 있었는데, 우리가 자동차 있는 데로 돌아와 보니 그의 차는 맞은쪽 카페 밖에 세워져 있었다. 그는 창문으로 우리를 본 모양인지 출발한 지 3분 뒤에는 어느새 또 뒤를 따르고 있었다.

우리가 런던 교외에 도착한 것은 3시 무렵이었다. 이곳까지 오니 소음과 자동차의 왕래로 머리 속이 시끄러워 나는 피로를 느끼기 시작했다.

런던은 더웠다. 거리는 과연 8월답게 먼지가 뽀얗게 앉은 시든 나무에는 잎이 꼼짝도 않고 매달려 있었다. 어젯밤 폭풍우는 곳에 따라 온 듯, 이곳에는 비가 내린 흔적이 없었다. 사람들은 무명 옷을 입고 걸어가고 있었으며 남자들은 모자를 쓰고 있지 않았다. 주위에는 종이 조각이며 오렌지 껍질이며 신발 등이 널려 있고, 마른 풀 냄새가 풍겼다. 버스는 느릿느릿 움직이고, 택시는 기어가듯 달렸다. 나는 웃옷과 스커트가 몸에 착 달라붙고, 양말이 살을 찌르는 것 같은 느낌이 들었다.

줄리안 대령은 고쳐 앉더니 창으로 밖을 내다보았다. "여긴 비가 오지 않은 모양이군요." 대령이 말했다.

"그런가 봅니다." 맥심은 말했다.

"한 줄기 퍼부었으면 좋겠어요."

"그렇군요."

"파벨 녀석을 도무지 떼놓을 수가 없었군. 여전히 따라오니 말입니다."

"그러게 말입니다."

교외의 상점 거리는 푹푹 찌는 듯했다. 울어대는 아기를 유모차에 태운 피로해 보이는 여인들이 창문으로 들여다보고, 행상인이 소리치고, 남자아이들이 화물 자동차 뒤에 매달려 있었다. 너무나 사람들이 많고 시끄러웠다. 공기 그 자체가 초조해 보였고 완전히 소음에 흡수된 채 지쳐 있는 것 같았다. 런던 거리는 끝이 없는 것 같았다. 그곳을 겨우 빠져 나가 햄스테드 끝까지 왔을 때는 머리 속에서 북을 치는 것 같은 소리가 나고 눈이 불타오르는 것 같았다.

나는 맥심이 얼마나 피곤할까 하고 생각했다. 얼굴빛이 파리하고 눈 아래에 피로한 빛이 뚜렷했으나, 그는 아무 말도 하지 않았다. 줄리안 대령은 뒤에서도 하품만 하고 있었다. 그는 입을 크게 벌리고 큰 소리로 하품을 하고 나서는 괴로운 듯 한숨을 쉬었다. 그리고 2, 3분 간격으로 이를 되풀이하는 것이었다. 나는 뒤범벅이 된 까닭 없는 초조를 느끼며, 돌아다보고 대령에게 하품 좀 하지 말라고 외치고 싶은 것을 어떻게 참아야 좋을지 몰랐다.

햄스테드를 지나자 그는 웃옷 주머니에서 큰 지도를 꺼내어 맥심에게 바넷으로 가는 길을 일러주기 시작했다. 길은 뚜렷했고 도로표도 있었으나 그는 굽은 길에 이를 때마다 꼭 일러 주며, 맥심이 조금이라도 주저하면 창문을 열고 지나가는 사람에게 길을 물어보곤 했다.

바넷까지 오자 대령은 2,3분 간격으로 맥심에게 차를 세우게 했다.

"로슬란드라는 집을 모르십니까? 베이커라는 의사의 집인데, 의사 노릇을 그만두고 최근에 이곳에 와서 살고 있는 사람입니다."

그러나 얼굴을 보아 하니 이 부근에 대해서 잘 모르는 모양이었다. 그 통행인은 어쩔 줄 몰라하면서 조금 얼굴을 찡그리고 멈추어 섰다.

"베이커 의사라고요? 베이커 의사는 모르겠는데요. 교회 근처에 코티지라는 집은 있습니다만, 그곳에는 윌슨 부인이 살고 있습니다."

"아니, 우리가 찾고 있는 것은 로슬란드입니다. 베이커 의사네 집입니다." 줄리안 대령은 말했다.

우리는 다시 앞으로 나아가 이번에는 유모차를 밀고 있는 부인 앞에 차를 세웠다.

"로슬란드란 곳이 어딘지 아십니까?"

"안됐습니다만, 저는 이쪽에 온 지 얼마 안 되어서."

"베이커 의사를 모르십니까?"

"데이비드슨 의사라면 알고 있습니다만."

"아니, 베이커 의사입니다."

나는 맥심을 쳐다보았다. 그는 몹시 피곤해 보였다. 입을 한일 자로 굳게 다물고 있었다. 뒤에서는 파벨이 따라오고 있었고 그의 녹색 차도 먼지투성이가 되었다.

결국 그 집을 일러 준 사람은 집배원이었다. 우리가 두 번이나 그 앞을 지나쳤던, 담쟁이덩굴이 뒤엉킨 네모진 문에 문패도 없는 집이었다. 나는 기계적으로 손가방을 집어 분첩 끝으로 얼굴을 두드렸다. 맥심은 차를 좁은 현관 앞으로는 끌고 들어가지 않고 길 옆에 세웠다. 우리는 그대로 잠시 잠자코 앉아 있었다.

"드디어 도착했군." 줄리안 대령이 말했다. "5시 20분이 넘었네. 그러고 보니 지금은 한참 차를 마시고 있는 중이 아닐까? 조금 기다리는 게 좋겠소."

맥심은 담배에 불을 붙이고 내 쪽으로 손을 뻗쳤다. 아무 말도 하지 않았다. 줄리안 대령이 지도를 펴는 소리가 들렸다.

"런던을 거치지 말고 올 걸 그랬군." 대령이 말했다. "그랬으면 40분은 더 빨리 올 수 있었을걸. 처음 2백 마일은 그리 대단치 않았는데 시간을 잡아먹은 것은 치스윅부터였어요."

심부름 가는 소년이 자전거를 타고 휘파람을 불면서 지나갔다. 거리 모퉁이에 버스가 한 대 서고 여자가 두 명 내렸다. 어딘가에서 15분마다 교회 시계가 울렸다.

파벨이 자동차 뒤에서 등을 기대고 담배를 피우고 있는 것이 내가 있는 곳에서 보였다. 나는 모든 감정이 다 없어진 것 같았다. 가만히 앉아서 아무 관계도 없는, 쓸데없는 것을 지켜보고 있었다. 버스에서 내린 두 여자가 길을 걷고 있었다. 심부름 가는 소년은 모퉁이를 돌아가 버려 보이지 않았다. 참새 한 마리가 길 한가운데를 팔짝팔짝 뛰면서 먼지를 쪼고 있었다.

"베이커라는 사람은 뜰에 대해서는 잘 모르는 모양이군." 줄리안 대령이 말했다. "이 벽에서 비어져 나온 나무를 보시오. 이것은 좀더 잘 잘라 줘야 되는데."

대령은 지도를 접어서 주머니에 넣었다.

"은퇴 장소로는 좀 이상한 곳을 택했군. 큰길 옆이고 다른 집에서도 내려다보이잖소. 나라면 이런 데는 싫은데. 하지만 이렇게 집이 들어차기 전에는 꽤나 좋은 곳이었겠소. 아마 이 근처에는 좋은 골프 코스가 있을 거요."

줄리안 대령은 잠시 잠자코 있더니 이윽고 문을 열고 차 밖으로 나갔다. "드 윈터 씨, 이제 슬슬 움직여 보면 어떨까요?"
"아무래도 좋습니다." 맥심은 말했다. 우리는 차에서 내렸다.
파벨은 어슬렁어슬렁 우리 있는 쪽으로 다가왔다.
"아니, 뭘 기다리고 있습니까. 겁이 나나요?" 그는 말했다.
아무도 대답하는 사람은 없었다. 우리는 현관 쪽으로 걸어갔다. 기묘하게 허술해 보이는 집이었다. 저쪽으로 잔디밭 테니스장이 보이고 공을 치는 소리가 들렸다. 남자아이가 외치는 소리가 들렸다.
"포티 피프틴, 써티 올이 아니야. 아웃이 된 걸 잊어버리다니 능청맞군!"
"차를 마시는 일은 이제 다 끝났겠지." 줄리안 대령이 말했다.
대령은 맥심 쪽을 보면서 잠깐 주저하고 있더니 곧 초인종을 눌렀다. 초인종은 건물 속 깊은 곳에서 울렸다. 한참 동안 아무 기척도 없었다. 이윽고 젊은 하녀가 문을 열었다. 하녀는 우리가 여럿인 것을 보고 놀란 모양이었다.
"베이커 선생님 댁입니까?" 하고 줄리안 대령이 물었다.
"네, 어서 들어오세요."
우리가 들어가니 하녀는 홀의 왼쪽 문을 열었다. 그곳은 여름철에는 그다지 사용되지 않는 응접실인 것 같았다. 벽에는 못생기고 음침해 보이는 여인의 초상이 걸려 있었다. 나는 이것이 베이커 부인의 초상이 아닌가 하는 생각을 했다. 의자와 긴의자에 씌워진 사라사 무명은 새 것이라 깨끗했다.
벽난로 위에는 생글생글 웃고 있는 통통하게 살이 찐 두 초등학교 학생의 사진이 놓여 있었다. 방 구석의 창가에는 아주 큰 라디오가 있어 코드가 마룻바닥에 늘어져 있고 안테나 끝이 보였다.
파벨은 벽의 초상을 보고 있었다. 줄리안 대령은 불기 없는 난로 옆으로 갔다. 맥심과 나는 창문으로 밖을 내다보고 있었다. 나무 그늘에 휴대용 의자가 놓여 있고, 어떤 부인의 머리 뒷모습이 보였다. 테니스 코트는 모퉁이를 돌아간 곳에 있는 모양이었다. 남자 아이들이 떠들어대는 소리가 잘 들렸다.

늙어 빠진 스코치 테리어 품종의 개가 샛길 가운데서 몸을 긁고 있었다. 우리는 거기서 5분 가량 기다렸다. 나는 누군가 다른 사람이 되어 이 집에 자선 사업의 기부를 받으러 와 있는 것 같은 기분이 들었다. 아무런 감정도 없고 고통도 없었다.

이윽고 문이 열리고 한 남자가 들어왔다. 중키에 얼굴이 조금 길고 턱이 뾰족했다. 머리는 모래빛이었으나 희끗거리기 시작했다. 플란넬 바지에 짙은 청색의 블레이저를 입고 있었다.

"기다리시게 해서 미안합니다." 남자는 이렇게 말하더니 우리가 여럿인 걸 보고 하녀와 매한가지로 조금 놀라는 표정이었다. "급히 손을 씻고 와서……. 초인종이 울릴 때 테니스를 치고 있었어요. 좀 앉으시지요."

그는 내가 있는 쪽을 돌아다보았다. 나는 가까이 있는 의자에 앉아 기다렸다.

"갑자기 찾아뵈어 웬일인가 하시겠습니다." 줄리안 대령이 말했다. "이렇게 번거롭게 구는 것을 진심으로 사과합니다. 저는 줄리안이라고 합니다. 이쪽은 드 윈터 씨, 드 윈터 부인, 파벨 씨입니다. 아마 당신도 드 윈터 씨의 이름은 최근에 신문에서 보셨으리라 믿습니다."

"그렇습니다, 본 것 같은 생각이 듭니다." 베이커 의사는 말했다.

"심문인가 무언가 있었지요. 집 사람이 죽 읽고 있었습니다."

"배심원이 자살로 판결을 내린 겁니다." 파벨이 앞으로 나서며 말했다. "저는 그런 어리석은 짓은 없다고 봅니다. 그 윈터 부인과 저는 사촌간이라 잘 알고 있습니다. 그녀는 그런 짓을 할 리가 없고,

무엇보다도 동기가 없습니다. 그래서 우리가 알고 싶은 것은, 죽은 그날 그녀가 무슨 일로 당신을 만났느냐는 것입니다."

"그런 건 줄리안 대령과 내게 맡겨 두게." 맥심이 조용히 말했다.

"베이커 선생님은 자네가 말하는 뜻을 아시지 못할걸세."

맥심은 눈살을 찌푸리고, 처음으로 의례적인 미소를 입술에 담은 채 그들 사이에 서 있는 의사를 돌아다보았다.

"죽은 아내의 사촌은 그 판결을 만족스럽게 여기지 않는 모양입니다." 맥심이 말했다. "그런데 아내의 일기장에 베이커 선생의 성함과 예전 진찰실의 전화 번호가 적혀 있는 것을 발견했으므로 오늘 이렇게 찾아뵙게 된 것입니다. 아내는 베이커 선생과 약속을 하고, 마지막으로 런던에 왔던 날 2시에 그 약속을 이행한 모양입니다."

베이커 의사는 몹시 흥미있게 듣고 있더니 맥심이 말을 마치자 머리를 가로저었다.

"정말 안됐습니다만 뭔가 잘못된 게 아닐까요? 그렇잖으면 제가 드 윈터라는 이름을 기억하고 있을 겁니다. 저는 지금까지 드 윈터 부인이라는 분을 진찰한 일이 없습니다."

줄리안 대령은 지갑을 꺼내어 일기장에서 찢어 온 페이지를 내주었다. "여기 적혀 있습니다. 베이커, 2시라고 씌어 있습니다. 그리고 옆에 크게 ×표를 해놓았지요. 그것은 약속을 이행했다는 표시입니다. 그리고 여기 전화 번호가 있습니다. 뮤지움 0488번."

베이커 의사는 그것을 물끄러미 들여다보았다.

"이상하군요, 정말 이상합니다. 번호는 말씀대로 꼭 맞는데요."

"부인이 가명으로 베이커 선생한테 왔었다고는 볼 수 없을까요?" 하고 줄리안 대령이 물었다.

"그렇군요, 그럴 수도 있지요. 부인은 가명을 썼을는지도 모릅니다, 물론 여간해서는 없는 일이지만. 그런 일은 결코 권할 만한 일이 못됩니다. 환자 분이 그런 식으로 우리를 속이려 해도 그건 치료상 조금도 좋은 결과를 가져오지 않습니다."

"당신 서류 속에 진찰 기록이 있으시겠지요?" 줄리안 대령이 말했다. "이런 일을 묻는 것은 예의에 벗어나는 일이라는 걸 저도 알고 있습니다만, 아무튼 사정이 사정이라서요. 우리는 베이커 선생과 부인의 약속이 틀림없이 이 사건과 부인의 그 뒷일, 즉 자살에 관계가 있다고 보고 있습니다."

"자살이 아닙니다, 살인이에요" 하고 파벨이 말했다.

베이커 의사는 눈썹을 치켜올리며 살피듯이 맥심을 쳐다보았다.

"저는 그런 일에 구애를 받을 생각은 없습니다." 의사는 조용히 말했다. "사정은 잘 알았습니다. 그러므로 제가 할 수 있는 일이라면 무슨 일이라도 힘이 되겠습니다. 잠깐 기다리십시오, 서류를 조사하고 오겠습니다. 그 1년 동안의 진찰 기록과 증상은 모두 보관되어 있을 겁니다. 담배라도 좀 드십시오. 아직 포도주를 드리기에는 시간이 너무 이른 것 같군요."

줄리안 대령과 맥심은 고개를 저었다. 파벨은 무슨 말을 하려고 하는 것 같았으나, 입을 열기 전에 베이커 의사가 방에서 나가 버렸다.

"훌륭한 사람 같군요." 줄리안 대령이 말했다.

"왜 위스키소다를 내놓겠다고 하지 않을까." 파벨이 말했다. "아마 깊숙이 넣어 둔 모양이군. 나는 그리 대단한 사람으로 볼 수는 없는데요. 이렇게 되면 우리에게 도움이 되는지조차 의심스러운데."

맥심은 아무 말도 하지 않았다. 코트 쪽에서 테니스 공 치는 소리가 들려왔다. 스코치 테리어가 짖고 있었다. 조용하라고 개를 꾸짖고 있는 여자의 목소리가 들렸다. 여름 방학이라 베이커는 남자아이들과 놀고 있었던 모양이다. 우리는 그들의 일과를 방해했다.

유리 케이스 속에 든 금 탁상 시계가 벽난로 위에서 재깍재깍 움직이고 있었다. 제네바 호수의 그림 엽서가 그곳에 세워져 놓여 있었다. 스위스에 친구가 있는 모양이다.

베이커 의사는 큰 장부와 서류 상자를 들고 방으로 돌아왔다. 그리고 그것을 테이블 위에 놓았다.

"작년 치를 모두 가지고 왔습니다. 이곳에 온 뒤로 아직 정리를 못 했어요. 아시겠지만, 일을 그만둔 지 아직 6개월밖에 안 되어서요." 그는 장부를 펴고 페이지를 넘기기 시작했다.

나는 장부를 넘기고 있는 그를 정신 없이 바라보고 있었다. 그는 물론 찾아 낼 것이다. 그건 이제 단지 시간 문제, 아니 초 문제이다.

"7일, 8일, 10일," 그는 중얼거렸다. "여긴 없군요. 12일이라고 하셨던가요? 2시라고 했지요? 음!"

우리는 꼼짝도 하지 않았다. 일제히 그를 지켜보고 있었다.

"12일 2시에 덴버스 부인을 진찰했습니다." 그는 말했다.

"덴버스? 이게 대체……." 파벨이 말을 꺼내자 맥심이 곧 그를 막았다.

"물론 가명입니다. 그건 처음부터 알고 있었던 일입니다. 그래 생각이 나십니까? 베이커 선생님?"

그러나 베이커 의사는 벌써 서류를 찾고 있었다. 나는 그의 손가락이 D라고 표시된 구멍으로 들어가는 것을 보았다. 그는 곧 발견했다. 그리고 재빨리 자기 필적을 훑어보았다. "그렇습니다." 그는 천천히 말했다.

"그렇습니다, 덴버스 부인, 이제 생각이 납니다."

"키가 크고 마른 사람으로, 아주 미인이지요?" 줄리안 대령이 조용히 말했다.

"그렇습니다." 베이커 의사는 말했다. 그는 서류를 다 읽은 다음 케이스에 집어넣었다.

"물론" 하고 베이커 의사는 맥심 쪽을 보면서 말했다. "이것은 의사로서는 있을 수 없는 일입니다. 우리 의사들은 환자를 참회실에 들어간 사람과 똑같이 취급하고 있습니다. 그러나 부인은 돌아가신 분이기도 하고, 나로서도 사정이 예외적이란 것을 잘 알고 있습니다. 그런데 당신들이 물으시는 것은 부인이 왜 자살을 했을까, 그 동기에 짐작이 가는 일은 없는가 하는 일이지요? 그것이라면 알 수 있을 것 같습니다. 스스로 덴버스 부인이라고 자칭한 부인은 아주 중병이었습니다."

그는 말을 끊고 우리를 번갈아 쳐다보았다.

"저는 그 부인의 일을 똑똑히 기억하고 있습니다." 그는 이렇게 말한 다음 또 서류를 보았다. "제가 있는 곳에 처음으로 오신 것은 당신이 말씀하시는 날로부터 1주일 전의 일입니다. 어떤 증상을 말하기에 저는 X광선 사진을 찍었습니다. 두 번째 오신 것은 그 사진 결과를 알아보기 위해서였습니다. 사진은 이곳에 없습니다만 상세히 적어 놓았습니다. 그 부인이 진찰실에 서서 사진을 찍으려고 손을 뻗었던 일까지 잘 기억하고 있습니다.

'전 사실 그대로를 알고 싶어요. 위로의 말이나, 병자에 대한 배려 같은 건 조금도 소용 없습니다. 있는 그대로를 똑똑히 말씀해 주세요.'라고 부인은 말했습니다"

베이커는 말을 끊고 또 서류를 보았다.

나는 기다렸다. 왜 그는 빨리 결말을 내고 우리를 보내 주지 않을까? 왜 우리는 그의 얼굴에서는 눈을 떼지 않고 앉은 채로 기다리고 있어야만 할까?

"부인은 사실을 알고 싶다고 하기에 저는 설명을 했습니다. 환자 중에는 그렇게 하는 편이 좋은 사람도 있습니다. 아무리 요점을 얼버무려도 그런 사람들에게는 허사가 됩니다. 덴버스 부인, 아니,

드 윈터 부인이던가요. 부인은 거짓말을 잠자코 듣고 있을 그런 사람은 아닌 것 같았습니다. 당신들도 그 점은 잘 알고 계시겠지요. 그분은 훌륭하게 견디어 냈습니다. 주저하거나 하는 일은 없었습니다. 자신도 얼마 전부터 그렇지 않을까 하고 생각했다고 말했습니다. 그리고 돈을 치르고 나가셨습니다. 그 이후 뵌 일이 없습니다."

그는 상자를 꽝 닫고 장부를 덮었다.

"통증은 아직 그다지 심하지 않았지만 환부가 꽤 뿌리 깊었습니다. 3,4개월이 되기 전에 모르핀 신세를 지게 되었을 겁니다. 수술해 봐야 전혀 헛수고예요. 그 말은 부인께도 했습니다. 종기는 고착되어 제거하기란 불가능했습니다. 이런 환자는 하는 수 없어요, 그저 모르핀을 주고 기다릴 수밖에 없는 겁니다."

아무도 입을 여는 이는 없었다. 탁상 시계는 벽난로 위에서 재깍거리고, 아이들은 뜰에서 테니스를 치고 있었다. 비행기가 한 대 둔한 폭음을 내며 날아갔다.

"겉으로야 물론 아무데도 나쁜 곳이 없는 건강한 부인이었습니다." 의사는 말했다. "조금 여위고 얼굴빛이 좋지 않은 것 같긴 했지만, 그것도 유감스럽게 현대의 유행이니까 구태여 흠잡을 정도는 아니었습니다. 그러나 통증이 점점 심해져서, 아까도 말했듯이 4,5개월이 되기 전에 모르핀 신세를 지게 될 상태였습니다. X광선 사진으로 보니 자궁이 활모양으로 구부러져 임신할 수 없는 상태였습니다. 이건 병과는 전혀 관계 없는 일입니다만."

줄리안 대령이 베이커 의사에게 폐를 끼쳐서 미안하다고 말하는 것을 나는 들었다.

"이제 알고 싶은 일을 모두 알았습니다. 그 서류 안의 당신이 적어 놓으신 부분을 얻을 수 있다면 퍽 도움이 될 것 같은데요." 대령이 말했다.

"좋습니다. 그렇게 하십시오" 하고 베이커 의사는 말했다.

모두 일어섰다. 나도 의자에서 일어났다. 그리고 베이커 의사와 악수했다. 우리는 모두 그와 악수했다. 그리고 그의 뒤를 따라 홀에서 나갔다. 여자 한 사람이 홀 반대쪽 방에서 내다보고 있더니 우리의 모습을 보자 화닥닥 들어가 버렸다. 누군가 이층에서 욕실에 물을 받고 있는지 요란한 물소리가 들려 왔다. 스코치 테리어가 뜰에서 들어와 내 발꿈치를 킁킁 냄새 맡고 있었다.

"당신이나 드 윈터 씨에게 보고서를 보낼까요?" 베이커 의사가 말했다.

"아니, 그럴 필요는 없을 것 같습니다." 줄리안 대령이 말했다.

"아마 없을 겁니다. 필요하면 드 윈터 씨나 제가 쓰겠습니다. 명함을 드리지요."

"도움이 되어 다행입니다." 베이커 의사는 말했다. "드 윈터 부인과 덴버스 부인이 동일 인물인 줄은 몰랐습니다."

"그러시겠지요." 줄리안 대령이 말했다.

"당신들은 런던으로 돌아가시리라 믿습니다만."

"그렇습니다, 그렇게 될 겁니다."

"그렇다면 저 우체국에서 왼쪽으로 구부러졌다가 교회에서 오른쪽으로 구부러지는 것이 가장 가까운 길입니다. 그 다음은 외길입니다."

"여러 가지로 고맙습니다."

우리는 현관 앞으로 나가 자동차가 있는 쪽으로 걸어갔다. 베이커 의사는 스코치 테리어를 집안으로 끌어들였다. 문을 닫는 소리가 들렸다. 손풍금을 든 절름발이 사나이가 길 옆에서 〈피카디의 장미〉를 켜기 시작했다.

27

우리는 자동차 옆으로 가 섰다. 잠시 아무도 입을 열지 않았다. 줄리안 대령이 담뱃갑을 돌렸다. 파벨은 얼굴이 잿빛이 되어 조금 떨기까지 하는 것 같았다. 성냥을 들고 있는 손이 떨리고 있는 것을 나는 알아차렸다. 손풍금을 든 남자는 잠깐 음악을 멈추더니 모자를 들고 우리 있는 쪽으로 다가왔다. 맥심이 2실링을 주었다.

그는 또 손풍금으로 다른 노래를 켜기 시작했다. 교회 시계가 6시를 쳤다. 파벨이 입을 열었다. 더듬거리긴 했으나 홀가분한 목소리였다. 그러나 그 얼굴은 아직도 잿빛을 띠고 있었다. 그리고 우리 얼굴은 보지 않고 다만 담배만을 바라보면서 그것을 손 끝으로 빙빙 돌리고 있었다.

"암이란 병은 전염되는 건가요?"

아무도 대답하는 이가 없었다. 줄리안 대령은 어깨를 으쓱거렸다.

"생각지도 않은 일이었군." 파벨은 씹어뱉듯이 말했다. "레베카는 아무에게도, 덴버스 부인에게까지도 숨기고 있었어. 얼마나 끔찍스런 일이람, 그런 병과 레베카를 결부시켜 생각해야 하다니. 누가 이런 생각을 할 수 있었겠나. 당신들은 무엇이든 마시고 싶지 않은가요? 난 완전히 녹초가 되었어요. 그건 나도 인정하오. 암! 이게 무슨 꼴이람."

파벨은 자동차에 기대어 두 손으로 눈을 가렸다. "저 손풍금쟁이를 딴 데로 쫓아 버려줘요. 귀에 거슬려요."

"우리가 떠나는 편이 간단할 게 아닌가." 맥심이 말했다. "차를 운전할 수 있겠나? 줄리안 씨와 교대를 하려나?"

"잠깐." 파벨이 중얼거리듯 말했다. "이제 곧 괜찮아질 거요. 당신들은 모르겠지만, 내게는 정말로 무서운 충격이오."

"기운을 내요" 하고 줄리안 대령이 말했다. "뭘 마시고 싶으면 돌아가서 베이커에게 부탁하면 되잖소. 의사니까 충격을 받은 사람을 잘 대접할 거요. 길 거리에서 이상하게 굴면 곤란하니까."

"과연 당신 말이 맞아요." 파벨은 이렇게 말하고 똑바로 서더니 줄리안 대령과 맥심을 쳐다보았다. "당신들은 이제 걱정할 게 없소. 맥심은 무사 태평이오. 바라는 대로 일이 되었으니 부탁만 하면 언제든지 베이커가 서류로 증명해 줄 것이고, 대령은 덕분에 으스대며 매주 한 번씩 만더레이에서 진수성찬을 대접받을 수 있겠지. 분명 맥심은 첫아이의 대부가 되어 달라고 당신에게 부탁할 거요."

"슬슬 떠날까요?" 줄리안 대령이 맥심에게 말했다. "돌아가는 길에 앞으로의 예정을 세우기로 합시다."

맥심이 자동차 문을 열었다. 줄리안 대령이 탔다. 나는 운전석 옆에 앉았다.

파벨은 아직 차에 기댄 채 움직이려고도 하지 않았다.

"나쁜 소리는 아니니, 곧장 집으로 가서 드러눕도록 해요." 줄리안 대령은 냉정하게 말했다. "그리고 천천히 운전을 하도록 하시오. 그렇잖으면 사람을 치어 교도소에 갈 수 있단 말이오. 그리고 두번 다시 내 앞에는 나타나지 말도록 경고하는 바요. 당신이 케리스나 또는 그 지방에 나타난다면, 나는 장관으로서 직책상 가차없는 수단을 취할 거요. 남의 등을 치는 일은 착실한 직업은 아니잖소, 파벨 군. 당신한테는 달갑지 않을는지 모르나 우리 세계에서는 공갈범을 어떻게 다루는지 뻔하니까."

파벨은 물끄러미 맥심을 바라보고 있었다. 이제 얼굴은 잿빛이 아니었고 입가에는 그 징그러운 미소를 띠고 있었다.

"당신이 운이 좋았던 것 같소, 맥심." 파벨은 느릿느릿 말했다.

"당신은 승리했다고 생각하겠지요. 하지만 아직도 법률의 힘이 미치지 않는다고는 볼 수 없어요. 내게도 아직 수단은 있으니까. 방법은 다르지만……."
 맥심은 자동차의 시동을 걸었다.
 "아직도 할 말이 있나?" 하고 맥심은 말했다. "할 말이 있으면 지금 말하게나."
 "없어요." 파벨이 말했다. "이젠 잡아두지 않을 테니 마음대로 가요." 그는 아직도 입가에 웃음을 띤 채 인도로 물러섰다.
 자동차는 미끄러져 나갔다. 모퉁이를 돌 때 돌아보니 우리를 지켜보며 손을 흔들고 웃고 있는 것이 보였다. 우리는 잠시 말없이 자동차를 몰았다. 이윽고 줄리안 대령이 입을 열었다.
 "그 사람이 뭘 하겠소. 그 웃음도 손을 흔들고 있는 것도 모두 허세란 말이오. 저런 작자들은 모두 저렇다니깐. 그러나 이젠 할 말이 없겠지. 베이커의 증언으로 여지없이 코가 납작해졌을 테니."
 맥심은 대답하지 않았다. 나는 곁눈으로 줄리안 대령의 얼굴을 살폈으나 그의 마음속을 짐작할 수는 없었다.
 "해결은 베이커의 손 안에 있다고 난 죽 생각하고 있었어요." 줄리안 대령이 말했다. "몰래 의사를 찾은 일이며, 덴버스 부인에게까지 숨기고 있었던 일이며, 드 윈터 부인은 불안을 느꼈던 모양이에요. 어딘가 몸이 나쁘다는 건 알고 있었나 보죠. 무서운 병입니다. 참으로 무서운 병이에요. 젊고 아름다운 부인이 정신이 이상해지는 것도 당연한 일이지요."
 우리는 곧게 뻗은 길을 질주하고 있었다. 전봇대, 버스, 덮개를 벗긴 스포츠 카, 새로운 뜰이 붙어 있는 두 채로 된 별장 등이 내 마음속에 언제까지나 잊을 수 없는 광경을 아로새기면서 지나갔다.
 "당신도 이런 일이 있으리라고는 생각지 않았겠지요, 드 윈터 씨?" 줄리안 대령이 말했다.
 "정말입니다." 맥심이 대답했다.

"그런 병에 대해서는 병적인 공포를 지니고 있는 사람이 있어요."

줄리안 대령이 말했다. "특히 여자들에게 많지요. 전 부인 역시 그랬던 모양입니다. 다른 일에 대해서는 모두 용감했지만 이것만은 달랐던 게지요. 고통과 맞서서 싸울 수가 없었던 겁니다. 그러나 아무튼 그 고통을 겪지 않고 끝난 셈이지요."

"그렇군요." 맥심이 말했다.

"런던의 의사가 자살 동기를 설명해 주었다는 말을 케리스나 그 지방에 퍼뜨려도 그다지 해롭지는 않겠지요? 이상한 소문이라도 나면 안 될 테니까요. 세상이란 변덕스러워서 쓸데없는 말을 하고 싶어하는 법이니까요. 드 윈터 부인의 사정이 알려지면 당신한테도 유리하게 될 겁니다."

"잘 알고 있습니다."

"시골에서는 일단 한 번 퍼진 소문은 여간해서는 없어지지 않습니다. 참으로 이상한 일로 약이 오를 정도예요. 왜 그런지 알 수 없는 노릇이지만 불행히도 사실이 그렇습니다. 이번에도 그렇게 되리라고는 생각지 않습니다만 예방 수단을 취해 두는 일이 해롭진 않을 겁니다. 세상이란 무언가 조금 듣기만 하면 반드시 꼬리를 붙여 말을 옮기게 마련이니까요."

"옳은 말씀입니다."

"당신과 클로리가 있는 이상 만더레이와 영지 내에서는 물론 쓸데없는 소문 따윈 문제 없이 날려 보낼 수 있을 것이고, 케리스에서는 제가 힘껏 해 보겠습니다. 딸에게 슬쩍 한 마디만 하면 되니까요. 딸은 젊은 사람들을 많이 알고 있지요. 이들은 소문을 퍼뜨리는 데는 더할 나위 없을 겁니다. 신문도 이제는 시끄럽게 굴진 않겠지요. 그것만으로도 한시름 던 겁니다. 하루 이틀만 지나면 이 사건 따윈 잊어버린 듯 한 줄도 쓰지 않게 될 거예요."

"그렇겠지요" 하고 맥심이 대답했다.

우리는 북부의 교외를 지나 다시 핀치레이로 해서 햄스테드로 나왔다.

"6시 반이군." 줄리안 대령이 말했다. "당신들은 어떻게 하시렵니까? 세인트 존의 숲에 누이동생이 살고 있는데, 나는 이제부터 예고 없이 찾아가 거기서 저녁 식사를 하고 패딩턴에서 막차를 타고 돌아갈까 합니다만. 동생이 이 1주일 동안은 아무 데도 나가지 않는다는 것을 알고 있으니까요. 당신들도 함께 가시면 굉장히 기뻐할 텐데요."

맥심은 잠시 망설이더니 내가 있는 쪽을 흘깃 쳐다보았다.

"호의는 감사합니다만 우리는 헤어지는 게 좋을 것 같습니다. 프랭크에게 전화도 걸어야 하고 그 밖에도 볼일이 있으니까요. 어딘가 조용한 데서 식사를 하고 또 만데레이를 향하여 떠나다가 시골 여관에라도 들기로 하지요. 그게 좋을 것 같습니다."

"그렇습니까? 알겠습니다" 하고 줄리안 대령이 말했다. "그럼, 저를 동생 집까지 좀 데려다 주시겠습니까. 로드 거리 모퉁이입니다."

목적한 집에 이르자 맥심은 문 앞에서 차를 세웠다.

"오늘의 수고에 대해서는 뭐라고 감사를 드려야 할지 모르겠습니다." 맥심은 말했다. "제가 얼마나 고맙게 생각하고 있는지 잘 아시리라 믿습니다."

"아니, 오히려 도움이 될 수 있어 기쁘게 생각하고 있습니다." 줄리안 대령이 말했다. "베이커가 알고 있던 일을 우리가 알고 있었다면 물론 이런 일은 일어나지 않았겠지요. 그러나 이제 걱정할 건 없습니다. 모든 것을 대단히 불쾌하고 불행한 삽화였다고 생각하시고 잊어버리십시오. 파벨 일도 문제 없으리라 봅니다. 성가시게 굴거든

곧 알려 주십시오. 제가 처리할 테니까요."
 줄리안 대령은 외투와 지도를 집어들고 자동차를 내렸다.
 "제 생각을 말하자면," 대령은 우리한테서 시선을 옮기며 말했다. "잠시 이 고장을 떠나 계시는 편이 좋을 것 같습니다. 휴양을 하러 가는 겁니다. 외국이 좋겠지요."
 우리는 아무 대답도 하지 않았다. 줄리안 대령은 지도를 만지작거리고 있었다.
 "지금쯤은 스위스가 가장 좋을 거예요. 저도 딸의 휴가 때 한번 가본 일이 있는데 정말 즐거웠어요. 산책이 유쾌하더군요." 그는 잠시 말을 끊더니 헛기침을 했다. "아무튼 성가신 일이 전혀 일어나지 않는다고 할 수는 없으니까요. 파벨은 문제가 없다 하더라도, 이 고장에서 탑의 증언을 오해하고 이러쿵저러쿵하는 자가 한두 사람쯤 없다고 볼 수도 없으니까요. 물론 터무니없는 일이긴 하지만, 왜 옛 속담에도 있지 않습니까? 눈에 띄지 않으면 생각지도 않는다고. 소문의 주인공이 없으면 소문도 사라지지요. 세상은 그런 거랍니다."
 대령은 선 채로 잠시 소지품을 살펴보았다. "잊어버린 건 없겠지. 지도, 안경, 스틱, 외투. 다 있군. 그럼 두 분 모두 몸조심하십시오. 너무 무리를 하시지 않도록. 오늘은 굉장히 애를 쓰셨으니까요."
 대령은 문으로 들어가 계단을 올라갔다. 한 부인이 창가에 나타나 웃음을 띠고 손을 흔드는 것이 보였다.
 차는 다시 큰길로 나가 모퉁이를 돌았다. 나는 뒤로 기대어 눈을 감았다. 우리 둘만이 남자 견딜 수 없을 정도로 긴장이 풀려 왔다. 맥심은 입을 열지 않았다. 나는 그의 손이 내 손 위에 얹혀 있는 것을 알았다. 우리는 자동차 사이를 뚫고 달리고 있었으나 내 눈에는 그런 것은 아무것도 보이지 않았다. 버스 소리며 택시의 경적이며 듣지 않으려고 해도 귓속으로 파고드는 끊이지 않는 런던의 소음이, 들려 왔지만 내 마음속까지는 들어오지 못했다.

나는 서늘하고 조용한 다른 세계에서 편안히 쉬고 있었다. 우리를 위협하고 있는 것은 이제 아무것도 없었다. 이제 위기는 사라진 것이다. 맥심이 차를 세웠으므로 눈을 뜨고 다시 고쳐 앉았다. 우리가 있는 곳은 소호의 좁은 거리로, 무수히 늘어서 있는 요릿집 앞이었다. 나는 멍하니 둘러보았다.

"당신 피곤해 보이는군" 하고 맥심이 말했다. "배가 고파서 지쳐 버리면 아무 일도 할 수 없소, 아무거나 먹으면 기운이 나겠지. 나도 먹어야겠소. 이 가게에 들어가 곧 식사를 주문합시다. 그리고 프랭크에게 전화도 걸고."

우리는 차에서 내렸다. 요릿집 안에는 주인과 심부름하는 아이와 계산대 뒤에 선 젊은 여자 외에는 아무도 없었다. 가게는 어둡고 시원했다. 우리는 구석진 테이블에 자리를 잡았다. 맥심은 식사를 주문했다.

"파벨이 마실 것을 찾던 일도 무리는 아니야. 나도 목이 타는데. 당신도 마시겠지? 당신 것으로는 브랜디를 주문합시다."

주인은 뚱뚱하지만 애교가 있었다. 가늘고 긴 빵을 종이에 싸서 내놓았다. 몹시 단단하여 대그락거리는 빵이었다. 나는 그것을 정신없이 먹었다. 브랜디 소다도 입맛에 맞았고 몸이 후끈해졌다. 묘하게 기분이 좋았다.

"식사가 끝나면 이번엔 천천히 차를 몰기로 하지" 하고 맥심이 말했다.

"그리고 밤이니까 서늘할 거요. 도중에서 자기로 합시다. 그러면 아침 결에 만더레이에 도착할 거요."

"그래요."

"당신은 줄리안 대령 동생 집에서 식사하고 막차로 돌아가고 싶었던 게 아니오?"

"아니에요."

맥심은 술을 모두 마셨다. 그의 눈은 크고 둘레가 거무스름한 것 같았다. 그리고 그것이 파리한 얼굴과 대조되어 아주 거무죽죽해 보였다.

"줄리안이 어느 정도까지 진상을 알고 있다고 보오?" 맥심이 물었다.

나는 아무 대답도 않고 술잔 너머로 그를 쳐다보았다.

"줄리안은 알고 있는 거요." 맥심은 천천히 말했다. "물론 알고 있소."

"알고 있어도 아무에게도 말하지 않을 거예요."

"그렇겠지."

맥심은 또 술을 한 잔 주문했다. 우리는 어두컴컴한 구석에 온화한 기분으로 조용히 앉아 있었다.

"레베카는 일부러 나에게 거짓말을 한 것 같소. 멋들어진 최후의 허세요. 레베카는 내가 죽이도록 계획한 거요. 하나에서 열까지 예상하고 있었던 거지. 그렇기 때문에 웃었던 거요. 그렇기 때문에 죽을 때도 웃고 있었던 거요."

나는 아무 소리도 하지 않았다. 나는 잠자코 브랜디 소다를 마시고 있었다. 모든 것이 끝났다. 결말이 난 것이다. 이젠 문제 없다. 맥심도 이제 얼굴이 파리해져서 괴로워할 일이 없는 것이다.

"그건 레베카의 마지막 장난이었소. 걸작이야. 나는 지금도 레베카가 이긴 게 아닌가 싶은 생각이 드오."

"그건 무슨 뜻이지요? 왜 그 사람이 이긴 거죠?"

"그건 나도 똑똑히 설명할 수는 없소." 그는 두 잔째의 술을 마셨다. 그리고 테이블에서 일어섰다. "프랭크에게 전화를 걸고 오겠소."

나는 구석진 자리에 우두커니 앉아 있었다. 얼마 안 있어 심부름하는 아이가 새우 요리를 가지고 왔다. 아주 따끈하고 맛이 있었다. 나는 브랜디 소다를 한 잔 더 주문했다. 이렇게 앉아 있으니 편안하고 기분이 좋았다. 아무런 불안도 없었다. 나는 심부름하는 아이를 보고 웃었다. 그리고 아무 까닭도 없이 프랑스 말로 빵을 더 주문했다. 가게 안은 조용하고 편안하고 친근감이 있었다. 맥심과 나는 함께 있는 것이다.

모든 것은 끝났다. 레베카는 죽었다. 레베카는 이제 우리를 괴롭힐 수 없다. 맥심이 말하듯 그녀는 마지막 장난을 친 것이다. 이제는 더 이상 우리를 향해 손가락 하나 까딱할 수 없다.

10분쯤 지나자 맥심이 돌아왔다.

"프랭크는 여전하던가요?" 나는 이렇게 말했으나 내 목소리가 멀리서 울리는 것처럼 들려왔다.

"여전해" 하고 맥심은 말했다. "4시부터 사무실에 들어앉아 내 전화를 기다리고 있었던 모양이오. 이쪽 이야기를 하니까 기뻐하며 마음을 놓은 것 같소."

"그래요?"

"그런데 묘한 일이 생겼소" 하고 맥심은 눈살을 찌푸리며 조용히 서서 말했다. "프랭크가 그러는데, 덴버스 부인이 집을 나간 모양이라고 하는구려. 어디론가 자취를 감추었다는거야. 아무에게도 별다른 말이 없었다는데 아마 하루 종일 방을 치우고 짐을 꾸려 놓았던지, 4시 무렵 역에서 인부가 짐을 가지러 왔었다는구려. 프리스가 이 사실을 프랭크에게 전화로 알려왔다 하오. 그래서 프랭크가 덴버스 부인을 사무실에 들르도록 하라고 프리스를 통해 전갈했는데, 프랭크가 아무리 기다려도 끝내 오지 않더라는군. 그런데 내가 전화를 걸기 약 10분 전에 프리스로부터 또 전화가 걸려 왔었대. 덴버스 부인에게 장거리 전화가 걸려왔기에 프리스가 부인 방으로 연결을 해 주니까 부인이 전화를 받더라고 했다는군. 그것이 6시 10분 즈음의 일인데, 7시 15분 전에 프리스가 문을 두드리니 뎁버스 부인의 방이 텅 비어 있더라는구료. 침실도 비어 있어 여럿이서 찾았으나 도저히 찾아 낼 수 없었다고 하오. 그래서 부인은 도망간 것이라는 결론이 났나 보오. 집을 나가 숲으로 빠져 나간 모양이오. 문지기 집 앞으로도 지나가지 않았다니까.”

"차라리 그러는 편이 잘된 게 아닐까요? 일을 던 셈이지요, 뭐. 아마 뎁버스 부인도 모든 것을 눈치챈 모양이에요. 어젯밤 그런 얼굴을 하고 있었는걸요. 나는 이곳에 올 때 자동차 안에서 줄곧 그 일을 생각하고 있었어요."

"아무래도 꺼림칙해" 하고 맥심은 말했다.

"그 사람이 뭘 할 수 있겠어요. 도망간 거라면 잘됐죠, 뭐. 전화를 건 사람은 파벨이 틀림없어요. 베이커의 말을 한 것이겠죠. 그리고 줄리안 대령이 한 말도 이야기했겠지요. 줄리안 대령은 만일 공갈을 치는 일이 있거든 알리라고 했잖아요. 그러니까 이젠 그런 짓을 할 용기도 없으리라고 봐요. 어떻게 할 수 있겠어요? 위험한데……"

"나는 공갈 치는 일을 생각하는 게 아니오" 하고 맥심은 말했다.

"그 사람들이 그 밖에 할 수 있는 일이 또 뭐가 있겠어요?" 나는 말했다. "우리는 줄리안 대령이 말했듯이 모든 걸 완전히 잊어버리는 게 좋을 것 같아요. 이제 더 생각지 않기로 해요. 모든 것은 끝나 버렸는걸요, 뭐. 우리는 무릎을 꿇고 무사히 끝난 일을 하느님께 감사해야 해요."

맥심은 대답하지 않았다. 그리고 눈앞을 멍하니 바라보고 있었다.

"새우 요리가 다 식겠어요." 나는 말했다. "어서 드세요. 먹어 두는 게 좋아요. 배를 채우지 않으면 해로워요. 당신은 피로한 거예요."

나는 그가 나에게 했던 말을 그대로 말했다. 나는 기분도 좋아졌고 기운도 솟았다. 이번에는 내가 그의 시중을 들 차례이다. 그는 피로해 보이고 얼굴빛도 나빴다. 나는 몸과 마음의 피로에서 회복되었고, 이번에는 그가 녹초가 되어 버렸다. 그러나 얼굴빛이 나쁜 것은 오로지 공복과 피로 때문일 것이다. 그 밖에는 전혀 마음 괴로워할 일이 없는 것이다.

덴버스 부인이 없어졌다. 이 일에 대해서도 우리는 하느님께 감사해야 한다. 모든 것이 우리에게 아주 유리하게 된 것이다.

"어서 생선 요리를 드세요" 하고 나는 말했다.

앞으로는 지금까지와는 많이 달라질 것이다. 나는 이미 하인들에 대해 겁을 먹지도 않으며, 사양을 하지 않는다. 덴버스 부인이 없어진 이상 나도 조금씩 집안일을 알아 두어야 될 것이다. 부엌에 나가 요리사와도 만나자. 그들은 나에게 호감을 가지고 나를 존경하겠지. 머지않아 지금까지 덴버스 부인이 집안일을 꾸려 왔었다는 생각은 사라져 버리리라.

프랭크에게 설명을 해 달라고 해야 할 것이다. 프랭크가 나에게 호감을 갖고 있는 것은 명백하다. 나도 그가 좋았다. 나는 그런 일에도 참여해서 어떻게 처리되고 있는지 알도록 하자. 농장에서는 모두들 어떤 일을 하고 있는가? 저택 안의 일은 어떻게 계획되고 있는가? 뜰을 손질하는 일도 내가 하자. 그리고 좋은 기회를 택해 하나 둘 모습을 바꾸어 보자. 거실 창문에서 보이는 그 반인반양상(半人半羊像)이 서 있는 네모진 작은 잔디밭, 그건 아무리 봐도 마음에 들지 않는다. 그 상은 아무 데나 주어 버리자.

조금씩 할 수 있는 일이 산더미만큼 많은 것이다. 손님이 와서 자는 일도 있을 텐데, 그런 일을 걱정해서는 안된다. 손님 방을 돌보고, 꽃이며 책을 챙기고, 요리를 마련하는 일도 틀림없이 재미있을 것이다. 게다가 머지않아 아이가 태어나겠지. 그렇다, 아이는 꼭 낳기로 하자.

"이제 다 끝났소?" 갑자기 맥심이 말했다. "나는 이제 충분하오. 커피나 주오. 프림을 넣지 말고 진하게 해줘요. 그리고 계산."

그는 주인에게 말했다. 왜 이렇게 서둘러 나가야만 하지 나는 이해가 가지 않았다. 요릿집 안은 기분이 좋았고 서둘러 떠나야 할 볼일도 없는데. 나는 이렇게 긴의자 뒤에 머리를 기대고 앉아서 앞으로의 일을 멍하니 생각하고 싶었다. 그렇게 허둥지둥 일어나지 말고 언제까지나 이렇게 앉아 있을 수 있다면 얼마나 좋을까 생각했다.

나는 약간 비틀거리고 하품을 하면서 맥심의 뒤를 따라 요릿집을 나왔다.

"어떻소?" 하고 그는 밖으로 나온 다음 말했다. "뒷자리에서 무릎덮개를 쓰고 잘 수 있겠소? 쿠션도 있고 내 외투도 있으니까 춥지는 않을 텐데."

"어딘가 여관에서 쉴 줄 알았는데요." 나는 멍하니 말했다. "가다 여관에라도."

"그건 알고 있소. 그러나 아무래도 오늘 밤 안으로 달려가야만 할 것 같소. 어떻소, 뒷자리에서 잘 수 있겠소?"

"글쎄요." 나는 자신이 없었으나 그렇게 대답했다. "아마 잘 수 있겠지요."

"지금 8시 15분 전이니까 곧 출발하면 2시 반에는 도착할 거요. 차의 왕래도 그다지 많진 않을 테니까."

"하지만 지칠 거예요. 굉장히 지칠 거예요."

"아니오." 맥심은 고개를 저었다. "걱정 마오. 난 빨리 돌아가고 싶소. 무언가 잘못될 것 같은 예감이 드오. 그래서 빨리 돌아가고 싶은 거요."

맥심의 얼굴은 여느 때와 달리 걱정스러워 보였다. 그는 문을 열고 차 뒷좌석에 무릎덮개며 쿠션을 챙기기 시작했다.

"잘못 될 리가 있겠어요." 나는 말했다. "모든 것이 끝난 지금에 와서 걱정을 하다니 이상하군요. 난 통 모르겠네요."

맥심은 대답하지 않았다. 나는 뒷좌석에 올라 다리를 웅크리고 드러누웠다. 맥심은 무릎덮개를 덮어 주었다. 기분 좋은 잠자리였다. 생각했던 것보다 훨씬 좋았다. 나는 머리 밑에 베개를 넣었다.

"상관 없겠소?" 하고 맥심이 물었다. "정말 아무렇지도 않아?"

"네." 나는 미소를 지었다. "괜찮아요. 자겠어요. 여관 같은 데서는 자고 싶지 않아요. 이렇게 하고 빨리 가는 편이 좋아요. 날이 새기 전에 만더레이에 도착하겠지요."

맥심은 운전석에 앉아 차의 시동을 걸었다. 나는 눈을 감았다. 자동차는 움직이기 시작했다. 몸 아래서 스프링이 가볍게 흔들리는 것을 느꼈다. 나는 쿠션에 얼굴을 묻었다. 자동차의 움직임에는 리듬이 있고 규칙적이라 내 마음은 거기에 따라 흔들거리고 있었다. 눈을 감으니 지금까지 봐 온 것, 기억하고 있는 것, 잊었던 것 등, 몇백 가지도 넘는 환영이 떠올랐다. 그 환영들은 뒤죽박죽 뒤섞여서 뜻도 없는 어떤 모양을 이루었다.

반 홉퍼 부인의 모자에 단 깃털, 프랭크 집의 식당에 있는 등받이가 꼿꼿하고 딱딱한 의자, 만더레이의 서쪽 방에 있는 넓은 창문, 가장 무도회에서 생글생글 웃던 부인의 적황색 의상, 몬테카를로 근처의 길가에 있던 농촌 아가씨. 어떤 때는 잔디밭 위에서 나비를 쫓고 있는 쟈스퍼가 나타났다. 또 어떤 때는 휴대용 의자 옆에서 귀를 긁고 있는 베이커 의사의 스코치 테리어가 나타났다. 오늘 의사 집을 일러 주던 우편 집배원이 나타나는가 하면, 깊숙이 있는 거실에서 나를 위해 의자를 닦아 주는 클라리스의 어머니 모습이 떠올랐다. 벤이 조개를 들고 나에게 웃음을 지어 보이고, 사제 부인이 차를 마시고 갔으면 좋겠다고 말하고 있었다.

침대에 누웠을 때 맛보는 차가운 홑이불의 쾌감을 느낄 수도 있었고 구석진 작은 만에 뒹구는 자갈을 느낄 수도 있었다. 숲속의 양치류 식물, 축축한 이끼, 시든 진달래 꽃잎 등의 냄새를 맡을 수도 있었다. 나는 묘하게 잠을 설치며 때때로 잠에서 깨어나, 좁고 거북한 좌석과 눈앞에 맥심의 등이 보이는 현실로 돌아오곤 했다. 황혼은 암흑으로 변했다. 길거리에는 지나가는 자동차 불이 보이고 있었다. 커튼 사이로 흐릿하게 불빛이 새어 나오는 농가도 있었다. 나는 몸을 뒤척여 반듯이 누운 다음 또 잤다.

만더레이의 계단이 눈앞에 떠올랐다. 덴버스 부인이 검정 옷을 입고 앞에 서서 내가 들어가기를 기다리고 있었다. 계단을 올라가니 그 여자는 복도 쪽으로 물러가 모습을 감추어 버렸다. 나는 찾았으나, 아무래도 눈에 띄지 않았다. 갑자기 그녀의 얼굴이 구멍 같은 문으로 이쪽을 들여다보고 있었으므로 나는 비명을 질렀다. 그러자 그녀의 모습은 또 사라져 버렸다.

"지금 몇 시지요?" 나는 물었다.

맥심이 돌아다보았다. 어두컴컴한 차 안에서 보니, 그의 얼굴은 파리하여 유령처럼 보였다.

"11시 반이오. 이제 절반은 왔소. 좀더 자는 게 좋을 거요."

"목이 말라요."

맥심은 다음 거리에서 차를 세웠다. 자동차 수리 공장의 남자가, 아내가 아직 안 자니까 홍차를 끓이게 하겠다고 했다. 우리는 차에서 내려 수리 공장 안으로 들어갔다. 나는 손발의 혈액 순환을 돕기 위해 여기저기 걸어다녔다. 맥심은 담배를 피웠다. 추웠다. 열어 젖힌 수리 공장 입구로 찬바람이 불어들어 함석 지붕을 요란스럽게 흔들었다. 나는 몸을 부르르 떨며 외투 단추를 끼웠다.

"오늘 밤은 몹시 춥군요." 수리 공장의 남자가 가솔린 펌프를 돌리며 말했다. "오늘 낮부터 날씨가 변할 것 같았어요. 올 여름 더위도 이게 마지막이군요. 이제 곧 불이 그리워질 겁니다."

"런던은 더웠어요" 하고 나는 말했다.

"그래요." 수리공이 말했다. "그쪽은 언제나 철이 늦지요. 이쪽은 늘 나쁜 날씨를 먼저 겪는 셈이죠. 바닷가는 새벽녘에 바람이 세질 거예요."

부인이 홍차를 가져다 주었다. 나무 냄새가 강하게 났으나 뜨거웠다. 나는 정신 없이, 그리고 감사하면서 마셨다. 맥심은 벌써 시계를 보고 있었다.

"이제 떠나야지" 하고 그는 말했다. "10분만 있으면 12시요."

나는 마지못해 수리 공장을 나왔다. 찬 바람이 정면으로 불어닥쳤다. 하늘에는 별이 반짝이고 있었다. 그러나 조각 구름도 있었다.

"정말이지" 하고 수리공이 말했다. "이것으로 올 여름도 끝났습니다."

우리는 다시 차에 올랐다. 나는 또 무릎덮개 밑으로 파고 들었다. 자동차는 계속 달렸다.

나는 눈을 감았다. 나무 의족을 달고 손풍금을 켜고 있는 남자가 눈앞에 떠올랐다. 〈피카디의 장미〉의 멜로디가 자동차의 동요를 거역하듯 머릿 속에서 울려 댔다. 프리스와 로버트가 서재로 홍차를 가지고 왔다. 문지기 집의 여자가 나에게 머리를 조금 숙여 보이고 아이를 집안으로 불러들였다. 구석진 작은 만에 있는 보트를 두는 오두막집 안의 모형선과 가벼운 먼지가 눈에 떠올랐다. 조그만 돛대에는 거미줄이 걸려 있었다. 지붕을 두드리는 빗소리와 파도소리가 들려왔다. 나는 '행복의 골짜기'로 가고 싶었으나, 여느 때 있던 곳에서 보이지 않았다. 주위는 숲뿐이고 '행복의 골짜기'는 아무 데도 없었다. 검은 나무들과 어린 양치류 식물뿐이었다. 올빼미가 울었다. 만더레이의 창문에는 달 그림자가 어리고 있었다. 뜰에는 10피트에서 12피트나 되는 담쟁이덩굴이 우거져 있었다.
"맥심, 맥심!" 나는 외쳤다.
"왜 그러오? 걱정 마오, 난 여기 있잖아."
"꿈을 꾸었어요."
"무슨 꿈인데."
"모르겠어요, 모르겠어요."
다시 한없이 변화가 계속되는 심연으로.
나는 거실에서 편지를 쓰고 있었다. 초대장을 쓰고 있었다. 나는 그것을 굵고 검은 펜으로 전부 손수 쓰고 있었다. 그러나 문득 내가 쓴 것을 보니, 그것은 나의 반듯반듯한 작은 글씨가 아니라 기다랗고 삐뚤며 이상하게 한쪽 어깨가 처진 글씨였다. 나는 카드를 압지 밑에서 밀어 내어 감추어 버렸다. 그리고 자리에서 일어나 거울 앞으로 갔다. 내 얼굴과는 다른 얼굴이 나를 쳐다보고 있었다. 그것은 검은 머리가 늘어진 아주 파리하고, 아름다운 얼굴이었다. 눈을 가늘게 뜨고 웃고 있었다. 입술을 벌리고 있었다.
거울 속의 그 얼굴은 나를 쳐다보며 웃었다. 그리고 그때에 비로소 그녀가 침실 화장대 앞에 앉았으며, 맥심이 그 머리에 솔질을 하고 있다는 것을 알았다. 그는 그녀의 머리를 손에 들고, 그녀가 솔질을 하고 있는 동안 그것으로 조금씩 굵고 긴 밧줄을 꼬고 있었다. 그 밧줄은 뱀처럼 구불거리고 있었다. 그는 그것을 두 손으로 들고 레베카에게 웃어 보이며 자기 목 둘레에 걸쳤다.

"싫어요, 싫어" 하고 나는 외쳤다. "우린 스위스로 가야만 해요. 줄리안 대령이 스위스로 가라고 하셨잖아요!"
나는 맥심의 손이 얼굴에 닿는 것을 알았다.
"뭐야? 왜 그래?"
그는 말했다. 나는 바로 앉으며 머리카락을 얼굴에서 쓸어올렸다.
"잠이 안 와요, 안 되겠어요."
"아니오, 당신은 자고 있었소." 맥심이 말했다. "2시간은 잤을 거요. 지금 2시 15분이야. 라니온까지 4마일 남았소."
아까보다 추웠다. 나는 어두운 차 안에서 몸을 부르르 떨었다.
"당신 옆으로 가겠어요. 3시까지는 도착하겠지요."
나는 앞자리로 가 바람막이 창 너머로 앞을 내다보며 그의 옆에 앉았다. 그리고 그의 무릎에 손을 놓았다. 벌벌 떨려 이가 딱딱 소리를 냈다.
"추운 모양이군."
"네."
언덕이 눈앞에 불쑥 솟아오르는가 하면 또 가라앉고, 그리고 또 솟아올랐다. 주위는 아직도 한밤중이었다. 별은 사라져 버렸다.
"지금 몇 시라고 하셨죠?" 하고 나는 물었다.
"2시 20분이오."
"이상하군요, 보세요, 언덕 저쪽이 꼭 날이 새는 것 같잖아요. 하지만 그럴 리는 없을 텐데. 아직 너무 이르단 말이에요."
"방향이 달라. 당신은 서쪽을 보고 있는 거요."
"알고 있어요. 하지만 이상하다고 생각지 않아요?"
맥심은 대답하지 않았으나 나는 물끄러미 하늘을 쳐다보고 있었다. 보고 있는 사이에도 자꾸 밝아지는 것같이 느껴졌다. 새벽 하늘에 물드는 맨처음 붉은 놀 같았다. 그리고 그것은 조금씩 하늘로 퍼져 나아갔다.

"오로라가 보이는 것은 겨울이지요? 여름엔 보이지 않지요?" 나는 말했다.

"저건 오로라가 아니오, 만더레이요." 그는 말했다.

나는 그가 있는 쪽을 흘깃 살폈다. 그리고 그의 얼굴을 보았다.

"맥심" 하고 나는 말했다. "맥심, 저건 뭐죠?"

맥심은 자동차의 속력을 한층 더 내었다. 눈앞에 보이는 언덕 꼭대기에 오르니, 마치 발치로 내려다보이는 듯한 낮은 지대에 가로 누운 라니온 거리가 보였다.

왼쪽으로는 6마일이나 떨어진 케리스 강 어귀로 구불거리고 있는 은빛 흐름이 뻗쳐 있었다. 만더레이로 통하는 길은 앞쪽에 가로놓여 있었다. 달은 없었다. 머리 위 하늘은 먹물을 끼얹은 듯 캄캄했다. 그러나 지평선 위의 하늘은 결코 캄캄하지 않았다. 피보라를 맞은 듯 새빨갛게 물들어 있었다. 그리고 바다에서 불어오는 바닷바람에 재가 날려왔다.

로맨틱 서스펜스의 거장 뒤 모리에

다프네 뒤 모리에는 1907년 5월 13일 런던에서 태어났다. 그녀 자신이 《제럴드(1934)》《뒤 모리에 집안(1937)》이라는 두 권의 전기에서도 말한 일이 있지만 그 집안은 예술적 소질이 풍부했다.

그 성이 말하고 있듯 뒤 모리에는 프랑스 망명 귀족 출신이다. 조부인 조지 루이 파르미라 뷔송 뒤 모리에는 프랑스 망명 귀족과 영국 부인과의 사이에서 1834년 3월 6일, 파리에서 태어났다. 1865년 처음엔 파리에서, 그리고 안트워프에서도 미술 연구생으로 있었다. 거기서 한쪽 눈의 시력을 잃었다. 1860년 런던으로 이주, 1865년 '펀치'지 편집에 참가하면서 영국 상중류 사회를 묘사하는 풍자화가로 알려지게 되었다. 그리고 1881년 왕실 수채화가협회 일원이 되었다. 그러나 시력이 쇠퇴함에 따라 화가로서의 생애가 끝나감을 깨닫고 소설로 전향하여 《피터 이베트송(1892)》과 《토리루비(1894)》 등 세 작품을 써서 자기 그림으로 장정을 하여 출판했다. 《토리루비》는 파리 미술 학생 시절의 추억으로 소설로 또 연극으로 큰 성공을 거두었다. 1896년 10월 8일 햄스테드에서 세상을 떠났다.

조지에겐 두 아들이 있었다. 장남인 기이 루이 뷔송 뒤 모리에
(1865년생)는 극작가로서 알려져 있었으나 1915년 프랑스에서 전사
했다. 차남인 제럴드 허버트 에드워드 뒤 모리에는 무대 배우로 다프
네의 아버지이다. 제럴드는 1873년 3월 26일 런던에서 태어나 1894
년 런던 갈릭 극장에서 첫무대를 밟았다. 그는 피터팬의 선장 후크를
비롯한 독창적인 여러 역할을 맡았고 제 1차 대전 뒤는 수많은 현대
극에서 교양있고 침착한 인물로 등장하여 호평을 받았다. 1922년 그
공으로 나이트의 칭호를 받았다. 그는 또 연출자로서도 명성을 얻었
으나, 1934년 4월 11일 급사했다.

뒤 모리에의 아버지와 할아버지가 회화적 재질이나 연극적 재질,
또 인물의 성격 표현에서 남달리 뛰어난 소질을 지니고 있었다는 것
은 앞서 말한 간단한 집안소개를 통해 충분히 알았을 것이다. 아마
이런 소질이 그녀 속에 전달되어 뒷날 소설가로서 널리 대중적 성공
을 얻는데 도움이 된 것 같다. 많은 귀족의 자제가 그렇듯이 정규적
인 학교 교육을 받지않고, 가정에서 가정 교사의 교육을 받아 가며
자유로이 자랐다. 조부나 아버지의 책장에 있던 여러나라 문학 책은
일찍부터 그녀의 감정 교육에 보탬이 되어 15세 이르러서는 시를 쓰
거나 소설 같은 것을 쓰는 등 문학적 소질이 싹텄고, 자유로운 독서
와 공상과 사색은 이를 무럭무럭 키우는 방향으로 도움을 주었던 것
같다.

그녀는 1931년 《사랑하는 마음》이라는 장편 소설을 써서 작가적인
생애로 들어갔다. 이어서 《청춘은 다시 돌아오지 않는다(1932)》와
《줄리어스의 발전(1933)》을 발표했고, 《자마이카 주막(1936)》 같은
오락 소설도 내놓았다. 그리고 프레드릭 아서 몬타규 브라우닝과 결
혼했다. 그때 프레드릭은 영국 근위 보병 연대 중령으로 뒷날에는 영
국 왕실의 고관이 된 사람이다. 그녀는 남편과의 사이에 2녀 1남을

두었으나, 도회의 연회나 공식 모임을 싫어하고 전원 생활을 좋아하는 성격이었으므로 가정 생활은 그다지 순조로웠던 것 같지는 않다. 아마 이런 사실이 그녀에게 전원에서 고독한 작가 생활을 하게끔 한 모양으로, 《레베카》와 같은 뛰어난 작품이 나오게 된 원인이기도 하다.

뒤 모리에는, 초기에 캐서린 맨스필드, 매리 메어브, 모파상 등의 영향을 받았다고 한다. 그 뒤 현대 작가의 것은 거의 읽지 않고, 제인 오스틴, 안토니 토로로프, 로버트 루이스 스티븐슨의 작품을 애독했다고 한다. 내가 《레베카》를 옮기면서 느낀 감상으로 본다면, 그녀는 영국의 사실 작가나 낭만 작가 계열 속에서 오스틴이나 스티븐슨 등의 영향 아래 소설의 구성법을 배운 것으로 보인다.

뒤 모리에는 《레베카》 이후 《프랑스 인의 후미(1942)》《헝그리 힐(1943)》《왕의 장군(1945)》《패러사이츠(1949)》《종제 레이첼(1951)》《메어리 앤(1954)》《제물(1957)》 등 많은 장편을 썼다. 14편의 장편, 50편 남짓의 단편, 1편의 희곡 등이 있다.

영국에는 여류 작가가 많다. 19세기 브론테 자매, 제인 오스틴, 가스켈, 조지 엘리엇이 있고, 20세기 메어리 웨브, 버지니아 울프, 캐서린 맨스필드처럼 세계적으로 이름난 사람들이 배출되었다.

다프네 뒤 모리에는 이들에 비하면, 현대 문학을 읽지 않는다고 그녀도 말했듯이 19세기 고전적 건실한 본격 문학 수법을 신조로 삼았으며, 로마네스크한 세계에 사상을 발휘하게 된 것 같다.

《레베카》는 1938년에 발표되어 뒤 모리에를 단숨에 인기 작가로 끌어올린 그녀의 대표작이다. 뒤 모리에의 많은 장편과 마찬가지로 이 작품도 제1인칭 소설인데, 제1인칭의 '나'는 물론 작자 자신이 아니라 이 작품 세계의 주인공인 한 사람, 즉 이야기를 이끌어 가는 '나'라는 여성이다. 영국 소설의 전통에 따라, 스티븐슨이 그랬던 것처럼, 이야기를 끌고나가는 '내'가 겪어 가는 하나의 모험을 주축으로 하여 이야기가 전개된다는 구성법을 쓰고 있다. 뒤 모리에 문학의 특색은 스릴과 서스펜스에 있다. 이 스릴과 서스펜스는 소설의 이야기를 끌어나가는 '나'가 경험하는 모험을 통해, 말하자면 미지의 세계에 도전하는 과정들 속에 존재하므로 긴박감을 가지고 독자를 사로잡는 것이다. 결국 이야기에 나오는 '나'의 모험은 작품 세계를 헤쳐나가는 독자 자신의 모험이며, 거기에서 독자의 흥미도 생겨나는 것이다. 이것을 자연스럽게 실현하는데 작자의 솜씨가 있는 것이다. 이같은 모험적 흥미, 또는 줄거리의 흥미는 영국의 디포나 스티븐슨의 전통적 수법임은 말할 나위도 없다.

《레베카》의 첫부분은 나의 회상이며, 이 도입 부분은 작자가 많은 궁리를 해서 쓴 만큼 우리로 하여금 쉽게 달려들지 못하게 하는 점이 있다. 왜냐하면 이 글을 이끌어가는 '나'와 '나'의 상황이 낯설고 익숙지 않아서, 좀처럼 작품의 세계에 발을 들여놓기가 쉽지 않다. 그러나 한번 '나'와 알게 되면 자기도 모르게 이 이야기의 세계로 끌려들어가고, 또 처음으로 돌아가 '나'의 만더레이 성의 추억을 다시 읽으면, 작자가 신중하게 복선을 깔고 있다는 것을 알게 되어 뒤 모리에는 진지한 기교가임을 알 수 있다. 즉 이 작품의 첫부분은 이 작품의 결말을 이어받아 그곳에 포함되어 있는 어떤 종류의 비밀을 암시하고 있다.

이야기 속에 나오는 '나'는 그림을 그리기 좋아하는, 아직 세상 물정을 모르는 20대의 순진한 아가씨이다. 몬테카를로의 호텔에서 미국인 반 홉퍼 부인의 개인 비서 노릇을 하고 있었는데, 영국의 유명한 만더레이 성의 주인이자 25,6세나 연상인 맥심 드 윈터의 눈에 들어 젊은 후처로 들어간다. 아버지뻘인, 부자 맥심이 원하는 대로, 내가 맥심에 대한 일이나 만더레이의 일을 세상에 나도는 소문보다 상세히 아는 것도 없이 간단히 결합하고 마는 것이 이 소설의 교묘한 최초의 조건이다.

우리는 독자로서, '내'가 아내를 잃은 맥심에게 깊은 사정도 모르고 쉽게 결합되는 것을 이해하면 되는 것이고, 작자도 몬테카를로의 호텔에서 반 홉퍼 부인의 뉴욕 출발과 함께 '내'가 맥심과 결합하기까지의 과정을 조금의 무리도 없이 설정하고 있다. 생각해 보면 스릴과 서스펜스를 만들어 내기 위한 교묘한 계략은 '나'의 일종의 무지에서 온 것이다.

'내'가 드 윈터의 새 부인이라는 것이 알려지지 않은 채 소설은 시작된다. 만더레이에서의 사건을 겪은 뒤에 영국을 떠나 먼 외국의 호텔에서 만더레이에 대한 일을 꿈꾸고 있는 데서 이야기가 전개된다. 첫부분의 '나'는 만더레이에서의 사건을 겪은 뒤의 드 윈터 부인이며, 이 만더레이의 추억에서 처음 맥심과 알게 된 몬테카를로의 호텔 당시로 되돌아가 결혼하여 만더레이로 귀국한다는 이야기의 핵심으로 들어간다. 우리를 당황하게 하는 것은 앞서도 말했듯이 이 머리를 짜서 교묘하게 꾸민 첫부분임을 더 설명할 나위도 없다.

신혼인 '나'는 런던에서 장시간의 자동차 여행 끝에 만더레이의 저택으로 들어간다. 거기서 독자는 '나'와 함께 아름다운 자연 속에서 괴이한 사실들과 마주치게 된다. 첫째, 맥심의 전 부인인 레베카의 가정부 덴버스 부인이 집안 살림을 쥐고 있는 일, 그리고 무엇보다도 이상한 것은 이 부인의 존재다. 둘째로 레베카가 맥심과 함께 생활한 '바다가 내다보이는' 서쪽 방은, 레베카가 생존했던 때 그대로 보존되어 덴버스 부인이 관리하고 있다는 사실과 '나'와 맥심과의 거실은, 새로 꾸몄으며 바다가 보이지 않고 파도 소리도 들리지 않는 동쪽 방이라는 사실이다. 덴버스 부인은 검정 옷을 입은, 키가 크고 말라빠진 부인으로 툭 불거진 광대뼈와 움푹 들어간 큰 두 눈은 그녀의 얼굴에 해골과 같은 인상을 주고 있다. 거기에는 무엇인가가 숨겨져 있는 것같이 보인다. 그리고 만더레이 성의 전통과 습관은 '내'가 맥심과 함께 찾아가는 아름다운 이름의 '행복의 골짜기' 너머로 전개되는 보트 창고와 함께 이런 것에 대한 맥심의 알송달송한 태도를 포함하여 수수께끼 같은 느낌을 품게 한다.

'내'가 창고로 쓰는 오두막 근처에서 만나는 백치의 존재도 어딘가 모르게 기분 나쁘다. 작자는 맥심과 함께 나의 행복이어야 할 새로운 생애의 시초에서 만나는 이 이상한 외모에 대하여, '나'도 또 독자도 충분히 이해할 수 있는 설명이 있어야 한다. 그리고 그 기대는 작자로 인해 어그러지는 일 없이 교묘하게 만족을 느끼게 된다. 즉 우리는 뭔가 수수께끼 같은 느낌을 받으며 '나'와 함께 작자의 해석에 끌려들어가면서 이상한 생각을 갖게 되지 않게 된다. 작자의 교묘한 솜씨 때문이다. 그 핵심이 되는 것은 이 작품의 배후에 있으며 또 작자가 이름붙인 맥심의 전 부인 레베카의 존재일 것이다.

레베카는 '나'와는 전혀 다른 타입의 여성이다. 맥심의 누이나 만더레이의 사람들은, 레베카를 재색을 겸비한 훌륭한 부인이자, '나'에게는 '내'가 지니지 않은 여러 가지의 것, 이를테면 자신감이라든가, 아치(雅致), 미모, 총명함, 기지 같은, 여자의 보배라고도 할 수 있는 갖가지 장점을 모두 갖춘 이상적인 여성이며, 이 지방의 사교계의 여왕 같은 존재로 보고 있다. 그리고 과연 지방의 귀족 사회나 귀족 부인은 이런 것인가 하는 생각을 하게 된다. 더욱이 맥심을 사랑한 레베카는 만더레이의 뒤 바다에서 폭풍에 보트가 뒤집히는 바람에 갑자기 익사해 버린 것이다. 레베카 생존시의 거실이나 그 가정부를 그대로 방치하고, 오두막에 가까이 가는 것을 싫어하며 또 이 상처를 회복하기 위한 유럽 여행에서 레베카와는 전혀 다른 나와 같은 젊은 여자에게 마음이 끌린다는 것은 무리가 아니며, 이 젊은 여자와의 신혼 생활을 바다가 보이지 않는 동쪽 방에서 하기로 정했다는 것도 당연한 일임을 맥심의 사랑은 설명해 준다. 다시 말해, 여기까지의 이야기를 묘사한 듯한 레베카의 이상적인 초상이 '나'와 같은 젊은 여자, 그리고 '나'와 함께 읽어 가는 독자들의 의문을 풀어주는 큰 역할을 하고 있다. 레베카의 이상적인 모습은 주위의 사정이 이상하여 애매한 만큼 오히려 점점 힘찬 존재가 되어 '나'와 독자를 삼켜 버린다는 것을 작자는 신중히 계산하여 묘사하고 있다고 해도 좋을 것이다.

그러나 레베카의 사촌 오빠가 등장하고 레베카가 전에 곧잘 열었던 가장 무도회를 다시 개최하는 데서 이야기는 하나의 전기로 접어든다. 독자는 기, 승, 전, 결이라는 이야기의 전통적 전개의 원칙을 충실히 밟아 소설이 전개되는 것을 알 수 있을 것이다. 이 전환은 '내'가 덴버스 부인의 암시에 따라 캐롤라인 드 윈터로 가장을 하고 등장함으로써 최고조에 달한다. 캐롤라인 드 윈터는 맥심의 4대 전 조상의 여동생으로, 이 저택에 걸려 있는 초상화를 보고 나는 알게 된다. 그러나 이 고심한 분장은 레베카가 익사한 당시에 입었던 분장이었으니, 말하자면 금기라고 할 수 있었다. 나의 순진한 착상은 돌이킬 수 없는 무참한 잘못을 범한 것 같았다. 그러나 이 가장 무도회 사건을 계기로 '나'는 만더레이 성의 비밀 속으로 한 발 더 깊숙이 들어간 것이다. '나'는 맥심이 나를 사랑하고 있는 것이 아니라 밤이나 낮이나 레베카를 사랑하고 있는 것이 아닌가 하는 의심이 생기고, 덴버스 부인은 또 이런 나의 심리에 검은 그림자를 던져 주어 복잡하게 했지만, 어떤 의미에서는 '나'에게 닥칠 위기를 교묘히 피할 수 있게 한 일이기도 했다. 그러던 중에 만에서 난파선과 레베카의 보트가 발견되면서 이야기는 급히 파국으로 방향을 바꾸게 된다.

나는 다만 《레베카》의 줄거리를 쫓고 있는 것은 아니다. 그러므로 작자가 레베카 익사에 관련된 사건의 진상과 레베카의 가면이 벗겨지면서 닥쳐올 맥심의 위기, 긴박한 갖가지 사건과 그 속에 숨어 있던 레베카 죽음의 원인에 대해 독자를 숨가쁘게 몰아치는데 미리 설명을 가하여 흥미를 감하는 일은 피하여야 한다. 문제는 이야기의 전개에 미스터리 소설 수법이 쓰여진 일, 이것이 스릴, 서스펜스, 긴박감을 준비하고 있다는 것을 명백히 하면 되는 것이다.
　이 소설의 애매한 부분은, 작자가 남자의 마음의 비밀을 알아낼 수 없는 '나'라는 젊은 여자를 등장시켜 레베카라는 여성을 외부로부터 더듬어 알게하는 점에 있으며, 레베카라는 여성의 내부, 그 실체 속으로 한 발 들어갈 경우에 수수께끼는 정체를 명백히 하여야 한다는 형태를 취하고 있다. 이렇게 생각하면 《레베카》라는 소설은 다분히 미스터리 소설로 뛰어난 작품이 아닐 수 없다. 더욱이 작자는 레베카의 죽음에 대하여 한번도 아니고 두 번씩이나 이유를 번복함으로써 의외감을 충분히 만끽시켜 주고 있다. 작자가 이 이야기에 《레베카》라 이름붙인 것은 아마 레베카라는 여성이 지니고 있는 수수께끼와 그 수수께끼에는 맥심의 비밀도 관계가 있음을 뜻한다는 이런 미스터리 소설적 요소를 조금도 감추려 하지 않는다는 것을 뜻한다.
　레베카와 맥심과의 관계에 대해 생각해야 할 일이 있지만, 여기서 깊이 설명을 할 필요는 없다. 만일 미스터리 소설이 아니라면, 맥심의 고백 뒤의 추구는 맥심의 성격에 대해서도 문제를 남기고 있다고 생각한다. 레베카의 맥심에 대한 보복이 어떤 것이든 맥심의 내면적 문제는 해결되어 있지 않을 테니까 말이다. 줄리안 대령이 진상을 알고 맥심에게 국외로 나가라고 충고하나, 그것이 파벨의 은근한 협박에 대한 증오라 하더라도 여전히 문제는 남아 있다. 또 맥심의 고백에 대한 '나'의 동정은, '나'와 같은 소박한 여성에게는 어떻든 맥심에 대한 두려움 같은 것이 남아 있으리라고 본다.
　실제로 《레베카》라는 제명은 성격 소설을 암시하고 있다. 이 소설을 읽는 사람은 레베카라는 여성의 성격 비극이, 작자가 기도하는 것이 아닌가 하는 생각을 하게 될 것이다. 그러나 《레베카》의 흥미는 레베카라는 여성의 수수께끼에 있다 하더라도, 중심은 레베카의 성격의 내면적 갈등은 아니다. 이상적인 여성이라 할 수 있는 사교계의 부인 속에 깃들고 있는 악마가 이야기의 수수께끼를 이루고 있는데 불과하므로, 레베카라는 존재가 지니고 있는 사건적 흥미가 이야기의 취지를 대표하여 미스터리 소설을 형성하고 있다고 해석된다. 물론 작자는 미스터리 소설을 쓰고 있는 것이 아니라, 아마 레베카와 같은 사교계 부인이 지배하는 사회, 고풍의 봉건적 생활 양식과 그곳에 숨어 있는 허위나 허식, 그곳에 사는 사람들의 형식적인 인간 관계를 들춰 내는 일이 큰 의도였을 것이다. 아직 젊고 세상 물정을 모르며 그러기에 인습이나 허위에 물들지 않은 순진한 미술 학도인 처녀가, 이 여자에게 진심으로 애정을 느낀, 지난 날 악처로 괴로워하던 46세의 남자와 결합된다. 그리하여 이런 허위와 허식이 가득 찬 사회로 발을 들여놓게 되자, 뜻하지 않게 일어나는 마음의 갈등에 초점을 맞춤으로써 작자의 사상을 암시하고자 하는 점이 이야기의 목적이었던 것 같다. 맥심이 나와 같은 여자에게 마음이 끌리는 이유는 따지고 보면 작자의 사상을 말하는 것으로 볼 수 있다. 우리는 《레베카》를 읽어 보고 이 같은 작자의 심리적 구도를 발견한다.

  이야기의 미스터리적 구도는 이런 작자의 심리적 구도에 의해 드러나고 있다. 이야기가 조심성 있게 다루고 있는 갖가지 트릭, 중요한 것은 이미 지적했다는 외적 조건으로만 있는 것이 아니라 세심하게 묘사된 심리적 조건으로서 나의 앞에 있음을 알게 될 것이다. 만일 끝까지 읽고 맥심의 입장에서 그곳에 제시되고 있는 조건을 생각하면, 20대 여자를 옆에 놓고, 그 여자가 반드시 생각하게 될 일을 중년 남자의 참마음을 통해 상당히 복잡한 심리적인 측면에서 묘사하려

했음을 엿볼 수 있다. 이처럼 상당히 곤란한 통일은 이야기를 항상 나의 시점에서 쓴다는 일로 해결해 나가고 있다고 보아야 할 것이다.

순진한 젊은 여자의 수기라는 형식이 심리적으로도 이 소설을 쉽게 성공시키고 있다고 할 수 있을 것이다. 작자는 이 이국 여자의 눈을 통하여 아름다운 자연의 경관 속에 자연에서 멀어져 인공적으로 일그러진 많은 인간상을 부각시킴으로써 중년 남자의 참마음을 끄집어내는 것이다. 이런 의도에서 맥심은 이국 여자에게 마음이 끌리고, 또 그 여자가 갖가지 곡절을 겪어 가며 맥심에게 쏟는 심리적 진실성의 보증은 일종의 심리 소설의 형태를 지니게 한다.

이야기는 레베카의 사촌 파벨과 덴버스 부인의 간계로 인해 만더레이 성이 불타올라 밤하늘을 물들이는 데서 끝나고 있다. 이야기의 첫 부분은 만더레이 성으로 상징되는 과거의 세계를 레베카 사건 때문에 버리고 고국을 떠나 유럽 어느 호텔에 부부가 머물고 있는 데서 시작된다. 즉 이야기의 앞뒤를 합쳐, 만더레이 성의 모험이 이야기 속의 '나'로 인해 과거의 로맨스로 바뀌었다는 일이 표시되고 있다. 아마도 이런 일은 단순히 소설의 한 틀로 작자가 연구해 낸 구도 이상의 뜻을 지니고 있을 것이다.

다프네 뒤 모리에의 문학에 다소라도 관심을 갖고 있는 사람이라면 '도회지의 소란한 생활, 연회, 파티, 큰 공식적인 모임'을 싫어하던 작자의 비장한 바람 같은 것이 담겨 있다고 생각하게 될 것이다. 또 실제로 작가가 이 소설을 의도한 근본 동기는 이런 종류의 '자연으로 돌아감'에 있는 것 같다. 자연으로 돌아감은 런던에서의 사교 생활을 싫어하여 콘월이라는 시골에 파묻혀 궁정 생활을 하는 남편과 별거하고 있는 작자의 슬프고도 꿋꿋한 바람인 것 같다.

독자는 작품을 다 읽고 나서 어떻게 생각할까. '나'와 함께 이 이상한 고전적 세계의 모험을 즐기는 일만으로도 충분히 흥미를 느끼리라 생각한다. 그리고 이 이야기는 감흥면에서도 다른 작품들을 압도하여 세계적인 명성을 얻을 만한 특별한 자질을 갖추고 있는 것이라 해도 좋을 것이다. 《몽테크리스토》를 읽는 것 같은 즐거움이 있다는 점에서는 모파상보다 뒤마에 가깝지 않을까 하는 생각마저 든다. R.L. 스티븐슨을 애독했다는 뒤 모리에를 논할 때 이 평가는 결코 부당한 것은 아니라고 생각한다.